DANS L'OMBRE DE PARIS

Ouvrage publié sous la direction de Audrey Alwett
dans la collection Naos.

515, faubourg Montmélian, 73000 Chambéry

Gestion de projet : Gaëlle Giroulet
Couverture © Zariel
Mise en page : Audrey Gineux

ISBN : 978-2-37686-428-8
www.editions-actusf.fr

Loi n° 49-956 du 16 juillet 1949
sur les publications destinées à la jeunesse.

MORGAN OF GLENCOE

LA DERNIÈRE GESTE, PREMIER CHANT

DANS L'OMBRE DE PARIS

NAOS

Pour Reya,

Sey shaâdn 'wanen gelkie.

Awanen Dûr. Awanen Awe.
En Hûm-elëe. En Sel-kie.
Kàen How 'h Ken. Kàen Aum 'h Kàn.

Sey shaâdn 'wanen gelkie,
Sey gelkie 'wanen van Gëste.

Elle venait de la Terre. Elle, venait de l'Océan.
Elle était l'enfant du Soleil. Elle, la petite sœur de la Lune.
Elle était promise au monde et au temps.
Elle, vouée à l'univers et à l'éternité.

Des ténèbres naquit leur amitié.
De leur amitié naquit *la Dernière Geste*.

Extrait de *La Dernière Geste*, premier chant.
Traduction de J. W. Longway.

PRÉLUDE
FÉES

Assise bien droite dans son fauteuil tendu de velours blanc, Yuri replaça sa mèche rebelle derrière son oreille. Du haut de ses douze ans juste sonnés, elle tenait son rang de princesse avec autant de dignité que n'importe quel adulte.

— Dites-moi, Père, demanda-t-elle de sa voix réfléchie, quel spectacle allons-nous voir qui nécessite si étrange scène ? Je ne connais nul acteur, nul musicien qui puisse jouer sur l'eau…

— C'est qu'il ne s'agit ni d'une pièce, ni d'un concert, et encore moins d'un opéra, Yuri, répondit le seigneur Nekohaima en posant une main rassurante sur l'épaule de sa fille. Mais d'une leçon pour toi, une leçon sur certaines créatures et leur nature. Hmm. Et sans doute aussi sur la nature du vulgaire.

Il n'en dit pas davantage, comme à son habitude : il la laissait toujours comprendre par elle-même. Elle leva la tête pour le contempler. En véritable daimyô, il portait les cheveux longs coiffés en chignon de samuraï sur le haut de la tête, et un kimono sans motif mais d'une coupe impeccable, entièrement blanc. Les traits étaient ceux d'un homme accoutumé à diriger et à être obéi. Il avait dans ses yeux noirs l'éclat froid des commandeurs.

À ses côtés, sa fille excellait dans l'art de se mouler en une version miniature et féminine de ce noble seigneur. Grande pour son âge, déjà partiellement formée, elle attirait sans le vouloir plus d'un regard masculin, intéressé par tout autre chose que les motifs brodés de son kimono de soie violette. Ses cheveux très noirs étaient relevés en un gracieux chignon rehaussé de nombreux accessoires, baguettes de bambou verni et incrusté d'argent ou perles fichées sur de minuscules peignes d'ivoire. Son visage asiatique, d'une beauté étourdissante et d'un sérieux impressionnant eut égard à son jeune âge, semblait sculpté dans l'albâtre le plus fin par le plus habile des sculpteurs. Deux yeux noir violine l'éclairaient d'une lueur calme et intelligente.

Sourde aux rumeurs de la plèbe qui s'installait dans les gradins de bois au-delà de sa loge armoriée, elle regardait le gigantesque cylindre d'épais plexiglas qui paraissait faire office de scène. D'une dizaine de mètres de diamètre, il traversait la vaste salle du sol au plafond et était rempli d'eau jusqu'au tiers de sa hauteur. La princesse s'astreignit à masquer sa curiosité sous l'expression impassible qui convenait à son rang.

Dans la grande salle, la lumière baissa, le brouhaha redoubla. Yuri retint un froncement de sourcil. Le peuple était-il donc incapable de silence ? Une voix de stentor, surgie des haut-parleurs disposés sur les murs, déclama :

— Nobles dames et seigneurs, maîtres bourgeois, bienvenue aux hautes arènes de Paris ! Ce soir, vous assisterez à un duel épique entre les deux plus fameuses bêtes de combat de la Triade, jusqu'à présent invaincues ! Laquelle, sous vos yeux, perdra le titre de championne ? Laquelle tombera, laquelle demeurera ? Les derniers paris sont-ils clos ?

Il marqua une courte pause :

— Bien ! Les paris sont clos ! Nous allons donc pouvoir accueillir nos combattants !

À cette déclaration, une ovation sauvage envahit la salle, offensant les oreilles de Yuri, peu accoutumées à un tel vacarme. La princesse décida que cette leçon serait inconfortable à apprendre, comme toutes celles qui impliquaient de quitter l'Ambassade. Cependant, le présentateur poursuivait :

— Il nous arrive du Sultanat Ottoman, propriété directe du Sultan de Bagdad, il est connu pour ses attaques rapides et précises et ses voltiges aériennes, il a quatorze ans. Taille : un mètre soixante et onze. Poids : cinquante-cinq kilos. Envergure : deux mètres dix ! C'est un Aeling originaire des Indes à qui rien ni personne ne résiste, voiciiiiiiiiiiiiiiiiiiiiiiiiiiiiiiiiii... QATIL !!!

Yuri tiqua intérieurement. D'abord parce que ce stupide présentateur, qui ne parlait visiblement pas l'arabe, avait massacré le nom. Ensuite... Qatil, si ses souvenirs étaient bons, signifiait tueur.

Une trappe s'ouvrit en haut du cylindre et un grand oiseau maigre se rua à l'intérieur dans une série de loopings et de tonneaux. Yuri prit ses jumelles de spectacle et les braqua sur la créature.

Malgré les acrobaties que l'Aeling effectuait sous les beuglements ravis du public, la princesse nota qu'il tenait davantage de la chauve-souris que de l'oiseau : elle pouvait distinguer trois interminables doigts tendus de membranes, qui devaient correspondre à l'auriculaire, l'annulaire et le majeur. L'animal frôla l'eau, remonta en chandelle sous les huées assommantes des basses classes. Au reste, si l'on oubliait la nuance opaline de sa peau, il ressemblait de manière assez surprenante à un être humain.

Lorsqu'il s'immobilisa enfin, il leva la tête et poussa un long piaillement aigu évoquant celui d'un oiseau de proie, provoquant dans la salle un silence de mort.

Le présentateur laissa l'effet agir, puis reprit :

— Venue tout droit des mers occidentales, appartenant au japonais Gôshi Mayo. Taille : un mètre trente-deux. Poids : vingt-quatre kilos. Âge : douze ans. C'est une Selkie armoricaine, un animal réputé pour sa souplesse, ses coups acrobatiques et ses revers inattendus ! C'eeeeeeeeeeeeeeest… SHURA !

Cette fois, l'entrée se fit par une grille ménagée dans le bas du cylindre. La créature qui en jaillit traversa l'eau à la verticale, creva la surface et s'élança dans les airs à vigoureux coups de nageoire. Elle exécuta un triple saut périlleux, suivi d'autres acrobaties aquatiques et aériennes des plus fantasques. La Selkie avait elle aussi un visage et un torse humanoïde, malgré sa peau d'outremer délavée et ses oreilles mobiles en forme de conque. Le plus impressionnant était sa chevelure, longue, épaisse et d'un bleu sombre extravagant. Mais ses jambes étaient soudées en un seul membre souple, et les minces phalanges de ce qui correspondait à ses pieds formaient l'éventail translucide d'une puissante nageoire caudale. Puis, à son tour, elle se figea dans un cri à glacer le sang, et Yuri croisa son regard. Un regard noir, profond comme un abîme, pénétrant comme une lame. Shura. Démon guerrier. Le nom lui allait bien.

Déployant le bras, la Selkie tendit sa main ouverte – une main palmée – en direction de la princesse. Si elle avait été humaine, Yuri aurait juré qu'elle la saluait, ou qu'elle l'invitait à la rejoindre. Ce regard insondable la gêna.

— Ooooooh ! beugla le présentateur dans son micro avec un enthousiasme trop vibrant pour être sincère. Voilà un geste bien impétueux ! Shura a choisi de dédier son combat à la princesse Nekohaima Yuri ! Que va décider la digne fille de l'Ambassadeur de l'Empire japonais ?

Un brouhaha monumental s'éleva de la foule des parieurs, alors que Yuri se tournait vers son père en prenant soin de ne rien montrer de sa perplexité.

— Père, qu'est-ce que cela signifie ?

— Que son dresseur t'a repérée et a décidé de se faire bien voir, expliqua-t-il. Si la Selkie gagne, il espère des honneurs, car même si tu avais misé sur l'autre, tu ne perdrais pas ta mise.

— Et si j'avais parié sur elle ?

— Tu aurais doublé tes gains. Mais une femme ne parie pas, Yuri. Ceci dit, lorsque l'on dédie un combat à une noble – puisque les femmes du peuple ne sont pas admises aux arènes – on considère que sa mise est celle de son père ou de son époux.

— En ce cas, Père, sur qui avez-vous parié ? poursuivit-elle, désireuse de saisir le plus d'informations possible avant de devoir réintégrer le silence seyant à une princesse.

— Sur elle, bien entendu. Les dresseurs japonais sont les meilleurs, même si ce Gôshi Mayo est encore jeune. Et comme elle semble physiquement inférieure, parier sur Shura est plus intéressant. Les Selkies sont de bons animaux de combat. À présent, lève-toi et jette ton éventail au preneur de paris, sous notre loge. Cela signifiera que tu accèdes à sa requête.

Yuri obéit, l'esprit désormais libéré de toute émotion. Elle se leva avec grâce, puis, d'un geste indolent mais redoutable, lança son éventail dans les mains du preneur de paris, à cinq ou six mètres d'elle, en contrebas. Le présentateur vociféra dans son micro :

— Elle consent ! Elle consent ! Quelle magnanimité, quelle élégance ! Assurément, la princesse Yuri est déjà une grande dame ! À présent, princesse, nobles dames et seigneurs, maîtres bourgeois… Place au combat !

Un roulement de sifflet stria l'air et les deux créatures se jetèrent l'une sur l'autre avec violence : la Selkie s'élança hors de l'eau avec fureur, et l'Aeling plongea en piqué pour l'intercepter.

Le choc fit vibrer les parois de plexiglas ; pendant quelques instants, l'assistance ne put rien distinguer de ce nœud de corps qui se contorsionnaient convulsivement dans les airs. Finalement, Qatil asséna dans le ventre de Shura un solide coup de genou. La Selkie s'écrasa contre la surface de l'eau. Elle y coula une seconde avant de recouvrer ses esprits, mais ramena bientôt ses bras devant elle, en défense. Elle tournait dans le bassin, hésitait à sortir de l'eau. Yuri comprit pourquoi : elle était moins forte et moins rapide que son adversaire… mais si elle parvenait à l'attirer dans l'eau, il y avait fort à parier que l'Aeling ne tiendrait pas très longtemps. Les huées de la foule se firent haineuses, exhortant l'animal à retourner au combat. Yuri retint une moue de dégoût. N'étaient-ils donc là que pour *ça ?*

Quelques vigoureux coups de queue ramenèrent Shura à la surface sous les hurlements surexcités du public. Qatil l'attendait : il évitait soigneusement de descendre trop près de l'eau. L'un comme l'autre n'auraient pas la partie facile.

Yuri se surprit à retenir son souffle… et se reprocha aussitôt cette émotion indécente.

La Selkie sauta hors de l'eau et saisit l'Aeling à la cheville. Qatil n'eut pas le temps de se protéger. Les mains palmées de Shura se refermèrent sur ses épaules ; ses mâchoires, sur sa gorge. Une gerbe de sang rouge gicla sur leurs visages. Une foule déchaînée s'écrasait jusque sur la structure d'acier.

La princesse s'autorisa un froncement de nez dégoûté.

Avec un impressionnant double saut périlleux arrière, la Selkie retourna dans l'eau en laissant l'Aeling se débattre au-dessus d'elle. Yuri aurait juré que la morsure serait mortelle, pourtant, le sang s'arrêta rapidement. La princesse comprit : ce n'était pas seulement un combat. C'était un spectacle. Le plaisir vulgaire d'un peuple vulgaire.

La jeune fille ressentit aussitôt un profond mépris pour la foule et pour les deux animaux qui se battaient. S'en détachant avec froideur, elle s'éleva intérieurement au-dessus de la scène.

L'Aeling semblait vexé et énervé par la manœuvre de Shura. En une seconde, il changea de forme : ses ailes se rétractèrent pour se métamorphoser en deux bras et deux mains à peine plus fins que ceux d'un humain. Il plongea à la rencontre de son adversaire.

— Grossière erreur, digne d'un animal dirigé par son seul instinct, commenta l'Ambassadeur d'un ton neutre.

La Selkie, surprise, encaissa mal le choc, qui la projeta au fond du cylindre. Sonnée, elle ne réagit pas lorsque son ennemi se saisit d'elle pour la cogner violemment contre le plexiglas à plusieurs reprises. Un léger malaise contracta le ventre de Yuri.

À présent, Qatil dominait le combat. Mais dans l'eau, Shura possédait un avantage non négligeable : contrairement à son adversaire, elle n'avait pas besoin d'utiliser ses poumons. L'Aeling fut bientôt contraint de remonter respirer, abandonnant au fond sa victime à demi inconsciente. Dans une longue inspiration sifflante, sa tête creva la surface sous les ovations de l'assistance… qui se muèrent soudain en une clameur surexcitée.

Shura s'était redressée et se propulsait vers Qatil. L'attirant sous la surface pour le priver d'air, elle le frappa à la tempe d'un revers du coude. L'Aeling tenta de riposter. Elle intercepta son geste et lui brisa deux doigts.

La clameur qui monta de la foule désignait déjà le perdant. Il n'était pas très difficile de deviner ce qui allait suivre. Et la princesse n'avait aucune envie de le voir.

— Regarde, Yuri ! lui ordonna pourtant son père. Regarde bien. Vois comme ils sont cruels. Vois comme elles sont bestiales. Vois, et mesure à quel point l'aristocratie seule mérite le nom d'Humanité.

Dans le cylindre de l'arène, le combat avait viré au carnage. La princesse, écœurée, comprenait à quel point Shura méritait son nom : elle s'était changée en démon. Elle griffait, brisait, frappait sans ménagement le corps désarticulé de l'Aeling. L'eau se teintait d'un rouge de plus en plus opaque.

La Selkie empoigna son adversaire à la gorge et de quelques coups de nageoire jaillit hors de l'eau dans un saut vertigineux. Au faîte de sa trajectoire, elle vrilla le bras pour donner de l'élan à sa victime, qui tournoya au-dessus de sa tête… et, bloquant soudain son geste, elle lui brisa la nuque de par la seule force de l'inertie. Le craquement sinistre retourna le cœur de la princesse.

Puis, abandonnant le cadavre à une chute molle et disgracieuse, elle exécuta quatre ou cinq sauts périlleux avant de rejoindre l'eau rougie de sang sous les vociférations du public.

— L'animal est bien dressé, constata l'Ambassadeur. Le vulgaire est satisfait. Vois-tu, Yuri, il faut toujours donner à ces gens un endroit où défouler leurs pulsions, leur violence. Sinon, ils finissent par mordre la main qui les nourrit.

La jeune fille se sentait vaguement nauséeuse, et seule une part de son esprit resta en éveil pour écouter le présentateur annoncer un entracte.

— Père, puis-je vous demander une faveur ?

— Bien sûr. Tu m'as fait grand honneur, aujourd'hui.

— J'aimerais voir cette Selkie de plus près, si cela est possible.

— J'approuve ta curiosité. Mais garde-toi de t'en approcher : comme tu l'as vu, ce sont des animaux dangereux… Viens avec moi.

D'un geste, il ordonna à leurs gardes du corps de dégager l'accès aux coulisses. Les six hommes leur ouvrirent donc un couloir, sans hésiter à frapper de la crosse de leur fusil les plébéiens qui ne s'écartaient pas assez vite.

Yuri observait la salle avec curiosité. Elle constata que la foule des gradins n'était pas, loin de là, constituée uniquement des maîtres bourgeois salués par le présentateur. Au contraire, le public était très bigarré, et réunissaient toutes les couches sociales assez aisées pour se payer un billet, de l'épicier au gros négociant en passant par les dockers et les tisserands.

Une main protectrice sur l'épaule de sa fille, le seigneur Nekohaima descendit un escalier et se fit ouvrir la porte des coulisses : une série de couloirs de béton grisâtre et humide, mal éclairés par des lampes à ambre. Aussitôt, une odeur de soufre et de pétrole monta aux narines de Yuri. La première chose qu'elle vit en pénétrant dans une pièce au plafond bas, fut le cadavre lacéré de l'Aeling qu'un employé tirait négligemment par un pied. La princesse porta la main à sa bouche, horrifiée.

— Toi ! Ôte immédiatement ce déchet de la vue de ma fille ! ordonna son père d'un ton sec.

— Pa-pardonnez-moi, Seigneur ! balbutia l'employé, traînant aussitôt la dépouille dans une pièce attenante.

Père et fille s'engagèrent dans un couloir qui exhalait une odeur douceâtre de plâtre moisi.

— C'est ici, Nekohaima-sama, déclara finalement le lieutenant des gardes.

Il s'empressa d'entrer pour vérifier que tout était en ordre, puis s'effaça pour laisser passer son maître et sa jeune maîtresse dans une petite pièce remplie de la même puanteur soufrée, seulement meublée d'un paravent, d'une chaise et d'une table couverte de chaînes en acier gainé de plastique. Déjà, Gôshi Mayo s'était prosterné pour accueillir ses nobles visiteurs. Il n'avait pas encore trente ans, un léger embonpoint et un début de calvitie. Un Asiatique si quelconque que la jeune princesse s'en étonna. Elle imaginait qu'un homme capable de dresser des bêtes aussi dangereuses devait être impressionnant.

— Nekohaima-sama ! Yuri-hime ! rampa-t-il devant l'Ambassadeur. Quel insigne honneur que de vous recevoir en mon humble loge ! J'espère que Vos Altesses ont été satisfaites du combat ?

— Assez. C'était divertissant. Où est la Selkie ? Yuri désire la voir.

— Bien entendu, Nekohaima-sama ! Elle est ici, derrière le paravent. Je la cache aux regards des curieux, vous comprenez, ce sont des animaux rares et particulièrement difficiles à capturer...

Le front presque rivé au sol de béton nu, le dresseur poussa le paravent, dévoilant une cage – encore du métal plastifié. Recroquevillées dans cette étroite prison, les deux bêtes sauvages offraient une scène inimaginable...

Serrant dans ses bras une Selkie beaucoup plus jeune, Shura caressait avec tendresse ses longs cheveux noirs en lui murmurant à l'oreille des grognements étrangement élaborés.

— *N'e'leun, Gwen-kie, n'e'leun... N'e'leun...*

Les deux créatures étaient si absorbées par leur étreinte qu'elles n'avaient pas remarqué le retrait du paravent. Gôshi Mayo s'empara d'un bâton et frappa un grand coup sur la cage. Les Selkies sursautèrent ; l'aînée pivota en un clin d'œil pour s'interposer, faisant à l'autre un bouclier de son corps. De là où elle était, Yuri vit surtout voltiger une masse de cheveux bleu sombre. Puis elle constata avec surprise que la créature avait à présent des jambes quasi humaines, quoique plus longues et minces que la normale, et dotées de pieds aux orteils reliés par des membranes de peau outremer. L'une d'elles saignait légèrement. Shura leva la tête. Elle avait un visage d'ange, avec des pommettes hautes et rondes et des joues d'enfant, mais ses grands yeux noirs étaient durs, hargneux. Hantés.

— Intéressant…, commenta Nekohaima à mi-voix.

— Et donc, Nekohaima-sama, Yuri-hime ! Voici Shura ! annonça fièrement le dresseur.

— *Ore no namae ha Shura dewarimasen* !

Yuri sursauta. *« J'm'appelle pas Shura » ?!* La créature venait de parler japonais ?! Et d'une manière très vulgaire…

— Ne faites pas attention, je vous prie ! dit aussitôt Gôshi en voyant l'expression choquée de la princesse. Elle répète ce qu'elle entend, sans comprendre ce qu'elle dit… Comme ces oiseaux appelés mainates, par exemple. Mais tous les scientifiques sont formels, l'intelligence d'une Selkie ne dépasse guère celle d'un chien : elles sont incapables d'apprendre un langage articulé, et ne comprennent que les ordres qu'on leur donne. Tenez, je vais vous montrer : Shura, dis bonjour à nos invités !

Mais en fait d'obéir, la Selkie découvrit ses crocs et cracha aux pieds de son dresseur avec un air de franche impertinence. Gôshi s'écarta rapidement.

— Nekohaima-sama, je crains de devoir corriger immédiatement cet animal. Toutefois, je ne voudrais pas imposer à Yuri-hime une scène qui…

— Au contraire, ce sera des plus instructifs. Fais ce que tu as à faire, dit l'Ambassadeur avec sérénité.

Le dresseur s'inclina et saisit sur la table une chaîne assez large pour y passer un cou d'enfant, faite de cet acier gainé de plastique qui semblait indispensable à toute interaction avec de telles créatures. Puis il se munit d'un bâton du même matériau et s'approcha de la cage. Yuri remarqua que Shura avait enveloppé la plus jeune Selkie dans ses bras et la serrait contre elle. Sur son visage, une expression de terreur pure avait remplacé le défi de l'instant d'avant. Gôshi ouvrit la porte de la cage et referma prestement le collier sur le cou de la plus petite des Selkies, menaçant l'aînée de son bâton pour l'empêcher de la défendre. Un violent relent d'urine et de sueur acide monta aux narines de Yuri lorsque la Selkie aux cheveux noirs fut traînée hors de sa prison, tandis que l'odeur de soufre redoublait d'intensité.

Shura feula de colère :

— *Mann-kure ho !* Mann-kure ho ! *MANN-KURE HO !*

Gôshi saisit une longue cravache de nylon. Écrasant du pied la chaîne passée à son cou, il maintint au sol la frêle créature aux cheveux noirs, exposant son dos strié de cicatrices bleu pâle. La plus grande se tut en grondant comme un fauve.

— Voilà. À présent, les choses seront bien plus simples. Shura, dis bonjour à nos invités !

— *Nekohaima-sama konbanha. Yuri-hime konbanha*, articula péniblement Shura, les yeux baissés, mais les poings tremblants de rage.

— Pourquoi obéit-elle à présent ? demanda Yuri, qui craignait déjà la réponse.

— C'est très simple, Yuri-hime. Cette bête-là est le frère cadet de Shura, et les Selkies sont très attachées à leur famille. Elle fera donc sagement tout ce que je lui ordonne, sachant que son frère paiera les conséquences de ses fautes.

— Dois-je comprendre que c'est là la base de votre dressage ? demanda l'Ambassadeur, que l'idée semblait intéresser.

— Exactement, Monseigneur. J'ai acquis les deux en même temps – un coup de chance, car comme je vous le disais, les Selkies sont rares et difficiles à capturer. Je me suis vite rendu compte que le petit n'avait aucun talent pour le combat, mais que sa sœur était prête à tout pour lui… J'ai donc eu l'idée de baser l'entraînement de cette bête-là sur un système de punitions dans lequel l'intégrité physique de son frère tient une place de choix. Tant qu'elle obéit et qu'elle gagne, il reste en vie.

— Et si elle perd ? interrogea Yuri.

— Si elle perd, elle meurt, répondit son père. Je suppose qu'alors vous revendriez le petit ?

— Oui. J'ai déjà eu beaucoup de propositions de la part de cliniques… Les greffons de Selkies sont très recherchés. Mais je sais que Shura se battrait moins bien sans motivation, alors pour le moment, je le garde.

— Intéressant. Et comment as-tu déterminé qu'il s'agissait d'un mâle ? Je ne lui vois guère de différence physique avec sa sœur.

— De prime abord, non, Monseigneur, c'est tout à fait normal : les Selkies, on l'a découvert récemment, sont cryptorchides.

— Qu'est-ce que cela signifie ? demanda Yuri, qui entendait ce mot pour la première fois.

— Avec l'autorisation de monseigneur votre père, je vais vous montrer, princesse, ce sera plus aisé à comprendre.

Sur un acquiescement de l'Ambassadeur, le dresseur ôta son pied de la chaîne qui maintenait le petit au sol, le souleva et le plaqua contre son propre torse pour l'empêcher de se débattre. Le mouvement brassa une nouvelle fois la puanteur soufrée qui, la princesse le comprit alors, émanait de l'animal lui-même. Gôshi passa sa main libre entre les jambes de la créature et écarta les lèvres de son sexe, extrayant de sa gaine un pénis prépubère, sans les bourses, restées à l'intérieur du corps. Yuri détourna les yeux. Elle n'aimait pas la crudité de cette démonstration, elle n'aimait pas la violence, et elle n'aimait pas non plus entendre cet homme employer le même ton et les mêmes termes que son père lorsqu'il parlait des esclaves.

Elle n'avait qu'une envie, sortir de là… ou peut-être, trouver un moyen de réconforter la petite Selkie aux cheveux noirs. Des larmes roulaient sur les joues de la créature, et son corps comme son visage, immobiles et crispés, exprimaient, Yuri l'eut juré, la honte et l'indignation.

— Vous voyez, princesse, c'est ainsi que l'on peut reconnaître les Selkies mâles. Mais j'espère pour vous que vous n'approcherez jamais de trop près ces animaux : celui-ci est plutôt calme, à l'inverse de sa furie de sœur, toutefois il reste dangereux et imprévisible.

— Je voudrais le toucher.

— En ce cas, je vais vous le tenir. Je me permets de vous prier de vous méfier de ses dents…

Gôshi joignit le geste à la parole en relâchant son étreinte sur le petit, dont il tourna les bras en clef dans son dos pour l'empêcher de bouger. Shura feula un avertissement.

Sous l'œil attentif des six gardes du corps, l'Ambassadeur laissa Yuri sortir un mouchoir de sa manche et essuyer les joues humides de la jeune créature. Shura se figea aussitôt, silencieuse. Son frère leva vers la princesse un regard intrigué. Elle passa une main douce dans la tignasse noire. Non, décidément, elle n'arrivait pas à avoir peur de ce petit aux yeux trop grands, entièrement bleus… De sa sœur, peut-être, mais pas de lui.

— Tu es mignon, lui dit-elle simplement, et après une dernière caresse sur sa joue, elle s'écarta de lui. Père, peut-on le remettre avec sa sœur ? Ils sont amusants quand ils se font des câlins.

Elle avait délibérément choisi le ton d'un caprice. En elle-même, elle ne désirait que réconforter le petit animal, malheureusement la pitié n'était guère en vogue au sein de l'aristocratie…

— Soit, lui accorda son père, mais n'oublie pas que ce sont des bêtes féroces et dangereuses, même avant l'âge adulte.

— Oh, j'ai bien vu, Père ! Justement, la grande me ferait moins peur si elle était occupée avec son petit frère.

Le demi-sourire de son géniteur lui confirma qu'elle avait été habile de déguiser sa charité en frayeur. Le but de la leçon atteint, l'Ambassadeur ne verrait aucun inconvénient à l'abréger.

— Remettez-la avec l'autre, ordonna-t-il au dresseur.

À peine la Selkie fut-elle délivrée de son collier qu'elle se précipita dans les bras de sa sœur et l'enlaça de toutes ses forces. Yuri dut contraindre ses traits à ne pas traduire son trouble, plus encore lorsqu'elle vit jouer sur le dos du petit les fines raies bleu pâle des cicatrices. Le corps de la plus grande en était entièrement criblé. L'une d'elles, presque verticale, allait de la tempe à la pommette du côté droit de son visage, n'évitant que de peu son œil très noir. Shura tourna le dos aux visiteurs pour dissimuler son petit frère à leurs regards inquisiteurs. Entre la masse des cheveux bleu sombre, un œil d'azur croisa le regard de Yuri. L'éclat de douceur qui l'animait toucha la princesse en plein cœur.

La jeune fille et la petite Selkie demeurèrent les yeux dans les yeux un long moment, inconscients de ce qui se passait autour d'eux. Yuri était bouleversée. Jusqu'alors, elle avait vécu dans un monde où confiance et compassion n'existaient tout simplement pas. Mais, comme s'il comprenait sa solitude, son besoin de tendresse et d'affection, comme s'il la plaignait de tout son cœur, il dardait sur elle cet unique œil si bleu, si pur…

L'oreille de Yuri l'avertit que la conversation entre Gôshi Mayo et son père touchait à son terme, et elle détourna le regard de la créature. Ce qui se passa ensuite lui sembla appartenir à une demi-réalité dans laquelle elle n'était présente que d'un point de vue strictement physique. La seule chose dont elle était vraiment consciente, c'était du baume que ce regard d'azur venait de toucher son âme.

— Alors, qu'en as-tu pensé ? demanda son père, et elle sut qu'elle n'avait pas le droit de mentir.

— J'ai trouvé… J'ai trouvé qu'elles ressemblaient plus à des humains que ce que je pensais.

— Leur plus grand piège, assurément. Mais n'oublie jamais, Yuri : ce ne sont pas des humains. Ce sont des *fées*.

Chapitre I
À bord de l'Orient-Express

Par la fenêtre à triple vitrage blindé de sept millimètres, Yuri observait le lent ballet des nuages. Huit ans avaient passé et elle s'ennuyait. Jamais elle n'aurait pensé qu'une journée dans un train puisse s'écouler si lentement, ni qu'elle puisse lire si vite tous les ouvrages qu'elle avait emportés. Elle avait même achevé deux fois le livre de contes qu'elle avait emprunté ! D'un geste élégant devenu machinal, elle replaça une mèche rebelle derrière son oreille.

Soudain, elle prit la lettre sur la table devant elle. Sans lui accorder un regard, elle la déchira, la froissa et la jeta à travers le salon rutilant de la cabine grand luxe.

Elle l'avait reçue de son père quelques semaines plus tôt. Il lui écrivait une fois par mois depuis qu'à l'âge de treize ans, elle était rentrée au Japon, mais cette lettre-ci tranchait sur leur correspondance habituelle. Il y sollicitait sa venue à Paris au plus tôt, « pour servir les intérêts de l'Empereur et du clan Nekohaima. »

Elle avait lu et relu cette maudite lettre à plusieurs reprises, cherchant les innombrables sens cachés que recelaient habituellement les écrits paternels. En vain. La missive ne semblait rien vouloir dire de plus que les mots qu'elle contenait… C'était frustrant, car Yuri se trouvait privée d'indices sur les intentions de son père et les raisons du voyage qu'il lui imposait. Une lettre blanche, en somme. Un saut dans l'inconnu. Même sa nourrice Mariko, qui excellait dans l'art du décryptage, n'avait rien trouvé. La princesse fit la moue. Jamais encore son père ne lui avait fait l'affront de lui envoyer une lettre blanche. Dès qu'il s'était séparé d'elle pour qu'elle aille conquérir à son aise la Cour impériale, il l'avait traitée en adulte, et chacune de ses lettres codées avec soin fourmillait habituellement de renseignements sur la situation politique du Royaume de France, et de conseils sur la conduite à tenir envers tel ou tel ponte japonais. Mais cette fois, rien de tout cela. Rien que des mots au sens simple et non équivoque, qui lui semblaient d'une vacuité terrible. Elle n'avait pourtant rien fait qui pût engendrer l'ire paternelle, alors ?

Un long soupir franchit finalement ses lèvres exquises. Elle avait désormais vingt ans, et la beauté que promettait l'enfant d'autrefois fleurissait sur toute sa personne. Sa peau soyeuse reflétait la lumière avec le doux éclat d'une perle. Elle avait un petit visage ovale aux traits ciselés, plus hardis qu'il n'est habituel chez les Asiatiques : le nez était plus pointu, les yeux surlignés de khôl, à peine bridés, et profonds comme le ciel d'un soir d'été. Ses longs cheveux d'encre, relevés en un chignon complexe et quelque peu vertigineux, se pliaient avec aisance. Sauf cette mèche rebelle, qui retomba sur son front et qu'elle tira en arrière, cette fois d'un geste agacé.

— Une contrariété, Yuri-hime-sama ?

Elle ne se retourna pas pour identifier son interlocuteur : sa voix froide et basse suffisait. Elle pouvait l'imaginer sans mal derrière son épaule, dans son uniforme noir galonné de rose sakura :

trente-deux ans, un mètre quatre-vingts, une musculature athlétique sur une mince carrure d'intellectuel, le cheveu noir tiré en catogan, des yeux dorés, mi-clos, sur son visage agréable mais trop rarement souriant.

— Rien d'important, Ryû. Je m'ennuie, simplement. Assieds-toi, et jouons.

— À vos ordres.

Il alla chercher sur l'étagère un plateau de go et deux bols de pierres. Le colonel Ryûzaki était affecté à la protection de la princesse depuis sept ans et remplissait sa tâche avec un certain zèle. C'était un homme intelligent, calme et charismatique, habitué par son grade à donner plus d'ordres qu'il n'en recevait, et à exécuter ces derniers avec la même efficacité qu'il exigeait de ses subordonnés. Toutefois, sa principale qualité aux yeux de Yuri était son niveau au go, car ils pouvaient s'affronter à égalité et leurs parties étaient généralement intéressantes. Pour le reste, elle le trouvait trop intrusif ; elle sentait que, sous ses airs polis et serviables, il essayait de pénétrer ses secrets, son intimité. Et elle était déterminée à ne pas le laisser faire.

Elle saisit une poignée de pierres blanches dans l'un des pots. Ryûzaki tira de l'autre deux pierres noires. Ce faisant, il pariait que dans la main de Yuri, les pierres étaient en nombre pair. Elle les laissa tomber sur la table et les tria deux par deux d'un doigt exercé.

— Pair. Tu as les noirs. Bonne partie.

— Bonne partie, Ohime-sama.

*

Alcyone Alethia atterrit sur le toit du train en retrouvant d'un coup sa forme humaine. Il rejeta en arrière quelques mèches vert d'eau qui s'étaient échappées de ses trois longues tresses, dont les extrémités nouées de fins lacets de cuir tombèrent jusqu'à ses genoux lorsqu'il se releva. Tout son être évoquait une lame aiguisée : visage taillé au couteau, mâchoire soulignée d'un mince trait de barbe, oreilles effilées et pointues dirigées vers l'arrière, corps mince, membres interminables… le tout allongé par son manteau fendu de patrouilleur qui frôlait ses chevilles et son pantalon moulant rentrant dans ses bottes fourrées. L'épaisseur des fourrures qu'il portait ne parvenait pas à atténuer sa maigreur aérienne. Il leva le pouce pour saluer Mei, sa collègue punkette en poste au nid-de-pie. Puis, le pas sûr et léger, ignorant les cahots de l'énorme wagon, il marcha vers l'arrière et se laissa choir sur la plateforme avant de tirer de sa poche un passe-partout de Fourmi pour pénétrer dans le sas.

Alcyone était né dans ce train, wagon vingt et un, trente-six ans plus tôt. Il l'avait quitté quelques années pour aller voir si le ciel n'était pas plus bleu ailleurs, puis il était revenu. Comme la plupart des nés-Fourmi. Comme disait l'adage, « naît sur le Rail, meurt pour le Rail »…

L'Aeling se débarrassa de son fusil de fonction. Il était fier de ce qu'il était : un patrouilleur de la Rame Cinq. La rame de la célèbre Capitaine Trente-Chênes. Les treize trains de la Compagnie du Rail, huit Orient-Express et cinq Lignes Boréales, étaient d'étranges microcosmes qui effrayaient et fascinaient du plus misérable mendiant au plus riche des nobles de la Triade.

Le patrouilleur entra dans le vestiaire, se débarrassa de son manteau, dévoilant une chemise fendue sous les manches et jusqu'à mi-buste, accrochée à ses mains par de simples boucles passées autour des pouces, et les longs muscles secs qui jouaient par-dessous. Puis il tira une flasque de sa poche, avala une interminable gorgée d'eau-de-vie de prune et s'étira en soupirant d'aise. Il aimait sa vie. Elle n'était pas douce, ni aisée, mais c'était sa vie à lui. Toute sa vie, à bord d'un seul train. Chacun de ces vaisseaux d'acier blindé de huit mètres de haut, dix de large et deux kilomètres de long, véritables villes sur roues propulsées à travers de vastes étendues sauvages, permettait la communication des hommes, des marchandises et du courrier à travers les trois continents, de Paris à Kyôto et de Port Aïcha à Moscou. Les membres de leurs équipages, des humains, mais aussi des fées sans lesquelles il était impossible de partir, étaient communément appelés « Fourmis » ou « Fourmis du Rail », car à l'instar de ces insectes, ils étaient toujours affairés, portaient le même uniforme gris, et se déplaçaient en ligne, évidemment. Personne ne se souvenait qui, un siècle plus tôt, avait eu l'idée de ce surnom – sans doute un quolibet, à l'origine ; mais il faisait désormais la fierté de ceux et celles qui le portaient. Sur le Rail, les fées avaient leur place, elles étaient considérées, écoutées et suivies. Qu'elles fussent patrouilleuses Aelings, cheminotes Sylfes ou mécaniciennes Feux-follets, personne ne pouvait les remplacer. Comme le disait si bien la Capitaine Trente-Chênes aux nouveaux venus humains qui prétendaient les traiter comme des animaux : « Une Fourmi est une Fourmi, d'où qu'elle vienne et quoi qu'elle soit. Si ça te va pas, tu peux descendre, mais on n'arrêtera pas le train pour toi. »

— Alcyone ?

L'Aeling se retourna. Une autre fée de l'Air, plus âgée que lui d'une bonne vingtaine d'années, les cheveux du même vert d'eau en sept tresses très fines glissant jusqu'à ses chevilles, et dont le visage ressemblait au sien, était entrée en silence pendant qu'il rangeait sa flasque dans sa poche. Selon les critères aelings, elle était assez petite pour une femelle.

— Maman, sourit-il. Tu pars en patrouille ?

— Dans dix minutes, confirma-t-elle en nouant toutes ses tresses ensemble. J'ai quelque chose pour ton frère. Je le trimbale depuis le dernier arrêt à Paris.

— T'as pas pu le lui donner avant ? s'étonna son fils.

— J'étais pas certaine que ce soit une vraie, je voulais pas qu'il soit déçu… Mais j'ai eu confirmation à l'instant par un spécialiste de la question. J'ignorais d'ailleurs que Douze était un spécialiste de la question, mais avec lui, on ne sait jamais à quoi s'attendre.

— Douze est un spécialiste en trucs improbables, surtout, s'amusa Alcyone. Heureusement que les mensonges font pas partie de la liste. C'est une vraie *quoi*, au juste ?

— Un truc dont Ren rêve depuis un bail. Fais gaffe à pas te faire choper avec. La Capitaine s'en foutrait, mais tu pourrais plus poser un orteil hors de la rame si ça s'ébruitait. Et maintenant que quelqu'un sait que j'ai ça sur moi, même si c'est Douze, je peux pas le garder. C'est toi qui le lui donneras. Aujourd'hui. Dis-lui qu'il la planque.

— T'as toujours adoré nous faire des cadeaux dangereux, M'man.

— Dangereux ? se rembrunit-elle en regardant son fils aîné droit dans les yeux. Nous sommes des fées. Ce que je t'ai donné de plus dangereux, fils, c'est la vie. Nous sommes des Fourmis, et si le Rail tombe, nous tombons avec. Naît sur le Rail, meurt pour le Rail.

— J'aime pas quand tu parles comme ça… Mauvais présages ?

— On dira ça comme ça. Faire de la contrebande de bouquins et de cassettes a du bon, parce que les gens qui la font ont la cervelle en haut, et pas en bas. Ça fait un siècle que chaque puissance de la Triade…

— « …essaie de s'approprier le Rail, récita aussitôt Alcyone, car celui qui posséderait le Rail aurait la mainmise sur les trois pouvoirs, et la seule raison pour laquelle le Rail est encore libre, c'est qu'ils sont toujours à se tirer dans les pattes. » Je sais. Je suis plus un gosse, M'man. Alors, qu'est-ce qui se dit ?

— Suie et charbon ! Beaucoup de choses. J'ai pas le temps de te résumer en dix minutes. Va donner ça à ton frère, on en parlera ce soir avec ton père.

— 'Kay, M'man.

Elle lui sourit et lui caressa la joue en lui glissant dans la main un petit paquet de kraft.

— J'me change, faut que j'y aille. File. Ton frère t'attend.

Alcyone hocha la tête et sortit sans un regard en arrière. Il avait vu plus d'une patrouilleuse nue dans sa vie, mais il comptait bien que sa mère ne fasse jamais partie du lot.

*

Soudain attentive, Skàe leva le nez à l'appel silencieux de son maître. Dans ses mains, sa harpe de glace se liquéfia aussitôt, retournant à l'Océan d'où elle avait été extraite quelques heures plus tôt. Les quelques loups, phoques et goélands qui étaient venus l'écouter jouer la dévisagèrent, étonnés, puis, comprenant qu'elle ne jouerait ni ne chanterait plus avant quelque temps, s'écartèrent. La jeune fée les salua d'un geste de main et se leva d'un bond léger. À cet instant, le Barde se matérialisa près d'elle comme s'il avait toujours été là. Il avait sanglé dans son dos, par-dessus sa cape de laine bleue, sa propre harpe emballée avec soin dans une housse de voyage en cuir bouilli. Ses cheveux blonds dansaient avec le vent. Ils échangèrent un sourire.

— Où allons-nous ? demanda-t-elle.

— Rendre visite à Edward. Nous avons à faire à la cité grise.

— Ah. Une bonne et une mauvaise nouvelle, donc.

— *Kô awaneun Awe uh Sel…*, lui dit-il dans sa langue maternelle pour la rassurer, car il savait que la perspective de quitter leur calme forêt pour la ville étouffante et dangereuse n'était pas agréable, malgré le réconfort d'y retrouver des êtres aimés. La Mer et la Lune seront toujours là.

— *Ha kô 'waneun Skàm*. Mais elles me manqueront, lui répondit-elle, malicieuse.

— *Well…* Ce ne sera pas pour très longtemps. La Mer, la Lune et les Étoiles attendront bien leur petite sœur quelques semaines. *Let's go*, Àme !

Il lui tendit là-dessus un pagne en cuir de phoque noir, qu'elle noua en soupirant. Le phoque avait été un ami autrefois, il lui avait même dit son nom. Il était écrit sur le revers de l'un des pans, dans l'alphabet secret des Bardes et des Étoiles. Il en allait de même pour la vache qui avait offert le cuir de la housse de harpe de son maître. Lorsqu'ils avaient décidé de quitter ce monde, ils leur avaient accordé leurs souvenirs avec leurs peaux. Et comme les souvenirs étaient plus agréables que les pluies d'été, le cuir était plus doux que le velours.

Avant de partir, ils prirent le temps de regarder une dernière fois autour d'eux. Le ciel, constellé d'étoiles scintillantes, couronné d'une pleine Lune, éclairait d'une pâleur argentée le ressac paisible. La marée montait le long de ces rochers qu'elle avait polis au long de patients millénaires de labeur. Au-delà, la forêt, vivante et faussement immobile, bruissait sous la brise nocturne. Elle paraissait obscure, inquiétante à qui ne la connaissait pas, mais elle était leur foyer, et le creux de ces arbres vénérables était leur refuge. Ils se tenaient là, enfants sauvages de ces nuits immortelles, comme s'ils devaient y demeurer toujours, à la malléable frontière de la terre et de la mer, des brumes et du vent, du monde et du temps. Quelque part dans le sous-bois, un loup lança sa complainte à la Lune. Ils échangèrent un regard. Puis ils se prirent la main, et, dans un long hurlement, ne furent plus là.

*

Yuri fronça un sourcil et replaça sa mèche rebelle derrière son oreille. Son jeu la préoccupait : elle savait que son groupe de pierres était vivant, mais elle allait perdre du territoire sur le goban et cherchait où le récupérer. Devant elle, Ryûzaki, le visage impénétrable, jeta un coup d'œil à l'horloge.

Comme pour répondre à cet appel silencieux, une femme entra en silence. Elle se plaça trois pas derrière la princesse, à la place de garde du corps que le colonel avait quittée quinze minutes plus tôt pour jouer au go. Élancée – aussi grande que Ryûzaki sinon davantage –, avec de minces traits nordiques surmontés d'un chignon serré de cheveux auburn, la nouvelle venue n'était pas attrayante pour autant : visage fermé, poitrine plate et un port terriblement raide. Elle portait l'uniforme noir de l'armée japonaise. Du col amidonné dépassait un tatouage d'esclave : le sceau du clan Nekohaima, assorti de son matricule, HA-17. Mais sur les épaulettes étaient brodés en rose sakura des galons de lieutenant. Pour une femme, c'était un grade impressionnant, cependant HA-17 n'était pas une femme comme les autres. Elle était issue de l'hybridation *in vitro* d'une humaine et d'un Aeling, et comme tout croisement interespèces, elle était stérile. Le choix qui avait présidé à sa conception génétique en faisait une combattante et une tireuse de premier ordre, presque aussi rapide et précise qu'un Aeling, mais beaucoup plus disciplinée. Pour tout un chacun, ce n'était pas vraiment une *femme*, mais elle était fort utile, et son grade permettait de l'affecter au sein des plus nobles cours. Un garde du corps de luxe… En réalité, HA-17 était une véritable machine à tuer sur commande. Présentement, comme un outil bien réglée, elle venait relever son supérieur ; le fait que, même occupé à jouer au go, Ryûzaki était toujours opérationnel et bel et bien en train de prolonger son tour de garde, ne risquait pas de l'effleurer.

Yuri s'autorisa une petite moue. Elle était tout à la fois contrariée et satisfaite, mélange étrange et pourtant familier, car le colonel ne retenait jamais ses coups sur un goban. C'était agréable d'avoir face à soi quelqu'un qui n'insultait pas son intelligence en la laissant gagner, sous prétexte qu'elle était la troisième dame du Japon.

— Des rafraîchissements, Votre Altesse ?

Yuri ne répondit pas à la petite servante qui venait d'entrer, portant sur un plateau une tasse de thé vert rafraîchi. HA-17 désigna la desserte d'un geste raide, et sitôt la précieuse porcelaine en sûreté, attrapa la soubrette par le bras pour la gifler si fort qu'elle tomba assise.

— N'adresse pas la parole à la princesse à moins d'y être autorisée, intima l'hybride sans l'ombre d'une émotion.

— Je… je… je vous supplie de bien vouloir m'excuser…, bégaya la jeune fille, la joue marbrée de rouge.

Le lieutenant se borna à un signe de tête pour la congédier. Se relevant aussi vite qu'elle le put, la petite disparut sans demander son reste. Quelque erreur avait dû se produire, car servir la princesse était un honneur réservé à des domestiques expérimentés. Bien entendu, Yuri ne s'en soucia pas le moins du monde. Elle savait que Ryûzaki se chargerait de régler cela ; l'intendant passerait sans doute un mauvais moment, sans parler de la soubrette, mais leur sort l'indifférait totalement. Seul son prochain coup représentait un problème. Pour l'instant.

Enfin, elle saisit une pierre blanche entre l'index et le majeur et la posa sur le goban, qui rendit un joli son clair. Elle avait trouvé comment regagner du terrain.

D'une main distraite, Yuri saisit la tasse de thé vert et la porta à ses lèvres. Elle la vida à petites gorgées gracieuses pendant que Ryûzaki réfléchissait. Le colonel ne tarda guère : tendant la main vers le pot, il préleva une pierre noire et la plaça sur le goban d'un geste net.

*

Alcyone poussa la porte de la cabine qu'il partageait avec son frère adoptif. Comme il l'avait prévu, Ren était allongé sur sa couchette, son baladeur de toile rigide sur les oreilles, les yeux fermés sous ses cheveux d'un blanc à peine argenté, sagement coupés en carré plongeant. Lové sur la poitrine du jeune Spectral, Shadow, son chat-Lune, ronronnait tandis que les doigts de son maître lissaient distraitement son pelage blanc moiré. Les grands yeux vert intense du tout petit félin dévisagèrent le nouveau venu avec l'air de celui qui ne veut pas être dérangé.

Ren semblait dormir, mais son aîné savait qu'il n'en était rien : le guérisseur pouvait passer des heures à méditer ou à pratiquer dans la plus totale immobilité les mystérieux exercices dont son espèce avait le secret. L'Aeling sourit. Le Spectral n'avait guère changé depuis ce jour, dix-sept ans plus tôt, où il l'avait trouvé caché entre deux caisses dans un wagon de courrier. Toujours aussi calme, patient et serein, avec pourtant au fond de lui une inflexible soif de vivre…

— Hey, bro ! finit par dire Alcyone.

— Hey, bro ! lui répondit le Spectral en ouvrant deux yeux d'un vert profond, étrangement semblables à ceux de son chat. Pardon, tu me cherchais ?

— Ouais… J'ai un truc pour toi. Un… cadeau d'Alban Arthan, un peu en avance. De la part de Maman.

Ren sourit. Tout à fait le genre de son frère adoptif. Lorsqu'il avait quelque chose à faire ou à dire, Alcyone agissait dans l'instant. Sans jamais hésiter, comme s'il pouvait mourir dans la minute qui suivait. S'il ne lui manquait qu'une seule qualité, c'était bien la patience ! Heureusement, lui-même en avait pour deux.

L'Aeling tendit au Spectral un petit paquet plat, enveloppé de kraft.

— Une nouvelle cassette ?

— On peut rien te cacher. Mais je crois que tu vas beaucoup aimer celle-là. C'est M'man qui a trouvé le filon, et tu sais à quel point elle a le chic pour ce genre d'affaires.

Ren acquiesça. Cers, leur mère, avait assurément un don pour trouver des articles du marché noir qui rapportaient sans poser de problème, en dehors du mal qu'il fallait se donner pour les dénicher. De quoi pouvait-il bien s'agir, cette fois ?

Il déchira le kraft d'un coup d'ongle et inspecta le boîtier de la cassette, ouvrant des yeux ronds de surprise.

— Non… C'est une blague ?

— Du tout, bro, M'man a vérifié. Content ?

— Tu parles, c'est génial ! De la véritable musique de Barde ! Al, je t'adore !

— Tu remercieras plutôt M'man. Je te laisse, je prends mon quart de toit dans cinq minutes sur le wagon deux, faut que j'aille me changer. Fais gaffe à ce qu'on la trouve pas…

— Oh, ça, t'en fais pas ! C'est un bien trop beau cadeau.

Alcyone sourit, salua son petit frère de deux doigts portés à son front et retourna prendre son poste. Ren regarda s'éloigner la longue silhouette maigre qui disparut rapidement dans le couloir du wagon des patrouilleurs. En tant que médecin de bord, il savait qu'il aurait pu disposer d'une cabine personnelle, mais en dépit de son naturel solitaire, il n'en avait jamais éprouvé l'envie. Sur le Rail, tout le monde connaissait Ageha Ren, le médecin le plus talentueux des deux lignes, et la curieuse histoire d'un petit Spectral adopté par une famille d'Aelings. Certes, il n'avait jamais pris leur nom mais il considérait Cers et Mistral Alethia comme ses parents, et Alcyone comme son frère. Il les aimait profondément, à la manière d'un Spectral : avec distance, respect et sollicitude.

Il arrêta la cassette de Clannad qu'il écoutait. C'était un groupe de Keltia interdit par l'ensemble des gouvernements de la Triade, mais il n'en avait cure. Il adorait leur musique et connaissait presque toutes leurs chansons par cœur. Il en avait une petite collection dans un compartiment secret aménagé à l'intérieur de son coffre, sous sa couchette. Un endroit que personne, même en cas de perquisition, ne trouverait jamais, pour la simple raison que seul un Spectral pouvait l'ouvrir grâce à son toucher surdéveloppé. Il ôta la cassette du baladeur et la remit dans son boîtier, qu'il glissa sous son oreiller en attendant de le ranger, puis examina plus avant le cadeau de sa mère. La pochette était intégralement noire, à l'exception d'un triangle celtique bleu saphir formé de trois petites harpes stylisées. La marque des Bardes. Ren ouvrit le boîtier, saisit la cassette et l'inséra dans son baladeur. Il replaça les écouteurs sur ses oreilles et pressa le bouton de lecture. Une voix androgyne, jeune, puissante et claire lui envahit les tympans, secondée par les accents cristallins d'une clarsach. Ce n'était pas une voix humaine : trop envoûtante, trop d'harmoniques, trop…

— Une Selkie, songea Ren, touché au cœur. C'est la voix d'une Selkie.

Il n'en avait jamais entendu chanter auparavant, mais il connaissait la réputation de la voix des fées de l'Eau : tant qu'elles parlaient, vous n'aviez rien à craindre, mais si elles se mettaient à chanter… Il songea un moment à retirer son casque, mais la musique était trop fascinante et il n'avait clairement rien de mieux à faire. Être médecin de bord sur la Rame Cinq impliquait aussi, de temps en temps, de savoir ne rien faire. Cet état ne gênait aucunement le Spectral, qui pouvait lire et écouter de la musique pendant des heures sans se lasser. Le reste du temps, il pratiquait le Qi gong, un « art vital » basé sur des exercices d'étirement et des positions qu'il fallait maintenir en contrôlant sa respiration. Il s'y livrait dans sa cabine et parfois même sur les toits du train, au grand dam de Cers qui craignait de le voir tomber. De temps en temps, quelqu'un se blessait ou tombait malade, et Ren s'occupait de lui, qu'il soit Fourmi ou passager. Les choses se corsaient généralement en cas d'incident ou d'épidémie ; il n'avait alors plus une minute à lui, soignant sans relâche. Depuis cent ans que les Orient-Express et les Lignes Boréales avaient été mises en service, l'utilité des médecins de bord n'était plus à prouver. Lorsque c'était possible, la plupart des capitaines privilégiaient même les Spectraux sur les humains et les autres fées, car ils étaient considérés comme plus habiles. Que ce soit vrai ou non, ce n'était pas la raison pour laquelle la capitaine Trente-Chênes l'avait engagé, et il le savait bien. La Rame Cinq, la plus sûre des huit, était réputée pour ne contenir que des Fourmis en qui leur capitaine avait pleine et entière confiance. C'était aussi la seule dirigée par une femme, et une aristocrate, encore ! Il y avait, parfois, de ces petites ironies… La grande majorité des citoyens de la Triade s'inquiétait ou s'irritait de voir un poste aussi important confié au sexe faible, mais force était de constater que la capitaine Camille-Agnès Albane du Mont de Trente-Chênes, car tel était son nom complet bien qu'il fût malvenu et même dangereux d'en user devant elle, était la meilleure Capitaine que le Rail eût connu en un siècle d'existence.

Les yeux clos, le Spectral se laissa porter par le délice auditif offert par sa famille adoptive, perdant toute notion du temps. Seules comptaient désormais cette subtile musique et les douces paroles qui envahissaient ses pensées.

« *Well the summer time is coming,*
And the trees are sweetly blooming,
And the wild moutain thyme
Grows around the blooming heather...
Will ye go, lassie, go ? »

*

Un frémissement de tôle contre le pied de Ren l'avertit que quelqu'un approchait en courant dans le couloir. Son instinct lui souffla que le visiteur venait pour lui. Il arrêta son baladeur, le glissa sous son oreiller avec le boîtier de la cassette et se redressa sur sa couchette. Dérangé, Shadow miaula, fit un tour sur lui-même et se rendormit.

Une seconde plus tard, Alcyone déboulait dans la cabine.

— Ren ! On a besoin de toi, c'est une urgence !

— Okay, bro, j'y vais… C'est où ?

— Wagon sept.

— C'est à l'autre bout du train ! J'espère qu'elle est pas trop urgente, ton urgence, parce que même en courant, j'y serai pas avant dix bonnes minutes.

— On dirait un malaise cardiaque, mais c'est toi le médecin.

Ren attrapa une sacoche rigide dont il passa la courroie à son épaule.

— Le wagon grand luxe… On a un noble à bord ?

— Suie et charbon ! T'as vraiment la tête dans les nuages ! Depuis Kyôto on trimbale la princesse Nekohaima Yuri, la troisième dame du Japon… Elle est peut-être en train de crever, alors si on veut pas que la Capitaine claque un joint, vaut mieux que ce soit moi qui t'emmène.

— Oui, ça me fera gagner du temps.

Les deux fées coururent jusqu'à l'avant du wagon pour accéder à la plateforme extérieure. Alcyone sauta pour s'accrocher au rebord du toit, s'y hissa sans effort apparent et s'accroupit pour charger sur son dos le Spectral, qui l'avait suivi par l'échelle. Accroché aux épaules de son frère, Ren s'efforça de se faire le plus léger et le moins encombrant possible. D'une puissante poussée de ses jambes, l'Aeling s'élançait déjà.

Le médecin avait beau n'en être pas à sa première course à dos de fée de l'Air, la sensation en était toujours aussi impressionnante. Comme tous les siens, Alcyone était très rapide à défaut d'être particulièrement endurant : sur un parcours de moins d'un kilomètre, il n'avait aucun mal à tenir les quatre-vingts kilomètres-heure. Ce qui, sur le toit certes large d'une dizaine de mètres, mais humidifié par les pluies de septembre, d'un train lui-même lancé à peu près à la même vitesse, était très impressionnant. Toutefois, Ren n'éprouvait pas la moindre inquiétude : il connaissait son frère et lui faisait une confiance aveugle. Du moins, tant qu'il s'agissait de courir sur les toits de l'Orient-Express.

Ne s'étant laissé ralentir ni par les intervalles entre les voitures, ni par les nids-de-pie où veillaient des patrouilleurs, ils ne mirent qu'une minute à franchir le kilomètre qui les séparaient du wagon sept.

Dès qu'il eut sauté sur ce dernier, Alcyone s'agenouilla, haletant et dégoulinant.

— Ça va aller ? s'inquiéta son frère.

— Ouais, je descends dans dix secondes. Vas-y.

Le temps d'un hochement de tête, Ren avait gagné la plateforme arrière et entrait dans le wagon avec son passe de Fourmi. Une hybride d'à peu près de son âge mais beaucoup plus grande que lui, en uniforme noir galonné de rose, le harponna avant même qu'il eût refermé le battant.

— T'es le médecin ? lui demanda-t-elle d'un ton aussi sec que le Sahara en plein été.

Le Spectral opina du chef.

— Viens.

Ren n'était pas susceptible, mais il n'aimait ni qu'on lui donne des ordres, ni qu'on prétende lui montrer un chemin qu'il savait par cœur : en dix-sept ans à bord de cette rame, il en avait visité la moindre cabine. Toutefois, il retint une remarque cinglante : il connaissait assez bien l'uniforme des armées impériales pour savoir que l'on ne provoque pas ceux qui le portent. Il suivit donc sans un mot la militaire jusqu'à la chambre, devant laquelle elle se mit en faction.

En y pénétrant, le Spectral ne vit pas immédiatement sa patiente : devant le lit se tenaient un homme en uniforme semblable à celui de l'hybride et la Capitaine Trente-Chênes dans sa tenue grise du Rail, qui fut la première à se tourner vers lui.

— Ah, Ren ! Tu as fait vite…

Il répondit d'un sourire et d'une imperceptible inclinaison du buste. À cinquante-quatre ans, Camille-Agnès Albane du Mont de Trente-Chênes était une femme alerte, avec un port fier et décidé, une large silhouette, un visage intelligent et volontaire aux yeux noisette plus acérés que ceux d'un Aeling, et des cheveux châtains en brosse qui ne grisonnaient pas au-delà des tempes. Depuis vingt-deux ans, cette femme à la poigne d'acier tenait sous ses ordres une trentaine de Fourmis, cheminots, patrouilleurs et courriers, sans jamais montrer le moindre signe de faiblesse.

— Un *Spectral !* s'étrangla cependant l'homme en uniforme, comme si elle prétendait faire soigner la princesse en la couvrant de sangsues. Ne me dites pas que c'est *ça*, votre médecin de bord ?!

Il toisait Ren d'un œil où le mépris, la crainte et le doute étaient si bien imbriqués qu'il était impossible d'en faire le tri.

— Colonel, Ren est le meilleur médecin de tout le Rail et je ne vous permets pas de douter de ses compétences.

— Un Spectral n'est pas un médecin ! s'emporta l'homme tandis que, l'ignorant sans plus de façons, le médecin s'approchait du lit pour voir enfin sa patiente. Au mieux un animal dangereux ! J'ai en charge la vie de la princesse et je refuse qu'elle soit touchée par une… fée !

Dans sa bouche, le mot sonnait comme un crachat. Sous ses longs cheveux blancs, Ren leva les yeux au ciel. Il connaissait ce refrain par cœur. Les humains répugnaient toujours à se laisser toucher par un Spectral…

Il se concentra sur sa patiente. C'était une très belle jeune femme, quoique pas tout à fait dans les canons japonais, et sans doute curieuse, à en juger par le livre posé à son chevet : les *Contes de Taliesìn le Barde*. Ren était presque certain qu'il s'agissait de l'exemplaire de Trente-Chênes… Le teint crayeux, presque gris, la respiration très faible, la princesse était inconsciente.

Aucune cause organique, le Spectral en était convaincu. Il avait vu passer trop de nobles à bord pour considérer qu'une fille de vingt ans s'évanouissant sans préavis pouvait être autre chose qu'un empoisonnement voulant imiter une cause naturelle… Mais quand Ren voulut saisir le poignet de la princesse pour sonder ses organes vitaux, un coup de genou dans le ventre l'envoya valser sur le tapis.

— Ne t'approche pas d'elle, Intouchable ! menaça le colonel en braquant sur lui une arme de poing. Essaie seulement de la toucher et je t'abats !

— Si je ne le fais pas, elle est morte, dit Ren avec fermeté, faisant fi de la douleur. Et je ne reçois mes ordres que de ma Capitaine, ajouta-t-il en se tournant vers Trente-Chênes.

— Fais ce que tu as à faire, Ren, lui dit-elle.

— Es-tu folle, femme ? rugit le japonais. Je ne te permets pas de…

Un puissant direct à la mâchoire l'envoya rouler près du Spectral. La Capitaine Trente-Chênes n'était pas belliqueuse, mais elle ne tolérait l'insulte qu'à dose infinitésimale. Elle tendit la main à Ren et l'aida à se relever.

— Il me semble, Colonel, que vous n'avez pas bien lu les conditions d'accès à bord d'un Orient-Express, dit-elle d'une voix glaciale. Femme ou non, je suis la Capitaine de cette rame, ce qui signifie qu'officier supérieur ou non, vous êtes sous mon commandement. Ren est un excellent médecin et je me fous pas mal qu'il soit un humain, une fée ou un hamster : tout ce qui compte, ce sont ses capacités à sauver des vies. Rengainez votre arme immédiatement ou je vous mets aux fers pour le reste du trajet. Et si vous portez encore une fois la main sur une de mes Fourmis, je vous fais jeter par-dessus bord !

La flamme dans son regard indiquait qu'en sus d'être capable de ce qu'elle avançait, elle le ferait sans remords. Être jeté hors d'un train de deux kilomètres de long lancé à quatre-vingts kilomètres-heure au milieu de la steppe sibérienne ne laissant aucune chance de survie de plus de dix secondes, le colonel Ryûzaki se calma et rengaina son arme.

— Au moindre geste suspect…, menaça-t-il encore, mais il ne bougea pas lorsque Ren s'approcha à nouveau de la princesse.

Le médecin saisit le délicat poignet de Yuri et ses doigts cherchèrent à percevoir l'état des différents organes. Comme il l'avait prévu, l'ensemble des fonctions vitales était en chute libre : ce coma se solderait par une mort rapide, identique aux conséquences d'un malaise sévère.

Il prit une fiole dans sa sacoche. Il connaissait ce poison. Cinq ans auparavant, un autre aristocrate y avait succombé dans le wagon douze, au terme d'une étrange affaire qui avait failli mal tourner. Ren avait effectué en secret une prise de sang sur la victime et élaboré un contrepoison, précisément en vue d'un événement de ce type. Il avait mis près de deux ans à le composer correctement, le testant sur les rats que son chat-Lune lui rapportait vivants. Il répugnait à faire souffrir ou à tuer la moindre créature, mais ces rongeurs étaient sur l'Orient-Express un véritable fléau, et le médecin avait moins d'états d'âme à les utiliser pour ses essais depuis qu'un passager clandestin avait été dévoré vivant par une petite armée de rats.

« La peste soit des nobles et de leur manie de l'assassinat ! » songea-t-il.

En tant que fée, le Spectral ne portait guère les aristocrates dans son cœur. Cependant, en tant que médecin, il n'appréciait guère l'idée qu'une population pût se réguler à coups de poisons, de couteaux dans le cœur et d'accidents qui n'en étaient pas. Il introduisit l'antidote dans la bouche de Yuri et lui pinça le nez pour forcer le réflexe de déglutition. Restait à stimuler le système sanguin pour que les molécules agissent plus vite.

— Je vais influer sur son ki, prévint-il afin d'éviter toute intervention du colonel. C'est sans danger et elle devrait reprendre conscience peu après.

Il saisit à pleine main le poignet de la princesse. L'effet aurait été plus efficace s'il avait appliqué les paumes au niveau du cœur, mais il se doutait bien que l'ombrageux garde du corps ne le laisserait jamais dénouer le kimono dont, pour l'heure, les pans serrés faisaient plus de mal que de bien. Ses doigts commencèrent à luire d'une faible aura vert émeraude qui fit sursauter l'officier. Il rétablit le rythme cardiaque, la pression sanguine et dopa toutes les fonctions vitales. Bientôt, la jeune femme ouvrit les yeux. Ren lui lâcha le poignet et s'écarta.

— Désirez-vous boire quelque chose, Votre Altesse ? demanda-t-il avec douceur.

Elle hocha faiblement la tête. Il tira de sa sacoche une bouteille de fortifiant et un petit gobelet, qu'il tendit au colonel.

— Puisque vous semblez tenir à ce que je la touche le moins possible…

L'homme lui arracha le gobelet et s'agenouilla près de la princesse. On frappa à la porte.

— Entrez, ordonna la Capitaine de sa voix calme.

L'hybride ouvrit la porte. Elle semblait beaucoup plus humaine à présent qu'elle avait sur le visage une expression d'inquiétude et de contrition.

— Je vous prie de bien vouloir m'excuser, mais cet Aeling…

— Alcyone !

Ren s'était précipité vers lui dès qu'il l'avait vu, blême, assis tremblant contre la paroi du couloir. Camille Trente-Chênes sourit. Elle trouvait ces deux frères si mal assortis particulièrement touchants. Ren porta la main au front de l'Aeling.

— Oh, bro, t'es pas sérieux… Me dis pas que t'as voulu reprendre la patrouille aussitôt…

— Hé quoi ? C'est mon devoir, non ?

— Hypertension, hyperventilation et fièvre. Un vrai guépard en fin de course. Tu as gagné ta journée de repos, si la Capitaine veut bien…

— Ton avis est le seul qui puisse prévaloir sur le mien pour les questions médicales, Ren. Toutefois, j'aimerais savoir pourquoi Alcyone est ici au lieu de patrouiller.

— C'est lui qui m'a prévenu et amené ici, sans quoi je ne serais peut-être pas arrivé à temps.

— Je vois. T'as ta journée, Al. Dis à ton père de prendre tes patrouilles.

Le Spectral adressa à sa Capitaine un regard reconnaissant. La main qu'il avait laissée sur le front de son frère se mit à luire du même vert que précédemment, et la respiration d'Alcyone se calma à mesure qu'il cessait de transpirer.

— Attends-moi encore un instant, grand frère, j'en finis avec la princesse et je te ramène.

Ren retourna au chevet de la jeune femme. Yuri se sentait nauséeuse, épuisée et hagarde, mais ses sens lui revenaient vite. Le fortifiant très sucré qu'on lui avait prodigué avait fait effet, et elle pouvait déjà parler.

— Merci, doct…

Puis soudain, elle réalisa : ces cheveux blancs, cette peau argentée…

— Mais c'est une fée ! hoqueta-t-elle.

— Je suis médecin et mon devoir est de sauver des vies. Vous n'avez pas à me remercier.

Ren murmura ses recommandations au colonel, qui blêmit, et lui remit une autre bouteille de fortifiant dûment scellée avant de s'en aller sans plus de formalités.

— Eh bien, Votre Altesse, il semble que pour l'heure, vous soyez tirée d'affaire, sourit la Capitaine Trente-Chênes.

— Je l'espère. Capitaine, je n'oublierai pas cet épisode, et je saurai vous prouver qu'une princesse Nekohaima n'est pas ingrate.

— Sauf votre respect, princesse ou pas, rien à foutre. Gardez vos faveurs pour les chiens de la Cour qui se presseront bientôt à vos pieds, car ici, personne n'en a cure : sur le Rail, la seule chose qui compte c'est que vous ayez payé votre billet. Reposez-vous, à présent ! Je vous souhaite une meilleure fin de journée.

Avec la même nonchalance paisible que le Spectral un instant plus tôt, la Capitaine quitta les appartements de la princesse, la laissant profondément perplexe.

Sans demander l'autorisation, Ryûzaki se laissa tomber sur une chaise. Il semblait en état de choc, se tordant les mains et secouant la tête. Sa maîtrise de lui-même, qui d'ordinaire égalait presque celle de la princesse ou de son père, venait de voler en éclats. La jeune fille n'eut aucun mal à en deviner la cause : les mots glissés par le Spectral à l'oreille du colonel.

— La vérité, Ryûzaki, ordonna-t-elle d'une voix ténue mais sans réplique.

— La fée affirme qu'on a essayé de vous empoisonner.

— Ah.

Quant à elle, cette information la laissait de marbre. Après tout, ce n'était jamais que la cinquième tentative d'assassinat depuis son enfance : lorsque l'on naissait avec dans la bouche une cuiller en platine, il n'était pas rare qu'elle vous étouffe. Ce qui la stupéfiait, en revanche, c'était d'avoir été *touchée par une fée* ! Jamais elle n'aurait pu imaginer vivre un jour pareille expérience. Tout aussi ahurissant : elle se sentait plus intéressée que choquée. Un Spectral médecin ! Puis l'idée la traversa que si son père avait été présent, ses préjugés envers ces créatures l'auraient bel et bien tuée. Heureusement que Ryûzaki, contre toute attente, avait autorisé la fée à…

En observant mieux son garde du corps, Yuri réprima un froncement de sourcils : le colonel avait repris contenance, mais une marque bleue sur sa joue indiquait qu'il avait reçu un coup de poing… La princesse ferma les yeux, s'efforçant de réfléchir. Que s'était-il donc passé pendant sa perte de conscience ? Une seule personne, sans doute, oserait le lui dire : la Capitaine Trente-Chênes. En attendant de la revoir, il n'y avait rien d'autre à faire que suivre son conseil : se reposer. D'ailleurs, elle n'avait guère le choix. Déjà, elle se sentait glisser dans le sommeil…

*

Le Barde tendit la main au Chevalier pour un salut à la keltienne : ils se serrèrent mutuellement l'avant-bras, glissèrent paume contre paume et, coude vers le bas, leurs pouces se crochèrent, leurs mains s'unirent. Ils les levèrent devant leurs visages, pivotèrent, posèrent chacun leur front sur le dos de la main de l'autre et restèrent ainsi immobiles un instant. Comme deux amis, ou deux frères.

— Content de te revoir, blondin.

Le musicien répondit par un sourire chaleureux avant de s'écarter, cédant la place à sa jeune élève. La petite fée hésita une seconde, puis se jeta dans les bras de leur hôte qui l'embrassa tendrement sur le front.

— *Each time I see you, you're more beautiful, starling…*

Elle fit la moue. Elle ne trouvait pas le compliment vraiment mérité. Il passa une main affectueuse dans ses cheveux saphir, puis leva le visage vers son ami.

— *Well…* Je devine que vous n'êtes pas là pour une simple visite, tous les deux.

— Cela ne m'aurait pas déplu, admit le Barde, mais en effet. J'ai des nouvelles pour Lady Lore et toi.

— Des nouvelles de quel genre ?

— Du genre à remuer les cendres du passé.

Le regard bleu du Barde plongea au fond de celui, gris, de son ami. Il savait que la douleur était encore vive dans son cœur, malgré les nombreuses, les trop longues années écoulées. La main du musicien pressa l'épaule du Chevalier, tandis que la fée l'enlaçait plus étroitement. Leur hôte soupira, appréciant le réconfort, la force qu'ils lui transfusaient. Mais ces nouvelles… Il interrogea silencieusement le voyageur. Celui-ci prit un temps de réflexion, puis répondit :

— *From the ashes a fire shall be woken, my old fellow.*

*

— Bonjour, Votre Altesse.

Le Spectral était entré comme un chat, avait ôté distraitement son baladeur de ses oreilles et déposé sa sacoche au pied du lit. La nonchalance de l'animal ne plaisait pas à Ryûzaki, qui se raidit encore davantage sur sa chaise. La princesse, quant à elle, salua d'un hochement de tête pour signifier qu'elle agréait sa présence. Une femme de son rang n'avait pas à adresser la parole à une créature inférieure sans absolue nécessité.

— Suie et charbon ! J'ai connu des accueils plus chaleureux, commenta la fée à mi-voix.

Un cliquetis métallique lui répondit : Ryûzaki venait d'armer son pistolet. L'ignorant superbement, le Spectral s'approcha de sa patiente.

— On fait la révérence devant une princesse, fit le colonel d'un ton glacial.

— Désolé, mais les animaux ne font pas la révérence. Et les médecins qui visitent leurs patients non plus, en tout cas, pas dans mon monde. Maintenant, laissez-moi travailler, je vous prie.

La réponse était calme et assurée. Yuri observa le jeune Spectral à la dérobée. Il devait mesurer un mètre soixante-dix ou douze. Un visage agréable, des yeux vert foncé, le teint argenté et les cheveux blancs typiques de son espèce. Son carré plongeant était tout sauf viril, mais accentuait un air doux et serein, très apaisant. Il portait un T-shirt noir et une chemise vert sapin qu'il gardait ouverte par-dessus son pantalon gris de Fourmi. La princesse trouva cet examen d'un grand intérêt ; elle recherchait les mille et une choses qui différenciaient une fée d'un être humain. Pendant ce temps, la situation dégénérait.

— Toi, tu vas faire preuve de respect quand tu t'adresses à un humain. Si j'avais mon mot à dire, il serait hors de question de te…

— Laisse-le faire, Ryû.

— À votre gré, Yuri-hime-sama, obtempéra le colonel. Toutefois, permettez-moi d'user d'une précaution élémentaire.

Joignant le geste à la parole, il plaqua le canon de son arme sur la tempe de la fée.

— Au moindre mouvement agressif, oreilles-en-pointe, je te fais sauter la cervelle.

Le Spectral se contenta de hausser les épaules. Prenant avec délicatesse le mince poignet de la princesse, il plaça ses doigts à différents endroits très précis, comme la veille. Satisfait de son examen, il hocha la tête :

— Vous serez rétablie dans deux jours, le temps pour votre corps d'éliminer les dernières traces de poison. Une semi-diète vous y aidera. Tant que vous ne pourrez pas faire goûter votre nourriture (il grimaça), il sera d'ailleurs prudent de vous contenter de liquides, en faisant déboucher les bouteilles devant vous par vos gardes du corps eux-mêmes. Quelqu'un vous veut morte, Votre Altesse, quelqu'un qui ne lésine pas sur les moyens... La Capitaine Trente-Chênes a déjà commencé l'enquête, et elle désirera sans doute vous voir dans l'après-midi. Je donne mon accord à cette visite parce que vous semblez vous rétablir plus vite que prévu, mais à la moindre faiblesse, je vous prie de ne pas hésiter à abréger l'entretien.

Ne s'attendant à aucune réponse, il s'inclina légèrement, déposa sur le chevet une nouvelle bouteille de fortifiant et ramassa sa sacoche. Ryûzaki abaissa son arme, sans toutefois la rengainer.

— Merci.

La voix de la princesse avait tinté comme une clochette irréelle. Événement rarissime, elle avait agi d'instinct, sans réfléchir ni peser ses paroles. Chose qu'elle n'avait pas faite depuis l'âge de cinq ou six ans. La fée-médecin se tourna vers elle, décontenancée, puis sourit ; et Yuri se trouva bien incapable de dire si c'était ironique, espiègle ou compatissant. Peut-être les trois à la fois.

— Je vous en prie.

Aucune mention du titre, que ce fût volontaire ou non. Là-dessus, le Spectral replaça son baladeur sur ses oreilles et s'en fut.

Ryûzaki rengaina son arme avec nervosité.

— Saloperie de fée, pesta-t-il à mi-voix tandis que la porte se refermait. C'est toujours la même chose : sur le Rail, elles se prennent pour ce qu'elles ne sont pas.

— Ryû, tu ne veux pas profiter du silence ?

Le ton était cassant, et si la formulation n'était guère digne d'une princesse, Yuri n'en avait cure : elle n'avait aucune envie d'entendre fulminer son garde du corps. Épuisée, elle aurait apprécié une mélodie relaxante, mais n'avait emporté ni diffuseur stéréo dans ses bagages, ni musicien dans sa suite. Lorsqu'elle s'endormit, son sommeil fut troublé de cauchemars étranges, que son subconscient soigneusement conditionné ne laissa à aucun moment se refléter sur son visage.

*

Yuri ouvrit les yeux lorsque le pas cadencé de HA-17 s'arrêta à quelques mètres de son lit. Droite comme un *i*, le visage inexpressif, l'hybride faisait face à son supérieur. La princesse tendit l'oreille.

— Lieutenant HA-17 au rapport, mon Colonel.

— Repos. Avant toute chose, explique-moi pourquoi le thé n'avait pas été goûté, gronda Ryûzaki.

— Il l'a été, mon Colonel. D'ailleurs, il nous faudra un nouveau Sylfe apprivoisé. Mais le poison est d'action lente, comme vous l'a dit le Spectral – et plus encore sur une fée, à ce qu'il semble, puisque la bête en est morte il y a seulement vingt minutes.

Le colonel étouffa un juron.

— Je veux que tout ce qu'elle avalera ou touchera, fût-ce un couvert ou une serviette, soit testé vingt-quatre heures à l'avance. Par un humain ! Peu m'importe de décimer les domestiques, je ne prendrai plus le moindre risque. Tu y veilleras personnellement, et tu apporteras toi-même ici, où nous pourrons les surveiller, les objets et les aliments déjà testés.

— Mon Colonel, je ne peux pas être partout à la fois…

— J'assurerai tes tours de garde lorsque ce sera nécessaire.

— Bien, mon Colonel.

— As-tu procédé à l'interrogatoire de la soubrette ?

— Elle a disparu, mon Colonel. J'ai demandé à ce qu'on fouille le train pour la retrouver. Toutes les Fourmis ont sa description et les patrouilleurs font leur travail. Du moins, les humains. Pour les fées, je suppose que ces animaux sont bien dressés.

Ryûzaki demeura un long moment silencieux, puis hocha la tête, pensif.

— Son nom ? Son matricule ?

— C'est le plus troublant, fit le lieutenant en fronçant les sourcils. Personne ne sait. Tous les domestiques connaissaient la fille de vue depuis déjà un an ou deux, elle était réputée gentille et un peu simple d'esprit, mais personne n'est capable de dire quand elle a été engagée ni comment elle s'appelle. Plus curieux encore, j'ai eu au moins trois résultats différents quant à son matricule.

— Signalement ?

— Dix-sept à vingt-cinq ans, un mètre cinquante-cinq environ, yeux noirs et bridés, longs cheveux noirs. Pas d'accent, une physionomie de tokyoïte classique, aucun signe distinctif. Aimable, polie et cætera, une petite caricature de servante modèle… Volatilisée, elle et ses effets personnels.

— Je vois, murmura le colonel pour lui-même. Une jeune fille pas très futée sur laquelle quelqu'un aurait fait pression, avec de l'argent ou des menaces, afin qu'elle empoisonne sa maîtresse. Mais pour l'empêcher de parler, le commanditaire devait, par-dessus le marché, la persuader de sauter du train en marche, ce qui est plus aléatoire… Estimation de ses chances de survie ?

— Zéro pour cent, mon Colonel. Dans l'hypothèse où elle serait une simple servante. Un assassin professionnel, en revanche…

— Mais nous parlons d'une fille. Une *fille*, Levana !

Le lieutenant sourit intérieurement. Lorsqu'elle avait été offerte au clan Nekohaima, le colonel, qui n'entendait pas appeler son aide de camp par un matricule, lui avait attribué ce prénom. Leur étrange duo fonctionnait plutôt bien ; au point que Ryûzaki ne répugnait jamais à lui demander son avis, allant même jusqu'à le prendre en compte. Là encore, après un temps de réflexion, il reprit :

— Penses-tu qu'il pourrait s'agir d'un travesti ?

— Non, mon Colonel. L'un des valets avait…

Elle s'interrompit avec un regard furtif au lit de Yuri, qui, avide d'entendre la suite, avait prestement refermé les yeux.

— L'un des valets a eu des relations sexuelles avec la servante, reprit HA-17 un ton plus bas.

— D'accord, fit-il, mâchoires serrées. Mais un assassin femelle, allons donc, ce serait inconcevable ! Non, cette fille a dû être payée ou manipulée pour remplir sa tâche criminelle. Peut-être ignorait-elle la portée de son geste, et l'instigateur l'a-t-il lui-même jetée du train pour se couvrir – auquel cas il est encore à bord !… Je crains que nous ne devions redoubler de vigilance, Levana.

HA-17 répondit en se mettant au garde-à-vous. Les mots étaient inutiles, les protestations plus encore. Et il était évidement périlleux de rappeler que femelle ou pas, elle-même possédait bel et bien la capacité de commettre un crime et sans doute de sauter d'un train… Mieux valait se taire et se concentrer sur leur mission : assurer coûte que coûte la sécurité de la princesse. L'hybride avait une conscience aiguë de la confiance exorbitante accordée par son supérieur. Il n'avait même pas évoqué le fait qu'un échec serait payé de mort. Mais Levana n'avait pas besoin de ce genre de stimulation : son poste était sa seule raison de vivre. En réalité, c'était même la seule et unique raison de son existence.

L'on frappa à la porte. Le lieutenant jeta un coup d'œil par le judas.

— La Capitaine, dit-elle d'un ton sec.

Elle n'avait pas pardonné à Trente-Chênes d'avoir frappé son colonel.

— Fais-la entrer, ordonna Yuri.

Ryûzaki tressaillit. Depuis quand sa maîtresse était-elle réveillée ? Qu'avait-elle entendu de leur conversation ? Il ne voulait pas qu'elle se sente menacée, qu'elle vive dans la peur. Il était son protecteur et ne faillirait pas à son rôle, ou mourrait en l'accomplissant. Même s'il avait été très près d'échouer lamentablement…

HA-17 ouvrit la porte, cédant le passage à la Fourmi.

— Bonjour, Votre Altesse. Colonel, Lieutenant.

L'officier japonais et la Capitaine de la rame se firent face, le premier barrant résolument à la seconde l'accès au lit de sa maîtresse.

— Bonjour, Capitaine, salua Yuri, ce qui obligea le colonel à faire un pas en arrière – un seul, au millimètre près ; après quoi il demeura là, véritable statue de la réprobation. Avez-vous de nouveaux éléments concernant mon assassin ?

— Nous venons de finir de passer tout le train au peigne fin, Votre Altesse. Nous n'avons pas trouvé trace de votre domestique disparue, mais il est certain qu'elle n'est plus à bord. Nous avons également vérifié l'extérieur. La seule possibilité est qu'elle ait sauté en marche par crainte d'être prise, auquel cas je ne donne pas cher de sa peau.

Yuri hocha la tête. Quelle qu'ait été sa motivation, cette fille s'était montrée aussi stupide que criminelle, et en toute logique, elle en avait payé le prix. Ainsi, très certainement, que l'intermédiaire choisi pour la recruter, ou quiconque ayant eu vent du projet d'assassinat.

— Je serais donc hors de danger ?

— Ce point-là est l'affaire de votre garde du corps, Votre Altesse, non la mienne. Cependant, je mettrai en œuvre tous les moyens à ma disposition pour vous faire arriver à Paris en vie, autant que faire se peut.

La réponse de Trente-Chênes, grave mais sans détour, plut à Yuri : cette femme prenait ses responsabilités très au sérieux ; cependant, elle n'allait pas se répandre en vaines assurances pour réconforter sa noble passagère. Ce n'était pas du tout son genre !

— Je vois que votre réputation n'est pas surfaite, Capitaine. Au fait, j'ai terminé le livre que vous m'avez prêté, les *Contes de Taliesìn le Barde*. C'était très… distrayant.

— Si ça vous a plu, j'ai un très bel exemplaire des *Grandes Gestes de l'Ouest* dans ma bibliothèque. Vous pouvez en profiter tant que vous êtes dans le train, car ce ne sont pas des ouvrages autorisés en France, vous n'aurez probablement pas l'occasion de les lire autrement.

— Voilà qui m'intéresserait beaucoup, en effet. J'imagine que prendre le temps de fournir de la lecture à vos passagères n'est pas dans vos priorités… Je vous en remercie donc d'autant plus. En revanche, pourriez-vous également éclairer ma lanterne sur un autre sujet ? Il est clair qu'un incident s'est produit pendant mon… absence. Cette tension avec le colonel Ryûzaki, cet hématome sur son visage… L'une de vos Fourmis aurait-elle osé porter la main sur lui ?

À la stupéfaction de la princesse, la Capitaine jeta un regard presque amusé à Ryûzaki.

— Moi, Votre Altesse. Votre garde du corps faisait obstacle à mes décisions, j'ai donc dû les lui imposer dans l'urgence.

— De quel droit imposez-vous vos décisions à un officier supérieur en charge de ma protection ?

— Du droit du Rail, Votre Altesse. À bord de ma rame, même l'empereur du Japon se pliera à mes ordres s'ils concernent la sécurité du convoi ou d'un passager – vous, en l'occurrence.

— Dans ces conditions, en effet… Mais, dites-moi : quelle main avez-vous désignée pour imposer votre loi ? demanda Yuri, curieuse de savoir qui avait eu assez de cran pour frapper, même sur ordre, un colonel de l'armée impériale.

— Mais je vous l'ai dit, Votre Altesse. C'est moi.

L'esprit encore embrumé de la jeune fille peina à réaliser ce qu'elle venait entendre. La Capitaine Trente-Chênes avait-elle réellement affirmé… Non, impossible : c'était une *femme !* Une femme *ne pouvait pas* avoir frappé un homme. Les dames ne savaient pas donner de coups, pas de cette manière. Ce n'était pas dans leur nature, ni dans leurs capacités. Et d'ailleurs, aucun homme ne le tolérerait !

— Vous ne prétendez pas…

— … lui avoir mis un coup de poing dans la figure ? poursuivit la Fourmi, tranquille. Si fait ! Mais je ne tiens guère à vous en faire la démonstration ; ce n'est pas une habitude à prendre.

Le colonel avait souhaité avec ardeur que la princesse ignorât à jamais cet incident. Et voilà qu'on lui infligeait un surcroît d'humiliation !

— Ohime-sama, articula-t-il, je vous supplie de vous reposer, à présent.

Yuri sourit. Inutile d'en rajouter…

— Tu as raison, Ryûzaki.

Fort charitablement, la Capitaine prit congé. Non sans un léger sourire.

À peine la porte refermée, Yuri examina avec intérêt son garde du corps. Le visage de l'officier demeurait impassible, mais sur l'accoudoir du fauteuil où il s'était enfin assis, sa main frémissait de colère. La princesse ne l'avait vu qu'une seule fois dans cet état : après que l'un de ses cousins eût essayé de la violer. Elle se souvenait très bien du sort fait au jeune noble par Ryûzaki, avec la bénédiction formelle de l'Ambassadeur Blanc.

Elle n'avait pas oublié non plus ce que son père avait promis de faire subir à toute la garde de sa fille unique s'il venait à lui arriver malheur. Après le drame de la veille, le colonel devait être à la torture – et s'y croire promis pour de bon, pour peu que survînt une autre tentative de meurtre. Yuri décida de détendre l'atmosphère.

— Ryû.

— Yuri-hime-sama ?

— Jouons.

*

La Capitaine Camille-Agnès Albane du Mont de Trente-Chênes rédigeait son rapport dans son énorme journal de bord, d'une écriture rapide, fine et précise. Elle était assise très droite derrière le bureau de merisier qui trônait au centre de sa cabine. De la taille d'une vaste chambre, la pièce était fonctionnelle et néanmoins élégante, toute en meriser, laiton et velours pourpre : une couchette masquée par des rideaux, avec un coffre en dessous et un chevet encombré de livres ; un long placard dont la porte centrale faisait office de miroir ; et deux fauteuils placés devant le bureau pour les visiteurs, sans compter celui, plus imposant, sur lequel elle siégeait.

Ce n'était pas la première tentative d'assassinat à bord du Rail, ni même de la Rame Cinq. Les nobles, en particulier, avaient le don de susciter ce genre de problème. Trente-Chênes soupira en plaçant un point final au bas de sa page. Pour elle, l'affaire était close, bien que non résolue. Curieuse histoire, tout de même. L'une des servantes de la princesse, celle qui lui avait servi la boisson empoisonnée, s'était évaporée. Les patrouilleurs avaient vainement fouillé chaque recoin ; la coupable avait donc quitté le train. Sauter en marche dans cette région désolée représentait, de la part n'importe qui, un acte stupide et désespéré. Mais personne n'engagerait « n'importe qui » pour attenter à la vie de Nekohaima Yuri, troisième dame de l'Empire japonais. Quelqu'un qui disposait de ce genre de poisons devait être un assassin entraîné… ou un domestique suicidaire. Choisir l'une des soubrettes et la retourner contre sa maîtresse était un procédé efficace, quoiqu'assez rare, car les nobles s'offraient souvent la loyauté de leur maisonnée par des moyens peu glorieux. Être le domestique d'un noble, c'était être un esclave avec un salaire et une livrée.

Au milieu des cliquetis du train, Trente-Chênes perçut un pas léger, calme et régulier. Elle identifiait chacune de ses Fourmis rien qu'à ce son ; cette fois, il s'agissait de Ren. Le médecin devait en avoir fini avec ses visites et venait lui faire son compte-rendu, comme chaque soir.

— Entre, Ren, appela-t-elle avant même qu'il n'eût frappé.

— Toujours l'oreille aux aguets, ma Capitaine, s'amusa le Spectral, son sempiternel baladeur autour du cou, en refermant derrière lui le battant de merisier capitonné de velours.

— Ce n'est pas à cinquante-quatre ans que je vais changer, va ! Assieds-toi. Tu bois quelque chose ?

— S'il vous plaît, répondit-il sereinement, sachant que pour elle « quelque chose » signifiait du whisky pur malt vingt-cinq ans d'âge de sa réserve personnelle, importée en contrebande de Keltia par un canal que la Capitaine se refusait à révéler.

Trente-Chênes était une femme logique et tolérante : toutes les Fourmis pratiquaient la contrebande de choses et d'autres. Elle ne pouvait et ne désirait pas les en empêcher. Certains doublaient ou triplaient ainsi leur salaire, mais la vie d'une Fourmi était trop précaire, souvent trop brève, pour être privée des plaisirs que peut offrir l'argent. Rares étaient les employés de la rame qui économisaient :

la plupart dépensaient leurs gains au jeu ou au bordel. Certains buvaient un peu, jamais à l'excès, car la bonne marche du train procédait d'un équilibre trop subtil pour risquer d'être compromise. D'autres, comme Ren ou sa mère adoptive, s'offraient des livres ou des cassettes audio, parfois de véritables petits trésors ; un ou deux se droguaient lorsque leur poste le permettait. Tout cela n'avait pas très grande importance. En revanche, Camille Trente-Chênes, réputée pour son intégrité morale, châtiait sans pitié toute contrebande d'êtres vivants, qu'il s'agît d'esclaves, d'enfants de fée ou d'animaux rares. Cette restriction était déjà en vigueur sous son prédécesseur et mentor, le Capitaine Farel. Bien que le non-vivant fût moins rémunérateur, nul ne se plaignait ni ne tentait de contourner la règle : en dehors même de tout critère éthique, la contrebande vivante était trop contraignante.

La Capitaine tendit à Ren un verre assaisonné d'un sourire.

— Pas trop de problèmes avec l'excité du wagon sept ?

— Pas pire que d'autres. J'ai l'habitude.

— Habitude de merde, décréta Camille-Agnès en avalant une gorgée d'alcool.

Ren sourit à son tour.

— Je ne connais aucun autre noble qui invite une fée à boire du whisky et qui lui parle comme à un égal.

— Je ne suis plus une noble, Ren. Je suis une Fourmi, exactement comme toi. Et si l'on te parle souvent comme à un animal, autrefois on me parlait comme à un bibelot ou à une demeurée. Au fait, comment t'es-tu débrouillé pour te retrouver *pile* avec le contrepoison nécessaire ?

— Vous vous souvenez de l'affaire du wagon huit, il y a cinq ans ? Eh bien, c'était le même poison – ou du moins, la même molécule active. Elle m'avait intrigué, vous voyez, alors je l'ai reproduite pour procéder à des tests : sur un rat de corpulence normale, elle entraîne dans un délai de cinq à cinquante minutes une léthargie comateuse, puis l'arrêt progressif des fonctions vitales. Sur un être humain, j'estime que cela prend de trente minutes à vingt-quatre heures ; ce qui laisse largement à l'assassin le temps de s'éclipser ou de se faire oublier. Bref, j'avais préparé un contrepoison au cas où. Le plus étonnant, vu l'efficacité de cette saloperie, c'est que je n'en ai jamais entendu parler ; et dans les deux cas auxquels nous avons été confrontés, personne d'autre que moi n'a semblé reconnaître ses effets. (Il réfléchit, secoua la tête) Ça imite assez bien une grave chute de tension suivie d'un arrêt cardiaque ; j'imagine qu'un médecin non Spectral conclurait à un décès par cause naturelle.

Trente-Chênes se racla la gorge :

— Belle saloperie, en effet. T'en as déjà vendu ?

— Ça non, ma Capitaine. Je suis médecin, je ne m'amuse pas à vendre de la mort sous quelque forme que ce soit.

— Ton intégrité est l'une des choses que j'apprécie chez toi, Ren. Écoute, cette histoire schlingue à plein nez. À ta place, je planquerais le contrepoison et je détruirais le poison, s'il t'en reste.

— Pas compliqué, j'ai crypté les deux formules dans mes notes de toute façon. Pourquoi ?

— Parce que comme tu l'as souligné, ce truc semble étrangement rare, étant donné son efficacité. Même si ça coûtait la peau du cul au marché noir, il y en aurait qui seraient prêts à aligner pour une merde pareille.

— Le poison serait donc entre les mains d'une personne en particulier. Qui en ferait un usage exclusif, donc très discret… Mouais, j'ai peur que ça soit l'hypothèse la plus probable.

— D'une personne ou d'un groupe. De toute façon, c'est dangereux. Vaut mieux que personne ne sache que tu as un contrepoison, Ren.

— Bah, son créateur le croit sans doute indétectable. Il est déjà difficile de définir le mode d'action d'un poison d'après les symptômes qu'il provoque, alors quant à le reproduire… J'ai seulement eu de la chance.

— Justement. La chance peut toujours tourner. Bon, il se fait tard, faut que j'aille à la loco vérifier l'approvisionnement et les rapports des mécanos. Tu me fileras deux flacons de ton truc en douce, en cas d'ennuis mieux vaut avoir des réserves cachées. Demain matin sur mon bureau. Passe le bonsoir aux Alethia.

Ils vidèrent leurs verres et se sourirent en guise de salut. Ren quitta le bureau en silence pendant que Camille-Agnès rangeait le livre de bord.

CHAPITRE II
LIENS DE SANG, JEUX DE POUVOIR

DEUX SEMAINES PLUS TARD, le sifflet strident de la locomotive annonçait l'arrivée de la Rame Cinq en gare de Paris. Depuis le toit du premier wagon, la Capitaine Trente-Chênes vociférait des ordres brefs, dominant le cri des freins, le bruit des moteurs et le grincement des châssis grâce à un microphone relié aux baffles de chaque plateforme.

— RÉDUISEZ LE MOTEUR DE DEUX VITESSES ! PATROUILLEURS, REPLIEZ LES ABRIS ET DESCENDEZ DES NIDS-DE-PIE ! SPARK, BORDEL, MÉNAGE LES FREINS ! T'EN AS DÉJÀ BOUSILLÉ DEUX Y'A TROIS MOIS !

Fascinée par ce branle-bas et par l'autorité de la Capitaine, Yuri avait quitté sa suite grand luxe pour venir observer les manœuvres depuis la plateforme du wagon trois. Vêtue d'un kimono de soie blanche brodé de grues et de montagnes, elle portait une écharpe de cachemire violet par-dessus, pour lui tenir chaud sous le vent déjà glacial en ce début du mois d'octobre.

— La Capitaine ne ménage pas sa peine…, constata Ryûzaki, debout derrière elle aux côtés de la silencieuse HA-17.

Yuri hocha la tête. Elle voyait Paris grandir à vue d'œil à l'horizon. Dans quelques minutes ils arriveraient à quai, elle descendrait alors du train pour se jeter dans l'inconnu… Plus que jamais, la lettre blanche qui l'avait convoquée ici l'emplissait de frustration : elle se sentait mise à l'écart de sa propre vie. Elle reporta son regard sur la Capitaine Trente-Chênes avec ses cheveux coupés court, vêtue ce jour-là d'un pantalon, comme un homme, et qui respirait pourtant la féminité d'une façon que la princesse n'aurait jamais imaginée. Certes, cette femme inspirait respect et obéissance, mais pas à la façon impérieuse d'un homme : elle n'avait pas gagné respect et obéissance par la force, mais par la sagesse, parce que c'était la sagesse qui guidait chacun de ses actes, chacun de ses mots. Si Camille Trente-Chênes était obéie, c'était pour une simple raison : chacun se rendait compte qu'elle voyait plus juste que les autres.

— RAQUAME ! TROISIÈME APPEL DE SIFFLET !

Personne ne répliquait jamais, personne ne posait de question. Tout le monde s'activait, simplement ; la moindre Fourmi faisait, à son poste, ce qu'elle avait à faire.

— Ils sont encore plus réactifs que l'armée de l'Empire, s'amusa Yuri. Je ne m'étonne plus que le Rail soit encore libre, avec des employés pareils !

— Votre père n'apprécierait pas ce genre de propos.

— Mon père sait reconnaître la vérité quand il la voit, Ryû. HA-17 mise à part, lequel de tes hommes se serait comporté comme ce Spectral, l'autre jour ?

— Tous, Ohime-sama. Ils me craignent trop pour me désobéir.

— Et elle, ils la respectent trop pour la décevoir.

— Le respect n'est qu'un substitut pour les femmes, qui sont incapables d'inspirer la crainte, Yuri-hime-sama. Du moins, ce n'est pas elles que l'on craint, mais l'homme qui se trouve derrière elles. Cette femme n'ayant pas de mari, sa seule ressource est de susciter le respect. Cela suffit tant que tout va bien, mais le jour où surviendra un vrai danger, elle perdra tout contrôle.

— Tu as l'air d'avoir beaucoup théorisé la question, Ryû.

— Cela fait partie de la formation des officiers, Ohime-sama. J'ai appris à mener des hommes. Je sais quel effet a le respect, et quel effet a la crainte. Le premier découle de ce que vos subalternes savent de vous. La seconde, de ce qu'ils ignorent de vous. C'est pourquoi l'on risque davantage de perdre le respect de quelqu'un, que de voir se dissiper la crainte qu'on lui inspire.

— L'éternelle peur de l'inconnu…

Oui, réalisa la princesse, de là venait son malaise : ne pas savoir. Elle avait du mal à l'admettre, mais elle redoutait ce qui l'attendait à Paris.

— SPARK ! DOUZE ! RÉDUISEZ ENCORE LA VITESSE ! MARCEL ! DESCENDS DU NID-DE-PIE, J'AI DIT ! MISTRAL, ALCYONE, RETOUR EN PLATEFORME !

Même métallisée par les haut-parleurs, la voix de Trente-Chênes rassurait curieusement Yuri. En réponse au dernier ordre, deux Aelings vinrent se poser sur les toits d'un wagon, derrière la princesse. Ils se ressemblaient énormément, comme deux versions d'une même fée à des âges distincts.

Yuri repensa aux dires de Ryûzaki. Certes, il avait étudié le sujet à l'école des officiers, avait été formé au contrôle des troupes des années durant, tandis qu'elle-même ne recevait qu'une éducation de femme. Pourtant, elle avait ressenti la confiance absolue du médecin spectral envers Trente-Chênes chaque fois qu'il l'avait soignée ces derniers jours, le canon d'une arme sur la tempe. Il semblait certain que Ryûzaki ne tirerait pas, pour la simple raison que quelque part dans la rame, son Capitaine veillait au grain.

La princesse distinguait à présent les fenêtres des tours de la Cité. De part et d'autre du train, les champs laissèrent place à des bicoques croulantes, construites de bric et de broc. Habitées, pourtant, puisque des rubans de fumée s'échappaient de cheminées faites de vieux tuyaux tordus. Quelques gamins faméliques sortirent pour regarder passer la montagne d'acier blindé de la Rame Cinq. Ils criaient quelque chose, mais le vacarme du train ne permit pas à Yuri de comprendre leurs paroles.

— Dernier appel, Raquame !

Le train laissa derrière lui le bidonville et pénétra dans la première enceinte, un invraisemblable entassement de docks et d'entrepôts, alors qu'un nouveau coup de sifflet déchirait l'air. La silhouette massive de la Grand'Gare de Paris se précisait peu à peu, structure de poutrelles rivetées les unes aux autres, couvertes de plaques de tôle et de plexiglas. Pour accueillir les énormes rames des Orient-Express et des Lignes Boréales, avec leurs cheminées qui auraient asphyxié en quelques secondes n'importe quel bâtiment, il fallait bien ces trente mètres de hauteur sous plafond. Les lourdes arches qui soutenaient l'ensemble, peintes d'un vert terne et scellées dans des blocs de béton, donnaient à cette architecture ancienne, fleuron de son époque – le début des années mille neuf cent, si l'on se référait au calendrier français – un aspect massif assez oppressant. Lors des grands travaux de rénovation pratiqués sous Louis XIX, on avait achevé de couvrir les quais, ce qui divisait encore l'opinion bourgeoise : certains vouaient un culte au monument, emblème de la modernité ; d'autres, surtout les résidents du quartier des notaires aux murs désormais noirs comme des chaudrons, regrettaient le temps où la fumée des gigantesques locomotives s'envolait librement dans le ciel au lieu d'être rabattue sur les habitations environnantes.

Yuri observa un moment les manœuvres d'approche, puis regagna ses appartements pour vérifier une dernière fois sa tenue.

*

Samuel rajusta son béret sur sa tête et remonta le col du pull qu'il portait sous sa tenue verdâtre d'égoutier. Il gagnerait à être reconnu par le moins de gens possible, or certains de ses contacts seraient peut-être dans la place. À ses côtés, Emmanuel fourra ses mains dans ses poches : il faisait froid et il n'avait pas de gants. Sa veste en bleu de Gênes n'offrait qu'un rempart dérisoire à opposer aux premiers vents du nord, mais c'était toujours mieux que rien. En une quinzaine, l'été avait fait place à l'automne, et ce début d'octobre était singulièrement froid. Les deux quadragénaires avaient espéré que les voyous qui traînaient entre les docks et la gare auraient allumé un feu qui adoucirait leur attente, mais la chose était trop risquée. Attirer l'attention d'une patrouille un peu trop désœuvrée n'était jamais une bonne idée lorsqu'on tenait à ses dents.

— Si on se perd, rendez-vous chez ma mère, rappela Samuel. Fais gaffe à toi, gars, ça grouille de Fleurs-de-lys, dans le coin.

Il entendait par là les gardes des divers corps royaux, qu'ils fussent affectés à la protection de la famille royale, des nobles ou des commerçants. Aucun des deux hommes n'avait rien à se reprocher, mais Emmanuel ne possédait pas de papiers d'identité : ils lui avaient été dérobés bien des années plus tôt, lorsque la famine l'avait mené de la campagne à la ville et qu'une douzaine de malfrats l'avaient passé à tabac, volé et laissé pour mort. Samuel l'avait trouvé par hasard et aidé par humanité, mais depuis, Emmanuel était condamné à vivre caché, comme tant d'autres. Car pour obtenir de nouveaux papiers, il eût dû retourner dans son village d'origine, dont, comble de malchance, les archives avaient brûlé pendant une attaque de bandits. Son cas n'était pas isolé. Ce qui le rendait peu commun, c'était sa survie malgré tout… Heureusement, il appartenait désormais à la Communauté, et tant qu'il ne se faisait pas attraper par une patrouille, tout irait aussi bien que possible.

— Tu crois qu'on verra quelque chose ?

— Et comment ! Un maltouzier m'a filé un plan. Viens vite…

Le quartier de la Grand'Gare était en effervescence. L'arrivée d'un train était toujours un événement en soi, mais un train transportant une princesse relevait de l'attraction ! Les badauds en tout genre se pressaient, se bousculaient pour gagner le grand hall des quais, tandis que les riches bourgeois et les aristocrates se faisaient ouvrir un chemin à coups de fouets ou de crosses de fusils.

Cependant, Samuel entraîna son camarade à l'écart de l'agitation, vers un immeuble branlant engoncé dans une ruelle sale, si obscure que personne ne s'y risquerait. Cet immeuble se trouvait pourvu d'un escalier extérieur, en mauvais acier rendu glissant par le crachin, mais qui permettait d'accéder au toit. De là-haut, les deux hommes purent sauter sur celui de la gare, pourvu d'une coursive de service. Ils jouèrent ensuite les acrobates dans la structure métallique pour se trouver une bonne place.

— D'ici, on sera aux premières loges.

Quelques petits malins avaient eu la même idée : une demi-douzaine à peine, à présent accrochés à trente mètres du sol sous le plafond de plexiglas, assis sur les poutrelles d'acier peintes en vert et se cramponnant des deux mains à la moindre prise.

— Ce serait l'endroit idéal pour un tireur, remarqua Emmanuel. J'espère que la princesse n'a pas d'assassins au cul…

— T'as pas remarqué un détail ? On a pas trop de ses deux mains pour se retenir de tomber ! Et même si un lascar réussissait à tirer, il pourrait pas s'enfuir avant que ceux-là (il désigna les gardes royaux qui patrouillaient en contrebas) l'aient aligné comme un gros pigeon sans ailes.

— Ah ouais, merde, t'as raison !

— Mais c'est quand même l'endroit idéal pour être au spectacle… Allez, profite donc, tu vas bientôt voir arriver notre bon roi Louis XX le Jaloux !

— C'est pas qu'un bon endroit pour regarder, rit Emmanuel. C'est aussi le seul dans cette gare où on peut causer comme on pense !

*

— Encore à écouter ça ?! C'est pas possible, c'est une drogue, ce truc, ou quoi ?

Alcyone se laissa tomber sur sa couchette de tout le long de ses deux mètres douze, tandis que Ren, comme un enfant pris en faute, éteignait son baladeur en piquant un fard. Devant ce remue-ménage, Shadow, le chat-Lune couché sur le ventre de son maître, se leva avec indignation. Le Spectral le caressa pour l'apaiser.

— Désolé, Al, mais c'est si beau !

— J'imagine…, ça fait quinze jours que tu l'écoutes sans arrêt. Tu dois déjà la connaître par cœur.

— Heu, presque, avoua le Spectral.

— *Sérieux ?* C'est flippant, tu sais, qu'une putain de cassette te fasse cet effet-là !

— Flippant ?

— Plutôt, ouais. Je sais pas si tu t'en rends compte, mais quand tu l'écoutes, t'as l'air limite hypnotisé…

— T'es sûr que tu te fais pas des idées ?

— Certain. M'man l'a remarqué aussi, et P'pa a même suggéré qu'on te la pique histoire de voir ce que ça fait, comme la fois où Spark a chouré la came de Douze.

— J'suis pas Douze, tout de même… Mais, okay, j'essaierai de changer un peu de musique. Rassuré, bro ?

— Oh, tu fais ce que tu veux de tes os, j'm'en fous, va ! Je voulais juste te prévenir.

Ren ôta le casque de ses oreilles et rangea le baladeur sous son sommier. Il était torse nu ; depuis sa couchette, Alcyone pouvait voir ses muscles minces et le tatouage d'un corbeau sur son épaule gauche. Un jour, il l'avait questionné à ce sujet. Ren avait expliqué que sa mère l'avait fait tatouer pour qu'il n'oublie pas un présage : à sa naissance, la chamane de son village avait prédit que « son destin était lié à celui d'un corbeau ». Comme Alcyone l'avait taquiné : « Ah ouais, une prophétie, rien que ça ? », son demi-frère avait souri, car la chamane pondait un oracle à chaque nouveau-né… Ce tatouage était tout ce qu'il restait au Spectral de sa vie avant le Rail, qui ne semblait guère lui manquer.

Ren poussa un soupir en croisant les mains sous sa tête.

— On arrive ?

— Ouais. Pas fâché que la princesse dégage.

— Pourquoi ? Tu l'as pour ainsi dire pas vue pendant le voyage…

— Moi, non, mais toi, une fois par jour depuis son empoisonnement. Toutes les Fourmis avaient envie de buter ce connard de blackie qui se permettait de braquer son flingue sur ta tête chaque fois que tu venais la soigner. La Capitaine a même dû empêcher

P'pa de le faire quand il a su ce qui se passait. Il a gueulé dans tout notre wagon qu'il allait l'aligner comme un lapin s'il touchait à son fils cadet chéri adoré.

— Merde… J'avais même pas réalisé que tout le monde était au courant de cette affaire-là.

— Vu comment tu planes, parfois, ça m'étonne pas.

— Je plane ? Pourtant, je suis le seul qui n'aie pas d'ailes, dans cette famille !

Les deux frères riaient de bon cœur lorsque retentit le dernier coup de sifflet.

— On va voir descendre la princesse ? proposa Ren.

— Et comment ! Dans le dernier virage, j'ai vu ce qui l'attendait : c'est du lourd !

Ren enfila un T-shirt noir et une chemise vert sapin sur son pantalon gris du Rail et quitta la cabine à la suite de son frère, toujours plus rapide que lui. Ils eurent vite fait de constater qu'ils n'étaient pas les seuls à se rendre au spectacle : presque toutes les Fourmis étaient de sortie. Mécaniciens, cheminots, patrouilleurs, navigateurs, cuisiniers, cabiniers ou courriers, Humains, Aelings, Sylfes ou Feux-follets, tout l'équipage de la Rame Cinq s'entassait dans les coursives et sur les plateformes.

— Mazette ! s'écria Lucien Longchamp, le courrier réputé filou qui portait toujours sa casquette de travers pour se donner un genre, ils ont pas lésiné sur les moyens…

Il désignait le quai le long duquel s'engageait la rame. De part et d'autre d'un interminable tapis en velours écarlate, une haie de soldats en uniforme de parade azur et or, six rangs de chaque côté, attendait dans une parfaite immobilité. Douze demoiselles d'honneur entre six et huit ans, sans doute des filles de petite noblesse, froissaient nerveusement leurs jupons rose sakura ou tiraillaient leurs boucles blondes. Un orchestre entier retenait son souffle, les yeux rivés sur le chef en arrêt, les bras levés. Toute la gare avait été parée de rose et violet alternant avec du bleu et or, couleurs respectives du clan Nekohaima et de la famille royale de France. Quant aux quais, et sans doute la gare entière, ils étaient noirs de curieux venus assister à l'arrivée de la troisième dame du Japon.

— Hé, ça a pas l'air de lui faire plaisir, tout c'tintouin, rit Lucien en désignant d'un coup de menton la princesse, dont ils apercevaient le reflet par une fenêtre. Z'avez vu la gueule qu'elle tire ?

— Bah, fit Cers, arrivant derrière eux et posant une main douce sur l'épaule de chacun de ses fils, elle doit avoir l'habitude.

— Et voilà sans doute l'Ambassadeur Blanc, commenta Alcyone lorsqu'un Japonais vêtu d'un kimono de cérémonie immaculé s'avança le long du tapis rouge.

— Il a pas volé son surnom, constata le courrier. Ça doit lui coûter une fortune en lessive, des fringues pareilles !

— Au moins, lui, il les lave *avant* de puer comme le clébard de Tom-la-Guigne, le taquina Ren.

— J'vois pas d'quoi tu m'causes, Crins-Blancs, rétorqua d'un ton faussement vexé Lucien, qui en effet, empestait l'eau de toilette bon marché.

Et il gratifia le Spectral d'une petite tape amicale derrière la tête. Ren sourit, mais reporta aussitôt son attention sur la princesse. Le courrier n'avait pas tort : elle semblait contrariée, et sa jolie bouche avait un pli de mauvais augure. À côté d'elle, le colonel et le lieutenant arboraient un visage impassible. Dans un abominable crescendo de bruits de freins et de soufflerie, accompagnés d'une gamme de grincements ou claquements dont seule une Fourmi pouvait identifier l'origine – et toutes le pouvaient avec précision, les yeux fermés –, la Rame Cinq immobilisa en bout de quai ses deux kilomètres de ferraille montée sur roues.

— On n'a qu'à grimper sur le toit, on verra mieux, suggéra Alcyone en tirant son frère par la manche.

Se glissant derrière leurs collègues agglutinés contre les vitres, les deux fées empruntèrent une fenêtre côté voie pour se hisser sur le toit juste au moment où le chef d'orchestre donnait le signal d'une marche solennelle terriblement pompeuse. Rangées par ordre croissant de taille, les fillettes plongèrent la main dans leurs paniers de pétales de roses, prêtes à les répandre sous les pas de la princesse. L'Ambassadeur Blanc se tourna vers la plateforme du wagon de sa fille, qui parut, splendide, dans son vêtement de soie immaculée et délicatement brodée de grues rose pâle.

Yuri arborait à présent le sourire humble et discret en vigueur à la Cour du Japon, mais qui se devrait d'être plus impérial dès lors qu'elle revêtirait des vêtements occidentaux. Comme son kimono lui interdisait d'emprunter les marches, un cabinier de l'Orient-Express déplia un plan incliné revêtu de velours rouge pour lui permettre de descendre du train. À pas minuscules, elle rejoignit sur le quai son père, qui lui offrit son bras. Les fillettes les précédèrent vers la haie d'honneur que formaient les soldats en uniforme d'apparat, et se mirent à joncher de pétales le tapis écarlate, esquissant un fragile sentier rose et blanc sous les pieds de la princesse. Celle-ci progressait en doubles croches sur le rythme de la musique, car le kimono qui entravait ses mouvements donnait l'impression qu'elle se déplaçait sur un coussin d'air.

« On dirait qu'elle flotte », songea Ren.

— Ça doit être l'horreur pour bouger, des fringues pareilles… Rien que pour ça, je n'aimerais pas être une princesse ! déclara Cers.

Son époux et elle avaient à leur tour gagné le toit et s'étaient accroupis derrière leurs fils.

— T'inquiète, M'man, la taquina son cadet, une fée n'a aucune chance de devenir princesse. Personne ne t'obligera jamais à porter autre chose que l'uniforme du Rail…

— Oh, merde ! s'exclama soudain Alcyone, pointant du doigt l'autre extrémité du tapis rouge. Je me plante total, ou c'est le auphin Louis-Philippe ?

— Exact, répondit sa mère. C'est le Dauphin de France.

Ren, pour sa part, ne distinguait qu'une vague silhouette : il n'avait pas l'acuité visuelle d'un Aeling. Son père, sa mère et son frère, en revanche, n'avaient aucun mal à observer ce qui se passait à cette distance.

— Balance, bro, fit le Spectral.

— Je dirais, un mètre quatre-vingt-trois. Le début de la vingtaine, allez, on va dire vingt-deux, vingt-trois ans… Une belle gueule de gars viril, les yeux bleus, les cheveux platine… un brin plus clairs et ils feraient concurrence aux tiens, mon p'tit Crin-d'Argent ! Un sourire comme une réclame de pâte dentifrice. Et des fringues, je te dis pas ! J'suis sûr que son calbut vaut mon salaire annuel !

— Suie et charbon ! Tu m'étonnes qu'il ait posté une palanquée de soldats dans le décor ! Tu lui chopes sa veste et une aiguille à cheveux de la princesse, et tu nourris peinard la moitié du bidonville pendant un mois !

— Ouais, ben j'plains celui qui s'avisera d'essayer, il fera pas un mètre, avec ton copain le fou d'la gâchette !

Le colonel Ryûzaki et le lieutenant HA-17 étaient descendus immédiatement derrière Yuri, la main posée sur leur arme de service avec un naturel inquiétant.

— Lui, marmonna Mistral en posant une main un peu trop protectrice sur l'épaule de son fils adoptif, il a du bol que la Capitaine m'ait interdit de le buter.

— C'est bon, P'pa, il est juste parano, c'est son boulot après tout… Et puis, t'as oublié ? J'suis un Spectral. Un *Intouchable.*

— Rien à battre, t'es mon fils, et personne n'a le droit de te menacer avec un putain de flingue, pas même le Roi de France !

Intouchables. C'était le surnom habituel des Spectraux, et ils avaient l'habitude que ce soit pris au pied de la lettre. La plupart des autres espèces redoutaient d'entrer en contact avec eux, car c'était en grande partie à travers leur sens du toucher que les fées de la Brume canalisaient l'énergie. Elles pouvaient alors la manipuler à leur guise, y compris pour tuer ou détruire, ce qui effrayait à raison n'importe qui. Ren le savait bien, et ne se vexait pas de susciter des mouvements de recul. Lorsqu'il était arrivé sur le Rail à l'âge de douze ans, il y avait eu quelques incidents, car l'étroitesse des couloirs empêchait parfois de garder ses distances. Puis les Fourmis s'étaient rendu compte que la famille Alethia, qui pourtant touchait ce petit Spectral peau à peau dix fois par jour, se portait à merveille ; elles en avaient conclu que personne ne risquait rien. Plus tard encore, il était même apparu que ce contact pourrait sauver nombre d'entre elles. Mais Ren savait bien que cette tolérance ne s'exercerait qu'à bord de la Rame Cinq. Ailleurs, ce serait une autre affaire, comme l'avait malheureusement rappelé le comportement du colonel.

— Wohoo… me dis pas que…, balbutia Alcyone, tirant son frère de ses sombres réflexions. Hé, bro, M'man, P'pa ! J'crois qu'on s'est trimbalé la future Reine de France, sans dec' ! Le p'tit Prince vient l'accueillir… Et il lui fait même des courbettes ! Et même le Roi et la Reine se sont bougé leur cul hors du Louvre, regardez, ils sont assis là-bas ! C'est du sérieux !

— J'aime pas les trucs sérieux, c'est mortellement emmerdant…, commenta un machiniste en se hissant sur le toit du wagon.

— D'un autre côté, Douze, à part la came, t'aimes pas grand-chose, répliqua Spark, son collègue et ami, sitôt qu'il l'eut rejoint.

— Et dire que j'ai cru un moment qu'on aurait la paix ici, soupira Mistral.

Les nouveaux venus formaient le tandem le plus détonnant de la rame, et le plus exaspérant. Tout le monde se demandait comment Spark, Feu-follet hyperactif, inépuisable même selon la norme de son espèce, et Douze, hippie camé planant vingt-trois heures cinquante-neuf sur vingt-quatre dans des sphères inconnues, et par ailleurs musicien émérite, parvenaient à s'entendre. Du moins, toute Fourmi arrivant sur la rame se posait la question pendant son premier voyage, puis se faisait une raison : après tout, ce n'était qu'une bizarrerie de plus dans un train qui en recelait déjà beaucoup.

Seuls à distinguer clairement ce qui se passait au-delà de la haie d'honneur, les trois Aelings entreprirent de décrire la scène à leurs compagnons.

— La princesse et son père s'avancent le long du tapis… Le Prince vient à leur rencontre, mais le Roi et la Reine restent sur leur trône.

— Le Dauphin s'incline devant la princesse, il lui baise la main. Il lui dit quelque chose.

*

Dès qu'elle avait aperçu la haie d'honneur depuis la fenêtre de son wagon, Yuri avait compris les raisons du silence de son père. Douze rangs, disposés en quinconce, de soldats en uniforme de parade : toute personne au fait des protocoles diplomatiques en vigueur dans la Triade savait que celui-ci s'appliquait au Roi de France, à l'Empereur du Japon ou au Sultan de Bagdad, et à leur proche famille. Jusqu'à preuve du contraire, son titre de princesse de très haut lignage lui donnait droit à une haie d'honneur à huit rangs. Douze, c'était quatre de trop.

Ce qui signifiait qu'elle n'était pas attendue en tant que princesse héritière de la famille Nekohaima.

Ce qui signifiait qu'elle était attendue en tant que membre de la Maison de France.

Ce qui signifiait qu'elle était fiancée à l'un des membres de la Maison de France.

Ce qui signifiait qu'elle allait épouser le seul Capétien en âge de se marier, le Dauphin Louis-Philippe Auguste de France.

Ce qui signifiait qu'elle serait Dauphine de France.

Ce qui signifiait qu'elle serait Reine de France.

Ce qui signifiait qu'elle deviendrait la femme la plus puissante du Monde.

Ce qui signifiait, surtout, que son père avait fixé son destin sans même la consulter…

Elle serra son éventail si fort entre ses poings qu'il se rompit.

— Quelque chose ne va pas, Yuri-hime-sama ? demanda Ryûzaki.

Yuri avait l'impression qu'on lui broyait le cœur dans la poitrine. Son père avait rompu la seule promesse qu'il lui ait jamais faite : celle de la consulter avant de la fiancer ou de la marier. La lettre blanche prenait tout son sens : il ne voulait pas qu'elle sache. Jusqu'au bout, il lui avait menti. Il l'avait trahie. Elle. Sa fille unique.

Si elle n'avait pas été une princesse, elle aurait pleuré, tempêté, pesté, brisé les bibelots qui lui tombaient sous la main, se serait réfugiée chez une amie de confiance pour s'épancher sur son épaule compatissante. Mais elle était une princesse. Au même titre que la confiance et la compassion, les démonstrations de fureur lui étaient proscrites.

Tout ce qu'elle put faire, ce fut de se réfugier dans sa chambre et faire rajuster son nœud d'obi par deux de ses obiko. Elle se félicita froidement d'avoir choisi son plus beau kimono pour les retrouvailles avec son traître de père. Mais elle tremblait de rage, et il lui fallut s'adonner à plusieurs exercices de zen pour permettre à ses servantes de faire un travail convenable.

Le train venait de s'immobiliser. Yuri soupira.

— Yuri-hime-sama..., hésita le colonel en frappant à la porte de sa chambre.

— Je viens, répondit-elle.

Elle était redevenue parfaitement calme en apparence, revêtue de l'expression pudique qui convenait à une noble japonaise paraissant en public. Elle claqua des doigts. La plus jeune des obiko se jeta sur la poignée de la porte pour l'ouvrir et s'effaça devant sa maîtresse. Yuri sortit dans le couloir, s'arrêta devant le battant de la plateforme. Au-dehors, une marche tonitruante vint cingler les vitres à grands coups de cors et de tubas. Glacée de la tête aux pieds, Yuri sentit les battements sourds de la grosse caisse résonner dans sa poitrine comme s'ils avaient remplacé ceux de son propre cœur.

La princesse poussa un profond soupir. Allons, il était l'heure de se soumettre à son destin ! La porte de la plateforme s'ouvrit. Haute silhouette blanche campée au milieu du tapis rouge, l'Ambassadeur attendait sa fille, son enfant qu'il avait tout simplement offerte à un inconnu – comme un cadeau très précieux, certes, mais un objet tout de même. Sans avoir jamais su ce qui se tramait (consulte-t-on un objet ?) Yuri, princesse Nekohaima, venait de changer de propriétaire.

Une passerelle se déploya à ses pieds pour lui permettre de descendre. Ligotée par son kimono – ce symbole presque ironique de sa condition de femme, réalisait-elle enfin – Yuri rejoignit son père à petits pas contraints, sans lui adresser un regard. Elle ne l'avait pas vu depuis sept ans, et à présent, elle aurait souhaité ne plus jamais le revoir. Briser publiquement un autre éventail était exclu, bien entendu, mais ses doigts se crispèrent si fort qu'ils blanchirent. Pourtant, pas la moindre émotion ne transparaissait sur son visage lisse et docile, elle le savait. Cette prouesse l'étonnait elle-même : une folle envie de hurler l'emplissait toute entière, tendant à craquer le corset de son éducation rigide. Une éducation dont elle avait intégré toutes les astreintes, sans pour autant en discerner les leçons fondamentales…

La première règle qu'apprenait un aristocrate était : « Ne fais confiance à personne. » Naïvement, elle avait cru que son père n'était pas « personne », qu'il était son père, qu'il…

Oh, comme elle s'en voulait de s'être montrée si candide. Aucune exception, c'était pourtant simple, non ? Aucune exception ! Aucune ! Et elle, comme une idiote…

Elle prit son bras sans mot dire, et il respecta son silence. Le rythme de la musique obligeait la princesse à progresser à pas menus et précipités, tandis qu'à ses côtés l'Ambassadeur faisait de confortables enjambées. Tout comme il évoluait à pas de géant dans la Cour de France et dans la politique de la Triade, alors qu'elle se contentait de piétiner dans ses entraves, et devrait s'en contenter sa vie durant.

Lorsqu'ils eurent parcouru presque tout le tapis d'honneur, un jeune homme s'avança à leur rencontre. Un beau garçon un peu plus âgé qu'elle, blond, musclé, l'œil bleu et intelligent ; sa haute taille et son élégance éclipsaient sans peine les alignements de soldats en grande tenue dressés de part et d'autre du tapis, pourtant si impressionnants avec leurs sabres fièrement brandis pour lui rendre les honneurs. Si Yuri avait encore été une petite fille, elle aurait vu là un prince charmant tout droit sorti des contes qu'on lui lisait le soir. Elle n'était plus une petite fille depuis bien des années, mais elle devait avouer que Louis-Philippe Auguste de France avait tout pour lui. Contrairement à bien des monarques français, son père compris, il avait hérité des traits réguliers de sa mère, la Reine Gabrielle. Même à la Cour de l'Empire japonais, prompte à dénigrer les « longs-nez », il avait la réputation d'être perspicace et très subtil. En outre, les nobles français passaient pour être les meilleurs amants du monde. Il fallait bien avouer que le père de Yuri n'aurait pas pu lui choisir meilleur parti. Peut-être même, s'il avait daigné la consulter, aurait-elle choisi cet homme-là de son propre chef.

Toutefois, à mesure que le Dauphin s'approchait, l'esprit de la princesse bouillonna de plus belle derrière ses traits impénétrables. Qui était-il, au-delà de son apparence et de sa réputation ? Un prince fort charmant, certes, mais quel prince ? Quel futur roi ? Quel époux ? De quelle manière devrait-elle le manœuvrer pour obtenir ce qu'elle voulait ? Et, à bien y songer… que voulait-elle, exactement ?

— Nekohaima Yuri-hime, salua Louis-Philippe, s'inclinant devant elle un peu plus que ne le prescrivait l'étiquette, les rumeurs qui célèbrent votre grande beauté sont en deçà de la réalité. S'il en est de même pour celles qui vantent votre redoutable intelligence, alors, au printemps prochain, je serai le plus heureux des hommes.

*

Ryûzaki se laissa aller contre le mur de la salle de garde et s'assit à même le sol dallé de marbre. Une habitude héritée de son enfance, temps lointain où les chaises lui étaient interdites. Il renversa la tête et cligna plusieurs fois des yeux en observant le plafond. Il réfléchissait.

— Vous avez un problème, mon Colonel ? demanda HA-17 d'un ton neutre.

Elle avait fini de démonter son fusil longue portée et, ayant soigneusement disposé chaque pièce sur la table dans l'ordre adéquat, tirait de son sac son nécessaire de nettoyage. Son supérieur lui adressa un regard agacé.

— Rien qui puisse vous intéresser, lieutenant. Comme pour toutes les femmes, le sens du devoir et des responsabilités n'est pas votre point fort.

Levana pinça les lèvres, mais ne répliqua pas. Elle connaissait trop bien son colonel pour savoir que ce qu'elle pourrait dire n'aurait aucune influence sur ses préjugés.

— Contrarié de devoir quitter le service de la princesse lorsqu'elle sera mariée ?

— J'ai passé sept ans de ma vie à veiller sur elle, et je n'ai pas du tout confiance en ces soldats français ! Ils n'ont aucune discipline, et j'ai même entendu dire que certains d'entre eux sont corruptibles. Laisser un membre de la famille Nekohaima sans protection décente, c'est purement et simplement trahir mon engagement.

— Sauf qu'une fois mariée, elle ne sera plus une Nekohaima.

— Le sang est le sang, Levana. Yuri-hime sera toujours une Nekohaima.

— Si vous le dites, mon Colonel.

L'hybride inspecta plus longuement que nécessaire le long canon de son arme de service. Elle essayait de le cacher, mais une certaine jalousie lui mordait le cœur. Elle était l'aide de camp de son colonel depuis six ans. Depuis six ans, elle lui était toute dévouée. Elle se serait tuée pour lui sans hésiter en n'importe quelle circonstance. Parce qu'il était le seul à la considérer comme une personne. Comme une femme. Pas simplement comme le croisement entre une arme perfectionnée et une expérience génétique de synthèse, un hybride à peine humain qu'on avait vêtu d'un uniforme galonné pour faire joli.

Or, son supérieur était dévoué corps et âme aux Nekohaima. L'Ambassadeur Blanc lui trouverait un autre poste le moment venu, mais à moins qu'il ne le prît comme garde du corps personnel, éventualité très improbable, la nouvelle charge de Ryûzaki n'aurait rien d'aussi prestigieux que sa mission auprès de la princesse. De notoriété publique, Nekohaima Yuri était la prunelle des yeux de son père ; ses gardes du corps avaient donc été choisis avec un soin sans précédent. Or, pour en prendre le commandement, l'Ambassadeur avait élu un bâtard, un esclave né dans un bordel au fin fond des bas quartiers de Kyôto et qui s'était élevé jusqu'au rang de lieutenant par son seul mérite. Ryûzaki vouait une reconnaissance sans bornes à l'homme qui, faisant fi de ses origines, lui avait accordé cet honneur insigne. Lui, fils accidentel d'une catin souffreteuse qui l'avait vendu pour quatre sous, était devenu colonel, un grade que certains rejetons de la noblesse n'atteindraient jamais. Alors il servirait la famille Nekohaima jusqu'à son dernier souffle, et n'avait pas d'autre raison de vivre.

Levana, quant à elle, éprouvait envers Ryûzaki un sentiment identique : quoiqu'il dise et pense du sens du devoir chez les femmes – si tant est qu'elle en fût vraiment une – elle ne lui ferait jamais défaut.

*

— Ils sont arrivés, dit Samuel en s'affalant sur une chaise sans même prendre le temps d'ôter sa tenue d'égoutier.

Il prit avec un regard de gratitude le verre de bière que le coordinateur lui tendit, et se cala les coudes sur la table bancale pour la siroter tranquille. Quelques personnes, attablées elles aussi, attendaient qu'il poursuive. Dans cette pièce aux murs de béton, la hauteur du plafond ne parvenait pas tout à fait à compenser l'absence de fenêtres, mais pour Samuel, l'atmosphère légèrement oppressante était comme un cocon. Un autre endroit où parler librement...

— J'ai vu la Rame Cinq entrer en gare tout à l'heure. Le comité d'accueil était tellement complet que même le caniche du petit prince était de la partie. Et l'Ambassadeur Blanc est toujours aussi jovial et démonstratif.

— *Well*..., conclut le coordinateur, nous ne tarderons pas à avoir des nouvelles de Camille-Agnès, dans ce cas. Je monterai à la boutique demain ; j'ai sa commande habituelle.

— T'es sûr que c'est prudent ? Je peux y aller à ta place. Ou Manu.

— En ce moment, Louis a autre chose à faire que trucider un vieil ennemi, ne t'en fais pas. Et j'ai dit que je montais, pas que je sortais. Je ne verrai même pas un rayon de soleil.

— Mouais.

— Tu ne devrais tout de même pas monter seul. Les chiens du Roi sont partout, intervint une voix légèrement nasillarde.

Elle émanait d'une naine aux cheveux neigeux, assise un peu plus loin à la même table. Un sourire taquin craquelait finement son visage à la peau hâlée, recréant sur ses joues deux miniatures du désert qu'elle avait quitté depuis bien longtemps.

— Waterlily m'accompagne.

Samuel éclata de rire et le gratifia d'une petite tape sur l'épaule.

— Et ça y est ! Ta p'tite est là depuis quinze jours et c'est déjà le retour des bonnes habitudes. Mais comme argument, y'a mieux…

— Pitié, tous les deux ! se moqua leur ami. Je suis majeur depuis trente-cinq ans, au cas où ce détail vous aurait échappé !

— C'est bon, c'est bon, s'amusa la vieille, on arrête de t'embêter. Puisque tu montes, je vais demander aux filles où elles en sont avec le tissage. S'il y a assez de métrage, Marie sera ravie d'avoir un peu de stock à la boutique.

Joignant le geste à la parole, elle vida sa bière et s'en fut. Restés seuls, les deux hommes la regardèrent s'éloigner de sa démarche chaloupée parmi les petits étals du Centre.

— Tu sais qu'on est complètement cinglés, tous autant qu'on est, d'avoir accepté ce plan ? fit Samuel d'un air entendu.

— *Well, of course we are*. Mais ça fait longtemps que je suis au courant, pour ma part.

Ils échangèrent un regard complice. Puis l'œil de l'égoutier glissa jusqu'à la main gauche de son ami. En contemplant l'annulaire, orné d'un vieil anneau d'argent uni, une expression indéchiffrable, mélange subtil de mélancolie, d'espoir et de lassitude, passa sur son visage comme une ombre.

— Longtemps… Ouais. Est-ce qu'un jour ça changera ?

— Sans doute jamais.

*

Yuri s'écroula sur son lit, épuisée. Depuis son arrivée, elle avait subi près de quatorze heures de cérémonies d'accueil et présentations variées. Le tout impliquait cinq changements de vêtements et de coiffures, dont trois à l'occidentale ; quatre collations avec champagne, deux avec thé japonais ; sept séances de photographie ;

et l'inévitable bénédiction des deux fiancés par le Roi de France, une heure et demie de verbiage oiseux subi à genoux sur le tapis fleurdelisé de la salle du trône, dont le motif avait fini par s'incruster douloureusement dans sa peau malgré l'épaisseur de ses cinq jupons. À présent, son corps lui semblait si pesant que même comprimée dans sa tenue jusqu'à se sentir exsangue, la princesse se serait bien endormie là sans plus de cérémonie ; mais ses quatre obiko entrèrent en silence et lui ôtèrent son obi et son kimono. La plus jeune avait apporté un nécessaire de démaquillage et nettoya consciencieusement le visage fardé de sa maîtresse, pendant que les trois autres pliaient soigneusement la tenue rituelle violette et la longue ceinture blanche et rose. Après avoir défait sa coiffure et brossé ses cheveux, elles lui passèrent une chemise de nuit comme à une poupée de chiffon et se retirèrent.

La princesse se glissa péniblement entre ses draps de soie. Tout en se massant les tempes du bout des doigts, elle s'efforça de démêler ses sentiments en contemplant le plafond de sa chambre, si différent de ceux du palais royal surchargés de fresques et de dorures. Trop de pensées se bousculaient dans sa tête depuis l'arrivée du train en gare de Paris. Elle ne parvenait pas à les trier, encore moins à faire le vide, à évacuer ses tourments. Elle eut alors recours à la seule méthode capable de l'apaiser dans de telles circonstances.

« *Toutouig, la la, va merc'hig, toutouig la la…* »

Elle fredonnait tout bas cette vieille chanson puisée dans les rares souvenirs qu'elle conservait de sa mère. Bientôt, elle se sentit flotter dans ses draps comme sur un nuage. Elle ferma les yeux, imagina sa mère en train de lui chanter la berceuse. Elle avait oublié son visage, mais se rappelait vaguement qu'elle avait les cheveux auburn.

« *Toutouig, la la, va merc'hig, toutouig la la…* »

Il y avait sûrement une suite, mais elle l'avait oubliée. Elle n'avait pas encore trois ans lorsque sa mère avait été assassinée. Elle-même n'avait dû la vie qu'à l'intervention de son père. Très vite, elle avait appris une chose : il ne fallait jamais l'interroger sur sa mère. Tout ce qui pouvait l'évoquer avait disparu peu après sa mort, comme s'il fallait effacer la moindre réminiscence, et bientôt Nekohaima Kenzô était parti exercer un rôle diplomatique à l'autre bout du monde, emmenant sa fille avec lui. Il avait laissé les domestiques derrière eux, si bien que la petite Yuri avait grandi sans quiconque pour lui parler de sa mère. Elle ignorait jusqu'à son nom. Tout ce qui lui restait d'elle, c'étaient ces maigres mots dont elle ignorait le sens, si du moins ils en avaient un.

« *Toutouig, la la, va merc'hig, toutouig la la…* »

Une paisible torpeur l'envahissait. Son esprit, aussi calme qu'un lac par un après-midi d'été sans aucun souffle de vent, sombra lentement dans un sommeil réparateur.

*

Louis le Vingtième, Roi de France, Roi d'Espagne, de Suède et de Norvège, Prince de Flandres, de Grèce et des Balkans, Grand-duc du Luxembourg, Souverain Suprême d'Autriche, de Hongrie, de Finlande et de l'Ouest-Oural, Grand Protecteur de la Pologne, de la Suisse et de l'Italie, Seigneur de Prusse et de Bavière, entra sans frapper dans les appartements de la Reine Gabrielle, son épouse devant le Seul Vrai Dieu. Vêtue d'une robe de chambre en polaire dorée et d'une courte nuisette de soie céruléenne, elle était assise à son fauteuil et, en attendant la visite de son gynécologue, brodait un mouchoir aux armes de la France et au chiffre de son fils cadet, Charles-Henri Capet de France. Dès que son royal époux pénétra dans la pièce, servantes et valets s'éclipsèrent, le dernier d'entre eux s'empressant de désactiver les caméras avant de clore le battant derrière lui. Seule demeura, dissimulée derrière les rideaux du baldaquin, la première demoiselle d'honneur. Son nom et ses titres la protégeraient plus ou moins de la fureur royale, mais pour l'heure son meilleur rempart était une colonne de lit drapée de brocard bleu et or.

La Reine posa son ouvrage.

— Votre Majesté, dit-elle en se levant pour lui faire révérence, votre présence est un honneur…

Il la foudroya du regard et, d'un geste sec, lui intima de se rasseoir. Elle obéit, bien sûr. Le Roi préférait qu'elle ne se lève pas. Il préférait oublier qu'elle était presque aussi grande que lui, que sa beauté de porcelaine et ses cheveux d'or pâle lui conféraient une allure noble et royale que lui-même ne pouvait se targuer de posséder avec autant de naturel. Il préférait oublier qu'un jour, il avait été aussi blond qu'elle, et aussi beau à sa manière. Assombris par trop de contrariétés, trop de rancœurs au fil des années, ses traits étaient à présent durs et fermés.

— Bravo, femme, tu as joliment manœuvré !

— Pardonnez mon incompréhension, Votre Majesté, je ne…

— Ne te prétends pas étrangère à ce projet de mariage. Tu dois bien t'en amuser, n'est-ce pas ?

— Votre Majesté, loin de moi l'idée de…

— Tais-toi.

La voix vibrait de menaces ; il se retenait tout juste de la frapper. Louis XX était un tyran aussi bien pour sa famille que pour sa cour et son peuple. Il châtiait ses sujets à coups de taxes et d'exécutions publiques, ses courtisans à coups de disgrâces et de confiscations, sa femme et son fils cadet à coups de ceinturon. Seul son aîné et héritier, Louis-Philippe, faisait exception à la règle : le Roi jugeait que coups et humiliations auraient altéré la force de caractère indispensable à un futur souverain.

— Même si cette fille n'a pas la blondeur requise pour mettre au monde des Princes de France, articula-t-il avec l'air de mâcher un fruit pourri, elle représente indubitablement un choix judicieux sur le plan politique ; c'est pourquoi j'avais donné mon aval à cette union. Je n'en aurais rien fait si j'avais pu soupçonner que tu en étais l'inspiratrice, toi, intriguant derrière mon dos !

Ces derniers mots tonnèrent si fort que la Reine se tassa, s'attendant à être frappée.

— Il est trop tard à présent, mais je t'ai percée à jour, poursuivit son époux d'un ton glacial. Hier, pendant les cérémonies, j'ai surpris ce rayonnement de satisfaction derrière ton masque de soumission hypocrite. Alors, parle ! Quel est ton but ?

— Je n'ai aucun but, Votre Majesté, et je n'ai pas du tout…

Comme il ignorait purement et simplement ses faibles protestations, elle se tut, baissant la tête. Le Roi éleva à nouveau la voix :

— Ce mariage dont tu te réjouis ne pourra se faire que si Louis-Philippe ignore qui est la mère de sa promise. Tu tiens beaucoup à ce qu'il continue à l'ignorer, n'est-ce pas ? Alors, tu es prévenue !

Il la jaugea un instant, vérifiant qu'elle était bien pétrifiée de terreur au fond de son fauteuil. Lorsqu'il sortit enfin, le gynécologue qui attendait dans l'antichambre se plia en deux à son passage, claquant presque des dents.

Quant à Aliénor-Héloïse Adèle de Fontainebleau-d'Armentières, duchesse-héritière de Lorraine, première demoiselle d'honneur de la Reine, elle frémissait encore de peur derrière la colonne du baldaquin, les paupières crispées et les mains pressées sur ses oreilles.

*

Le froufrou d'un rideau tiré, le clapotis régulier de pieds nus sur le tatami et le souffle léger d'une manche de kimono éveillèrent Yuri le lendemain matin. Ses quatre obiko et ses deux servantes s'affairaient dans la chambre, émettant juste ce qu'il fallait de bruit pour la tirer de son sommeil sans la brusquer. La princesse s'étira en bâillant… et se figea tout à coup : les événements de la veille venaient de remonter à sa mémoire comme une bulle de vase. Accablée de détresse, elle faillit fondre en larmes. Puis elle se souvint. Elle n'était pas n'importe quelle bécasse éplorée : elle était Nekohaima Yuri, et les Nekohaima ne pleuraient pas.

Elle ravala ses émotions méthodiquement, comme on lui avait si bien appris à le faire, et se jura que ce douloureux apprentissage ne serait pas vain. C'étaient des armes, aussi dérisoires fussent-elles. Non, pas si dérisoires que cela…

Un verre d'eau agrémenté d'une touche mentholée lui fut tendu à l'instant où elle s'asseyait dans son lit. Elle le but sans hâte, puis se leva et fit ses étirements et échauffements matinaux. Ces exercices avaient été conçus pour optimiser l'esthétique et la santé de son corps, sans oublier les mouvements spécifiques qui, le moment venu, l'aideraient à porter des enfants et à les mettre au monde. Son vêtement de nuit lui fut ôté, et on la conduisit à une vaste baignoire où elle eut le loisir de se délasser, savourant, les yeux clos, cette eau fumante où flottaient des pétales de cerisier. Après quoi elle fut vêtue, coiffée et maquillée à l'occidentale pendant que Ryûzaki entrait, flanqué de Levana. D'un geste, Yuri signifia au colonel de lui présenter l'emploi du temps de sa journée.

— Je vous souhaite le bonjour, Yuri-hime-sama, commença-t-il de sa voix posée. Son Altesse Royale le Prince Louis-Philippe Auguste Capet de France a sollicité votre présence à sa leçon d'escrime, puis à la table royale pour le déjeuner. Il souhaiterait également vous avoir à ses côtés pendant les audiences qu'il doit accorder cet après-midi à ses vassaux. Enfin, il vous prie de lui faire l'honneur d'ouvrir avec lui le bal de ce soir. À l'issue de celui-ci, Sa Majesté la Reine Gabrielle Solange Geneviève Capet de France vous recevra dans son boudoir.

— Et mon père ?

— Nekohaima-sama n'a pas exprimé le désir de vous voir.

Yuri fit la moue ; le pinceau en train de souligner ses lèvres d'un carmin nacré glissa un peu, ce qui obligea l'obiko à effacer son œuvre avant de reprendre le tracé.

— Prends note. En japonais. Je veux un entretien privé avec lui dès que possible.

Elle savait que son garde du corps mettrait les formes nécessaires autour de sa phrase. La princesse avait découvert les capacités de secrétaire particulier de Ryûzaki bien avant d'être en âge d'en avoir un, et elle l'utilisait régulièrement à cette fin. Il était rare qu'un bâtard sût lire et écrire, et elle avait supposé qu'il eu eût appris sur le tard, à l'école des officiers, avant de s'apercevoir que son écriture était beaucoup trop élégante et maîtrisée pour cette hypothèse. D'une manière ou d'une autre, le colonel avait reçu de l'instruction dès l'enfance. Yuri s'était alors demandé depuis combien de temps son père l'avait pris sous son aile. Elle n'avait jamais eu le loisir de creuser davantage la question, toutefois.

— Tu feras en sorte que ce mot lui parvienne ce matin. Et qu'il le lise.

— Bien, Yuri-hime-sama.

— Petit déjeuner à la française, commanda-t-elle à une petite servante qui ne devait pas avoir plus de treize ans, et qui s'empressa d'appeler les cuisines au parleur de l'antichambre avant de filer chercher le repas de sa maîtresse.

— Vous êtes contrariée, Yuri-hime-sama, constata le colonel.

— Quel père ne désire pas passer un moment seul avec sa fille alors qu'il ne l'a pas vue depuis sept ans, Ryû ?

— Puis-je exprimer le fait que Nekohaima-sama n'a peut-être pas trouvé le temps, tout simplement ?

— Je connais mon père. Le temps qu'il veut, il le trouve.

— Mais vous serez auprès de Son Altesse Royale presque en permanence, aussi…

— C'est bon, Ryû. Inutile de lui chercher des excuses.

Elle était prête et n'entendait pas se gâcher la journée parce que son père ne voulait pas la voir. La veille, elle n'avait guère eu l'occasion de s'entretenir avec son fiancé, et puisque Louis-Philippe semblait pour sa part fort désireux de sa compagnie, elle comptait en profiter pour découvrir quel genre d'homme lui était échu.

*

— Yuri-hime ! Quelle joie de vous revoir ! l'accueillit le Dauphin dans sa tenue d'escrime holographique d'azur fleurdelisé.

Il mit un genou à terre et fléchit le buste avec un beau sourire. Son ravissement n'était pas feint. Il était arrivé dans la salle d'armes bien avant le rendez-vous, revêtu d'une combinaison électronique flambant neuve. Quelques hommes, principalement de très jeunes nobles, se tenaient debout au bord de l'aire de combat. Ils s'étaient inclinés à l'arrivée de la princesse, et ne se redresseraient que lorsqu'elle serait assise.

— Je remercie Votre Altesse Royale d'avoir bien voulu me convier à son entraînement.

— Rien n'est plus naturel ! J'entends que nous ne perdions pas un seul des précieux instants qui nous permettront de faire connaissance. Je vous ai conviée aujourd'hui, sachant bien qu'à peine arrivée vous n'auriez pas encore trop d'obligations, mais j'ose espérer que vous me ferez le plaisir et l'honneur de m'inviter à assister, moi aussi, à vos activités favorites : je vous en accorde le droit, et si vous le voulez bien, le devoir. Je ne veux pas épouser une inconnue, même belle et intelligente. Je vous ai aimée pour ce que je savais ou imaginais de vous ; mais je veux davantage, Yuri-hime. Je veux vous aimer pour ce que vous êtes, et que vous m'aimiez pour les mêmes raisons…

Lui offrant son bras, il la conduisit à un fauteuil d'acajou tendu de velours bleu roi, et l'y installa avec un casque de vision holographique afin qu'elle pût s'immerger dans le combat.

— J'imagine que vous savez vous servir de ce genre de joujou… Nos deux casques sont en réseau, n'hésitez donc pas à utiliser mon point de vue si vous le désirez. J'ai prévu aujourd'hui une séance adaptative à plusieurs adversaires. C'est plus agréable à observer qu'une séance technique, et je détesterais risquer de vous ennuyer.

— Je vous sais infiniment gré de cette attention, Votre Altesse Royale.

— Vous n'en avez nul besoin. Rien n'est trop parfait pour la future Reine de France. Votre casque fonctionne-t-il correctement ?

— Oui, Votre Altesse Royale.

Devant Yuri s'affichait désormais en trois dimensions un décor urbain tel que l'on en trouvait sans doute hors de la Cité. Les nobles spectateurs avaient disparu ; seul demeurait Louis-Philippe, dont la silhouette était recréée grâce à sa combinaison. Le Prince gratifia Yuri d'un sourire – adressé avec plus ou moins de précision, puisqu'elle ne figurait pas dans l'hologramme – et rejoignit l'aire de combat : une place déserte au croisement de deux rues qui se faufilaient entre des immeubles presque en ruine.

— Allons donc rosser de la plèbe ! rit le Prince en tirant du fourreau son fleuret électronique. Mode combat activé.

Aussitôt, une silhouette sombre apparut, longeant un mur. C'était un homme du commun au visage banal, mais armé d'une épée et l'air déterminé. Sans avertissement, il se rua sur le Dauphin. Celui-ci para, se dégagea, contre-attaqua d'une feinte qui perça la main de son adversaire. L'assaillant lâcha son arme et s'enfuit. Trois autres le remplacèrent, plus vifs et plus puissants ; d'aspect plus menaçant, aussi. Louis-Philippe fit quelques pas en arrière, puis attaqua de côté la silhouette la plus proche de lui, forçant ses adversaires à s'aligner pour réduire leur portée de frappe. L'échange fut plus long, cette fois, car les trois assaillants virtuels, qui n'étaient pas codés pour fuir, résistèrent avec acharnement. Toutefois, le Prince finit par les laisser tous sur le carreau.

— Bien bien bien, fit-il alors que six ombres se découpaient sur les murs grisâtres du décor. Fin de l'échauffement, début des choses sérieuses !

La combinaison recréait les expressions de son visage grâce aux capteurs de son propre casque, et en cet instant, il affichait un sourire triomphant. Sans cesser de sourire, il fit un pas en avant pour mieux prendre position face à ses nouveaux challengers. La partie s'annonçait serrée.

En zoomant sur ses adversaires, Yuri se fit réflexion qu'ils ressemblaient à des morts-vivants. Certes, ils avaient été conçus pour paraître assez réels, mais leurs traits étaient figés dans une mimique agressive qu'un humain aurait eu du mal à conserver aussi longtemps. Comme il était peu probable que le programmeur eût omis par fainéantise de les animer davantage, Yuri conclut que le

Roi tenait à ce que son fils n'oubliât pas combien le vulgaire était hargneux et insignifiant.

Louis-Philippe croisa le fer avec le premier des assaillants. Le Dauphin était assurément un excellent escrimeur. Il paraît, feintait, contre-attaquait et se fendait à des cadences impressionnantes. Deux adversaires étaient déjà hors de combat et il s'attaquait au troisième, prenant grand soin de faire en sorte que les autres se gênent mutuellement pour les empêcher de l'encercler. Il gérait ses déplacements dans ce but précis, non sans une certaine aisance. Toutefois, affronter ses ennemis à six contre un n'était pas une sinécure, et il fatiguait, haletant sous son casque.

Serrant les dents, le Prince jeta un coup d'œil vers Yuri avant de reprendre l'assaut. Il mit près d'un quart d'heure à vaincre tous ses assaillants, mais lorsque le dernier tomba, il rengaina son fleuret électronique sans trembler. Après avoir ôté et désactivé son casque, Louis-Philippe se fit apporter un verre de vin blanc et une lingette rafraîchissante ; il but l'un cul sec, se passa l'autre sur le visage, puis, revigoré, revint d'un pas conquérant vers sa promise.

— Alors, Yuri-hime, le spectacle vous a-t-il plu ?

— Énormément, Votre Altesse Royale.

— Je suis heureux que vous appréciiez l'escrime, c'est mon sport favori. Mon père dit qu'il n'est pas convenable de montrer à une femme le spectacle d'un combat, mais j'estime pour ma part qu'une dame est en droit de savoir ce que vaut son époux et protecteur une arme à la main. Et puis, je me bats mieux lorsque je pense à vous : votre présence m'a permis de me surpasser. D'habitude, je m'arrête à trois.

— Votre Altesse Royale me voit très honorée d'être cause de son exploit. J'aime à me savoir si bien défendue. J'assiste parfois à l'entraînement de Ryûzaki, lorsque mes obligations m'en laissent le loisir ; mais je n'ai, hélas ! que trop rarement l'occasion d'admirer une escrime de ce niveau.

— Ryûzaki ?

— Le colonel Ryûzaki est mon garde du corps personnel.

Yuri le désigna d'un geste délié, et l'officier s'inclina humblement pour saluer le Dauphin. Louis-Philippe le jaugea des pieds à la tête. L'Asiatique était un peu plus petit que lui et de moindre carrure, mais il émanait de cet homme une impression de force contenue qui ne déplut pas au jeune Prince.

— Tu pratiques l'escrime ?

— Le kendô, Votre Altesse Royale. Mais j'ai été formé à me battre quelle que soit l'arme dont je dispose.

— Intéressant. Tu vaudrais donc quelque chose un fleuret à la main ?

— Il se pourrait, Votre Altesse Royale.

— Voyons cela.

Louis-Philippe claqua des doigts et un valet vint remplacer son fleuret électronique par un fleuret d'affrontement dont la garde, ouvragée avec art, couronnait une lame effilée comme un trait d'esprit. Il en fit remettre un autre, beaucoup plus ordinaire, à Ryûzaki. La princesse réprimait un sourire victorieux : elle avait obtenu ce qu'elle voulait. Constater l'efficacité de son promis face à des adversaires virtuels était une chose. Le voir affronter un adversaire de chair et d'os en était une tout autre.

— Les lames sont mouchetées, alors pas de plastrons. Duel à reddition. Yuri-hime, me ferez-vous l'insigne honneur de me laisser porter vos couleurs ?

— Avec joie, Votre Altesse Royale, répondit Yuri, tirant de sa chevelure un ruban violet qu'elle vint attacher autour de son bras puissant. Pas d'incident, glissa-t-elle à Ryûzaki en regagnant sa place.

Le colonel hocha la tête, les mâchoires crispées. Il avait le devoir de perdre, car même devant une assistance aussi restreinte, un Prince ayant atteint l'âge adulte ne pouvait que triompher d'un simple garde du corps. À plus forte raison s'il s'agissait d'un bâtard, comme le signalait l'absence de nom de famille, et d'un serf, selon la tradition des armées impériales… Le seul agrément de ce combat serait que le Dauphin allait être un adversaire de qualité, d'après ce que Ryûzaki avait pu observer bien que ne disposant pas d'un casque holographique. Étant donné le handicap que constituait le fleuret, arme d'estoc, pour le Japonais habitué au katana qui était une arme de taille, le duel serait peut-être intéressant.

Il se débarrassa de son veston, qu'il donna à Levana, et rejoignit le Prince sur l'aire de combat. Les deux adversaires, cette fois bien réels, se firent face.

— En garde, colonel !

— À votre service, Votre Altesse Royale.

Chapitre III
Le droit de choisir

Louis-Philippe et Ryûzaki se jetèrent l'un sur l'autre une nouvelle fois. Leur duel faisait rage depuis déjà vingt minutes et aucun d'eux ne cédait le pas. Le Prince possédait une excellente technique et une meilleure maîtrise de l'arme, mais le colonel s'adaptait et improvisait à une vitesse effarante. Il avait rapidement évalué les différences entre fleuret et katana et utilisait à son avantage les forces et les faiblesses de l'arme dont il disposait. Bien qu'ils fussent tous deux conscients que l'issue du combat n'était pas déterminée par leurs capacités mais par leurs rangs respectifs, ils se plaisaient à poursuivre l'échange. Seule ombre au tableau, le Dauphin fatiguait. L'endurance du soldat, façonnée par des années d'entraînement intense, dépassait de très loin celle du jeune homme accoutumé à une vie de château.

Ryûzaki devait trouver un moyen d'abréger le duel avant que la fatigue ne pousse Louis-Philippe à la faute. Il avait eu le temps de jauger son adversaire et de noter ce que le Prince favorisait comme contre-attaques. Il lui faudrait donc anticiper l'une d'entre elles afin d'y prêter le flanc. Mais le colonel devait jouer finement, en choisissant une action de Louis-Philippe précédée d'une feinte particulièrement habile ; sans quoi il apparaîtrait qu'il avait fait exprès de se laisser dominer, ce qui constituerait pour le Prince un terrible affront. À l'inverse, lui permettre de gagner en beauté serait faire honneur jusqu'au bout à Yuri-hime et à la famille Nekohaima.

Le Dauphin n'était pas moins conscient du problème de son adversaire. Il ne lui avait fallu que quelques passes pour comprendre que, malgré le handicap de l'arme, celui-ci le surclassait nettement. L'Ambassadeur Blanc avait bien choisi le protecteur de sa fille : ce colonel était peut-être un bâtard asiatique, mais il n'en possédait pas moins une maîtrise des arts du combat très supérieure à ce dont Louis-Philippe avait l'habitude. Il lui faudrait demander à Yuri un duel sans témoins contre lui, afin d'évaluer plus précisément ses capacités. Il n'était pas exclu qu'il eût l'usage d'un tel homme… En attendant, Louis-Philippe savait très bien que Ryûzaki se devait de lui concéder la victoire, et pour cela, ils devaient trouver ensemble un moyen crédible.

Le Prince rompit alors, recula d'un pas, laissa venir l'attaque et croisa le regard de Ryûzaki. Ils s'étaient compris. Le colonel se fendit, le Dauphin para, feinta, contre-attaqua, et le fleuret du soldat japonais décrivit dans les airs une courbe improbable avant de retomber à quelques pas de Yuri. Par principe plus que par conviction, le vainqueur posa la pointe mouchetée de son arme sur le torse du vaincu.

— Je me rends.

— Soit. Je suis très satisfait, ma fiancée a un garde du corps digne de ce nom. Nous croiserons à nouveau le fer un autre jour.

Louis-Philippe esquissa un sourire, sans saluer son adversaire comme il est d'usage à l'issue d'un combat, et se rendit auprès de la princesse.

— Puis-je vous dédier ces victoires, Yuri-hime ?

— Vous m'en verriez honorée, Votre Altesse Royale.

— L'honneur est pour moi, qui défendais vos couleurs. Je dois aller me laver et me changer pour le déjeuner, où j'espère vous retrouver.

— Je ne saurais y manquer, Votre Altesse Royale.

Le Prince hocha la tête, s'inclina cérémonieusement et sortit au milieu d'une haie de courtisans qui demeurèrent figés dans leurs révérences jusqu'à ce que Yuri eût à son tour quitté les lieux, flanquée de Ryûzaki et Levana.

À peine furent-ils dans le couloir que la princesse fit signe au colonel de s'approcher.

— Ton opinion ?

— Très bon escrimeur de compétition. Académique, élégant. Avec un peu d'un véritable entraînement, il pourrait même faire un combattant digne de ce nom.

— Connaissant tes exigences habituelles, c'est presque un éloge. Il te plaît, on dirait, lâcha Yuri avec une œillade entendue.

Ryûzaki baissa les yeux. Sa maîtresse avait parfois envers lui des attitudes un peu trop familières à son goût.

— Oh, ça va ! Il n'y a personne en vue, alors pas de simagrées.

— Je vous prie de bien vouloir m'excuser. Le Prince me semble être un homme digne de vous, Yuri-hime-sama.

— Si tu le dis…

Elle soupira, agacée. Elle avait espéré un peu de soutien de la part de Ryûzaki, mais comme le plus souvent, elle devrait s'en passer ! Quelque chose chez Louis-Philippe la dérangeait, et elle ne parvenait pas à mettre le doigt dessus… Elle se réjouit de porter une robe de cour à l'occidentale, qui lui offrait l'occasion de se défouler en parcourant presque à grands pas ce maudit palais écrasant de tentures brodées, de dorures à la feuille et de lustres en cristal viennois.

*

— Vous nous quittez, Capitaine ? demanda Douze.

Assis en tailleur à même le toit du train, le mécano aux longs dreadlocks filasses et aux lunettes rondes sanglées sur le front réduisait en poudre quelques feuilles séchées de chanvre indien. L'usage qu'il comptait en faire était assez évident, puisqu'à ses côtés reposait une longue pipe en terre cuite décorée de motifs représentant la plante à laquelle il faisait un sort.

— Chacun ses vices, Douze, sourit Trente-Chênes. Faut que je fasse le plein.

Elle était à court de whisky, et devait retrouver son fournisseur. Comme si ce constat le plongeait dans des abîmes de réflexion, Douze hocha interminablement la tête, tout son buste oscillant d'avant en arrière. Son collier de coquillages colorés cliquetait contre son torse, laissé nu par fainéantise matinale, ou par une distraction bien ingrate à l'égard de sa chemise préférée à motifs hindous. Il n'était pas encore midi, mais comme à son habitude, le machiniste hantait déjà d'autres dimensions.

— Capitaine ! appela une voix depuis la plateforme. Attendez-moi, je viens avec vous !

— Ah, tu t'es décidée, finalement ?

Cers sauta à bas de la rame avec un sourire.

— Mes hommes font un concours de tir. Donc, pas d'entraînement avec mon cher et tendre aujourd'hui…

— Tu ne me feras pas croire que Ren participe.

— Comme d'hab', à sa façon : il arbitre. Si vous saviez à quel point Al et Misty sont mauvais joueurs !

— Ah, les garçons, je vous jure !

— On n'avait qu'à pas les éduquer comme ça…

Elles s'éloignèrent en riant tandis que Douze s'appliquait à verser sa poudre dans sa pipe avec des doigts légèrement tremblants, puis s'empressait de l'allumer avant de reprendre ses oscillations, les yeux dans le vague.

— Ah, les femmes…, déclara-t-il à son sachet de chanvre séché, en oubliant aussitôt ce qu'il entendait par là.

Camille Trente-Chênes et Cers Alethia s'enfoncèrent en bavardant dans les ruelles du quartier des docks, qui avoisinait la gare.

En cette année 1995 du calendrier français (correspondant à l'an 1738-1739 du calendrier keltien en usage sur le Rail), Paris était toujours tel que l'avaient façonné les Grands Travaux quatre-vingt-dix-huit ans plus tôt : un centre rayonnant comme un soleil dont la lumière s'estompait peu à peu, en halos concentriques, jusqu'à une vague périphérie où se mêlaient bocages et baraques délabrées des derniers bastions urbains.

Si Paris-la-Blanche était un soleil, le Louvre en était le noyau incandescent. Du château fort qui avait autrefois défendu les premiers rois de France contre les assauts de leurs rivaux, les jacqueries et les fées des sombres forêts 'alentour, il ne demeurait que des ruines servant de fondations au nouvel édifice construit un siècle plus tôt, en même temps que la Grand'Gare. Ce palais encore neuf et rutilant s'étendait le long de la rive nord de la Seine, du Pont Neuf à la Concorde des Trois Grands. Il comprenait entre autres un immense jardin soigneusement clos par un haut mur de calcaire blanc brillant finement sculpté, percé de trois petites portes de service bien gardées. Les chevaux des écuries royales ne les empruntaient jamais, car côté Pont Neuf, un haut porche donnant sur l'île de la Cité permettait les allées et venues en grande pompe des carrosses de la haute aristocratie. Le Louvre lui-même était un bijou d'architecture néo-classique à hautes fenêtres et à haute sécurité, du moins lorsqu'il s'agissait d'y entrer. Tout autour, les riches hôtels particuliers des ducs et des marquis les plus fortunés jouxtaient les ambassades du Sultanat Ottoman et de l'Empire du Japon, qui rivalisaient de splendeur sans pouvoir égaler la majesté écrasante du palais royal. Entre l'hôtel des Essarts et le palais d'Autriche-Hongrie, cependant, une ruine calcinée entachait ce cénacle fastueux. De l'ancienne ambassade de Keltia, il ne demeurait qu'une façade noircie derrière laquelle la nature reprenait ses droits. Sur un pan de mur avait été rivée une plaque de laiton doré où l'on pouvait lire ces mots gravés en lettres noires :

Nul ne s'oppose au Roi de France

Cers n'avait jamais vu cette inscription de ses propres yeux : les fées n'étaient pas admises dans ce quartier de Paris, où nulle d'entre elles n'aurait fait trois pas sans être arrêtée. Trente-Chênes s'y rendait très rarement, et seulement sur invitation d'un aristocrate, mais elle ne trouvait guère d'intérêt à cet hypercentre puisqu'il ne comprenait aucune boutique, contrairement à la ceinture qui l'entourait, domaine des gros négociants et des maîtres bourgeois. Là commençait Paris-la-Grise, et les rues pavées n'étaient plus réservées à des nobles pompeux et leurs gardes personnelles. Une foule bigarrée y coulait : serviteurs, coursiers, soubrettes et lingères marchaient, trottaient ou galopaient au gré des urgences de leurs maîtres.

Ceux-ci, qu'ils fussent orfèvres, banquiers, tailleurs ou notaires, faisaient de brèves apparitions en calèche avant de s'escamoter derrière les façades sculptées à la mode haussmannienne. Ce deuxième cercle concentrique était aussi le dernier qui fût pourvu d'électricité et d'eau courante, commodités distinguant les riches des pauvres dans toute la Triade.

Encore au-delà s'étendait le plus important quartier de Paris, tant en surface qu'en population : celui des docks et des marchés, dans lequel était située la Grand'Gare, seule prouesse architecturale située aussi loin du centre. Il ne s'agissait déjà plus d'un quartier prospère comme celui des gros négociants, pas encore d'un quartier pauvre comme celui des journaliers, mais d'un dédale de rues assez larges pour être perpétuellement encombrées d'étalages. De petits immeubles hétéroclites en torchis, bois ou parpaings, où quelques habiles fraudeurs parvenaient à obtenir du courant électrique quelques heures par jour, s'entassaient dans un équilibre plus ou moins précaire et singulièrement bruyant. Tous les rez-de-chaussée ou presque étaient occupés par des boutiques qui débordaient sur la chaussée à grand renfort de comptoirs, tréteaux et portants, réussissant parfois à doubler leur surface. Selon l'opinion générale, c'était le quartier le plus animé, à défaut d'être le plus agréable. Cers et Trente-Chênes se plaisaient à évoluer parmi les cris et l'agitation de cette ceinture populaire dont les habitants disparates s'en sortaient moins bien que les privilégiés, mais mieux que la plupart des Parisiens. Bien que privées de pavés de granit ou de marbre ajustés avec soin, les voies étaient revêtues de béton au lieu du gravier qui le remplaçait quelques pâtés d'immeubles plus loin, ou de la terre battue utilisée encore au-delà. Les plaques de rue n'étaient plus émaillées, mais en fonte malgré tout, non en bois gravé. À portée de fusil de cette cohue si vivante, les ruelles des bas quartiers n'avaient même plus de nom, et quelques kilomètres plus loin, les dernières franges de Paris s'émiettaient dans une nature redevenue sauvage, comme dévorées par les bois broussailleux où, à l'écart des grandes routes, erraient des meutes de fées sauvages, de garous et de fomoires.

Car au-delà des derniers entrepôts s'étalait Paris-la-Noire. Là non plus, l'on ne pénétrait pas n'importe comment, ni à n'importe quelle heure, du moins si l'on tenait à rester en vie. Presque autant que le Roi et sa cour, le quartier des miséreux, avec ses façades de planches disjointes et ses sombres ruelles tortueuses, appartenait à la légende. Tout ce que Trente-Chênes en savait, c'était que les fées du Rail évitaient soigneusement cette zone où Lucien Longchamp entretenait des contacts avec une contrebandière d'une certaine importance. D'après la rumeur, les habitants étaient si affamés qu'ils n'hésitaient pas à chasser de la fée. De Paris-la-Noire convergeait la racaille que les Fleurs-de-lys, comme on appelait les soldats du Roi, s'amusaient à persécuter à l'occasion, charlatans, catins, monte-en-l'air et voleurs à la tire, mais aussi certains travailleurs trop pauvres pour se loger décemment : porteurs d'eau, cireurs de chaussures ou cousettes qui venaient à Paris-la-Grise aux premières lueurs du jour et redescendaient le soir vers la dangereuse moiteur de la dernière ceinture.

Les deux Fourmis gagnèrent bientôt l'un des marchés tapageurs qu'elles connaissaient bien, à mi-chemin du quartier bourgeois et du bidonville.

Soudain, une gamine en haillons les croisa, heurtant légèrement Trente-Chênes au passage. Sur un bref mouvement de tête de sa Capitaine, Cers exécuta un salto arrière et lui coupa la route. Quand la fuyarde voulut se faufiler entre ses jambes, la patrouilleuse happa son poignet et la décolla du sol, indifférente à ses cris et ses gesticulations.

Camille-Agnès la rejoignit et examina leur prise. Neuf ou dix ans peut-être, pas si maigrichonne que ça. Un jupon en lambeaux, une chemise d'homme serrée par un cordon en guise de ceinture, et des cheveux roux bien trop reconnaissables, dissimulés sous une casquette sans doute chipée à un garçon de courses. Une franche fureur crispait le petit visage au nez mutin, criblé de taches de son. Pas assez jolie pour finir déjà sur le trottoir, pas assez laide pour que cela n'arrive jamais… Le col trop large découvrait, sur l'épaule, une cicatrice en forme d'étoile tracée au couteau, signe d'appartenance à quelque brigand utilisant des gosses pour ses trafics. Sourd, probablement, le gars : cette morveuse piaillait d'une voix à vous fendre le crâne.

— Ta gueule, lui ordonna Trente-Chênes d'un ton si autoritaire que la fillette se tut, décontenancée.

Cers la reposa par terre et lui tordit le bras dans le dos, juste ce qu'il fallait pour l'empêcher de se débattre.

— J'ai pas envie de causer debout, fit la Capitaine en désignant du pouce quelques tonneaux entourés de tabourets, disposés en guise de tables devant une boulangerie.

Elles s'assirent toutes les trois, la main de Cers toujours bouclée sur le poignet de la fillette. Après avoir commandé un petit pain aux noix, Trente-Chênes plongea ses doigts dans l'encolure trop vaste et en extirpa un porte-monnaie gris brodé d'un O.E.5. qui ne laissait planer aucun doute sur ses origines. La petite voleuse grogna.

— Ça, déclara calmement la Capitaine en le rangeant dans sa propre poche, c'est à moi. Comment tu t'appelles ?

— Roussette, répondit la petite sans se démonter.

Cers se demanda s'il était réellement possible que des parents manquent d'imagination au point de baptiser leur progéniture d'après la couleur de sa tignasse.

— D'accord, Roussette, alors je vais te faire trois propositions et tu vas choisir celle qui te convient, mais je te préviens qu'elles auront toutes des conséquences.

La gamine fronça la lèvre, découvrant les dents comme un chiot prêt à mordre.

— T'es mignonne, ironisa la Capitaine, pas du tout impressionnée. Bien. Proposition numéro un, j'appelle les fleuris et ils viennent te cueillir ici même.

Les dents redisparurent sous les lèvres gercées, et des larmes montèrent aux yeux de Roussette. Tout le monde savait que ceux qui partaient avec les Fleurs-de-lys ne revenaient jamais.

— Proposition numéro deux, je suis la tradition parisienne et je demande à Cers de te couper la main droite.

Un regard en coin à l'Aeling impassible, et les larmes de l'enfant débordèrent, roulant sur ses joues sales. La commande fut apportée sur ces entrefaites, servie sur un papier pelure par un apprenti boulanger qui repartit aussitôt, indifférent à leur conversation. Roussette ne put s'empêcher de lorgner le petit pain aux noix encore fumant, aspirant, les narines dilatées et la salive au bec, son arôme de festin à jamais inaccessible.

— Proposition numéro trois, reprit Trente-Chênes… Sais-tu qui je suis ?

— Une Fourmi du Rail.

— Exact. Proposition numéro trois, donc, tu me donnes ta parole que tu ne voleras plus jamais une Fourmi. Réfléchis bien avant de parler : je ne suis pas *n'importe quelle Fourmi,* et si tu manques à ta parole, je le saurai.

Roussette déglutit. Quelque chose dans le ton de Trente-Chênes lui disait qu'elle en était tout à fait capable.

— Je promets de plus jamais voler une Fourmi, assura-t-elle donc d'une petite voix, et Cers la lâcha aussitôt.

— Bien, répondit la Capitaine. Mange-le, il va pas disparaître tout seul, ajouta-t-elle en poussant le petit pain vers elle.

La fillette ouvrit des yeux ronds, mais ne se le fit pas dire deux fois. C'était bien sûr la première fois de sa vie qu'elle mangeait du pain frais. En prime, elle avait eu la présence d'esprit d'escamoter la pièce de dix sous déposée avec lui sur le papier pelure.

— À la prochaine, Roussette, conclut Camille-Agnès.

Laissant la petite à son repas, sans doute le seul de la journée, les deux Fourmis se levèrent de concert.

— Merci, m'dame !

— Pas m'dame, non, rectifia Cers. *Capitaine.* Souviens-t'en.

Tandis que Roussette, la bouche pleine, écarquillait des yeux béats d'admiration, l'Aeling et l'humaine reprirent leur chemin. Elles quittèrent bientôt le marché pour un quartier plus calme, où poussaient de petits immeubles au béton nu couvert de graffitis. Les portes, en bois pour les plus aisés, en tôle pour les autres, rivalisaient de techniques créatives, sinon efficaces, pour dissuader les intrus, allant d'une simple chaîne cadenassant le battant à un anneau scellé dans le mur, jusqu'à des serrures et verrous si sophistiqués qu'ils évoquaient des instruments de torture. Quelques habitants avaient même eu l'idée tordue d'enduire leur porte d'une couche de ciment hérissée de tessons tranchants.

— À force de les encourager, vous allez vous retrouver avec la moitié des crève-la-faim de Paris pendus aux bottes, Cap'taine.

— Tu dis ça depuis des années, et c'est toujours pas arrivé.

Cers soupira. On ne changerait pas Trente-Chênes, et c'était bien la meilleure chose qui soit.

Empruntant une venelle déserte au-dessus de laquelle des lessives pendaient comme des toiles d'araignées, elles entrèrent dans une minuscule quincaillerie blottie au pied d'un immeuble croulant. Le genre d'échoppe où rien ne se jetait, où tout se réparait.

— Bonjour, Marie, saluèrent-elles en poussant la porte.

Elles se frayèrent un chemin dans le bric-à-brac de la boutique, l'Aeling en pliant et faufilant sa longue carcasse pour ne rien heurter. Une petite vieille tricotait derrière le comptoir, le nez chaussé d'épaisses lunettes qui lui faisaient d'énormes yeux globuleux ; elle fit tinter deux clochettes, l'une en laiton et l'autre en porcelaine, puis leur fit signe de franchir le rideau qui fermait l'arrière de la boutique. De l'autre côté, la lueur d'une petite lucarne laissait entrevoir deux portes grandes ouvertes.

— À tout à l'heure, Cap'taine, salua l'Aeling en prenant celle de droite.

— À tout à l'heure, répondit Trente-Chênes, qui emprunta celle de gauche.

Elle referma le battant derrière elle. La pièce sans fenêtres dans laquelle elle se tenait avait pour tout mobilier une table et deux chaises en bois brut. La lampe électrique à batteries solaires suspendue au plafond très bas révélait, assis à la table, un homme dont le visage restait plongé dans l'ombre. Il versa du whisky dans une paire de verres et poussa l'un d'eux en face de la chaise vide, invitant ainsi sa visiteuse à prendre place. Comme la petite Roussette flairant son pain aux noix, Trente-Chênes inspira à fond le parfum qui montait vers elle : un pur malt vingt-cinq d'âge, très tourbé. Bon, elle ne déterminait pas réellement cela à l'odeur, pas tout à fait ;

simplement, l'homme connaissait très bien ses goûts en matière de scotch whisky.

— *O Captain ! My Captain !* déclama-t-il d'un ton amusé, levant son verre.

Tout en trinquant, elle répliqua avec un large sourire :

— Je suis pas *ta* Capitaine, espèce de vieux rat d'égout ! Comment vas-tu ?

— *Well*, comme d'habitude. Et toi ? Quelles nouvelles du vaste monde ?

— Mauvaises et tristes, comme d'habitude. La princesse Nekohaima Yuri est fiancée à Louis-Philippe de France.

— Ah, oui, la rumeur est venue jusqu'en bas. Ça va vouloir dire, encore un nouvel impôt impossible à payer. Sauf si ces noces n'ont pas lieu…

— Je ne vois pas ce qui pourrait les empêcher.

— Moi non plus. Et pour le reste ?

— J'ai quelque chose à te filer.

— Quel genre ?

— Du genre à planquer. Ça pourrait sauver des vies, un jour, mais justement…

— Pas la peine d'en dire plus, je prends.

— Merci, dit sobrement Trente-Chênes en posant sur la table une fiole que son interlocuteur empocha aussitôt.

— Oh, pas de quoi. Bon, tu me feras pas croire que t'es venue ici rien que pour ça. T'es encore à court, hein ?

— Et même à jardin, ouais.

— *Theater joke…*, commenta l'homme, appréciant la plaisanterie d'un sourire. T'as de la chance que le blondin soit de passage : il m'en a rapporté un stock.

— Six bouteilles, c'est possible ?

— Oui, mais tu bois trop.

— Je partage. Y'a quelques amateurs sur la Rame.

— Je vois.

Du pied, il poussa une caisse vers la Capitaine. Elle posa une enveloppe sur la table.

— T'avais prévu ma visite ?

— Tu sais, un train de deux kilomètres avec un énorme cinq en fer forgé dessus, c'est difficile à rater.

— T'as pas mis le nez dehors.

— Ce serait une très mauvaise idée. Ah ! J'oubliais… Tiens.

Il tira un pli de sa veste et le lui tendit, lui signifiant d'un geste de ne l'ouvrir que plus tard. Elle hocha la tête.

— J'y vais. Cers va m'attendre, et tu sais comment sont les Aelings !

— Que oui. *Well, see you later, Captain.*

— À la prochaine, Chevalier.

Une fois les Fourmis parties, l'homme toqua trois fois sur la cloison qui séparait la pièce où il se trouvait, de celle de droite. Une porte dérobée, invisible grâce à l'ajustement des planches du mur, s'ouvrit en silence. De l'autre côté, il y avait quelqu'un dont il avait besoin.

— *Need you tonight, cub*. La princesse est arrivée hier.

— Aha. C'est pour ce soir ?

— *Yes*. Et nous n'avons pas droit à l'erreur. *Looks like summer time is coming…*

Il n'y eut pas de réponse, mais le battant se referma et un pas léger fit frémir l'air un instant avant de s'évanouir comme un songe.

*

Assise à sa coiffeuse, Gabrielle Solange Geneviève Capet de France poussa un long soupir de lassitude lorsque sa troisième camériste ceignit son front de la couronne royale. La servante continua d'œuvrer sans en tenir compte, mais la première demoiselle d'honneur s'agenouilla auprès de sa maîtresse et lui prit la main.

— Vous ont-ils encore fait mal, Votre Majesté ?

— Ne dites pas de choses qui pourraient vous nuire, Aliénor. Votre situation est sûre, mais vos protections ne seront jamais suffisantes pour qu'une insolence vous soit pardonnée.

— Par votre époux peut-être, Votre Majesté, mais par votre fils ?

La Reine baissa les yeux et considéra un instant la jeune femme qui se tenait près d'elle. Aliénor-Héloïse Adèle de Fontainebleau-d'Armentières, duchesse-héritière de Lorraine, avait vingt-deux ans, un beau visage aux traits de tragédienne, des yeux brun-vert et des boucles d'un blond vénitien chaleureux. Gabrielle savait qu'elle était déjà partisane de Louis-Philippe. Quoi de plus naturel, après tout ? Elle grandirait dans un monde régenté par lui. Qu'avait-elle à gagner avec un roi vieillissant et haï, alors que le jeune et brillant Dauphin était déjà la coqueluche du peuple ?

— Mon fils n'est pas encore roi, Aliénor. Prenez garde de ne trop anticiper les choses.

— Votre Majesté, le message que vous fîtes porter ce matin…

— Une invitation pour la princesse Nekohaima. Quoi de plus naturel que de vouloir rencontrer ma future belle-fille ? Vous pourrez rester au bal. Et même, vous le devrez : mon absence sera moins remarquée si vous êtes présente.

En effet, Aliénor ne quittait que rarement la Reine. À l'inverse des autres demoiselles d'honneur et des dames d'atour, qui ne l'entouraient que dans la journée, la mission de la première demoiselle consistait à demeurer aux côtés de sa souveraine et se tenir à sa disposition jour et nuit. C'était un rôle contraignant, mais envié, malgré la perpétuelle disgrâce dans laquelle Louis le Vingtième maintenait son épouse ; car on y apprenait bien des choses et l'on pouvait approcher de près le Dauphin et son jeune frère. La jeune et belle duchesse-héritière de Lorraine avait clairement eu des visées sur Louis-Philippe, auxquelles la Reine s'était empressé de mettre un terme sans que sa demoiselle d'honneur parût lui en tenir rigueur. Qui, d'ailleurs, pouvait tenir rigueur de quoi que ce fût à la douce et tendre Gabrielle de France, sinon son époux ?

— Bien, Votre Majesté. Je resterai. Pourrai-je danser avec le Dauphin ?

— S'il le désire, bien sûr. N'approchez seulement pas du roi, vous savez combien il goûte peu tout ce qui se rapporte à moi.

— Il est bien injuste, Votre Majesté.

— Il est le roi, Aliénor. Nulle autre justice que la sienne.

— Oui, Votre Majesté. J'osais seulement déplorer que Notre Souverain bien-aimé n'accorde pas à son épouse le statut qu'elle mériterait.

— Si c'est ce qu'il juge bon, je m'y soumets.

— Votre Majesté ?

— Oui ?

— Était-il si beau qu'on le dit ?

— Qui donc ?

— Celui dont le Roi fut jaloux autrefois. Celui à cause duquel le Princ…

Le doigt pâle mais ferme de Gabrielle venait de clore les jolies lèvres rouges de la jeune femme.

— Vous êtes trop jeune pour avoir eu vent de cette histoire, Aliénor. Oubliez-la. Pour votre sécurité, oubliez-la.

*

Le bras puissant de Louis-Philippe soulevait presque Yuri du sol tandis qu'ils valsaient seuls au milieu de la salle, sous les lustres en cristal et les regards attentifs des courtisans. Leurs pas effleuraient presque sans bruit le parquet précieux, épousant la musique avec une parfaite coordination.

Au-dessus d'eux, le haut plafond aux moulures dorées incrustées de miroirs reflétait la lumière blanche des lustres gigantesques. Ces douze monstres de cent kilos, trois cents ampoules et mille pièces de cristal taillé chacun, baignaient de clarté l'immense salle de bal. Yuri n'avait que peu fréquenté le Louvre dans son enfance, et rien au Japon ne l'avait préparée à danser dans ce décor ostentatoire jusqu'à la caricature. Même le palais impérial, aussi luxueux fût-il, restait épuré comme une belle estampe, et ne possédait d'ailleurs pas de salle de bal. Ici, il y avait trop de fresques alourdies de dorures, trop de boiseries sculptées en rocaille, de consoles surchargées de bronze et de marqueterie, de tentures étouffantes. Tournoyant sans trêve avec Louis-Philippe, Yuri avait d'abord rivé son regard au parquet, mais c'était comme d'observer le pont d'un navire en pleine mer : elle avait senti monter des nausées. Il ne lui restait plus qu'à contempler fixement le visage du Dauphin. Le dévisager de la sorte était très embarrassant, pour ne pas dire indécent, mais le sourire triomphant de son fiancé démontra que loin de s'en formaliser, il éclatait d'orgueil. Oui, ce bellâtre pavoisait comme s'il venait de remporter la coupe à un championnat d'athlétisme ! Or ce trophée, cet *objet,* c'était elle… Yuri bouillait de colère ; et si ses traits demeuraient inaltérables, son teint de porcelaine rosit délicatement.

— Princesse, vous êtes la plus divine créature qu'engendra jamais l'Humanité, lui murmura le Prince.

Ce compliment ne risquait pas de la toucher le moins du monde, mais elle y répondit d'un demi-sourire pudique avant de baisser les yeux vers l'épaule de son cavalier, comme il seyait à une demoiselle asiatique de qualité.

L'usage voulait que le Dauphin ouvrît le bal, et en ce premier jour de fiançailles officielles, il se devait de le faire avec sa promise. La princesse sentait peser sur elle les yeux impitoyables des nobles guettant dans ses pas une imperfection, une maladresse, mieux : une erreur, avides de lancer des rumeurs scélérates. Cette immigrée asiatique était indigne de leur futur roi ! Yuri était déterminée à ne pas leur offrir cette satisfaction, mais elle avait l'impression que les musiciens avaient été soudoyés pour jouer jusqu'à lui donner le tournis, jusqu'à ce que qu'elle finît par se déshonorer en trébuchant. Car ni elle ni son cavalier ne pouvaient s'arrêter avant que l'orchestre cessât de jouer : c'eût été faire affront à leur partenaire, ou du moins avouer qu'ils ne prenaient nul plaisir à danser ensemble. Dans l'un ou l'autre cas, scandale… Or, l'ouverture durait déjà depuis vingt bonnes minutes ; Yuri ne manquait certes pas d'endurance, mais la salle de bal, si oppressante malgré ses dimensions inhumaines, donnait à cet exercice imposé une allure de marche au supplice. Même Louis-Philippe semblait commencer à trouver moins réjouissant de tournoyer sans fin : sur son front, la sueur affleurait sous la poudre. Il faisait très chaud, à présent ; les corps moites pressés en périphérie de la piste exhalaient des senteurs corporelles rendues plus écœurantes encore par les lourds parfums censés les couvrir.

Soudain, résonna le bruit cinglant d'un éventail refermé d'un coup sec. Les musiciens achevèrent leur thème presque en accéléré et le silence se fit. Un instant, le jeune couple étourdi par la valse se figea, n'osant encore se lâcher au risque de tomber. Yuri et son fiancé prirent le parti de se dévisager d'un air benoît du meilleur effet. Enfin, recouvrant leur équilibre, ils s'écartèrent l'un de l'autre et se saluèrent. Le Dauphin offrit son bras à la princesse pour regagner les sièges trônant sur une petite estrade, tandis qu'une nouvelle valse s'élevait et que d'autres couples s'élançaient à leur tour. Il aida Yuri à s'asseoir sur le fauteuil qui lui était destiné et s'inclina devant la Reine.

— Mère, je vous sais gré de votre intervention. Il semble que le prince de Hongrie ait voulu tester la solidité de notre couple d'une manière assez originale.

— Je ne pense pas qu'il s'agisse de Monsieur de Hongrie, mais plutôt de la duchesse de Bavière. Me ferez-vous le plaisir d'inviter à nouveau votre promise à la prochaine danse ? Il ne faudrait pas que l'on croie que je vous ai interrompus parce que je la trouvais médiocre danseuse ; je devrais au contraire rendre honneur à sa grâce.

Les deux jeunes gens s'inclinèrent, l'un pour signifier qu'il s'en ferait un devoir, l'autre pour remercier du compliment. Soulagée de disposer d'une pause de quelques minutes avant de regagner la piste, Yuri observa à la dérobée le couple royal pendant que son fiancé rejoignait sa place, à la gauche du roi. Le protocole voulait que tout fût structuré autour du roi : son épouse à sa droite, ses fils à sa gauche, ses filles à la droite de son épouse. En tant que fiancée du Dauphin, la jeune Japonaise occupait la place qui aurait été dévolue à la fille aînée, s'il en avait existé une. Louis-Philippe et son petit frère Charles-Henri constituaient la seule descendance que la Reine eût jamais mise au monde, et les fauteuils de merisier tendu de velours blanc destinés aux princesses royales étaient demeurés vides de longues années durant. Derrière le siège de la souveraine se tenait, debout mais très digne, une belle jeune femme aux courbes élégantes, visage théâtral et cheveux blond vénitien. Yuri devina qu'il s'agissait là de la première demoiselle d'honneur. Elles échangèrent un regard, la future Dauphine fut gratifiée à sa grande surprise d'un sourire aimable, puis le contact fut rompu : il eut été malséant de le prolonger avant d'avoir été officiellement présentées par un homme.

La princesse reporta son attention sur Gabrielle de France. C'était une femme d'une rare beauté, selon les canons occidentaux. Ses traits, réguliers et d'une grande douceur bien qu'elle fût caucasienne, accusaient aux coins des yeux et des lèvres quelques rides de fatigue atténuées par son sourire bienveillant. Les cheveux platine méchés de blanc étaient coiffés en un chignon complexe sur lequel reposait, parure traditionnelle bien plus que marque de pouvoir, sa couronne de Reine de France. Il émanait de cette femme une aura chaleureuse et mélancolique. Yuri se demanda ce qui rendait aussi triste la Reine d'un puissant pays de la Triade. Comme si elle avait perçu cette pensée, la souveraine se tourna vers elle.

— Yuri-hime, avez-vous bien reçu mon invitation ?

— Oui, Votre Majesté, et je me ferai un plaisir autant qu'un devoir de l'honorer.

— J'en suis heureuse. Je me retirerai à minuit et demi. Si vous n'y voyez pas d'inconvénient, c'est alors que nous aurons cette entrevue.

— Il en sera selon votre désir, Votre Majesté.

— Ah, un détail… C'est avec Nekohaima Yuri-hime que je souhaite m'entretenir. Pas avec la fiancée de mon fils.

Cette dernière remarque sidéra la princesse. Elle s'entendit répondre conformément à l'usage, mais ses pensées tourbillonnaient en quête d'une explication. Elle ne put en apprendre davantage, car son futur époux revenait lui offrir son bras.

Il fut du reste le seul à la faire danser tout au long de la soirée. Il ne se trouva qu'un duc visiblement éméché pour oser esquisser quelques pas vers son siège avant d'essuyer, de la part du Dauphin comme de Ryûzaki, un regard si noir qu'il s'empressa de déguerpir, faisant mine de reporter son attention sur une demoiselle de moindre rang.

« Joli bijou…, souffla une voix vaguement familière. Un bijou gardé par un chien féroce, et que seul un Prince peut porter. Très joli bijou, en vérité. »

Yuri se retourna vivement. Derrière son fauteuil il n'y avait que ses deux gardes du corps, aussi impassibles que de coutume. La tenture de brocard chamarré qui habillait le mur était immobile.

— Une contrariété, Yuri-hime-sama ? interrogea le colonel.

— Non, non, rien… Tu n'as vu personne ici, à l'instant ?

— Personne, Yuri-hime-sama, sinon il serait déjà mort.

— Je dois être bien fatiguée, alors. Mes sens me jouent des tours…

— Désirez-vous un rafraîchissement, très chère ? proposa Louis-Philippe, surgissant devant elle. Je puis vous faire porter d'un délicieux muscat qui ravira vos papilles.

— Votre Altesse Royale me verrait comblée de partager une coupe avec elle.

Yuri n'avait guère envie de boire encore de l'alcool, mais nul ne refusait l'offre d'un prince royal, et elle aimait le muscat. Elle laissa donc sa chance aux flûtes de cristal, emplies d'un liquide doré, qu'un serviteur présentait sur un plateau ouvragé.

— Si je puis me permettre, Votre Altesse Royale, intervint Ryûzaki, votre fiancée a subi récemment une tentative de meurtre par empoisonnement. Je ne me permettrai certes pas de mettre en doute les mesures de sécurité en vigueur au palais du Louvre, cependant…

— Un homme au zèle aussi remarquable que son art de l'épée, sourit Louis-Philippe. Mais il n'a nulle inquiétude à avoir : la bouteille a été débouchée sous mes yeux à l'instant.

— Je vous prie de bien vouloir me pardonner, Votre Altesse Royale, s'inclina le colonel.

Yuri, pour sa part, était un peu nerveuse en portant le verre à ses lèvres. En dehors des cérémonies officielles, où ses boissons avaient été ouvertes devant elle, la jeune femme n'avait plus rien avalé qui n'eût été goûté auparavant. Le protocole lui interdisait de refuser l'offre du Dauphin, mais cela l'obligeait à lui faire confiance, ce dont elle n'avait aucune envie.

— Alors, ce muscat vous agrée-t-il, Yuri-hime ?

— Beaucoup, Votre Altesse Royale, s'entendit-elle répondre sans même s'être souciée de percevoir le goût du vin.

— Je vous en ferai porter à l'ambassade une caisse de ma réserve personnelle. Ah ! Vous me semblez si loin lorsque votre voiture vous ramène chez votre père… Comme je suis impatient que l'hiver s'achève ! Toutefois, Mère affirme qu'un mariage printanier est plus fécond que ceux contractés en toute autre saison. Nous patienterons donc, je le crains.

— Au gré de Votre Altesse Royale.

— Diantre ! Vous êtes pâle. Seriez-vous souffrante ?

— Point du tout, Votre Altesse Royale, je me porte à merveille, se ressaisit-elle, réalisant qu'elle s'était perdue dans ses songes. Une dernière trace des fatigues du voyage, simplement.

— Comment n'y ai-je pas pensé plus tôt ? Yuri-hime, puis-je vous conduire à un boudoir où vous vous reposerez à votre guise ?

— Je vous suis reconnaissante de votre sollicitude, Votre Altesse Royale, mais…

Il l'avait déjà soulevée et l'emportait dans ses bras, affirmant ainsi devant toute la cour la réalité de son affection pour elle. Malgré l'orchestre, Yuri entendit claquer les éventails que fermaient sèchement des mains contrariées. Certaines jeunes femmes de la cour voyaient s'envoler leurs derniers espoirs.

Louis-Philippe la mena dans un petit salon douillet où il l'allongea sur une méridienne. Bien entendu, Ryûzaki et Levana avaient suivi le mouvement. La pièce était éclairée par un halogène tamisé qui projetait de grandes ombres inquiétantes sur les tapisseries illustrant les hauts faits de la Maison de France, de part et d'autre d'un grand portrait de Louis-Philippe.

— Colonel, l'entendit-elle dire à son garde du corps, je te confie ma promise.

— Bien, Votre Altesse Royale.

Onze heures sonnaient. La princesse ferma les yeux pour se détendre un moment.

*

Le douzième coup de minuit la réveilla en sursaut. Yuri n'avait pas oublié son rendez-vous avec la Reine ; elle fit mander ses obiko pour changer sa robe à l'occidentale contre un kimono. L'on refit également son maquillage et sa coiffure, et à minuit et demi précis, elle se trouvait devant la porte des appartements de Gabrielle de France.

— Tu m'attends là, ordonna-t-elle à Ryûzaki, ce qui incluait bien sûr HA-17.

Le colonel hocha la tête et referma la porte derrière elle, tandis que la princesse exécutait une profonde révérence devant la Reine.

— Votre Majesté a sollicité ma présence, dit-elle sans se relever, ainsi que l'exigeait le protocole.

— Venez vous asseoir près de moi, je vous prie.

Sa future belle-mère désignait un fauteuil à côté d'elle, face à la fenêtre. Yuri obéit :

— Vous m'honorez, Votre Majesté.

La Reine lui sourit. Elle avait un regard très doux, un peu éteint. La jeune Japonaise essaya de se figurer son propre regard en cet instant : il devait encore receler un peu de sa fureur contre son père, de sa frustration d'avoir quitté son pays pour toujours. Rien, elle en était certaine, de comparable à la résignation de son interlocutrice.

— Savez-vous ce que signifie être Reine, princesse ?

— Assister son époux lorsqu'il le requiert, organiser les réceptions royales et donner un héritier au Royaume de France ?

— C'est exactement la réponse qu'ils attendent de vous. Vous êtes un petit animal très bien dressé, Yuri-hime.

Les mains de la princesse se crispèrent sur les accoudoirs de son fauteuil. Un *animal ?*

— Je vous ai mise en colère, constata la Reine. Toute Reine que je sois, vous êtes en droit de vous sentir offensée. Vous êtes la troisième dame du Japon, et je vous traite de « petit animal »… Pourtant, mon enfant, sachez que c'est le rôle auquel l'on souhaitera vous cantonner. C'est celui que je tiens moi-même, depuis l'époque où je suis devenue Dauphine de France.

— Je vous prie de me pardonner, Votre Majesté, mais je ne comprends pas ce que vous voulez dire.

— Vous comprenez trop bien, au contraire.

Yuri baissa les yeux. Son hôtesse avait raison. Assister son époux lorsqu'il le requiert, organiser les réceptions royales et donner un héritier au Royaume de France. Ils vécurent heureux et eurent beaucoup d'enfants. Fin de l'histoire. Fin de la vie. Fin des rêves. À vingt ans. Comme un train qui s'arrêterait parvenu au bout des rails, sans possibilité de dévier de sa route ni même de la poursuivre un peu plus loin. L'image de la Capitaine Trente-Chênes s'imposa à l'esprit de la jeune femme. « Cette femme n'a pas de chaperon », avait dit Ryûzaki. Pas de chaperon. Pas de père, pas de fiancé, pas d'époux, pas de fils. Pas d'obligation envers un homme qui lui serait supérieur. Et tout un équipage à ses ordres. Qu'importait qu'elle obtînt l'obéissance par le respect ou par la crainte ?

Un souvenir lointain lui revint en mémoire. Un œil bleu entre des cheveux noirs. La petite Selkie de Gôshi Mayo, enfermée dans sa cage, l'avait dévisagée avec compassion. Comme si la fée avait perçu l'invisible prison dans laquelle on l'élevait, elle, Nekohaima Yuri-hime, troisième femme du Japon, et compris sa solitude.

Son estomac se retourna. Elle avait la nausée. *Joli bijou...*

— En un sens, vous avez plus de chance que moi, mon enfant. J'ai élevé Louis-Philippe, et je puis vous assurer qu'il n'est ni aussi brutal, ni aussi binaire que son père. C'est un garçon intelligent, qui considère qu'il a tout à gagner en respectant une femme de votre trempe. En sus, il vous a choisie ; vous ne lui avez pas été imposée. Il conservait le souvenir de la toute jeune fille qui retournait dans son pays alors qu'il commençait à peine à la trouver charmante. Depuis votre départ, il s'est informé de chacun de vos gestes, de vos succès. Il éprouve pour vous un réel intérêt, à défaut peut-être d'un amour véritable. Il désire sincèrement vous faire une place dans sa vie, bien qu'il ne sache pas comment, étant donné le peu de place dévolu aux femmes au sein de notre société.

— Voulez-vous dire, Votre Majesté, qu'il avait déjà jeté son dévolu sur moi il y a sept ans ?

— Vous êtes belle, intelligente et charismatique, bien que vous n'en ayez encore guère conscience. Louis-Philippe aime cela, et il veut toujours ce qu'il aime. Il vous a voulue tout ce temps-là ; il vous a eue. Ou, du moins, il vous aura.

— Et j'en serai comblée, Votre Majesté. Quelle femme refuserait le plus estimable parti de la Triade ?

Yuri mentait, mais s'espérait convaincante. Elle avait le net sentiment que la Reine essayait de lui faire avouer quelque chose qu'elle pensait très fort, certes, mais qu'elle ne pouvait prononcer sans de graves conséquences.

— Mon enfant, vous ne croyez pas un mot du propos que vous tenez. J'ai fait placer nos fauteuils sous cet angle afin qu'ils dissimulent nos lèvres aux caméras de surveillance. Ce que vous direz ici ne sortira pas de cette pièce, et les seules oreilles à l'entendre seront les miennes.

— Pourquoi ? Pourquoi faites-vous cela ? Qu'attendez-vous de moi ? Quel piège me tendez-vous ? Désiriez-vous un autre parti pour votre fils ? Vous ai-je offensée d'une quelconque manière ?

— Rien de tout cela. Je n'aurais pu rêver d'une femme plus digne de Louis-Philippe. Par égard pour votre mère, je vous offre le choix que je n'ai pas eu.

— Ma *mère,* Votre Majesté ?

La princesse fronçait les sourcils. Personne ne lui avait jamais parlé de sa mère ! La Reine hocha gracieusement la tête.

— Je n'ai jamais eu que deux amis au monde, et Mona en faisait partie.

— Ma mère… était votre amie ?

— Oui. Ma meilleure amie. Mona était une femme exceptionnelle, et vous lui ressemblez beaucoup.

— Mona, murmura la jeune femme pour elle-même. Elle s'appelait Mona.

— Vous le dites comme si vous l'ignoriez.

— Je l'ignorais.

— Vous… Que savez-vous de votre mère, Yuri-hime ?

— Qu'elle était auburn. Enfin, je crois. C'est tout ce dont je me souviens.

— C'est exact. De longs cheveux auburn. Je lui enviais leur soyeux…

— De quelle couleur étaient ses yeux, Votre Majesté ?

— Verts. Vert pailleté d'or. Elle avait des yeux magnifiques. Elle était magnifique.

— Comment était-elle ? Qu'est-ce qu'elle aimait ?

— La vie, sourit la Reine, qui s'animait d'instant en instant. La musique, le tir à l'arc, bien que la cour s'offusquât de cette pratique… Elle était gourmande, aussi. Et faisait souvent des jeux de mots. Elle disait qu'elle aimait la langue française parce que l'on pouvait faire beaucoup de jeux de mots avec, contrairement à sa langue maternelle.

— Sa langue maternelle ? Ma mère n'était-elle pas française ?

— Française ? Oh, non, pas du tout ! Mona était keltienne.

Keltienne. Ce mot porta un coup au cœur de Yuri. Elle savait que sa mère était une Occidentale, elle l'avait donc logiquement supposée française. Mais elle était keltienne. Une rebelle. Sa mère était une rebelle. Keltia, que les alliés de la Triade appelaient les Terres Rebelles, était une fédération de sept minuscules royaumes farouchement indépendants à la tutelle du Royaume de France, qui refusaient toute alliance avec la Triade et étaient réputés pour accorder à toute créature vivante les mêmes droits qu'aux Humains. Au-delà du ridicule d'un tel point de vue, ils allaient jusqu'à considérer comme normaux les couples de métis interespèces et d'homosexuels. Sa mère était issue de ces peuples aux mœurs douteuses ?!

Ses réflexions furent interrompues par le son d'une horloge annonçant une heure du matin.

— Le temps fuit, nous en manquons, reprit la Reine d'un ton pressant. Je vous ai fait venir ici par égard et amitié pour Mona. Elle aurait voulu que sa fille ait le choix.

— Le choix ? Quel choix ?

— Celui de sa vie ! Regardez-moi dans les yeux, oubliez l'étiquette, le protocole et la politique et répondez-moi : aimez-vous Louis-Philippe ?

— Non, répondit Yuri, incapable de retenir la vérité.

— Voulez-vous l'épouser malgré tout ?

— Non… Non, je ne veux pas. Je ne veux pas me marier, ni à lui ni à personne.

— Alors voici ce que je vous propose. Dans deux minutes, nous allons nous rendre près de la fenêtre, dans cet angle de la pièce. Les caméras ne peuvent l'atteindre… Volonté du Roi de France. Monsieur mon époux entend pouvoir disposer de moi sans être vu, parfois. Là, vous choisirez. De partir, ou de rester. Vous n'aurez que peu de temps. Soit vous restez, vous épousez Louis-Philippe au printemps prochain et vous devenez Reine de France. Vous vivrez dans le confort et l'opulence toute votre vie, seule et sans amis. Soit vous partez. Je ne sais pas ce qui vous attend dehors, mais j'ai fait en sorte que vous ne soyez pas seule. Je ne peux vous garantir qu'une chose : vous disposerez librement de votre destin.

— Votre Majesté… Est-ce que ma mère a épousé mon père par devoir ?

— Non. Elle l'aimait. Ils s'aimaient. Personne ne pouvait obliger Mona à quoi que ce soit. Votre père a beaucoup changé depuis notre jeunesse. À mes yeux, il n'est plus l'homme dont mon amie était tombée amoureuse.

— Je pars.

Yuri n'avait pas besoin de réfléchir. La réponse s'était imposée à elle, simple et évidente, comme blottie depuis longtemps au fond de son cœur, et libérée par cette simple évidence : sa mère avait épousé son père par amour. Son père qui l'avait trahie. Son fiancé à elle était peut-être parfait, mais elle ne l'aimait pas. Il voulait qu'elle lui appartienne, et quelque chose en elle se révoltait à cette idée. Elle avait appartenu à son père, elle devrait appartenir à son futur époux… Or, elle ne voulait appartenir à personne.

Elle avait vingt ans et la vie devant elle. Non, elle ne voulait pas d'enfants, non, elle ne voulait pas être Reine, non, elle ne voulait pas épouser Louis-Philippe. Elle voulait être libre. Elle se souvenait de la voix derrière elle pendant le bal. « Joli bijou ». Elle ne serait plus un joli bijou. Dedans, il y avait la sécurité ; mais dehors, il y avait l'aventure. Elle s'étonna d'avoir si peu hésité, puis réalisa que son choix était déjà fait bien avant qu'elle n'eût vu la haie d'honneur à douze rangs sur le quai de la gare. Il était fait depuis toujours. Elle avait seulement mis un peu de temps à s'en souvenir.

Gabrielle hocha la tête.

— Bien. Suivez-moi, dit-elle en se dirigeant vers la fenêtre. Nous sommes au rez-de-chaussée, où le Roi m'a fait reléguer pour m'éloigner de mes enfants. En allant tout droit, vous atteindrez la porte des jardiniers. Il n'y a pas de garde en faction, seulement des rondes, et la prochaine ne passera que dans un quart d'heure. Sitôt hors de l'enceinte, éloignez-vous du Louvre aussi vite que possible. Trouvez un pont, traversez la Seine, engagez-vous dans les quartiers bourgeois. Ne vous retournez pas. On vous trouvera, et on vous aidera. Oubliez la règle des nobles ; ayez confiance.

— On ? Qui donc, Votre Majesté ?

— Ce serait trop long à expliquer. Je ferai croire que vous avez été enlevée par, disons… trois hommes ? Grands, bruns et noirauds.

— Qui auraient ouvert la fenêtre de l'intérieur ?

— Bien vu, mais je vais à l'instant régler ce problème. Pendant ce temps, desserrez les pans de ce kimono, sans quoi il vous gênera plus qu'autre chose.

Ôtant de sa main une bague ornée d'un beau diamant pointu, la Reine traça un cercle sur une vitre à hauteur de la poignée. Puis elle ouvrit la fenêtre et, d'un tapotement précis, fit basculer à l'intérieur le morceau de verre, qui chut sans le moindre bruit sur un tapis moelleux.

— Où avez-vous appris à…

— Nous n'avons plus le temps. Partez. Courez si vous le pouvez. Ne vous retournez pas. Adieu, Yuri-hime. Je vous souhaite d'être heureuse.

— Merci, Votre Majesté.

— Gabrielle. Mona m'appelait Gabrielle.

— *Dômo arigatô gosaimasu*, Gabrielle, remercia-t-elle. *Sayonara.*

Yuri sourit à la Reine et enjamba le rebord de la fenêtre. Puis elle disparut dans l'obscurité, abandonnant sans regret le trône de France.

*

— Là ! s'exclama l'un des hommes en donnant un coup de coude dans les côtes de son voisin.

— Merde, c'est notre cible ! Nom de nom, qu'est-ce qu'elle fout dehors à cette heure ? On devait la buter à son retour à l'ambassade !

— Ça va être beaucoup plus drôle comme ça, fit le troisième avec un sourire mauvais. Regardez, on dirait qu'elle fuit le palais… sans les deux cinglés qu'elle a toujours au cul. Hé, si on en profitait pour jouer un peu ? Une petite vierge perdue toute seule dans le noir, tu parles d'un plan d'enfer !

— T'as toujours des bonnes idées, toi… Bon, on y va, alors ?

— On la laisse courir et se fatiguer d'abord. Elle est pas bien difficile à suivre.

Sans quitter l'ombre où ils s'étaient embusqués, ils se faufilèrent à la queue leu-leu sur la piste de leur victime. Ils tenaient leur gibier : la chasse pouvait commencer ! Aucun d'eux, toutefois, ne nota la petite silhouette, plus silencieuse qu'une ombre, qui se glissa sous les arcades du pont pour leur emboîter le pas.

*

Yuri ne cessa de courir qu'une fois passées les eaux brunes de la Seine. Haletante, elle s'appuya contre un mur pour reprendre son souffle. Elle n'avait pas l'habitude d'user si violemment de son corps. L'air glacé qui brûlait ses poumons lui faisait mal et l'enchantait tout à la fois. Elle éprouvait un tel sentiment de liberté qu'elle avait envie de rire et de crier. Ivre de cette sensation nouvelle, elle tremblait un peu en se répétant :

— Oh, par le Grand Prophète ! Je suis dehors… je suis dehors…

Elle palpa les parpaings du mur auquel elle s'adossait, comme pour en rendre la sensation plus réelle. Jamais elle ne s'était sentie si légère, presque insouciante. Elle avait l'impression que s'évaporaient autour d'elle les mille inquiétudes qui rythmaient jusque-là sa vie : sa coiffure, les plis de son vêtement, son maintien, sa démarche, son expression, ses capacités à être et à agir selon les nombreuses règles qu'on lui avait enseignées, ses obligations en tant que femme, en tant que noble, en tant que princesse… Plus rien de tout cela n'avait d'importance. La seule chose qui comptait était la direction à suivre.

« On vous trouvera, avait dit la Reine Gabrielle, et on vous aidera. »

Certes, mais d'où proviendrait cette aide providentielle ? Elle prit peur, soudain. Et si tout cela n'était qu'un piège ? Et si elle avait joué sans le savoir le jeu des ennemis politiques de son père ou de son pays ? Si elle se faisait agresser ? Violer ? Enlever ?

« On vous trouvera, et on vous aidera. »

Comment avait-elle pu être assez folle pour croire une Reine étrangère et inconnue, alors que son propre père venait de la trahir ?

Un malaise lui tordit le ventre. Elle se sentait épiée… Du coin de l'œil, elle aperçut trois formes pâles qu'elle n'eut guère de mal à identifier, sans en avoir jamais vu auparavant. Hashishins : le nom percuta son esprit comme une balle. Vêtus de tuniques blanches symbolisant la mort, armés de lames empoisonnées, ces affidés de la redoutable guilde des assassins ottomans étaient la « main gauche du Sultan », celle qui laissait derrière elle une marque sanglante, avertissement envers quiconque oserait s'opposer à sa volonté.

Yuri n'avait pas encore eu le temps d'apprendre l'identité des prétendantes repoussées par Louis-Philippe, mais le nom de l'une des cent treize filles du Sultan y figurait sans doute. Elle découvrit alors un nouvel aspect de l'instinct de survie : tournant les talons, elle s'enfuit aussi vite que ses jambes et son kimono le lui permettaient.

Il lui sembla qu'un dédale d'asphalte et de béton s'ouvrait devant elle. Elle tourna dans une rue. Une autre. Le couvre-feu était passé depuis longtemps ; par crainte des patrouilles, personne ne sortirait lui porter secours, même si elle hurlait. La princesse crut avoir semé ses poursuivants, perçut à nouveau l'écho de leurs bottes, reprit sa course, s'engouffrant dans une ruelle si étroite qu'elle espérait s'y fondre dans la pénombre… et s'arrêta net, manquant heurter de plein fouet un mur de parpaing crépi de trois mètres cinquante de haut.

En deux coups de pied, Yuri déchaussa ses getas aussi appropriées pour l'escalade que les sabots d'une vache, et chercha désespérément des prises sur le mur, le griffant sans autre résultat que de casser ses ongles et s'écorcher les doigts. Elle finit cependant par trouver à tâtons un ou deux défauts dans la paroi, ici la saillie formée par une pierre mal ajustée, là un semblant de creux où insérer sa main ; mais la pluie rendait le crépi trop glissant, et à peine s'était-elle élevée au-dessus du sol qu'elle dérapa et retomba dans la boue, manquant de se tordre une cheville.

Lorsqu'elle fit volte-face, ils étaient là. Trois hommes pareils à des fantômes, brandissant de longues lames courbes qui luisaient d'un éclat glacé. Yuri était acculée. Soit… Puisqu'il lui fallait mourir, autant le faire avec dignité.

Se détachant du mur, elle se redressa, se déploya comme un lys dans l'improbable clarté lunaire, prenant plus ou moins consciemment une pose d'une grâce écrasante. Elle n'avait plus que quelques secondes à vivre, et refusait de fermer les yeux. Au bout de ses bras, qu'elle forçait à rester calmement relâchés le long de ses flancs, ses poings se serraient malgré eux. Oh, pas pour se défendre, bien sûr ; dans un geste de colère et de défi à l'adresse de ses bourreaux, de sa vie qui n'avait pas eu le temps d'en être une, des hommes comme son père et son fiancé qui, en la considérant comme un simple bibelot que l'on offre ou que l'on acquiert, l'avaient conduite à cette fin absurde et prématurée.

Les trois silhouettes immaculées n'étaient plus qu'à deux mètres d'elle. Immobile et fière, elle leur tint tête, sans la moindre trace de peur sur son visage.

—… *strait the gate,*

How charged with punishments the scroll,

Une chose bleu-noir roulée en boule atterrit entre Yuri et les assassins stupéfaits.

— *I am the master of my fate :*

I am the captain of my soul, acheva sans hâte une voix qui ricochait sur les murs, semblant provenir de partout et de nulle part.

Un craquement d'os et de tendons résonna dans l'impasse en guise de point final. La chose se déroulait comme un hérisson, et l'on vit se découper une petite ombre humanoïde, élancée et chevelue à l'excès, vêtue d'une espèce de pagne. Un bras se déroula avec une souplesse féline. Tout au bout, une main insolente fit signe aux trois assaillants de s'approcher.

— *Well… Oyasuminasai, hashishins, und… kenavo.*

Sur ces mots incompréhensibles, et sans autre forme d'ultimatum, la créature surgie de la nuit se jeta sur les hashishins. Yuri plaqua son dos contre le mur de l'impasse et sa main contre sa bouche pour ne pas hurler.

Les trois hommes s'étaient déployés pour encercler leur assaillant. Ils lui portèrent un coup parfaitement synchronisé, mais leurs lames sifflèrent dans le vide avant de se heurter dans un cri aigu d'acier mordant de l'acier.

— Hum, hum, se moqua leur ennemi, réapparaissant perché sur les épaules de l'un d'entre eux.

D'un saut périlleux, il empêcha le trio de seulement l'effleurer, retomba parmi eux, se plia en deux pour éviter un poignard qui visait son dos et, soudain, se détendit comme un ressort pour administrer au plus proche un coup de poing si rapide que Yuri eut du mal à le distinguer. Cet être esquivait les coups avec une souplesse de contorsionniste. L'un des assassins tenta un pas de côté pour le surprendre, mais son pied dérapa sur une flaque qui parut se solidifier à l'instant précis où le genou de la créature montait à la rencontre de sa tempe. L'homme s'effondra, assommé.

Le défenseur de la princesse s'était déjà aplati pour éviter une autre lame. Il sauta au vol sur la troisième, la brisant net contre l'asphalte, exécuta un flip avant et sonna un autre hashishin d'un violent coup de pied dans le plexus. Il fit alors face au dernier assassin encore debout.

Le temps d'une respiration, tous deux se tinrent immobiles, s'observant avec acuité. Lorsque l'homme se décida à frapper, vif comme un cobra, son arme rencontra le vide. Yuri vit avec stupeur son champion providentiel, plus rapide encore, se jeter en roulade avant entre les jambes de l'homme, frappant au passage un point précis et singulièrement vulnérable. En s'effondrant avec un hurlement étranglé, l'homme eut l'insigne malchance de s'embrocher sur son poignard.

L'être mystérieux se remit sur ses jambes d'un bond léger et se pencha pour estourbir celui des trois hashishins qui n'était encore que sonné. Puis il se tourna vers la princesse, et Yuri ouvrit des yeux ronds.

Dans la faible lueur lunaire, elle distinguait nettement une silhouette androgyne, sans poitrine ni hanches, toute en lignes minces et souples que dessinaient de longs muscles profonds. Elle se demanda une fraction de seconde si elle délirait, ou si la créature, rivalisant avec la lune, émettait bel et bien une sorte de lueur blafarde…

Soudain, l'être se tourna vers elle, et la princesse sentit tressauter son cœur.

Son sauveur avait un visage d'ange, une peau bleu outremer criblée de cicatrices et de longs cheveux couleur de nuit.

*

Gabrielle se détourna de la fenêtre et tira de son corsage un portrait de groupe défraîchi, sur papier photo froissé. Tout un pan était brûlé, pourtant elle la portait toujours sur son cœur, cette vieille photo des jours heureux. Elle y attarda son regard.

Au premier plan, une version juvénile d'elle-même tenait par la taille une jeune femme aux cheveux auburn et aux yeux verts et or, dont la main tendait deux doigts formant le V de la victoire, et qui souriait avec toute l'insouciance de leur âge. Derrière elles, trois garçons un peu plus vieux se chamaillaient : celui du milieu, un Asiatique portant un kimono violet et un chignon de samûrai, donnait un coup de coude à son voisin de gauche, dont les cheveux bruns en catogan ébouriffé masquaient en partie les yeux gris. Le plus âgé et le plus calme, l'air bienveillant, les observait en riant sous cape. Lui aussi coiffait ses longs cheveux bruns en catogan, et ses yeux étaient d'un gris tirant sur le bleu. Plus grand et plus carré que les deux autres, il portait une chemise à la keltienne.

Une larme s'écrasa sur le visage souriant de Mona.

Oui, Gabrielle avait été heureuse en ce temps-là, depuis si longtemps perdu qu'elle avait failli l'oublier. Et puis cette petite princesse asiatique était venue à Paris et avait remué les braises enfouies d'une passion qu'elle croyait morte.

— *Oh, the summer time is coming*, fredonna-t-elle si bas qu'elle s'entendait à peine,

« *And the trees are sweetly blooming,*
And the wild mountain thyme
Grows around the blooming heather,

Will ye go, lassie, go ?
And we'll all go together,
To pluck wild mountain thyme,
All around the purple heather,
Will ye go, lassie, go ? »

Sa voix se brisa sur un sanglot étouffé.

Gabrielle glissa la photo dans la doublure de la tapisserie fleurdelysée qui couvrait le mur de son boudoir. Personne ne devait jamais la découvrir. Cette image, la seule qu'elle avait réussi à sauver du carnage, était ce qu'elle possédait au monde de plus précieux, tout ce qui lui restait d'eux, ses amis, et de ce temps révolu au souvenir doux-amer. Les garde-robes de la Reine étaient emplies d'atours somptueux ; ses cassettes contenaient, rangés sur des plateaux de velours, des bijoux dont un seul aurait nourri tout Paris pendant près d'un an. Pourtant, de toutes ses possessions, la photographie dégradée qu'elle venait de dissimuler comme une voleuse était la seule qui fût un trésor à ses yeux.

— Je t'en supplie, dit-elle à un interlocuteur invisible, prends soin d'elle…

Elle s'écarta de la tapisserie, prenant garde de rester dans l'angle mort des caméras. Puis elle chassa l'air de ses poumons déjà comprimés par le corset et retint sa respiration en se pinçant le nez. Très vite, des étoiles tournoyèrent devant ses yeux. Son corps tentait de la forcer à lâcher prise, à inspirer, mais elle banda sa volonté contre ce réflexe. Elle se demanda un instant si, en procédant de la sorte, elle parviendrait à se tuer… Mais Charles-Henri avait encore besoin d'elle, pour un an ou deux peut-être. Avant d'imiter son frère, sans doute, et de l'oublier.

Les étoiles se firent de plus en plus aveuglantes, tout devint blanc…

Et noir.

CHAPITRE IV
SIR EDWARD LONGWAY

— S… SHURA ? s'étonna Yuri en dévisageant ce secours imprévu à la lueur d'un rayon de lune.

L'intéressée se retourna, et la princesse crut un instant qu'elle s'était trompée. La fée qui l'observait avec de grands yeux noirs et farouches ne paraissait guère avoir plus de quinze ou seize ans. Or, sauf erreur, Shura devait en avoir vingt à présent, puisque le soir du combat, huit ans plus tôt, le présentateur l'avait dite âgée de douze ans. Pourtant, ces longs cheveux bleus, épais et bouclés, ce visage d'ange aux pommettes rondes, empreint d'une détermination sans faille et d'un sérieux qui contrastait si fort avec ses douces joues de fillette, étaient bel et bien ceux que Yuri avait en mémoire. Ce souvenir de leur unique rencontre, aussi brève que lointaine, était demeuré étrangement précis… Et à la vue de ces immenses yeux sombres, abyssaux, qu'effleurait à droite une cicatrice presque verticale allant de la tempe à la pommette, la certitude de la princesse se cristallisa d'un coup.

— *Watashi no namae wa Shura dewarimasen*, fit calmement la Selkie d'une voix de poitrine profonde, dure comme glace.

« Je ne m'appelle pas Shura. » La même réponse que huit ans plus tôt, sauf que cette fois, la fée l'avait formulée poliment.

Celle-qui-ne-s'appelait-pas-Shura, donc, jeta un regard alentour, puis, certaine de n'être vue de personne d'autre, dévissa une plaque d'égout au fond de l'impasse. D'un mouvement de tête sans équivoque, elle signifia à Yuri qu'elle était censée passer devant.

« Dans quoi me suis-je donc embarquée ? »

Un instinct viscéral hurlait à la princesse de céder à la peur et de s'enfuir en courant. Une autre sorte d'instinct, incroyablement téméraire, lui soufflait d'écouter sa curiosité. Tout le reste d'elle-même était encore figé par le choc et la stupéfaction.

Alors elle fit ce que son éducation l'avait entraînée à faire, enferma ses émotions à double tour, analysa la situation avec une raison glaciale et choisit une question plus pertinente.

— Tu ne les achèves pas ?

— Non. Allez-y.

— Tu veux que je descende dans… les égouts ?

— Vous pouvez aussi attendre qu'ils se réveillent et qu'ils finissent leur boulot. Où que vous alliez dans Paris, des types comme eux vous retrouveraient.

— Sauf là-dessous, c'est ça ?

La jeune fée hocha la tête.

— Et donc, après m'avoir débarrassée de ces trois assassins, tu me proposes un peu de tourisme souterrain. Désolée, mais je ne suivrais même pas un humain inconnu, alors une fée ! Tu m'as sauvé la vie et je t'en remercie, cependant je ne…

— Je crois que vous n'avez pas tout saisi, Yuri-hime, coupa la Selkie avec sérieux, mais sans agressivité. J'ai pour mission de vous amener vivante à Sir Edward Longway, de gré ou de force. Vous avez donc le choix entre m'accompagner sur vos deux jambes, avec la dignité qui sied à une princesse, ou assommée sur mon épaule.

— Je me disais bien… Comment espérer un acte désintéressé d'une fée ? Ou de n'importe qui, en fait. Soit ! Je préfère encore marcher.

La Selkie hocha la tête et éclaira le fond du trou avec une lampe-torche pour permettre à la jeune aristocrate de descendre l'échelle soudée au mur. Lorsqu'elle sauta à son tour, la torche entre les dents et la plaque d'égout dans les mains, l'ouverture se referma avec un bruit mat, avalant le ciel.

— Très impressionnant, constata Yuri d'un ton blasé. Par où allons-nous, à présent ?

La sauvageonne désigna une direction avec la lampe et fit une fois encore passer la princesse devant elle tout en lui éclairant le chemin. Un conduit de deux mètres cinquante de diamètre, où un épais flot brunâtre s'écoulait entre deux trottoirs étroits, se fondait dans le noir au bout d'une vingtaine de mètres. La jeune femme déglutit : elle n'avait aucune envie de passer devant, mais se fit réflexion que, derrière, elle serait à la merci d'une obscurité plus totale encore. Elles empruntèrent plusieurs tunnels, trois échelles et un certain nombre d'intersections qui firent perdre à Yuri tout sens de l'orientation. Sa guide, pourtant, semblait tout à fait sûre d'elle. La Selkie indiquait le chemin à coups de faisceaux lumineux et gardait une distance aussi respectueuse que sécuritaire. Toutefois, la situation ne plaisait guère à la princesse ; le sentiment de ne rien contrôler ne lui était pas familier, et elle détestait qu'on lui force la main. Elle ne l'acceptait qu'avec difficulté de la part de son père, douloureusement de la part d'un autre noble, pas du tout de la part d'un inférieur, et n'aurait jamais imaginé que le cas pourrait se présenter avec une fée.

— Shura…, hasarda-t-elle avec autant d'assurance que possible.

— Je ne m'appelle pas Shura, répéta la Selkie sans impatience, escomptant peut-être que passer du japonais au français donnerait des résultats.

— Je ne te connais que ce nom-là. S'il ne te plaît pas, dis-moi comment t'appeler.

— Bran.

— Bran ? Eh bien, au moins ce n'est pas compliqué à retenir ! fit la princesse en lui jetant un coup d'œil.

Derrière elle, la Selkie haussa les épaules.

— Dis-moi, Bran, qui est ce Sir Edward Longway ? Ton nouveau propriétaire ?

— Je n'appartiens à personne. Sir Edward est le coordinateur des Gens de l'Égout.

— Mais tu es en mission pour lui, non ?

— Ouais.

On aurait juré qu'elle calculait ses réponses au plus juste, comme si un mot de trop risquait de lui geler la langue. Au reste, son ton était froid, mais neutre, et rien n'indiquait qu'elle ne souhaitait pas poursuivre la conversation. Dans le cas contraire, cependant, la princesse serait passée outre : les envies et volontés des animaux lui indifféraient totalement.

— … Passons. Qui sont les Gens de l'Égout ?

— Une communauté fondée par Sir Edward. Des humains, des fées et des fomoires. Qui vivent ici.

— Tu es en train d'essayer de me faire croire que tout ce petit monde cohabite dans les égouts de Paris ? Sous la direction d'un type pour qui tu ne travailles pas, mais à qui tu obéis au point d'aller risquer ta vie contre des assassins ?

— Ouais.

— Et tu penses que je vais gober ça ?

— *Skàm* ! Si j'avais voulu vous tuer, je l'aurais déjà fait. Et si c'était une blague, elle ne serait pas drôle.

— En effet. Mais le poisson est dur à avaler, tu ne crois pas ?

Bran haussa une nouvelle fois les épaules.

— Et toi, tu fais partie de cette communauté ?

— En un sens.

— J'aurais dû m'en douter. Sommes-nous encore loin ?

— Hum.

Cette fois, Yuri soupira. Si toutes les fées étaient comme celle-ci, la vie dans les égouts ne devait pas être joyeuse ! La princesse avait perdu toute notion de temps et se demandait comment Bran s'y prenait pour se repérer dans ce dédale. Elle devait avoir une technique, le genre que l'on gagne à connaître…

— Tu as un sacré sens de l'orientation, pour t'y retrouver aussi aisément dans ce labyrinthe !

Une troisième fois, Bran haussa les épaules. Elle devait être dressée pour hausser les épaules à toute question indésirable, se dit Yuri, faisant la moue. Résolue à supporter le mutisme de sa guide, la princesse se contenta d'observer le peu que révélait la lueur de la torche : à nouveau un gros tunnel rectiligne dont parfois les trottoirs s'élargissaient un peu, formant une sorte de quai. La puanteur était insupportable. De temps en temps, un rat s'enfuyait devant elles, les yeux phosphorescents dans la lueur de la torche.

— Je n'aurais jamais cru que les égouts étaient si… calmes.

— Ils le sont tant qu'on a une lampe, mais je doute que vous appréciiez ce qui se passerait si je l'éteignais.

— Qu'est-ce que tu veux dire ?

— La lampe émet des ultrasons en même temps que de la lumière. Vous ne les entendez pas, mais les rats et moi, si. Ça les éloigne. Sir Edward n'apprécierait pas que je vous fasse faire le test…

— Tu lui obéis donc jusqu'à présumer de ses désirs ?

— Pensez ce que vous voulez.

— Vais-je revoir ton petit frère, là-bas ? Je me souviens à quel point il était mignon, il doit avoir grandi…

— Non.

— Pardon ?

Yuri sentit venir le haussement d'épaules, qui ne manqua pas. Mais cette fois, elle pouvait répondre par elle-même à la question demeurée sans réponse : si le petit frère auquel cette Selkie tenait comme à la prunelle de ses yeux n'était pas avec elle, ou s'il n'avait pas grandi, car après tout ce « non » pouvait répondre aux deux questions, il y avait de fortes chances pour que…

— Je suis désolée.

— Pourquoi ?

— Pour ton frère.

— Aha.

Le ton glacial indiquait que la Selkie n'en croyait pas un mot. Yuri pouvait le comprendre : croire qu'une noble s'affligerait de la mort d'une fée, c'était comme croire un loup capable de pleurer la mort d'un lapin. Pourtant, la princesse éprouvait bel et bien un pincement au cœur en se remémorant ce petit aux cheveux noirs qui la regardait comme si elle allait le frapper, avec au fond des yeux une lueur qui n'exprimait ni terreur ni colère, mais de la pitié… de la pitié pour *elle*... Comme s'il avait, en un instant, compris sa détresse. Oui, toute aristocrate qu'elle fût, elle était peinée de savoir que ce petit de Selkie était mort. Pour la première fois de sa vie, elle ressentit le besoin d'être spontanée, se retourna, saisit le bras de Bran et la regarda droit dans les yeux.

— Comment s'appelait-il ?

— Gwen.

Elle fut presque surprise d'avoir une réponse, et plus encore de voir les yeux de la Selkie briller d'un autre éclat que celui de l'intelligence.

— Gwen..., répéta-t-elle comme pour elle-même. Merci.

Bran hocha la tête et se remit en route.

*

Ryûzaki n'en pouvait plus d'attendre. Depuis deux heures déjà il montait la garde, immobile devant les appartements de la Reine, et il sentait monter en lui une angoisse que seule apaisait la présence calme et froide de HA-17.

— J'ai un mauvais pressentiment, lieutenant. J'ai l'impression...

Il n'arrivait pas à s'expliquer. Il avait l'habitude de la présence de la princesse, tout simplement. À dire vrai, il était rare qu'une porte les séparât et qu'elle ne fût pas dans son champ de vision. En sept ans, il ne s'était jamais autant éloigné d'elle, et encore moins aussi longtemps. Non seulement la sensation lui en était inhabituelle, mais un instinct primaire, impérieux et irrationnel lui tenaillait la poitrine.

Quelque chose n'allait pas.

— Lieutenant ?

— Mon Colonel ?

— Sanction prévue pour comportement irrespectueux envers une personne de sang royal, de la part d'un officier supérieur estimant se trouver face à un cas de force majeure ?

— Une semaine de mise à pied, mon Colonel.

— Merci.

Devant son aide de camp estomaquée, il frappa à la porte des appartements de la Reine, puis, ne percevant aucun bruit, ouvrit à la volée et se précipita à l'intérieur. Aussitôt ses yeux enregistrèrent la fenêtre grande ouverte, les fauteuils vides, la silhouette inanimée gisant sur le sol. Pas Yuri-hime, grâce aux dieux !

Ses réflexes de soldat firent le reste : il tira son katana d'une main, son parleur courtes fréquences de l'autre, et appela la garde en spécifiant que la victime était la Reine.

Mais la princesse ? Où était la princesse ?

HA-17 avait à peine eu le temps de le suivre dans la pièce, qu'il sautait déjà par la fenêtre.

— YURI-HIMEEEEEEEEEEEEEE !!!

Et il disparut, happé par l'obscurité des jardins du Louvre.

*

Yuri songeait encore à Gwen lorsque, dans son organisme durement éprouvé, l'adrénaline finit par retomber à son taux normal, la livrant sans défense aux effets de l'épuisement. Son genou trembla, son pied dérapa ; elle perdit l'équilibre et aurait basculé tête la première dans la fange, si la main ferme de Bran ne l'avait pas rattrapée.

— Ça va ? demanda la Selkie.

— Oui… je crois, oui.

Sa guide la dévisagea avec une moue sceptique.

— On va s'arrêter au vieil abri et on repartira demain matin, quand vous serez reposée.

— Je peux tout à fait continuer, affirma la princesse avec un aplomb puisé dans les tréfonds de son orgueil.

— Vous, j'en sais rien, mais votre geta, elle va avoir du mal.

Yuri baissa les yeux et constata que la jeune fée avait raison : les lanières de soie de sa geta gauche s'étaient rompues. Elle pesta intérieurement.

— Vous avez de la chance, remarqua Bran, on n'est qu'à cinq minutes de marche.

— Pieds nus ? Là-dedans ? Hors de question !

— *Skàm* ! À moins que vous ne sachiez réparer ça…

La soie avait cédé au ras de l'un des trois points d'attache, mais Yuri n'était pas du genre à se laisser impressionner par si peu de chose. Elle se débrouilla pour maintenir la semelle sous son pied en attachant autour de sa cheville les liens qui tenaient encore et fit signe à la Selkie qu'elles pouvaient repartir. Bran, qui avait regardé son manège avec intérêt, hocha la tête et lui indiqua la direction à suivre. Quelques minutes plus tard, elle ouvrait une porte sommaire, constituée d'un vieux morceau de tôle rongé par la rouille, deux charnières mal huilées et une fente pour passer la main et tirer la clenche. Elle fit entrer la princesse dans un réduit d'à peine quelques mètres carrés, meublé d'un lit de sangles, d'un seau à couvercle et d'un vieux casier en fer-blanc. L'endroit était humide, mais à peu près propre. Après avoir refermé le battant dans un grincement abominable, la Selkie tira d'un casier une lampe à huile et un briquet pour l'allumer, puis éteignit sa torche. Déjà s'élevait derrière la tôle le bruit d'innombrables petites pattes courant sur les trottoirs, entrecoupé de couinements et de grattements. Les rats reprenaient leurs droits sur le conduit.

— Où sommes-nous ? demanda Yuri en se débarrassant de ses getas déchirées.

— Je vous l'ai dit : au vieil abri. C'est là-dedans que Sir Edward se planquait avant d'aménager le Refuge. Par précaution, on y laisse toujours ce qu'il faut… Vous voulez boire ?

La petite fée avait extirpé du casier une petite dame-jeanne de deux ou trois litres d'eau, dont elle venait d'entamer largement le contenu et qu'elle tendait à présent à la jeune aristocrate tout en s'essuyant les lèvres avec l'avant-bras.

— Heu, non merci, répondit l'intéressée, avec une moue dégoûtée à l'idée de boire après un animal.

— 'Kay, conclut Bran. Tenez.

Elle lui lança une épaisse couverture de laine bouillie, rugueuse et imprégnée de naphtaline dont l'odeur prenait à la gorge. Yuri fut tentée de la repousser, mais elle avait vraiment trop froid et se fit violence pour s'y envelopper.

— Désolée, pour cette nuit j'ai rien de mieux à vous proposer.

— Je serais ingrate de me plaindre. Après tout, tu viens de me sauver la vie.

Bran haussa les épaules et s'assit dos au mur, les genoux repliés sur la poitrine.

— Vous devriez dormir.

— Je ne suis pas certaine d'y arriver.

La Selkie ne répondit pas et se contenta de boire une nouvelle rasade à la dame-jeanne. Yuri la considéra, hésitante, avant de se décider :

— De quoi est-il mort ?

— Qui ?

— Gwen.

La jeune fée dévisagea la princesse, le visage fermé. Ses yeux abyssaux brillaient entre ses longues mèches.

— Abiectale, lâcha-t-elle.

— Abiectale ?

— Une maladie féerique. Douloureuse. Mortelle, si elle n'est pas soignée à temps. Gôshi s'en cognait. Il croyait que le sang venait de nos blessures.

— Le sang ?

— L'un des symptômes. Cracher du sang.

— Il… a souffert ?

Les grands yeux d'onyx se voilèrent et Bran les fit disparaître sous un dais de cheveux bleu nuit.

— Elle a mis pas loin de quatre mois à mourir, ouais. En fait, quand vous l'avez vue, elle était déjà très malade.

Avec un pincement au cœur, Yuri détourna la tête et se demanda si elle aurait pu sauver la petite Selkie. Si elle avait su…

Son regard errant sur les murs de l'abri remarqua soudain une inscription profondément gravée avec quelque outil pointu :

17th october, 1718.
Memento mori.

Elle ne connaissait pas cette langue et se demanda qui avait passé assez de temps enfermé dans ce réduit étouffant pour creuser les lettres sur près d'un demi-centimètre. Soudain, elle perçut une mélodie ténue, grave pourtant, qui se frayait un chemin timide dans l'atmosphère lourde et confinée du réduit. Bran avait renversé la tête en arrière pour l'appuyer contre le mur.

« *Lyn, Awe-elëe, lyn...*
Aoooooo
Lyn, Awen. »

Yuri sentit une douce torpeur l'envahir et elle tenta de se ressaisir. Quelque chose revint à sa mémoire sur la voix des Selkies et le danger de les écouter…

« *Sey Gwen Gel'wen,*
En dylan fyn,
Aoooooo... »

Elle esquissa un geste pour se boucher les oreilles, mais sa main retomba, inerte, déjà gagnée par l'engourdissement. Elle luttait pour garder les yeux ouverts…

« *Sey Gwen Irwazh,*

Awá-ske eyd, wazh... »

Son corps s'affaissa sur le lit de sangles. Elle ne pouvait plus lutter contre le sommeil. Ses paupières se fermèrent malgré elle.

« *Lyn, Awe-elëe, lyn,*

Aoooooo...

Lyn, Awen... »

Sans cesser de chanter, Bran se leva et tira la couverture sur les épaules de la princesse avant de reprendre sa veille.

*

La porte de la salle des officiers valdingua contre le mur. HA-17 fronça les sourcils et se mit au garde-à-vous devant un Ryûzaki plus tendu qu'une arbalète.

— Rapport, grogna-t-il en se laissant choir sur un banc.

— Mes patrouilles n'ont rien donné, mon Colonel.

— Les miennes non plus. Ton inspection du terrain ?

— Rien de visible dans les parterres ni les pelouses, mais s'ils ont emprunté les allées, ils n'auront laissé aucune trace.

— *K'so* !

Le sourcil de Levana grimpa d'un millimètre : jurer n'était guère dans les habitudes de son supérieur.

— Les Français ? hasarda-t-elle tout en se doutant de la réponse.

— Rien non plus, mais c'était à prévoir : s'ils ne sont même pas capables de surveiller des jardins, je vois mal comment ils sauraient les fouiller !

— À ce sujet, mon Colonel, je dois vous dire…

— Quoi ?

— Le Prince Louis-Philippe a annoncé il y a dix minutes à l'Ambassadeur Blanc qu'il prenait personnellement la tête des recherches.

— Pardon ?

— Il n'a pas demandé la réquisition des troupes de l'ambassade, mon Colonel.

Elle baissa les yeux. Elle ne pouvait pas soutenir ce regard-là.

*

— Bien dormi ?

Tels furent les mots qui, accompagnés d'une odeur de pain grillé, achevèrent de tirer Yuri du sommeil. Les muscles raides et les cheveux déjà imprégnés de naphtaline, elle se redressa sur l'inconfortable lit de sangles avec l'impression pénible d'avoir dormi sur du marbre. Son regard se posa presque aussitôt sur la Selkie. Celle-ci faisait dorer du pain dans une petite poêle sur un maigre réchaud à bougie. Sans se soucier de n'avoir reçu aucune réponse, elle enchaîna :

— Vous en voulez ? On aura mieux tout à l'heure, mais si vous avez un p'tit creux…

— Non, merci.

Bran haussa les épaules, puis souffla la bougie avant de mordre dans son morceau de pain sec et d'ingurgiter ce qui restait d'eau dans la dame-jeanne, à laquelle elle s'était abreuvée toute la nuit.

— Allons-y, alors, dit-elle, se levant pour ranger le peu de choses qu'elle avait utilisé. Tenez, ça vous évitera de massacrer votre deuxième geta…

Elle tendait à la princesse une vieille paire de chaussures d'égoutier en cuir usé.

— Qu'est-ce que c'est que cette horreur ?

— Ben, des godasses. Vous préférez marcher pieds nus ? Elles sont trop grandes, c'est vrai, mais c'est mieux que trop petites… Non ?

— Eh bien, nous allons faire avec, soupira Yuri, qui se demandait quelle serait la prochaine épreuve.

Elle enfila et laça sans trop de mal les lourdes galoches d'homme, trois pointures trop grandes pour elle, mais étanches et plus confortables qu'elle ne l'aurait cru. Bran avait déjà interverti les éclairages et ouvert le battant de tôle.

Leur marche reprit, identique à celle de la veille. Yuri commençait à s'adapter peu à peu à l'exercice et, bien qu'elle eût perdu toute notion du temps, elle estima qu'elles cheminaient depuis deux heures lorsque son guide la conduisit à un cul-de-sac tout à fait ordinaire, sinon que la boue gluante qui maculait normalement le sol y disparut au bout de quelques pas. Bran utilisa le manche de sa torche pour pousser un cercle gravé, à peine perceptible, qui s'enfonça soudain dans le béton du mur. La plaque qui constituait le fond du cul-de-sac s'ouvrit, donnant accès à une pièce dont les parois étaient équipées de lavabos au ras du sol, de porte-savons et de serviettes de toilette. Sitôt le battant refermée, la Selkie rangea sa lampe dans l'escarcelle qui pendait à sa ceinture avant de se diriger vers un lavabo.

— Ici, tout le monde vit pieds nus, ou presque. Les chaussures, ça coûte trop cher, expliqua Bran en commençant à se laver les pieds, alors on veille à garder les sols propres… Vous pouvez laisser vos chaussures dans l'un des casiers, elles seront nettoyées avec les autres par les responsables de cette Porte.

Un peu perplexe, Yuri ôta ses bottines et imita la Selkie d'une façon plus expéditive. Elle n'éprouvait pas un plaisir spécial au contact de l'eau froide, au contraire de Bran, qui semblait prendre le temps de savourer chaque goutte tombée sur sa peau.

— Hum, désolée de vous avoir fait attendre…, s'excusa la sauvageonne. Préférez-vous que je vous conduise d'abord à votre chambre, ou directement à Sir Edward ? Il m'a dit de vous laisser choisir.

— Je vais finir par croire que cet homme est un gentilhomme soucieux du sort des demoiselles en détresse, s'amusa Yuri. Je préfère le voir tout de suite, pour avoir le fin mot de cette histoire !

Bran acquiesça et lui fit signe de la suivre. En franchissant le seuil, Yuri resta sans voix. Elle se trouvait face à un vaste jardin couvert, dont huit colonnes rondes et lisses soutenaient le toit.

C'était un jardin qui fleurait bon la menthe et les herbes aromatiques, où serpentait à loisir un sentier de terre battue. La végétation y poussait sans ordre apparent, et pourtant la terre odorante y était fraîchement retournée et tous les plants étaient sains. Des violettes, des bardanes et du millepertuis piquetaient cette verdure de jaune et de mauve. Yuri aperçut même des mandragores et des lys blancs. De grandes lampes à néon éclairaient l'ensemble, répandant une douce lumière assez semblable à celle d'un matin de printemps. Deux enfants, un garçon et une fille de six ou sept ans tout au plus, étaient occupés à couper soigneusement des feuilles qu'ils déposaient dans un petit panier. Ils étaient vêtus simplement, de pantalons rapiécés avec soin et de T-shirts délavés mais très propres ; pieds et tête nus, ils riaient en se faisant mutuellement humer leurs cueillettes.

— C'est magnifique ! exhala Yuri, stupéfaite.

— Hum… ouais. Venez, Sir Edward doit être au Centre.

Cette fois, Bran prit la tête et la princesse suivit. Les apercevant, les enfants délaissèrent leurs paniers pour courir vers la Selkie en faisant de grands gestes enthousiastes :

— Bran ! Bran ! Viens voir, on a coupé plein d'herbes pour les guérisseurs !

L'interpellée sourit, se baissa et reçut un enfant sur chaque bras, les décollant de terre avec une aisance inattendue chez quelqu'un d'aussi mince.

— Hé là ! Doucement, marmouziou̇, rit-elle comme ils commençaient à réclamer, je suis encore en mission, d'accord ?

— Moi aussi, je veux partir en mission pour Sir Edward ! claironna le petit garçon. Dis, Bran, tu m'emmèneras un jour ?

— Pas avant que tu ne sois plus grand que moi, Guillaume.

— Mais ça sera dans trop trop trooooooooop longteeeeemps !!!

— Dis, Bran, c'est qui la belle dame ? s'enquit la fillette en désignant Yuri.

La Selkie la gourmanda doucement :

— On ne montre pas du doigt, Lucie, c'est impoli. La dame est une princesse, elle s'appelle Yuri. Vous devez l'appeler Yuri-hime et être gentils et polis avec elle. C'est promis ?

— Promis juré ! s'écrièrent les deux petits, que Bran reposa à terre.

— Vous êtes vraiment très, très belle, Yuri-hime, dit Lucie en dardant sur la jeune fille un regard émerveillé. J'aimerais bien être aussi belle que vous, quand je serai grande.

— Je suis certaine que tu seras même beaucoup plus belle, lui répondit Yuri.

— Allez, filez, les guérisseuses attendent votre précieuse récolte… et Yuri-hime doit rencontrer Sir Edward.

Obéissant à Bran, les deux petits récupérèrent leur panier et disparurent d'un pas allègre dans l'un des couloirs qui partaient du jardin.

— Ils sont mignons, constata la princesse.

Son guide hocha la tête, souriante. Arrivées à l'autre extrémité de l'incroyable jardin, Yuri découvrit un paillasson où se gratter les pieds ; elle n'apprécia guère l'expérience, n'étant pas habituée à un traitement si vigoureux. Un couloir bordé de portes closes leur fit reprendre un trajet labyrinthique. Cette fois, il n'était pas très compliqué de se repérer : elles n'avaient qu'à suivre, parmi les panneaux fixés à chaque intersection, les flèches marquées « Centre » en lettres noires soigneusement calligraphiées. De temps à autre, par une porte ouverte ou un couloir, Yuri découvrait les activités quotidiennes des Gens de l'Égout. Certains triaient des récoltes de nourriture, d'autres s'occupaient d'animaux domestiques, essentiellement de chèvres et de volailles. D'autres encore réparaient des systèmes électroniques ou distribuaient de l'eau. Parmi les humains, il y avait des fées, quoique minoritaires : aucune autre Selkie que Bran, mais des Sylfes à la peau brune et aux yeux d'ambre si particuliers, des Aelings dont les longs cheveux pâles atténuaient l'aspect rigide, deux Feux-follets turbulents et joyeux, un Spectral au teint d'argent et à la chevelure blanche. Yuri entrevit même une silhouette noire, courtaude et molle qu'elle supposa être un Fomoire, mais sa guide ne ralentissait pas et elle ne put satisfaire sa curiosité.

Ce qui frappa le plus la princesse, hormis le fait que fées et humains vivaient librement côte à côte, c'était la présence d'enfants un peu partout. De tous âges et de toutes espèces, ils accompagnaient les adultes, les secondaient, les observaient. Ils couraient dans les couloirs, portaient des messages, jouaient, riaient ou étudiaient pour ainsi dire à leur guise. Beaucoup, en voyant Bran, s'arrêtaient quémander une chanson, une faveur ou un jeu, mais le seul mot de « mission » suffisait à les dissuader. La présence de Yuri les intriguait beaucoup, et plus d'une fois la jeune Selkie répéta patiemment ce qu'elle avait déjà dit à Guillaume et Lucie. Les adultes, pour leur part, semblaient soit plus au fait, soit plus coutumiers de ce genre de choses puisqu'ils se contentaient de saluer leur camarade de la main, souvent avec un mot aimable.

— Mais combien êtes-vous, là-dessous ? s'étonna la princesse, qui n'en revenait pas.

— Environ deux cent cinquante, dont un tiers a moins de vingt ans. Nous sommes arrivées, Yuri-hime.

Ce disant, Bran tourna un dernier couloir et déboucha sur une vaste salle circulaire au plafond vertigineux, remplie d'étalages amovibles où l'on trouvait toutes sortes de choses. Sur le bord, une tribune garnie d'une table et de fauteuils semblait servir de lieu de coordination et de rendez-vous. Le centre de la salle était occupé par un vaste bassin au milieu duquel poussait un arbre étrange, aux troncs nombreux et aux branches tordues en tous sens, qui s'élevait pourtant à douze ou quinze mètres de haut et à la cime duquel l'on avait fixé une trompe. Bien que leur arrivée n'eût fait aucun bruit sur cette esplanade encombrée de gens affairés, Bran leva la main et l'agita en direction de la tribune. En réponse, une silhouette s'y dressa et lui rendit son salut avant de descendre.

Un homme s'approcha d'elles à grands pas : un quadragénaire aux cheveux châtains ras, vêtu d'une tenue d'égoutier tellement usée qu'elle en était loqueteuse, et qui semblait absurde à porter alors qu'il allait nu-pieds.

— Salut, Bran ! Déjà rentrée ? s'étonna-t-il en lui serrant rapidement la main.

— Salut, Samuel. Tu sais où est Sir Edward ? répondit la Selkie, visiblement impatiente d'en avoir fini avec sa mission de nounou pour princesse en détresse.

— À la salle d'armes. Ils n'ont pas fini leur entraînement matinal. Si tu veux mon avis, Pierre et lui sont trop vieux pour ces conneries, mais bon…

La petite fée le remercia d'un hochement de tête et s'apprêtait à faire volte-face lorsque Samuel reprit :

— Au fait, bienvenue parmi nous, princesse. Moi, c'est Samuel Duchamp, référent des interventions à l'extérieur.

Il lui tendit la main. Yuri n'osait plus bouger. Un homme du peuple n'était pas supposé lui adresser la parole sans autorisation ! Elle s'efforça de garder une expression neutre, respira profondément, puis, se contraignant à considérer que ce Samuel ne devait pas être mieux éduqué que la Selkie, s'inclina très légèrement.

— Je vous remercie, égoutier.

L'homme fronça les sourcils, vexé.

— Ah ouais, vous êtes comme ça, vous…

Yuri se sentit atrocement gênée. Qu'avait-elle fait de travers ? L'étiquette stipulait pourtant…

— Laisse, Sam, intervint Bran. Elle a failli se faire buter hier soir et j'ai pas encore eu le temps de finir le topo. Elle a pas encore compris où elle avait débarqué.

La princesse s'agaça intérieurement qu'une fée ait l'outrecuidance de parler d'elle en des termes aussi peu flatteurs, mais Samuel se détendit un peu.

— Si tu le dis. J'y retourne, j'ai du travail.

Il retourna vers la tribune alors que Bran entraînait Yuri dans un couloir. La jeune femme avait de plus en plus de mal à avoir les idées claires : rien, en ces lieux, ne trouvait un sens logique dans son esprit, depuis sa guide taciturne jusqu'à cet endroit éclairé par de longues ampoules plates telles qu'elle n'en avait jamais vu, aux murs de béton gris décorés de dessins à la craie, probablement réalisés par les nombreux enfants qui gambadaient un peu partout.

Enfin, elles pénétrèrent dans une nouvelle salle, moins haute que la précédente, où résonnaient des rires et des cliquetis d'acier. Plusieurs personnes se tenaient au bord d'une aire de combat rudimentaire, assises par terre ou sur des bancs, d'autres, debout, échangeaient des banalités. À l'instant où elles entrèrent, un adolescent aux cheveux rouges se détacha du groupe et courut vers Bran pour lui sauter dans les bras.

— Braaaaaaaan !!! T'es rentrée !!!

— Salut, ma Luciole !

— Je-suis-pas-une-LUCIOLE !!!

Il se campa devant elle les poings sur les hanches, faussement vexé. Comme Yuri l'avait supposé, le garçon n'était pas humain non plus : il devait avoir quinze ou seize ans, plus mignon que beau, avec un nez mutin, un menton espiègle, des oreilles d'écureuil et un air triomphant. Sous les mèches rebelles de ses cheveux écarlates coiffés en pétard pétillaient deux grands yeux d'or. De toute évidence, c'était un Feu-follet. Son grand sourire exhibait des canines trop grandes, à moitié cachées sous un grand bandana orange. Il devait à peine mesurer un mètre quarante, et dut lever le nez assez haut pour croiser le regard de la princesse.

— Yuri-hime, je vous présente Pyro Saint-Elme, référent adjoint de l'équipe technique.

— B'jour ! dit-il en lui tendant la main.

Vraiment, les gens ici ne pouvaient donc pas s'abstenir de vouloir la toucher à tout bout de champ ?!

— Bonjour, répondit-elle donc avec une inclinaison de la tête un peu plus appuyée.

Heureusement et contrairement à Samuel, l'adolescent passa aussitôt à un autre sujet.

— Vous arrivez pile à temps pour les voir ! Ils vont commencer !

— Va nous réserver des places sur le banc de Pierre, tu veux ? Je suis sûre que la princesse appréciera mieux avec des commentaires professionnels.

— D'accoooooooord !

Il fila en direction de l'un des bancs, alors que Bran se tournait vers Yuri.

— Ça vous ennuie si on regarde ? Je vous promets que ce sera intéressant.

— De toute façon, je ne peux aller nulle part sans avoir rencontré ton fameux Sir Edward, alors, ai-je vraiment le choix ?

Bran haussa les épaules, mais guida la princesse jusqu'à un banc de bois où un quinquagénaire sortait d'une grande conversation avec Pyro. Il portait un fleuret au côté, une tenue d'escrimeur tellement rapiécée qu'elle en devenait lépreuse, et un plastron en vieux cuir craquelé. Dès qu'elles s'approchèrent, il se leva. Alors que Yuri craignait qu'il ne lui tende lui aussi la main, il se contenta d'un hochement de tête.

— Nekohaima Yuri-hime. Je suis Pierre Drauf, le maître d'armes.

Contrairement aux autres, il ne souriait pas et son ton restait d'une prudente neutralité. Elle s'assit à une distance respectueuse, tandis que Pyro et Bran préféraient rester debout, l'un pour pouvoir gesticuler à son aise et l'autre pour pouvoir l'arrêter si besoin.

Yuri n'osait plus regarder autour d'elle, de peur de se retrouver à nouveau dans des situations dont elle ne saurait quoi faire. Elle se concentra donc sur l'aire de combat, et sur les deux personnes qui y entrèrent.

Si le premier n'était pas très grand, peut-être un mètre soixante-quinze, il respirait l'autorité tranquille d'un homme dont le tempérament et l'existence avaient fait un véritable meneur. Il paraissait avoir à peine dépassé la quarantaine, mais la princesse devinait qu'il avait au moins cinquante ans, parce que seul le temps procure une telle sérénité. Indéniablement, c'était un bel homme, encore très brun malgré ses tempes grisonnantes, l'œil gris plein de vivacité, le visage ferme et agréable avec un grand front intelligent. Ses cheveux longs étaient noués en catogan par un vieux ruban de satin. Mince et musclé, il portait des vêtements keltiens : une chemise blanche usée jusqu'à la corde, rehaussée par une large lavallière écarlate quelque peu râpée piquée d'une épingle d'acier sertie d'une pierre de lune, et un pantalon noir, reprisé çà et là mais impeccable. Comme tout le monde autour de lui, il marchait pieds nus.

Le second… ne devait pas faire plus d'un mètre soixante-cinq, avait la peau pâle, des cheveux en bataille, blond fauve, jusqu'aux épaules, les joues imberbes, et l'œil d'un bleu saisissant, d'une pureté de glace et d'une intensité d'océan. Ses traits étaient fins, agréables, très androgynes. Vêtu comme à la hâte d'une chemise d'un autre âge et d'un autre bleu, il avait jeté sur ses épaules une belle et longue écharpe, celle-ci d'un saphir très dense qui évoqua à la princesse les cheveux de Bran. Au premier coup d'œil, l'on croyait avoir affaire à un jeune adulte de vingt-trois ou vingt-quatre ans tout au plus. Mais son sourire, son maintien, son regard recelaient quelque chose de décalé, d'inexplicable, d'inexprimable même.

Si la princesse avait dû mettre des mots sur cette rencontre, elle aurait peut-être dit qu'elle avait contemplé une brise marine, humé la texture des étoiles ou touché du doigt une musique. Quelque chose, en tout cas, de très indistinct mais très beau. Cet homme ne lui inspirait pas du respect, comme celui qu'il s'apprêtait à affronter, ni de l'inquiétude, comme Bran ; simplement une infinie sérénité, qui envahit tout son être sans qu'elle éprouvât la moindre résistance.

Ils souriaient en se faisant face.

— Tiens-tu *vraiment* à te prendre une dérouillée, Edward ? taquina l'homme en bleu.

— Par un blondin dans ton genre ? Laisse-moi rire !

Edward. Yuri nota immédiatement le nom de l'homme à la lavallière rouge. Il n'était pas très difficile d'y ajouter « Sir » et « Longway » pour parfaire le tableau…

— Je te laisse le choix des armes, reprit l'homme en bleu.

— N'est-ce pas au plus âgé de choisir ?

— Dis ça encore une fois et je te règle ton compte à mains nues !

C'était un dialogue absurde aux yeux de Yuri : comment un quinquagénaire pouvait-il se prétendre plus jeune qu'un homme à peine plus âgé qu'elle-même ?!

— *Well… Willowswords, my friend ?*

— *Willowswords… My pleasure, Ned.*

Comme par enchantement, deux fines et longues rapières d'acier se matérialisèrent dans les mains de l'homme en bleu. La princesse resta bouche bée.

— C'est moi qui hallucine, ou il vient de faire… *apparaître* deux épées, là, comme ça ?

— Il se fait plaisir, répondit Bran d'un ton un peu blasé. Il aurait simplement pu me demander de les leur apporter.

— Mais comment… Enfin, qu'est-ce que… Ce n'est pas normal !

— Quoi donc ?

— De faire apparaître des épées de nulle part !

— Elles ne viennent pas de nulle part, seulement de là.

Ce disant, Bran désignait sur leur droite un présentoir dont deux emplacements sur sept étaient vides. Yuri fronça les sourcils. L'homme en bleu n'avait pas esquissé le moindre mouvement pour obtenir ces armes, seulement tendu les mains en avant.

— *Skàm* ! De la part d'un autre, ça pourrait peut-être vous étonner… mais pas de la part de maître Taliesìn. Il est le Seigneur des Bardes, après tout.

— Le Seigneur des… Tu veux dire que cet homme, c'est le Taliesìn des livres ?

Les récits étaient encore frais dans son esprit : la Capitaine Trente-Chênes lui avait prêté les *Contes de Taliesìn le Barde*, *Les Grandes Gestes de l'Ouest* et enfin le *Recueil des Anciens Chants*, où « Taliesìn le Bleu, Seigneur des Bardes, qui porte une étoile blanche au front » intervenait pour donner un conseil, jouer un chant magique ou proposer une énigme. Il était même supposément l'auteur de certains textes, ce que la princesse avait d'abord considéré comme un pseudonyme orgueilleux… Elle ne s'était jamais demandé pourquoi, alors que les récits étaient au passé, lui était toujours mentionné au présent. Ce n'était, pensait-elle, qu'une formule rituelle de conte comme « il était une fois » et « ils vécurent heureux pour toujours ». À dire vrai, elle n'aurait pas été plus éberluée si on lui avait présenté un véritable Ashura ou même Son Gokû en personne.

Plus allaient les choses là-dessous, moins elles avaient de sens aux yeux de Yuri. La princesse secoua la tête et préféra se concentrer sur une réalité tangible : le combat entre le Barde et Sir Edward Longway.

Faisant jouer la garde de l'une des épées dans sa main, Taliesìn venait de tendre l'autre à son ami, qui se révéla gaucher. Comme toute femme de la noblesse, Yuri avait été tenue à l'écart de l'art de la guerre. Elle sollicita donc une explication sur ces armes. Pierre la lui fournit bien volontiers :

— Ce type de rapière est typique de Logres. Leur souplesse leur a valu le nom de « willowsword », c'est-à-dire « épée de saule », mais il ne faut pas se fier à leur aspect fragile : ce sont des armes redoutables, affûtées comme des rasoirs et bien plus solides qu'elles n'en ont l'air. Elles ont un tranchant semblable à celui d'un katana, pour vous qui êtes japonaise. C'est l'arme favorite de Sir Edward, au point qu'en Keltia il est souvent connu comme « Sir Willowsword »… On parle de lui comme de l'un des meilleurs escrimeurs de sa génération, mais vous ne l'entendrez jamais en parler. Il dit qu'il perd le coup de main dès que le seigneur Taliesìn s'en va. La vérité, si vous voulez mon avis, est qu'il ne veut pas paraître se vanter de ses capacités.

— Je suis sans doute très ignorante sur le sujet, mais, alors… ce sont là de vraies armes ?

— Oui. Toute la communauté a déjà essayé de les faire s'affronter avec des épées d'entraînement, ou au moins mouchetées, mais il n'y a rien à faire… Et le seigneur Taliesìn, avec tout le respect que j'ai pour lui, est la seule personne au monde qui soit plus têtue que son élève.

Il se tourna vers Bran avec un clin d'œil moqueur. Allons bon ! La Selkie était l'élève de l'homme sorti des contes pour enfants ! Après tout, la logique était morte quelque part la veille au soir, au fond d'une impasse sordide…

— J'sais pas si je dois bien le prendre, ça, Pierre…, grogna la petite fée.

— Bah ! Tu ne me contrediras pas. Ah, les voilà qui sont en place. Va y avoir du spectacle. Pyro, tu mets un orteil sur l'aire de combat et je t'assomme, t'es prévenu.

— Ouais, ouaaaaaaaais…, bougonna le Feu-follet, un peu vexé d'être traité comme un enfant.

Sur le terrain, Sir Edward et le seigneur Taliesìn se mirent en garde, le même sourire taquin et bravache sur le visage. Le Chevalier de Logres semblait de vingt ans rajeuni, et le maître de Bran avait perdu beaucoup de l'aura mystérieuse qui l'environnait quelques instants auparavant. Son œil bleu, malgré sa profondeur céleste, brillait d'un éclat joyeux. Ils se saluèrent.

— Prépare-toi à dégainer, blondin !

— Quand il vous plaira, Monsieur le Chevalier de Logres…

Ils se mirent en garde, leurs épées se touchèrent avec un léger tintement.

— Ce son m'avait manqué…, murmura le Logrien.

Et avec un bel ensemble, ils se ruèrent l'un sur l'autre.

Yuri n'avait pas assisté à beaucoup de combats, mais il n'était pas nécessaire d'être un expert pour comprendre que le seigneur Taliesìn et Sir Edward nageaient dans de tout autres eaux que des escrimeurs ordinaires. Ils ne se battaient pas, ils dansaient ; leurs lames virevoltaient en sifflant, ballet gracieux dont chaque pas suscitait des étincelles. Le spectacle était magnifique. La princesse compara mentalement Louis-Philippe et Ryûzaki aux deux duellistes qu'elle avait sous les yeux. Le Chevalier de Logres semblait d'un niveau légèrement supérieur à celui de son garde du corps. Quant à Taliesìn, il était impossible de l'évaluer, pour la raison fort simple qu'il n'avait pas du tout l'air de se battre. On aurait plutôt dit qu'il se métamorphosait en continu, devenait flamme et vent, roc et vague, et pourtant il restait lui-même, un petit homme vêtu de bleu, qui riait lorsque son épée rencontrait celle de Sir Edward dans un « clang » sonore.

— Avec un maître pareil, je comprends mieux pourquoi tu n'as eu aucun mal à vaincre trois hashishins, osa commenter Yuri.

— Si vous parlez des trois crétins d'hier soir, ce n'étaient pas des hashishins.

— Pas des… Mais ils en portaient les vêtements, et leurs armes…

— *Skàm* ! S'ils avaient été de vrais hashishins, vous n'auriez jamais quitté les jardins. Et je n'aurais pas gagné. Je peux vaincre un hashishin, peut-être deux avec de la chance. Trois, certainement pas.

— De toute façon, tu ne les aurais pas affrontés, ajouta Sir Edward en parant avec nonchalance une feinte de Taliesìn.

Bran acquiesça.

— Pourquoi ? demanda Yuri, interloquée.

— Sir Edward ne veut pas que Bran se batte contre les hashishins, répondit Pierre Drauf. Leurs lames sont empoisonnées, et une estafilade peut signifier la mort. Lorsque l'on ne se bat qu'à mains nues, le risque est beaucoup trop grand.

La princesse darda sur la Selkie un regard incrédule.

— Tu les aurais laissés me tuer sans intervenir ?

— *Skàm* ! Désolée, princesse, mais entre ma vie et la vôtre, je choisis la mienne.

— Et si tu avais été armée ?

— Je ne suis jamais armée.

— Pourquoi ?

— Parce que les Selkies considèrent l'usage des armes comme déloyal, expliqua Pierre. Vous ne connaissez pas grand-chose des fées, vous, hein ?

— Je crois que « pas grand-chose » est un euphémisme, s'autorisa à plaisanter la princesse.

— Un quoi ?

— Euphémisme, fit Bran d'un ton neutre, figure de style par laquelle on atténue un propos pour l'adoucir. Traduction : elle en sait moins que pas grand-chose.

— L'encyclopédie a parlé, rit Drauf. Merci pour l'explication.

La Selkie haussa les épaules. Pyro la contemplait avec admiration.

— Bran lit tout le temps, alors elle sait plein de mots. Des fois on a l'impression que quand on a une question, elle a toujours la réponse, dit-il à Yuri. Alors, Pierre et moi on l'appelle l'encyclopédie, parce que c'est rigolo quand elle parle comme un dictionnaire. Mais je crois qu'elle n'aime pas trop ça. Les Selkies aiment pas les surnoms. Ça, c'est leur côté pas drôle.

La princesse sourit. Vu la tête que tirait la fée de l'Eau, elle ne goûtait effectivement guère la plaisanterie.

— Désolé, Bran, reprit le maître d'armes. Je me moque de toi, mais au moins, tu sais lire…

L'intéressée haussa à nouveau les épaules. Yuri garda sa langue derrière ses dents. Ainsi, Pierre Drauf était analphabète. Elle s'était toujours doutée que beaucoup de gens du peuple ne savaient pas lire, et le problème ne l'avait jamais particulièrement émue. À présent, elle s'interrogeait.

— Comment faites-vous pour vous diriger dans les couloirs si vous ne pouvez pas lire les panneaux ?

— Je les reconnais à la couleur et au dessin des lettres. Ce n'est pas très compliqué. Ici, la plupart des adultes ne savent pas lire, vous savez. On apprend aux enfants, c'est déjà ça. Mais il y a trop à faire pour que nous, on ait le temps d'apprendre aussi. Enfin, il y en a qui s'y mettent, comme Manon, par exemple, répondit-il en désignant une jeune femme qui s'entraînait à lancer des couteaux de la main gauche un peu plus loin. Moi, je n'ai pas le temps.

En l'observant avec attention, la jeune aristocrate constata non sans malaise que la lanceuse de couteaux avait été amputée de la main droite juste au-dessus du poignet. Mais Yuri se détourna vite, car Taliesìn et Sir Edward se livraient maintenant un combat si acharné qu'elle retint son souffle.

Un instant et trois passes plus tard, ils s'écartaient à nouveau. Le Barde riait, mais son partenaire, lui, haletait.

— Tu tiens la forme, blondin !

— N'est-ce pas plutôt toi qui fatigues plus vite que d'habitude ? répondit Taliesìn en fronçant soudain les sourcils.

— Peut-être un peu. Je n'avais pas eu l'occasion de faire de l'exercice depuis longtemps.

Et il se remit en garde, un sourire crâne sur le visage. Les épées se croisèrent de nouveau, et le combat reprit avec une énergie renouvelée.

— Est-ce que tu te ferais vieux, Ned ? Tes coups sont mous !

— *You're older than me, you bloody blondie boy !*

— *I may be, but I don't have grey hair like you !*

Yuri ne comprenait pas le logrien, mais de toute évidence, ils étaient en train de se taquiner. Deux ou trois autres piques achevèrent de faire retrouver son entrain au Chevalier. Bientôt, les deux combattants riaient en échangeant des coups toujours plus violents, plus rapides, plus précis, plus dangereux.

— *Skàm* ! dit Bran en croisant les mains derrière sa tête. Ils s'y mettent…

Alors quelque chose changea. Ils dansaient, certes, mais de plus en plus vite, une danse devenue mortelle. Parfois, dans une pirouette, une esquive, un revers, ils semblaient ne plus toucher terre. Plusieurs fois, ils se trouvèrent si près l'un de l'autre que les cheveux blonds et les cheveux bruns se mêlaient, les souffles se rencontraient, les larges manches de leurs chemises claquaient l'une contre l'autre, les lames crissaient et sifflaient. Puis soudain ils s'écartaient, leurs épées cessaient une fraction de seconde de chanter, comme atteignant un point d'orgue avant de bondir vers un nouveau mouvement, plus dément encore.

— Ils vont se tuer ! murmura Yuri, angoissée.

— Bien au contraire, Sir Edward va bientôt l'atteindre.

— Atteindre quoi ?

— L'harmonie, répondit Bran comme une évidence.

Et elle avait raison. Ce n'était plus un combat, une danse ou un jeu. C'était tout cela et aussi autre chose. Chaque geste, chaque coup, chaque rire était devenu une offrande, un hommage à l'art de l'autre... Dans un mouvement d'une grâce parfaite, les deux hommes se figèrent, les pointes de leurs épées effleurant la gorge de leur partenaire.

— Très belle Danse des Dragons, applaudit Pierre Drauf.

*

— Votre Majesté ?

— Aliénor... qu'y a-t-il ?

— Sa Majesté le Roi Louis désire s'entretenir avec vous. Mais vous savez, les médecins vous ont autorisée à refuser les visites... même la sienne.

Gabrielle tourna à peine la tête sur l'oreiller pour dévisager sa demoiselle d'honneur. Elle était surprise. Jamais son royal époux n'avait daigné se faire annoncer, et encore moins sollicité son autorisation pour la voir. Était-ce un piège ? Elle décida de ne pas s'y laisser prendre.

— Soit... Mon Seigneur et maître est toujours le bienvenu à mes côtés.

— Votre Majesté !

— Fais-lui ouvrir la porte et préparer le meilleur fauteuil de mes appartements.

Aliénor hocha la tête et obéit, non sans perplexité. Tout en lançant distraitement des ordres aux servantes, elle se demandait ce qui poussait la Reine, pour une fois qu'elle aurait pu échapper à une confrontation avec son mari, à le recevoir malgré tout avec tant de prévenance. Ayant conclu qu'elle ne comprendrait sans doute jamais sa maîtresse, la première demoiselle d'honneur plongea dans une profonde révérence à l'entrée de son souverain.

Louis le Vingtième s'assit au chevet de son épouse et congédia les domestiques. Il avisa Aliénor en dernier lieu.

— Vous aussi, ordonna-t-il d'un ton si calme que la jeune femme sortit et referma la porte sans hésiter, mais resta l'oreille collée au trou de la serrure.

Les époux royaux se faisaient face. Elle, à peine remise de son malaise, pâle et frêle entre ses draps de soie blanche au creux de ce lit immense ; lui, encore en costume de bal, le front ceint de la couronne, altier malgré l'embonpoint infligé par l'âge et la vieillesse prématurée d'un cœur jaloux.

Il lui prit la main.

Surprise, la Reine frissonna, mais ne la retira pas.

— Gabrielle…

— Votre Majesté ?

— Louis-Philippe a déjà commencé les recherches, dit-il avec une douceur surprenante. Il est au désespoir.

— Il l'aime.

— Et, s'il la retrouve sauve, il l'aimera jusqu'à ce qu'elle le trahisse, ajouta-t-il avec amertume.

— Toutes les femmes ne sont pas identiques, Votre Majesté. Certaines sont fidèles, certaines sont volages. Personne ne peut dire « ainsi font-elles toutes… », car nous sommes toutes différentes.

— Fort beau discours, très chère, quoique plus qu'inutile. Espérerais-tu encore être pardonnée ?

— Pour être pardonné, il faut avoir commis une faute, Votre Majesté.

La Reine avait soin de conserver un ton de conversation polie.

— Je me demande parfois si tu ne t'es pas persuadée de tes propres mensonges.

— Je ne l'aurais pu que si j'avais menti.

— Et qu'importe, après tout ? Une seule chose, Gabrielle : je ne permettrai pas que mon fils vive ce que j'ai vécu.

— Rassurez-vous donc sur ce point, Votre Majesté. Je ne le permettrai pas non plus.

Louis hocha la tête, hésita, ôta sa main et se leva. Il sonna pour qu'une servante vienne lui ouvrir et quitta la pièce sans un regard pour son épouse.

La Reine ferma les yeux, soulagée.

Aliénor, elle, avait envie de vomir.

*

Ryûzaki entra en trombe dans le bureau de Louis-Philippe. Stupéfait par cette incursion, le Dauphin leva le nez de son dossier. Sans hésiter un instant, le colonel mit les deux genoux à terre et plaqua son front sur le sol marqueté. Les deux gardes royaux qui le suivaient de près, piaillant des excuses à l'adresse de leur maître, tentèrent de le faire sortir, mais il semblait vissé au plancher.

— Laissez-le, ordonna le Prince.

Les gardes, étonnés, obéirent avec un léger temps de retard. Le Dauphin observa un instant le colonel, sans lui signifier de se relever.

— Tu étais son garde du corps, énonça-t-il d'un ton glacial.

— Je ne me blâmerai jamais assez de ce qui est arrivé, Votre Altesse Royale. J'ai failli à mon devoir.

— Si c'est pour me dire ça que tu as forcé la porte de mon bureau, tu peux sortir. J'ai mieux à faire. Je ferai dire à l'Ambassadeur Blanc qu'il surveille un peu mieux le comportement de ses domestiques.

— Je vous en supplie, Votre Altesse Royale, laissez-moi participer aux recherches.

— Pourquoi le ferais-je ? Tu n'appartiens même pas à mon armée.

— Vous avez droit de réquisition même sur le personnel de l'ambassade, Votre Altesse Royale.

— Mais je n'ai pas besoin d'y faire appel. Donne-moi une seule bonne raison pour laquelle je recourrais à toi, alors que tu n'as pas été capable de la protéger dans mon propre palais ?

— Je suis le garde du corps personnel de Yuri-hime depuis sept ans, Votre Altesse Royale. J'ai vécu nuit et jour auprès d'elle. Je sais d'elle des choses que même son père ignore. Chacun de ses rubans, de ses bijoux, de ses éventails, me sont familiers. Quels que soient les plans de ses ravisseurs, ils auront du mal à résister à l'appât que représente la vente d'un bijou précieux, et ce genre de piste ne m'échappera pas. Qui plus est, si je connais mal Paris, vous avez pu juger de mes capacités de combat. HA-17, mon aide de camp, est une hybride d'Aeling. Elle touche un pétale de *sakura* à cent mètres et sa vision est de quinze dixièmes à chaque œil. Ces atouts seront appréciables si d'otage, Yuri-hime devenait un bouclier humain pour ses ravisseurs… et des hommes capables d'attaquer deux femmes seules sont capables de bien d'autres bassesses. Ajoutez à cela une chose : vos soldats se battent pour vous. Moi, je me bats pour elle.

Louis-Philippe considéra l'homme toujours prosterné devant lui. Depuis qu'il avait croisé le fer avec lui, il éprouvait une certaine sympathie pour ce colonel à la dévotion sans bornes. Le jeune Prince n'avait pas que des qualités, mais la sottise ne faisait pas partie de ses défauts. Il savait que Ryûzaki n'était pour rien dans ce qui était arrivé. Le garde du corps n'avait pas le droit de pénétrer dans les appartements privés de la Reine et n'avait pas accès au jardin. C'était le système de sécurité du Louvre, et non la vigilance du Japonais, qui était en cause. Et puis son argumentaire l'avait convaincu. Il avait besoin d'hommes de cette trempe, prêts à tout pour faire leur devoir. Il hocha la tête.

— Soit. Tu seras sous mes ordres directs, et ton aide de camp peut venir aussi si tu te portes garant de ce genre… d'engeance. Sa faute sera tienne.

— HA-17 comme moi ferons tout pour nous montrer dignes de votre confiance, Votre Altesse Royale.

— Je suis le Dauphin de France. Je ne fais confiance à personne. S'il advient d'une manière ou d'une autre que cet enlèvement m'empêche d'épouser Yuri-hime, je t'en tiendrai pour personnellement responsable, et ton corps servira de nourriture aux corbeaux. Suis-je clair ?

— Oui, Votre Altesse Royale.

Chapitre V
Les Gens de l'Égout

Dès l'instant où les épées regagnèrent le râtelier – exactement de la même manière qu'elles l'avaient quitté – Sir Edward n'eut plus d'yeux que pour Bran : il vint à elle d'un pas vif et l'embrassa sur le front avec un soulagement visible.

— Hey, Waterlily.

Un instant, le visage de Bran refléta une consternation qui gâchait complètement son expression sévère.

— *Don't call me Waterlily in front of strangers, Sir Edward*…, maugréa-t-elle comme si elle répétait ces mots pour la centième fois. Yuri-hime, reprit-elle en désignant l'homme qui venait à leur rencontre, je vous présente Sir Edward Longway, coordinateur des Gens de l'Égout et Chevalier de Logres.

— Princesse, je suis honoré de vous accueillir parmi nous, salua le coordinateur en posant un genou à terre sans s'incliner pour autant. Je suis ravi que Bran ait réussi à vous ramener ici sans encombre, et j'espère que vous nous ferez le plaisir de vous considérer comme notre invitée.

Avant de répondre, Yuri dévisagea son interlocuteur tandis qu'il se relevait. Elle n'aurait jamais imaginé entendre dans la bouche d'un Keltien, autrement dit d'un sauvage, un discours d'une telle élégance.

— Je vous remercie de votre accueil, Sir Longway. Et, si j'en crois Bran, je dois aussi vous remercier de l'avoir envoyée contre mes assaillants. Avant de vous dire si je me considère ici comme invitée ou prisonnière, j'aimerais connaître les raisons qui vous ont poussé à le faire.

— *My Goddess*, j'avais failli oublier à quel point les aristocrates étaient méfiants ! rit le coordinateur en passant une main affectueuse dans les cheveux de Bran, qui fit la moue. Ceci dit, vous n'avez pas tort : je n'ai pas tout à fait agi par pure bonté d'âme, encore que votre seul sens de la répartie en vaille largement la peine. Si vous voulez bien m'accompagner, nous serons plus à l'aise pour discuter dans un endroit plus calme. Waterlily ! ajouta-t-il, Taliesìn voulait te parler. Vous nous rejoindrez plus tard.

— Bien, Sir Edward.

— Et tu serais parfaite si tu essayais d'être un peu moins sérieuse, pour changer, cubling, conclut-il en la gratifiant d'une petite tape derrière la tête qui eut le mérite de lui arracher un sourire.

Elle ouvrit la bouche, et Yuri attendit une réponse qui ne vint jamais : une simple note sortit d'entre ses lèvres, puis elle disparut. Comme ça, en un claquement de doigts, non pas dans un nuage de fumée ou un éclair ! Mais le chant s'était tu et elle n'était plus là, comme si elle n'y avait jamais été. La princesse se figea, terrifiée.

— Qu'est-ce que… qu'est-ce qu'elle… ?

Toutes les alarmes de son cerveau s'allumèrent d'un coup. Elle avait suivi cette créature dans les égouts ! Et si elle avait voulu disparaître au milieu d'un de ces tunnels ? Et si elle l'avait laissée seule à la merci des rats ? Et si…

— Vous semblez troublée, princesse, dit Sir Edward de sa voix tranquille.

— Elle a disparu ! La Selkie a disparu !

— Oh, oui, elle fait ça de temps en temps. Avec les Bardes, il vaut mieux s'habituer…

— Je suppose que vous êtes au courant que les Bardes sont hors-la-loi sur le territoire de la Triade.

— Pour être bien sincère, Yuri-hime, la plupart des gens qui vivent ici sont hors-la-loi pour diverses raisons, moi y compris. Mais si c'est Bran qui vous inquiète, sachez que je lui confierais sans hésiter ma propre vie. Je l'ai déjà fait, et je suis toujours là…

Sir Edward offrit son bras à la princesse, qui l'accepta et se laissa guider à travers les couloirs.

Il s'adapta à son rythme, et ils quittèrent la salle d'armes pour retourner vers le Centre, passant devant maints panneaux indiquant des lieux aussi divers que « Laverie », « Potager 3 », ou « Forge ». Yuri, qui parvenait mal à cerner le personnage, choisit de commencer par un sujet sans conséquence :

— Dites-moi, Sir Edward, pourquoi appelez-vous Bran « Waterlily » ?

— C'est le titre qu'elle porte ici. Il a une histoire, que vous apprendrez à l'occasion. Mais je sens votre langue fourmiller de questions plus cruciales, princesse, aussi je vous prie de ne pas les retenir : j'y répondrai dans la mesure de mes moyens.

— Eh bien… où sommes-nous ?

— Dans la communauté des Gens de l'Égout, plus familièrement appelés les Rats. Vous n'avez sans doute pas eu l'occasion d'entendre parler de nous ; je suppose d'ailleurs que nous sommes un sujet tabou, là-haut. Les aristocrates sont pour la plupart au courant de notre existence, mais je doute qu'ils aiment aborder ce genre de sujet au cours d'une valse ou d'un festin.

— Vous voulez dire que le Roi sait que vous êtes ici et… vous laisse faire ?

— Oui. Il y a un intérêt. Nous demeurons cachés. Pour les gens du peuple, nous ne sommes qu'une légende, bonne à effrayer les enfants ou, au pire, à exciter des adolescents téméraires. Nous entretenons les égouts sans rien demander en retour, puisqu'il y va de notre survie. Et puis, franchement, pensez-vous qu'il vaille la peine d'envoyer une armée dans ce réseau de boyaux inhospitaliers, où quatre ou cinq personnes bien préparées, déterminées à protéger leur foyer, pourraient massacrer toute une escouade avant de tomber ? D'autant que la plupart des soldats se perdraient avant d'atteindre le Refuge principal, comme vous avez pu le constater vous-même.

— En effet. Dites-moi, Chevalier, j'avoue avoir un peu de mal à croire à ce… cet endroit. Des humains cohabitant avec des fées et des fomoires…

Comme pour corroborer ses propos, trois enfants qui jouaient à chat heurtèrent Sir Edward par mégarde. L'un d'eux, qui se retrouva sur les fesses, était un petit Feu-follet avec des cheveux jaune poussin, des yeux couleur de braise et des oreilles hybrides entre chat et écureuil. Lâchant le bras de Yuri, l'homme se pencha pour l'aider à se relever.

— Tu ne t'es pas fait mal, Ashe ?

— Non, Sir Edward.

L'enfant sourit au coordinateur et lui déposa un baiser sur la joue en guise de remerciement. Sir Edward passa dans ses cheveux une main affectueuse.

— Faites un peu attention où vous courez, tous les trois ! Vous pourriez vous blesser.

— Pardon, Sir Edward ! s'excusèrent les petits en chœur avant de détaler comme des lapins.

L'homme les regarda partir, le coin de la lèvre relevé en un sourire doux et un peu triste. Yuri n'avait jamais vu quelqu'un sourire ainsi, d'un seul côté, comme si une partie de lui avait oublié comment faire.

— Ils sont adorables, non ? murmura-t-il, si bas que Yuri se demanda si c'était bien à elle qu'il s'adressait. Voyez-vous, j'espère du fond du cœur que tous ces enfants, ainsi que tous les adultes qui vivent ici, auront droit à l'avenir qu'ils désirent et qu'ils méritent. C'est pourquoi je travaille et me bats chaque jour depuis vingt ans. Je ne suis pas leur chef ou leur dirigeant. J'organise, je répartis, je vérifie, j'aide là où il y a besoin. J'essaie de résoudre les problèmes et d'assainir les conflits. Je ne suis pas seul, bien sûr, mais je sais bien que quelque part, je reste leur référent. Ils ont confiance en moi. Tous. Le moins que je puisse faire, c'est honorer cette confiance…

Yuri regarda Sir Edward d'un œil neuf : un homme empli de fierté mais dénué d'orgueil, et qui assumait sans flancher d'écrasantes responsabilités. Un homme qui avait préféré en pleine conscience la voie du devoir à celle du pouvoir. Un instant, son image se superposa à celle de la Capitaine Trente-Chênes. Aussi différents soient-ils, ils avaient en commun cette force de caractère, cette force d'abnégation capables d'inspirer respect et dévouement, bien qu'ils ne revendiquent ni l'un ni l'autre.

Il lui offrit à nouveau son bras, qu'elle accepta en silence, et ils ne tardèrent pas à retrouver le Centre, bruissant de conversations autour des étalages.

— Sir Edward, tous ces gens… d'où viennent-ils ?

— De partout. De nulle part. Chacun d'eux a son histoire, et elle est rarement réjouissante pour qu'il ait atterri ici. Tenez, vous voyez la Sylfe qui s'occupe des fleurs, là-bas ?

Il lui désigna, à une dizaine de mètres d'eux, une fée d'une petite trentaine d'années aux formes généreuses, à la peau très brune et aux cheveux crépus d'un vert luxuriant. Avec des gestes gracieux, elle disposait dans des vases des lys de toutes les couleurs.

— Elle s'appelle Lilas. Il y a quatre ans, elle vivait en Afrique avec sa fratrie. Un jour, elle a été capturée par des braconniers, puis revendue à un noble ottoman dont l'une des femmes souffrait d'une malformation de l'utérus. On lui a retiré le sien sans anesthésie pour le greffer à cette femme. Ensuite, elle a été envoyée aux mines de sel, mais elle a réussi à s'enfuir pendant le trajet, à la faveur d'une attaque de hyènes dans le désert. Taliesin et Bran l'ont trouvée et ramenée ici. Elle s'est plutôt bien adaptée… mais elle supporte encore mal l'idée qu'elle n'aura jamais d'enfants.

Pendant qu'il parlait, la Sylfe avait interpellé un adolescent, à qui elle avait remis trois lys blancs agrémentés de longues herbes dentelées, le tout lié par un ruban de satin violet. Le garçon vint vers Yuri en trottinant gaiement, se planta devant elle et lui tendit le bouquet avec un grand sourire. La jeune femme était époustouflée : elle venait de voir un humain obéir à une fée. C'était presque aussi saugrenu que si l'une de ses obiko obéissait aux ordres d'un sanglier.

— De la part de Lilas, princesse ! En cadeau de bienvenue. On espère que vous vous plairez chez nous.

— Heu… merci, répondit la jeune aristocrate, humant les fleurs avec quelque embarras.

L'adolescent repartit sans plus de cérémonie. Lilas s'occupait à présent de trier des roses.

— Excusez-moi, Sir Edward, mais… est-ce que tout le monde ici est au fait de ma venue ?

— Bien sûr ! Je ne me serais pas permis de vous inviter sans leur autorisation.

— Alors cette fée, Lilas, elle sait que je suis noble ?

— Oui.

— Et elle ne m'en veut pas ?

— Pourquoi vous en voudrait-elle ? Lui avez-vous fait du tort personnellement ?

— Non, bien sûr, mais ce sont les nobles qui lui ont…

Elle ne put achever, se demandant avec horreur ce que cela pouvait être de vivre avec un corps mutilé.

— Ce ne sont pas *les* nobles, mais *un* noble, rectifia Sir Edward en l'entraînant à nouveau vers la tribune. Ici, l'on peut avoir des haines particulières, si elles sont extérieures à la communauté. En revanche, il n'est pas admis de détester une espèce, quelle qu'elle soit. Lilas ne vous hait en aucune façon, Yuri-hime. Vous offrir l'asile parmi nous a été voté à la quasi-unanimité.

— Voté ?

— Comme toutes les décisions d'importance, oui.

Ils avaient gravi l'escalier conduisant à la tribune. Samuel s'y trouvait, le nez plongé dans un cahier d'écolier bas de gamme couvert de notes au crayon de bois.

— Yuri-hime, permettez-moi de vous présenter Samuel Duchamp, le responsable des interventions à l'extérieur.

— On s'est déjà rencontrés, répondit sèchement l'égoutier en lui jetant un regard peu amène.

— Fais un effort, Sam, le morigéna une voix nasillarde dans leurs dos.

Yuri dut baisser les yeux pour découvrir, grimpant elle aussi à la tribune, une vieille femme, ridée comme une petite pomme. Une très petite pomme, même, car elle était naine et ne devait pas mesurer plus d'un mètre dix. La princesse se garda bien de laisser paraître son trouble. Si elle avait vu le jour dans une famille noble, elle aurait aussitôt été piquée au cyanure et déclarée mort-née. Sauf, bien sûr, si la tare avait été décelée avant la naissance : le responsable légal de sa mère, mari, père ou frère, l'aurait immédiatement fait avorter.

— Cette p'tite est pas en meilleur état qu'la plupart d'entre nous. T'es l'adulte, tu prends sur toi.

Elle se planta devant la princesse et lui tendit la main d'un geste vif, avec un sourire tout ridé. Yuri nota qu'elle avait des yeux bruns dont l'éclat joyeux tranchait nettement avec le reste de sa personne.

— Aloïse. Je suis la responsable des animaux domestiques. Si l'un des garçons vous embête, venez me voir et je lui tirerai les oreilles. C'est valable pour tout le monde, y compris pour la tête de mule à lavallière !

La main attendait toujours. Yuri hésita, mais quelque chose lui soufflait que, contrairement à Samuel et Pyro, Aloïse ne se contenterait pas d'une esquive. Alors, timidement, elle tendit la main à son tour.

Aussitôt, la petite vieille l'attrapa et la serra, imprimant un mouvement ferme et chaleureux dans la paume de la princesse.

C'était étonnant. Mais pas si terrible, finalement.

— Ah, bah entretemps elle a appris au moins un truc, bougonna Samuel en se replongeant dans son cahier.

— *Well*, constata le Logrien avec un sourire espiègle, il faut bien à tout le monde un temps d'adaptation.

— Je vous prie de m'excuser, Sir Edward, je…

Elle s'arrêta, s'efforçant de rationaliser la situation dans laquelle elle se débattait. Son cerveau bouillonnait d'informations totalement folles et contradictoires. Elle avait failli être assassinée deux fois en trois semaines, et deux fois elle avait été sauvée par des fées. Elle avait été entraînée de force dans des égouts – des égouts ! – pour y découvrir un endroit où les fomoires, les fées et les humains vivaient ensemble comme entre égaux, et où serrer la main à une naine semblait la chose la plus naturelle du monde.

— Vous êtes fatiguée et déconcertée. Je peux me figurer votre situation, Yuri-hime. Si vous désirez vous reposer, je vous fais conduire à votre chambre dans l'instant.

— Non, je vous remercie. Je vais rester.

Sir Edward lui tira un siège et l'aida à s'asseoir. Au moins, on ne pouvait pas lui reprocher de manquer de prévenance. Il s'installait lui-même à côté d'elle, laissant l'autre côté de la table à Aloïse et Samuel, qui entamèrent ce qui ressemblait à une réunion d'organisation autour d'une histoire de chèvre. Malgré le thé que le Chevalier lui servit, Yuri se sentait affreusement mal à l'aise, et la situation ne s'arrangea pas lorsque, quelques secondes plus tard, Taliesìn et Bran les rejoignirent – cette fois en marchant comme tout un chacun.

— Ces fleurs vous vont très bien, Yuri-hime, dit le Barde en guise de salut.

Sur le coup, la jeune femme ne répondit rien, essayant de démêler s'il lui avait parlé avec la bouche ou les yeux, et pourquoi elle avait le sentiment d'avoir entendu ces mots non avec les oreilles, mais avec le plexus.

— Yuri-hime, annonça Sir Edward, j'ai l'honneur de vous présenter Taliesìn le Bleu, seigneur des Bardes.

Yuri se sentait tellement désorientée que la seule question qui lui vint à l'esprit fut…

— Mais quel âge avez-vous, exactement ?

Aussitôt, la princesse se trouva stupide, mais le Barde rit :

— Quel âge ont les étoiles ? Je suis leur frère jumeau.

En entendant cela, Yuri ne douta plus d'être en présence du véritable Taliesìn : dans les contes, il répondait toujours par une énigme aux questions personnelles. Non sans raison, se dit-elle avec une grimace, car toute réponse concernant l'âge de Taliesìn devait transgresser allègrement les lois de la biologie, de la physique, bref tout ce qui permettait aux êtres humains de ne pas perdre pied en pareille circonstance… D'un autre côté, elle avait vécu tant de choses absurdes depuis la veille que se retrouver face à un personnage de contes pour enfants était presque la moins bizarre du lot.

— Merci, articula-t-elle enfin. Pour le compliment au sujet des fleurs, se crut-elle obligée de préciser.

Avec un aimable hochement de tête, l'étrange personnage s'installa en bout de table. Bran resta debout derrière lui, les bras croisés sur la poitrine, adossée à l'une des colonnettes d'acier ciselé qui soutenaient le dais gris clair de la tribune. Sir Edward lui adressa un regard qui l'invitait à s'asseoir elle aussi, mais la Selkie déclina l'offre d'un signe.

— Soit, conclut le Chevalier sans insister. Je vous présente d'avance, princesse, mes excuses pour tout ce qui, ici, risque de vous choquer et de vous incommoder. Notre mode de vie est assez… différent de celui des aristocrates. Je vous prie de ne pas hésiter à me solliciter si vous vous trouvez gênée ou si vous avez des questions.

— Merci.

— Aucun de nous n'a l'intention de vous ennuyer maintenant avec les raisons qui nous ont poussés à vous aider. Nous nous contenterons d'informations pouvant faciliter votre vie parmi nous, puisque vous séjournerez ici au moins pendant quelque temps. Vous devez savoir que les assassins de ce soir nous ont donné beaucoup de fil à retordre. Nous avons bien failli ne pas les découvrir à temps… Il faut dire que la Reine et vous nous avez pris de court. Et agréablement surpris. Sans ces charmants mercenaires, nous aurions pu vous proposer un comité d'accueil un peu plus… loquace ? sourit Sir Edward.

Taliesìn, Samuel et Aloïse pouffèrent tandis que les joues bleues de Bran prenaient une teinte délicatement violette, et sa bouche une moue boudeuse.

— Quoi qu'il en soit, nous garantissons votre sécurité tant que vous demeurerez dans la Communauté.

— Je vous en remercie, bien que je ne comprenne pas les raisons qui vous poussent à agir.

— Elles sont simples, rassurez-vous. Mais comme je vous l'ai dit, nous en reparlerons plus tard. Pour l'heure, voici ce que vous devez savoir : nous avons mis une chambre à votre disposition. Nous n'utilisons aucune forme d'argent au sein de la communauté ; si vous avez besoin de quoi que ce soit, il vous suffira de le demander. Nous avons pensé qu'il serait opportun de vous affecter quelqu'un pour vous aider. C'est un peu inhabituel, mais il est possible que vous éprouviez quelques difficultés à… vous adapter. Je vous préviens toutefois qu'il ne s'agit pas de vous proposer une domestique, mais une personne libre et qui s'est portée volontaire pour vous assister lorsque vous en éprouverez le besoin. Vous êtes la première aristocrate à être accueillie ici…

— Dois-je le prendre comme un honneur ? coupa-t-elle d'un ton un peu sec.

— Si une dame de votre rang estime que des gens comme nous peuvent lui faire un honneur…

Le sarcasme, bien sûr, venait de Samuel. La princesse faillit rougir. Ces gens lui sauvaient la vie, la mettaient en lieu sûr… et elle leur demandait s'ils la croyaient vraiment honorée par leur hospitalité. Deux sentiments s'affrontèrent en elle. L'un hérité de son éducation : du dégoût à l'idée de devoir partager leur vie. L'autre suscité par ses récentes expériences : une certaine honte, qui l'incitait à porter soudain sur l'aristocratie un regard peu flatteur. *Une personne de votre rang*... Le rang avec lequel elle était née, et qu'elle avait toujours considéré comme une norme et un dû, jusqu'à sa rencontre avec la Capitaine Trente-Chênes.

« Sauf votre respect, princesse ou pas, rien à foutre. Gardez vos faveurs pour les chiens de la Cour qui se presseront bientôt à vos pieds, car ici, personne n'en a cure : sur le Rail, la seule chose qui compte c'est que vous ayez payé votre billet. »

Ces mots lui revenaient en mémoire. Sur le coup, elle les avait trouvés fort insolents. À présent, elle les voyait empreints d'une vérité encore inimaginable quelques heures plus tôt. Elle prit alors conscience qu'aussi incroyable que cela fût, elle était en train de changer radicalement de point de vue sur le monde.

— Alors, conclut-elle, c'est un honneur. Et si quelqu'un s'est porté volontaire pour m'assister, je ne refuserai pas son offre.

— Voilà qui est bien, sourit Taliesìn en échangeant avec Sir Edward un coup d'œil complice signifiant qu'ils n'avaient pas douté un seul instant de sa réponse. Je crois que c'est à moi qu'il incombe de vous présenter votre guide, dans ce cas. Bran ?

La Selkie se redressa et s'approcha de la table. Yuri sursauta.

— C'est toi qui t'es portée volontaire ? s'étonna-t-elle.

— Si je ne vous conviens pas, Sir Edward peut demander à quelqu'un d'autre, répondit humblement la sauvageonne.

— Au contraire, ce sera parfait.

— Bran est mon élève, précisa Taliesìn, elle ne sera donc pas toujours disponible, ce qui signifie que vous ne devez pas dépendre d'elle. Mais je tâcherai de ne pas être trop exigeant tant que vous aurez besoin d'aide.

Le maître et l'élève se sourirent, échangeant d'un regard une information tout à fait indéchiffrable pour les autres. Inclinant insensiblement le buste, Bran recula et reprit sa place contre la colonnette. Elle avait un port curieux, tout à la fois altier, sauvage et détendu. Bien qu'elle n'en parût pas consciente, elle intriguait de plus en plus la jeune princesse.

— Fichez-lui donc la paix avec vot' blabla, les gars, suggéra Aloïse avec entrain. Si elles ont dormi au vieil abri, elles ont des heures de sommeil en retard, et à leur âge, c'est c'qui compte !

Cette réflexion fit rire Sir Edward et sourire Taliesìn et Samuel.

— Aloïse, voix de la sagesse ! conclut le coordinateur en se levant, aussitôt imité par les autres. Nous nous reverrons plus tard, princesse !

D'un geste du menton, Taliesìn ordonna quelque chose à Bran qui hocha la tête et fit signe à Yuri de la suivre. La jeune femme et la fée s'engagèrent dans un couloir qui partait du Centre entre deux échoppes de fruits.

— C'est très aimable de t'être portée volontaire ! On ne dirait pas à première vue, mais tu es plutôt sympathique.

— J'ai estimé que je pouvais bien vous rendre la pareille…

— La pareille ?

— Laissez tomber. J'espère que votre chambre vous plaira. C'est peut-être moins confortable et spacieux que ce dont vous avez l'habitude, mais bon, c'est tout à fait vivable quand même.

— J'ai bien survécu aux chambres de l'Orient-Express, je survivrai sans trop de mal à celle-ci, je suppose !

Bran esquissa un sourire puis, semblant se décider, adressa à Yuri un regard amical.

— Gwen ne vous a jamais oubliée, vous savez. Vous êtes la seule personne à avoir fait preuve de compassion envers nous à cette époque. Il disait que vous étiez une « vraie » noble.

— Une « vraie » noble ? Il n'y a pas de faux nobles !

— Il y a des gens qui sont nobles de sang, et des gens qui sont nobles de cœur. Vous… Gwen pensait que vous étiez les deux. Gwen a toujours su lire le cœur de ceux qu'elle rencontrait.

— Et toi, qu'en penses-tu ?

— J'ai confiance en elle, mais j'ignore si l'enfant qu'elle avait rencontrée et la femme qui se tient devant moi sont bien la même personne. Cependant, puisque vous avez fait montre de bonté envers nous autrefois, j'ai désiré vous rendre la pareille.

— Jamais je n'aurais imaginé qu'une fée puisse réagir de la sorte.

— Ah, oui… « *Tous les scientifiques sont formels, l'intelligence d'une fée ne dépasse guère celle d'un chien : elles sont incapables d'apprendre un langage articulé, et ne comprennent de ceux-ci que les ordres qu'on leur donne…* »

— Excellente mémoire !

Bran haussa les épaules et Yuri sentit qu'il valait mieux changer de sujet.

— Pourquoi dis-tu toujours « elle » en parlant de ton frère ? Est-ce parce qu'il… heu… je veux dire, votre dress… enfin, Gôshi Mayo a dit que les mâl… les Selkies de sexe masculin sont cryptorchides ?

Cette fois, Bran fronça un sourcil, et la princesse se sentit presque gênée par sa moue désabusée.

— Gwen est une fée, et une Selkie. Pourquoi je devrais dire « il » ? Parce qu'un enfoiré a décidé qu'elle était *un mâle*, ou *un* animal ? J'ai appris à parler français enfermée dans cette cage, Yuri-hime, et s'il y a bien une chose qui m'a été difficile, c'est de comprendre cette manie qu'ont les humains d'imposer un genre à tout et n'importe quoi ! Une Selkie n'est ni *un*, ni *une*, elle est, c'est tout.

— Mais tu es une fille, non ?

Le désabusement céda à la consternation.

— Je vais vous dire, j'en sais rien et j'en ai rien à faire. Gôshi Mayo n'a jamais été assez fou pour…

Sa voix se brisa net, et elle secoua la tête :

— Enfin, il n'a jamais été vérifier, quoi. Je suis une Selkie, et ça me suffit.

— Mais comment feras-tu si tu tombes amoureuse ?

— Ben, je tomberai amoureuse, et alors ?

— Mais d'un mâle, ou d'une femelle ?

— Ça n'a pas non plus d'importance pour moi, vous savez.

Yuri sentit qu'elle aurait besoin de temps pour comprendre le sujet, aussi préféra-t-elle le réserver pour un jour où elle se sentirait moins embarrassée. Elle était déjà agréablement surprise de la soudaine loquacité de son guide.

— Dis-moi, Sir Edward vient-il vraiment de Logres ?

— Oui. Et s'il rentrait là-bas, il vivrait sans doute autrement mieux qu'ici. Mais il a ses raisons de rester. Sir Edward… est quelqu'un de bien.

La Selkie avait choisi ses mots, mais le ton sur lequel elle les avait prononcés donnait bien la mesure de l'immense estime qu'elle éprouvait pour lui, teintée d'une profonde affection. Si elle ne l'avait pas brièvement rencontré elle-même, Yuri n'aurait guère compris ce que son interlocutrice voulait dire, mais le peu de temps qu'il lui avait consacré avait suffi : elle commençait, elle aussi, à éprouver pour lui un grand respect.

— C'est ici, dit soudain Bran en s'arrêtant devant une porte sur laquelle une main habile avait calligraphié le kanji du lys, ainsi que s'écrivait le prénom de la princesse. Et voici la clef.

Elle ouvrit le battant, alluma la lumière et s'effaça pour laisser la jeune fille entrer la première. En pénétrant dans la chambre que lui avaient préparée les Gens de l'Égout, Yuri sourit, agréablement surprise. Ils s'étaient débrouillés pour l'équiper entièrement de mobilier asiatique : un sol couvert de tatamis, un futon pour lit, des tansu et un zataku en chêne dans un style qui évoquait sa propre chambre à l'ambassade. Aux murs, deux belles calligraphies de haikus de Bashô pendaient avec élégance. Un paravent en papier de mûrier complétait l'ensemble.

— Nous avons essayé de vous éviter d'avoir trop le mal du pays…

— Eh bien, c'est très réussi.

— Vous redirez ça à Sir Edward. C'est lui qui l'a meublée.

Le lendemain matin, Yuri se réveilla comme la lumière de sa chambre croissait progressivement. Elle mit quelques instants à se souvenir qu'elle n'était plus à l'ambassade de l'Empire mais quelque part dans les égouts de Paris. Elle passa en revue les événements de la veille et se demanda dans quel traquenard elle s'était fourrée. Elle n'avait jamais eu une vie bien calme, assurément, mais ces dernières semaines avaient tout de même pulvérisé tous les records : une lettre blanche, deux tentatives d'assassinat, une fuite par une fenêtre, un refuge dans les égouts, et puis les fées, des fées partout… Elle ne pouvait s'empêcher d'y penser. L'Aeling qui avait quitté son poste pour aller chercher le médecin, ce Spectral aux yeux trop verts, Bran la Selkie mystérieuse et sa redoutable efficacité au combat, Lilas la Sylfe et son bouquet de lys blancs qui trônait à présent au centre du zataku, même le petit Ashe souriant à Sir Edward… toutes ces fées passaient dans son esprit. Elle revivait en songe ce qu'elle avait vécu auprès d'elles et plus elle y pensait, plus elle se posait de questions.

Yuri n'avait jamais fréquenté de fées. Les premières qu'elle avait vues étaient Qatil et Shura aux arènes, puis elle avait entrevu quelques Sylfes lors de son premier voyage dans l'Orient-Express, vers le Japon, mais la petite Gwen était la seule à qui elle eût jamais adressé la parole. Et voilà que soudain, il y en avait tout autour d'elle, aussi différentes les unes des autres qu'un chat d'un faucon, qu'un dauphin d'un écureuil… Ou qu'un être humain d'un autre.

Coupant court à ces spéculations, elle se leva et décida de s'habiller, ce qui constitua aussitôt le premier problème de sa journée. Car elle se rendit compte qu'elle était seule. Aucune cameriste, aucune soubrette n'était entrée dans la chambre par quelque porte dérobée pour lui apporter un kimono frais et l'aider à s'en vêtir. Or, Yuri ne s'était jamais habillée seule. Elle considéra avec un mélange de contrariété et d'autodérision le kimono de soie chatoyante qu'elle avait porté la veille, et qui était demeuré abandonné par terre sans qu'une petite main invisible fût venue en débarrasser le tatami. Yuri se souvenait des paroles de Sir Edward. Ici, elle n'avait aucun serviteur. Elle soupira, se disant qu'elle n'était pas sotte, et que puisque la plèbe savait se vêtir seule, elle devait bien être capable d'en faire autant. Avec le sentiment très désagréable d'être désormais une princesse déchue, elle se mit à la recherche de vêtements sans rapiéçage, fouillant l'un après l'autre les trois tanzu qui encadraient son lit. Par bonheur, ce dont elle avait besoin s'y trouvait, propre et plié avec soin : des sous-vêtements, un kimono long en coton tel qu'en portaient d'ordinaire ses servantes, et enfin un hanhaba obi, du genre qu'elle aurait mis pour passer la journée chez elle sans voir personne. Cela suffirait bien pour la circonstance ! Yuri enfila les sous-vêtements sans trop de mal, bien qu'elle dût se battre avec son soutien-gorge pendant quelques minutes avant de s'y trouver à l'aise. Se vêtir du kimono ne posa bien entendu aucun problème. Les ennuis arrivèrent avec l'obi, lorsque la princesse réalisa cette évidence : en dépit de son éducation sophistiquée, elle ne savait pas nouer un obi.

Cruelle ironie ! Pendant des années, à la Cour de l'Empereur, elle avait jaugé toutes les femmes qu'elle rencontrait à l'aune de ce nœud d'obi. Reine, princesse, épouse, héritière, concubine, courtisane, chacune arborait dans son dos son titre, son rang et son statut. En tant que troisième dame de l'Empire, après l'impératrice et la princesse impériale, elle avait toujours excellé dans l'art d'évaluer un nœud d'obi. La moindre imperfection trahissait qu'un grain de sable était venu perturber un quotidien minuté et millimétré. Visite d'un amant, incident domestique, bons et mauvais présages s'y trouvaient aussitôt démasqués. Un montage défectueux, fréquent chez les membres de clans plus modestes, prouvait que la famille n'avait pas de quoi salarier une obiko, ces servantes spécialisées dans l'obi et les manières de le choisir et de le nouer. Elle-même avait à son service quatre obiko toutes formées à l'école de Kyôto, la plus réputée : les sept ans de formation étaient si chers à financer que toute leur vie durant, les anciennes élèves, s'estimant trop heureuses de ne pas porter au cou le tatouage des esclaves, continuaient à reverser la moitié de leur salaire à l'établissement. Yuri chercha dans sa tête les prénoms des siennes, et réalisa qu'elle les ignorait. Elle distinguait seulement la plus jeune en l'appelant « obiko-chan », parce qu'elle n'avait que quinze ans et venait de quitter l'école. Pourtant, sans ces quatre servantes dont elle ne s'était jamais souciée et dont, à ses yeux, la présence allait de soi, elle était incapable de s'habiller. La princesse réalisa soudain que toute sa vie, elle avait jugé les femmes de l'aristocratie à l'aune d'une chose qu'aucune, à commencer par elle, ne savait faire. Qu'elles n'avaient jamais vu faire, en vérité, puisque tout se passait littéralement dans leur dos.

Le kimono sur les épaules et l'obi à la main, Yuri se sentit ridicule. Elle n'espérait qu'une chose, que personne ne vînt la surprendre dans une posture aussi peu avantageuse.

Trois coups légers à sa porte anéantirent cet espoir.

— Qui est là ? s'enquit-elle, déjà convaincue de la réponse.

— Bran, répondit la voix grave et mélodieuse de la Selkie.

— Un instant, je t'ouvre.

Elle hésita, puis se dit que puisque ses obiko l'avaient vue en sous-vêtements et même nue plus d'une fois, le regard d'une fée n'avait pas lieu de l'embarrasser. Elle lâcha l'obi, laissa le kimono glisser en tas sur le sol et entrouvrit la porte, embusquée derrière le battant au cas où un homme passerait dans le couloir.

— Je ne pensais pas que tu viendrais si tôt, dit-elle à son guide.

— Désolée si je suis en avance. Comme c'est votre premier jour ici, maître Taliesìn m'a dispensée d'entraînement pour pouvoir vous aider. Mais…

Surprise, Bran toisait de pied en cap une princesse en sous-vêtements, qui s'était empressée de refermer la porte. Le regard de la petite Selkie alla de la fine camisole de soie de Yuri au kimono abandonné, puis à l'obi, et revint se planter, pétillant d'espièglerie, dans les yeux de la jeune aristocrate. La fée avait compris le désarroi de son interlocutrice, et son sourire d'une oreille à l'autre la faisait ressembler à un enfant. Elle pouffa, puis, devant la mine outrée de la jeune Japonaise, éclata franchement de rire. Incroyable : elle se moquait d'elle… Yuri la foudroya d'un regard offensé, mais Bran n'en avait cure, au contraire ; plus Yuri faisait les gros yeux, plus elle semblait près de se rouler par terre.

— *Skàm !* lâcha-t-elle enfin. J'vous prie de m'excuser, mais c'est trop drôle !

— Je ne vois pas ce qu'il y a de drôle, répliqua la princesse d'un ton glacial.

— Je ne vous l'expliquerai pas, alors, fit Bran sans se démonter. Bon, en tout cas, vous n'allez pas vous en tirer seule et ce n'est pas moi qui pourrais vous aider. Je vais trouver quelqu'un qui réglera ce petit problème. Si vous voulez bien m'attendre un moment…

La Selkie avait retrouvé son sérieux et sa vivacité habituels. Fredonnant une mélodie keltienne, elle quitta la chambre sans attendre son congé, laissant Yuri abasourdie.

La princesse venait de voir rire une fée. Son indignation s'estompant, elle ne put s'empêcher de trouver la situation plutôt cocasse, en effet. La troisième dame du Japon, trilingue, versée dans la diplomatie et la politique jusqu'au bout des ongles, capable d'énoncer de mémoire tout l'arbre généalogique de la plupart des familles de la haute noblesse du monde, et au fait des plus infimes détails des lois et traités qui liaient l'Empire, le Royaume et le Sultanat, était incapable de s'habiller seule… Elle sourit à son tour, presque tentée d'imiter Bran et de piquer un fou rire. Les fées riaient donc. Elles pleuraient aussi, sans doute, à l'abri des regards. Comme elle-même avait parfois pleuré, enfant, écrasée par le poids de son titre et de ses devoirs…

Bran avait-elle pleuré Gwen ? Yuri n'en douta pas un instant.

L'on frappa à nouveau, et Bran entra sans attendre de réponse. Elle était suivie d'une quadragénaire asiatique aux yeux doux, vêtue d'un kimono de travail beaucoup plus pauvre et rapiécé que le sien, à l'obi simple mais parfait. Le vaste sourire de la Selkie et la mimique amusée de la nouvelle venue apprirent à Yuri que son affaire s'était ébruitée.

— *Yuri-hime ohaiyo gosaimasu*, la salua la nouvelle venue. Je m'appelle Haruko. Il semblerait que vous pourriez avoir usage de mes connaissances, aussi je serais heureuse de vous offrir mon aide si vous l'acceptez.

— *Haruko-san ohaiyo gosaimasu*... J'apprécierais beaucoup cette aide.

— Reste à savoir de quelle manière vous désirez être aidée. Voulez-vous un poisson, ou apprendre à pêcher ?

La princesse ne manqua pas de comprendre la métaphore. Avec un sourire déterminé, elle s'inclina légèrement devant Haruko, ayant choisi d'oublier qu'une dame de son rang ne s'inclinait que devant son père ou l'empereur.

— Apprendre à pêcher, si vous voulez bien m'accorder le temps nécessaire.

Son interlocutrice hocha la tête, visiblement ravie. Yuri s'étonna qu'elle ne fît aucun effort pour dissimuler ses sentiments. De Bran ou de Lilas, qui n'étaient que des fées, elle le comprenait comme elle l'aurait compris d'un enfant, et elle supposait que Sir Edward pour sa part cachait bien son jeu. Mais qu'une Asiatique, une sujette de l'Empire, fît montre de si peu de retenue... La princesse ramassa son vêtement et se figea aussitôt, stupéfaite : elle venait de s'abaisser à accomplir elle-même un geste dévolu à ses esclaves... Aux esclaves qu'elle n'avait plus, se raisonna-t-elle. Le passé était le passé. Il faut savoir s'adapter aux circonstances… Elle renfila son kimono et tendit l'obi à Haruko, souriant comme si tout cela était parfaitement normal.

Ce faisant, elle prit conscience qu'un silence assourdissant régnait dans la chambre. Bran était partie. Et la mélodie keltienne avec elle.

*

Une heure et demie plus tard, Yuri venait de réussir avec fierté le premier nœud d'obi qu'elle pourrait porter sans trop de honte. Il était loin d'être parfait, bien que ce fût le plus simple pour une femme adulte ; mais, comparé aux boursouflures informes de ses précédents essais, son œuvre ressemblait à ce qu'elle devait être. Haruko l'aida à le replacer dans son dos, car bien sûr Yuri, plantée devant son miroir, avait dû apprendre à nouer l'obi sur son ventre.

— J'ai bien cru que je ne m'en sortirais jamais ! soupira-t-elle.

— Pourtant, vous êtes plutôt douée. La plupart des jeunes filles mettent plusieurs jours à réussir un nœud correct sans l'intervention de leur mère.

— Merci, mais je ne crois pas que le compliment soit mérité. Ce nœud est loin d'être parfait.

— Et alors ? Il tiendra toute la journée, c'est ce qui importe. Je reviendrai vous aider demain, si vous voulez, et lorsque vous maîtriserez celui-ci, je vous en montrerai un autre.

— Je vous remercie, mais je ne voudrais pas abuser de votre temps.

— Au contraire, c'est très plaisant de transmettre son savoir. J'aurais aimé apprendre à ma fille à nouer son obi…

— Vous avez une fille ?

— J'avais. Elle est morte il y a vingt-deux ans.

— Oh ! Je… je suis désolée.

Haruko s'immobilisa et plongea ses yeux noirs en amande dans ceux de la princesse.

— Je comprends mieux ce que voulait dire Sir Edward… Vous êtes une personne étonnante, Yuri-hime.

— Que voulez-vous dire par là ?

— Vous éprouvez de la pitié pour des esclaves, vous acceptez d'être touchée par un Spectral, vous désirez apprendre à nouer un obi, et à présent vous compatissez au deuil d'une obiko. Ce n'est guère le comportement habituel des aristocrates, vous savez.

— Vous êtes une obiko ?

— J'étais. Mais ici, ces choses n'ont plus d'importance.

— Haruko-san, dites-moi… Quelle est la hiérarchie en vigueur, ici ? J'ai du mal à la comprendre.

— C'est parce qu'il n'y en a pas. Chacun fait ce qu'il a à faire, tout simplement. D'ailleurs, nous devons aller chercher Bran. Je lui avais dit deux heures, mais vous avez réussi plus vite que je ne l'escomptais… et les Selkies n'ont aucune notion du temps, surtout lorsqu'elles jouent de la musique.

— Jouer de la musique ?

Le propos lui paraissait aussi incongru que si on lui avait dit qu'un chien pratiquait la peinture. Elle avait certes vu un médecin spectral à l'œuvre, mais les chats aussi pouvaient utiliser une certaine forme de soin en se plaçant spontanément sur les parties douloureuses du corps de leurs maîtres : la princesse impériale ne se soignait que de cette manière, estimant tout roturier ou tout appareil curatif indignes de la toucher. La médecine était quelque chose de physique, une nécessité fondamentale. Mais la musique ? La musique ne servait qu'à la musique, c'était de l'art, un domaine réservé… aux humains.

— Je dois vous avouer que mon avis n'est pas très objectif, avoua Haruko en souriant. Waterlily est la seule Selkie que j'aie jamais rencontrée, et vu leur réputation, je ne tiens pas vraiment à en rencontrer d'autres. Le seigneur Taliesìn dit que la plupart des Selkies sont douées pour la musique, mais il reconnaît lui-même que son élève est exceptionnelle. Enfin ! Si nous n'allons pas la chercher, vous ne verrez pas grand-chose aujourd'hui de notre petite communauté, et Sir Edward tient à ce que vous sachiez de nous tout ce que vous désirerez.

— C'est très aimable à lui, mais comment retrouverons-nous Bran ?

— Oh, lorsqu'elle n'a rien à faire, elle reste au Lac et apprend aux enfants à nager et à chanter.

Yuri hocha la tête. Elle n'essayait même plus de ne pas paraître étonnée. Quoi de plus normal, décidément, que de se trouver dans les égouts de Paris, au milieu d'une communauté où humains, fées et même fomoires étaient considérés comme égaux ? Où les Sylfes vous offraient des fleurs, où les obiko vous parlaient comme à de petites sœurs ? Où les Selkies jouaient de la musique et apprenaient la natation aux enfants ? On pouvait aussi bien imaginer un endroit où les nobles prenaient le thé avec leurs gardes du corps et leurs esclaves, où les duchesses vous tressaient des paniers et où les voleurs dansaient la valse…

D'un pas pensif, elle suivit Haruko dans les couloirs en devisant avec elle. C'était beaucoup plus agréable qu'avec Bran, dont les réponses étaient toujours aussi brèves que possible.

— Vous savez, depuis que je suis ici, j'ai parfois l'impression de nager en plein délire. Je ne serais pas surprise si je me réveillais soudain dans ma chambre, à l'ambassade.

— Je puis imaginer ce que vous ressentez. En quelque sorte, mon cas est l'opposé du vôtre. En tant qu'obiko, j'avais toujours été méprisée par les hommes, jalousée par les femmes de moindre condition, et bien entendu, ignorée par les nobles. À mon arrivée parmi les Rats, je n'en revenais pas que tout le monde me traite comme une égale. La première fois qu'un homme qui m'avait bousculée m'a présenté ses excuses et m'a aidée à me relever, j'ai fondu en larmes. Quand j'y repense, je me demande comment, autrefois, j'ai pu vivre dans une telle peur de l'autre…

— Excusez-moi, mais… tout le monde ici est vraiment sur un pied d'égalité ?

— Oui. Sur ce point, Sir Edward est très strict avec les nouveaux arrivants. Au début, nous avons tous du mal à trouver cette place vis-à-vis de l'autre, pourtant si simple, si évidente… Un égal, voilà tout. Qu'importe son espèce, son sexe, son âge ou son rôle. Je me rappelle ce que le seigneur Taliesìn a dit il y a dix ans, lors du dixième anniversaire de la Communauté : « Vous êtes tous les enfants de cette Terre. » N'est-ce pas merveilleux ?

Désormais, Yuri était certaine de rêver.

Elles arrivaient non loin du Centre lorsqu'elles croisèrent un homme vêtu d'un bleu de travail d'une propreté très relative, qui sortait des toilettes publiques, poussant un chariot équipé d'une énorme poubelle en fer blanc, d'une pelle et d'une brosse à récurer les latrines. Par habitude, la princesse l'ignora.

— Bonjour, Sir Edward ! lança Haruko.

— Bonjour, Haruko-san, Yuri-hime.

— Sir Edward ?!

Médusée, la jeune femme dévisagea le Chevalier de Logres. Il avait troqué ses vêtements keltiens contre cette espèce de combinaison douteuse, ses cheveux étaient relevés en un chignon hâtif, mais c'était bien lui qui poussait le chariot de nettoyage. Au reste, il arborait son sourire habituel, comme si cette situation lui paraissait tout à fait naturelle.

— Je vous prie d'excuser ma question, Sir Edward, mais… qu'êtes-vous exactement en train de faire ?

— C'est mon tour de corvée aux latrines, princesse. L'ennui avec les toilettes sèches, c'est qu'il faut s'en occuper tous les jours. Mesdames, si vous le permettez, il faut que j'aille vider ça et je suis loin d'en avoir fini… Yuri-hime, me feriez-vous l'honneur de déjeuner avec moi à midi ? Je serai au mess du Centre avec Taliesìn et Samuel. *Hum, and of course little Waterlily*. Haruko-san, je vous aurais volontiers conviée aussi, mais j'ai cru comprendre qu'Emmanuel comptait sur vous…

Haruko rougit légèrement. Yuri était de plus en plus désorientée. Quant à Sir Edward, il banda ses muscles et s'arc-bouta pour pousser le chariot.

— À tout à l'heure, Yuri-hime ! lança-t-il en s'éloignant dans la direction opposée.

Il disparut dans un couloir en sifflotant un petit air joyeux. L'obiko donna un gentil coup de coude à la princesse.

— Ressaisissez-vous, Yuri-hime. On jurerait que vous venez de voir quelque chose de surnaturel.

— Pardonnez-moi, Haruko-san, mais pour moi, un aristocrate faisant *ça*, c'est *en effet* surnaturel.

— Je vous l'avais pourtant dit, non ? Nous sommes tous égaux, et chacun fait ce qu'il a à faire. Aussi, les tâches ingrates nous incombent à tour de rôle. Y compris récurer les toilettes, ramasser les déchets, nettoyer les sols ou faire la plonge au mess. Tout le monde est sur la liste, sans *aucune* exception.

— Mais c'est… humiliant !

— Humiliant ? Non, puisque nous y avons tous droit. En revanche, c'est vrai que ce n'est pas très agréable. Heureusement, nous sommes assez nombreux pour que chacun ne consacre finalement que peu de temps à ce genre de tâches.

— Si vous le dites.

Yuri n'était pas vraiment convaincue. Elle ne parvenait absolument pas à imaginer la très soigneuse Haruko en train de jouer les éboueurs. Pas davantage, en vérité, qu'elle n'aurait pu se figurer Sir Edward effectuant une corvée de latrines…

— Si cela peut vous rassurer, les nouveaux arrivants mettent généralement un à deux mois avant d'être inscrits dans la liste, alors vous êtes tranquille pour un moment.

— Pardon ? Vous voulez dire que…

— Bien sûr. À moins que vous ne quittiez les lieux d'ici là, il n'y a aucune raison que vous n'ayez pas votre place parmi nous.

Cette réplique plongea Yuri dans un abîme de réflexion. Elles avaient repris leur marche vers « le Lac », signalé par des flèches à la calligraphie déliée, d'une belle couleur bleu sombre. Une place parmi les Gens de l'Égout… Elle, l'héritière de l'une des plus grandes familles du Japon, la troisième dame de l'Empire après l'impératrice et la princesse impériale, vivre au milieu de roturiers et de fées ? Elle, Nekohaima Yuri, curer les toilettes et laver la vaisselle ? Comme une esclave ? Sa nature d'aristocrate se révulsait à cette seule pensée ; elle prit énormément sur elle pour ne pas grimacer.

— Nous approchons, dit Haruko alors qu'elles parvenaient en vue d'un large chevêtre découpé dans le sol, et qui laissait entrevoir un escalier en spirale.

Ce n'était pas difficile à entendre, en effet : la musique cristalline d'une harpe chatouillait leurs oreilles à la manière d'une brise hivernale. En dépit de leurs kimonos très ajustés, elles pressèrent inconsciemment le pas. L'escalier plongeait vers l'étage inférieur en tournoyant sans fin, au point que malgré les marches basses et régulières, Yuri finit par ressentir un léger tournis. Enfin, il déboucha sur un bref couloir qui menait à…

Un lac.

La princesse se figea en découvrant le merveilleux spectacle qui s'offrait à son regard. Un grand lac souterrain clapotait paisiblement sous une voûte hérissée de stalactites entre lesquelles pendaient des lampes imitant la lumière d'un matin de novembre. Une mousse moelleuse ourlait les rives autrefois stériles. Sur la surface argentée fleurissaient quelques nymphéas bleu nuit qui flottaient sur de larges feuilles vert sombre. Bouche bée, absorbée toute entière par cette image de sérénité parfaite, Yuri replaça sa mèche rebelle derrière son oreille. Une demi-douzaine d'enfants de quatre à douze ans étaient assis, les pieds dans l'eau, autour de Bran dont les longs cheveux se perdaient dans la mousse. Les doigts de la Selkie dansaient comme des libellules sur les cordes d'une petite harpe de glace, et sa musique résonnait délicatement sous la voûte.

Elle devait les avoir senties approcher d'une manière ou d'une autre, car elle acheva son thème puis s'arrêta de jouer, étouffa les cordes d'un geste précis et balaya de la main les récriminations des petits spectateurs.

— J'ai du travail, maintenant. Ceux qui voudront une leçon de natation pourront revenir ce soir une heure avant dîner. Filez !

Les enfants firent la moue, mais ils semblaient savoir qu'il serait inutile d'insister. Ils regagnèrent l'escalier en jetant des regards d'envie à Yuri et Haruko, saluées au passage d'un rapide bonjour. Bran éleva la harpe au-dessus de l'eau et à l'effarement de Yuri, l'instrument se liquéfia, ruisselant d'entre ses doigts pour retourner au lac avec un clapotis limpide. La princesse, hébétée, secoua la tête.

— C'est moi, ou vous avez fait plus vite que prévu ? demanda la Selkie avec le plus grand naturel.

— Yuri-hime est une élève très douée. À présent, c'est ton tour, Waterlily.

— *Don't call me Waterlily, Haruko-san* !

— C'est intéressant, même sans parler logrien je comprends ce que tu dis… Allons, amusez-vous bien, jeunes filles, et à plus tard !

Haruko leur adressa un gentil sourire et entreprit de remonter les escaliers, laissant derrière elle une Bran boudeuse et une Yuri à nouveau bouche bée, qui souffla :

— Elle *nous* a bien appelées… jeunes filles ?

— Ouais. Pourquoi ?

— C'est la première fois qu'une roturière s'adresse à moi sans forme de politesse. Et c'est aussi la première fois qu'on me met dans le même sac qu'une fée !

— Aha. Je crois que quelques détails du même genre risquent de vous arriver souvent, dans les jours qui viennent. Vous vous habituerez vite. Après tout, moi, je ne suis même pas une fille… mais faut être simple, non ? Enfin ! Vous connaissez le chemin du lac. C'est là que vous me trouverez la plupart du temps, si vous me cherchez. Sinon, vous pouvez essayer la bibliothèque. Comme je ne peux pas apporter de livres ici à cause de l'eau, je lis toujours là-bas.

— La bibliothèque ?

Yuri ne savait pas ce qui l'étonnait le plus, qu'il y eût une bibliothèque dans les égouts de Paris, ou qu'une fée sût lire.

— Les panneaux qui l'indiquent sont bruns, avec une écriture d'imprimerie. Je vous accorde que ce ne sont pas les plus visibles.

Tout à fait inconsciente d'être une perpétuelle source d'étonnement pour la princesse, Bran lui sourit.

— C'est beau, n'est-ce pas ? commenta-t-elle en désignant le lac. Les Feux-follets ont fait très fort sur ce coup-là : installer l'éclairage a été une vraie galère. Il y a bien un ou deux râleurs pour dire que ça grille de l'énergie pour rien, mais tout le monde est heureux du résultat. On a toujours besoin d'un endroit paisible.

La jeune aristocrate vit scintiller dans les yeux de la Selkie un éclat de ravissement enfantin qui dissipa sa gravité coutumière.

— *Well* ! se reprit Bran, soudain gênée, vous n'êtes pas là pour regarder flotter les fleurs. Je vais vous montrer les endroits que vous devez absolument connaître. Si vous voulez bien me suivre…

La princesse et la fée remontèrent l'escalier en spirale et suivirent quelques couloirs jusqu'à une salle étroite, où le long des murs s'alignaient des machines grises à l'avant percé d'un hublot vitré. Le centre de la pièce était équipé d'un banc où quelques personnes lisaient ou discutaient, insensibles au ronron puissant des automates.

— Qu'est-ce que c'est que ça ? demanda Yuri.

Son guide leva le doigt pour désigner un panneau marqué « Laverie ».

— Quand la panière à linge qui est dans votre salle de bain sera pleine, je vous montrerai comment faire.

— Tu veux dire que…

— Que chacun se débrouille pour entretenir ses affaires et son espace personnel.

— Eh bien, je ferai de mon mieux pour apprendre… Je n'ai pas le choix, n'est-ce pas ?

— *Skàm* ! Si, toujours, répondit Bran le plus sérieusement du monde. Vous avez le choix entre rester ici et vous conformer à notre mode de vie, ou retourner là-haut. Mais je vous préviens, je ne serai pas toujours là pour arrêter les assassins qui tenteront de vous tuer. À vous de définir l'ordre de vos priorités, entre rester en vie et faire laver votre linge…

— C'est de l'humour ?

— Comme vous voulez.

Mais les lèvres de la Selkie esquissaient un pli mutin bien moins froid que ses paroles. Yuri lui sourit. Elle commençait à trouver cette drôle de fée plutôt très sympathique.

Elles retournèrent au Centre, où la princesse apprit de son guide où trouver ce dont elle avait besoin : nourriture, vêtements sur mesure ou n'importe quel autre article ou service. Lilas les salua de la main de l'autre bout de la place, et Bran houspilla deux petites filles de dix à onze ans qui essayaient de grimper à l'unique arbre qui trônait, solitaire, au milieu du bassin. Les fillettes décampèrent sans demander leur reste.

— Qu'essayaient-elles de faire, exactement ? demanda Yuri alors que la Selkie l'entraînait vers l'infirmerie.

— Elles voulaient grimper le Saule. C'est l'un des jeux favoris pour les jours de fête. Tout le monde peut y jouer, à partir de sept ans. Le but est d'atteindre le haut du Saule le premier et de souffler dans la trompe. Il y a plusieurs variantes des règles, qui dépendent de l'âge et des capacités des gens.

— Quel genre de variantes ?

— L'une d'elles consiste à interdire aux concurrents le contact physique. C'est la variante la plus commune, mais on peut ajouter le droit de déstabiliser l'autre, voire les combats avec ou sans armes. Et puis, il peut y avoir deux adversaires qui se défient, mais le plus souvent c'est par trois, cinq ou sept que l'on joue. Il y a même une version en binômes, et en équipes ; c'est plutôt varié, en somme. Et pour les plus jeunes, les enfants de moins de quatorze ans, on accroche une corne plus petite au tiers de la hauteur… Mais personne n'a le droit de grimper n'importe comment. C'est le seul arbre, ici, il est important.

— Et qu'est-ce qu'on gagne ?

— Le droit de s'époumoner dans la trompe, beaucoup de bleus et des fous rires.

— Et les vaincus ne sont pas trop vexés ?

— Bah, il y a des mauvais joueurs partout. Mais personne n'en fait jamais une histoire, à part un ado, de temps en t...

Elle fut interrompue par les haut-parleurs du Centre :

— Alerte ! Début d'incendie au jardin d'herbes numéro deux ! Je répète, début d'incendie au jardin d'herbes numéro deux ! Deux blessées, je répète : deux blessées.

— *Skàm* ! jura Bran, et elle s'élança aussitôt vers un couloir.

Yuri voulut la suivre, mais une femme l'arrêta brutalement par la manche du kimono.

— Où vous allez comme ça ?

Elle s'aperçut qu'elle était la seule à avoir bougé. Au contraire, tous les Rats du Centre avaient suspendu leurs activités, attentifs et tendus. Un silence vigilant s'était abattu dans la grande salle. Même les enfants avaient cessé de jouer et de rire.

— Je…, balbutia Yuri.

— Vous faites partie de l'équipe incendie ? demanda sèchement la femme, une trentenaire brune aux traits durs. Non. Alors vous bougez pas et vous allez pas faire chier ceux qui doivent intervenir. C'est pas parce que vous êtes une princesse que vous avez tous les droits !

Yuri dégagea son bras et s'écarta. Comment osait-elle la prendre à partie de la sorte ? Et surtout, qu'avait-elle fait de si répréhensible ?

— La ferme, Tiphaine, intervint Lilas. Elle a rien fait de mal.

La Sylfe aux fleurs était bien deux fois plus large que les humaines, et les dépassait de presque deux têtes.

— Mouais, répliqua Tiphaine, pas démontée pour autant. Pas encore… Les nobles, c'est toujours des emmerdes à un moment ou à un autre.

— Incendie maîtrisé, signalèrent les haut-parleurs. Blessées en cours d'évacuation. Fin de l'alerte.

— Venez, princesse, on va retrouver votre guide, dit Lilas en ignorant superbement Tiphaine. De toute façon, je dois aller évaluer les pertes…

Elles n'étaient pas très loin du jardin. Yuri restait un peu perturbée d'avoir été réprimandée par une roturière et défendue par une fée, mais avait bien compris la leçon pour autant : en cas d'alerte, attendre les instructions si elle ne faisait pas partie de l'équipe d'intervention compétente. Et comme elle ne faisait partie d'aucune équipe d'intervention compétente… il était heureux qu'elle ait été éduquée à attendre.

Elles parvinrent au lieu de l'incendie. Bran était là, bien sûr, mais pas seulement : quatre Feux-follets maîtrisaient les flammes et les faisaient diminuer peu à peu. Deux étaient des adultes, un mâle aux cheveux écarlates et une femelle qui ressemblait trait pour trait à l'adolescent à côté d'elle. Pyro, se souvint Yuri. Le quatrième était l'enfant qui avait bousculé Sir Edward la veille au soir. À elles cinq, les fées eurent tôt fait de réduire le feu à néant sans pour autant noyer les plantations les plus fragiles.

Sur le côté, une équipe médicale s'occupait des deux blessées. L'une d'elles était en train d'être évacuée en boitillant par deux guérisseurs, mais l'autre était toujours à terre. Curieuse, Yuri s'approcha à distance raisonnable.

Une Spectrale, à laquelle la princesse aurait donné soixante ans, se tenait à genoux près d'une Aeling qui s'était brisé le bras. La guérisseuse appliqua ses deux mains peau à peau avec l'avant-bras de la fée, de part et d'autre de la fracture, et se concentra un instant, le visage fermé, les yeux vides. Yuri aurait juré que ses paumes irradiaient une lueur d'or pâle à peine perceptible. La Spectrale demeura près de dix minutes immobile, puis relâcha son étreinte. Sa patiente bougea le poignet, puis le coude. Les os étaient ressoudés. Enthousiasmée, l'Aeling fit quelques moulinets.

— Lady Lore, vous êtes géniale.

— Mais il aurait mieux valu que tu évites de te blesser, Foehn, la gronda-t-elle avec douceur. Reste à l'infirmerie deux heures en observation, le temps que ton organisme se remette du choc. Ensuite, tu repartiras, si tout va bien… Tu peux aller dans la troisième chambre, elle est vide pour le moment.

La fée hocha la tête et s'éloigna. La scène avait semblé très naturelle à tout le monde, sauf à Yuri, qui n'en revenait pas.

— Ça va, princesse ? demanda Bran en s'approchant, Pyro sur les talons.

— Est-ce que… ce qu'elle vient de faire, c'était… de la magie ?

— *Skàm* ! Non, pourquoi ?

— Elle lui a ressoudé le bras ! Juste comme ça, en le touchant ! Ce n'est absolument pas *logique !*

— Vous n'aviez jamais vu de médecin spectral ? intervint Lady Lore de sa voix paisible. En ce cas, je puis comprendre votre surprise.

Yuri sursauta : elle avait cru parler trop bas pour être entendue. La guérisseuse les rejoignit. Elle portait une longue tresse de cheveux blancs sur l'épaule. Dans ses yeux mauves, il y avait de la détermination. Dans le pli de sa bouche, de la douceur. Dans les rides profondes de son front, la perspicacité née d'une longue expérience. Lorsqu'elle parlait avec son léger accent logrien, les autres guérisseurs se taisaient avec respect. Yuri se surprit à l'admirer.

« Ce n'est qu'une fée ! » lui cria sa raison.

« C'est une sage », lui répondit son cœur.

Entre les deux, elle n'essaya pas de choisir. Longtemps, elle avait cru que la sagesse, l'intelligence, le langage, l'humour, bref : la civilisation, étaient le propre de l'Humanité, et au sein de cette dernière, des nobles en particulier. Ce jour-là, elle ne savait plus que croire et réservait son jugement, si toutefois elle devait absolument en émettre un. Elle se reconnaissait de moins en moins le droit de juger ces gens.

— Eh bien, à dire vrai, l'un d'eux m'a soignée, une fois, sur le Rail… Mais cela n'avait rien à voir avec ça !

— Même chez les Spectraux, nous avons plusieurs façons de soigner. Dites-moi, Yuri-hime, que savez-vous exactement de notre espèce ?

Yuri réfléchit à la question, qui était pertinente et ne valait pas que pour les Spectraux. Très vite, la réponse lui parut évidente.

— Rien. Du moins, rien de précis, ni de concret.

Lady Lore sourit.

— La page blanche est la plus belle… Nous, les Spectraux, sommes les fées de la Brume, autrement dit : des flux. Comme vous le savez, toute chose est faite de ce que votre langue appelle le ki, l'énergie vitale. Avec un entraînement long et spécifique, n'importe qui peut influer sur lui, mais les Spectraux n'ont pas besoin de cela. Pour nous, ne faire qu'un avec ces flux, les contrôler et les modifier est… naturel. C'est comme si nous ne faisions qu'un avec eux. Nous les sentons passer en nous à chaque instant. Petits filets ou vastes courants, flux des gens, des choses, de l'Univers entier, ils nous traversent ; libre à nous, ensuite, d'apprendre à utiliser cela comme bon nous semble. J'ai choisi la voie de la médecine.

— Et… et la légende qui dit que le contact d'un Spectral peut être mortel ?

— Si j'inverse le flux en vous pour attirer tout le ki à moi, vous mourrez. Techniquement, c'est possible, et il existe de rares Spectraux qui s'entraînent dans ce but. Mais leur espérance de vie est limitée. Voler une vie est un acte grave. Personne n'en sort indemne. Le ki que l'on vole à quelqu'un ne peut nous servir, à nous ; il finit par nous alourdir et nous tue lentement. C'est un poison que du ki mort, statique, immobile. Alors, aucun Spectral ne vous tuera s'il n'a pas une excellente raison de le faire. Oui, Yuri-hime, nous sommes dangereux, tout comme vous l'êtes. Mais je puis vous promettre que vous n'avez rien à craindre de moi.

Yuri avait envie de croire la guérisseuse, mais un reliquat de peur l'empêchait d'accepter pleinement ce qu'elle venait d'entendre. Elle n'avait jamais fait confiance à quelqu'un de sa vie, sauf à son père et avec quel résultat ! Alors il lui semblait impensable que la première personne à qui elle accorderait ce don si précieux fût une fée.

— Merci pour vos explications. Je serai heureuse de vous voir à nouveau à l'œuvre si l'occasion se présente. C'était… très instructif.

— Vous m'en voyez ravie. Ambre ! appela-t-elle à l'adresse de la femelle Feu-follet, tu as la source ?

— Court-circuit dans le système d'éclairage. Flamme et Pyro s'en chargent. Mais on n'aurait pas dû remettre les contrôles au mois prochain.

— Les techniciens ont eu tellement de travail que la moitié de l'équipe a fini à l'infirmerie, lui rappela Lady Lore.

— Vaut mieux l'équipe technique à l'infirmerie que toute la Communauté dans les Ombres, non ?

La fée du Feu plaisantait, mais Yuri réalisait bien à quel point la menace était réelle. Un incendie dans des boyaux ventilés pouvait vite dégénérer, et tout ravager sur son passage…

— Sommes-nous réellement en sécurité, ici ? s'enquit-elle auprès de Bran alors qu'elles aidaient Lilas et quelques autres à soigner les plantes qui avaient échappé aux flammes.

La Selkie haussa les épaules, mais prit quand même la peine de répondre :

— C'est pas plus dangereux qu'ailleurs. Passez-moi le plan de thym, s'il vous plaît.

Yuri prit l'arbrisseau dont elle venait d'ôter les brindilles brûlées et le tendit à la petite fée, qui le repiqua avec soin et condensa un peu d'eau autour de lui. Machinalement, elle essuya son front humide de sueur, y laissant une traînée brune de terre et de cendres.

— Je crois que tu seras bonne pour te laver la figure, lui signala la princesse.

— Je serai pas la seule, répliqua Bran du tac au tac.

Mais elle souriait, plus espiègle qu'offensée. Yuri baissa les yeux sur ses mains. Elles étaient noires de suie et sentaient fort le thym et la sauge. Deux de ses ongles étaient abîmés, et les genoux de son kimono étaient tachés de boue.

— Par le Grand Prophète, mais je suis dégoûtante !

— *Skàm* ! C'est pas sale, c'est de la terre.

Yuri n'était guère convaincue, mais elle accepta la main – plus terreuse encore que la sienne – que la petite fée lui tendit pour l'aider à se relever.

— On a fini de tout remettre aussi en place que possible, et c'est l'heure du déjeuner… Maître Taliesìn m'a dit qu'il nous attendrait au mess, avec Sir Edward et Samuel. Lady Lore a trop de travail, on enverra une petite lui porter son déjeuner à l'infirmerie.

La princesse ne se sentit pas enchantée à la perspective de déjeuner avec Samuel, car sa première rencontre avec l'égoutier lui avait laissé une impression amère. Mais elle avait faim, et l'idée de déjeuner avec la seule autre personne civilisée des lieux la rasséréna quelque peu.

Après s'être nettoyées, elles regagnèrent le Centre et Yuri constata avec plaisir qu'elle commençait à savoir, non se repérer, mais au moins trouver du premier coup d'œil la pancarte indiquant la direction à suivre. Lorsqu'elles débouchèrent enfin sur la vaste esplanade, la princesse n'eut pas grand mal à deviner où se situait le mess : plusieurs longues tables avaient été dépliées sur une bonne partie de la place, suivant les courbes du mur, et quelques personnes y étaient déjà installées par petits groupes animés. À un bout de banc, Sir Edward se leva et leur fit signe de la main. Il avait retrouvé son pantalon noir impeccable, sa chemise blanche à manches bouffantes, sa lavallière écarlate et son catogan soigné. Le maître de Bran était assis à ses côtés.

— *Glad to see you, little Waterlily* ! salua Sir Edward en ébouriffant l'épaisse tignasse bleue de la jeune Selkie. Yuri-hime, ajouta-t-il en inclinant le buste.

— Alors, cette première matinée ? demanda Taliesìn.

— L'incendie est éteint et la princesse veut apprendre à pêcher, répondit Bran en s'asseyant entre les deux hommes.

— Qui de mieux désigné que ma petite Selkie pour le lui apprendre, alors ? s'amusa le Chevalier.

Comme la veille lorsqu'il avait évoqué son caractère peu loquace, les pommettes rondes de Bran devinrent d'un violet soutenu, et Yuri comprit qu'elle venait de piquer un fard. Sir Edward aida la princesse à s'installer. Samuel arriva à son tour, portant un vaste plateau rempli de couverts, de vaisselle, d'une bouteille d'eau et une de vin, enfin d'un grand plat à tarte abrité sous un couvercle de marmite.

— Salut les jeunes ! lança-t-il avec une familiarité inattendue. On a failli vous attendre !

Il posa le tout sur la table et chacun fit passer à ses voisins. Sir Edward tendit à Yuri un couvert complet : assiette, couteau, fourchette, cuiller et verre, à charge pour elle de le disposer. Elle n'eut guère de mal, car bien qu'elle préférât les baguettes, les quelques années qu'elle avait passé en France dans son enfance avaient suffi à l'initier. Elle n'aurait jamais envisagé un jour de manger à l'occidentale sans nappe, sans chemin de table et sans que le couvert fût dressé à l'avance, mais dans cette communauté, tout semblait réduit par principe à une extrême simplicité. Puis les quatre autres convives appliquèrent l'index, le majeur et l'annulaire de leur main gauche, écartés comme des rayons, sur le bas de leur front. Les yeux fermés, ils prononcèrent en chœur quelques mots que Yuri ne comprit pas et respectèrent un bref temps de silence avant de retrouver leur décontraction coutumière.

— Qui en veut ? claironna Samuel en ôtant du plat à tarte le couvercle de marmite. C'est de la tourte aux courges.

Quatre assiettes furent tendues avec trois sourires : le seigneur Taliesìn s'était chargé de celle de Samuel, qui de son côté saisissait couteau et pelle à gâteau. Seule, Yuri n'avait pas bougé. Dans son monde, des serviteurs circulant le long d'une table en fer à cheval servaient les convives sans qu'ils eussent à lever un sourcil. Elle regarda le responsable des interventions à l'extérieur couper six parts égales et les distribuer dans les assiettes tendues vers lui.

— Vous n'avez pas faim, princesse ? lui demanda-t-il.

— Heu, si…

— Alors, tendez-moi votre assiette ! suggéra Samuel, moqueur.

Elle obéit et fut à son tour gratifiée d'une part encore fumante. L'aigreur de la veille semblait s'être dissipée chez l'égoutier, au grand soulagement de Yuri qui découvrait par-dessous un homme enjoué, franc et simple.

— Merci, Samuel ! dirent en chœur Sir Edward, Taliesìn et Bran avant de commencer à manger.

Yuri n'en revenait pas. Elle n'avait jamais connu que deux sortes de repas : ceux qu'elle prenait seule ou avec son père, en silence, chacun devant sa petite table basse, ou les somptueux banquets des Cours de la Triade, bruyants et interminables, avec plusieurs discours et beaucoup d'attractions, danseurs, musiciens, acrobates… Une nouvelle expérience s'offrait à elle. Tout en mangeant, Sir Edward, le seigneur Taliesìn et Samuel devisaient posément, échangeaient nouvelles, avis et plaisanteries. Leur discussion, tantôt sérieuse et tantôt légère, était parfois ponctuée par une brève intervention de Bran, qui les écoutait avec attention le reste du temps. Yuri réalisa soudain qu'elle aussi prenait part à la conversation, souvent à l'invitation du Chevalier de Logres ; elle se retrouva à faire un rapport détaillé de sa matinée sans savoir comment elle en était arrivée là. Pour se faire taire, elle coupa un morceau de tourte et le porta à sa bouche. C'était doux, légèrement épicé et crémeux, avec une délicieuse pâte croustillante. Elle n'aurait jamais cru apprécier à ce point une tourte. Dans son esprit, ce que mangeaient les pauvres était bon… pour les pauvres. Mais en fait, c'était bon tout court ! Elle avala une deuxième bouchée.

— Qu'est-ce qu'il m'arrive ? se demandait-elle, interloquée. Depuis ce matin, j'ai l'impression d'être dans la peau de quelqu'un d'autre…

Samuel, quant à lui, n'avait pas perdu une miette de son récit :

— Eh bien ! On dirait que Lady Lore a fait une nouvelle conquête !

— C'est impossible de ne pas aimer Lady Lore Nigthingale, sourit Sir Edward. À Logres, elle n'avait pas fini sa formation de guérisseuse qu'elle avait déjà reçu son titre…

— Son titre ? s'étonna la princesse, supputant qu'elle se trompait sur la signification de ce mot. Qu'entendez-vous par là ?

— Il est vrai que vous ne parlez pas logrien… Eh bien, *Lady* est un titre qui correspond, je suppose, à ce qu'est Dame au Royaume de France. En Keltia, en fait, c'est moins compliqué qu'ici.

— Excusez-moi, mais je crains de ne pas avoir bien compris… Lady Lore est une Spectrale. Je veux dire, c'est une fée. Une fée ne peut pas être noble.

— Dans la Triade, non. Mais à Keltia, les choses sont différentes. On n'y naît pas noble.

— Pourtant, les ambassadeurs keltiens étaient toujours nobles, lorsqu'ils…

La fourchette de Yuri retomba dans son assiette. Enfant, elle avait appris l'histoire des ambassadeurs keltiens avant la sécession politique, et le nom du dernier de ceux qui avaient officié à la Cour de France venait tout à coup de lui revenir en mémoire.

Lord William Longway.

Elle dévisagea Sir Edward. Longway, il s'appelait Longway… Se pouvait-il qu'il fût de la même famille ? Son fils ? Son frère cadet, peut-être ?

— C'est vrai, disait l'intéressé. En Keltia, comme je vous le disais, on ne naît pas noble ; on le devient. Tous les trois ans, dans tout Keltia, des personnes reconnues pour le bien qu'elles ont fait autour d'elles sont anoblies par les rois et Reines de leurs pays respectifs. Humains, fées, fomoires, garous, qu'importe ? Personne ne veut spécialement être anobli, ce n'est pas un but en soi, plutôt une responsabilité supplémentaire. Les nobles peuvent être appelés à se sacrifier, et ils n'ont aucun avantage par rapport aux autres. Seulement un devoir de probité et parfois un rôle décisionnaire. Dans mon pays, la noblesse n'est accordée qu'à la sagesse. Si l'on n'est plus digne de son rang, on peut en être déchu.

— Déchu de son…

Yuri replaça pensivement sa mèche rebelle derrière son oreille. Cet exposé désarmant bouleversait toute sa conception de l'ordre social. Pour elle,on naissait noble, cousu d'or et de privilèges, ou alors roturier, auquel cas on n'avait qu'à se débrouiller pour survivre. Certes, il arrivait à l'Empereur d'anoblir exceptionnellement un homme pour services rendus… souvent à titre posthume. Les « jeunes familles » demeuraient méprisées des anciennes lignées jusqu'à avoir atteint au moins deux ou trois siècles d'existence. Dans ce monde-là, une fée n'avait pas plus d'espoirs de noblesse qu'un chien. Or, en toute ignorance, avec le plus grand naturel, elle avait donné du « Lady » à une Spectrale. Il n'y avait jamais eu d'ambassadrice de Keltia, car aucune Cour de la Triade ne l'aurait prise au sérieux ; Yuri n'avait donc jamais entendu parler de « Lady », seulement de « Lord » ou de « Sir ». Et voilà que c'était un titre de *noblesse*, quelle que fût son importance dans la hiérarchie nobiliaire de Keltia…

Elle avait appelé une fée par un titre de noblesse. Parce que cette créature l'était. C'était une *fée noble !*

La princesse se félicita de savoir conserver une apparence sereine.

— Je crois avoir compris, dit-elle d'une voix ferme. Je vous prie d'excuser mon ignorance… Je n'ai jamais eu l'occasion d'étudier le système keltien.

— Oh, personne ne vous aurait donné cette occasion, princesse, railla Taliesìn de sa voix chantante. Les nobles de la Triade n'aiment pas l'idée d'un monde sans privilège et sans esclaves. Bran, passe-moi le vin, s'il te plaît, ajouta-t-il comme si c'était aussi important que ce qu'il venait de dire. Qui en veut ?

Cette fois, Yuri fut la première à tendre son verre.

— Voilà ce qui s'appelle de l'adaptation rapide, fit le Barde.

Samuel et Sir Edward éclatèrent de rire, et Bran dissimulait le sien derrière son gobelet lorsque deux mains lui bandèrent les yeux.

— Pyro, je suis en train de boire, dit la Selkie, et le garçon qui s'était glissé derrière elle la libéra prestement.

— Tu fais quoi cet après-midiiii ? T'as promis que tu me montrerais ton voyage sur la mappemonde de la bibli !

— J'ai promis, mais tu vois, là, je suis occupée : je mange. Et j'ai aussi promis à la princesse que je lui montrerais les lieux…

— Ben tu lui montreras la bibliothèque !

— Tu perds pas l'nord, toi… Yuri-hime, désireriez-vous voir la bibliothèque, après déjeuner ? Que je puisse honorer mes deux promesses en même temps.

— J'en serais ravie.

— Alors on fait ça. Va donc manger quelque chose aussi, Luciole !

— M'appelle pas « Luciole », Waterlily !

Avant qu'il ait pu reprendre son souffle, Bran le saisit vigoureusement par le cou et lui frotta le crâne du dos de son poing. Pyro eut beau se débattre et vitupérer, elle ne le relâcha que lorsqu'il déclara forfait.

— Maintenant tu nous laisses finir de manger. File !

Le Feu-follet disparut au petit trot.

— Est-il toujours aussi excité ? s'étonna Yuri.

— Excité ? *Skàm* ! Là, il est plutôt calme.

— Notre référent adjoint de l'équipe technique est particulièrement énergique, concéda Samuel. Des fois, je suis fatigué rien qu'à le regarder courir partout…

— Référent adjoint ? Mais c'est encore un enfant…

— C'est pour cette seule raison qu'il est adjoint, dit Sir Edward. Comme la plupart des Feux-follets, il est très doué pour toutes les tâches manuelles. Comme il est aussi d'une ingéniosité certaine, c'est notre meilleur technicien, et de loin. Quand on voit ce qu'il parvient à faire à quinze ans, on se demande ce que ce sera à vingt… J'espère, Bran, qu'il ne t'a pas trop embêtée avec ça.

— Il oubliait chaque fois que je lui disais que je n'avais pas le temps, c'est-à-dire une centaine de fois par jour depuis notre retour… Bizarrement, depuis que j'ai promis de trouver le temps en question, il n'oublie plus.

— Comme quoi, les Feux-follets ne sont pas si écervelés qu'ils le prétendent eux-mêmes, conclut Taliesìn. Bon. Puisque tout le monde a fini son plat, je vais chercher le dessert.

*

Louis-Philippe avait fait seller son plus beau cheval, un lipizzan avec lequel, à la tête d'une petite troupe de cavaliers, il paradait dans les différents quartiers de la capitale depuis plusieurs heures, bien protégé par ses gardes du corps et vêtu d'un gilet pare-balles extra fin. S'il travaillait depuis des années à se faire aimer de la populace parisienne, il savait que la haine portée à son père ne demandait qu'à rejaillir sur l'héritier du trône ; d'ailleurs on n'était jamais assez prudent lorsque l'on avait à faire avec la populace. Heureusement, les fées étaient rares à la capitale : quelques animaux domestiques et des Fourmis constituaient l'intégralité de la population féerique. Le Prince ne craignait pas grand-chose de ce côté-là.

Au reste, il était fréquent de voir le Dauphin descendre dans les rues et discuter avec des commerçants et négociants, parfois même des boutiquières ou des marchandes de fleurs. Louis-Philippe faisait la charité aux mendiants, gratifiait les enfants de menus cadeaux tels que des épées de bois ou des poupées de chiffon. Lorsqu'il arrivait qu'une mère de famille se jetât à ses pieds pour l'implorer à propos d'un petit malade, Louis-Philippe ne manquait jamais de se rendre au chevet du gamin avec « son médecin personnel », qui l'auscultait en sa présence ; les gens ignoraient, bien sûr, que leur futur souverain était en réalité soigné par un aréopage de praticiens hautement qualifiés. Aucun de ces derniers, cantonnés au Louvre aux seules fins de veiller sur les membres de la famille royale, n'eût posé la main sur tout autre que leurs augustes personnes…

Au final, des rumeurs presque légendaires couraient sur le Dauphin : il aurait, un jour, donné sa cape à une jeune fille transie de froid. Une autre fois, c'est un docker coincé sous une grue renversée qui lui aurait dû son salut : le Prince s'était précipité pour soulever l'engin, aidé de ses gardes. Il aurait aussi tiré un vieillard d'une maison en feu… La moitié de ces histoires étaient vraies, les autres avaient été répandues par une petite équipe recrutée exprès pour le rendre populaire. Le résultat de ces efforts de propagande, c'était que la foule acclamait souvent Louis-Philippe sur son passage. Malheur toutefois à quiconque voulait profiter de l'instant pour insulter le Régime, ou clamer trop fort ses doléances ! Non seulement le jeune et bel héritier du trône de France savait se défendre ; non seulement, outre sa garde, il était accompagné de ses plus féroces partisans, les nobles qui se trouvaient alors dans ses bonnes grâces ; mais il se serait trouvé, dans la foule elle-même, des sujets prêts à faire un sort au trouble-fête.

Ce jour-là, le Prince arrêta son beau cheval blanc au milieu d'une place du quartier des négociants.

— Parisiens ! Parisiennes ! proclama-t-il. Votre Dauphin endure présentement un grand malheur !

La plupart des gens s'étaient arrêtés, et Marie en faisait partie. Comme la majorité des habitants de la capitale, elle appréciait beaucoup le Prince et ne croyait qu'à moitié ce que disait de lui Samuel, son fils unique. Après tout, Samuel était un garçon adorable, mais il voyait le mal partout… Ce beau jeune homme aux yeux brillants de larmes, un tyran en puissance ? Non, vraiment ; son père était un tyran, mais lui… Serrant son cabas contre elle, la vieille quincaillière essaya de s'approcher, guidée à travers la foule par la voix vibrante relayée par le micro-cravate du Prince et les petites enceintes portées par les membres de la garde. Louis-Philippe semblait au désespoir et la vieille en fut émue.

— Hier, pendant le bal donné en son honneur, ma fiancée bien-aimée, ma douce princesse, m'a été ravie ! Des malfaiteurs se sont introduits dans le salon où elle faisait connaissance avec ma mère la Reine. Ils n'ont pas hésité à brutaliser deux femmes sans défense et à enlever ma tendre Yuri des bras de ma mère !

Le cœur de Marie se serra. Comme il devait souffrir !

— Je vois parmi vous des hommes de mon âge ! Sans doute certains d'entre vous ont-ils des promises ? Des épouses ? Alors, vous pouvez comprendre ma douleur ! Je vois aussi des femmes et des filles, dont chacune me rappelle un peu ma princesse disparue… Vous pouvez l'imaginer, seule parmi ces brutes !

La quincaillière resserra son étreinte sur son cabas. Elle n'était plus jeune, mais elle l'avait été et n'avait guère de mal à se figurer au même âge, arrachée à son André chéri.

— Déjà, les soldats du Roi mon père cherchent en tous lieux ces ignobles malfrats, mais moi, c'est en vous, peuple de Paris, que je crois plus que tout ! En vous, en vos yeux, en vos oreilles, et surtout en vos cœurs, que je sais bons et compréhensifs…

À côté de Marie, une jeune fille se moucha. Un garçon de son âge la prit tendrement par la taille. Nul doute qu'ils s'identifiaient aisément à leur Prince et sa fiancée disparue.

— Si vous apprenez quelque chose, je vous en prie, dites-le-moi ! Je laisserai des hommes jour et nuit à la petite porte du Louvre, et ils vous guideront jusqu'à moi. Oh ! Il y aura une récompense. Je donnerais même mon trône pour qu'elle me soit rendue, ma Yuri, mon amour ! Gens de Paris, vous savez que je vous aime ! Je voulais vous la présenter, pour qu'elle vous aime autant que moi, et voilà que je viens vous supplier de m'aider à la retrouver ! Parisiens ! Parisiennes ! Rendez-moi ma bien-aimée !

Des larmes coulaient sur son visage. Les badauds couvaient cet homme éploré d'un regard aussi navré que surpris. Leur Dauphin pleurait ! Et dire qu'entre eux, ils murmuraient souvent que les aristocrates n'avaient pas de cœur…

— Courage, Votre Altesse Royale ! cria une voix féminine. Courage ! Nous sommes avec vous ! Nous vous aiderons !

— Nous vous aiderons ! renchérit quelqu'un d'autre.

— Nous sommes avec vous !

— Courage !

— Vive le Prince Louis-Philippe !

Une clameur d'encouragements et de vivats déferla à travers la place. Le Dauphin se redressa avec une lenteur calculée, comme si les cris de la foule lui redonnaient l'espoir jusque-là perdu.

— Merci ! s'exclama-t-il, retrouvant sa prestance coutumière. Merci à tous !

*

Marie s'assit seule à table pour prendre son déjeuner : une purée de panais avec du pain noir et un peu de graisse de porc, le tout bien chaud. Devant elle, en évidence dans un joli cadre suspendu au mur, lui souriait un portrait au fusain représentant André. Elle n'en possédait que deux de son défunt mari, celui de leur mariage, qui trônait en face de son lit pour qu'elle le voie tous les matins en se réveillant, et celui-ci, qu'il lui avait offert pour son quarantième anniversaire. Il était mort une douzaine d'années plus tard, électrocuté en réparant un fer à repasser. La vieille se souvenait lui avoir dit de le donner à Samuel, qui avait un plan pour faire retaper tout et n'importe quoi grâce aux Gens des Égouts, mais il n'avait pas écouté… Une tête de mule, son André. Heureusement, lorsqu'il était mort, ils étaient déjà propriétaires de leur boutique et du deux-pièces attenant, grâce à trois générations de quincailliers qui avaient soigneusement économisé. Samuel hériterait du tout lorsqu'elle ne serait plus là, et alors, peut-être, cesserait-il de jouer les égoutiers… Comme André avait été docker jusqu'à la mort de son père, Samuel s'était engagé comme égoutier à quinze ans. Mais contrairement à son père et à son grand-père, le fils de Marie n'avait pas repris la quincaillerie, du moins pas pleinement. Il s'occupait des réparations, descendant tous les objets cassés dans les égouts et les remontant le lendemain en parfait état de fonctionnement, mais il n'était jamais au comptoir et lui laissait la charge de la boutique elle-même. Et à quarante ans passés, il n'était toujours pas marié ! Malgré des aventures avec des femmes dont Marie espérait chaque fois que ce serait la bonne, rien de sérieux ne s'était jamais fait.

Oh, Samuel était un bon fils, il n'y avait pas à en douter. Il veillait sur sa mère, faisait tenir la boutique par les Rats quand elle était malade, fatiguée ou simplement désireuse de prendre un jour de congé ; grâce à lui, elle avait toujours ses trois repas par jour, une chance inouïe pour un petit commerçant à Paris, et une alimentation électrique sécurisée. Là encore, c'était une rareté : avant la mise en service des générateurs de la Communauté et le rattachement de la quincaillerie à ce réseau très privé, Marie vivait à la bougie, comme le reste de l'immeuble, comme tout Paris à l'exception des nobles et du quartier des banquiers, le seul où les bourgeois étaient assez riches pour prétendre à ce luxe. La mère de Samuel cachait jalousement ce privilège, qui pourrait leur attirer de sérieux ennuis s'il venait à s'ébruiter. Elle appréciait le Prince Louis-Philippe, mais doutait fort qu'il se montrerait aussi doux et bon que de coutume s'il découvrait que sa quincaillerie était l'une des principales portes d'accès au domaine incontesté de l'homme que, de notoriété publique, il haïssait plus que tout : Sir Edward Longway, celui dont la seule existence avait failli ébranler sa légitimité au trône lorsque son oncle, Jean-Charles, avait prétendu que le fils de la Reine n'était pas le fruit d'une union avec son royal époux, mais avec le renégat des égouts. Il avait fallu un test génétique pour prouver le contraire…

Marie avala une bouchée de purée, songeuse. Elle avait de la chance, se disait-elle : un toit au-dessus de la tête, et qu'elle possédait en propre – devenu plus que spacieux depuis qu'elle s'y était retrouvée seule –, et une boutique achalandée par des clients modestes mais fidèles… C'était déjà bien mieux que pour les trois quarts de la population de Paris !

On frappa à la porte.

— C'est moi, M'man.

— Entre, mon lapin.

Elle entendit la clef de Samuel se glisser dans la serrure et tourner deux fois. Un instant plus tard elle servait à son fils une tasse de l'infusion de thym qu'elle avait préparée pour son dessert.

— Quelles nouvelles de dehors ?

— Le Prince cherche sa fiancée. Elle lui aurait été enlevée par des malfaiteurs. Il promet une récompense à ceux qui lui donneront des informations pour la retrouver.

Sans changer d'expression, Samuel hocha la tête.

— Oh, je sais ce que tu vas dire, il ne faut pas manger dans la main des nobles… mais, jusqu'à la preuve du contraire, ce sont eux qui nous protègent des fées !

— Maman, nous ne craindrions rien des fées si nous arrêtions de les persécuter. Et je te rappelle que tu as régulièrement des fées dans ta boutique…

— Dans mon arrière-boutique. D'accord, mais c'est différent. Ce sont des fées apprivoisées.

— Maman…

— Samuel, je veux bien accepter beaucoup de choses parce que tu es mon fils, mais tu ne m'enlèveras pas de l'idée que les fées sont dangereuses. Pas seulement parce que le Grand Prophète affirme qu'elles sont des démons venus voler la Terre aux Hommes. Tout le monde sait qu'elles s'en prennent souvent aux villages et aux caravanes… Tu ne lis jamais les gazettes, à ton âge ?

— J'ai jamais été vérifier si ce qu'elles disaient était vrai, Maman. Pareil pour le Grand Prophète.

Marie soupira. Samuel aurait beau dire, elle n'était pas convaincue.

Chapitre VI
Chacun ses armes

Dans le boudoir de la Reine, HA-17 examinait le carreau découpé. Elle passait consciencieusement le doigt sur le pourtour du cercle, l'œil lourd de questions qui, une à une, trouvaient leurs réponses. Elle plia la main pour la passer par l'orifice incriminé, une, deux, trois fois. Les sourcils froncés par la concentration, elle semblait fascinée par un détail qu'elle était seule à voir. Cet examen durait depuis plusieurs minutes, et les quelques soldats français qui accompagnaient le lieutenant et son supérieur stationnaient sur les tapis moelleux depuis un bon moment déjà. Ils n'osaient s'adosser aux meubles de la Reine, mais ignoraient superbement l'expression méprisante de Ryûzaki, qui attendait sur le parquet, immobile et droit.

— Dépêchez, Lieutenant, ordonna-t-il à son aide de camp. Il est malséant de trop demeurer dans le boudoir d'une Reine.

— J'ai terminé, mon Colonel.

Levana s'écarta de la fenêtre, laissant enfin le sergent prendre son parleur pour ordonner au vitrier royal de venir changer le carreau.

— Merci de votre escorte, soldats, fit froidement le Japonais aux militaires français, leur retournant leur salut d'un geste sommaire avant de sortir.

À peine était-il dans le couloir avec son lieutenant que, par un froncement de sourcils, il lui signifia de garder le silence. Il savait que les caméras de surveillance permettraient de lire leurs échanges sur leurs lèvres, aussi demeura-t-il muet tant qu'ils ne se furent pas trouvés loin du Louvre, seuls dans la salle de surveillance de l'ambassade du Japon, qui contenait beaucoup d'écrans mais pas une seule caméra.

— Rapport, ordonna Ryûzaki en s'asseyant jambes croisées sur la chaise de l'homme de quart, qu'il venait de renvoyer.

— L'ouverture a été pratiquée de l'intérieur. La vitre a été découpée au diamant, mais pas avec un diamant de vitrier. La découpe portait les marques caractéristiques d'un diamant taillé et poli pour la joaillerie. Je parierais pour un gros solitaire taillé en pyramide, avec des facettes assez larges.

— Un individu avec une grosse pierre au doigt aurait découpé la vitre ? Un noble de haut rang, donc…

— Et l'ouverture était prévue pour une main de femme ou d'enfant, mon Colonel. La mienne y est passée de justesse, et la vôtre n'aurait pas pu.

— Résumons : une femme présente dans la pièce a découpé la vitre pour ouvrir cette fenêtre, ou la faire ouvrir. Or, la Reine a parlé de trois hommes. Elle aurait donc menti, conclut Ryûzaki, baissant instinctivement la voix.

— C'est mon opinion, mon Colonel. La seule raison de découper la vitre, c'était de vouloir prétendre que quelqu'un s'était introduit par là… Rien ne vient confirmer la version de Sa Majesté. Il n'y a aucun indice de lutte dans le boudoir, et puis, trois hommes entraînant la princesse Yuri contre son gré, cela aurait laissé des traces dans le parc ; seulement, j'ai vérifié tout de suite, et il n'y a pas la moindre empreinte, pas même de l'herbe piétinée. Le gravier des allées est ratissé selon des motifs de losanges, qui sont intacts.

— Tu as mis en doute dès le début la parole de la Reine de France ? Tu ne tiens pas à ta tête, Leva-chan.

Lorsque Ryûzaki se mettait à la tutoyer et à l'appeler Leva-chan dans un moment difficile, ce n'était jamais bon signe et l'hybride le savait bien. Elle connaissait assez son colonel pour savoir que, dans quelques instants, il sortirait de la pièce, s'enfermerait dans le stand de tir et viderait lentement son chargeur sur les cibles en buvant des quantités déraisonnables de saké, le regard éteint et bientôt en proie à de violents maux de tête. HA-17 attendrait qu'à court de munitions, il regagne son bureau, puis elle ouvrirait la porte avec son passe, poserait sur la desserte un médicament contre la migraine et un verre d'eau, et s'en irait. Il n'y avait rien à faire, dans ces cas-là, qu'attendre. Elle n'avait jamais compris comment un homme aussi maître de lui pouvait parfois se comporter de la sorte, mais n'en avait jamais rien dit. Lui étant inférieure par le sexe comme par le grade, elle savait qu'il valait mieux pour elle se contenter de subir en silence.

— Je sais ce que tu penses, Leva-chan.

— Sauf votre respect, mon Colonel, j'en doute.

— Je ne sais pas pourquoi, mais j'ai le sentiment que tu te demandes comment, moi qui me maîtrise si bien d'habitude, je peux avoir ce genre de comportement quand je suis contrarié. Boire trop, tirer pour me défouler… C'est comme si je t'entendais désapprouver, Levana.

Le lieutenant changea de couleur. Ryûzaki se leva et ouvrit la porte.

— Tu as raison, j'ai mal à la tête. Tu peux disposer. Si tu me cherches, je serai dans mon bureau. Et ne parle de tes observations à personne. Elles pourraient te coûter la vie, Leva-chan, et je n'ai aucune envie de perdre mon aide de camp.

*

— Et c'est ici, au cœur de la grande forêt d'Elien, que vit la plus grande tribu de garous de Keltia.

— Tu en as déjà vu ?

— Bien sûr. Maître Taliesìn insiste pour que je rencontre le plus de créatures vivantes possible.

— Géaaaaaant !

Assis en tailleur sur des cousins entre deux étagères et un mur, Pyro s'était lové contre Bran et ils étudiaient ensemble une mappemonde et un énorme atlas. Les yeux du Feu-follet, qui avait relevé ses mèches rouges avec un bandana d'un orange atrocement laid, pétillaient de curiosité.

Installée de façon plus civilisée dans un fauteuil cent fois rempaillé, Yuri maniait le fusain. À leur arrivée dans la bibliothèque, une salle essentiellement remarquable par son aspect labyrinthique et ses étagères ployant sous le poids des ouvrages, la petite Selkie avait pris un peu de temps pour lui faire visiter. Mais comme Sir Edward, sentant probablement que Pyro serait assez malin pour accaparer son amie, s'était fendu d'une pause pour accompagner la princesse, il l'avait délivrée de ses obligations de guide pour un moment. Le bibliothécaire, Léon l'Occitan, un grand maigre aux cheveux très blancs et à la moustache fière, lui avait fait admirer les ouvrages les plus précieux de la bibliothèque, pour la plupart de vieilles reliures râpées et fatiguées, mais d'éditions parfois rarissimes ou perdues. Il entretenait également une énorme collection de livres interdits dans la Triade : Yuri retrouva les *Contes de Taliesìn le Barde* ou *Les Grandes Gestes de l'Ouest*, que lui avait déjà prêté Trente-Chênes, mais aussi de nombreux autres tout aussi intrigants, comme les *Cinq Migrations d'Eire* ou une épaisse *Istorioù Breizh*, intégralement écrite dans une langue dont elle ne comprenait goutte. Puis, devant son intérêt pour les aquarelles qui tentaient d'égayer les murs, Léon lui avait prêté un carnet de croquis et le peu de matériel dont il disposait : quelques fusains et une petite palette de peinture bas de gamme. Ils s'étaient assis tous les trois dans les fauteuils râpés, et devisaient pendant que la princesse croquait.

Curieux, Sir Edward jeta un coup d'œil à son esquisse. C'était un début de portrait, dont les grandes oreilles en conque et l'épaisse chevelure ne laissaient guère de doute quant au modèle initial. Le fusain attaquait à présent les grands yeux bien trop noirs.

— Choix de portrait intéressant, chuchota-t-il.

— Sujet intéressant, je dirais, répondit-elle en estompant du bout du doigt. Je me rappelle quand elle était…

Yuri s'arrêta. Elle hésitait. Elle avait pensé « bête de combat », mais elle ne parvenait plus à voir Bran comme un animal. Restaient « esclave » et « gladiateur ». Et aucun des deux ne convenait non plus.

— Elle a beaucoup changé, répondit son interlocuteur, qui n'avait pas eu besoin d'entendre la fin de la phrase. Elle était douée pour tuer… Aujourd'hui, elle est douée pour enseigner. Pyro fait beaucoup de progrès quand elle est là, Léon en serait presque jaloux.

— Le jour où je serai jaloux de cette gamine, Sir Edward, je vous promets de vous cuisiner un pudding.

Le maître d'armes s'était glissé derrière eux et souriait sans quitter des yeux les deux combattants.

— Ana m'en préserve, s'amusa le coordinateur. Je ne connais que trop vos talents culinaires !

Yuri nota que le Chevalier était donc un adepte de ce que la Triade appelait l'Ancienne Religion, et ne tenait aucun compte des Révélations du Grand Prophète. Pour un Keltien, ce n'était pas étonnant.

— Pyro idolâtre Waterlily depuis cette histoire de tuyaux… Quand on l'écoute en parler, on a l'impression qu'il vous raconte un épisode de Geste, poursuivait Léon, alors ça n'a rien d'étonnant qu'il apprenne plus vite avec elle qu'avec moi : il ne voudrait la décevoir pour rien au monde !

— Quelle histoire de tuyaux ? demanda Yuri.

— C'était il y a un bail, maintenant, ça fait quoi ? Sept ans ?

— Sept ans, oui. Il avait huit ans, et Bran, treize. Elle venait juste de…

Sir Edward s'interrompit et baissa les yeux. Il ne souriait plus.

— D'arriver parmi nous, traduisit Léon, secourable. Bref, Pyro était déjà une sacrée tête brûlée, même pour un jeune Feu-follet. Il a profité de travaux dans les systèmes d'aération pour aller y faire un tour, le petit impétueux, et il s'est retrouvé coincé entre deux ventilateurs.

Un éclat de rire l'interrompit. Pyro imitait le garou et essayait de se gratter l'oreille avec le pied, un exercice pour lequel il s'avérait stupidement doué. Yuri tourna la page pour changer de dessin, mais comme il lui semblait impropre de priver le petit Feu-follet de couleurs, elle passa à l'aquarelle.

— Que disais-je ? reprit Léon. Ah, oui, Pyro s'était pris lui-même au piège, parce que nous avions arrêté les ventilateurs le temps des travaux, et quand ils furent remis en marche, il se retrouva coincé. Nous l'avions cherché partout, mais personne n'avait songé à la ventilation avant que Waterlily ne l'entende. Elle a aussitôt arrêté la soufflerie et elle est allée le chercher… Elle était la seule à pouvoir le faire : à part les jeunes enfants, il faut être très souple pour se glisser dans les tuyaux du réseau de ventilation… Et, dans le cas de Bran, ça réclamait aussi de surmonter sa…

— Léon, l'interrompit Sir Edward.

Le bibliothécaire suspendit sa phrase avant de reprendre :

— Depuis, il lui voue une véritable adoration. Je ne vous raconterai pas le drame quand le seigneur Taliesìn a annoncé qu'ils partaient, la première fois… Il a pleuré et tempêté pendant plusieurs jours après leur départ. Guère facile à vivre, les Feux-follets, et celui-là encore moins que les autres.

— Je ne vous le fais pas dire, intervint Bran, qui ne perdait pas une miette de la discussion. Et il est pot de colle, encore ! Pas vrai, ma Luciole ?

— *Je-suis-pas-une-Luciole* !

La Selkie éclata de rire, non sans gratifier le petit d'une bourrade.

— Allons, tu sais tout pour le moment. Je n'ai pas d'autre histoire intéressante qui me vienne à l'esprit pour le moment.

— Déjà ?

À contrecœur, Pyro accepta la main que Bran lui tendit pour se relever. Il en profita pour se plaquer contre elle et la serrer dans ses bras, ce qui fit prendre aux joues de la petite Selkie une teinte d'un joli violet. N'eût été leur évidente différence raciale, ils auraient aisément pu passer pour un petit frère et sa grande sœur à peine plus âgée, car le physique juvénile de Bran réduisait presque à néant leur cinq ans d'écart.

— Lâche-moi, Pyro. Tu m'étouffes…

— D'accord, mais j't'adore.

La jeune fée sourit et ébouriffa les cheveux écarlates de son petit admirateur, geste sans doute hérité de Sir Edward.

— Dis, j'ai faim ! Tu crois qu'on aura de la pizza pour le goûter ?

Le reniflement détaché de Bran, en réponse à cet enthousiasme bouillonnant, arracha à Léon un éclat de rire.

— Alors, princesse, appréciez-vous la bibliothèque ? demanda la petite Selkie en rangeant l'atlas.

— Beaucoup. J'espère avoir l'occasion d'y passer assez de temps pour lire chacun de ces livres… si toutefois j'y suis autorisée.

— *Skàm* ! Pourquoi on vous l'interdirait ?

Il y avait du progrès, songea Yuri : Bran n'avait pas une seule fois haussé les épaules. Pyro, lui, souriait de toutes ses dents et gambadait un peu partout. Il fallut le rappeler à l'ordre pour qu'il ne dérange pas les autres lecteurs présents.

— Au fait, Sir Edward, votre combat d'hier avec le seigneur Taliesìn… Qu'était-ce, exactement ?

— La Danse des Dragons. Une vieille et belle chose. Malheureusement, il n'y a plus grand-monde capable de la pratiquer, désormais, même parmi les fées et les Keltiens.

— Êtes-vous en train d'insinuer que vous êtes un Rêvedragon ?

Sir Edward la gratifia d'un sourire crâneur.

— *Well*, je ne l'insinue pas. Je l'affirme. J'ai travaillé assez dur pour ça.

C'était encore une nouveauté. La tradition des Rêvedragons, ces hommes parvenant à entrer en communion avec les forces ancestrales de la Nature, s'était perdue depuis longtemps dans les pays où les Révélations du Grand Prophète avaient supplanté, puis détruit, l'Ancienne Religion. Séparant enfin l'Homme de la bestialité naturelle, le Grand Prophète avait annoncé l'avènement de l'Humanité et la défaite des Dragons. Les Rêvedragons avaient donc progressivement disparu, car leur quête d'union avec les forces qui entravaient les humains à la sauvagerie était considérée comme impie. Mais Sir Edward n'était pas un adepte des Révélations, et Yuri était plus surprise par l'idée qu'il puisse se comporter comme un humain tout en acceptant le lien avec ces puissances obscures. Elle n'avait cependant jamais été très tournée vers la religion, qui l'ennuyait, aussi elle ne s'offusqua nullement. Après tout, elle avait su dès le départ que Sir Edward était un Keltien… le seul peuple qui n'avait, finalement, jamais tenté de l'assassiner. Alors, elle pouvait bien lui laisser une chance.

— Tiens, constata Léon lorsqu'un rire troubla les réflexions de la princesse, Frédéric est encore en train de draguer…

À une table non loin d'eux, Manon apprenait à écrire à un homme guère plus âgé qu'elle. Elle se tenait derrière lui, pressée contre son dos, et maintenait ses doigts dans une légère étreinte de sa main gauche – la seule qui lui restât – pour guider chacun de ses mouvements sur la feuille. Après avoir cassé trois fois la mine de son crayon en quelques lettres maladroites, l'homme, auquel ce manège ne semblait pas du tout déplaire, commenta :

— Décidément, je suis pas doué !

— Mais siiiii, il faut juste y aller doucement. Tiens, regarde…

Elle prit le crayon et traça à son tour quelques lettres sur la feuille avec une certaine fluidité.

— Et je suis droitière, précisa-t-elle fièrement.

— Sir Edward, demanda Yuri à mi-voix en priant pour n'être entendue que de lui, qu'est-il arrivé à sa main droite ?

— Manon était voleuse à la tire.

La princesse le dévisagea sans comprendre.

— Elle a été prise sur le fait par un marchand des petites halles, enchaîna Léon. Il lui a laissé le choix : soit il appelait la garde, soit il lui coupait la main avec laquelle elle l'avait volé.

— C'est horrible ! Pourquoi n'a-t-elle pas…

— Parce que personne ne revient s'il est arrêté par la garde, répondit Manon, qui, conversation à voix basse ou pas, avait entendu leur échange tout en continuant d'aider son élève improvisé.

— Mais qu'avais-tu donc volé de si précieux ?

— Une bouteille d'eau-de-vie.

— Une bout… *C'est tout ?!*

— C'est suffisant, constata amèrement Frédéric, qui profita de l'occasion pour abandonner son crayon. Hors des murs de la Cité et des quartiers bourgeois, où ce serait du suicide, on doit se débrouiller comme on peut pour trouver de quoi manger.

— L'eau-de-vie, ça se mange pas, objecta Pyro avec pertinence. Enfin, j'ai pas essayé, mais ça a pas l'air bon. Ça sent bizarre.

— Juste, fit Manon. Mais mon père était un foutu poivrot. Si je rentrais sans lui ramener sa tise, il me cognait. Alors, quand j'avais pas assez gagné sur le trottoir…

— Qu'est-il devenu ? demanda Yuri, qui se sentait comme une petite fille dans une réunion d'adultes.

— Sais pas. Comme je pouvais plus voler, il m'a foutue dehors avec ce que j'avais sur le dos. Sans doute qu'il est toujours là-haut, à décharger des péniches le jour et à se torcher la gueule la nuit… Au fait ! Bran, Lucie m'a dit que tu faisais leçon de natation ce soir avant dîner. Je peux venir ?

— Sûr.

Yuri commençait à s'amuser des réponses minimalistes de sa guide. Elle se lança le défi de trouver un jour un moyen de la rendre bavarde.

— Braaaaaaan !!! demanda Pyro avec un grand sourire aux canines définitivement perturbantes, dis, dis, je peux montrer notre école à Yuri-hime ? S'il te plaaaaaaît…

— Demande-lui directement, elle est sous ton nez !

— S'il vous plaaaaaaaît !

— Et bien, je n'ai jamais vu aucune école, alors mieux vaut tard que jamais. Puis-je vous emprunter le carnet et un ou deux fusains ? s'enquit-elle auprès de Léon. J'aime beaucoup dessiner.

— Vous pouvez bien tout prendre : je ne rajeunis pas et mes mains commencent à trembler, je ne dessine plus depuis déjà un an ou deux. Autant que ce matériel serve à quelqu'un d'autre !

Après avoir remercié le vieux bibliothécaire, Yuri laissa Pyro la tirer par la main pour l'entraîner vers l'école. Bran suivit le mouvement sans broncher.

— Ma foi, fit Léon, elle est vraiment surprenante, cette demoiselle !

— *Well*, telle mère…

— Telle fille.

Le bibliothécaire et le Chevalier se sourirent. Définitivement, les Gens de l'Égout avaient fait le bon choix.

*

Ryûzaki tourna avec nervosité la poignée du bureau de l'Ambassadeur. Il n'aimait pas devoir faire à son maître un mauvais rapport. Surtout sur un sujet pareil.

Il entra en silence, referma le battant derrière lui et s'agenouilla, le front touchant le sol, pour saluer le chef de la famille Nekohaima. Puis il se releva et se plaça au garde-à-vous, découvrant du même coup et pour la première fois le bureau du père de Yuri.

La pièce n'était pas aussi vaste, ni aussi richement meublée que le cabinet du Prince Louis-Philippe. Les murs blancs, sans moulures et sans dorures aux encoignures et au plafond, étaient décorés seulement de sobres estampes et d'une immense calligraphie d'un kanji que l'officier ne connaissait pas. Le mobilier, épuré et d'excellente facture, se résumait à une bibliothèque emplie de documents, trois fauteuils tendus de velours rose sakura et une large table en cerisier sur laquelle les dossiers des affaires des cours avaient été empilés avec méthode. Trônant derrière le plateau où se réfléchissait son buste raide comme une lance, Nekohaima Kenzô dévisageait en silence le jeune officier. Ses yeux noirs et glacés passaient au crible, avec une lenteur calculée, les traits de Ryûzaki. Le colonel sentit ses boyaux se nouer. Ce silence-là était celui du volcan avant l'éruption, gonflé d'une colère d'autant plus terrifiante qu'elle était contenue, et ce n'était pas le fait d'avoir vécu sept ans à un continent de là qui suffisait à le lui faire oublier.

— Où est-elle ?

— Je l'ignore, Nekohaima-sama.

— Pourquoi es-tu là, dans ce cas ?

— Parce que de nouveaux éléments entrent en jeu, et que je ne peux en informer le Prince Louis-Philippe avant vous.

— Soit. Ne me fais pas perdre mon temps.

— Le lieutenant HA-17 a examiné les lieux de l'enlèvement de Yuri-hime, et ses conclusions sont assez troublantes. Pour ne pas dire dangereuses.

Un signe de main lui indiqua de continuer.

— La vitre a été découpée par et pour une femme, grâce à une bague portant un diamant. Comme aucune servante ne porte de diamant au doigt, il doit s'agir d'une aristocrate assez proche de la Reine pour…

— Il s'agit de la Reine elle-même, le coupa l'Ambassadeur. Tu n'as pas le droit de formuler cette hypothèse, bien sûr, mais c'est Gabrielle de France qui a découpé ce carreau. Elle n'est pas du tout étrangère dans ce qui est arrivé.

— Je vous prie de bien vouloir excuser ma perplexité, Nekohaima-sama, mais il me semblait que la Reine avait approuvé cette union. Et depuis que la princesse est ici, elle n'a cessé de lui témoigner la plus grande amitié…

— Qui était sincère. Voici tes ordres, Ryûzaki-kun : ne dis rien de cela à Louis-Philippe. Passe Paris au peigne fin. Surveille les bijoutiers, les couturières, tous ceux auprès de qui les effets de Yuri pourraient être revendus. Fais photographier toutes les transactions et trouve qui en sont les protagonistes. Passes-y tes nuits s'il le faut. HA-17 et toi êtes les seuls qui connaissez assez bien ses vêtements et ses bijoux pour les identifier à coup sûr. Et, surtout, si quelqu'un te parle des égouts, écoute-le. Très attentivement. La solution est sans doute là-dessous.

— Dans ce cas, pourquoi ne pas y descendre directement ?

— Ryûzaki-kun, Ryûzaki-kun… Les égouts de Paris sont constitués de cinq à sept étages d'un labyrinthe dont personne n'a jamais réussi à établir le plan exact, habité par des renégats dangereux et armés, sans compter les rats et autres nuisances qui y croupissent. Toute l'armée de France ne suffirait pas à les explorer.

— Mais ceux qui y vivent savent bien comment s'y retrouver !

— Sans doute, seulement personne n'a jamais réussi à savoir comment ils font. Si Yuri est là-dedans, nous n'avons qu'une solution :

attraper l'un de ces rats et le forcer à parler. Pour ce faire, il faudrait infiltrer le marché noir. J'y ai déjà quelques agents que je vais mettre sur l'affaire, mais ils ne suffiront pas ; le vulgaire est méfiant par nature. Je connais Louis-Philippe, il a son plan : jouer le rôle du jeune homme éploré par la perte de sa bien-aimée et faire répandre ce conte dans toute la ville, espérant émouvoir les cœurs des imbéciles et récolter des informations. L'idée n'est pas sotte, et loin d'être inutile. Il est dommage que son père ne règne que par la terreur ; cela gêne les initiatives de son fils, autrement plus intelligentes… Mais peu importe, cherche ce qui a trait aux égouts. Même les rats sortent de temps en temps, et ils ne peuvent vivre en autarcie : ils ont des rapports avec l'extérieur. Trouves-en un, et ne le lâche pas.

— Bien, Nekohaima-sama.

— Tu peux disposer.

Le colonel salua et sortit. Relâchant ses traits, l'Ambassadeur Blanc laissa transparaître toute sa fatigue et son inquiétude. Il défit son chignon serré, laissa ses cheveux poivre et sel tomber en bataille sur ses épaules affaissées et passa ses mains lasses sur son visage. Son regard tomba sur les deux photos encadrées que, depuis l'enlèvement de Yuri, il avait posées devant lui sur son bureau.

L'une des images représentait Yuri à dix-sept ans, vêtue de son kimono de cérémonie, dans son salon de calligraphie à Kyôto. Sur l'autre, cinq jeunes gens offrant à la vie leurs sourires éclatants posaient sous un grand ciel bleu. Au premier rang, deux femmes se tenaient par la taille comme des sœurs. La plus grande était d'un magnifique blond platine, avec un teint de lait et de beaux iris d'azur assortis à sa robe aux couleurs de la maison de France. La seconde, un peu plus petite, un peu moins gracile, beaucoup plus espiègle, plissait des yeux verts et or sous une pluie de mèches folles auburn, et brandissait vers le photographe deux doigts écartés en signe de victoire. Derrière elles, les garçons auraient pu passer eux aussi pour des frères si le type asiatique de l'un n'avait pas contrasté avec celui, occidental, des deux autres. Debout au milieu, vêtu d'un kimono violet, il riait en poussant du coude un mince garçon brun au front intelligent surmontant des yeux gris, sous le regard gentiment moqueur de leur aîné, un homme plus grand et plus carré, d'une trentaine d'années, à l'expression à la fois joviale et sérieuse.

Ce fut sur le garçon aux yeux gris que s'attacha le regard de Nekohaima Kenzô.

— *Nedo, temae...*, siffla-t-il comme s'il avait voulu, par ce seul mot, tuer celui à qui il l'adressait. *Temae...*

*

Yuri referma son carnet alors que les enfants s'égayaient dans les couloirs. La leçon de natation lui avait donné l'occasion de finir les portraits commencés dans l'après-midi. Manon avait également participé, et malgré tout le bien que la princesse pensait de l'ex-catin, elle avait du mal à ne pas fixer son moignon avec une certaine gêne. Heureusement, Frédéric était venu la chercher quelques minutes plus tôt. Le jeune couple avait été le premier à quitter les rives sombres du lac.

— Contente de tes petits élèves ?

La Selkie haussa les épaules. La princesse sourit ; elle commençait à s'habituer à cette réponse. Toutefois, Bran réengagea la conversation :

— Ça vous a choqué.

— Quoi donc ?

— Manon. Vous n'aviez jamais vu quelqu'un d'amputé. Ça s'entendait dans votre voix. Alors, si vous voulez en parler…

— C'est gentil, mais ça va. Cette fille est vraiment forte !

— Ouais. Ici, vaut mieux.

Elles se turent, et pour éviter la gêne Bran fit signe à la princesse de la suivre.

— Où allons-nous, cette fois ?

— Au mess, c'est l'heure du dîner.

Des couloirs les ramenèrent aux abords de la salle d'armes. Soudain, la Selkie se figea.

— Qu'y a-t-il ?

— Je n'ai pas l'habitude d'écouter aux portes, mais…

Sur ces mots sibyllins, elle repartit au pas de course, semant presque Yuri qui, dans son kimono, ne pouvait cheminer avec autant d'aisance. À nouveau, la petite fée s'arrêta et tendit l'oreille. La jeune aristocrate parvint tant bien que mal à percevoir le faible écho d'une voix masculine qui ne lui était pas inconnue :

— Allez… Tu vas voir, tu vas aimer !

— Arrête, Fred, répondit nerveusement une autre voix, plus jeune et plus féminine.

— Si tu voulais pas baiser, fallait pas m'embrasser, ma belle.

— Arrête, je te dis ! Ça va trop vite pour moi… Je suis pas prête, sérieusement.

— Mais si, t'es prête, tu le sais juste pas, c'est pas grave, je vais te montrer. Fais-moi confiance.

— C'est pas que je te fais pas confiance, c'est que je veux pas ! Arrête, s'il te plaît. Je veux pas.

— Ouais, ouais, femme qui dit non pense oui… Fais pas ta prudasse, Manon ! J'ai été gentil, attentif, serviable, j'ai joué le jeu, non ? De toute façon, je compte pas te laisser le choix. J't'ai ramenée ici, t'as oublié ? Tu me dois la vie.

Bran se mit à courir, Yuri la suivant de son mieux. Elles se rapprochaient de la source des voix. Puis au détour d'un couloir, elles se trouvèrent presque nez à nez avec Frédéric et Manon rouge de confusion, qu'il avait plaquée dos au mur. La Selkie aspira entre ses dents avec une moue de mauvais augure.

— Lâche-la, Frédéric, dit-elle d'un ton si impérieux que Yuri, de son côté, s'empressa d'ouvrir ses mains crispées et de libérer jusqu'à l'air de ses poumons.

Malgré ce ton de commandement, Bran restait très calme et semblait presque amusée par la balourdise du séducteur importun. Elle se serait comportée de même avec un enfant surpris à faire une grosse bêtise.

— Cassez-vous, vous deux ! pesta le garçon, qui avait obéi malgré lui et essayait de reprendre contenance. Vous voyez pas qu'on est occupés ?

— Manon, est-ce que tu as envie de faire ce qu'il te demande ?

— Non… Non, je t'en prie…, murmura-t-elle comme si c'était elle que l'on avait prise en faute.

— C'est pourtant clair, non, Frédéric ? Elle ne veut pas. Fous-lui la paix.

— Mais va donc te faire foutre, toi, par ton pédophile de maître !

Yuri se retourna vivement : les grands yeux noirs de la fée flamboyaient si durement qu'elle sentit sa propre peau se hérisser.

— Bran ! Arrê…

Mais déjà, d'une détente, Bran s'était projetée sur Frédéric avec violence, bousculant Manon au passage. Son épaule percuta les côtes de l'homme avec un craquement sinistre ; ils roulèrent à l'écart de la jeune femme qui s'était effondrée, l'air sonné et grimaçant de douleur : elle s'était tordu la cheville dans sa chute. Yuri courut s'agenouiller auprès d'elle et sentit la main unique de Manon se crisper sur les pans de son kimono. Elle prit la blessée dans ses bras :

— Ne regarde pas !

Mais elle-même ne parvenait pas à détacher son regard du carnage.

Renversé sur le dos, Frédéric se protégeait comme il le pouvait de Shura. Car ce n'était plus Bran qui se battait, à présent. La Selkie semblait possédée par la rage. Cent attaques trop brutales pour qu'il pût les esquiver lacérèrent le visage de l'homme, son torse, son entrejambe. Il tentait de parer les coups, la frappait aux côtes et au visage, mais elle n'en avait cure. Du sang gicla. Tassée avec Manon contre le mur, Yuri tendit le bras pour s'abriter avec elle sous la large manche de son kimono. Soudain, l'égoutier poussa un rugissement de douleur. La princesse sentit un petit objet chaud et humide atterrir dans sa manche, glisser contre sa peau… Elle s'ébroua frénétiquement, très près de la crise de nerfs, et faillit sauter au plafond quand Manon hurla, livide : quelque chose venait de tomber du kimono. Si ce qui roulait à leurs pieds avait été une grenade plutôt qu'un globe oculaire sanglant, les jeunes femmes n'auraient pas esquivé plus vite, ni glapi avec plus d'horreur. Elles se recroquevillèrent un peu plus loin, criant :

— BRAN ! *Bran, arrête !* Tu es en train de le tuer !

La voix de Manon s'étrangla ; la lanceuse de couteaux tremblait de tous ses membres. Yuri la garda serrée dans ses bras, s'efforçant de ne pas paniquer à son tour. Si cette fille de la rue était en train de perdre la tête, où donc elle-même, habituée à ne pas faire un pas sans deux gardes du corps, trouvait-elle assez de bravoure pour s'efforcer de la réconforter au lieu de s'enfuir en courant ? Son père et Ryûzaki n'y auraient pas cru une seconde… Peut-être auraient-ils eu raison, car elle sentait son sang-froid s'effriter de plus en plus vite.

— Que quelqu'un vienne… Que quelqu'un vienne et arrête ça…, murmura-t-elle en boucle, comme une prière.

*

Accoudé au bar de la Rame Cinq, son chat-Lune sur l'épaule, Ren sirotait sa bière en échangeant des plaisanteries avec Lucien, Alcyone et Siegfried Jolicœur, le barman du convoi – un homme grand, gros et gris, du moins à ce stade de la soirée. Le courrier imitait avec un certain talent le Premier Navigateur, Jacques Raquame, dans ses sempiternelles mais toujours vaines tentatives pour séduire la Capitaine Trente-Chênes, dont il était éperdument amoureux depuis des années. Ses trois spectateurs riaient avec insouciance lorsque le jeune Spectral eut un spasme, grimaça et porta la main à son ventre. Shadow sauta à terre en crachant, très mécontent de l'écroulement inopiné de son perchoir.

— Ça va, bro ? s'inquiéta son frère.

— Ouais… Nan… J'ai mal au ventre. Je… je reviens.

Plié en deux, il se traîna jusqu'aux toilettes du bar et y rendit aussi sec, si l'on peut dire, le contenu de son estomac : à savoir son dîner, deux pintes et demie de bière et les sucs nécessaires pour faire passer le tout. Alcyone et ses deux acolytes du moment ne purent que hausser les épaules, non sans froncer les sourcils.

— Tu crois qu'il couve un truc ? demanda Siegfried, aussi soucieux pour le jeune médecin que pour son stock de bière : s'il était frelaté, quelle tuile…

— J'en sais rien… Pourtant, il est solide, mon frangin !

— Dragon du Feu, dit une voix traînante venue d'un coin sombre.

C'était Douze. Comme il appréciait de le faire lorsqu'il avait le temps, le machiniste tirait tranquillement sur une pipe bourrée de chanvre indien et d'épices qui embaumait toute la salle d'une fumée odorante. Attablé en l'excellente compagnie d'une énorme tasse de thé vert au gingembre, il portait l'une de ses kurtas aux couleurs extravagantes par-dessus le pantalon gris de Fourmi affaissé sur ses vieilles sandales de cuir. Les lunettes à sangle protégeant d'ordinaire ses yeux de la chaleur du fourneau retenaient autour de son visage d'une ineffable sérénité ses longs cheveux bruns réunis en dreads à la propreté douteuse. Il souffla mollement une longue bouffée irisée, avant de finir par remarquer que six yeux interloqués étaient fixés sur lui.

— Bah quoi ? C'est rien, les gars, ça va se calmer dans cinq minutes à tout casser.

Il avait raison. Les violents maux de ventre de Ren disparurent tout à coup sans la moindre explication logique. Le Spectral avait un teint de cendre plutôt que d'argent et semblait un peu secoué, mais indemne.

— Ça va, bro ? répéta Alcyone en aidant son frère à s'asseoir.

— Ouais… Ouais. Ça va mieux.

— Tu veux un remontant ? proposa Siegfried.

— Pas de refus, mais avec un truc à manger.

*

Les prières de la princesse avaient été entendues. Elle perçut un juron lointain, les claquements d'une course rapide, et soudain Sir Edward et Taliesìn surgirent de nulle part. Le Barde bondit entre les femmes et les combattants, poussant un cri qui tenait à la fois du chant, de l'incantation et du kiai. Comme s'ils avaient été percutés par un taureau en pleine charge, Bran et Frédéric volèrent dans le couloir pour retomber un peu plus loin, inconscients, tels des pantins désarticulés. Tandis que Pierre Drauf, Haruko et Emmanuel accouraient à leur tour, le Chevalier ôta sa veste et la posa sur les épaules de Manon avant de scruter les deux jeunes filles pour vérifier qu'elles n'étaient pas blessées.

— Ana merci ! soupira-t-il avec soulagement. Ça va aller, c'est terminé, ajouta-t-il, leur adressant un sourire protecteur, mais complètement dénué de la condescendance que Yuri aurait crue inévitable de la part d'un homme adulte.

Sa voix chaleureuse apaisa comme un baume le cœur de Yuri, qui se calma peu à peu.

— Haruko-san, je vous serais obligé si vous vouliez bien conduire Manon à l'infirmerie. Pierre, Emmanuel, pourriez-vous faire de même avec Frédéric ?

Il fut obéi sans délai. L'obiko releva avec douceur la jeune estropiée et l'entraîna. Les deux hommes ramassèrent le blessé et l'emportèrent à son tour. Aux pieds de Taliesìn, Bran reprenait ses esprits en se frottant la tête. Comme souvent sans doute, son épaisse chevelure avait protégé son crâne.

— Comment vous sentez-vous, Yuri-hime ? demanda Sir Edward. Désirez-vous également vous rendre à l'infirmerie ?

— Non… non, merci. Je ne suis pas blessée. Je préférerais retourner dans ma chambre pour me laver et me changer, dit-elle, écartant sa manche de son corps avec un frisson de dégoût.

— Soit. Je vais vous y conduire, mais si vous n'y voyez pas d'inconvénient, je demanderai à quelqu'un de venir vous examiner. Taliesìn ?

Il y avait une dizaine de questions dans cette apostrophe. Le Barde s'était accroupi près de son élève et serrait sa main dans les siennes. Le visage dissimulé sous ses mèches bleues, la Selkie respirait encore avec violence.

— Elle est indemne, mais il n'y a pas que la princesse qui ait besoin de se laver. Qu'est-ce qui s'est passé, Bran ?

— Frédéric. Il a essayé de violer Manon. Je lui ai dit d'arrêter, et puis il vous a insulté et alors j'ai… j'ai perdu le contrôle du Feu. Je vous demande pardon. Je vous demande pardon…

Il hocha la tête et se tourna vers Sir Edward :

— Je m'en occupe, Ned.

Le Chevalier acquiesça. Taliesin aida Bran à se relever. Yuri constata que la Selkie frissonnait imperceptiblement, non pas comme quelqu'un de choqué, mais comme quelqu'un qui a froid. Elle la regarda s'éloigner aux côtés de son maître, de minces filets rouges striant ses jambes bleues.

— Pouvez-vous marcher, Yuri-hime ?

— Je… je ne sais pas, répondit-elle, car ses jambes à elle semblaient transformées en gelée.

— Dans ce cas… Avec votre permission, princesse, dit Sir Edward, et il l'enleva dans ses bras aussi aisément que si elle eût été de paille.

CHAPITRE VII
RIRE ET MOURIR

SOUS UN PUISSANT JET D'EAU CHAUDE qui embuait sa salle de bain, Yuri essayait de remettre de l'ordre dans ses pensées. Elle ne parvenait pas à cesser de rejouer dans sa tête ce qui s'était passé dans le couloir. Elle sentait encore l'œil de Frédéric qui roulait, gluant, contre sa peau, entendait le hurlement de terreur de Manon, voyait le visage sanglant de Bran, déformé par la rage. La jeune femme était encore sous le choc. Elle n'aurait jamais imaginé que le serviable Frédéric se transformerait soudain en violeur, ou que la joyeuse Manon, qui avait survécu à tant de choses épouvantables, serait tétanisée devant une simple bagarre, aussi violente fût-elle.

« Une simple bagarre »… Qu'elle-même, princesse Nekohaima, pût banaliser ainsi l'horrible spectacle dont elle venait d'être témoin choqua Yuri presque davantage que l'affrontement lui-même. Soudain, l'absence de Ryûzaki la terrifia. Plusieurs de ses cousins avaient déjà tenté de la violer pour la faire déchoir de son rang. Chaque fois, le colonel était intervenu. La princesse avait toujours considéré sa protection comme allant de soi. Jusqu'à cet instant, elle n'avait pas vraiment réalisé qu'en fuyant le Louvre, elle s'était dépouillée de ce cocon d'acier – dur, inflexible, mais tellement sûr et réconfortant. Elle comprit soudain ce qu'impliquait désormais son absence. Ryûzaki lui manqua. Sa veille silencieuse, sa force et son intelligence entièrement dévouées à sa sécurité... Oui, il lui manquait cruellement.

« *Toutouig, la la, va merc'hig, toutouig la la...* »

Les paupières crispées, elle fredonna sans cesse en se savonnant jusqu'à ce que sa peau soit rougie par le frottement, puis demeura sous le jet un temps infini, à laisser l'eau la débarrasser de la mousse.

« Passez me voir si vous avez besoin de parler, lui avait dit Sir Edward lorsqu'il l'avait laissée à la porte de sa chambre. Quelle que soit l'heure, vous ne dérangerez pas. »

Elle ferma le robinet, s'essuya, se sécha les cheveux et se vêtit d'un simple yukata dont le nœud ne lui opposa guère de résistance, bien qu'il fût loin d'être parfait. L'invitation du Chevalier s'imposait comme une évidence, mais Yuri craignait malgré tout de le réveiller : il était près de minuit, les lumières étaient éteintes depuis une heure ; seules des veilleuses éclairaient encore les couloirs. Et puis, elle ne savait même pas où se situait... quoi, d'ailleurs ? Dans quoi, au juste, pouvait bien vivre un tel homme ? Des appartements dignes de son titre, ou une modeste cellule, comme pour un moine ?...

Elle erra dans les couloirs, se dirigeant au jugé vers le Centre en espérant y trouver l'information qu'elle cherchait. Toutefois, elle ne tarda pas à s'apercevoir qu'elle était complètement perdue.

— La troisième porte à droite, dit une voix dans son dos.

Elle se retourna, surprise. Un Taliesìn surgi de nulle part lui souriait.

— La troisième porte à droite. C'est la chambre d'Edward. Il vous attend.

— Heu… merci.

— Mais je vous en prie.

Il la salua de deux doigts touchant sa tempe, geste familier, gentiment ironique. Puis il ne fut plus là. Non pas disparu dans une explosion ou un flash comme ceux des illusionnistes, ou en se dissipant comme une fumée. Simplement comme s'il n'avait jamais été là. Yuri se frotta les yeux. Comme elle n'allait pas rester au milieu du couloir à essayer de comprendre ce qui lui échappait totalement, elle suivit ses indications. Sur la troisième porte à droite, une plaque de métal gravée d'une jolie calligraphie indiquait : « Edward Longway. » Elle frappa.

— Entrez, princesse, c'est ouvert.

Yuri n'avait pas l'habitude d'ouvrir elle-même les portes. Après une hésitation, elle tourna le bouton et entra, un peu déstabilisée par cet accueil sommaire.

Elle avait imaginé bien des choses, mais certainement pas ce qu'elle découvrit alors. La chambre de Sir Edward n'était pas plus grande que la sienne, et beaucoup plus encombrée. Dans un coin, un vieux lit à l'occidentale était flanqué d'un chevet recouvert de livres. Une armoire bancale, un bureau usé, deux chaises ordinaires et surtout une énorme bibliothèque remplissaient le reste de l'espace. Au mur, face à la porte, souriait le portrait d'un homme d'une trentaine d'années, sa chevelure brune attachée en catogan comme celle du coordinateur. D'autres photos encadrées traînaient sur le bureau et le chevet, ensevelies sous des livres et des papiers. Pourtant, de ce curieux biotope émanait une certaine impression d'ordre ; un ordre un peu sauvage, mais un ordre tout de même. Assis au centre du décor, Capitaine Nemo d'un Nautilus immobile, le Chevalier de

Logres leva le nez d'un épais ouvrage relié de cuir rouge. Il portait une paire de lunettes de vue à verres rectangulaires, dont il rectifia la position d'un doigt distrait.

— Bonsoir, Yuri-hime. Prenez donc un siège.

Il désignait l'unique chaise disponible. Ayant glissé un marque-page dans son livre, Sir Edward sortit de son bureau deux larges verres et une bouteille d'un liquide ambré.

— Whisky ?

— Qu'est-ce que c'est ?

— De l'alcool. Fort.

— Il n'est pas convenable pour une femme de boire de l'alcool fort, s'indigna-t-elle.

— La seule chose qui n'est pas convenable, c'est qu'une poignée de gens décident de ce qui est convenable. Alors, whisky ?

— Je veux bien goûter.

Elle avait répondu par curiosité. Il versa un doigt de liquide, ajouta trois glaçons avant de lui tendre le tout. La jeune femme nota qu'il portait une alliance d'argent à l'annulaire gauche. Ce détail l'intrigua, mais elle n'allait évidemment pas poser une question d'ordre aussi intime.

— À la vôtre, princesse, fit le Chevalier en levant son verre.

Yuri l'imita en silence, très gênée. Un geste d'homme. Ça non plus, ce n'était pas convenable. Sans parler du reste… Elle, une jeune fille bien née, s'était rendue dans la chambre d'un homme et acceptait de boire en sa compagnie. Est-ce qu'un Keltien pouvait interpréter cela comme une invitation à la séduire ? Un noble l'aurait fait, aucun doute là-dessus. La princesse s'empressa de relancer la conversation.

— Sir Edward…

— Oui ?

— Que va-t-il se passer, à présent ? Pour Frédéric, Bran et Manon, je veux dire.

— Frédéric et Bran seront jugés demain. Pour l'heure, Manon est en observation à l'infirmerie. Rien de grave ; elle est forte, elle s'en remettra. Elle peut compter sur Lady Lore pour l'aider à surmonter le traumatisme psychologique, mais je me doute qu'elle préférera le soutien de ses amies. Frédéric est enfermé dans sa chambre avec un guérisseur. Il a menacé d'aller casser la figure de Manon, de Bran ou la vôtre – il ne semble pas avoir encore arrêté son choix. Bran a juré de se présenter au tribunal demain.

— Pourquoi va-t-elle être jugée ? Elle n'a fait que défendre Manon.

— C'est vrai, j'en suis convaincu. Je connais trop bien ma petite Waterlily pour concevoir qu'elle ait agi sans de bonnes raisons, même si Frédéric a un point de vue très différent sur la question… Mais quoi qu'il en soit, Bran avait d'autres moyens d'intervenir que de lui arracher un œil.

Le Chevalier but une brève gorgée de whisky, et Yuri fit de même. Le liquide lui incendia la gorge et elle se mit à tousser, les yeux dilatés. Mais quand la brûlure se fut calmée, elle remâcha avec curiosité le goût qui lui restait en bouche, et contre toute attente, se surprit à l'apprécier.

— Ah, oui. Ça fait toujours ça les premières fois, sourit Sir Edward. C'est un peu comme faire l'amour.

Cramoisie, elle n'osa même plus le regarder. *Faire l'amour ?* Comment pouvait-il oser évoquer… devant une dame ?! Cependant, le Chevalier fit celui qui n'avait rien vu, ni rien dit, ou alors quelque chose de parfaitement anodin.

— Ne vous inquiétez pas pour Waterlily, elle en a vu d'autres.

— Pourquoi l'appelez-vous Waterlily ?

— Décidément, ce détail vous tient à cœur ! Dans ma langue maternelle, *waterlily* signifie nymphéa. Pour… mon vingt-cinquième anniversaire, ce qui ne me rajeunit pas, Will m'avait offert des bulbes d'une variété de nymphéas de notre pays, des *midnight waterlilies*. Ils ont pour particularité de s'épanouir au crépuscule et de se refermer à l'aube : ils préfèrent la lumière de la lune à celle du soleil… et n'ont pas de préférence marquée entre l'eau salée et l'eau douce. Ce sont des plantes médicinales puissantes, mais aussi des fleurs d'ornement très appréciées en Keltia.

Yuri se remémora les nénuphars bleu sombre sur l'eau silencieuse.

— Lorsque j'ai découvert le lac, peu après m'être réfugié dans les égouts, j'y ai planté ces bulbes. Grâce aux carpes et aux algues, il y avait une couche de vase au fond. Peu à peu, leurs feuilles sont apparues à la surface, mais ils n'ont jamais fleuri jusqu'à il y a sept ans.

— À l'arrivée de Bran, devina la princesse.

— Oui. La nuit même où elle est entrée dans le lac pour la première fois, toute la surface s'en est couverte. Depuis, ils ne fleurissent que lorsqu'elle est là. Au début, elle n'arrivait plus à parler, et seul Taliesìn savait son nom. Un jour où je ne savais trop comment l'apostropher, je l'ai appelée Waterlily. C'est resté. Mais comme on ne surnomme pas une Selkie, nous en avons fait un titre.

La princesse hocha la tête et but une petite gorgée d'alcool. Ce point-là, au moins, était éclairci, bien qu'elle notât par-devers elle de se renseigner sur la raison pour laquelle on ne surnommait pas une Selkie.

— Je la trouve inquiétante, dit-elle. Bran, je veux dire. Parfois, elle a l'air tellement humaine, tellement *normale*, et puis l'instant d'après… Je ne l'aurais pas crue capable de ça. Enfin, je l'avais vue se battre, autrefois, dans l'arène, mais c'était de l'ordre de la survie, du « tuer ou être tué ». Ce qu'elle a fait à Frédéric n'avait rien à voir. J'ai beau me dire qu'elle avait ses raisons, à cet instant je me suis souvenue qu'elle n'était pas humaine. Qu'elle n'avait rien d'humain.

— *Well*, très juste. Waterlily est une Selkie, pas un humain. Ses références, son métabolisme, sa culture, sa manière de réfléchir sont différents des nôtres. Ce n'est pas incompatible, simplement différent. Pour elle, les mots sont importants. Très importants. Chacun d'eux. Croyez-moi, Yuri-hime : insulter quelqu'un devant une Selkie qui l'aime est la pire sottise qui soit. Dommage pour Frédéric… Ce n'est pourtant pas un mauvais garçon.

— Elle est dangereuse.

— Bran ? Certainement. Tout le monde est dangereux à sa façon, même la meilleure personne du monde. Lady Lore, Taliesìn, Samuel sont dangereux. Je le suis aussi. Et, plus que nous tous, *vous* êtes dangereuse.

— Moi ? Je ne sais pas me battre !

— Mais vous êtes l'héritière de la famille Nekohaima et la future Dauphine de France. À ce titre, vous représentez un danger extrême pour quiconque vous approche. Un danger bien plus grand que ce que vous pouvez imaginer, d'ailleurs.

— Je ne suis plus la future Dauphine de France.

— Croyez-vous que Louis-Philippe va renoncer à vous si aisément ? Il croit qu'on vous a enlevée. Il remuera ciel et terre pour vous retrouver. Heureusement, vous êtes en sécurité ici : le roi ne permettra jamais à son fils d'envoyer son armée dans un tel piège à rats.

— Le mot est bien choisi.

— Rat, Fourmi… Quand quelqu'un cherche à vous blesser avec un quolibet, faites-le vôtre et vous retournerez contre lui l'arme de votre ennemi.

— En fait d'ennemi, les services d'espionnage royaux n'ont-ils jamais tenté d'infiltrer la communauté ou d'acheter un de ses membres ?

— Oh ! Si, bien sûr, et plus d'une fois.

— Mais ça n'a jamais fonctionné, puisque vous êtes toujours là. M'expliquerez-vous ce miracle ?

— Eh bien, pour ce qui est d'acheter un Rat, encore faudrait-il qu'ils sachent qui en est un et qui ne l'est pas. Or, personne à la surface ne sait qui nous sommes. Ceux qui ne sont pas recherchés peuvent monter là-haut et se promener toute la journée. Certains ont un emploi ou tiennent une petite échoppe. Les autres ne sortent jamais. Au mieux, ils accèdent à des arrière-salles sans fenêtres au fond d'une boutique isolée.

— C'est votre cas.

— Oui.

— Depuis combien de temps êtes-vous ici ?

— Vingt ans.

— Et depuis vingt ans, vous n'êtes jamais sorti.

— Non.

Yuri considéra l'homme qui se tenait devant elle. Les jambes croisées, il dégustait son verre avec nonchalance, mais elle devinait au-delà de ce flegme apparent une blessure d'une profondeur qu'elle avait peur de sonder. Il laissa passer un moment avant de reprendre :

— N'ayant pu acheter personne faute de trouver l'un d'entre nous, ils ont essayé de nous infiltrer. Oh, c'était sans doute un très bon soldat et un excellent acteur. Malheureusement pour lui, il y a des choses que l'on ne peut cacher à certaines personnes.

— C’est-à-dire ?

— Que je vous déconseille d’essayer de mentir à Lady Lore, ou à Flamme et Ambre Saint-Elme, les parents de Pyro. Elle voit au-delà des apparences et touche au-delà du perceptible. Et eux... *Well*, ils sentent le mensonge au sens propre du terme. Les Feux-follets ont un odorat remarquable.

La princesse avala une trop grosse gorgée de whisky et tout en toussant, songea que décidément, ces fées spectrales étaient des êtres à éviter autant que possible. Curieusement, les Feux-follets, eux, l’amusaient plus qu’ils ne l’effrayaient. Sir Edward sourit gentiment avant de poursuivre sa démonstration.

— Bien sûr, nous pourrions être dénoncés par un ancien membre de la communauté, banni pour un crime quelconque et ayant réussi à regagner la surface, ce qui est déjà peu probable. Seulement, il ne pourrait retrouver son chemin vers nous sans... ceci.

Il lui montra une lampe-torche semblable à celle que Bran avait utilisée la veille.

— N’importe qui peut se procurer ce genre de lampe ! s’étonna Yuri.

— Une lampe d’aspect semblable, oui. Mais les nôtres possèdent trois particularités qui font d’elles la clef des Égouts. C’est pourquoi chaque Rat adulte possède la sienne.

— J’en connais au moins une : les ultrasons qui éloignent la vermine.

— Exact. Il y a aussi cet aimant, à l’arrière, qui permet d’ouvrir les portes des sas. Et enfin, l’ampoule et le verre polarisant.

— Qu’ont-ils de spécial ?

— La lumière émise est très particulière. Quand on tient la lampe comme ceci, à l’horizontale, elle éclaire le plafond des conduits selon un angle qui révèle des indications tracées avec une peinture spéciale. Un coup des Feux-follets ; ils ont le chic pour ces choses-là.

— C'est incroyable ! Ainsi, si je voulais partir d'ici, je ne pourrais pas…

— Oh, si. Il vous suffirait de demander. Vous êtes notre invitée, pas notre prisonnière.

— Je vois…, dit-elle, troublée.

Elle s'était crue libre de quitter seule, à tout moment, ce domaine souterrain aux mœurs étranges. Elle réalisait qu'il n'en était rien. Fuir le Louvre signifiait le danger. Fuir la Communauté signifiait la mort.

— Merci pour le whisky, Sir Edward.

— C'était un plaisir. Besoin d'aide pour le retour ?

— Non, merci. *Oyasuminasai.*

— *Sweet dreams, princess.*

Elle referma la porte.

Le coordinateur poussa un profond soupir. Tirant de sous son bureau un étui de cuir bouilli, il en défit les sangles et, avec une infinie douceur, dégagea du rembourrage en peau de mouton un antique fiddle qu'il posa sur son épaule. Il le maintint d'un menton expert pour tendre l'archet. Le crin frotta les cordes tandis qu'il vérifiait rapidement l'accord.

« mi ré do, la la do do… »

Un thème tout simple, léger comme un vent de printemps, empreint d'une délicate nostalgie. Sans cesser de faire glisser l'archet sur les cordes, enfilant les notes comme des perles sur le fil de chaque couplet, le Chevalier se mit à fredonner le refrain :

« *Will ye go, lassie, go ?*
And we'll all walk together
To pluck wild mountain thyme,

All around the purple heather,
Will ye go, lassie, go ? »

*

Sa guitare sur le dos et son chat sur les talons, Ren grimpa sur le toit du wagon respirer l'air nocturne. Il ignorait pourquoi, il n'arrivait pas à trouver le sommeil. Un filet de vent jouait dans ses cheveux blancs. Il s'assit en tailleur, posa son instrument sur sa cuisse et l'accorda, un peu ailleurs. Shadow, le chat-Lune aux yeux aussi verts que ceux de son maître, et dont le pelage était devenu ce soir-là d'un gris de fumée, se lova près de lui en ronronnant. Dans le lointain, un sifflement leur fit dresser l'oreille.

— C'est la Rame Huit, dit Alcyone en se posant à côté d'eux comme un grand oiseau de proie. Ils ont de l'avance, ils ne devaient arriver que demain.

Le Spectral hocha la tête. Égrena un accord de *do* majeur. Son frère plia ses interminables jambes pour prendre place à côté de lui.

« *Oh, the summer time is coming*, chanta le jeune médecin de sa voix douce et tranquille.

And the trees are sweetly blooming,
And the wild mountain thyme
Grows around the blooming heather,

Will ye go, lassie, go ?
And we'll all go together,
To pluck wild mountain thyme,
All around the purple heather,
Will ye go, lassie, go ? »

*

« I will build my love a bower
Near yon pure and crystal fountain,
Yeah, on it I will lay
All the flowers of the mountain,

Will ye go, lassie, go ?
And we'll all go together,
To pull wild mountain thyme,
All around the purple heather,
Will ye go, lassie, go ? »

La belle voix aux harmoniques profondes de Bran montait sous la voûte du lac, à peine éclairée désormais par les lumières tamisées qui s'allumaient pour marquer la nuit. Ses doigts couraient, légers, sur les cordes que ses longs ongles bleutés pinçaient avec précision. Plus elle jouait, plus elle retrouvait le calme et la sérénité qui lui avaient fait défaut tout à l'heure. La Brume et l'Eau caressaient le Feu comme un chat, et leurs énergies descendaient de son troisième œil et de son cœur pour apaiser les derniers soubresauts de son bas-ventre. Elle sentait ses trois Dragons se lover les uns dans les autres, reformer le nœud complexe et puissant que sa colère, en libérant le Feu, avait fait voler en éclats. En dessous, la Terre et la Boue étaient toujours profondément endormies. L'Air… l'Air s'éveillait parfois. Son sommeil se faisait léger. Mais elle ne s'en inquiétait pas. Trois Dragons étaient déjà difficiles à maintenir dans le bon équilibre, elle en avait encore eu la preuve. Elle n'était pas prête pour quatre. Pas assez forte, pas assez stable, pas assez mûre. Le temps viendrait. Le temps venait toujours. Elle avait appris la patience. Elle ferma les yeux. Une unique larme bleu d'argent perla sur ses cils de saphir, les ourla un à un de gouttelettes salées puis roula le long de sa pommette ronde.

Pour Gwen, le temps était venu trop tôt.

*

Le cabriolet et son escorte de vingt-quatre motards s'arrêtèrent sans cérémonie devant l'ambassade du Japon. Tandis qu'une haie de gardes se mettait en formation pour interdire aux badauds d'approcher leur souveraine, le valet posté sur le siège avant descendit pour lui ouvrir la porte. Une pluie fine souillait Paris de gouttelettes grasses ; un page s'empressa de venir abriter la Reine sous un parapluie pour protéger sa coiffure compliquée et sa cape de velours bleu. L'Ambassadeur Blanc en personne était descendu jusqu'au porche. Il s'inclina respectueusement devant Gabrielle de France.

— Votre Majesté, mon humble demeure est honorée de recevoir votre illustre visite.

— Je suis venue vous exprimer ma sympathie et mon soutien.

— Cette attention est digne de votre réputation, Votre Majesté. Accepteriez-vous une tasse de thé dans le salon rose ?

— Ce serait un plaisir, Monsieur l'Ambassadeur.

Il lui offrit son bras et, précédés d'un chambellan qui ouvrait les portes, ils gagnèrent le salon d'apparat de l'ambassade. La Reine et l'Ambassadeur gardaient le silence. Les mots reviendraient lorsque s'en iraient les oreilles indiscrètes.

Le salon rose portait bien son nom : des voilages translucides de l'inévitable couleur sakura ornaient les hautes fenêtres donnant sur les jardins, rehaussant le blanc des murs et le rose plus soutenu des tapis et des fauteuils. Cette sobriété renforçait l'élégance et la froideur de l'ensemble. Kenzô tira lui-même le fauteuil de la Reine pour le placer dos à la caméra de surveillance. Il orienta le sien dans le même sens avant de signifier à la servante qui venait prendre ses ordres avec une profonde révérence, de leur apporter le thé. Une fois le plateau déposé sur une petite table volante et le service effectué avec diligence, l'Ambassadeur congédia la soubrette d'un claquement de doigts et activa le perce-oreille, un dispositif qui émettait tout autour de la pièce un léger sifflement, bouclier efficace contre les oreilles indiscrètes. Il était temps de s'affranchir un peu du protocole.

— Alors, pourquoi ?

— Je pourrais te retourner la question, Kenzô.

— J'ai fait ce que j'ai fait pour son bien, et uniquement pour son bien. Tu sais autant que moi quelle peut être la pression d'une famille noble, et elle n'est pas moindre pour celui qui la dirige… En naissant d'une mère keltienne, Yuri a brisé une tradition millénaire, et elle ne survivra que si elle compense cette tare en devenant une source de fierté pour le clan Nekohaima. Nous sommes les bras droits du Shôgun depuis des générations, alors je n'avais pas d'autre choix que de viser le plus haut possible pour son mariage. Ton fils était le candidat idéal : Reine de France, Yuri aurait été intouchable, même par sa propre famille.

— Que tu crois.

— J'ai eu dix-sept ans pour examiner le problème sous tous les angles, et crois-moi, c'était de loin la meilleure solution.

— Tu aurais pu en faire une Enez Eusa, comme sa mère, plutôt qu'une Capet de France !

— Pour qu'elle subisse le sort de Wiru, que l'immunité diplomatique n'a même pas suffi à sauver ? Pire encore, celui de Nedo, auprès de qui tu l'as envoyée après avoir menti à ton mari et à ton fils ? Nedo est un *paria !* Un exilé sans aucun droit, qui ne peut même pas sortir de son trou sans risquer d'être abattu comme un chien ! S'il lui arrive quoi que ce soit, que deviendra Yuri ? Et de toute façon, quel avenir aurait-elle, enfermée dans un égout ? Ma fille est née pour régner et briller, pas pour s'enterrer avec une bande de rats dans des boyaux puants ! Elle est tout ce que j'ai, Gabrielle. Elle est tout ce qu'il me reste, et ça, tu peux le comprendre… Ton époux te hait, mais ton fils aime ma fille autant qu'il est capable d'aimer quelqu'un d'autre que lui-même. Elle n'aurait pas vécu ta vie : je ne l'aurais pas laissée à un monstre, jamais. Ne sois pas naïve, Gabrielle. Yuri est née et a été élevée dans la soie et l'or, elle ne saurait vivre dans la boue… Alors je veillerai à lui donner un destin digne d'elle. Quant à toi, garde tes conseils d'éducation. Tu sais qu'il me suffit de claquer des doigts pour avoir les preuves de ce que tu as fait, et te faire choir de ton trône dans l'heure…

Gabrielle pâlit, mais son dos n'offrit pas à la caméra le moindre frisson d'inquiétude. Et lorsque Kenzô lui tendit une tasse de thé, la main de la Reine ne trembla pas davantage en la portant à ses lèvres.

— Mona aurait voulu que sa fille ait le choix.

— Mona aurait voulu que sa fille survive, trancha l'Ambassadeur. Elle a donné sa vie pour ça, au cas où ce *détail* t'aurait échappé. Yuri…

— Yuri-hime est la fille de sa mère, à n'en pas douter une seconde. Je ne l'ai pas forcée, Kenzô.

— Je sais. Je sais mieux que quiconque à quel point elle tient de Mona. Et tout le danger est là… Je ne pouvais me résoudre à l'entraver. J'en ai chargé ses précepteurs, j'ai mis un continent entre elle et moi pour ne pas intervenir, mais ils ont échoué eux aussi. Et ton fils, si c'est encore un peu le tien après ce qu'en a fait son père, ton fils échouera à son tour, mais il a les moyens de l'assumer.

— Il n'aura pas l'occasion d'essayer.

— Oh que si, il l'aura. Nedo peut se cacher aussi longtemps qu'il veut dans ses tunnels répugnants, à jouer les redresseurs de torts pour crève-la-faim en péril, Yuri est ma fille et ni lui, ni toi n'aviez le droit de faire ce que vous avez fait. Je trouverai le moyen d'aller la chercher là-dedans, et à ta place je prierais pour que ce soit moi, et non Louis-Philippe, qui la retrouve le premier si tu tiens à la vie de ton Chevalier servant. Parce que ton fils ne l'épargnera pas, tu le sais.

Gabrielle baissa la tête. Oui, elle le savait. Le jeune Prince avait hérité de son père sa haine viscérale des Keltiens, et tout particulièrement de Sir Edward. S'ils savaient, s'ils savaient… à quel point elle eût aimé que leur haine soit justifiée !

— *Gomenasai*, Gabrielle. J'ai déjà perdu Mona. Je ne perdrai pas Yuri.

— Tu l'as déjà perdue, Kenzô. Tu l'as déjà perdue…

La Reine se leva et salua son hôte, revêtant d'un seul coup son masque social. Comme un automate, l'Ambassadeur Blanc la raccompagna jusqu'à sa voiture, devant laquelle ils se quittèrent avec toutes les gracieuses formules d'usage. Précédée des vingt-quatre motards, la souveraine reprit le chemin du Louvre et de sa non-vie.

Nekohaima Kenzô s'était déjà enfermé dans son bureau en coupant la caméra. Le lendemain matin, les serviteurs murmureraient qu'il avait travaillé jusqu'à l'aube, sans dîner ni même se faire apporter une tasse de thé.

*

Yuri n'avait encore jamais assisté à un jugement, puisque les femmes n'étaient pas autorisées à fréquenter les tribunaux de l'Empire. Elle se doutait bien que le système judiciaire des Égouts était aux antipodes de ceux qui régentaient la Triade, mais l'expérience n'en était pas moins fascinante. Comme elle ne pouvait compter ni sur les explications de Bran, ni sur celles de Sir Edward, Haruko et Lilas avaient pris le relais.

Dès sept heures du matin, des bancs avaient été disposés face à la tribune du Centre pour accueillir deux cents personnes, et à neuf heures la salle était prête à servir de tribunal. Les gens déboulèrent de tous les couloirs, sans hâte et en bon ordre. Chaque adulte de plus de vingt-huit ans tirait d'une urne opaque une plaquette de bois pyrogravée. Il rejoignait ensuite soit la tribune, soit la salle.

— Si la plaquette porte le dessin d'un glaive, expliqua Haruko en piochant le sien, c'est que l'on va faire partie des jurés. Il n'y en a que treize. Toutes les autres plaquettes représentent une balance.

— Et qu'est-ce que ça indique ?

— Que nous voterons pour le verdict. Enfin, pas vous ; vous êtes trop jeune pour piocher. Il faut un certain recul et une certaine maturité pour assumer une sentence, alors on ne vote dans les affaires de justice qu'à partir de vingt-huit ans. Dès quatorze ans, les adolescents sont admis dans les tribunaux, et à vingt et un ils participent en tant qu'adjoints, en ramassant les votes et en les dépouillant. Sauf cas exceptionnel, les enfants n'assistent même pas aux jugements.

La plaquette de l'obiko était gravée d'une balance. Il en fut de même pour Lilas. Les trois jeunes femmes allèrent s'installer sur les bancs, et eurent la chance de trouver des places au premier rang.

— D'habitude, le tribunal est plus vite rempli que ça, constata la Sylfe en secouant la tête. Je crois que les gens n'aiment pas trop l'idée de juger Waterlily.

— Pourquoi ?

— D'abord, parce que nous l'avons déjà jugée une fois et que ça a été une énorme erreur. Ensuite, parce qu'elle nous a déjà tous sauvés une fois, et même si elle ne voit pas les choses de cette façon, beaucoup de Rats estiment encore être en dette envers elle… Mais ce n'est pas à moi de raconter cette histoire, dit Haruko. Voulez-vous d'autres explications avant que ça commence ?

— Merci, Haruko-san, mais je vais plutôt essayer de comprendre par moi-même. Je voudrais simplement savoir comment sont désignés les juges…

— Tout dépend des circonstances. Aucun juge ne doit être lié à l'accusé ou à la victime ; donc, contrairement à d'habitude, ce ne sera pas Sir Edward qui présidera. Pour le reste, les référents des différents secteurs s'arrangent entre eux. Les juges n'ont pas un grand rôle, sinon celui d'organiser le tout.

Les jeunes femmes ne purent chuchoter plus longtemps, car un brouhaha signalait l'entrée des deux accusés. Bran traversa le Centre en silence, droite et impénétrable, pour aller s'asseoir sur le banc des accusés, face à celui des victimes. Sir Edward avait choisi une place juste derrière elle, mais Taliesìn était invisible. Frédéric, pour sa part avait le choix et préféra le banc des victimes, mais il eut la décence de s'asseoir à bonne distance de Manon, qui fronçait les sourcils. Il portait un gros bandage sur l'œil.

Les juges montèrent à la tribune. Les référents avaient choisi Lady Lore, Samuel et la responsable des animaux domestiques, Aloïse. Yuri se demanda si la naine était aussi intelligente qu'un humain normal, avant de se reprocher cette réflexion : Sir Edward, bien entendu, était trop sensé pour laisser une attardée participer à une décision de justice.

— Vous serez sans doute appelée à témoigner, prévint Lilas alors que les bavardages s'apaisaient. Ne vous inquiétez de rien, dites simplement ce que vous devez dire.

La jeune aristocrate hocha la tête. Elle s'y attendait, bien sûr, et s'était préparée de son mieux à ce devoir.

En tant que doyenne, ce fut Lady Lore qui ouvrit la séance.

— Gens de l'Égout, nous sommes ici ce matin pour rendre justice concernant les événements d'hier au soir, qui ont impliqué Frédéric Durand et Bran Irwazh. Nous entendrons d'abord tous les témoins, ensuite chaque victime et chaque accusé pourra présenter sa défense. Tsuru Haruko-san, s'il vous plaît…

L'obiko se leva, grimpa sur l'estrade et, étendant la main en signe de serment, s'exprima à haute et intelligible voix. Yuri l'aurait jurée incapable d'une telle performance vocale ; pourtant, Haruko se faisait entendre sans le moindre effort des quelque cent soixante auditeurs massés sous la voûte de l'immense salle.

— Sur la tombe de ma fille, je jure de dire la vérité pour que justice se fasse. Hier soir, aux alentours de dix-sept heures trente, Emmanuel-san et moi nous rendions au lac. En passant près de la salle d'armes, nous avons été alertés par les cris de Frédéric-kun et de Nekohaima Yuri-hime. Lorsque nous sommes arrivés, nous avons vu Taliesìn-sama intervenir pour séparer Bran et Frédéric-kun. Yuri-hime essayait de protéger Manon-san. À la demande de Sir Edward, nous avons ramassé le blessé et j'ai conduit Manon-san à l'infirmerie. Je ne peux témoigner que de cela, car je n'ai vécu que cela.

— Merci, Haruko-san. Emmanuel Prudet, s'il vous plaît.

L'obiko fut remplacée à la barre par son amant.

— Sur l'amour d'Ana Mère-du-Monde, je jure de dire la vérité pour que justice se fasse. Je n'ai pas grand-chose à ajouter au récit d'Haruko. Pierre Drauf est arrivé sur les lieux à peu près en même temps que nous. C'est avec lui que j'ai transporté Frédéric à l'infirmerie. Il a perdu un œil, comme vous avez pu le constater. Je ne peux témoigner que de cela, car je n'ai vécu que cela.

— Merci, Emmanuel. Maître Pierre Drauf, s'il vous plaît.

Le maître d'armes se rendit à son tour à la barre.

— Sur mon épée, je jure de dire la vérité pour que justice se fasse. J'étais en train de nettoyer les armes lorsque j'ai entendu hurler. Dans le couloir, j'ai vu Haruko-san et Emmanuel qui couraient devant moi. Quand nous sommes arrivés sur place, Sir Edward et le seigneur Taliesìn avaient déjà arrêté le combat entre Frédéric et Bran. En tant que maître d'armes, j'ajouterai qu'ils se battaient à mains nues ; l'affrontement était donc loyal, à défaut d'être équitable vu les capacités de Bran au corps-à-corps. Emmanuel a raconté la suite. Je ne peux témoigner que de cela, car je n'ai vécu que cela.

— Merci, Maître Pierre. Sir Edward Longway, s'il vous plaît.

En se levant pour se rendre à la barre, le Chevalier de Logres pressa brièvement l'épaule de Bran. La petite fée baissa la tête, l'air honteux.

— Sur la mémoire de feu Lord William Longway, je jure de dire la vérité pour que justice se fasse. J'étais avec le seigneur Taliesìn lorsque nous avons entendu des cris, dont la voix de Yuri-hime. Nous avons couru pour lui porter secours. En arrivant auprès d'elle, nous avons vu Bran en train de frapper Frédéric. Il essayait de se défendre… enfin, de se protéger… mais Pierre a déjà souligné le déséquilibre des forces, alors, oui, il avait le dessous. Yuri-hime était à genoux auprès de Manon. Je me suis occupé d'elles pendant que le seigneur Taliesìn séparait les combattants. J'ai vérifié qu'elles étaient indemnes, mais comme Manon était clairement en état de choc, j'ai demandé à Haruko-san de la conduire à l'infirmerie. La suite a déjà été relatée par les autres et je n'ai rien à y ajouter. Je ne peux témoigner que de cela, car je n'ai vécu que cela.

— Merci, Sir Edward. Seigneur Taliesìn, s'il vous plaît.

Le Barde devait avoir choisi le dernier rang, car il parcourut l'une des allées dans toute sa longueur pour rejoindre la barre. Il n'accorda pas un regard, pas un geste à son élève. Elle aurait aussi bien pu lui être étrangère. Yuri devina que cette punition était durement ressentie par la jeune fée.

— Sur le chant de l'Univers, je jure de dire la vérité pour que justice se fasse. Je n'ai pas grand-chose à ajouter au récit d'Edward, excepté ceci : mes oreilles portent plus loin que les siennes, et j'ai entendu ce qu'il n'a pas entendu. En cela, je dois présenter mes excuses à Manon. J'aurais pu intervenir plus tôt, mais j'avoue n'avoir pas prévu la dernière réplique de Frédéric.

Là-dessus, ses yeux roulèrent dans ses orbites, tournés vers son troisième œil, et son corps s'arqua en arrière tandis qu'il se retenait à la barre pour ne pas tomber à la renverse. Le Barde resta pourtant campé sur ses jambes, et tout à coup, de sa bouche jaillirent une, deux, trois voix qui n'étaient pas les siennes.

— « Lâche-la, Frédéric. » « Cassez-vous, vous deux ! Vous voyez pas qu'on est occupés ? » « Manon, est-ce que tu as envie de faire ce qu'il te demande ? » « Non… Non, je t'en prie… » « C'est pourtant clair, non, Frédéric ? Elle ne veut pas. Fous-lui la paix. » « Mais va donc te faire foutre, toi, par ton pédophile de maître ! »

Il y eut un court silence. Puis tous sursautèrent lorsque…

— BRAN ! ARRÊ…, cria le Barde avec le timbre exact de Yuri. BRAN ! *Bran, arrête ça !* Tu vas le tuer !

Il se redressa, à nouveau pleinement humain, ses yeux d'azur de retour dans leur position normale.

— Je crois que je n'ai plus rien à ajouter, conclut-il. Je ne témoignerai que de cela, bien que j'aie vécu le reste par d'autres yeux.

Ce disant, il foudroya Bran du regard. La petite Selkie aspira une brève bouffée d'air entre ses dents, sans oser relever la tête. Avant que Lady Lore eût pu le remercier, Taliesìn avait disparu. Un lourd silence plana sur le Centre.

— Nekohaima Yuri-hime, s'il vous plaît.

La princesse sentit Lilas lui donner un petit coup de coude encourageant. Assez mal à l'aise, elle se leva et marcha comme un automate jusqu'à la barre. Elle ne savait même pas sur quoi elle devait jurer. Heureusement, elle avait passé toute sa vie à se soumettre aux finasseries du protocole et de l'étiquette ; elle n'allait pas se laisser démonter par un simple procès. Il suffirait de faire preuve d'une qualité totalement étrangère à l'aristocratie : l'humilité.

— Je ne suis parmi vous que depuis hier, dit-elle en regardant Samuel, celui des trois juges dont l'aspect la mettait le moins mal à l'aise. Je ne connais pas vos lois ni vos coutumes. Je demande donc votre aide : sur quoi dois-je prêter serment ?

— Sur ce qui vous est le plus cher en ce monde, princesse, répondit le responsable des interventions à l'extérieur. Après quoi, il vous suffira de raconter ce que vous avez vécu. Il importe assez peu que vous nous serviez les formules usuelles.

— Je vous remercie.

Elle marqua une pause, incapable de déterminer ce qui lui était le plus cher. La liberté ? La vie ? Elle n'avait jamais été véritablement libre, et ne l'était toujours pas, non, pas à proprement parler… Quant à sa vie, sa valeur lui semblerait toute relative si elle devait à nouveau endurer le joug de son rang, sans parler de celui d'un époux qu'elle n'aimait pas. Alors, n'y avait-il rien qui fût plus précieux à ses yeux ?…

— Sur la mémoire de ma mère, je jure de dire la vérité pour que justice se fasse.

Yuri échangea un regard avec le coordinateur. L'assemblée était anormalement silencieuse.

— Je revenais de l'infirmerie avec Bran, hier soir, lorsque nous avons entendu des éclats de voix. Pour être exacte, c'est Bran qui les a entendus la première, et comme elle s'en inquiétait, nous sommes allées voir de quoi il retournait. Nous avons trouvé Manon, que Frédéric retenait dans un couloir contre son gré. Il exigeait d'elle…

Elle réalisa soudain ce qu'elle s'apprêtait à dire. Une princesse n'abordait pas ce genre de sujet en public !

— Je crains que vous ne deviez nous dire ce qu'il lui demandait, Yuri-hime, intervint pour la première fois la responsable des animaux domestiques.

La jeune noble prit une profonde inspiration avant de lâcher très vite :

— Il lui demandait des faveurs sexuelles. Et elle ne voulait pas. Nous sommes arrivées sur ces entrefaites, Bran et moi. Bran a dit à Frédéric de lâcher Manon, il a refusé, et il a insulté le seigneur Taliesìn. Alors, Bran s'est jeté sur lui. J'ai appelé à l'aide. Vous connaissez la suite.

— Je n'ai qu'une seule question, princesse, reprit la vieille Aloïse en la gratifiant d'un regard pénétrant. Selon vous, que serait-il arrivé si Bran n'était pas intervenue ?

Yuri prit le temps de la réflexion. Elle savait qu'elle était la seule à pouvoir donner un avis impartial sur la question.

— Je crois que Frédéric aurait violé Manon, finit-elle par déclarer.

— Quoi ?! rugit le jeune homme en bondissant sur ses pieds. Non mais elle est malade, l'aristo ! J'l'aurais jamais violée ! J'voulais m'la taper, ça, c'est vrai, mais elle aurait été d'accord si ces deux folasses étaient pas venues tout foutre en l'air.

— Silence, Frédéric, ordonna la responsable des animaux domestiques. Ce n'est pas ton tour de parler.

Elle avait une autorité surprenante, eu égard à sa taille et à son aspect. Le jeune homme se tut et se rassit.

— Merci, Yuri-hime, dit Lady Lore. Vous pouvez regagner votre place.

La princesse obéit non sans soulagement.

— Écoutons à présent la première victime. Manon Martin, s'il te plaît…

La jeune femme se rendit à la barre d'un pas un peu incertain. Elle n'était pas encore tout à fait remise du choc.

— Devant vous tous qui êtes ici, j'accuse Frédéric de tentative de viol.

L'intéressé fronça les sourcils. Visiblement, il ne comprenait pas.

— As-tu quelque chose à ajouter aux faits qui ont déjà été rapportés ?

— Oui. Frédéric et moi nous étions entraînés ensemble à la salle d'armes. Après, on est restés un moment. On se disait des choses gentilles. Je l'ai embrassé sur la joue, on s'est embrassés sur la bouche, il m'a demandé si on pouvait dîner ensemble ce soir. J'ai dit oui. Je… Je l'aimais bien. Mais après, il a voulu aller plus loin, moi pas. Vraiment, je voulais pas, j'me sentais pas capable, pas prête, je sais pas dire… Mais il voulait pas me laisser partir et il a essayé de… C'est à ce moment-là que Bran est intervenue. Vous savez la suite.

— Merci, Manon. Nous aurons encore besoin de toi, mais tu pourras t'exprimer depuis ta place. Frédéric Durand.

L'homme n'attendait que cela et ne le cachait pas. Il se leva et marcha vers la barre d'un pas décidé.

— Frédéric, reconnais-tu les faits tels qu'ils ont été décrits par les témoins et par Manon ?

— Ouais, à un seul point près : je comptais pas du tout violer qui que ce soit.

— Pourtant, Manon t'avait dit « non », et tu as continué à la retenir et à lui demander la même chose.

— Parce qu'elle le voulait aussi, bien sûr, elle avait juste envie de se faire prier. Les filles sont comme ça, elles disent non, mais tout ce qu'elles veulent, c'est un homme, un vrai, elles veulent qu'on les force un peu, c'est le jeu. Et puis, quoi ? Elle m'avait roulé un patin, ça fait des jours qu'on se tourne autour, si elle voulait pas coucher, elle avait qu'à pas envoyer des signaux aussi clairs ! En plus, elle se la joue effarouchée, mais tout le monde sait qu'elle a fait le tapin quand elle était là-haut, alors bon…

— Elle t'a embrassé, d'accord, dit Samuel. Vous vous êtes fait la cour, d'accord. Mais es-tu certain qu'après t'avoir dit non plusieurs fois, elle voulait vraiment coucher avec toi à ce moment-là ? Es-tu certain qu'elle n'avait pas besoin d'un peu plus de temps pour, disons, franchir le pas ?

— Non mais attends, Sam, je suis pas ce genre de type, moi. Je suis pas un violeur. Elle m'aurait vraiment dit non, j'aurais arrêté de suite.

— Ce n'est pas l'avis de Bran, ni celui de Yuri-hime. Quant à celui de Manon… Demande-lui.

— Allez, Manon, fais pas ta chienne, dis-leur, toi… Dis-leur que je t'aurais pas violée.

— Tu l'aurais fait, Fred. Tu allais le faire. Tu me l'as dit ! Tu as dit : « Je compte pas te laisser le choix »…

— *Quoi ?* Toi aussi tu t'y mets, espèce de salope ? Vous êtes tous contre moi ! Et pourtant, bordel, je suis le seul blessé, dans l'affaire ! Je suis le seul à qui il manque un putain d'œil ! J'avais même pas d'arme, comment j'aurais fait ? La victime, ici, c'est moi, moi et personne d'autre !

— Soit, dit Lady Lore. Pour ma part, je t'ai assez entendu. Si c'est aussi l'avis des autres juges et des jurés, nous passons à ton cas en tant que victime. As-tu quelque chose à ajouter aux récits des témoins ?

— Ouais. Okay, j'étais énervé parce que l'autre fée, là, m'a cassé mon moment glamour en débarquant pour gueuler des conneries. J'ai insulté le seigneur Taliesìn, désolé, j'regrette, ça s'fait pas… Mais ça valait pas un œil ! Un œil, quoi ! Tu crois que j'vais pouvoir garder mon boulot là-haut, avec ça ? Ils voudront jamais d'un infirme ! Bran, sur ce coup-là t'as complètement fondu un câble. T'es sauvage. T'es dangereuse. Dangereuse pour chacun de nous. Et c'est pas la première fois que c'est dit.

Il hocha la tête vigoureusement, signifiant qu'il en avait terminé.

— Merci, Frédéric. Bran Irwazh.

L'interpellée s'avança jusqu'à la barre. Elle gardait la tête baissée, le visage caché sous son dais épais de cheveux bleu nuit. Yuri pinça les lèvres : dans la lumière crue du Centre, les cicatrices pâles sur les bras et les jambes de la jeune Selkie semblaient encore plus visibles. La longue chevelure bleue en cachait sans doute autant sur son dos.

— Qu'as-tu à dire pour ta défense ? demanda Lady Lore.

— Rien, répondit-elle sobrement. Rien ne peut justifier ou cautionner mon comportement. Je vous demande pardon à tous, et j'accepterai en silence votre jugement et votre châtiment.

Elle demeura immobile, attendant des questions qui ne vinrent pas. Lady Lore, puis Aloïse et Samuel hochèrent la tête. Lorsque Bran retourna à sa place sur le banc des accusés, Sir Edward, debout derrière elle, lui posa une main sur l'épaule. Elle plaça la sienne par-dessus, mais ne se retourna pas.

— Pour Frédéric, annonça Samuel.

— Que va-t-il se passer, à présent ? chuchota Yuri à Haruko.

— Nous allons voter. Le but n'est pas de déterminer qui est coupable et qui ne l'est pas, mais plutôt qui mérite une sanction et qui n'en mérite pas. Regardez.

Elle lui montra une bourse contenant huit jetons de bois peints de la taille d'une pièce de monnaie : deux verts, deux jaunes, deux oranges et deux rouges. Seize jeunes adultes, sans doute guère plus vieux que la princesse, passaient dans les rangs en présentant des sacs à col étroit, comme un manchon. Chacun des votants y glissait son bras, le poing serré sur le jeton de son choix, prenant soin de le ressortir en présentant sa main ouverte pour bien montrer à tout le monde qu'il avait dûment voté.

— Un jeton vert, c'est quand on estime, soit que la personne n'est pas coupable, soit qu'elle a déjà tiré toutes les conséquences de son acte, soit qu'elle disposait d'assez de circonstances atténuantes pour ne mériter aucune peine. Le jaune, c'est pour une sanction légère, l'orange pour une peine plus sévère.

— Et le rouge pour la peine la plus lourde. Quelle est-elle ?

— Une demi-heure.

— Une demi-heure ?!

— Une bougie qui tient une demi-heure avant de s'éteindre. On conduit la personne dans un sous-sol assez profond et on l'y laisse avec sa bougie allumée.

— Une demi-heure pour sortir des égouts…, frissonna Yuri, qui se souvenait très bien du chemin parcouru dans l'obscurité, parmi les rats et autres dangers inconnus.

— Sans lumière, il n'y a quasiment aucune chance. Je crois bien qu'en vingt ans, personne n'a survécu à une sentence d'une demi-heure.

— En somme, c'est une peine de mort avec une infime chance de survie.

— Oui. Le problème, c'est que nous ne pouvons pas nous permettre d'avoir des prisonniers, ni de laisser des personnes jugées dangereuses pour la Communauté retourner là-haut alors qu'elles connaissent le système de la lampe et les Rats qui travaillent au-dehors. Si nous avons le choix entre nous protéger, nous et nos enfants, et laisser s'en aller quelqu'un qui pourrait nous faire tuer tous, le choix est vite fait.

— Je vois. Et après ce vote, qui décrète les peines ?

— Les juges proposent des sanctions en fonction des votes, et les jurés en choisissent une. Ensuite, ce sont à eux de l'exécuter.

Yuri hocha la tête. Vu sous cet angle, le monde des égouts lui paraissait soudain beaucoup moins idyllique.

— En l'occurrence, qu'allez-vous voter, Haruko-san ?

— Pour Frédéric ? C'est un problème, un vrai. Car il n'a absolument pas compris en quoi ce qu'il s'apprêtait à faire était criminel ! Dans cette optique, il pourrait recommencer, avec Manon ou avec une autre. Je suis peut-être un peu vieille pour être inquiétée, mais il y a ici d'autres jeunes filles, et elles n'auront pas toujours une fée enragée en guise de bouclier. Je serai plus indulgente avec Bran. Le poids des mots pour une Selkie n'est pas le même que pour un humain, et lorsque Frédéric dit qu'il est le seul blessé, il a tort... De toute façon, le seigneur Taliesìn se chargera de la punir. Qui plus est, elle a déjà compris sa faute.

Le sac passait justement à leur niveau. Lilas et Haruko y glissèrent leur jeton, prenant soin de tenir leurs bourses fermées pour que leur vote demeure secret.

— Pour Bran, annonça ensuite Lady Lore, et les sacs circulèrent à nouveau.

Lorsqu'ils furent tous remis aux juges et aux jurés, qui descendirent de leur tribune et sortirent en file indienne, un discret brouhaha s'éleva dans la salle. Frédéric marmonnait en se tordant nerveusement les doigts. Manon avait quitté le banc des victimes pour aller rejoindre un groupe de filles de son âge, ses amies sans doute, qui avaient formé autour d'elle un mur protecteur. La petite Selkie n'avait pas bougé. Le Chevalier de Logres s'était levé pour aller s'asseoir à côté d'elle, l'entourant de son bras. Le Barde n'avait pas reparu.

— Où est le seigneur Taliesìn ? s'interrogea Yuri à voix haute.

— Là où il doit être, je suppose, dit Lilas. Il devait penser que sa présence à l'audience gênerait plus qu'autre chose, parce que Bran est son élève. Il reviendra à temps, ne vous en faites pas. Lui, il connaît sans doute déjà le résultat de tout ça.

La princesse n'était pas certaine que ce soit très rassurant. Le Barde lui faisait un effet assez étrange. Pour tout dire, elle éprouvait quelque difficulté à admettre qu'il était bien réel.

Les juges et les jurés remontèrent à la tribune. Le silence était revenu avec eux. Frédéric et Bran se levèrent. Lady Lore prit une grande inspiration ; Yuri devina qu'elle n'avait pas vraiment envie d'annoncer la sentence.

— Bran est acquittée.

La Selkie n'esquissa pas un mouvement. Frédéric, lui, pâlit. La peine la plus légère était toujours annoncée en premier : il allait donc être puni. Une totale incompréhension se lisait sur son visage.

— Frédéric recevra une demi-heure.

La voix de la Spectrale était tombée comme un couperet. Malgré la gravité de la sentence, le silence alentour s'était fait approbateur. De son côté, le condamné resta un moment bouche bée, comme s'il essayait de se convaincre de la réalité de ce qu'il venait d'entendre.

— Non…, grogna-t-il. Non… C'est pas possible… Mais j'ai rien fait, bordel ! *J'ai rien fait ! Pourquoi ?* POURQUOI ?

Il fit deux pas en direction de la tribune, pressant les jurés et les juges de lui donner une raison, une explication…

— Tu soulignes toi-même le problème, lui asséna Aloïse. Tu as failli commettre un crime et tu ne vois pas du tout ce que tu as fait. Tu as porté préjudice à deux personnes, pourtant tu es persuadé d'être seul à être lésé. Je suis désolée, mais nous ne pouvons pas nous borner à attendre que tu fasses encore pire, en espérant qu'alors tu prendrais enfin conscience de ton comportement criminel !

— C'est pas vrai… J'l'aurais pas violée… Elle voulait bien, j'vous dis… *Elle voulait bien !*

Mais les regards se détournaient de lui. Deux hommes un peu plus âgés, qui avaient fait partie des jurés, l'encadrèrent.

— Viens, dit l'un d'eux. On va chercher tes affaires.

— Non… Non, mais c'est pas vrai…

Complètement anéanti, il se laissa entraîner comme s'il vivait un mauvais rêve dont il allait forcément se réveiller. Yuri le suivit du regard jusqu'à ce qu'il eût disparu dans un couloir.

— Aïe, murmura Lilas à côté d'elle. C'est dans ces moments-là que je suis heureuse de ne pas être apprentie Barde…

Le seigneur Taliesin était revenu et se tenait en face de Bran. Elle n'était pas beaucoup plus petite que lui et n'avait pas à lever la tête pour le regarder en face. Les yeux noirs rencontrèrent les yeux bleus. L'azur donna à l'onyx un ordre muet mais impérieux. La jeune Selkie aspira de l'air entre ses dents et hocha la tête, puis elle se dégagea avec douceur de la main que Sir Edward avait posée sur son épaule et prit sans un mot la direction du Lac. Le Keltien avait l'air profondément abattu lorsqu'il s'adressa à son ami :

— Tu lui en as donné pour combien de temps ?

— Trois jours.

— Tu es dur, blondie.

— Ce n'est pas vraiment une punition. Plutôt un recadrage. Et elle a au moins besoin de ça. Frédéric ne s'est pas aperçu à quel point il l'a blessée pour qu'elle réagisse comme ça.

— Je crains qu'il ne se soit pas aperçu de grand-chose ! J'aurais aimé que nous ayons les moyens de faire quelque chose pour lui aussi… Mais j'ai la conviction qu'il vaut mieux s'occuper des victimes que des coupables.

— Il n'est pire aveugle que celui qui ne veut pas voir. Le choix des Rats, s'il est dur, n'en est pas moins sage. Vous ne pouvez vous permettre un conflit, ni même une méfiance, entre vous.

— Elle pourrait recommencer ?

— Non. Pas après ce qu'elle a à faire. Bran est au stade le plus instable de son éveil, et le sommeil profond de la Terre ne facilite rien, mais j'ai confiance en elle. Elle est douée. Elle y arrivera.

Taliesìn sourit à Sir Edward, avec cette espèce de sourire mystérieux qui aurait calmé une horde de sangliers en furie. De sa place à quelques mètres de là, Yuri eut l'impression qu'il le lui adressait à elle aussi, et elle en ressentit l'effet. Cependant, les épaules du Chevalier étaient toujours affaissées.

— Chaque fois que je crois avoir approché son rêve, je réalise à quel point j'en suis encore loin…

— Ned. Tu n'es pas responsable des actes des autres.

— Il n'empêche que je n'y arrive pas. C'était son rêve, Taliesìn !

— Son rêve à lui. Quel était le tien, déjà ?

*

Ren poussa la porte de son cabinet de travail en fredonnant, son baladeur sur les oreilles et son chat-Lune sur les talons. L'endroit, une pièce étroite encombrée d'étagères ployant sous des alignements de fioles et de bocaux, ressemblait davantage à un laboratoire de chimie qu'à un bureau de médecin. Le jeune Spectral n'avait jamais été très ordonné et il était le seul capable de se repérer dans son capharnaüm personnel. Il tira d'un tiroir une feuille de papier et un crayon pour s'atteler à une tâche qui l'ennuyait prodigieusement : faire l'inventaire de ce dont il avait besoin pour le prochain voyage. Un rayon de soleil matinal lui chatouilla le nez par la petite fenêtre à triple vitrage ; il tendit le bras pour baisser le rideau. Soudain, une légère odeur d'éther flotta jusqu'à ses narines. Il huma à plusieurs reprises pour s'assurer que ce parfum était bien réel.

Une main armée d'un chiffon imprégné d'éther s'abattit alors sur son nez et sa bouche, et l'odeur puissante lui décapa le nez, la gorge, les poumons.

Ren se débattit, saisit un poignet trop mince pour être celui d'un homme, se contorsionna pour échapper à une silhouette drapée de gris. Sa tête commençait à tourner. Comme il essayait de bloquer sa respiration, l'autre main le frappa à la gorge et il tomba, inconscient. Shadow feula, cracha, esquiva un coup de pied et s'enfuit, trop intelligent pour croire qu'il pouvait faire quelque chose.

L'agresseur se redressa, sortit une seringue d'un pan de son vêtement informe et injecta dans le bras du Spectral une dose d'un liquide incolore. Puis la silhouette fit le tour de la pièce, disposant de gros pétards aux endroits stratégiques, de manière à être sûr que tout serait détruit. Il ne lui restait plus qu'à allumer les mèches et s'enfuir.

Peu de temps après, dans un fracas de tonnerre, une avalanche de débris de verre et de bois s'abattit sur le corps inerte du jeune médecin.

Chapitre VIII
Rats et Fourmis

À CETTE HEURE ENCORE MATINALE, peu de Fourmis étaient déjà au bar de la Rame Cinq. Les terminus signifiaient toujours une période de repos, impliquant couchers tardifs et levers en adéquation, retours de bordels au petit matin pour les hommes et tournées générales pour tout le monde.

Siegfried Jolicœur, le gigantesque barman à la moustache proéminente, préparait sa journée en lavant mollement les verres. Assis autour d'une table voisine, Douze, ses lunettes de machiniste rondes relevées sur le crâne, Lucien Longchamp, dont la casquette était déjà de travers sur ses cheveux châtains, et Augustina Césaire, une Sylfe cheminote d'une petite vingtaine d'années, jouaient aux cartes autour d'un café accompagné de pain et d'œufs brouillés. Ce petit luxe matinal était réservé aux longs arrêts, où tout le monde pouvait faire durer le petit déjeuner. La lumière blafarde de ce matin d'octobre froid et brumeux filtrait à travers les arcades de verre de la gare et les fenêtres à triple vitrage blindé de leur wagon.

La radio crachotait, branchée sur une ligne clandestine au Royaume de France, mais accessible du fait de l'impunité totale dont jouissait le Rail vis-à-vis des lois de la Triade. Il y passait une paisible musique hindoue dont le petit doigt de Douze battait la mesure contre son mug de thé des Indes. Le machiniste ne buvait jamais de café.

Soudain, trois des quatre têtes se tournèrent d'un même mouvement vers l'arrière du train. Une détonation sourde venait de faire trembler légèrement la table et le comptoir. Seul Douze était trop perché pour avoir entendu.

— C'était quoi, ça ? demanda Tina à la cantonade.

— On aurait dit une explosion ou un truc du genre, répondit Lucien en posant ses cartes – une main pourtant exceptionnelle !

Sans un mot, Douze abandonna son jeu et son petit déjeuner pour se diriger vers la porte du fond à son allure habituelle de méduse flottant entre deux eaux. Lucien et Augustina le dépassèrent en courant. Plus pragmatique, Siegfried utilisa le parleur fixe de son comptoir pour appeler la Capitaine dans sa cabine.

— Sieg' ? grésilla la voix encore mal réveillée de Camille Trente-Chênes.

— Cap'taine, on a un problème. Y'a un truc qui vient de péter dans le wagon utilitaire.

— Péter dans quel genre ?

— Dans le genre exploser, Cap'taine. Douze, Lucien et Tina sont allés voir.

— Et merde ! Qu'ils fassent gaffe. J'arrive ! Rappelle sur mon parleur de poche s'il y a du nouveau.

— Bien, Cap'taine.

Entretemps, le courrier et la cheminote étaient parvenus devant ce qu'on appelait familièrement le *labo.* La porte défoncée laissait s'échapper des chapes de fumée gris-blanc ; ils durent s'accroupir pour s'en approcher sans être asphyxiés. Un mouchoir sur la bouche, Tina s'empressa d'ouvrir les fenêtres du couloir pendant que Lucien s'efforçait de distinguer l'intérieur du local.

Douze, qui cheminait encore loin derrière du même pas traînant, avisa un parleur fixe et s'arrêta pour composer le numéro de la chambre de Ren et Alcyone.

*

Le patrouilleur fut réveillé par la petite musique caractéristique du parleur de la cabine. S'extirpant des couvertures, il tira le rideau de son lit pour atteindre l'appareil et grommela :

— Mouais ?

— Al ? fit la voix de Douze.

L'Aeling regrommela un « mouais », non sans ramener pensivement derrière ses oreilles le fouillis de ses longues mèches bleu vert. Douze avait un timbre de camé, d'accord, mais ce grésillement-là n'avait rien à voir. Plutôt un problème sur la ligne…

— Passe-moi Ren, s'teup, insista Douze.

— 'Kay.

Alcyone ouvrit d'un coup sec les rideaux du lit de son frère.

— L'est pas là. Doit déjà être levé, ce s'rait bien son genre.

Il y eut un blanc à l'autre bout de la ligne. Puis Alcyone entendit un énorme juron. Il ne reconnut pas la voix, trop déformée, mais commença à s'inquiéter sérieusement.

— Qu'est-ce qui s'passe, Douze ? Où est Ren ?

— Ah, reprit le hippie d'un ton un peu moins mou que d'ordinaire, bah on l'a retrouvé… Al, chope tes vieux et rappliquez au labo. Vite, même pour des Aelings.

La communication fut interrompue, laissant Alcyone debout au milieu de sa chambre, en pantalon de nuit, son visage d'opale terni par l'anxiété. L'instant d'après, il tambourinait à la porte voisine :

— *P'pa ! M'man ! Debout, vite, debout ! Il est arrivé un truc à Ren !*

— Quoi donc ? fit son père en lui ouvrant, les yeux encore englués de sommeil.

— Je sais pas, Douze vient de m'appeler, y'a un problème au labo et *Ren a l'air d'y être*... J'y vais, on se retrouve là-bas.

Le jeune patrouilleur s'élança dans le couloir sans attendre de réponse.

— Cers, ma chérie, s'écria Mistral, habille-t…

Une chemise atterrit sur sa tête. Lorsqu'il eut fini de l'enfiler, il trouva son épouse déjà en train de se chausser.

— *Bouge-toi,* ordonna-t-elle en lui lançant ses bottes.

*

Sitôt la fumée suffisamment dissipée, Tina et Lucien avaient tenté de pénétrer dans le cabinet, mais ils en étaient empêchés par une épaisse couche de débris d'étagères et d'éclats de verre. Le courrier avait toutefois repéré l'extrémité d'une bottine noire dont la vue lui avait arraché un juron. Shadow l'avait repérée aussi, et miaulait comme un désespéré. Ren était là-dessous !

Tina fouillait du regard les décombres, cherchant comment déblayer au plus vite sans risquer de provoquer un effondrement. Elle eut tôt fait de remarquer la planche maîtresse de l'établi, que l'explosion avait détachée de la cloison et qui dépassait du tas, presque entièrement recouverte de débris.

— Je vais soulever ce truc pour que tu puisses sortir Ren, dit-elle à Lucien en empoignant la planche.

— T'as beau être une Sylfe, Tin', tu vas morfler…

— Prends-moi pour une chochotte, mon p'tit Lulu, j'te dirai rien !

Mais elle avait beau crâner, ses traits affaissés trahissaient son stress. Tout le monde à bord adorait Ren… La cheminote inspira à fond, bloqua sa respiration et banda ses muscles. La planche résista, puis bougea un peu, encore un peu, et finalement, avec force craquements et tintements de verre brisé, se souleva dans un nuage de poussière. Lucien avait déjà plongé par-dessous et grattait comme un chien cherchant un os, dégageant à mesure la jambe qui prolongeait la bottine en priant pour trouver au bout un corps en un seul morceau.

— Essaie de soulever encore un peu, ma belle, lança-t-il à la fée de la Terre dont les bras commençaient à trembler sous l'effort.

Il demandait là un véritable exploit, même pour une Sylfe. Tina tint bon, ployant les genoux et raidissant ses épaules et son dos jusqu'à la limite de la déchirure musculaire. Son visage brun avait tourné à l'ocre sombre. Enfin Lucien réussit à déblayer suffisamment de débris pour extraire, avec l'aide de Douze qui tirait sur l'autre pied, le jeune Spectral inconscient. En quelques minutes, ils l'allongèrent dans le couloir. Le machiniste hippie le palpa doucement de la tête aux pieds.

— Rien de grave. Des coupures un peu partout, mais même pas de fractures. Il a une chance de pendu, notre p'tit Crins-Blancs, déclara-t-il, tandis que le bruit d'une course et un choc sourd sur la plateforme annonçaient l'arrivée du premier des Aelings.

— Tu l'as dit, renchérit Tina, désignant les étagères affaissées de part et d'autre dans le labo. L'établi s'est coincé à cheval par là-dessus, et ça a fait comme un toit qui a protégé Ren de tout le reste. Sinon, il serait mort, je pense.

La tête de Douze oscillait encore en signe d'approbation quand Alcyone déboula dans le couloir avec une mine de mort-vivant et se jeta à genoux pour prendre son frère dans ses bras. Les autres ne l'avaient jamais vu dans un tel état. Inconscient de leur présence, il écarta fébrilement les mèches qui, comme des algues livides, recouvraient le visage maculé de poussière mêlée de sang.

— Ren ! Ren, p'tit frère, réponds-moi… Réponds-moi, bordel !

— T'inquiète pas, il est juste sonné, s'empressa de dire Lucien tandis que Tina rassurait en écho Cers et Mistral, arrivés sur les talons de leur fils. Un peu lacéré, aussi, mais ça va aller.

— Merde, qu'est-ce qui s'est passé, ici ?

— Techniquement, je dirais que le labo a explosé pendant qu'il était dedans, fit Douze de sa voix traînante. Mais bon, nous, on était pas là…

Laissant sa mère prendre sa place auprès de Ren, Alcyone s'était détourné juste à temps : seul Douze, dont, mystérieusement, l'esprit embrumé par le chanvre captait toujours des détails ayant échappé à tout le monde, vit, sur sa pommette anguleuse, couler une larme brillante. Shadow interpellait d'une petite patte inquiète la botte du jeune Aeling ; il reçut en retour une caresse machinale.

Cers ne pleurait pas. À l'image de la plupart des Fourmis, elle était dure et pudique. Mais elle serrait le jeune médecin contre elle comme si ce geste pouvait lui faire reprendre conscience, et elle sortit son mouchoir pour essuyer tendrement son visage, puis son torse et ses bras dénudés par l'explosion.

— Passe-moi le tien, dit-elle à son mari quand le mouchoir ne fut plus qu'un chiffon noirci.

Mistral mit une seconde à obtempérer. Il contemplait, incrédule, le spectacle bouleversant de son épouse étreignant leur cadet. Les Alethia étaient une famille de patrouilleurs : pour eux, la mort pouvait survenir chaque jour de voyage. Une attaque de bandits, une tornade imprévue, c'était le quotidien, c'était normal. Mais la Rame incarnait leur maison, leur refuge, leur asile. Il ne pouvait rien arriver dans le train. Surtout pas au membre le plus discret, le plus pacifique de leur famille, celui qui n'avait jamais déclenché la moindre dispute, qui ne sortait jamais dans des endroits douteux, ne fréquentait personne de louche… Or Ren, leur petit Ren, leur fils miraculé, adopté et protégé avec tant de soin, venait d'être sauvagement attaqué sous leur propre toit ! Mistral bouillait intérieurement de colère. S'il avait eu l'agresseur de son fils en face de lui, il l'aurait "aligné" sans remords ni hésitation.

Quant à Alcyone, il résistait à l'impulsion de fracasser son fusil de patrouille pour se calmer les nerfs. C'était dur, car les Aelings n'avaient pas pour habitude de se retenir. Mais il ne voulait pas craquer devant Tina, Lucien et Douze. Il enfouit ses poings crispés dans ses poches ; à présent, ses yeux brillaient de larmes mal contenues. C'était lui qui avait découvert Ren autrefois, caché dans un wagon, sale et terrifié, mâchant du papier pour ne pas mourir de faim et serrant dans ses bras, comme un dernier espoir, le chaton-lune tout noir. C'était lui qui l'avait dissimulé dans sa couchette, courant le risque d'être banni de la Rame pour avoir aidé un clandestin ; lui encore qui avait prélevé sur ses repas de quoi nourrir Ren, qui l'avait défendu envers et contre tous, lui avait payé son premier uniforme, offert sa sacoche de médecin et son baladeur ; et qui partageait maintenant sa cabine avec lui, lui confiant à cœur ouvert ses nombreuses conquêtes amoureuses d'Aeling inconstant.

Ren n'avait toujours pas repris conscience lorsque Camille Trente-Chênes débarqua à son tour, en jupe froissée de la veille et brassière de sport. En vérité, elle n'était pas du genre à se soucier d'un détail aussi futile que la température glaciale d'un petit matin d'octobre.

— Mazette ! siffla le courrier, vous avez des abdos en acier, pour votre âge, Capitaine !

— Ta gueule, Lucien. Est-ce qu'il est en vie ?

Elle s'était déjà agenouillée pour placer sa montre de gousset sous le nez de Ren. Un peu de buée voila le métal, et Trente-Chênes hocha la tête, soulagée.

— Quelqu'un a vu quelque chose ?

— Non, ma Capitaine, répondit Tina, nous sommes tous arrivés après l'explosion.

Camille Trente-Chênes jeta un rapide coup d'œil à l'intérieur du labo.

— Comment a-t-il pu survivre ?

— L'établi l'a protégé.

La Capitaine fronça les sourcils et se tourna vers la seule autre Fourmi de la rame qui fût dotée de compétences médicales :

— Douze, ton avis sur son état ?

— Ben, j'ai rien vu de grave, mais ça, dit-il avec son air halluciné en désignant une petite marque rouge sur le bras dénudé du médecin, c'est une trace de seringue. On l'a shooté, sinon il serait pas dans les vapes depuis si longtemps, un Spectral, ça récupère plus vite que ça. En plus, il pue l'éther…

— Mon fils n'est pas un putain de drogué dans ton genre, Douze ! gronda Mistral.

— Oh, je sais bien, c'est pas comme si je lui avais jamais proposé…

Tina eut la bonne idée de s'interposer entre le père furibond et le machiniste, qui ne semblait pas du tout réaliser pourquoi le patrouilleur réagissait aussi mal.

— Fermez vos gueules, tous autant que vous êtes ! s'énerva la Capitaine. Ça me fait bizarre de dire ça, mais il lui faut un médecin.

— Sauf votre respect, Cap'taine, murmura Lucien, aucun putain de toubib acceptera jamais de soigner une fée. Surtout une Intouchable.

— Sauf si ce médecin est lui-même une fée, et j'en connais une. Normalement, je devrais même pas en parler, dit-elle en adressant un regard entendu à Cers, mais c'est une urgence, alors… On va descendre. Lady Lore saura quoi faire.

Ces mots firent blêmir le hippie, mais personne ne le remarqua. La Capitaine enchaînait :

— Tina, Lucien, Douze, vous restez là, à charge pour vous d'informer les autres. Commencez par Jacques et Oscar. Et filez le chat-Lune à Sieg', qu'il s'en occupe. Les Alethia, compte tenu des circonstances vous pouvez venir, mais vous la bouclez… Tiens, Mistral, puisque t'es bien remonté, prends ça, ordonna-t-elle en lui fourrant un trousseau de clefs dans la main. Tu vas à ma cabine, tu ouvres le deuxième tiroir à droite en partant du haut quand on est assis à mon bureau, tu prends la lampe qui est dedans et tu nous rejoins sur le quai. D'ici là, on devrait avoir avancé un peu.

L'Aeling hocha la tête et tourna les talons. Tina et Lucien étaient déjà partis prévenir, l'un le Premier Navigateur, l'autre le Premier Cheminot. Cers, qui n'aurait pas eu la force de porter Ren aussi loin, laissa Alcyone le prendre dans ses bras et le suivit en direction de la plateforme, vissée dans son dos. Trente-chêne allait leur emboîter le pas lorsqu'elle s'avisa que Douze fixait sur elle un regard tout à fait lucide. Elle sursauta.

— Capitaine, est-ce que je peux venir avec vous ? demanda le hippie.

Son intonation laborieuse de drogué avait disparu. Depuis qu'elle le connaissait, Camille-Agnès n'avait jamais vu Douze avec l'œil aussi vif, ni parlant d'un ton aussi volontaire. Elle en demeura interdite.

— Tant que tu nous ralentis pas et que tu la fermes, finit-elle par lâcher.

— Merci, ma Capitaine.

Sans plus s'occuper de lui, elle rejoignit les deux Aelings qui descendaient le marchepied. Chose à peine concevable, Douze courut les rejoindre après avoir relacé sa sandale d'un geste rapide. Cers et Alcyone n'en crurent pas leurs yeux : jamais, au grand jamais, ils n'avaient vu leur hippie de bord presser l'allure, et encore moins courir. En d'autres circonstances, ils l'auraient chambré pour savoir quelle mouche l'avait piqué, mais là, c'était un peu comme si la terre s'arrêtait de tourner ; ça sentait presque le mauvais présage.

— Qu'est-ce qu'il fout ? lança abruptement Alcyone.

— Il nous accompagne.

Cers haussa les épaules. Tout ce qui lui importait, c'était que son fils fût sauvé, et pour cela elle faisait confiance à la Capitaine.

Mistral ne tarda pas à les rejoindre avec la lampe. Ils longèrent un moment les voies puis Trente-Chênes s'arrêta devant une plaque d'égout et la retira avec dextérité. De toute évidence, ce n'était pas la première fois qu'elle effectuait cette manœuvre.

— Heu, vous comptez faire quoi, là ? fit Alcyone d'un ton inquiet.

— On va voir les Rats, répondit sa mère. Ils doivent sacrément vous avoir en estime, Capitaine, pour que vous sachiez comment les trouver.

— Confiance mutuelle. Descendez.

La perspective d'aller se promener dans les égouts n'enthousiasmait aucun des Alethia, mais la vie de Ren était en jeu. Cers sauta directement dans le trou et Alcyone et Mistral lui passèrent avec précaution le corps inerte du Spectral avant de la rejoindre. Douze suivit, et enfin Trente-Chênes, qui replaça la plaque derrière elle et alluma sa lampe.

— Surtout, restez près de moi. On a du chemin à faire…

*

La forêt descendait en pente douce vers la côte rocheuse qui précédait la mer. Ou peut-être était-ce la mer qui montait vers la côte et la forêt, ou encore les deux à la fois. Une musique bleue pleuvait en parfums de lune un peu partout sur le vent, et dans les brumes transparentes dansaient des lueurs sucrées d'acier soyeux. En tout cas, se dit-il, c'était un endroit agréable. Il le connaissait sans doute depuis toujours, cet endroit secret, et il le découvrait pour la première fois à l'instant, ce qui n'avait pas vraiment d'importance, car cet instant était toujours.

Elle aussi. Il ne la salua pas, puisqu'ils étaient ensemble depuis si longtemps. Il se contenta de lui sourire. Elle lui rendit ce sourire sans cesser de chanter. Ses doigts, papillons outremer, faisaient tinter le nectar des cordes de glace. De ses lèvres bleues coulait une odeur de menthe et de sel, cotonneuse et rude. Et c'était un rire, et c'était le trille de cristal d'un rossignol de feu, et c'était cet antique chant qui baignait l'Univers comme les vagues baignaient leurs corps vêtus d'un boisé ambré aux notes croustillantes.

Elle était parfaite à ses yeux, et elle était femelle et mâle et petit à la fois, vieille comme l'éclat d'une étoile, jeune comme une goutte de pluie, et il lui était semblable. Et il n'était pas certain qu'il soit « il » et qu'elle soit « elle », car il était elle et elle était lui et pourtant ils étaient distincts et différents, et un à la fois. L'albâtre rencontra le saphir, l'onyx rencontra l'émeraude.

Quelque part, un corbeau chanta.

*

Ryûzaki terminait sa série de pompes lorsque Levana frappa à sa porte. Il aurait reconnu entre mille ces trois coups secs.

— Entre, dit-il.

Adossée contre le battant refermé, elle attendit qu'il se relève. Dire qu'elle détourna le regard de son torse nu, glabre et musclé serait un mensonge : être stérile n'interdisait pas de se rincer l'œil. Mais elle empêcha ses yeux de frôler le cou de son supérieur, là où l'on distinguait le tatouage noir de son matricule d'esclave, et passa machinalement un doigt sur le sien. Le sceau de la famille Nekohaima, assorti de son numéro à elle. HA-17.

— Rapport, ordonna Ryûzaki, l'arrachant à ses pensées.

Il s'essuya la nuque et les aisselles avec une serviette avant de boire à même la cruche posée sur une desserte.

— On a retrouvé trois hommes identifiés par une caméra extérieure de l'île de la Cité alors qu'ils essayaient de fuir par la Seine. Ils ont été dénoncés par le type à qui ils voulaient acheter un bateau. D'après les vidéos, ce sont les seuls à avoir quitté l'archipel ce soir-là.

Ryûzaki boutonnait sa chemise. Dommage.

— Bon. Où sont-ils ?

— J'ai pensé que vous voudriez les avoir à votre disposition plutôt qu'à celle du Prince, aussi j'ai commandé l'escouade d'interpellation.

— Et ils t'ont obéi ?

HA-17 eut une moue éloquente, assortie d'un haussement d'épaules.

— J'ai dit que j'agissais sur vos ordres.

— Que je n'avais pas donnés.

— Que vous n'aviez pas encore donnés. J'ai un peu anticipé.

Le jeune colonel dévisagea son aide de camp, cherchant la faille presque par réflexe. Il n'avait pas grand-chose à craindre d'elle, autant dire rien du tout. Elle était femme, hybride, issue d'une expérience génétique ; elle ne serait jamais considérée comme un être humain à part entière, ni même comme un officier à part entière – tout comme lui-même ne serait jamais considéré comme digne d'accéder au grade supérieur, parce que son absence de nom de famille le désignait comme bâtard. Elle n'était lieutenant que parce que c'était le minimum requis pour un garde du corps affecté à un membre de la haute noblesse. Sa seule crédibilité provenait du fait qu'elle était sous ses ordres à lui. Il la surpassait sur bien des points, qu'il s'agît de l'aptitude à prendre du recul, des capacités d'analyse, du sens stratégique ou encore de l'art du combat, mais il devait avouer que, parfois, l'efficacité et l'audace de HA-17 parvenaient à le surprendre.

— Tu aimes te rendre indispensable, Lieutenant.

— Que fait-on d'un objet qui n'est pas indispensable, mon Colonel ?

— On oublie son existence jusqu'à ce qu'on en ait besoin, je suppose. Mais tu n'es pas un objet, Levana.

— Merci, mon Colonel, mais vous êtes le seul à partager mon point de vue à ce sujet.

Il lui adressa un bref sourire tout en accrochant le dernier bouton de sa veste, puis passa son daisho et lui fit signe.

— Je m'occuperai plus tard de la vérification des transactions chez les fripiers et les receleurs. Allons-y, il n'y a pas de temps à perdre : un homme qui fuit est un homme qui a quelque chose à se reprocher.

*

Dans le silence opaque au cœur duquel il était plongé, Frédéric les entendit venir de loin. Ce n'était pas des chiens errants ni des rats. Pas non plus des Rats : leur pas manquait d'assurance. Alors, quoi ? Il ne savait pas, mais l'espoir était beaucoup plus fort que la peur et la douleur, et il tendit l'oreille.

Il lui fallait distinguer entre l'écho et la source du bruit, tâche malaisée dans un monde où tout résonnait.

Mais il possédait deux atouts. D'une part, sa familiarité avec ce dédale obscur. De l'autre, la chance insolente qui l'avait toujours servi dans les situations critiques.

Alors, comme un ver aveugle qui cherche la surface en évaluant la chaleur de la terre, il se dirigea à tâtons vers les sons lointains d'où viendrait son salut.

*

Yuri terminait sa découverte des jardins. Elle s'était perdue plusieurs fois malgré les panneaux, mais appréciait l'impression inédite de totale liberté qu'elle éprouvait en flânant presque sans but, seule et indépendante pour la première fois de sa vie. Elle décida de revenir au Centre avant de se lancer dans une nouvelle exploration. Là-bas, elle espérait tomber sur Lilas et son chariot de fleurs, ou mieux encore, sur un humain comme Sir Edward ou Haruko qui voudrait bien déjeuner avec elle, car son estomac lui indiquait la fin de la matinée.

Elle se perdit encore, bien plus absorbée par l'observation de ceux qu'elle croisait que par la lecture des pancartes. Si à son arrivée, le lieu lui avait semblé grouiller de fées parce qu'elle n'en avait encore jamais vues plus de deux à la fois, elle réalisait à présent qu'elles n'étaient pas si nombreuses : une vingtaine en tout et pour tout, des Sylfes pour la plupart. En discutant avec ceux qu'elle croisait, elle apprit que Pyro, Ashe et leurs parents, Flamme et Ambre, étaient les seuls Feux-follets ; que Lady Lore et deux autres Spectraux formaient l'intégralité des représentants de leur espèce ; que les Aelings étaient difficiles à comptabiliser, car aucun d'eux n'avait passé plus de quelques mois dans la communauté ; et enfin, qu'il y avait plus de fomoires que de Selkies, puisqu'ils étaient deux alors que Bran était seule.

« Mais les fomoires ne sont pas des fées », lui avait précisé Aloïse lorsqu'elle l'avait interrogée.

La princesse ne s'était jamais posé la question de savoir ce qu'était précisément un fomoire, sinon une espèce animale classée nuisible, comme les rats. Elle apprit donc qu'ils appartenaient biologiquement à la famille des salamandres et des tritons et qu'ils présentaient une intelligence équivalente à celle des humains, mais avec un cerveau développé différemment. La vieille naine lui aurait sans doute fait un exposé très complet sur la question, si elle n'avait été interrompue par un enfant venu lui dire qu'un chevreau s'était brisé la patte.

Yuri rencontra Haruko en compagnie d'un homme occidental de son âge, tous deux très occupés à une activité que la jeune femme préféra ne pas interrompre, puis Sir Edward, qui se rendait à la salle d'armes.

— Puis-je vous accompagner, Sir ?

— *Of course, princess.* Si vous supportez le bruit, en tout cas.

— Le bruit ?

— J'avais dans l'idée de griller quelques cartouches.

— Vous avez des armes à feu, ici ?

Elle avait toutes les raisons d'en être surprise. À part les troupes royales, seul le Rail avait le droit de posséder des armes et d'en faire usage. Leur fabrication et leur distribution, tout comme celles des munitions, étaient strictement réglementées. Yuri savait que les trains approvisionnant l'armée étaient souvent attaqués pour cette raison. Comment les renégats des égouts avaient-ils fait pour se procurer un matériel sous contrôle aussi étroit ?

— *Well…* Nous sommes pacifistes, mais pas idiots, et nous avons nos enfants à protéger.

— Et vos femmes.

— Elles sont des nôtres à part entière et savent se battre comme tout le monde, merci pour elles, rit le Logrien en poussant la porte de la salle d'armes.

Il salua un petit groupe de jeunes gens qui quittaient les lieux, et Yuri et lui se retrouvèrent seuls avec Pierre Drauf, qui nettoyait les armes. Sir Edward choisit un poste de tir. Il avait apporté sa propre arme, un six-coups à barillet, modèle dont plus personne ne faisait usage dans la Triade depuis plus d'un siècle. Le Chevalier s'apprêtait à déplacer la cible lorsqu'une petite tornade rouge lui sauta dessus.

— *Sir Edward !*

Yuri reconnut l'adolescent Feu-follet rencontré la veille.

— Pyro, descends, je te prie.

— Paaaaaaardon. Dites, dites, elle est où, Bran ? Papa a dit qu'elle avait été acquittée, mais je l'ai cherchée partout et je l'ai pas trouvée, et je veux lui dire que je l'aime et que d'abord Frédéric il est méchant et que…

— D'accord, d'accord, l'arrêta le coordinateur en le prenant par les bras pour qu'il cesse de gesticuler. Écoute, après ce qui s'est passé, Bran avait besoin d'être un peu seule.

— Ah…

Il faisait la moue, déçu.

— Elle revient quand ?

— Bientôt. Et rassure-toi, elle va bien. Tu dois juste lui laisser un peu de temps rien que pour elle. C'est compris ?

— Oui, Sir Edward…

Mais il garda la tête baissée sous ses cheveux rouges en pétard, et ses oreilles d'écureuil étaient en berne.

— Et si, en attendant qu'elle revienne, tu nous aidais ? proposa Yuri en lui souriant.

— Oh ? Je peux ? s'exclama l'enfant, dont le visage s'était éclairé. C'est vrai, Sir, je peux ?

— Bien sûr ! Voudrais-tu s'il te plaît reculer la cible de dix pas ?

— Tout de suite !

Et il fila accomplir son devoir, éclatant de fierté.

— Excellente idée, princesse, glissa le Chevalier à son invitée.

Pyro revenait vers eux en trottinant.

— Dites, Yuri-hime, je parie que Sir Edward touche la cible pile au centre. Vous tenez ?

— Voyons, une dame ne parie pas !

— Ben si, Lilas, elle parie tout le temps avec moi. Même qu'elle gagne souvent. Mais là, je suis sûr que je vais gagner, parce que Sir Edward, il est trop fort.

— Lilas n'est pas une dame, Pyro.

— Si, c'est une dame ! Elle m'a dit une fois que là où elle est née, elle était la fille de la *matrimarche.*

— Matriarche, corrigea machinalement le Chevalier de Logres en terminant de charger son arme. Et ne va pas raconter la vie des autres sans qu'ils soient là, c'est discourtois.

— Pardon, Sir Edward, mais c'est pas drôle de parier tout seul !

— Soit, concéda Yuri. Je veux bien parier avec toi, s'il n'y a pas d'enjeu.

— Pas d'enjeu ?

— Si c'est pour des prunes, traduisit Sir Edward en leur souriant. *Well*, faites vos jeux, jeunes gens !

Il étendit le bras et tira presque sans viser. La balle atteignit le deuxième cercle.

— Pas juste, fit Pyro, boudeur. Je suis sûr que vous l'avez fait exprès pour qu'elle gagne parce que c'est son premier pari.

— Dis donc, la Luciole, je ne suis pas un tricheur ! fit mine de s'offusquer le coordinateur. Alors, qui parie quoi, cette fois ?

— Je mise sur le même résultat, annonça la princesse avec assurance.

— Moi, je dis : en plein dans l'mille, fit le petit Feu-follet.

Le second coup troua effectivement le centre de la cible.

— Gagné, gagné, gagné ! chanta la fée en exécutant une danse de la victoire bondissante. Youpi ! Youpi-yay !

— Eh bien, il ne lui faut pas grand-chose, s'amusa Yuri.

— Ici, il vaut mieux savoir se satisfaire de peu, remarqua le Chevalier. Voulez-vous essayer ?

— Essayer ? De tirer ? Mais je suis une femme !

— Vous avez deux mains, c'est le double du nécessaire pour utiliser une arme de poing. Jusqu'à preuve du contraire, il n'est pas nécessaire de faire usage de son entrejambe dans ce genre d'exercice.

Davantage encore que l'allusion à une partie du corps dont la bonne société ne parlait qu'en chuchotant, l'idée qu'elle pût se servir d'une arme choqua profondément la princesse. On lui avait inculqué une notion très stricte de ce qu'une femme pouvait ou ne pouvait pas faire, devait ou ne devait pas faire, de ce qui était convenable, de ce qui ne l'était pas, de ce qui était envisageable et de ce qui était scandaleux. Trop intelligente pour se rebeller, ruant vainement dans les brancards, elle avait faites siennes les seules armes dont elle disposait : sa beauté, son charme et ses facilités dans l'apprentissage des langues. Se conformant à ce que l'on attendait d'elle, elle était devenue performante mais douce et discrète, capable d'écouter un monologue inintéressant pendant des heures sans le moindre signe d'ennui…

Soudain, elle se décida : puisqu'il n'y avait plus de Ryûzaki pour la protéger, elle apprendrait à le faire seule. Si une fille amputée de la main droite pouvait lancer des couteaux, elle devait bien pouvoir tirer un coup de revolver… Elle prit avec résolution l'arme que lui tendait Sir Edward. Intrigué, Pierre Drauf, le maître d'armes, les rejoignit.

— Ne raidissez pas trop le bras, le recul vous ferait mal. Soyez ferme sur vos jambes. Alignez le viseur et la cible, tirez le chien, expliqua le Chevalier tout en guidant les gestes de la jeune femme. Parfait. Pressez la détente.

Et elle tira.

*

L'homme de garde fronça les sourcils en voyant arriver les deux officiers. Ni lui ni ses camarades n'appréciaient que les armées impériales se mêlent de leurs affaires, même si les affaires en question impliquaient directement une noble japonaise de haut rang. Mais les ordres à ce sujet avaient été clairs, et contrarier le Dauphin de France n'était pas du tout une bonne option.

— Ouvre, ordonna Ryûzaki sans accorder un regard au garde.

Celui-ci s'effaça pour les laisser entrer et reverrouilla la porte derrière leur dos. Levana s'était déjà agenouillée, pestant à mi-voix. Les yeux du colonel durent s'accoutumer à la pénombre avant qu'il pût enfin comprendre la raison de cet agacement. En fait de trois prisonniers, il n'y avait plus que trois cadavres étendus pêle-mêle moitié sur leurs grabats, moitié sur le sol couvert de paille pourrie imprégnée d'excréments. Trois hommes, les yeux vitreux, le pourtour de la bouche souillé d'une écume déjà sèche.

— Qu'est-ce que…

— J'aimerais bien savoir s'ils se sont suicidés ou si quelqu'un s'est chargé de les faire taire, grommela HA-17 en se relevant après un rapide examen. J'avais ordonné qu'ils soient tenus au secret… Mais une personne au moins est entrée ici, en témoigne cette empreinte.

— Tu n'as donc pas été obéie.

— Si tel est le cas, mon Colonel, je suis inexcusable.

— Tu l'aurais été si les gardes avaient porté un uniforme noir, et non un azur et or. Allons-nous-en.

Ils frappèrent pour ressortir. À peine le gardien s'était-il écarté pour les laisser passer, que Ryûzaki l'empoigna par le col et lui colla si rudement le dos au mur qu'on entendit craquer les os.

— Qui est entré ici ?

— Que… Mais…

— Ces hommes devaient être tenus au secret. Qui est entré ?

— Pe-personne, mon Colonel, j'vous jure, personne !

— Alors pourquoi sont-ils morts ?

— Quoi, ils sont… ? blêmit le garde. Je… j'ignore qui a fait ça, mon Colonel !

— Ils étaient notre meilleure piste pour retrouver ta future Reine, espèce de fumier, alors si ton cerveau borné ne t'a pas encore soufflé la bonne réponse, on va gagner du temps. Levana !

Le lieutenant savait ce qu'elle avait à faire : tandis que Ryûzaki maintenait le garde écrasé contre le mur, elle le fouilla avec dextérité et ne tarda pas à trouver, insérée dans son ceinturon entre cuir et doublure, une liasse étroitement roulée. Elle la passa à Ryûzaki, qui brandit les billets sous le nez de l'homme :

— D'où tu sors ça ?

— J'l'ai gagné aux cartes hier à la caserne.

— Tu mens !

À quelques rares exceptions, les Occidentaux ne savaient pas contrôler leurs expressions, songea Ryûzaki non sans mépris. Le garde déglutit ; de la sueur huilait son visage.

— Alors, parle, chien !

— Une nonne du Prophète est venue… de l'ordre des Simples… Elle disait qu'elle voulait juste que je leur donne à boire, elle m'a laissée une gourde…

— Et tu as obéi à une nonne en faisant fi de mes ordres.

— C'était pas les vôtres, mon Colonel, c'était ceux du lieutenant !

— Le lieutenant t'a transmis mes instructions, c'est donc à moi que tu as désobéi. Et comme le Dauphin m'a donné carte blanche, il me revient de te châtier. Mais je ne te ferai pas l'honneur de te tuer moi-même…

Ces derniers mots s'adressaient à HA-17, qui lâcha le soldat et lui aligna trois balles dans le dos à bout portant.

— N'aurait-il pas été utile vivant ?

— Pour reconnaître une nonne dont il n'a vu que les yeux ? Ou pour qu'il mente encore ? Je te l'avais dit, Levana : les Fleurs-de-lys sont corruptibles.

En ressortant de la prison, Ryûzaki laissa éclater sa colère au point de décocher un grand coup de poing dans le mur.

— Je la retrouverai, articula-t-il d'une voix blanche en faisant jouer ses jointures meurtries. Quand bien même l'armée française au grand complet se mettrait en travers de ma route, effacerait toutes les pistes, tuerait un à un tous les suspects, tous les témoins, je retrouverai la princesse, j'en fais le serment !

*

Pendant près de trois heures, ils avaient cheminé dans l'obscurité des égouts, un trajet qu'Alcyone avait trouvé interminable. Son père et lui s'étaient relayés avec Douze pour porter Ren, toujours inanimé. Trente-Chênes ouvrait la marche et Cers la fermait, empêchant les rats de les suivre de trop près ; elle en avait même aligné un ou deux pour se calmer les nerfs. Lorsqu'en fin de compte, ils avaient atteint un cul-de-sac où la Capitaine, faisant pivoter un mur, les avait précédés dans une sorte de sas, les trois Aelings avaient eu l'impression que leur cœur recommençait à battre.

Ils touchaient au but, Ren allait enfin pouvoir être soigné ! C'est non sans contrariété qu'ils avaient pris le temps d'ôter leurs chaussures, obéissant aux ordres formels de Trente-Chênes.

Une porte jusqu'alors invisible coulissa dans le mur d'en face.

— Bonjour, Capitaine, salua un quadragénaire aux cheveux châtains ébouriffés, et pieds nus comme eux-mêmes l'étaient à présent. Vous avez de la chance, j'ai reçu le signal de votre arrivée pile quand je passais dans le coin.

— Bonjour, Samuel. Désolée de débarquer à l'improviste, mais c'est une urgence.

— M'en doutais, alors j'ai envoyé des gamins prévenir Lady Lore et Sir Edward. Je vous emmène à l'infirmerie.

Le responsable des interventions à l'extérieur leur fit signe de le suivre. Les Aelings se sentaient le souffle un peu moins court : s'ils avaient fait tant de chemin pour la voir, cette Lady Lore saurait quoi faire… Certitude confirmée lorsqu'ils parvinrent à l'infirmerie, où la vieille Spectrale jaugea la situation en un instant : elle prit le poignet de Ren dans sa longue main argentée, fronça les sourcils, marqua une pause qui semblait indiquer la surprise, puis rendit son verdict.

— Ça ira, je pense. Nous autres Spectraux sommes solides… Deuxième chambre à droite ; installez-le, j'arrive. Et toi, ajouta-t-elle à l'adresse de Douze, tu vas à la salle d'armes.

Après quoi elle se tourna vers un lavabo et commença à se laver les mains, certaine d'être obéie. En effet, le temps que les autres s'entre-regardent, le hippie s'était esquivé. Suivant la Capitaine jusqu'à la chambre indiquée, Mistral, qui avait pris Ren dans ses bras, le déposa avec délicatesse sur le lit.

— Que s'est-il passé ? demanda la guérisseuse en les rejoignant.

Trente-Chênes résuma rapidement la situation.

— Il semble bien qu'il a été drogué à l'éther, puis qu'on lui a injecté quelque chose. Pas dans le but de le tuer, de toute évidence.

— L'enfoiré lui a fait sauter son labo à la gueule, ça suffit pas ? s'exclama Alcyone.

— Sans son établi qui l'a protégé par miracle, il serait bel et bien mort, renchérit Mistral, autant que si ce salaud lui avait filé du poison !

— Le poison…, murmura la Capitaine. Le poison dont il avait trouvé l'antidote…

— Celui dont vous aviez donné une fiole à Edward, c'est cela ? se souvint Lady Lore. Si Ren en avait reconstitué la formule, je ne suis pas étonnée qu'on ait voulu le tuer, et détruire en même temps tout ce qu'il pouvait détenir, poison ou antidote. En tout cas, votre médecin va rester quelques jours dans un léger coma, mais sa vie n'est pas en danger, pas sur le plan physique. Le seul risque serait que son esprit et son âme puissent quitter définitivement son corps, si…

— Il est paré de ce côté-là, intervint la voix de Taliesìn.

Lady Lore, qui ne s'étonnait plus depuis longtemps des va-et-vient inopinés du seigneur des Bardes, aurait toutefois été aussi incapable que les quatre autres d'expliquer comment il était arrivé là, adossé nonchalamment contre un mur. Les Fourmis n'avaient jamais rencontré Taliesìn, mais son sourire d'une infinie sérénité suffit à les tranquilliser.

— Il n'y a rien à faire, sinon panser ses plaies et attendre. Il est en de bonnes mains là où il est, sur quelque plan que ce soit.

Les Alethia exhalèrent une rafale de soupirs : Ren vivrait. Le reste importait peu.

— Vous êtes sa fameuse famille adoptive, c'est ça ? s'enquit la guérisseuse. Vous pouvez rester avec lui, mais pas plus d'un à la fois : les autres n'ont qu'à aller faire un tour. Au fait, merci de l'avoir ramené.

— Qui donc ? Ren ? s'étonna Mistral.

— Non. Jack.

*

Yuri chancela un peu sous l'effet du recul. Mais où que soit allée la balle, elle trouvait son premier tir plutôt réussi : elle était restée en place, ferme ou peu s'en fallait, et ne s'était pas démonté le bras.

— Oh, bah merde…, balbutia Pyro. Vous êtes sûre que c'est votre premier tir, princesse ?

Il tendait un doigt vers la cible, où l'on voyait clairement un impact dans le troisième cercle.

— Bien sûr. Pourquoi, c'est si exceptionnel que ça, comme résultat ?

— Exceptionnel, peut-être pas, répondit le Chevalier en reprenant son arme, mais très bon, sans nul doute. Ce genre d'arme demande de la pratique ; la plupart des débutants n'atteignent même pas le cercle extérieur.

Une fillette qui venait d'entrer, et avait poliment attendu le moment de s'immiscer dans la conversation, tirailla la manche du coordinateur.

— Sir Edward, Samuel vous fait dire que la Capitaine Trente-Chênes est arrivée dans les Égouts.

— Tiens ? J'espère qu'il n'y a rien de grave. Camille-Agnès n'est pas vraiment du genre à faire des visites surprises…

— La Capitaine Trente-Chênes, de la Rame Cinq de l'Orient-Express ? Vous la connaissez ? demanda Yuri, abasourdie.

— C'est une amie, oui, et la seule personne à l'exception de Taliesìn qui possède une lampe sans faire partie des Gens. Je sais que vous avez eu une mésaventure dans son train en arrivant du Japon…

— Hum, oui, on peut dire ça. C'est une femme incroyable.

— Surtout par sa consommation de whisky.

— Je parie que vous êtes son fournisseur.

— Je croyais qu'une dame ne pariait pas !

— Pas plus qu'elle ne boit de whisky ou ne tire au revolver…

— Vous, vous avez de sacrées capacités d'adaptation ! Remarquez, ça n'a rien d'ét…

Il s'interrompit. Un homme venait d'entrer dans la salle d'armes.

Yuri lui donna environ trente ans. Difficile, en vérité, d'attribuer un âge à cette drôle de Fourmi… Par-dessus son pantalon gris réglementaire, l'individu arborait une longue kurta imprimée d'éléphants orange sur fond jaune, dont l'encolure bâillait sur un collier de coquillages. Ses cheveux bruns, qui devaient agréer la visite d'un peigne tous les vingt-neuf février, étaient retenus par un bandana vert emmêlé dans la sangle d'une paire de grosses lunettes – ces dernières relevées sur son front, si bien qu'il semblait pourvu de quatre yeux ronds comme des culs de verre. Il avait l'air perdu, pour ne pas dire égaré.

La princesse réalisa que Sir Edward était devenu livide. Lâchant son arme, qui tomba avec fracas, il dévisagea l'apparition. Joie, incrédulité, espoir se succédaient sur ses traits. De son côté, le hippie, les mains dans les poches, considérait le Chevalier comme s'il voyait plutôt un éléphant évadé de sa kurta caracoler devant lui pour fêter une orgie de champignons hallucinogènes. Finalement, il ôta une main de sa poche et porta deux doigts à sa tempe en signe de salut.

— Hey, dit-il, sa voix sonnant rauque et solitaire dans la salle d'armes.

— *Jack ? Is that you, Jack* ?

— *Well, yeah*, bredouilla Douze, cherchant ses mots dans une langue qu'il n'avait plus osé parler depuis des années. *I think. I hope. I don't know. I've changed...*

Le Chevalier franchit presque d'un bond les quelques pas qui les séparaient, et ils s'étreignirent avec émotion. L'aîné respirait très fort pour s'empêcher de pleurer, mais sa main frémissait lorsqu'il empoigna, comme pour retenir le hippie, un pan de sa kurta extravagante. Quant à Douze, trop shooté pour se retenir, il laissait couler ses larmes. Pierre Drauf, Pyro et Yuri restaient bouche bée.

— *Look at you ! You're a man !* s'exclama le coordinateur en s'écartant de la Fourmi sans pour autant le lâcher tout à fait. *And, my Goddess, son, you're taller than me !*

— C'est pas un exploit, P'pa, t'es pas très grand…

— *P'pa ?!* s'exclamèrent en chœur la princesse et le maître d'armes.

Le petit Feu-follet braqua sur le nouveau venu un regard dévorant de curiosité.

— Yuri-hime, Pierre, Pyro, je vous présente mon fils, *Jack William Longway*. Je t'ai cru mort, Jackie ! Après la mort de Will et des autres, je t'ai cherché pendant des mois dans la capitale, en vain… Et puis Samuel m'a forcé à arrêter parce que je prenais trop de risques.

— *Sorry*. J'ai fui et je me suis caché, comme tu voulais.

— Puisque tu es vivant, est-ce que le reste a de l'importance ? Dis-moi, comment es-tu arrivé ici ? Tu as des ennuis ?

— Moi, non. Je suis une Fourmi, maintenant. Sur la rame de la Capitaine Trente-Chênes. Quand je pense que j'ai jamais capté qu'elle buvait le même foutu sky que toi… ! On est ici parce que le toubib a eu un accident.

— Le Spectral ? intervint Yuri, qui ne risquait pas d'oublier son étrange sauveur aux cheveux blancs.

— Ren, ouais…, répondit Douze, même pas surpris de retrouver la princesse ici, dans les égouts. La Capitaine a parlé de Lady Lore et là j'ai compris et je suis venu. J'ai toujours pensé qu'ils pouvaient pas t'avoir eu. Pas toi. Pas Sir Edward Willowsword Longway.

— Ils ont bien eu Will.

— Parce qu'il me protégeait. Seul, t'avais toutes tes chances.

— *Well…*, soupira le Chevalier, que le sujet semblait trop bouleverser à son goût, c'est grave, son affaire, à ton médecin spectral ?

— J'sais pas, mais Lady Lore a dit que ça irait, qu'il est solide.

— Tant mieux. Vous êtes venus nombreux, du train ?

— Moi, la Capitaine et puis la famille de Ren : ses parents et son grand frère. Mais eux, ce sont des Aelings ; ils l'ont adopté.

— Okay. Pierre, s'il te plaît, envoie quelqu'un à l'infirmerie pour veiller à ce qu'ils ne manquent de rien. Sauf urgence extrême, je suis indisponible jusqu'à nouvel ordre.

Le maître d'armes se contenta d'un hochement de tête. Père et fils s'éloignaient déjà en discutant, le bras de Sir Edward passé autour des épaules de Douze.

— Sans blague, demanda Yuri, c'est vraiment son fils ?

— Sans blague, répéta Pyro, il a eu un fils, lui ?

— Ouais, Jack est le fils d'Edward. Et là, ils ont vingt ans à rattraper, alors on va pas les revoir d'ici un bon moment… Au fait, vous causez de plus en plus bizarrement, vous, pour une princesse !

— Tant mieux : je n'ai pas l'intention de rester une princesse toute ma vie. Bon, eh bien puisque ces Fourmis-là, je les connais un peu, je me charge de la commission. Et si vous me dites que ce n'est pas une tâche pour une princesse, je vous dirai quelque chose d'encore moins princier.

— Me choquez pas plus, vous brisez mes rêves sur les demoiselles, là.

— Je vous épargne, alors. À tout à l'heure… Et, si Sir Edward n'est pas revenu, vous voudrez bien poursuivre ma leçon de tir ?

— Avec plaisir, princesse.

Elle lui adressa un geste de main et prit la direction de l'infirmerie, qu'elle commençait à connaître. Elle avait très envie de prendre un peu plus de temps pour discuter avec Trente-Chênes. Le trajet étant un peu long, elle en profita pour méditer sur l'ironie du hasard et l'étroitesse du monde. Celui-ci avait tant changé à ses yeux en quelques jours qu'elle en vint à se demander quelle image elle avait laissée à la Capitaine et au Spectral. Elle n'était pas certaine qu'ils aient rencontré la même personne que celle qu'ils allaient retrouver aujourd'hui.

*

— Vous ? grogna Mistral lorsqu'il vit la princesse entrer dans l'infirmerie. Qu'est-ce que vous foutez là ?

Yuri tiqua. Tout le monde dans les Égouts l'avait si bien accueillie qu'elle ne s'attendait pas à autant d'hostilité. Elle en était venue à croire que les roturiers et les fées se réjouissaient tous d'avoir le privilège de faire sa connaissance. Elle n'avait jamais vu cet Aeling-là de sa vie, mais son esprit vif conclut qu'il faisait partie de la famille adoptive du médecin spectral ; au souvenir du traitement que Ryûzaki avait infligé à ce dernier, elle comprit sans peine pourquoi elle n'était pas la bienvenue. Il y avait aussi deux autres fées de l'Air. La plus jeune, un mâle, était assise au chevet du blessé et lui tenait la main avec beaucoup de douceur. Une femelle qui se tenait debout au pied du lit n'adressa pas un regard à Yuri. Au grand soulagement de la princesse, la dernière Fourmi présente était la Capitaine Trente-Chênes, qui malgré son expression soucieuse, la salua d'un hochement de tête amical.

— Sir Edward m'envoie vérifier que vous ne manquez de rien, répondit Yuri avec autant d'assurance que l'on peut en avoir devant un Aeling mal disposé. Et si je puis faire quelque chose pour vous.

— Quelque chose pour nous, hé ?

Mistral ne cherchait pas à brider sa colère. Il était peut-être meilleur tireur que tacticien, mais il n'était pas stupide pour autant, et tout comme Cers et Alcyone, il n'avait que trop bien compris l'échange entre la guérisseuse et leur Capitaine. Celui qui avait attaqué Ren ce matin était celui qui avait tenté d'assassiner la princesse pendant leur trajet. Et c'était parce que son fils avait sauvé cette fille qu'il se trouvait en ce moment sur un lit, inconscient et blessé, et qu'en revenant à lui il découvrirait des années de travail consciencieux réduit en miettes. Tout cela pour l'antidote qui l'avait sauvée, elle, cette petite ingrate qui n'avait pas même eu un regard pour eux et qui avait laissé son garde du corps lui braquer un revolver sur la tempe…

La mimique du patrouilleur signifiait clairement que s'il ne crachait pas par terre, c'était uniquement par respect (et peut-être un peu par crainte) de Lady Lore, qui venait de revenir d'une visite. Quand la Spectrale entra dans la chambre qui se trouvait derrière eux, l'Aeling femelle y jeta un regard anxieux. Après quoi tous quatre gardèrent un instant les yeux rivés sur le battant refermé.

— Merci, Yuri-hime, finit par dire la Capitaine, mais nous n'avons besoin de rien.

— Si, dit un guérisseur en passant avec un plateau de bandages, vous avez besoin de dégager le passage. Vous ne pouvez pas attendre ici indéfiniment. Ça vous ennuierait, princesse, de les emmener au Centre ou n'importe où ailleurs ? On vous fera prévenir s'il y a du nouveau.

Yuri acquiesça.

— Je ne veux pas quitter mon fils, protesta Mistral.

— Al est avec lui, Misty.

C'étaient les premières paroles de Cers depuis qu'ils étaient entrés dans les égouts. Rester muette lui avait permis de ne pas laisser s'exprimer son angoisse. Mais son époux avait besoin d'elle… Elle le prit doucement dans ses bras, et il se détendit un peu.

— On est obligés de la suivre, hein ?

— Ouais. Allons, viens. Tu as entendu : on ne peut rien faire, ici, à part gêner.

L'Aeling hocha la tête. La princesse respira un peu plus librement.

— Nous vous suivons, Yuri-hime, conclut Trente-Chênes. Et si vous connaissez un endroit où on peut boire un remontant, j'ai rien contre.

— Je pense qu'au réfectoire nous trouverons de quoi vous satisfaire.

Camille-Agnès sourit, mais elle était très intriguée. Comment la troisième dame du Japon avait-elle bien pu atterrir dans les Égouts ? La Capitaine ne put s'empêcher d'engager la conversation tandis qu'elles cheminaient au long des couloirs, suivies des Aelings.

— Il vous déplaisait à ce point ?

— Qui ?

— Le Dauphin Louis-Philippe.

— Ah. C'est… plus compliqué que ça.

Comment expliquer cette soif de liberté, cette envie irrépressible de découvrir le monde au lieu de s'enterrer à jamais dans un avenir tout tracé ?

— Compliqué, comme, par exemple, un besoin d'aventure ? poursuivit la Fourmi.

— Peut-être. Qu'en savez-vous ?

— Oh ! Je pourrais vous raconter une histoire… L'histoire d'une jeune fille noble que son père voulait marier à un homme qu'elle n'aimait pas. Qu'importaient ses raisons ? Elle ne l'aimait pas et ne voulait pas l'épouser. Elle rêvait d'aventures, de grands espaces et de liberté. Alors, une nuit, elle s'enfuit, grisée par l'imprévu qui s'offrait à elle, et pourtant traquée par les hommes de son père et de son fiancé. Elle trouva refuge là où personne ne penserait à la chercher…

— Je me doutais que tout cela ferait la une des gazettes, soupira Yuri.

— Ça, c'est sûr ! Il paraît que vos ravisseurs vont ont arrachée des bras de votre future belle-mère, qui, de notoriété publique, vous adore… Mais cette histoire n'est pas seulement la vôtre. Vous n'êtes pas la première à faire ce choix, Yuri-hime.

La jeune femme dévisagea son interlocutrice : Camille-Agnès Albane du Mont des Trente-Chênes, Capitaine de la Rame Cinq de l'Orient-Express, les cheveux coupés très courts, en jupe d'uniforme et brassière de sport… Tiens, remarqua Yuri, Bran avait quelque peu bouleversé son rapport à la pudeur : la Fourmi était quasiment torse nu, et elle ne s'en souciait pas le moins du monde. L'important, c'était que la Capitaine lui semblait en cet instant incarner la féminité, avec son regard empli de compassion et de détermination.

— Vous aussi, vous avez fui ?

— Oui. Mais mon fiancé à moi était vieux, laid et pervers, et j'étais de très petite noblesse.

— Vous l'êtes toujours, non ?

— Je suis une Fourmi. Si vous voulez tout savoir, le jour où il a appris que j'avais signé sur le Rail, mon père m'a reniée et a fait effacer mon nom de l'arbre généalogique familial et du registre de naissance. Il a aussi brûlé mes portraits, ma garde-robe et fait murer la porte et les fenêtres de ma chambre. Enfin, c'est ce qu'on m'a rapporté, mais ça ne m'étonnerait pas de lui.

— N'a-t-il pas cherché à vous faire revenir de force ?

— Il ne le pouvait pas : celui ou celle qui s'engage sur le Rail y bénéficie d'un droit d'asile. Et seuls les deux contractants peuvent annuler cet engagement. Personne ne touche au Rail ! Je me suis réfugiée dans un train ; vous, dans des égouts.

— À dire vrai, j'y ai plutôt été invitée.

— Connaissant Edward, ça ne m'étonne pas. Toujours aussi chevaleresque… À mon avis, il se trompe un peu d'époque, de temps en temps. Au fait, vous n'auriez pas croisé Douze en venant nous voir ? Un hippie avec des yeux hallucinés ?

— …une chemise jaune à motifs d'éléphants orange et des lunettes à sangle sur le front ?

— C'est cela même.

— Il est avec son père. Si j'ai bien compris, ils ne s'étaient pas vus depuis vingt ans.

— Son père ?

— Sir Edward.

— Non ? Edward est le père de Douze ? Suie et charbon ! Mais comment…

— Ne me demandez pas, je n'en ai aucune idée.

Camille-Agnès s'efforça de digérer l'information.

— Vous allez bien, Capitaine ? demanda Cers.

— Oui, oui. Ça fait juste… bizarre. Douze. Merde, alors !

*

Immobile, il attendait. Il savait qu'ils ressortiraient par là. Parce que les Fourmis n'étaient pas des Rats, ils ressortiraient par là. Il lui suffisait d'attendre. De prendre patience.

Un rat s'approchait, attiré par l'odeur de sang. En un éclair il le saisit, lui brisa la nuque, arracha une patte et mordit dans la viande crue, recrachant la peau poilue et gluante. Bientôt une horde de rongeurs s'amassa autour de lui puis le prit d'assaut, crochant dans sa chair. De prédateur, il redevenait proie… Il s'ébroua et s'éloigna de quelques pas, mais ils le suivaient, leurs griffes innombrables cliquetant dans le noir. Il leur lança le cadavre de leur congénère et grogna en voyant son déjeuner disparaître sous une masse grouillante et couinante.

Patience.

Ils ressortiraient par là.

*

Sir Edward tendit à son fils un cadre de bois clair. À l'intérieur, l'unique photo de famille sauvée du désastre pour la seule raison qu'elle se trouvait alors dans son portefeuille. Entre ses deux parents, un petit Jack de sept ans, avec de longs cheveux bruns et des yeux gris comme son père, souriait d'une oreille à l'autre. Il était adorable.

— J'étais si petit que ça ? s'étonna le hippie avec un demi-sourire.

— Et tu avais même été encore plus petit, je t'assure. C'est la photo que nous avons prise à l'ambassade de Keltia, peu avant…

— Ouais. Je me rappelle. Je pourrais pas oublier, de toute façon. J'en ai fait des cauchemars jusqu'à l'adolescence.

— Moi, j'en fais encore, avoua le Chevalier. Et combien de fois ai-je rêvé de mon fils perdu ?

— *Tous ceux qui errent ne sont pas perdus.* J'avais seulement nulle part où aller. Et je… je voulais pas te retrouver. J'ai tout fait pour que tu m'retrouves pas.

— Pourquoi ?

— Parce que je ne voulais pas que toi aussi tu meures par ma faute.

— Personne n'est mort par ta faute, Jackie. Ni Will, ni personne.

— Je sais. Enfin, aujourd'hui, je sais. Mais j'ai mis vingt ans à comprendre.

Sir Edward hocha la tête et lui tendit un verre de whisky. Jack sortit une blague à chanvre indien et une pipe de terre cuite.

— Je peux ?

— Oui. Même si je n'aime pas trop l'idée que tu fumes ce truc-là… mais tu ne peux pas arrêter, hein ?

— Non, admit Douze en bourrant sa pipe. Papa, faut que je te dise un truc. La princesse.

— Yuri-hime ?

— Yep. Elle s'en tirera pas vivante.

— Qu'est-ce qui te fait dire ça ?

— Ren l'a sauvée une fois. Il ne sera pas toujours là et elles ont détruit l'antidote.

— Elles ?

— Je préfère pas que tu saches. Si elles savaient que je suis vivant, elles me tueraient aussi. Il n'y a qu'une seule chose à savoir : quelqu'un a payé pour que cette fille meure. Celle qui a accepté ce contrat ira jusqu'au bout à moins que le commanditaire ne l'annule. En payant intégralement le montant convenu, qui est forcément dément.

— Tu as l'air très au courant…

— Bah… Oh, et puis de toute façon, elles te trouveront jamais ici, alors ! J'ai passé un certain temps parmi elles. Après notre séparation. Tu te souviens ? Vous m'aviez dit que si j'étais séparé de vous, je devais aller à l'office des Sirs… J'ai demandé à une femme, dans la rue, et elle m'a indiqué un orphelinat pour filles qui s'appelait *La Maison des Sœurs*. Elles ramassent les orphelines. Uniquement les filles. Mais en France les garçons portent pas les cheveux longs, alors quand j'ai compris qu'elles me prenaient pour une fillette… j'ai dit que je m'appelais Mona.

Edward baissa les yeux. Il ne forcerait pas Jack à lui en dire davantage : ils connaissaient l'un et l'autre le danger qu'il y a à savoir ce que l'on ne devrait pas savoir. Simplement, le Chevalier s'approcha et entoura ses épaules d'un bras protecteur. Son fils avait de toute évidence connu la faim, le froid, la peur, la douleur. Et lui n'avait pas été là pour le protéger et lui procurer ce dont il avait besoin.

— Il reste une fiole d'antidote, lâcha-t-il enfin entre deux gorgées de whisky, pendant que Douze allumait sa pipe. Lady Lore la garde en sûreté.

Le hippie acquiesça. La princesse avait gagné une vie de plus, peut-être. Il ne savait pas si c'était un bien ou un mal. Mais qu'elle sorte des égouts, et elle mourrait : les Sœurs Oubliées ne laissaient jamais un contrat inachevé. Pourtant, il était bien placé pour savoir que, lorsque l'on se débrouillait bien, on pouvait leur échapper pendant quinze ans et même plus…

Enfin, pour le moment.

Chapitre IX
Samain

Les trois jours qui suivirent furent pour Yuri un mélange de solitude et d'instruction accélérée. Elle observait, déduisait, demandait des compléments d'information. Le quotidien des Gens de l'Égout était une perpétuelle source de surprises. Rien n'y fonctionnait comme au palais Nekohaima, au Louvre ou à l'ambassade.

D'abord, il y avait de la musique partout, tout le temps et n'importe comment. Les Rats vivaient à mille et un rythmes issus de leurs diverses origines, et qui jaillissaient sans préavis au détour des couloirs. Le matin, des ressortissants du Sultanat étaient les premiers à se jeter sur leurs tambours et réveiller ceux qui dormaient près du Centre. L'après-midi, on entendait résonner des rengaines françaises, quelques mélodies asiatiques. Au grand plaisir de la princesse, le soir était surtout dévolu à la musique keltienne, qui battait au tempo des cœurs de ceux qui la jouaient ou la chantaient, vibrant d'harmonies épurées jusqu'à l'essentiel. Sir Edward sortait quotidiennement son violon ; il en tirait un son que, bientôt,

Yuri eût reconnu entre mille, avec une attaque franche et intrépide, tout à fait à son image. Lady Lore jouait d'un instrument très étrange, de la famille des cornemuses, qui nécessitait d'utiliser les doigts et les coudes des deux bras et qu'elle appelait *uilleann pipe*. Plusieurs fois, la princesse entendit des murmures déplorer l'absence de Bran, de sa harpe et de sa voix. Taliesìn, pour sa part, se faisait discret, car à part les deux Keltiens de souche, personne n'osait plus jouer après lui.

L'organisation des Égouts était non moins fascinante. Sous terre, tout s'économisait. L'eau suivait un chemin précis au cours de laquelle elle était utilisée plusieurs fois, avant de déboucher dans un bassin de décantation et d'être soigneusement épurée, puis renvoyée à la rivière souterraine, où elle alimentait les turbines qui produisaient l'électricité nécessaire aux installations de la Communauté. Tout, d'ailleurs, était utilisé plusieurs fois – récupéré, réparé, démonté, réassemblé, jusqu'à ce que chaque pièce fût si usée qu'elle finissait broyée ou fondue, prête à entamer un nouveau cycle sous une nouvelle forme. Les Feux-follets avaient un don pour la plupart des travaux manuels et ils trouvaient des usages improbables à des choses que Yuri aurait jetées sans remords. Fascinée par le microcosme dans lequel elle avait trouvé refuge, la jeune femme obtint de Léon l'Occitan, le bibliothécaire, un carnet de croquis accompagné d'un crayon et d'une gomme, et se mit à dessiner tout ce qu'elle voyait. Parfois, elle expérimentait elle-même ces activités insolites. Ici, la générosité était la norme : les Gens de l'Égout étaient toujours prêts à partager leur savoir-faire.

Yuri apprit à faire fonctionner un fer à repasser, une machine à laver et même une machine à coudre à pédale, opérations que la pédagogie de Lilas sut rendre amusantes. Aloïse lui montra comment traire une chèvre ; ce lait et les œufs d'une petite basse-cour étaient les seules sources de protéines animales : le prix de la viande à Paris, et les risques qu'impliqueraient des négociations régulières en surface, imposaient à la Communauté un régime végétarien. Grâce à Haruko, la jeune aristocrate ne tarda pas à maîtriser deux nœuds d'obi différents. Elle devint aussi une très bonne tireuse sous la férule conjointe du maître d'armes et, un peu plus rarement, du Chevalier de Logres, qui passait le plus clair de son temps avec son fils miraculeusement retrouvé. Yuri s'aperçut également, à sa plus grande joie, qu'elle avait aussi des choses à enseigner : la géographie et la politique, entre autres, intéressaient beaucoup les jeunes adultes et les adolescents les plus âgés. À chaque repas, elle se retrouvait entourée d'une douzaine d'élèves improvisés âgés de seize à vingt-cinq ans, qui, pendant une heure et demie, l'écoutaient attentivement leur expliquer les grandes zones climatiques d'Eurasie et d'Afrique, ou les termes des dix-huit versions des Accords de la Triade et où en étaient les négociations de la dix-neuvième. Elle s'était toujours passionnée pour les sujets géopolitiques, et les questions des Rats étaient d'autant plus stimulantes qu'elles l'obligeaient à changer de point de vue par rapport à celles qu'auraient posées des nobles. Passer du dirigeant au dirigé, de celui qui imposait une solution à celui qui se confrontait au problème, était une expérience intellectuelle très profitable. Dans son auditoire, ceux qui savaient écrire prenaient des notes de ce qu'elle disait. Pourtant, elle ne pouvait se départir d'une impression de solitude qu'elle n'avait jamais ressentie à ce point auparavant, dans sa vie de princesse très entourée mais néanmoins très seule.

L'après-midi du deuxième jour après le départ de Bran, elle passait par le Centre avec l'intention d'aller rendre visite à Aloïse lorsqu'elle tomba sur Ashe, Guillaume et Lucie qui faisaient la ronde en chantant une curieuse comptine.

« Chat perché, chat botté, sept fois huit, huit fois sept, chat botté, chat perché, j'ai un joli petit nez ! »

Sur le dernier mot, ils s'arrêtèrent et tapotèrent trois fois le bout de leur nez, puis celui des deux autres en tendant les bras.

« Un, deux, trois ! T'en as un comme moi ! Tout ou rien ! Comment est le mien ? »

Guillaume entreprit alors de décrire en chantonnant le nez d'Ashe, qui se tenait à sa droite. L'exercice était d'autant plus difficile qu'il essayait de faire des rimes :

— Ton nez est tout petit, retroussé et très joli ! Et en plus il te va bien ! Comment est le mien ?

Ce fut au tour de Lucie de parler du nez de Guillaume, puis Ashe dépeignit celui de Lucie. Après quoi ils se donnèrent à nouveau les mains et reprirent la ronde :

« Chat perché, chat botté, sept fois huit, huit fois sept, chat botté, chat perché, j'ai deux belles petites oreilles ! »

Retenue par la curiosité, la jeune femme observa les trois petits en train de découvrir leur physionomie et celle de leurs amis. Le fait que les oreilles d'Ashe ressemblaient davantage à celles d'un écureuil ou d'un chaton qu'à celles d'un humain ne les perturbait pas du tout, bien au contraire : les différences enrichissaient le jeu. Ils passèrent ensuite en revue leurs yeux, leurs cheveux, leurs bouches, leurs dents… et Yuri sursauta en découvrant la taille des canines du Feu-follet, qui dépassait celle des autres d'un bon demi-centimètre. C'était pour elle comme un rappel : les fées n'étaient pas des humains. Mais si des enfants de fées et d'humains pouvaient jouer ensemble, pourquoi les adultes ne pourraient-ils vivre côte à côte ?

— Vous voulez jouer, Yuri-hime ?

La voix fluette de Lucie tira la princesse de ses pensées. La fillette lui tendait la main. Les enfants avaient ouvert la ronde à son intention.

— Oh ! C'est très gentil, mais non. Je dois aller voir Aloïse.

— Ah bon, d'accord. Dommage.

— Et toi, Frimousse, tu veux jouer ? demanda Guillaume à un chat qui paradait avec sa souris dans les crocs.

Comme le félin ne manifestait aucun refus explicite, le garçon le prit et le posa sur son épaule. Les enfants refermèrent la ronde et recommencèrent leur comptine en incluant le chat dans le jeu, acceptant de sa part un miaulement en guise de description.

Amusée, Yuri les laissa à leur jeu et gagna les jardins.

*

Elle posa sur lui une oreille papillon. Il hocha la tête. Ils savaient tous deux que le moment de changer venait. Non qu'ils doivent se séparer, simplement revenir à autre chose. Elle l'embrassa.

Et s'effaça.

*

Au fond du lac, Bran ouvrit les yeux. Trois jours s'étaient écoulés depuis qu'elle était entrée en méditation. Elle se redressa et, d'un puissant coup de nageoire caudale, s'élança vers la surface qu'elle creva d'un saut périlleux. Elle souriait. Faire jouer ses muscles la détendait. Puis elle nagea vers le bord et sortit de l'eau en recouvrant forme humaine. Pyro, qui l'attendait, se jeta dans ses bras.

— Tu m'as manqué, piailla-t-il en l'escaladant comme il l'eût fait d'un jeune arbre.

La Selkie lui ébouriffa les cheveux, mais écarta le petit Feu-follet tout désappointé pour se diriger d'un pas vif vers les escaliers. Elle traversa une partie des Égouts, laissant derrière elle des marques humides dont elle se souciait comme d'une guigne. En la voyant passer, les Gens lisaient sur son visage qu'il ne fallait pas lui adresser la parole tant qu'elle n'aurait pas fait ce qu'elle avait à faire. Enfin elle poussa la porte de l'infirmerie, puis celle de la chambre du médecin spectral où veillait Alcyone.

— T'es qui, toi ? demanda l'Aeling surprit par cette incursion.

Bran ne lui répondit pas, comme si la présence du patrouilleur était tout aussi naturelle que sa propre nudité. Elle s'approcha de Ren, posa sur son front l'index, le majeur et l'annulaire et psalmodia un seul mot :

— *Awana.*

La fée des Brumes ouvrit les yeux, cligna plusieurs fois des paupières et posa sur la Selkie son regard vert sombre.

— Salut, Sk…

— Bran. Ici, c'est Bran. Ça va ?

— Oui. Mais j'ai faim.

Soudain toute tendresse, elle lui sourit, s'agenouilla à son chevet et l'embrassa avec une sensualité dévastatrice. De son côté, Alcyone, stupéfait, mit plusieurs secondes à fermer la bouche. Lorsque les lèvres des deux fées se séparèrent, Bran balaya doucement du visage de Ren une mèche immaculée, puis s'en fut avec le plus grand naturel. Les deux frères demeurèrent immobiles un long moment, l'un les yeux rêveusement posés sur la porte refermée, l'autre essayant de comprendre ce qu'il venait de se passer.

— C'était quoi, ça ? finit-il par lâcher avec la délicatesse d'un cyclone.

— Bran.

— Ah. Bah ouais. Bien sûr…(Il sursauta) Oh, bordel !

Son petit frère était de retour parmi les vivants, il allait bien, et même, il lui avait parlé !

— Ren ! T'es guéri ! Me fais plus jamais une peur pareille, enfoiré, t'as pigé ?! J'ai bien cru que tu… que je… que…

Submergé par plus d'émotions qu'il n'en pouvait exprimer, l'Aeling se tut ; seul un profond soupir de soulagement franchit ses lèvres lorsque le Spectral saisit sa main et la serra entre les siennes.

— Je vais bien, Al.

Le patrouilleur hocha la tête à plusieurs reprises. Il avait veillé si longtemps qu'il avait encore du mal à réaliser. Pourtant, Ren était là, bien réveillé, ses deux grands yeux verts lui souriant avec sérénité. Lady Lore entra en silence ; elle saisit le poignet de son confrère, se concentra un instant, hocha la tête :

— Vous pourrez vous lever tout à l'heure, mais ne forcez pas.

— Merci. Je ferai attention. Est-ce que…

— J'ai envoyé un petit prévenir vos parents. Ils sont restés parmi nous, ainsi que Jack, mais la Capitaine Trente-Chênes est retournée à bord.

— Jack ?

— Je crois que vous l'appelez Douze, sur le Rail. Ah ! Je vois que Waterlily revient : je vous laisse.

En effet, Bran était de retour, portant un plateau de petit déjeuner : tranches de pain, beurre, œufs brouillés, thé vert et pommes. Elle le posa sur une desserte à la portée du jeune médecin, non sans adresser au passage un clin d'œil à la vieille guérisseuse.

— Je te laisse avec ton frère, dit la Selkie en désignant Alcyone d'un coup de menton. Il y a des gens qui m'attendent, moi aussi…

— À tout à l'heure ?

— Promis.

Elle déposa un léger baiser sur ses lèvres et s'éclipsa sans se préoccuper davantage de l'Aeling qui la suivait du regard, essayant vainement d'assembler le puzzle.

— Où sommes-nous ? demanda Ren.

— Dans les Égouts.

— Sérieux ? Ben ils sont bien équipés !

— Et encore, t'as pas vu le reste… C'est qui ? La Selkie, je veux dire ?

— Bran.

— Ouais, okay, ça j'ai pigé. Ou Watichose, comme a dit Lady Lore ; m'en fous. Mais comment se fait-il que… enfin, merde ! J't'ai *jamais* vu draguer qui que ce soit, conter fleurette à la moindre fille ou même à un gars, et là tu passes trois jours dans le coma et pouf ! Une Selkie en tenue de naissance – et pas moche, en plus ! – rapplique et te roule un patin. Désolé, bro, mais d'habitude, ces trucs-là, on les voit venir… Et puis, dis-moi, qu'est-ce qui s'est passé pour que ton labo te saute à la gueule ? Et…

— Holà ! Calme-toi, Al, s'il te plaît. J'ai été attaqué dans le labo et on m'a drogué, c'est tout ce dont je me souviens. Ensuite, je me suis retrouvé auprès d'elle.

— De qui ?

— Bran. Dans un monde qui n'existait pas, enfin, pas matériellement. C'est difficile à expliquer avec des mots… Son âme a senti la détresse de la mienne et l'a appelée à elle pour la protéger, et donc elle a… créé pour nous un monde provisoire. C'est plus clair, comme ça ? Je… Je l'ai toujours aimée, Al. Nous nous connaissons et nous nous aimons depuis longtemps. Bien avant cette vie.

— *Bien avant cette vie ?*

— Ouais.

— Suie et charbon ! On croirait entendre Douze quand il tape un délire mystique. J'aurais pas vu c'te Selkie de mes propres yeux, je te jure que j'aurais été lui demander ce qu'il t'avait filé. Seulement, là, j'suis obligé de te croire, hein ?

— Obligé, non. Mais je ne t'ai jamais menti et je ne te mentirai jamais.

— Ça m'va. De toute façon, t'as jamais rien su faire comme tout le monde…

Ils se sourirent et restèrent un moment silencieux. Ren s'était redressé et se beurrait une tranche de pain d'une main qui tremblait légèrement. Alcyone réprima l'envie de lui proposer de le faire à sa place. Son petit frère n'était pas du genre à se faire assister.

— J'suis resté out un bail ?

— Trois jours.

— Ah quand même. J'aurais cru moins. Vous avez dû vous inquiéter.

— C'est rien de le dire. T'as fait péter un câble à P'pa, tu sais. Et même la Capitaine en menait pas large. Mais t'es là et tu vas bien. Le reste, on s'en fout.

Le médecin mordit dans sa tartine en hochant la tête.

Quand leurs parents arrivèrent, leur mère vint s'asseoir sur le bord du lit et lui prit la main, tandis que son père restait debout derrière son aîné, un bras passé autour de ses épaules, feignant une décontraction qui ne trompait personne.

— Bonjour, Ren, dit doucement Cers.

— Bonjour, M'man, P'pa… Pardon de vous avoir fait peur.

— Dis pas de conneries, grogna Mistral. T'as pas fait exprès de te faire agresser ! Est-ce que tu vas bien, au moins ?

— Ouais. Lady Lore m'a autorisé à me lever. J'espère que je n'ai pas trop causé de soucis à la Capitaine…

— Tu parles ! T'aurais vu la tronche qu'elle tirait quand Tina, Douze et Lucien t'ont sorti de ton labo, ça t'aurait fait tout drôle.

Ren fit une petite grimace : ça faisait drôle de se retrouver dans le rôle de l'accidenté !

— Comment on a atterri ici ?

— La Capitaine connaît des gens, expliqua Cers. Je crois qu'on a découvert où elle se fournit en whisky.

— Je croyais que la Communauté des Égouts était une légende urbaine…

— Il y a un adage keltien qui dit que toutes les légendes sont vraies, d'une certaine manière, s'amusa Alcyone. Quoiqu'il en soit, bro, tu es vivant et le reste, on s'en cogne.

Il serra son frère dans ses bras. Surpris, Ren écarquilla les yeux avant de s'abandonner. Ils s'étreignirent tous les quatre, savourant la joie d'être ensemble. Une famille complète, pour des fées de la Triade, était une chose rare et extrêmement précieuse.

*

Bran retrouva Yuri assise au bord du lac. La princesse l'entendit venir, se retourna. Curieusement, elle mit quelques fractions de seconde à s'apercevoir que la Selkie était nue, et fut plus surprise encore de n'en ressentir aucune gêne. C'était naturel, finalement, aussi naturel que les *midnight waterlilies* sur le lac.

Elles se dévisagèrent, l'œil d'encre dans l'œil d'onyx.

— Vous m'attendiez ?

— Oui. J'espérais être là quand tu sortirais, mais Pyro m'a dit que je t'avais ratée.

— Une urgence. Je vous ai manqué ?

— Un peu, oui, admit la jeune aristocrate avec un sourire en l'invitant à s'asseoir auprès d'elle. Comment vas-tu ?

— Mieux. J'espère ne pas vous avoir trop effrayée, l'autre jour…

— Non. Enfin, si, mais… qu'importe ? Tu es ce que tu es. Je me rappellerai seulement d'éviter de te mettre en colère.

— Ce n'était pas tout à fait moi.

— C'était Shura.

— En quelque sorte. Alors, vous vous êtes bien adaptée ?

— Plutôt. Lilas et Haruko-san m'ont aidée pour certaines choses, en particulier les machines à laver : je n'aurais jamais cru que laver du linge pouvait être si compliqué !... Et Pyro a beau être un peu fatigant, il est adorable et toujours prêt à aider.

— Tous les gosses sont un peu fatigants. Je suis sûre que vous étiez une gamine atrocement fatigante et capricieuse, la taquina la Selkie.

— Pire encore, répliqua la princesse en riant. Et toi, je suis sûre que tu étais toujours à farfouiller partout et que tes parents passaient leur temps à te chercher !

L'expression de Bran glissa de la joie à la nostalgie en passant par toute une palette de gravité et de tristesse, puis elle darda sur son interlocutrice un regard pénétrant. Yuri cilla.

— Ai-je dit quelque chose qui t'a blessée ? s'enquit-elle, navrée.

— Non. C'est juste que… Vous ne savez même pas à quel point vous avez raison. Vous êtes quelqu'un d'étrange, Yuri-hime.

— Parce que c'est moi qui ai les cheveux et la peau bleus, peut-être ?

— Pff ! Et c'est moi qui refuse d'épouser le meilleur parti de France pour squatter des égouts avec une bande de Rats ?

— Toi aussi, tu squattes les égouts avec une bande de Rats. Pour ce qui est du meilleur parti de France, si tu le veux, je te le laisse.

— Merci, très peu pour moi.

Elles éclatèrent de rire en imaginant la petite Selkie, en grande robe à froufrous, au bras du Prince Louis-Philippe. Bran se laissa aller dans le tapis de mousse moelleuse et poussa un interminable soupir. Sur les eaux paisibles, les nymphéas se refermaient peu à peu.

— C'est beau, murmura la princesse. Comment quelque chose d'aussi beau peut-il se cacher dans un endroit pareil ?

— Il a suffi de quelqu'un pour y croire.

Yuri hocha la tête. Cela semblait si simple… Si facile… Pourtant, chaque jour où fleurissaient les *midnight waterlilies* était une victoire sur l'obscurité et le désespoir, une victoire pour la vie, pour l'avenir. Ces fleurs d'apparence si fragile étaient en cet instant à ses yeux le symbole même du courage.

— Qu'est-ce que vous allez faire, maintenant ? demanda Bran de but en blanc.

— Rester ici, d'abord. Je crois que j'ai beaucoup à apprendre de vous tous. Après… je ne sais pas. Comment saurais-je ? La Capitaine Trente-Chênes a trouvé son bonheur sur le Rail. Dois-je trouver mon Rail à moi ?

— Méfiez-vous tout de même. Votre fiancé et votre père ont des moyens plus grands que ceux qu'avaient les parents de la Capitaine.

— Juste. Je parie que là-haut, ils remuent ciel et terre pour me retrouver…

— *Skàm* ! Depuis quand les princesses parient-elles ?

— Depuis qu'elles apprennent à faire la lessive, à traire les chèvres et à tirer au revolver. D'ailleurs, je suis volontaire pour ta prochaine leçon de natation.

— Wahou ! Eh ben, y'a du changement… Au fait, vous resterez au moins jusqu'à la Samain ?

— La quoi ?

— La Samain. La nouvelle année keltienne. C'est dans trois semaines, et on fêtera les vingt ans de la Communauté. Une semaine à faire la fête, avec un bal pour l'ouverture, et des jeux, des concours, des banquets, des concerts, des pièces de théâtre… Va y avoir du boulot à tout décorer et préparer, on va commencer demain, je crois. Enfin, certains trucs sont déjà en préparation depuis des mois. Comme la chorale des gamins. Ça, ça va être super chou. J'adore entendre des p'tits chanter, pas vous ?

Yuri était un peu déconcertée de voir Bran autant disposée au bavardage, comme si après trois jours de silence et de solitude elle éprouvait le besoin de se dérouiller la langue. La princesse chercha dans sa mémoire la dernière fois qu'elle avait entendu un chœur d'enfants…

— Je n'ai jamais entendu d'enfants chanter. Enfin, pas depuis que je ne suis plus moi-même une enfant.

La Selkie en resta coite.

— C'est triste, finit-elle par conclure d'un ton pensif, comme si elle n'imaginait pas un monde dans lequel l'on passerait un jour sans entendre un enfant chanter.

— *Waterlily !*

Les filles se retournèrent. Sir Edward s'approchait d'elles à longues foulées alertes. La jeune fée se leva et le rejoignit. Comme pour s'assurer qu'elle était bien réelle, il passa une main affectueuse dans ses cheveux de nuit, caressa sa joue outremer. Elle lui sourit, et il l'embrassa sur le front.

— Tu vas mieux ?

— Oui. Pardon.

— *That's over, cub.* Es-tu disponible un moment ? Je voudrais te présenter quelqu'un.

— Puis-je vous laisser, Yuri-hime ? Vous n'avez plus besoin de guide, semble-t-il, alors…

— Bien sûr !

La Selkie hocha la tête en guise de salut et s'en fut avec le Chevalier de Logres. Yuri resta un moment devant le lac, songeuse. Une fête… Les Gens de l'Égout allaient donner une fête. Elle se demanda ce qu'elle allait bien pouvoir porter pour la circonstance : tous les kimonos dont elle disposait étaient jolis, mais il n'y avait rien qui convînt à une fête, encore moins à un bal !…

Machinalement, elle replaça sa mèche rebelle derrière son oreille. Son doigt effleura l'un de ses peignes à perles, et elle s'immobilisa : une idée lui était venue.

La princesse se dirigea vers l'escalier d'un pas vif, heureuse de n'être plus, comme autrefois, contrainte de se sangler étroitement dans son kimono. Marcher de façon normale était une découverte extraordinaire. Et respirer librement, un vrai délice… Elle avait l'impression d'avoir toujours vécu dans une camisole de force, et de vivre à présent une véritable délivrance. Non : de vivre, tout court !

À présent, il lui fallait trouver Lilas et Haruko.

*

— Pyro-kun !

Le petit Feu-follet se retourna d'un bond et trottina vers les trois femmes qui venaient à lui. Lilas, Haruko et Yuri arboraient des airs de conspiratrices qui lui plaisaient beaucoup. La princesse avait choisi de ne pas mettre Bran dans la confidence, et par chance, la petite Selkie semblait soudain attirée par l'infirmerie comme une abeille par un pot de miel. Il avait suffi d'évoquer le départ prochain des Fourmis pour qu'elle les plante là… Cette réaction avait à la fois amusé et agacé Yuri. Il était très drôle de voir cette jeune fée trop sérieuse devenir subitement fleur bleue ; pourtant, au fond, la princesse n'aimait guère y penser. Pendant trois jours, l'élève de Taliesìn lui avait beaucoup manqué, même si elle avait du mal à se l'avouer. Et maintenant… se pouvait-il vraiment qu'elle fût jalouse de l'attention portée par sa nouvelle amie à ce Spectral aux yeux verts ?

Car en effet, songeait Yuri, Bran était bel et bien devenue son amie. Mais pas « nouvelle », en vérité : à bien y réfléchir, la jeune aristocrate n'avait jamais eu d'amie jusqu'à ce jour.

Elle n'eut pas le loisir de s'appesantir davantage sur la question : Pyro lui faisait face, tout content.

— Oui, prin-ceeeeeeeeeeeeeeeeeeeeesse ?

— Est-ce que tu as le droit de te servir de la forge de ta mère ?

— Ben bien sûr, pourquoi ?

— Tu saurais faire des bijoux, si je te fais un dessin ?

— Ouais, sans problème ! Mais pourquoiiiiiiiiiiiiii ?

— Pour Samain, bien sûr ! Pour quelle autre raison ?

Pyro fronça des sourcils intrigués, puis, comprenant soudain, s'illumina d'un énorme sourire et prit la main de Yuri pour l'entraîner vers la forge. Haruko et Lilas suivirent, souriant aussi de son enthousiasme.

— Au fait, avec quoi j'dois les faire ? J'ai de l'étain, de l'acier et un peu de cuivre…

— De l'or.

— Heu, ça j'ai pas. C'est rare, l'or. Et puis c'est cher et tout…

— Moi, j'en ai, je te le donnerai. J'ai des pierres aussi. Sais-tu sertir ?

— M'man m'a montré, ouais. C'est pas très compliqué.

Il ne fallut pas plus de deux heures à Pyro pour exécuter ce travail, qui aurait pris une journée entière à un joaillier humain. Yuri était impressionnée. Sitôt en possession des trois bijoux qu'elle avait sélectionnés avec Haruko et Lilas, il en avait ôté les pierres et mis l'or à fondre avant de retirer tous ses vêtements. Cramoisie, la princesse allait lui demander quelle mouche le piquait, mais la réponse vint d'elle-même lorsque l'adolescent grimpa dans la forge et, debout au milieu des flammes, prit sa forme fusionnelle. C'était la première fois que la jeune femme voyait un Feu-follet sous son apparence féerique : spectacle stupéfiant ! Pyro était à présent plus petit encore que sous son aspect pseudo-humain, et semblait à première vue couvert d'un pelage orangé, si léger qu'il oscillait au moindre souffle – des flammes, réalisa Yuri : l'étrange créature éclaboussait la pièce d'une lumière intense.

— C'est beau, n'est-ce pas ? murmura Lilas.

La princesse ne sut que répondre. Elle se sentait fascinée, mais aussi un peu effrayée, car ce qu'elle contemplait là était l'essence même du Feu.

Pyro saisit à pleines mains l'or liquide et le façonna comme de la pâte à modeler selon le dessin fourni par Yuri, qu'il améliora même, ajoutant de fines rainures tracées à l'ongle. Deux broches et quatre boucles d'oreilles furent ainsi réalisées, dans lesquelles il sertit les pierres avec dextérité. Les bracelets lui demandèrent un peu plus de temps, puisqu'il lui fallut ouvrager chaque maillon séparément avant de les assembler.

— Et voilà ! dit-il.

On le sentait à bout de concentration, et il ne tarda pas à reprendre forme humaine pour bondir sur Lilas et essayer de l'inciter à se chamailler avec lui. Mais une Sylfe ne s'énerve pas aussi aisément qu'une Selkie, et il abandonna bientôt la partie pour se rhabiller. Yuri, elle, admirait ses nouveaux joyaux. Si Haruko ne lui avait pas assuré que la petite fée avait des capacités insoupçonnables, jamais elle n'aurait envisagé de lui confier cette tâche… et elle aurait eu grand tort. Pyro était meilleur joaillier que tous les humains qui avaient créé les inestimables parures de la princesse Nekohaima. Certes, de trois bijoux il en avait fait huit, plus petits et plus fins, mais d'une beauté au moins équivalente.

— Vous voyez, remarqua l'obiko en souriant. Je vous avais bien dit qu'on pouvait en tirer plus et mieux que la matière première !

— J'avoue que je n'y croyais pas. Tu penses que nous en obtiendrons assez ?

— Largement, si c'est Emmanuel qui négocie…

— Il s'y connaît ?

— Non, enfin, moins que moi ; mais c'est un homme. Les commerçants essaient toujours d'arnaquer les femmes, et déjà qu'il est difficile de trouver un vendeur assez honnête pour accepter un prix décent…

— Tu veux dire qu'un homme qui n'y connaît rien pourra obtenir davantage qu'une femme qui serait spécialiste, juste parce qu'en tant qu'homme on l'écoutera et lui accordera une plus grande crédibilité ?

— Hélas.

— Eh bien… il y a au moins un point commun entre les nobles et les roturiers.

Haruko lui adressa un regard résigné, plus éloquent que n'importe quel discours.

*

Il avait joué et gagné.

Ils ressortaient.

C'était sa chance.

Il savait qu'il n'aurait pas pu filer un Rat. Les Rats savaient écouter les tunnels, les moindres conduits. Mais ceux-là… Il s'immobilisa en une fraction de seconde, ombre parmi les ombres, lorsque la femelle Aeling se retourna, en alerte.

Prudence.

Il leur laissa prendre de l'avance. Tout ce dont il avait besoin, c'était de l'étage supérieur du labyrinthe.

Il attendit qu'un rat lui morde l'orteil pour s'autoriser à repartir.

Et comme un insecte, il rampa dans les ténèbres à la poursuite de la maigre lueur de leur torche.

*

Un interminable soupir de bien-être souleva les poitrines des trois Aelings lorsqu'ils émergèrent dans l'air glacial de la nuit parisienne. Ils n'avaient réussi à tenir trois jours si loin de l'air libre, du soleil et du vent, qu'à cause de leur inquiétude pour Ren ; à présent, ils réalisaient à quel point leur élément naturel leur avait manqué. Ils savourèrent un moment cette résurrection, puis Trente-Chênes prit le chemin de la gare et ils la suivirent. À présent que le danger était passé, mille et une questions hantaient leurs esprits, et Mistral ne manqua pas d'en poser quelques-unes.

— Capitaine ?

— Ouais ?

— Comment avez-vous eu ça ?

— Quoi, la lampe ? Oh, ben… Sir Edward et moi partageons beaucoup plus qu'une passion pour le whisky.

— Okay, admit le patrouilleur. Et pour Douze ?

— Là, tu m'en demandes trop, Mistral. Il a dit qu'il remonterait après la Samain.

— La Samain… ça, j'en reviens pas encore. Enfin ! J'en connais au moins un qui sera content, conclut-il en jetant un œil amusé à son fils cadet.

Depuis leur départ de la Communauté, Ren s'était muré dans le silence rêveur de quelqu'un qui pense à une chose agréable mais inaccessible. Il ne fallait pas être devin pour mettre là-dessus l'image d'une petite Selkie aux cheveux bleu nuit. Les adieux des Fourmis aux Rats avaient été brefs : dès que Samuel avait ramené Trente-Chênes, à qui il était allé annoncer le réveil de son médecin de bord, les Aelings avaient cessé de refréner leur besoin de regagner la surface. L'heure des au-revoirs avait sonné. Le Spectral et sa petite amie, qui ne s'étaient jamais plus montrés aussi démonstratifs que lors de leur unique baiser, s'étaient contentés d'un muet contact front à front, tendre mais rapide.

Sir Edward avait convié toutes les Fourmis de la Rame Cinq à venir fêter la Samain dans les égouts trois semaines plus tard. Trente-Chênes avait ri, demandant s'il comptait inviter également la moitié de la capitale, mais le Chevalier avait rétorqué qu'une certaine Capitaine était réputée pour ne prendre que des gens de confiance dans son équipage. De fait, l'un et l'autre savaient que jamais une Fourmi, de la Rame Cinq ou d'une autre, ne trahirait les Rats – ne serait-ce que parce qu'ils comptaient parmi leurs principaux fournisseurs de contrebande. Quant à Douze, il avait choisi de rester avec son père jusqu'au Nouvel An keltien.

À présent, les Aelings retrouvaient le ciel, le Spectral retrouvait la solitude et Trente-Chênes retrouvait son train.

— Capitaine, y'a un truc que je voulais vous dire, reprit soudain Mistral.

— Hum ?

— Merci. Sans vous, il…

— Ta gueule, Mist. Je ne laisserai jamais une Fourmi faire les frais des conneries des nobles. Ni Ren, ni personne.

*

Il avait attendu que les Fourmis s'éloignent avant de grimper à son tour. Il était tellement affaibli, et la plaque de fonte pesait si lourd sur ses bras en sang, qu'il lui fallut plusieurs minutes pour la soulever le plus silencieusement possible. Au-dehors l'attendait Paris-la-Grise. La moins garce des trois, à cette heure indécise entre la nuit et l'aube. Oh, bien sûr, il devrait ramper jusqu'à la Noire pour se trouver où crécher. Ce ne serait pas difficile. Les bas quartiers, ce labyrinthe qui encerclait la capitale, comportaient dix mille recoins utiles qu'il avait connus autrefois, avant qu'il ne descende à la recherche d'une vie plus stable, où son estomac serait mieux rempli. Seulement, comme nombre de Rats, il savait d'où il venait, et il saurait y retourner.

Avec un gémissement, il s'arracha aux égouts.

L'instant d'après il s'affalait à genoux sur la chaussée, couvert de croûtes de sang séché sous ce qu'il restait de ses vêtements en loques. Ses plaies aux jambes se rouvrirent, mais il n'en avait cure.

En deux foulées il fut à l'ombre d'un pan de mur. Essoufflé, hagard, pris de vertiges, il s'effondra à nouveau, vomit contre les parpaings. Poussa un râle douloureux. Il était vivant. Il était sorti. Il avait réussi là où tous avaient échoué. Il était plus fort qu'eux. Plus fort que cette bande de raclures qui se laissaient mener par des grognasses et des pédés.

Toujours appuyé contre le mur, il fit un pas. Un autre.

Vers Paris-la-Noire, qui le happerait bientôt avec le lever du jour.

*

HA-17 entra sans frapper dans le cabinet de Ryûzaki. Cette politesse élémentaire était bonne pour des heures plus calmes, mais il n'y avait pas eu une seule heure calme depuis une semaine que la princesse avait disparu. Le jour était réservé à la quête d'indices, la nuit à l'analyse des résultats. Si Louis-Philippe, sur son beau cheval blanc, jouait à merveille les princes charmants désespérés à grands coups d'annonces publiques dans tous les quartiers de Paris, c'était à de moindres gens que revenait la lourde tâche d'en assumer les retombées. Et parmi toutes les équipes de recherche, celle que formaient à eux seuls les deux Japonais de l'armée impériale était de loin la plus efficace.

— Les transactions du jour, mon Colonel, annonça le lieutenant en saluant avec raideur, et elle laissa tomber un énorme paquet de photos sur le bureau de son supérieur.

— Repos. Aide-moi.

HA-17 prit une chaise, sépara la pile en deux parts rigoureusement égales et entreprit de les examiner une à une. Elle était la seule personne à qui Ryûzaki acceptât de déléguer cette tâche, car il savait que ses yeux d'hybride voyaient mieux que les siens et qu'elle connaissait aussi bien que lui les effets personnels de la princesse. Tous les soirs au couvre-feu, lorsqu'il ne servait plus à rien de passer les bas quartiers au peigne fin, le lieutenant apportait à son colonel des photos polaroid de l'intégralité des bijoux et vêtements vendus dans toute la ville ce jour-là, des plus grandes enseignes du quartier des négociants aux plus minables étalages des bidonvilles. Ils passaient ensuite six à huit heures à détailler chaque image, à la loupe pour l'un, à l'œil nu pour l'autre, espérant y trouver un indice, une trace, une piste… le début de quelque chose. Ils dormaient ensuite, deux heures tout au plus, avant de reprendre les recherches de jour. Le lieutenant était au bord de l'épuisement ;

Ryûzaki ne s'exprimait plus que par phrases d'un ou deux mots et s'assoupissait écroulé sur son bureau, au milieu de ces innombrables photos marquées, au dos, de leur référence restée jusqu'ici aussi utile qu'une chiure de mouche. Levana, militaire accoutumée à se contenter de moins que le nécessaire, n'aurait jamais imaginé qu'il pût y avoir autant de ventes en un seul jour dans une seule ville. Elle se demandait où tous ces gens trouvaient à ranger leurs achats, et comprenait plus aisément ceux qui, dès lors qu'ils n'en voulaient plus, s'en débarrassaient chez un revendeur d'occasions, voire en les rendant au marchand.

Ryûzaki prit sa loupe et se pencha sur la première photographie. Si son aide de camp n'avait pas été là, il se serait sans doute laissé aller à désespérer, peut-être même à boire. Protéger Yuri-hime était sa fierté et son honneur en tant que soldat de l'armée impériale et propriété de l'Ambassadeur Nekohaima Kenzô. Il avait beau savoir qu'il n'avait aucune responsabilité dans ce qui était arrivé, la culpabilité le rongeait, et avec elle, une lassitude si profonde que seule la présence de HA-17, qui œuvrait silencieusement à ses côtés, l'empêchait de perdre pied. Si une femme tenait bon malgré son moindre attachement au devoir, il devait tenir, lui aussi : en tant qu'homme, il était naturellement plus fort qu'elle à tous points de vue. Les femmes donnaient la vie. Les hommes, avec leurs aptitudes supérieures, veillaient à conserver cette vie qu'ils ne pouvaient porter.

Les photographies défilaient devant ses yeux brûlants de fatigue. Il refusait de se demander pourquoi il continuait à s'acharner. Pas question d'abandonner sa maîtresse, voilà tout. Yuri-hime… La première fois qu'il l'avait revue, cette fillette avec son visage calme et froid, ses yeux noir violine impénétrables, il avait cru retrouver sous une autre forme la femme qu'il n'avait pas pu protéger autrefois. Il s'était juré d'accomplir la mission que lui confiait son maître et protecteur, de mourir en l'accomplissant s'il le fallait, de ne jamais, jamais, ni démériter ni faillir… et il avait échoué. La princesse n'était plus là.

Restait Levana. Et une pile de photographies.

— Mon Colonel ?

Une pile de photographies, choses inertes et vaines qu'il passait en revue tandis que Yuri-hime était peut-être en danger, peut-être maltraitée, peut-être morte, peut-être violée, peut-être…

— Mon Colonel ?!

Comment avait-il pu la laisser seule ? Comment avait-il pu s'éloigner d'elle de plus de deux pas en territoire inconnu, lui qui au Japon dormait en travers de sa porte ?

— *Mon Colonel !*

La main de Levana lui heurta l'épaule sans douceur, le tirant des sombres réflexions où il s'était égaré. L'aide de camp ne fit aucun commentaire, mais ni l'un ni l'autre n'était dupe. Tandis que Ryûzaki se fustigeait mentalement, le lieutenant poursuivit :

— Regardez celle-là.

Elle lui tendait l'image d'une boucle d'oreille en or dans laquelle était fichée une perle naturelle. Le soldat n'avait jamais vu un travail semblable, d'une extrême finesse, avec pourtant quelque chose de léger, de naïf, d'une pureté presque enfantine. Son premier réflexe fut de s'en détourner : Yuri-hime ne portait pas ce genre de bijou, d'évidence occidental. Puis il se morigéna à nouveau : jamais HA-17, qui l'avait déjà prié plusieurs fois d'aller prendre du repos, ne l'aurait dérangé sans une excellente raison. Qu'avaient vu ses yeux d'aigle, à quoi les siens demeuraient aveugles ?

C'était bien sûr à la perle qu'il devait porter attention. L'or pouvait être fondu et réemployé, ce n'était qu'un support changeable à volonté. Mais une perle…

Enfin, il vit ce qui avait attiré l'attention de son lieutenant. Oh, la marque était légère ; il n'était pas même certain que sa propriétaire l'eût jamais remarquée. Seuls le regard acéré d'un Aeling ou d'un métis, et l'attention d'un garde du corps excessivement zélé, pouvaient avoir noté cette irrégularité où la nacre virait du blanc au rosé, le long d'une fine ligne qui courait sur la moitié de sa surface.

— Cette perle…

— Appartient à Yuri-hime. Enfin, appartenait. La référence de la photo indique une boutique dans le quartier des négociants. J'ai relevé la position sur la carte – latitude, longitude et trajet.

— Nous y allons.

Il se retint de froisser la photographie dans son poing, avant de la fourrer dans sa poche et de ceindre ses armes de service.

*

La silhouette encapuchonnée de noir s'assit sur un banc caché dans l'ombre des arbres, au pied du mur du jardin, et qui différait de tous les autres bancs disséminés le long de ce même mur : derrière lui, l'on devinait une profonde fissure dans le mortier qui scellait les blocs de calcaire blanc.

— Bonsoir, dit une voix étouffée de l'autre côté de l'enceinte.

Elle parlait sans timbre et il eût fallu une Selkie pour l'identifier, mais son interlocuteur en capuchon y était habitué.

— Vous l'avez vue ? demanda-t-il.

— Oui.

— Et ?

— À votre avis ?

Le capuchon frémit sous un soupir.

— Ne jouez pas à ce jeu-là avec moi. Vous me donnez déjà en deçà du minimum, et je pourrais finir par vous en tenir rigueur.

— Je n'ai aucune obligation de vous donner quoi que ce soit.

— Vous auriez tort de le croire.

— Vous savez qu'aucune menace ne fonctionne avec moi. Mais je vais vous le dire, puisque vous avez tant besoin de l'entendre. Elle va bien. Elle s'est même fait une amie.

— Une amie ? Celle que je pense ?

— Exact.

Un faible grincement de bois indiqua que l'entretien était clos. Des pas discrets s'éloignèrent dans la rue. La silhouette noire attendit de les entendre se fondre dans la nuit, puis s'en fut à son tour.

*

Le bijoutier renifla. Ses petits yeux porcins étaient plissés par la peur et ses grosses bajoues tremblaient.

— Je vous jure que je ne l'avais jamais vu ! Je suis plutôt physionomiste, mais je ne l'avais jamais vu et il ne m'a pas dit son nom... Les bijoux n'étaient pas dans la série de photographies que vous m'aviez confiée, j'ai vérifié ! J'ai toujours vérifié !

Ryûzaki darda sur le négociant un regard lourd de mépris. Dans ses vêtements de nuit dégoulinants de sueur, le gros homme n'essayait que de sauver sa peau et sa boutique. Il connaissait la réputation des hommes de l'armée impériale.

— Si tu revoyais cet homme, tu saurais l'identifier ?

— Oui, oui, je pense... Je peux même vous le décrire...

— Bien. Tu recevras demain la visite d'un portraitiste qui travaillera selon tes indications. Un soldat va t'être attribué, avec ordre d'arrêter l'homme que tu désigneras s'il revient chez toi. Tu as intérêt à ne pas me faire perdre la moindre piste ou la moindre seconde de mon temps, je ne suis pas enclin à la clémence. Je veux cet homme, lui et aucun autre. Est-ce assez clair ?

— Très clair, Monsieur le Colonel, très clair ! On ne peut plus clair ! Je ferai tout ce que vous m'ordonnerez, je vous aiderai de mon mieux, je…

— Ton mieux ferait bien d'être suffisant. Lieutenant ! Vous placerez un de nos hommes ici. Je veux quelqu'un d'incorruptible.

— Bien, mon Colonel. Dois-je faire prévenir Son Altesse Royale ?

— Seulement Nekohaima-sama.

Ryûzaki sortit sans se retourner, évitant de respirer trop fort : de terreur, le bijoutier s'était uriné dessus. HA-17 désigna un caporal pour en assurer la garde et emboîta le pas à son supérieur. Pour constater qu'il était à l'arrêt dans la rue, l'air absent. Ou très concentré.

— Mon Colonel…

Il lui intima le silence d'un geste sec.

S'appuya contre le mur.

Souffla très lentement.

— Elle est en vie, Lev'. Je suis certain qu'elle est en vie.

Puis il repartit du même pas, comme si rien ne s'était passé.

*

— Yuri-hime ! lança une voix claire et joyeuse derrière la princesse.

— Enfin ! J'ai bien cru que tu n'arriverais jamais ! sourit l'interpellée en accueillant la Selkie.

— *Skàm* ! Désolée, j'ai eu un peu de mal à me concentrer sur les enseignements de maître Taliesìn, ce matin…

— Un certain Spectral se serait-il invité dans tes pensées, par hasard ? Et dire qu'il n'est parti que depuis deux jours !

Bran vira au violine.

— S'il vous plaît, c'est… un peu gênant.

— Dit celle qui se promène presque nue.

— Les humains et les Selkies n'ont pas vraiment le même sens de ce qui est gênant, je crois.

— Et moi, je n'en doute pas ! Bon, j'arrête de te taquiner sur le sujet, c'est promis. Alors, nous y allons ?

Elles partirent se promener dans les jardins, où Aloïse et Lady Lore triaient et découpaient des plantes médicinales sous le regard attentif de Lucie.

— Décidément, on ne vous voit plus l'une sans l'autre, s'amusa la vieille guérisseuse.

— C'est rien de le dire ! Et lorsqu'elles ne sont pas ensemble, c'est que l'une est à aider quelque part, et l'autre avec son maître. Je me demande ce qu'elles peuvent avoir à se raconter, pour y passer tant de temps…

— Hier, elles parlaient du *Lai de Biclavret*, et à la veillée, de la *Geste de Deirdre…* Je ne savais pas que Yuri-hime s'intéressait à la littérature occidentale. Et qui aurait cru que Bran était capable de parler autant ? On dirait qu'elle rattrape toutes ses années de retard !

Comme pour lui donner raison, la Selkie partit d'un grand éclat de rire, suivie tout aussitôt par la princesse. Yuri avait sorti son carnet à dessins et montrait à la petite fée ses derniers croquis des Gens de l'Égout. Elles avaient l'air de deux amies d'enfance ou de deux sœurs très proches qui se retrouveraient après avoir été séparées pendant les vacances. Personne dans les Égouts n'avait jamais connu Bran si joyeuse. Et si ses précepteurs ou son garde du corps avaient vu Yuri en cet instant, ils n'auraient probablement reconnu qu'à grand-peine, en cette jeune femme épanouie, leur maîtresse au visage impénétrable.

— En parlant de retard, reprit Lady Lore, vous savez où était Emmanuel, avant-hier ? Je ne l'ai pas vu de tout l'après-midi.

— Moi je sais, déclara Lucie. Il était parti dehors. Je l'ai vu rentrer.

— Tiens donc… Il ne monte pas souvent, mais j'imagine que l'arrivée de Samain et ce qui couve entre Haruko et lui constituent une bonne raison !

— *Well the summer time is coming*, fredonna la Spectrale comme une réponse.

« *And the trees are sweetly blooming*
And the wild mountain thyme
Grows around the blooming heather,
Will ye go, lassie, go ? »

*

Yuri leva le nez de ses dentelles lorsque l'on frappa à la porte. Elle se hâta d'aller ouvrir avec des airs de comploteuse, et Lilas et Haruko se glissèrent dans la chambre.

— Quand doit-elle arriver ?

— D'ici un quart d'heure. J'ai pris de la marge, et puis vu sa notion du temps…

— Je l'ai croisée en venant, intervint Haruko, elle discutait avec Sir Edward au bord du lac. Je pense que nous avons un petit délai, mais pas tant que ça…

— Il n'y a pas grand-chose à faire, tout est déjà disposé. Vos affaires à vous, elles sont prêtes ? Parce qu'une fois qu'on se sera occupées de son cas, ce sera notre tour !

— Oui oui, tout est là-dedans !

Lilas désigna une valise qu'elle avait prise avec elle.

— Parfait. Au fait, Lilas, tu veux toujours parier ?

— Bien sûr ! Sauf votre respect, Yuri-hime, personne n'a jamais réussi à lui passer ne serait-ce qu'une chemise et il a fallu un mois de négociations pour lui faire porter un pagne, alors ce n'est pas pour dire que votre optimisme défie les lois du possible, mais…

— Je mise ce que tu veux que j'y arrive.

— Même un tour de nettoyage des toilettes ?

— Même un tour de nettoyage des toilettes.

— Topez-là, princesse !

— Ce n'est pas très convenable de prendre des paris lorsque l'on est une femme, remarqua l'obiko.

— Si c'est inconvenant, ça devrait l'être aussi bien pour un homme que pour une femme. Personnellement, puisque l'absence de pénis n'empêche pas de tirer au revolver, je ne vois pas pourquoi elle empêcherait de parier !

Yuri ne se rendit vraiment compte de ce qu'elle venait de dire qu'en voyant Lilas et Haruko la dévisager avec des yeux ronds. Gênée de sa propre audace, elle fit la moue et s'éclaircit la gorge pour reprendre contenance.

— Hé bé…, balbutia finalement la Sylfe. On m'l'aurait dit, j'y aurais pas cru. Méfiez-vous, princesse, vous allez finir par penser comme une vraie Rate d'Égout ! Et peut-être plus libéralement encore que certains, même !

— Une vraie Rate d'Égout…, répéta la princesse, pensive.

Non, elle n'était pas une Rate. Elle ne faisait pas encore partie des Gens ; elle ignorait d'ailleurs si elle en serait capable. Bien qu'elle partageât leur vie depuis déjà plusieurs semaines, Yuri savait qu'elle demeurait très différente de son nouvel entourage. Elle avait passé toute son enfance à apprendre à se méfier. Il fallait désormais apprendre à accorder sa confiance… Cette confiance que son propre père avait foulée aux pieds.

Elle fut sauvée d'un petit accès de déprime par trois coups secs à sa porte. Lilas et Haruko battirent silencieusement en retraite dans la salle de bain, laissant la princesse aller ouvrir.

— Vous vouliez me voir ? demanda Bran en repoussant de son front une mèche humide.

Comme à son habitude, elle portait son espèce de pagne en peau de phoque constitué de deux rectangles approximatifs attachés autour de sa taille par des lacets, et strictement rien d'autre. Sa poitrine nue aurait aussi bien pu être celle d'un garçon, ses hanches étaient plus étroites que ses épaules. Dur de rendre une silhouette pareille un tant soit peu civilisée… Yuri la toisa de bas en haut, de haut en bas, puis la dévisagea d'un œil sévère. La Selkie fronça le nez, surprise et un peu inquiète.

— Entre, ordonna la jeune aristocrate d'un ton sans appel.

Elle referma la porte et resta adossée au battant.

— Heu, vous êtes sûre que vous allez bien, Yuri-hime ?

— On ne peut mieux. J'ai à te parler.

— J'ai rien contre, c'pas le problème, mais vous êtes un peu flippante, vous savez, avec la tête que vous tirez… On dirait Pyro quand il prépare une pseudo-amélioration sur une machine…

— L'image est assez bien choisie. Bran ! Ce soir, c'est le grand bal des Égouts pour le vingtième anniversaire de la Communauté.

— *Skàm* ! je sais bien. Et alors ?

— Alors, pour se rendre à un bal, il est d'usage de se vêtir de manière appropriée.

— Heu, pas chez les Selkies… On s'habille jamais.

— Mais nous ne sommes pas chez les Selkies, tu en conviendras. Tu es la seule Selkie à, disons, cent cinquante, deux cents kilomètres à la ronde ? Au moins ?

— Je vous préviens tout de suite, Yuri-hime, il est hors de question que je…

Avant que Bran eût pu finir sa phrase, la princesse avait traversé la pièce et donné un bon coup de pied dans son paravent. Celui-ci s'abattit en claquant sur les tatamis, dévoilant un mannequin de bois sur lequel était disposée une magnifique tenue de soie bleu saphir rehaussée d'argent, assortie à la nuance près aux cheveux et au teint de la jeune Selkie. De toute évidence, le vêtement était trop étroit au buste et aux hanches pour appartenir à Yuri. Le corsage, décolleté en V, était conçu sans corset pour conserver l'amplitude de mouvement, bien qu'un laçage dans le dos permît de l'ajuster parfaitement au gabarit d'oiseau de sa porteuse. Les manches de mousseline légère étaient larges et évasées, maintenues au poignet par un mince ruban gris à ferrets d'argent. Quant à la jupe, conçue pour former une légère traîne si on la portait sans chaussures, elle était plus courte sur l'avant pour dégager les pieds, et fendue jusqu'à la taille sur la jambe droite, laissant apparaître un second jupon de mousseline argentée.

L'ensemble méritait à peu près le nom de robe, mais Yuri et Haruko avaient veillé à ce qu'il restât très androgyne, à l'image de la personne à laquelle il était destiné.

— Qu'est-ce que c'est que… *ça ?*

— Ta tenue de bal. Je l'ai faite d'après les mesures que le seigneur Taliesìn m'a données. Il a précisé que tu détestes avoir du tissu entre les jambes, pour rester libre de te transformer. Comme tu n'es ni une fille ni un garçon, nous avons fait au mieux pour concevoir quelque chose d'approprié ; crois-moi, ça n'a pas été simple… Enfin ! Voilà l'occasion de mettre un peu ta beauté en valeur !

— Quoi ? Mais je…

— Tu rien du tout. Selkie ou humaine, une fête exige une tenue de fête, Bran, et pour une fois, ça ne te tuera pas de faire un effort.

— Mais…

— Même Pyro et les enfants en feront un. Je ne vois pas au nom de quoi tu serais seule à t'en dispenser ! Si tu veux être à égalité avec les humains, va falloir renoncer au privilège de la « sauvage-qui-vit-à-poil », au moins pour ce soir.

— C'est quoi cet argument à la noix ?

— Prouve-moi qu'il ne vaut rien.

— …

Bran se figea un doigt en l'air, avec l'expression de quelqu'un à qui l'on vient de couper l'herbe sous le pied. Yuri étouffa un éclat de rire dans sa main.

— Vous avez vraiment fait ça pour *moi* ?!

— Oui.

— Et vous voulez que je la porte au bal de ce soir ?

— Oui.

— Heu, c'est pas qu'elle n'est pas belle, hein, bien au contraire… mais je vais être ridicule, là-dedans. J'ai jamais porté de fringues de ma vie !

— Et moi, je n'avais jamais vécu dans des appartements réduits à une seule chambre, au milieu de gens du peuple et de fées, sans serviteurs et sans protocole. J'ai peut-être été ridicule une ou deux fois depuis, ou même davantage, et alors ? Toi aussi, ça pourrait t'arriver souvent, dans les jours qui viennent. Tu t'habitueras vite.

La Selkie et la princesse échangèrent un long regard. Enfin, Bran baissa la tête et s'inclina insensiblement.

— Je vous remercie. C'est un cadeau magnifique.

— Tu la porteras ?

— Oui.

— Lilas, quand je serai inscrite sur la liste des corvées, tu me devras un tour de nettoyage des toilettes ! Vous pouvez sortir, les filles, on a du pain sur la planche…

Avant d'avoir compris ce qui se passait, Bran se retrouva encerclée par une Sylfe, une obiko et une princesse qui rivaient sur elle des regards chargés de redoutables intentions.

— J'arrive pas à croire que vous ayez réussi, Yuri-hime…

— Tout est dans l'argumentaire, Lilas, tout est dans l'argumentaire. Je t'apprendrai. En attendant… au bain !

*

Environ une heure plus tard, Sir Edward et Taliesìn passaient devant la porte de Yuri pour se rendre à la laverie récupérer leurs chemises de bal lorsqu'ils perçurent un échange apparemment très animé :

— Tu as vraiment des cheveux ma-gni-fiques ! Ces boucles, cette épaisseur, ce soyeux ! Quel dommage que tu ne les coiffes jamais !

— Nan mais ça va pas ? Vous allez pas me…

Le Chevalier pila net et fronça un sourcil inquiet.

— C'était la voix de Bran, non ?

— Oh oui, répondit le Barde en s'étouffant de rire, aucun doute là-dessus.

Le Logrien interrogea son ami du regard, mais celui-ci secoua la tête.

— Il y a des surprises qu'il ne faut gâcher pour rien au monde, Ned. Et puis, que veux-tu ? Il fallait bien que ça arrive un jour !

— Que quoi arrive un jour ?

— Que Bran ait une amie.

Et il entraîna vers la laverie le coordinateur dévoré de perplexité.

*

— Et voici la touche finale, Waterlily ! conclut Yuri en ouvrant fièrement un écrin de velours noir pour révéler une broche en argent ornée d'un nymphéa de nacre, ultime chef-d'œuvre de Pyro créé à partir d'un autre bijou de la princesse.

Le trio de conspiratrices avait fait merveille. Baignée, désincrustée, manucurée, ses longs ongles de Barde vernis de bleu nuit, ses grands yeux noirs surlignés de khôl et ses cils allongés au mascara, revêtue de la tenue saphir qui lui seyait à ravir, enfin les cheveux démêlés, lustrés puis coiffés en demi-queue agrémentée de petites torsades, de perles et de fils d'argent, Bran était méconnaissable. Seule était encore visible sa cicatrice au visage, celle qui courait de sa tempe à son œil, lui donnant un air farouche qui pimentait le tout. La Selkie s'était montrée beaucoup plus docile que les filles ne s'y attendaient. Elle avait même pris un certain plaisir au jeu, bien qu'elle fût demeurée intraitable à propos de la coiffure, pour laquelle elle avait des exigences dignes de Yuri elle-même. Elle leur avait brièvement expliqué les coutumes de son espèce en matière de cheveux, et pourquoi, en tant qu'Âme, élève barde, elle ne se les attachait que pour les fêtes. La princesse, enchantée de son petit chef-d'œuvre, piqua la broche sur l'épaule droite de la fée.

— Autant qu'il m'en souvienne, tu poses ta harpe sur ton épaule gauche… Contrairement aux harpes de cour, qui s'épaulent à droite.

— Vous avez un sacré sens de l'observation ! Oui, la clarsach s'épaule à gauche. Côté cœur.

— Alors la broche ne devrait pas te gêner. Tu veux te voir ?

— Je…

Lilas simplifia le problème en plantant la psyché de Yuri sous le nez de Bran.

— Arrête de faire ta chochotte et regarde-toi, crétine. T'es su-perbe. Pour un peu, on te donnerait tes vingt ans.

Les yeux de la jeune Selkie s'agrandirent de surprise en découvrant son reflet. Elle cligna plusieurs fois des paupières pour s'assurer que ce qu'elle voyait était bien réel.

— C'est Sir Edward qui va être surpris, s'amusa Haruko. Allons, jeunes filles, à notre tour de nous faire belles ou nous serons en retard au bal, ce qui serait très impoli pour nos cavaliers.

— Des cavaliers ?

Cette fois, Bran avait changé de couleur, et son teint outremer virait au mauve.

— Bien sûr ! C'est tout de même plus élégant si on se rend à un bal avec un cavalier ou une cavalière…

— Mais j'ai pas de cavalier… Je veux dire, j'en ai jamais, je fais la musique, moi…

— Oh que si, tu en as un ! intervint Yuri tout en démêlant ses propres cheveux à une vitesse époustouflante. Sir Edward m'a dit qu'ici, l'usage est d'envoyer un petit mot à la personne que l'on souhaite inviter. Et tu as reçu ça pendant qu'on te faisait belle.

Elle lui tendit un papier plié en quatre. La Selkie l'ouvrit. Il n'y avait pas un mot, seulement une fleur de lotus dessinée à l'encre de Chine. Les joues de Bran virèrent au violet.

— C'est Douze qui l'a apporté pour lui. Alors, j'ai répondu pour toi. Par l'affirmative.

— …Merci…

— Moi, j'y vais avec Oak, dit Lilas en passant sa propre robe de bal en soie jaune vif. Je sais qu'Haruko a invité Emmanuel. Et vous, Yuri-hime ? Je vous ai vue rédiger un mot, mais vous l'avez confié à Pyro avant que j'aie déchiffré son destinataire.

— Tu le sauras bien assez tôt, Lilas ! rit la princesse. C'est une surprise.

— Deviendriez-vous cachottière ? la taquina Bran, qui reprenait vite du poil de la bête.

— Cachottière, moi ? minauda son amie, moqueuse. Pas du tout, que vas-tu imaginer ?

*

Sir Edward tira sur les boucles de sa lavallière écarlate la moins usée pour en fixer le nœud au milieu du col de dentelle de sa chemise. L'une des larges manches était légèrement plus raide que sa jumelle, car une déchirure en arc-de-cercle avait été reprisée avec un fil très fin et beaucoup de soin.

— Très élégant, commenta Taliesìn qui, armé d'un peigne en bois, se battait contre une petite armée de mèches rebelles. Mais Bran ne va pas aimer du tout que tu aies choisi cette chemise-là.

— Pourtant, elle évoque de bons souvenirs…

Son ami lui sourit, mais ne répondit pas. Lui-même avait changé de vêtements, et passé un pantalon bleu roi, une ample chemise à manches bouffantes en soie azur cintrée par une ceinture de cuir noir, et une cape en laine bleu marine. En revanche, il n'avait pas quitté son écharpe bleu nuit.

— Au fait, tu lui as dit oui ?

— *Of course*. Comment refuser ce genre d'invitation ?

— Ça fait plaisir de te voir retrouver goût à ce genre de choses.

— J'ai toujours aimé faire la fête !

— Faire la fête, oui. Danser en couple… La dernière fois, c'était pour la Beltan, il y a vingt et un ans. C'est amusant de voir que Bran s'y met exactement comme tu t'y remets.

— Qu'est-ce que tu veux dire ?

— Qu'elle a été invitée, et qu'elle a dit oui.

— *Waterlily ?! But... they're just a cub !*

— *A twenty-years-old cub, Edward. And there's a handsome young Spectral who has a, hum... quite different opinion about this.* Après tout, elle sera majeure dans trois mois.

— Trois mois… Dans trois mois elle aura vingt et un ans… Ana ! Que le temps passe vite. Je me souviens encore du jour où je l'ai ramassée… Ce Spectral, qui est-ce ?

— Tu n'as pas une petite idée ?

— Le toubib de la Rame Cinq ? Celui avec les yeux verts ?

Taliesìn se contenta de sourire. Sir Edward leva les yeux au ciel en soupirant. Sa petite Waterlily était donc devenue adulte sans même qu'il s'en aperçoive ?

— J'ai un coup de vieux, Taliesìn.

— Je comprends. Ça m'arrive aussi, de temps en temps. Enfin, à ta décharge… elle ne fait vraiment pas son âge, notre petite fleur d'eau.

Le Barde posa une main complice sur l'épaule de son ami, et ils échangèrent un regard entendu.

— Eh bien, ce jeune Ren a intérêt à en valoir la peine ! conclut le Chevalier en riant. *Well, time to go, blondie ?*

CHAPITRE X
PRÉSENTS

— LES FOURMIS SONT LÀ ! Les Fourmis sont là !

Pyro et son petit frère bondissaient joyeusement à travers les couloirs en pépiant à qui mieux mieux. Ils n'avaient pas mis dix minutes à faire le tour de la Communauté pour porter la nouvelle. Sir Edward et Taliesìn venaient de sortir de la chambre du coordinateur, où ils s'étaient préparés, lorsque les deux petits Feux-follets vinrent tourbillonner autour d'eux.

— C'est bon, les garçons, nous avons compris… *Let's go and tell it to Yuri-hime and Bran* !

Ils ne se le firent pas dire deux fois. En une fraction de seconde, Ashe et son aîné avaient disparu, prêts à prévenir de l'arrivée de l'équipage, une deuxième, troisième ou dixième fois, tous ceux qu'ils rencontreraient.

— Tu sais quoi, blondin ? Heureusement qu'il n'y a qu'une seule famille de Feux-follets, là-dessous…

— Tu dis ça, mais tu recueillerais ici tous les Feux-follets de la planète si le besoin s'en faisait sentir. Allons, Chevalier ! Il est de votre devoir d'accueillir dignement vos invités.

Ils rirent et gagnèrent, près de l'infirmerie, l'entrée nord par laquelle les Fourmis étaient arrivées. Douze les avait déjà rejointes, portant pour l'occasion une kurta vert anis brodée de fils dorés et ayant fait un effort méritoire pour être présentable : il avait à présent l'air d'un hippie tout propre, à la tignasse à peu près brossée. Le reste de l'équipage de la Rame Cinq était très bigarré : si tous avaient conservé le pantalon ou l'ample jupe longue de leur uniforme gris cendre, certains, comme Tina et les Alethia, s'étaient contentés de nettoyer et repasser leur tenue la moins usée ; d'autres, comme Ren, Spark ou Lucien, avaient choisi quelque chose de plus gai. Ainsi, le machiniste Feu-follet, ses cheveux rouges méchés d'or toujours coiffés en pétard, avait décidé qu'un T-shirt jaune poussin brodé d'une fourmi à casquette, douteux résultat d'un pari stupide, serait du meilleur effet. Le courrier avait revêtu une chemise serrée d'un mauve très seyant à ses cheveux châtains, négligeant de la boutonner jusqu'en haut, et remplacé sa casquette par un bandeau frontal rose pâle, couleur à la mode en France depuis l'annonce du mariage du Dauphin avec l'héritière du clan Nekohaima. Le Spectral, quant à lui, avait préféré un style plus ancien et moins près du corps : une coupe assez semblable à celle que portait Sir Edward, dentelle en moins, en coton d'un vert émeraude assorti à ses yeux. Les manches, bouffantes sur les bras, étaient lacées sur les avant-bras grâce à un élégant empiècement de cuir noir qui lui donnait une grande liberté de mouvement. Avec ses cheveux blancs sagement coiffés et son sourire serein, il détonait un peu dans la masse plutôt joyeuse et dynamique des autres Fourmis.

Et puis il y avait Camille-Agnès Albane du Mont de Trente-Chênes. Fidèle à elle-même, elle avait revêtu la version féminine du costume de cérémonie des Capitaines du Rail : jupe longue plissée et galonnée ceinturée de noir, chemise blanche sans un seul faux pli, au col rehaussé de deux broderies grises proclamant sobrement : O.E.5. Sa veste cintrée illustrait à elle seule les valeurs d'un Capitaine de l'Orient-Express. Gris cendre comme tout le reste, elle était ornée d'épaulettes à trois étoiles d'où pendaient à gauche trois cordons, et de trois bandes sur les poignets encadrant trois boutons de tissu, toujours dans les mêmes couleurs : blanc pour la clairvoyance, gris pour l'intégrité et noir pour le devoir, les trois vertus cardinales des officiers de la compagnie. Sur sa manche droite était cousu l'écusson du mérite, celui qui récompensait le meilleur des Capitaines lors de leur réunion organisée tous les sept ans ; elle en était la dernière récipiendaire, élue à l'unanimité. Sur ses cheveux en brosse impeccable, sa casquette blanche et noire était posée avec autant de naturel que si elle était née avec. Et ainsi, sans un artifice, sans une goutte de maquillage ni une once de fantaisie, elle était aussi belle et féminine que n'importe quelle représentante de son sexe.

Lorsque Sir Edward s'approcha, il commença par lui serrer la main, puis s'inclina pour un baisemain qui, en cette circonstance, lui rendait beaucoup mieux hommage.

— Capitaine, je vous remercie, ainsi que votre équipage, de nous faire l'honneur de votre présence.

— L'honneur est réciproque, répliqua-t-elle du tac au tac avec un chaleureux sourire. Et par pitié, Edward, épargne-moi le vouvoiement et les courbettes, tu sais que ça m'insupporte.

Il la gratifia d'une œillade taquine.

— Soit. Dans ce cas, je laisse mon fils vous guider… et je vais chercher ma cavalière. À tout à l'heure !

Après avoir salué d'un geste amical le reste des Fourmis, il tourna effectivement les talons. Taliesìn fit signe à Ren de suivre le Chevalier, et le jeune Spectral, bien qu'interloqué, obéit. Alcyone hésita une seconde, puis leur emboîta le pas. Quant à Trente-Chênes, elle n'était pas moins surprise que son médecin de bord.

— Sa cavalière ?! Suie et charbon, on me l'aurait dit, je n'y aurais pas cru !

— Pour être sincère, commenta Douze en regardant distraitement la direction dans laquelle le Chevalier et le guérisseur avaient disparu, j'ai eu un peu de mal à y croire, moi aussi. Mais si ça peut vous rassurer, P'pa est toujours fidèle, il rend juste service.

— Oh, c'est lui que ça regarde… Bon, Jack, si tu nous montrais le chemin ?

— D'accord, mais dès qu'on remonte à la surface, vous oubliez Jack et vous retrouvez Douze. Ça pourrait être mauvais pour ma santé, sinon.

— Aucun problème.

*

Ren avait trotté jusqu'à rejoindre Sir Edward et marchait à présent à ses côtés, se laissant guider par ses pas. Alcyone resta en retrait. Le Chevalier leur jeta un coup d'œil, mais ne dit rien. Ils ne s'étaient parlé qu'une seule fois, peu après le réveil du Spectral ; ils ignoraient alors qu'ils seraient bientôt liés de façon pour le moins inattendue… Seul le patrouilleur ne paraissait pas perturbé outre mesure : le jeune médecin n'était pas très à l'aise, et curieusement, le coordinateur non plus. Aussi n'échangèrent-ils pas un mot avant d'être arrivés à la chambre de Yuri.

Oak et Emmanuel attendaient déjà dans le couloir.

— Ah, pas trop tôt ! On n'osait pas frapper..., avoua le Sylfe, adressant à Sir Edward un regard qui impliquait que seul un noble pourrait oser toquer à la porte d'une princesse.

Le coordinateur s'exécuta en souriant.

— Un instant, messieurs ! répondit la voix posée d'Haruko. Nous sommes presque prêtes.

À l'intérieur, Bran achevait de glisser les dernières perles dans les cheveux de Yuri. Contre toute attente, elle était assez à l'aise avec cet exercice. Bientôt la princesse se leva et fit signe à l'obiko d'ouvrir la porte.

Haruko sortit la première, vêtue, pour la plus grande joie d'Emmanuel, d'une robe à la chinoise fendue jusqu'aux genoux, en soie bleu pâle brodée de gris. Elle s'était coiffée d'un chignon haut en demi-boule qui lui seyait à merveille. Aux anges, Emmanuel lui proposa son bras, qu'elle prit d'un air radieux.

— À tout à l'heure, lancèrent-ils avant de s'en aller.

Jolie comme tout dans le drapé généreux de sa robe jaune vif ceinturée de cuir rouge tressé, Lilas ne se fit pas prier non plus pour se jeter dans les bras d'Oak, qu'elle embrassa sur la bouche en se moquant éperdument du regard d'Alcyone, réduit à se détourner avec embarras. Le temps que Ren et Sir Edward échangent un regard amusé, le couple s'était éclipsé à son tour. Mais ni Yuri, ni Bran n'étaient encore sorties de la chambre, dont la porte entrebâillée ne laissait rien deviner.

— Vas-y, je te dis, insista soudain une voix étouffée, murmurant un peu trop haut. Tu ne risques rien !

— *Skàm* ! Vous en avez de bonnes ! Je ne sais même pas qui est votre cavalier, à vous, si ça se trouve il est là aussi et... OUTCH !

Sans plus lui demander son avis, Yuri venait de pousser Bran hors de la chambre, et la jeune Selkie se retrouva tout d'un coup dans la lumière du couloir, l'air un peu perdue mais absolument ravissante avec sa superbe tenue de soie bleu foncé et sa coiffure tressée d'argent.

Les mâchoires de Sir Edward et de Ren s'affaissèrent de concert. Il était difficile de dire qui, de Bran ou des deux hommes, était le plus statufié. Même Alcyone, qui n'aurait jamais pu trouver désirable une autre espèce que les Aelings, haussa les sourcils jusqu'au milieu du front, les yeux écarquillés. Cependant, il se reprit plus vite que les trois autres, et tandis que Yuri sortait à son tour, il colla dans les côtes de Ren un bon coup de son coude osseux.

— Ferme-la, p'tit frère : tu baves, lui glissa-t-il avant de s'écarter non sans délicatesse.

L'effet fut radical. Le jeune médecin piqua un fard, mais fit un pas timide vers Bran. Les joues violettes, la Selkie saisit sa main offerte avec la grâce fragile que confère une gêne intense. Ses yeux noirs abandonnèrent un instant le Spectral pour se poser sur le Chevalier et la princesse : comprenant qui était le cavalier de Yuri, elle sourit avec entrain et fit un clin d'œil à Sir Edward. Entrelaçant ses doigts avec les siens, Ren l'entraînait déjà en direction du Centre.

— Bon, ben… J'vous laisse, hein ! conclut Alcyone, qui s'empressa d'emprunter un autre chemin.

La princesse et le Chevalier restèrent seuls, se détaillant mutuellement. La jeune femme portait une robe de bal à quatre jupons ; le premier était de fine batiste vieux rose, presque invisible sous ceux qui le recouvraient, le second en organza violet sombre, le troisième, semi-transparent, d'un parme clair aux reflets moirés, et le dernier, en mousseline arachnéenne couleur fleur de cerisier, avait été brodé de pétales au fil de soie. Le corsage, en velours de soie du même violet sombre, soulignait sa taille fine et sa poitrine bien proportionnée. Deux longues mitaines qui n'enserraient que ses majeurs couvraient ses bras d'un voile léger de tulle rose pâle. Sir Edward sourit : la princesse, assurément, aurait fait une fabuleuse Reine de France si tel avait été son désir.

— Yuri-hime, si vous voulez bien me faire l'honneur d'accepter mon bras… Vous êtes superbe, ce soir !

— Merci, Chevalier.

— C'est moi qui dois vous dire merci, princesse. Pour Haruko-san. Pour Lilas. Et, bien sûr et surtout, pour Bran.

Elle sourit mystérieusement, mais ne répondit rien. Après tout, Sir Edward n'était pas encore au bout de ses surprises…

Au Centre, le bal n'était pas encore commencé. Taliesin et les neuf autres musiciens du premier tour accordaient leurs instruments sur la tribune tandis que les Rats et les Fourmis arrivaient peu à peu. À l'instant de pénétrer dans la salle immense, le coordinateur se figea : il s'apercevait soudain que toutes les femmes des Égouts arboraient de belles robes en soie, en taffetas, en satin, en velours. Des robes faites pour danser, de vraies robes de bal… Jamais elles n'avaient été aussi belles. Aucune d'entre elles n'avait osé rêver posséder un jour un vêtement semblable. Non, jamais elles n'avaient été aussi belles ! Ce soir-là, les égouts étaient devenus un écrin où chatoyait une ribambelle de pierres précieuses : par-dessus les étoffes, kaléidoscope de couleurs vives, les visages étincelaient d'une joie insouciante.

Sir Edward dévisagea Yuri.

— Eh bien, quoi ? demanda-t-elle, souriante.

— Où avez-vous…

Elle ne répondit pas, mais il avait déjà compris : la princesse, arrivée parmi eux couverte de bijoux, ne portait plus qu'un pendentif serti d'une améthyste.

— Vous savez, dit-elle finalement, toutes ces femmes… Chaque jour, elles se rendent utiles à leur travail, à leur famille, à la Communauté entière. Moi, je n'accomplis rien d'utile ; je me contente de regarder, d'essayer de comprendre, d'apprendre autant que possible. Alors, le peu que je pouvais faire, je l'ai fait, voilà tout. Encore n'ai-je fourni que le tissu…

— Même si votre vie entière n'était passée qu'à regarder et apprendre, Yuri-hime, elle serait loin d'être inutile. Cependant, je vous remercie de ce que vous avez fait. Nous vous devons un peu de chacun de ces sourires.

Lorsqu'ils entrèrent enfin, le brouhaha se tut et tous les regards se tournèrent vers eux.

Sir Edward poussa un petit soupir.

Bran accourut :

— Vous êtes les derniers, dit-elle en riant. Nous n'attendions plus que vous !

— Vraiment ? sourit le Chevalier. En ce cas… Taliesin !

Le Barde hocha la tête et posa les doigts sur sa harpe de bois blanc, toute cordée d'or. D'une voix puissante, il se mit à chanter, accompagné par tous les Rats en chœur :

« Nous sommes la lie
De l'Humanité,
De la Faerie,
De la Fomoiré,
Nous sommes liés
Par le sang et par la boue,
Nous sommes les Gens de l'Égout !

Nous avons renoncé au Soleil
Pour prix de notre liberté.

En nos cœurs peu à peu se réveille
La conscience d'une dignité.

Nous sommes la lie
De l'Humanité,
De la Faerie,
De la Fomoiré,
Nous sommes liés
Par le sang et par la boue,
Nous sommes les Gens de l'Égout ! »

Un instant de silence solennel plana sur l'assistance, puis Taliesìn déclara :

— LA FÊTE DE SAMAIN EST OUVERTE !

Une grande clameur de joie lui répondit et la musique commença. Yuri avait de la chance : c'était une valse comme elle savait si bien les danser. Sir Edward était un cavalier admirable, plus doux et plus subtil que Louis-Philippe, et de loin plus original. Il la guidait en silence dans des figures ou des combinaisons de pas qu'elle n'avait jamais vu exécuter, et qu'elle se plut à apprendre. À sa grande surprise, Bran et Ren tournoyaient à leurs côtés avec une virtuosité égale, sous l'impulsion souple et précise de la Selkie : car, aussi inconvenant que ce fût, c'était la cavalière qui menait ! La Selkie se débrouillait admirablement avec sa robe, malgré ses protestations jusqu'à la dernière minute quand il lui avait fallu la revêtir.

Grâce à cette entrée en matière, la princesse fut d'abord rassurée : elle n'aurait guère de mal à suivre le bal s'il était constitué de valses et de menuets tels que dansés à la Cour de France. Très vite, elle découvrit qu'elle se trompait, car elle ignorait tout de la gigue, de la polka piquée ou de la mazurka… Heureusement, Sir

Edward l'instruisait à mesure, indiquant le pas juste à temps pour qu'elle le suive, et elle s'en tira avec les honneurs – d'autant qu'ici, au contraire de la cour, personne n'était là pour la juger ; les Gens n'avaient qu'un seul but, prendre du bon temps.

Au bout d'une heure d'apprentissage accéléré, elle sollicita une pause et ils gagnèrent le bord de la piste, où toutes les tables du mess, alignées et nappées, formaient un interminable buffet. Le Chevalier lui tendit un verre de vin et ils trinquèrent sans façon. Personne n'avait goûté le vin au préalable. Personne ne s'était incliné devant Yuri en la servant. Personne ne lui avait laissé la piste de danse pour l'épuiser ou la pousser à un faux pas. Et Sir Edward n'avait pas baissé les yeux en trinquant.

— Ce monde est merveilleux, s'entendit-elle penser tout haut.

Son cavalier rit de bon cœur. Sur la piste, tout autour du Saule, des couples évoluaient au rythme d'une scottish endiablée. La princesse repéra Manon, qui dansait avec une autre fille. Elles avaient l'air de beaucoup s'amuser.

— Une fille peut en inviter une autre ?

— Oui, bien sûr. Ici, les cavaliers et cavalières servent surtout à ce que personne ne passe la première danse à chercher un partenaire, et vous verrez que bientôt les couples changeront… Comme vous l'avez fort bien constaté vous-même, inviter son amant ou son amante n'est qu'une possibilité parmi d'autres. Et on peut aussi bien n'inviter personne, comme la Capitaine.

— Elle n'aime pas danser ? s'étonna Yuri en constatant que Trente-Chênes n'avait pas quitté le bord de la piste : elle discutait présentement avec Lady Lore, dont la robe évanescente de mousseline de soie blanc argenté scintillait autour d'elle comme un halo de lune.

— Elle déteste ça.

Décidément ! La Capitaine était la première femme que la princesse eût vue porter des pantalons, commander des hommes et ne pas aimer la danse… Lorsque la scottish s'acheva, Bran les rejoignit, suivie de près par son cavalier spectral. Elle toisa Sir Edward de bas en haut, fronça les sourcils en reconnaissant la chemise qu'il portait, lui adressa une moue boudeuse à laquelle il répondit par un sourire, puis :

— M'accordez-vous cette danse, Yuri-hime ? fit-elle avec une courbette irrévérencieuse et un sourire taquin.

Surprise mais égayée, la princesse mit sa main dans celle de la Selkie. Elle ne l'avait jamais touchée jusqu'alors, même pendant l'habillage, et elle fut surprise de constater que sa peau était très douce et très fine, beaucoup plus fragile que celle d'un humain, plus souple et à peine humide. Mais la poigne était ferme lorsque les doigts bleus se refermèrent sur les siens et l'entraînèrent sur la piste pour la seconde valse de la soirée. La délicatesse n'empêchait ni l'énergie, ni la force.

— *Well…*, lança le Chevalier avec une moue réjouie, je me trompe, ou votre cavalière vient d'emprunter la mienne ?

— Heu… non, enfin, je veux dire, oui.

L'homme et le Spectral éclatèrent de rire. Sur la piste, la princesse et la Selkie évoluaient avec grâce sans que l'une des deux menât l'autre, légères, en parfaite synchronisation, coordonnées par la seule musique. Parfois elles se détachaient, exécutaient une figure, se retrouvaient, se séparaient à nouveau… Elles inventaient une nouvelle chorégraphie, connue d'elles seules, où la compréhension ne passait plus que par leurs yeux et par leurs corps abandonnés au rythme régulier de la valse.

— Elle est belle, n'est-ce pas ? demanda Sir Edward à Ren, qui ne parvenait pas à détacher les yeux de la petite Selkie.

— Laquelle ? répondit le Spectral. La princesse du Japon ou la princen d'Irwazh ?

— Et spirituel avec ça. Bran a toujours eu un goût excellent ; je suis heureux de constater que vous ne faites pas exception à la règle.

— Vous comptiez donc m'évaluer, pour savoir si vous accepteriez que…

— *Of course not !* Waterlily fait ce qu'elle veut, elle est libre. Je suis simplement curieux.

— Alors je vais avoir du mal à satisfaire votre curiosité. Je pourrais vous dire que je l'aime parce qu'elle est courageuse, talentueuse, intelligente, belle, douce, attentive, fière, sauvage et sensible. Ou encore parce qu'elle est forte, volontaire et loyale. Et ce serait faux. Non pas, bien sûr, que chacun de ces qualificatifs, et bien d'autres encore, ne corresponde à Bran point par point. Mais ce qui nous unit est plus ancien, plus profond, plus viscéral. Nos… nos Dragons ne sont qu'un.

Sir Edward posa sur Ren un long regard sincère et pénétrant.

— *Well, that's a good thing.* J'aurais dû m'en douter. Vous dansez ?

Si Sir Edward se réjouissait, Mistral et Alcyone étaient plus dubitatifs concernant l'idylle entre Ren et Bran. Cers et son époux avaient dansé un moment, puis gagné le buffet dont leur fils aîné, un verre à la main, n'avait pas décollé malgré quelques invitations. Il aimait surtout danser pour séduire et ce soir-là, son objectif premier n'était pas une partie de jambes en l'air.

— Inquiet ? demanda son père.

— Bien sûr. Les coups de foudre sur plan astral, c'est plutôt rare, et en plus… merde, c'est une *Selkie !*

Il avait presque craché le mot. Si les Spectraux, les « Intouchables », n'avaient pas bonne presse auprès des autres espèces, les Selkies, pour leur part, étaient considérées avec plus que de la méfiance : de la crainte, la crainte légitime qu'inspire tout animal féroce et dangereux. Les Orques, les Sauvages, n'avaient pas leur place parmi les humains ou les autres espèces de fées. Elles n'étaient pas civilisées, sociables ni même domesticables. Elles venaient de l'Océan et seraient bien avisées d'y rester. Tout comme l'on admettait mal un loup pour animal de compagnie, on ne tolérait qu'à grand-peine une Selkie dans son entourage. Les Égouts faisaient exception, mais le Rail, lui, n'échappait pas à la règle commune.

— Ça ne t'a pourtant pas dérangé quand elle l'a sorti du coma, remarqua Mistral avec pragmatisme. Tu m'as même dit que tu la trouvais jolie…

— J'croyais qu'il allait peut-être se la taper un soir ou deux, pas qu'ils allaient plus se lâcher…

— Ton frère n'est pas du genre à se taper des coups d'un soir, fils. Même si c'est une Selkie…

— J'en connais pas d'autres, intervint Cers en sirotant sa bière, mais celle-ci est de confiance.

— Il n'y a pas de confiance à avoir avec un animal sauvage, M'man…

— Je deale avec.

Mistral et Alcyone la dévisagèrent avec surprise.

— C'est elle qui me file les cassettes de musique de barde, et quelques autres trucs.

— Et la voix sur la cassette de Ren…

— C'est elle aussi, ouais. C'est l'élève du seigneur Taliesìn.

— Sans blague ? Bah dis, j'connais pas les critères de sélection du seigneur Taliesìn, mais c'est pas les miens !

— Si on oublie les cicatrices, elle est jolie, admit Mistral d'un ton connaisseur. Moins que la princesse Yuri, et dans le genre sauvage, c'est vrai, mais il faut avouer…

— Ah parce que toi aussi elle est en train de te monter à la tête, P'pa ? Une seconde, là, je vous résume la situation : c'est une *Selkie* et Ren l'a entendue *chanter* ! Et si elle l'avait ensorcelé ? Et s'il n'était pas vraiment amoureux d'elle ?

— Si je puis me permettre, intervint la Capitaine qui n'avait eu aucun mal à suivre la conversation, car le patrouilleur ne parlait jamais doucement et encore moins lorsque les effets de l'alcool commençaient à se faire sentir, Ren est assez grand pour faire ce qu'il veut de ses fesses.

Cers et Mistral sourirent, l'une franche, l'autre crispé. Trente-Chênes se montrait toujours très protectrice envers ses Fourmis, et voilà qu'elle leur demandait de ne pas faire de même avec le petit dernier… Petit dernier qui, bien qu'il eût désormais vingt-huit ans sonnés, dont seize de Rail, restait aux yeux de son grand frère le petit Spectral perdu qu'il avait découvert un jour de patrouille dans le wagon de courrier.

À présent, Bran s'était perchée sur le bar du mess avec un énième cocktail qu'elle sirotait à la paille, les yeux plissés. Comme tous les représentants de son espèce, elle avait besoin de boire au moins trois litres de liquide par jour et l'alcool n'avait sur elle que très peu d'effets. Ren, qu'elle entourait de ses jambes, trempa ses lèvres dans son propre verre tout en discutant avec Yuri, Samuel et Sir Edward. Sans cesser de les écouter, Bran fredonnait et battait la mesure de la musique avec ses orteils. Quelqu'un lâcha une plaisanterie ; tous partirent d'un rire joyeux. Fronçant les sourcils, Alcyone reposa sur le buffet son verre encore à demi-plein et s'en fut inviter une fille des Égouts d'un pas un peu trop vif.

*

Il avait repris des forces depuis qu'il était remonté à la surface. Avec le froid et des chiens errants aussi féroces que ceux qui traînaient parfois aux bouches des égouts, les premiers temps avaient été difficiles, surtout à cause des nombreuses morsures de rats qui s'étaient infectées, lui donnant un aspect lépreux. Avec son orbite vide et ses plaies purulentes, il n'avait pas pu atteindre immédiatement son objectif. Depuis, cependant, les vers avaient fait leur travail. Il était presque guéri. Bientôt, très bientôt, il pourrait. Quelques jours au plus.

Un sourire de contentement fendit son visage défiguré tandis qu'il se glissait dans la demi-douzaine de peaux de chiens fraîchement écorchés qui lui servaient de lit.

Bientôt, très bientôt, justice serait faite.

*

Petit à petit, le Centre se vidait. Vers minuit, les enfants les plus jeunes furent les premiers à s'en aller, bâillant à qui mieux mieux, lorsque leurs parents les emmenèrent se coucher. Les six ou sept petits venus du Rail se retrouvèrent ainsi dans les jardins, où un dortoir avait été aménagé pour les Fourmis. Les doyens de la Communauté ne tardèrent pas à s'esquiver à leur tour, et aux alentours de deux heures du matin, il ne demeurait au Centre que la tranche médiane de quinze à soixante ans, ainsi que la vieille Lady Lore qui, comme tous les guérisseurs spectraux, dormait très peu. Sir Edward et Bran avaient dansé ensemble plusieurs fois, en particulier une danse keltienne aux pas d'une rapidité et d'une complexité stupéfiante. Ils avaient également relayé les musiciens, qui se répartissaient en quatre équipes bien rodées, chacune jouant pendant trois heures. Entre deux de ces relais, Taliesìn et son élève chantèrent, accompagnés de leurs harpes. Alors, Yuri comprit pourquoi les nobles craignaient tant les Bardes. Si en cet instant ils allumaient dans les cœurs d'immenses feux de joie, ils auraient aussi bien pu semer les étincelles de la colère, faire flamboyer une bravoure à abattre des montagnes…

Vers cinq heures du matin, Bran, qui s'était admirablement accoutumée à sa robe, entraîna Ren vers le lac. Ils descendirent l'escalier en silence, les doigts entrelacés ; le pas dansant de la Selkie s'accordait à celui du Spectral, calme et feutré, comme un contrepoint composé de toute éternité.

Lorsqu'il découvrit le lac, Ren sourit.

— C'est aussi beau qu'à travers tes yeux, murmura-t-il.

Elle se rapprocha de lui, enfouit son nez au creux du cou argenté et émit un délicieux petit bruit de phoque heureux. Il referma ses bras autour d'elle, humant l'odeur de sel de ses cheveux, goûtant leur douceur sous ses doigts. Ils s'offrirent un long moment pour s'imprégner de la présence de l'autre avant de s'approcher de la rive. Ren voulut s'arrêter au bord de l'eau, mais Bran l'entraîna : sous ses pieds se cristallisait à mesure un chemin de glace qui scintillait doucement à la lueur mourante des dernières lampes. Les traits d'ange de la Selkie s'étaient adoucis d'un sourire si fragile, si hésitant, que le jeune médecin ne put se retenir de la serrer à nouveau contre lui tandis qu'ils demeuraient là, comme suspendus au-dessus de l'eau noire constellée de nymphéas endormis. Puis il s'écarta un peu, surpris : elle tremblait légèrement.

— Tu as peur ? demanda-t-il.

Sans répondre, elle l'attira jusque sur l'île. Les mots ne lui venaient pas, et son visage avait repris une expression sérieuse ; malgré la robe, la coiffure, le maquillage, elle était toujours aussi sauvage. Derrière eux, le chemin de glace se liquéfia en silence, un silence qui régna en maître tandis qu'ils se dévisageaient – lui, éminemment conscient du contact, au creux de ses paumes, des longs doigts à la peau fine et humide ; elle, concentrée sur le souffle unifié de leurs respirations.

Ce n'était pas aussi facile que dans l'Astral.

Entre eux, il y avait leurs corps, ces remparts de chair inconnue. Et des souvenirs. Ceux qui leur étaient communs, ceux qui ne l'étaient pas. Certains délicieux. D'autres, bien trop nombreux, terrifiants. Dans l'esprit de Bran, toutes ces réminiscences restaient gravées avec une effroyable précision, dans celui de Ren, elles n'étaient qu'une marée de sensations confuses, mais qui se trouvaient là et les séparaient encore.

La Selkie fit un demi-pas timide. Ferma les yeux et attendit, une moue solennelle sur ses lèvres de chanteuse. Il posa doucement sa main sur sa joue, unit leurs bouches, glissa sa langue entre ses dents. Il avait un goût de vin de sureau ; elle, de whisky. Lorsqu'ils reprirent leur souffle, des doigts argentés s'infiltrèrent sous l'étoffe bleu de nuit, cherchant le nœud du laçage, pendant que d'habiles petites mains se faufilaient à l'intérieur du pantalon gris cendre et libéraient la chemise verte. La robe tomba sur les chevilles de Bran. Elle tremblait toujours.

— *Skàe... 'Merina*, proposa Ren, espérant que l'usage du selkyan la mettrait un peu plus à l'aise.

Bran baissa les yeux, s'écarta à nouveau, abandonnant le vêtement bleu sur le sol.

— *N'ikän.*

Cet aveu d'incapacité semblait la consterner. Il acheva d'ôter sa chemise, la déposa sur la robe de bal, prit la main de la Selkie et ils s'assirent l'un contre l'autre, adossés aux racines du Saule. En glissant sa main sous l'épaisse chevelure de Bran pour lui effleurer le dos, le jeune médecin sentit les stries des cicatrices. Sourcils froncés, il pinça les lèvres : il ne comprenait que trop bien, à présent, d'où venait cette peur érigée entre eux comme un mur. Il réalisait pour de bon tout ce que la petite Selkie avait enduré, tout ce à quoi elle avait survécu. Une sourde révolte lui noua les entrailles ; il l'apaisa aussitôt. À quoi bon haïr des fantômes, faire entrer la colère dans cet instant parfait ? Il laissa la douleur s'en aller dans les Ombres et la remplaça par une admiration sincère. Leurs corps avaient beau ne pas encore se connaître, leurs âmes et leurs esprits ne s'étaient jamais vraiment quittés. De sa main libre, Ren releva le visage d'ange, rencontra des yeux noirs brillants de larmes involontaires.

— *It's okay,* dit-il, perdant, dans un flot d'émotions trop intenses, le peu de selkyan qu'il eût jamais appris.

Dans ce genre de moment, sur le Rail, on se mettait à parler en logrien pour rester incompris des passagers. C'était la langue des confidences et des secrets.

— *Nay it's not. Ren... make me stop thinkin' right now, please.*

Il hésita à peine avant d'obéir. Puis il l'embrassa, la renversa avec douceur sur le tapis de mousse, caressa d'une main les vagues de sa chevelure, de l'autre, la peau fragile de son épaule. Abandonnant sa bouche, ses lèvres s'attardèrent sur ses joues violines, son menton, sa gorge vibrant d'un gémissement mal contenu. Il lécha son cou, l'arrière de son oreille en conque, son lobe effilé. Et, comme elle le désirait, éteignant un à un les nombreux fils luminescents de ses pensées, il la fit cesser de réfléchir, seulement agir, lorsque ses fines mains bleues entrèrent à leur tour dans la danse.

Enfin leurs corps se rencontrèrent, sous l'égide incandescente de leur unique Dragon.

*

La musique s'était tue peu après le départ des deux fées, et chacun regagnait ses pénates. Yuri et Sir Edward, moins pressés que les autres, furent les derniers à quitter le Centre. Toujours obligeant, le Chevalier proposa à sa cavalière de la raccompagner ; elle accepta.

— Vous n'avez pas sommeil, constata-t-elle, lui trouvant le regard bien alerte pour cette heure tardive.

— Vous non plus. Que diriez-vous de prendre un whisky et de discuter un peu avant de regagner votre chambre ?

— Volontiers.

Cela signifiait se rendre dans la chambre-bureau de Sir Edward, où il conservait son précieux whisky de contrebande. Une pensée traversa l'esprit de la princesse : il fallait être folle pour suivre ainsi un homme de la sorte ! Dans son monde, cela équivalait à chercher à se faire violer… Sans aller jusque-là, accepter de l'alcool fort après ce qu'elle avait déjà bu ce soir constituait une imprudence confinant à la bêtise.

L'instant d'après, elle se dit qu'il s'agissait seulement de boire un verre en compagnie de quelqu'un qu'elle appréciait.

Sir Edward s'effaça pour la laisser entrer et alla extraire de son bureau deux verres et une bouteille de ce whisky qu'appréciait tant la Capitaine Trente-Chênes. Yuri s'était déjà assise, et il fut bien aise de l'imiter : il était trop bon danseur pour avoir eu le moindre instant de répit au cours de la soirée. Ils levèrent leurs verres puis demeurèrent silencieux quelques instants, savourant le breuvage qui leur enflammait la gorge.

— Tenez, il y a quelque chose ici que je voulais vous montrer…

Sir Edward se pencha et attrapa un cadre sur son bureau, qu'il lui tendit.

La jeune femme examina la photographie. On y voyait cinq jeunes adultes dont le plus jeune, une fille aux cheveux auburn, devait avoir à peu près son âge. Debout au premier plan, elle souriait au photographe, brandissant la main droite en un « V » de victoire. À ses côtés, la tenant par la taille, une belle blonde aux yeux d'azur…

— La Reine Gabrielle ? s'étonna Yuri.

Et derrière, trois hommes : le plus grand était celui du portrait accroché au mur de la chambre, un homme calme aux cheveux bruns et au regard bienveillant. Le second était d'évidence un Sir Edward plus jeune de trente ans. Et au milieu, celui qui lui donnait un coup de coude, l'Asiatique à la coiffure de samûrai vêtu d'un kimono violet, c'était…

— *Mon père ?!*

Cette fois, la princesse darda sur le Chevalier de Logres un regard inquisiteur.

— De quoi s'agit-il ?

— Des jours les plus heureux de ma vie. Au temps où j'appelais votre père « mon ami », et votre mère « mon amie ». L'une l'est restée. L'autre non. *That's life…*

Il reprit une petite gorgée de whisky.

— Elle est charmante, non ?

— Qui donc, la Reine ?

— Gabrielle ? Oui, aussi, mais je parlais de Mona. Votre mère.

— Ma mère !

Yuri scruta plus attentivement la jeune femme auburn au premier plan. Elle avait des yeux vert doré que plissait un sourire éclatant. Elle était belle. Très belle, même. Il émanait d'elle une vie, une force peu communes.

— Je dois avouer qu'à part Waterlily et Clifford, je n'ai jamais croisé personne d'aussi brillant intellectuellement que Mona d'Enez Eusa. Elle n'était guère plus âgée que vous lorsqu'elle fut choisie pour nous accompagner en tant que traductrice à l'ambassade keltienne en France, mais elle parlait douze langues et connaissait sur le bout des doigts l'histoire de Keltia.

— Vous connaissiez donc bien ma mère ? Je veux dire, si bien que ça ?

— Oh oui, c'est même le moins qu'on puisse dire ! Elle avait quatorze ans, et moi vingt, lorsque nous nous sommes rencontrés à l'Université. Il n'y avait pas d'université sur Enez Eusa, alors elle avait choisi de venir étudier en Westmarch. C'était une vraie tête… Lorsque Will a été nommé Ambassadeur par le Haut Conseil, je l'ai accompagné en tant que secrétaire, et elle en qualité de traductrice. Une fois en France, nous avons rencontré le jeune Ambassadeur du Japon, Nekohaima Kenzô… et la Dauphine Gabrielle. Nous sommes devenus amis. Beaucoup plus, dans le cas de Kenzô et Mona. Nous ignorions alors les conséquences que pourrait avoir une telle amitié. Et pourtant… si c'était à refaire, j'ignore si je n'agirais pas exactement pareil. Comment savoir ? C'est désormais impossible, de toute façon.

Pâle et les yeux brillants, Yuri répéta dans un murmure :

— Elle s'appelait Mona d'Enez Eusa… Elle était très intelligente et parlait douze langues… Elle était traductrice à l'ambassade de Keltia… Que pouvez-vous me dire d'autre, s'il vous plaît ? Quel genre de femme était-ce ? Sir Edward, parlez-moi d'elle.

— Quel genre ? Libre, forte. Aventureuse, aussi. Elle était plutôt douée pour le tir, comme vous, mais elle détestait se battre et répugnait à l'idée de blesser quelqu'un, que ce soit par le geste ou par la parole. Elle riait souvent et aimait beaucoup les jeux de mots. Toujours la première à dénoncer les injustices. Elle s'entendait bien avec Will, de ce côté-là. Ils essayaient d'ouvrir les yeux de Kenzô et de Gabrielle sur ce que pouvait être la vie de quelqu'un du peuple. Lourde tâche…

— Vous l'aimiez ?

— Tout dépend ce que vous entendez par là. Elle était mon amie, oui, la plus proche de mes amies, la meilleure. J'ai été son confident pendant des années, et son témoin de mariage… Elle était très douée pour se faire des amis. Quand on la connaissait, il était impossible de la haïr, on ne pouvait que l'aimer, d'amour ou d'amitié. Votre père a choisi l'amour. J'avais choisi l'amitié.

— De l'amitié entre un homme et une femme, sans le moindre… pardonnez-moi, mais je ne suis pas certaine que cela soit possible.

— Si vous voyez en quelqu'un un homme ou une femme avant d'y voir un être humain, peut-être. Si vous le considérez comme un individu à part entière, tout devient différent. Mais beaucoup de gens pensent comme vous. Trop de gens. À réfléchir en termes de sexe et de genre, ils ne voient plus que ça. Tout comme ils voient les gens comme leur propriété. *Ma* femme, *mon* mari, *mes* enfants… Parfois, ça me donne envie d'être une Selkie, vous savez. Les Selkies ne possèdent rien, et surtout pas les autres. Elles ne connaissent pas la jalousie, puisqu'elles ne connaissent pas l'appartenance. Si nous avions tous été des Selkies, rien de ce qui est advenu alors ne serait arrivé. Vous n'auriez pas perdu votre mère, et je ne vivrais pas seul dans les égouts.

— Vous n'êtes pas seul.

— Non. Bien sûr. Pas tout à fait.

— Pourquoi avez-vous dit que rien ne serait arrivé ? Que s'est-il passé ?

— Le Dauphin – enfin, le dauphin d'alors. Il est roi, à présent – s'est figuré que je faisais de l'œil à son épouse. Il avait tort, bien sûr. Je n'ai jamais ressenti que de l'amitié pour Gabrielle, comme pour Mona. Nous avons essayé de le lui expliquer, Kenzô le premier, d'ailleurs. Rien n'y a fait. Louis a envoyé des assassins, une quinzaine de hashishins prêtés par le Sultan, dans l'ambassade de Keltia pour massacrer tous ceux qui s'y trouvaient. Kenzô a appris le projet, il est venu nous avertir et il a sauvé Mona en la plaçant sous la protection de l'Empire, mais il ne pouvait pas faire grand-chose de plus… Et il était trop tard pour fuir. C'est ainsi que William est mort. À ma connaissance, Lady Lore, Jack et moi sommes les seuls survivants. Je me plais parfois à rêver qu'il y en a d'autres, éparpillés de par le monde ou retournés en Keltia. Malheureusement, c'est assez difficile à croire… Ils étaient tous mes amis, vous savez, je connaissais certains d'entre eux depuis l'enfance. Mais, pardon : vous vouliez que je vous parle de votre mère, et je vous parle de moi.

Avec l'égocentrisme inconscient de la jeunesse, Yuri le ramena en effet au seul sujet dont, pour l'heure, elle se souciait vraiment :

— Et elle… ma mère… comment est-elle morte ?

— Je n'ai aucune certitude à ce propos : j'étais déjà ici depuis trois ans et il était difficile d'avoir des nouvelles. Pour mettre Mona en sécurité, Kenzô était rentré aussi vite que possible au Japon. Sa… sa nouvelle épouse n'a pas beaucoup plu à sa famille, d'après ce que j'ai compris. Votre grand-père n'a jamais été quelqu'un de très compréhensif ! Kenzô a bien dû réussir à se cacher d'une façon ou d'une autre, je ne sais pas comment il s'y est pris. Toujours est-il que vous étiez née, et qu'un jour votre mère a été assassinée sur ordre de votre grand-père. M'est avis que vous étiez aussi sur la liste. Seulement, Mona était une vraie louve, je vous l'ai dit : elle a tenu tête aux ninjas, vous protégeant jusqu'à l'arrivée de Kenzô. Ils ont fui, mais hélas, les blessures qu'elle avait reçues étaient mortelles, ou peut-être empoisonnées. Elle y a succombé quelques heures après.

Sir Edward secoua la tête. Il laissa son regard errer le long des plis de son pantalon, le pouce frottant discrètement une cicatrice à l'intérieur de son poignet. En face de lui, Yuri semblait encore plus pâle qu'au début de ces terribles confidences. Elle se tenait un peu repliée sur elle-même, les yeux dans le vide, comme elle voyait se dérouler devant elle la scène tragique. Elle resta ainsi un très long moment, silencieuse.

— Et mon père ? souffla-t-elle enfin, reprenant contenance. Quelles relations avez-vous avec lui ?

— Kenzô ? Depuis la mort de votre mère, nous n'en avons plus du tout. Gabrielle m'a dit qu'il avait beaucoup changé. Je suppose qu'il y a de quoi. La dernière lettre que j'ai reçue de lui m'annonçait l'assassinat de Mona. J'ai répondu aussitôt, mais jamais plus il ne m'a écrit.

— Comment faites-vous pour correspondre avec des personnes aussi haut placées, alors que vous êtes un renégat vivant dans les égouts ?

— J'ai mon réseau. Un autre whisky ?

Elle tendit presque machinalement son verre désormais vide. Le violent breuvage keltien était de circonstance…

— Est-ce la raison pour laquelle vous m'avez accueillie ici ?

— Pardon ?

— Votre amitié pour ma mère. Est-ce la raison pour laquelle vous m'avez accueillie ici ?

— Moi, oui. Pas le reste de la Communauté.

— Que voulez-vous dire ?

— Lorsque Gabrielle a appris que vous seriez fiancée à Louis-Philippe, elle m'a demandé de vous permettre d'avoir le choix. Je ne demandais pas mieux que de vous accueillir ici, bien sûr, mais il m'était impossible d'en décider sans consulter la Communauté. Taliesìn et Bran venaient juste de revenir passer quelque temps parmi nous. Comme pour chaque décision d'importance, nous nous sommes tous réunis au Centre. Lorsque j'ai fait part de ma demande à la tribune, j'ai bien senti que personne ne voulait accueillir une noble, même d'origine keltienne. Pas parce qu'ils ont quelque chose contre les aristocrates, quoique ce soit parfois le cas… Non, à cause du danger que cela représente. Surtout si cette aristocrate est la future Dauphine de France.

— Là-dessus, je peux les comprendre. Qu'est-ce qui les a fait changer d'avis ?

— *Well, Waterlily, of course !*

— *Waterli... Bran ?!*

— Vous l'aurez noté, Waterlily n'est pas très loquace – enfin, du moins en public, parce qu'avec vous c'est une autre histoire. J'avoue que je n'en ai pas cru mes yeux quand elle est montée à la tribune pour parler, car ce n'était encore jamais arrivé. Pourtant, pour vous, elle y est montée et a parlé.

— Mais de quoi ?

— Eh bien, il se trouve qu'elle était la seule personne présente à vous avoir déjà rencontrée. Soyons clairs, princesse : seuls Taliesìn et moi avons réussi à arracher à Bran quelques bribes de ce qui s'est passé durant ses trois années dans l'arène. Les cicatrices sur son corps racontent le reste. Mais pour vous, elle a évoqué sa vie là-bas, avec juste assez de mots pour que tous puissent bien comprendre. Elle a raconté ce que vous aviez fait.

— Mais je n'ai rien fait !

— Vous avez témoigné de la pitié et même de la tendresse à un enfant qui ne recevait que des coups et des insultes. Vous avez intercédé en faveur de deux êtres qui étaient alors moins que des esclaves. Ce n'était pas grand-chose, peut-être, mais c'était tout ce que vous pouviez faire, et vous l'avez fait. Bran n'a jamais oublié ça. Elle a parlé, donc. Après qu'elle eut quitté la tribune, personne n'a demandé la parole. Nous avons donc voté. Et la réponse était oui… Pour ne rien vous cacher, je pense qu'elle avait un peu triché.

— Que voulez-vous dire ?

— Bran est une Selkie. Parfois, elles peuvent mettre dans leur voix certaines intonations, certaines harmoniques… C'est compliqué à expliquer.

— La voix enchanteresse des Selkies… Elles peuvent le faire rien qu'en parlant ?

— Oui, dans une moindre mesure. D'ordinaire, comme toutes ses congénères, Bran n'utilise pas ce pouvoir. M'est avis qu'elle l'a fait inconsciemment.

Yuri réfléchit non sans émotion à ce qu'impliquait ce geste de la part de Bran. Depuis qu'elle découvrait les coutumes keltiennes et le mode de vie des Gens de l'Égout, depuis qu'elle partageait avec la jeune fée ce qu'elle n'osait encore appeler amitié que par-devers elle, elle se posait de plus en plus de questions. Les arrogantes certitudes du petit univers clos dans lequel elle avait grandi s'effritaient une à une autour d'elle, comme si, grattant le crépi d'un vieux mur, elle découvrait une fresque fabuleuse et multicolore.

Son regard s'attarda sur la main gauche de Sir Edward, ornée au quatrième doigt d'un anneau d'argent uni.

— Où est-elle ? demanda-t-elle soudain.

— Qui donc ?

— Celle qui vous a passé cette alliance. Celle pour qui vous éprouviez ce que vous n'avez jamais éprouvé ni pour ma mère, ni pour la Reine.

— Ah ! Il s'appelait Lord William Owen Longway, et il est mort il y a vingt ans.

D'un geste alourdi de tendre nostalgie, il désigna le portrait accroché au mur, celui de l'homme au visage serein, avec son catogan brun et ses doux yeux gris qui semblaient les regarder. L'information mit un moment à faire son chemin dans le cerveau de Yuri. Lorsqu'elle réalisa tout à fait ce que venait de dire le coordinateur, elle avala une grande gorgée de whisky et manqua de s'étrangler.

Sir Edward Longway était homosexuel.

Sir Edward Longway était *homosexuel.* C'était un véritable choc. Bien que son père n'eût jamais abordé pareil sujet avec elle, toutes ses préceptrices lui avaient inculqué avec fermeté un certain nombre de principes concernant les genres. Un homme et une femme ne pouvaient pas être amis, car leurs sexes les pousseraient fatalement à l'attirance mutuelle. De même, deux hommes ou deux femmes ne pouvaient en aucun cas tomber amoureux ; ce serait contre nature, criminel même, puisqu'ils ne pourraient pas se reproduire, finalité absolue de toute union. Les seules relations sexuelles saines et normales étaient celles d'un homme et d'une femme ; l'homosexualité avérée, ou même le simple fait d'éprouver une inclination passagère pour une personne du même sexe que soi, constituait une grave maladie mentale. La seule solution était d'abattre les porteurs de cette incurable déviance, afin qu'ils ne pussent, en se forçant à procréer pour feindre d'être normaux, propager leurs gènes défectueux. Aux yeux des éducatrices de la princesse Nekohaima, l'homosexualité était quelque chose d'infiniment plus dangereux que la schizophrénie ou même la psychopathie ; et en même temps, c'était une tare profondément méprisable. Les gens de la Triade invoquaient en priorité ce motif pour considérer les Keltiens comme des sous-hommes, des dégénérés, puisqu'en Keltia le mariage entre personnes du même sexe ou entre espèces différentes était non seulement toléré, mais admis.

C'était une chose de le savoir. C'en était une autre de réaliser que l'homme avec lequel, en trois semaines, Yuri avait commencé à se lier d'amitié, était porteur de ladite « tare », alors qu'elle l'avait trouvé parfaitement sain d'esprit. Peut-être même plus sain d'esprit que nombre de nobles névrosés par la peur et l'appât du pouvoir.

— Je vous ai choquée, constata le Chevalier.

— Non, oui... Je... je n'avais pas envisagé que vous puissiez être...

— Gay ? Vous pouvez dire le mot, ce n'est pas une insulte.

— Pas une insulte..., répéta-t-elle, incrédule. Non, vous avez raison, ce n'est pas une insulte mais... je... Pardonnez-moi, c'est troublant.

— Je peux l'imaginer. Toutefois, je vous l'ai dit tout à l'heure : si vous considérez simplement deux êtres humains, hors toute notion de sexe ou autre classification, vous ne verrez là qu'une histoire d'amour comme tant d'autres.

— Mais... comment se fait-il que vous portiez le même nom si... Enfin, normalement c'est la femme qui prend le nom de son époux, alors...

— Je suis né Edward Redmark. En Keltia, la tradition veut qu'indépendamment de leurs sexes respectifs, le plus jeune des membres d'un couple prenne le nom du plus âgé, bien que cela ne soit pas obligatoire.

— Et Douze, alors ? ne put s'empêcher de lancer la princesse, qui comprenait soudain pourquoi, trois semaines plus tôt, Pyro avait été si troublé par l'idée que Sir Edward ait un jour procréé.

— Nous avons adopté Jack à sa naissance. Sa génitrice ne pouvait pas s'en occuper, et d'ailleurs ne le souhaitait pas.

— Il a donc une mère quelque part ?

— Selon vos critères, oui. Demandez-lui les siens.

— Et son père ?

— Il en a deux : William et moi.

— Non, je veux dire, son *vrai* père…

Aussitôt, la princesse baissa les yeux, incapable de soutenir ce regard couleur de perle, ce sourire indulgent.

— Je vous prie d'accepter mes excuses. Je ne voulais pas vous blesser.

— Vous ne m'avez pas blessé, Yuri-hime. Mais puisque ma première réponse ne vous a pas satisfaite, je vous propose celle-ci : savoir n'est pas vivre, donner naissance n'est pas donner vie, et engendrer n'est pas aimer.

Un long silence s'ensuivit.

— Était-ce… difficile ?

— Quoi donc ?

— Vous avez dit que lorsque vous êtes venu en France, vous l'avez accompagné en qualité de secrétaire. Pas d'époux.

— *Well*, sans cette précaution, nous n'aurions pas survécu une journée à la cour. Et, oui, c'était difficile. Heureusement, à l'intérieur des murs de l'ambassade, nous étions libres de nous aimer, de pester après les nobles de la Triade, leur orgueil, leur aveuglement… La révolte sourdait déjà, faiblement. Aujourd'hui, elle est prête à éclater, il ne manque qu'une étincelle pour mettre le feu aux poudres et tout faire sauter, alors qu'eux, là-haut, ils croient encore qu'ils sont en sécurité. Les imbéciles… Mais, pardon,princesse ; encore une fois, je m'égare.

— Pourquoi êtes-vous resté ? En vingt ans, vous auriez sans doute trouvé un moyen de rentrer en Keltia.

— Très juste. Seulement, c'est ici qu'est mon devoir. William… William rêvait de voir un jour un monde uni, sans injustices, sans guerres intestines entre les pays de la Triade, entre les nobles et les roturiers, entre les humains et les fées…

— Et vous poursuivez son rêve.

— En effet. Will n'était pas un utopiste aux idéaux grandioses, dépourvu dès qu'il s'agissait de passer à l'action. Il proposait toujours des solutions, il allait toujours de l'avant. Nous étions si jeunes, si naïfs… moi surtout. Même Mona me trouvait naïf, alors qu'elle était notre cadette à tous. Je n'ai pas vu le coup venir. Si j'avais fait plus attention, si j'avais écouté les avertissements de Kenzô…

Il se tut, mais la princesse n'avait pas besoin d'entendre la suite pour la comprendre. Le jeune Chevalier n'avait tout simplement pas imaginé que le futur Louis XX pût être jaloux de lui. Dans son esprit de Keltien, l'amitié entre deux personnes de sexe opposé n'avait rien d'anormal, rien de suspect. Elle se demanda ce qu'en pensait la Reine Gabrielle, et s'aperçut tout à coup qu'elle avait éclusé son whisky. Elle leva la tête vers son interlocuteur…

Et réalisa qu'il pleurait. Sans doute le réalisa-t-il au même instant. D'étroits sillons argentés ravinaient ses joues flétries par la fatigue. Il avait soudain l'air très vieux, très las, très triste.

— Je vais vous laisser, dit Yuri en se levant, déposant délicatement son verre vide sur le bureau. Merci de m'avoir consacré ce moment.

— Ce fut un plaisir, princesse. Saurez-vous retrouver votre chambre ?

— Sans problème, affirma-t-elle.

Avec l'aplomb d'un mensonge éhonté, car la jeune femme n'avait jamais eu le sens de l'orientation et peinait encore à se repérer dans les couloirs.

— *Well… Yuri-hime oyasuminasai.*
— *Oyasuminasai.*

*

Depuis deux jours déjà la fête battait son plein. Aux danses avaient succédé les jeux, les pièces de théâtre, la chorale des enfants, celle des adultes, et partout dans les égouts résonnaient des rires, des chants, de joyeux éclats de voix. La plupart des Rats et des Fourmis avaient quitté leurs beaux habits, bien qu'il demeurât quelques exceptions, comme Trente-Chênes, qui portait toujours son costume de cérémonie resté impeccable.

— J'ai trop peu souvent l'occasion de le porter pour m'en priver, avait-elle répondu à ceux qui l'interrogeaient.

Les enfants jouaient torse nu, voire sans aucun vêtement, pour être autorisés à se mouiller ou se barbouiller à volonté : la plupart des divertissements proposés étaient plutôt mouvementés, des batailles de peinture au jeu consistant à attraper des pommes dans une bassine d'eau, rien qu'avec ses dents. Peut-être était-ce pour la même raison pratique que Bran aussi déambulait dans le plus simple appareil. Ren avait un peu grogné le premier jour, surtout parce que leurs ébats lui avaient laissé quelques suçons dans le cou, mais il avait vite constaté que personne ne se souciait ni des bleus, ni de la nudité de la Selkie.

Au début, Yuri n'envisagea même pas de participer à ces activités hautement salissantes. Puis Pyro lui lança au passage une vieille jupe trouée et un chemisier si usé qu'il n'avait plus de couleur, et elle découvrit la joie de passer quelques heures sans se préoccuper de son apparence. Échevelée, couverte de pigments roses, jaunes, orange et verts, trempée, hilare, elle s'assit par terre pour croquer sa pomme tout en encourageant Lilas au tir à la corde. Les règles de ce jeu avaient été pensées pour être équitables : les équipes devaient comporter le même nombre de représentants de chaque espèce et le même nombre d'enfants. En revanche, le sexe ou même la corpulence n'entraient pas en ligne de compte, ce que la princesse considéra d'abord comme pénalisant pour les femmes et les petits gabarits, ou au contraire, pour les joueurs en surpoids, qui s'essoufflaient vite. Mais elle ne tarda pas à comprendre qu'il s'agissait, au contraire, de la reconnaissance d'une véritable égalité. Ce principe se trouva en quelque sorte consacré lorsque les cheminots-Sylfes Fourmis entreprirent d'affronter leurs homologues des Égouts : alors que Tina d'un côté et Lilas de l'autre tiraient de toutes leurs forces, la corde céda sans crier gare et les deux équipes roulèrent au sol dans un imbroglio de bras et de jambes bruns, fauves et noirs qui remporta tous les suffrages.

Et puis il y avait le Saule.

Bran lui en avait parlé peu après son arrivée dans les Égouts, mais jusqu'alors, Yuri n'avait pas compris l'importance de son rôle d'exutoire : car si l'on y grimpait par jeu et par sport, il représentait aussi un moyen de crever les abcès, exprimer les non-dits et par conséquent, assainir les relations. La Communauté était un milieu confiné où, lorsqu'un conflit survenait entre deux personnes, il ne pouvait être réglé par la violence ou par le départ de l'une des parties. L'épreuve du Saule tenait donc lieu de duel. Au pied de l'arbre, sur sa plus grosse racine, Lady Lore avait déposé un rameau de bruyère aisément reconnaissable. Ceux qui avaient un compte à régler mettaient en place la passerelle, allaient chercher le rameau et l'apportaient à la ou les personnes qu'ils voulaient défier. Après quoi ils réglaient leur affaire en escaladant le Saule selon les règles qui leur convenaient. Une seule demeurait intangible : personne ne devait mourir. Pour les blessures, les guérisseurs étaient là.

Il y eut trois ou quatre affrontements assez brutaux. L'un d'eux opposa deux adolescents se disputant le cœur d'une fille… qui, découvrirent-ils après que l'un d'entre eux se fut brisé la jambe et l'autre démis le coude, avait jeté son dévolu sur un troisième. Mais la douleur avait fait passer leur frustration.

Pyro s'illustra pendant la « mêlée du troisième cycle », qu'il remporta haut la main alors qu'il était parmi les plus jeunes concurrents. Bran, quant à elle, annonça à Yuri qu'elle ne participerait pas.

— Pourquoi donc ?

— Parce que… je pense que je grimperai avant la fin des fêtes.

Elle lorgnait la famille Alethia, et en particulier Alcyone, qui lui adressait de temps à autre un regard noir.

— Il ne désarme pas, celui-là, constata la jeune femme.

— Non… C'est normal, il a peur pour son frère. Je suis une Selkie, après tout.

Yuri la considéra des pieds à la tête. Une Selkie. Aux yeux des humains, un animal nuisible et dangereux. Aux yeux des autres fées, une sauvage imprévisible. Et aux siens… une amie. Certes, elle avait passé presque plus de temps avec Haruko qu'avec Bran, mais le lien qui les unissait était profond, plus profond qu'elles ne se l'avouaient mutuellement. Aucune des deux n'était facile à vivre, ni facile à suivre, mais elles partageaient tant de choses que désormais, l'espèce à laquelle elles appartenaient ne comptait plus.

— Oh, ce que tu peux être…, commença la jeune aristocrate, avant de planter là la jeune fée interdite pour se diriger droit sur le patrouilleur.

Celui-ci la regarda s'approcher d'un pas énergique, doutant visiblement d'être en cause jusqu'au moment où elle se campa devant lui et leva les yeux pour croiser son regard.

— Puis-je vous parler ?

— Non.

— Pour quelle raison ?

— Mon frère a failli crever pour avoir sauvé votre peau, princesse, alors vous voyez, votre fréquentation a l'air plutôt mauvaise pour la santé.

— Je vois, en effet.

Elle desserra les pans de son kimono en coton léger, à l'obi simple mais désormais impeccable, puis alla au bassin du Saule, prit la planche qui servait de passerelle, la cala comme elle l'avait vu faire, traversa, s'empara du brin de bruyère et revint le brandir sous le nez de l'Aeling.

— Je gagne, vous acceptez de me parler et d'écouter ce que j'ai à vous dire. Je perds, je vous laisse en paix. Pas de coups, un handicap suffisant pour compenser vos capacités physiques et pas d'utilisation de vos capacités élémentaires.

Alcyone la dévisagea, incrédule.

— Vous…

— Auriez-vous peur de perdre ?

Tous les regards convergeaient désormais vers eux. Trente-Chênes, Mistral, Haruko et Samuel considéraient la scène avec effarement, alors que Sir Edward essayait de cacher derrière sa main un sourire jusqu'aux oreilles. Bran fit la moue, puis aspira un peu d'air entre ses dents.

— Vendu, dit le frère de Ren.

Le handicap donné fut simple : Yuri partirait du pied du Saule, Alcyone de l'entrée du Centre. Juste un léger contretemps, pour un Aeling ; le plus problématique serait peut-être de franchir en courant cette passerelle à l'équilibre précaire.

La princesse prit le temps de se changer, empruntant à Manon une jupe courte et une camisole. Elle avait l'impression d'être à moitié nue, et curieusement, ce n'était pas aussi désagréable qu'elle l'aurait cru.

L'arbitre officiel de ce genre de duels était Taliesìn, dont personne ne remettait en cause la parole ni les décisions. Assis en tailleur au bord du bassin, il attendit que les concurrents soient en place. Tous les Rats et toutes les Fourmis étaient venus assister à cet événement, dont la rumeur avait couru les couloirs à une vitesse folle. Personne n'aurait voulu rater l'occasion de voir une *princesse* « grimper le Saule », selon l'expression consacrée. Surtout face à un Aeling, pour une raison que personne n'arrivait à déterminer.

— Prêts ? demanda le Barde.

Ils acquiescèrent, et il donna le départ.

Yuri avait beau avoir passé sa vie dans des palais, elle pratiquait quotidiennement les exercices physiques prescrits aux femmes de la noblesse. Si elle n'avait jamais fait d'escalade, elle était plus musclée qu'elle ne le paraissait, et elle stupéfia l'assistance lorsque d'une bonne détente, elle s'accrocha à une branche et s'y hissa à la force des bras. Elle se rétablit, et s'apprêtait à continuer lorsqu'Alcyone franchit la passerelle.

Elle bondit, se râpa la jambe contre le tronc mais n'en tint aucun compte. Elle devait lui parler. Elle le devait à Bran.

Alcyone sauta sur la branche qu'elle avait à peine quittée.

Yuri en avait encore deux d'avance. Elle grimpait beaucoup mieux que les Rats et les Fourmis ne l'auraient envisagé. Son corps était jeune, souple, fort et bien construit, sans compter que le régime végétarien des Égouts l'avait aminci. Tout cela la rendait efficace.

Mais l'Aeling avait un avantage non négligeable : trente-six années passées à jouer les équilibristes sur le toit d'un train.

Il la rattrapa.

La doubla.

Pourtant, lorsqu'il souffla dans la trompe, il n'avait guère qu'une branche d'avance.

Une ovation fusa des rangs des Fourmis. Mais les Rats, bien plus nombreux, ne furent pas en reste pour scander, non pas le nom du vainqueur, mais…

— Yuri-hime pour les Égouts ! La princesse avec les Rats !

De son perchoir, elle vit Samuel tirer sa lampe de sa poche et la lever au-dessus des têtes. Des approbations fusèrent de toutes parts. À l'inverse, pas une seule protestation ne s'éleva. Sir Edward riait aux éclats, au point que Taliesìn jugea utile de lui tendre un mouchoir. Yuri leva les yeux vers son adversaire : il réfléchissait, l'air troublé.

Ils redescendirent.

La princesse n'avait pas encore atteint le bord du bassin, que le responsable des interventions à l'extérieur se présentait devant elle. Il remorquait presque le coordinateur, et en même temps il brandissait la lampe-torche, clef des Égouts.

— File-la-lui, Edward, dit-il en fourrant la lampe dans la main de son ami. Y'a pas à dire, elle nous l'a prouvé plus d'une fois ces dernières semaines… Elle est des nôtres.

Le Chevalier de Logres hocha la tête.

— Yuri-hime… Bienvenue parmi nous !

Et il lui donna la lampe. Une clameur de joie résonna sous la voûte.

— Soleil ! Soleil ! Yuri-hime du Soleil ! piaillaient les enfants.

À son tour, Bran rejoignit la jeune femme.

— *Omedeto*, Yuri-hime. Pour une première grimpette, c'en était une belle.

Yuri sourit et hocha la tête. Cependant, un regard pesait sur elle, la pressant de se retourner.

Alcyone. Son visage figé exprimait des sentiments trop contradictoires pour qu'elle pût les déchiffrer.

Et puis il lui fit signe qu'il l'attendait pour discuter.

Elle avait perdu le défi, mais gagné son respect.

*

Deux jours au plus. Il le savait. Il avait à nouveau figure humaine. Les rats de la surface étaient plus charnus, moins combatifs que ceux des égouts. Plus faciles à attraper.

Restait à trouver des vêtements décents, assez bons pour qu'il ne parût pas trop suspect, sans pour autant sembler les avoir volés. Un cireur de chaussures ou un crieur de nouvelles seraient parfaits. Ou bien un commerçant des petites Halles. Du moment qu'il avait des galoches et une casquette… Pour les gens de la haute, fallait pas être tête nue. Bien sapé, juste assez bien pour pas être soupçonné d'être mendiant.

Du doigt, il tâta son orbite vide.

*

Le lendemain du duel, les jeux et les défis continuèrent, mais quelque chose avait changé. Yuri ne se sentait plus du tout ni étrangère, ni prisonnière parmi les Rats. Elle était des leurs. Elle avait sa lampe. Comme eux, elle avait « grimpé le Saule ». Et tant qu'elle le pourrait, elle resterait parmi eux.

En attendant, elle jouait au go contre Trente-Chênes, qui ne se débrouillait pas mal bien qu'elle n'eût que rarement le loisir de s'y exercer. Lady Lore et Sir Edward observaient la partie en silence tandis que Bran, assise en tailleur sur la table, tirait d'un ocarina de glace une mélodie tranquille. Ren, quant à lui, avait adopté l'une de ces positions étranges des pratiquants du Qi-gong et se tenait immobile depuis une bonne demi-heure. Entre deux coups, pendant que la Capitaine réfléchissait, la princesse observait le Spectral à la dérobée, mais il ne bougeait pas d'un pouce. Au contraire, le buste de Bran ondulait avec la musique, entraînant dans la danse la masse confuse de ses cheveux. L'après-midi était déjà bien avancé. Le matin même, Yuri s'était distinguée au concours de tir, catégorie non-Aelings, qu'elle avait gagné in extremis contre Manon avec le six-coups du Chevalier de Logres. Lui-même n'avait pas participé, ayant peu de goût pour la compétition, mais tout le monde reconnaissait qu'en trois semaines, la princesse avait acquis une remarquable maîtrise des armes à feu. Chez les Aelings, c'était Mistral qui l'avait emporté, sans surprise : il était déjà l'un des meilleurs tireurs de la Rame Cinq, et les Rats comme Foehn ne pouvaient pas s'entraîner aussi régulièrement que les Fourmis. Comme à son habitude, Cers n'était pas entrée dans la compétition.

Tout à coup, Trente-Chênes et Yuri levèrent le nez et froncèrent les sourcils de concert. Le Spectral ouvrit un œil attentif sans quitter sa position.

Alcyone s'était planté devant Bran, le visage sérieux. Sans mot dire, il ouvrit la main et lui présenta le brin de bruyère. La petite Selkie le jaugea un instant, jeta un coup d'œil à Sir Edward, qui soupira, à Ren, qui soupira encore plus fort, puis elle aspira entre ses dents.

— Tes conditions ?

— Personne ne meurt.

Ce qui signifiait que le reste n'importait pas. Bran haussa les épaules.

— Okay.

Et elle se leva. Ren s'interposa.

— Al, t'es peut-être mon frère, mais c'est pas le moment de…

— C'est bon ! La princesse s'est déjà chargé de l'argumentaire. T'as choisi, on le sait tous et moi le premier. Alors laisse-moi vérifier si elle est capable de te protéger, parce qu'elle ne te suivra pas sur le Rail et si c'est toi qui la suis, je veux te savoir en sécurité.

Le Spectral toisa son frère de bas en haut, de haut en bas, puis secoua la tête. Il n'avait plus rien à dire. Bran et Alcyone se dirigèrent vers la passerelle.

— Prêts ? demanda Taliesìn lorsque les deux adversaires furent côte à côte au pied du Saule.

— Yep ! répondit Bran avec un sourire espiègle.

Alcyone se contenta d'un froncement de sourcils concentré.

Taliesìn donna le départ.

Les deux fées s'élancèrent à l'assaut de l'arbre. Leurs techniques étaient opposées, mais l'une comme l'autre efficaces. L'Aeling sautait sur une branche, s'arrêtait, visait la suivante et sautait à nouveau. Même s'il n'utilisait pas ses bras, il était leste et progressait vite. La Selkie avait une stratégie inverse : elle se servait des branches comme d'agrès et mobilisait ses quatre membres à l'unisson dans un ballet de mouvements difficiles à prévoir, un peu plus lent, beaucoup plus offensif.

Ce fut elle qui porta le premier coup. Elle profita d'un instant où Alcyone s'apprêtait à bondir pour lui faucher les deux jambes d'un féroce coup de pied circulaire, frappant du tibia. Le patrouilleur cria et se raccrocha de justesse à la branche où, un instant plus tôt, il se tenait debout. Bran avait poursuivi son ascension sans lui accorder un regard.

— C'était vache ! grogna Mistral.

— C'était intelligent, répliqua Sir Edward. Bran sait qu'elle n'est pas aussi rapide qu'un Aeling ; elle devait se donner l'avantage.

Mais Alcyone ne comptait pas en rester là. Alors que la Selkie était déjà à mi-hauteur, il la saisit au mollet pour la tirer en arrière. Les doigts de Bran lâchèrent prise, et elle tomba dans le vide.

Sir Edward bondit sur ses pieds, craignant le pire.

Personne ne comprit très bien comment, mais Bran se retrouva suspendue la tête en bas au milieu de la ramure, se balança d'un vigoureux coup de reins et s'éjecta presque à la verticale.

Elle atterrit sur le dos de l'Aeling. Cependant il avait de meilleurs réflexes : il la cueillit d'un coup de coude dans les côtes qui l'envoya valser contre le tronc. Elle s'y serait écrasée si elle n'avait eu le temps de pivoter, rebondissant sur une fourche pour fondre sur lui à nouveau.

Il esquiva. Elle le rattrapa, s'agrippa à son genou, l'utilisa comme appui pour reprendre l'avantage. Un rétablissement sur une branche, puis il la faucha à son tour. La Selkie grogna, se reprit… et l'escalade dégénéra en bagarre.

Fascinés par le spectacle, Rats et Fourmis retenaient leur souffle. Taliesìn et Trente-Chênes souriaient vaguement en se massant le menton entre le pouce et l'index du même air inspiré, mais Sir Edward et Mistral étaient pâles et crispés. Quant à Cers, consternée, elle enfouit son visage dans sa main.

Soudain, le vrombissement de la trompe fit sursauter tout le monde. Bran et Alcyone se figèrent et, comme l'assistance, levèrent les yeux vers la cime de l'arbre.

À califourchon sur une branche, Ren, son sourire ironique sur les lèvres, salua tranquillement en portant deux doigts à sa tempe. Bouche bée, l'Aeling et la Selkie le considérèrent avec des yeux ronds.

— Vous verriez vos têtes, vous deux, rit le Spectral en relâchant la trompe, qui oscilla sur ses chaînes. On dirait des gamins à qui on a volé leur sucette !

Alcyone et Bran échangèrent un signe de tête : entre les deux adversaires, un accord tacite venait d'émerger. Sans crier gare, ils s'élancèrent vers le médecin. Ils furent sur lui en un instant, l'attrapèrent sans ménagement et tentèrent de le jeter à l'eau... Tentèrent seulement, car il se cramponna à l'une par les poignets, à l'autre par les jambes et les entraîna dans sa chute.

Le fracas d'une gerbe d'eau les accueillit dans le bassin tandis que des vagues de rires ondoyaient dans le public. Les trois fées crevèrent la surface, puis l'Aeling et la Selkie firent mine de noyer le Spectral en lui enfonçant la tête sous l'eau. Comme ils riaient tous à s'en fêler les côtes, la mêlée dégénéra en bataille d'éclaboussures et Ren finit par crier grâce et battre en retraite.

— Bah quoi ? Vous aviez pas précisé que c'était un duel, crachota-t-il en s'accrochant enfin au bord.

*

Le dernier jour de fête ne s'était pas éternisé. La plupart des Fourmis étaient rentrées sur la Rame après le dîner, ne laissant derrière elles que Ren et Douze, qui n'auraient sacrifié cette ultime nuit pour rien au monde. Le lendemain, très tôt, la plupart des Rats se levèrent pour commencer à ranger et à nettoyer le Centre. Sir Edward fut l'un des premiers debout. En arrivant dans la grande salle, il y trouva ceux qui n'avaient pas dormi : Jack qui préparait une théière de sa mixture indienne aux épices. Yuri et Bran, cette dernière accompagnée de Ren, dont le carré plongeant devenu presque broussailleux trahissait leur nuit à haute tension. Taliesìn, perché en haut du Saule avec sa harpe ; son élève et lui fredonnaient la même mélodie.

« *Will ye go, lassie, go ?*

And we'll all go together... »

Lady Lore et Samuel ne tardèrent pas à les rejoindre. Un regard de connivence échangé de proche en proche, et soudain le coordinateur se trouva encerclé par la vieille guérisseuse, le responsable des interventions à l'extérieur et le seigneur des Bardes. Intrigués, les plus jeunes se rapprochèrent à leur tour.

— Hé là ! Qu'est-ce que c'est que ces têtes de conspirateurs ? s'amusa le coordinateur.

— Ned, pour les vingt ans des Égouts… nous t'avons préparé un cadeau.

Chapitre XI
Stars above Seabird's Song

— Un… cadeau ?

Sir Edward enveloppait Lady Lore, Samuel et Taliesìn d'un regard incrédule. Bran jeta un coup d'œil à Yuri, mais celle-ci haussa les épaules : elle n'en savait pas plus que son amie.

— Edward, reprit la vieille guérisseuse, nous sommes ici depuis vingt ans. Samuel sort tous les jours, Aloïse une fois par semaine, moi, une fois par an lorsque Taliesìn accepte de m'emmener passer Imbolc chez ma fille. Tous ceux qui sont ici sortent, certains souvent, d'autres rarement, mais ils sortent. Toi…

— Toi, enchaîna Samuel, tu n'es jamais ressorti. Tu n'as jamais pris une journée de congé. Même lorsque la gamine (il désignait Bran du pouce) a débarqué, tu t'es fait apporter ton travail à son chevet pour la veiller sans manquer à tes devoirs. Même quand l'autre hippie a rappliqué, tu as laissé ta porte ouverte alors qu'on sait tous, et moi le premier, ce que ça représentait pour toi de le retrouver…

— Les Rats ne possèdent rien de plus que le nécessaire, ajouta Taliesìn, et rien en tout cas qui peut s'offrir, sinon…

— Une journée, conclut la Spectrale. Nous avons décidé de t'offrir une journée, cette journée que tu n'as jamais voulu prendre. Nous te la donnons. Aujourd'hui.

— Mais je…

— C'est moi qui prendrai ta place, précisa le Barde. Lady Lore était d'avis que tu n'accepterais qu'à cette condition.

Bran ouvrit des yeux ronds. Le seigneur Taliesìn ne se laissait jamais lier par quoi que ce fût, pas même le temps ou l'espace… Et voilà qu'il choisissait d'endosser les écrasantes responsabilités du coordinateur ? La petite Selkie savait son Maître capable d'amitié profonde, mais elle n'aurait jamais pensé qu'il l'exprimerait un jour, et encore moins de cette manière, même pour quelques heures.

— Mais où voulez-vous que j'aille, tous autant que vous êtes ? se récria Sir Edward, décontenancé. Que je remonte là-haut, pour me pointer au Louvre avec un bouquet de fleurs et m'exclamer : « Joyeuse Samain, Louis ! J'espère que tu n'as pas oublié comment tu as massacré les miens il y a vingt ans ? »

— C'est une solution, sourit Taliesìn, mais je pensais plutôt que tu voudrais retourner à Seabird's Song. En famille, puisque ton fils est là aussi.

— Et comment veux-tu que je fasse, blondin ? Tu peux peut-être voyager à l'autre bout du monde rien qu'en y pensant, mais ce n'est pas mon cas, je suis un humain classique, tu vois ? Et si tu restes ici pour assurer à ma place, je ne vois pas qui…

— J'ai dit « en famille », Ned.

Toujours souriant, le Barde regarda son élève au fond des yeux. Bran vira aussitôt au violet.

— Que… Mais je… Vous pensez vraiment que je peux le faire ? s'enquit-elle, anxieuse.

— T'ai-je déjà demandé l'impossible, Àme ?

— Souvent !

— Et as-tu déjà échoué ?

— … Non.

Taliesìn passa la main dans la crinière bleue de la petite Selkie.

— Tu as toujours eu davantage confiance en moi qu'en toi-même, Bran. Il est grand temps que tu connaisses ta propre valeur.

Elle acquiesça, enlaça et embrassa Ren, lui caressa la joue avec la promesse de le retrouver une fois encore avant que la Rame Cinq ne reparte, et sangla sa harpe de glace sur son torse.

— Qu'est-ce qu'elle va faire ? souffla Yuri au Spectral, qui s'était reculé et observait la scène à ses côtés, bras croisés sur la poitrine, sourcils légèrement froncés.

— Je n'en ai pas la moindre idée, lui avoua-t-il.

Sir Edward et Douze s'étaient rapprochés de Bran et avaient posé chacun la main sur l'une de ses épaules. Ses grands yeux désormais clos, elle se concentrait.

Un accord tournoya sous ses doigts dans l'air confiné des égouts, roulant sur la harpe comme un cheval au galop. Une note unique, grave, puissante, sortit de la gorge bleue de la jeune fée, enfla, emplit la salle entière, fit se hérisser les peaux, dressa les cheveux sur les têtes tandis que crânes et sternums entraient en vibration… puis s'éteignit subitement. Yuri et Ren clignèrent des yeux, abasourdis : le Chevalier, le hippie et la musicienne avaient disparu.

Même en ayant prévu la scène, les Rats avaient un peu de mal à s'en remettre. Seuls Taliesìn et Lady Lore n'étaient pas perturbés le moins du monde.

— Elle n'en a pas fait un peu trop ? demanda la guérisseuse du ton qu'elle aurait employé pour commenter un bon vin.

— Le défaut des débutants. C'est la première fois qu'elle prend quelqu'un avec elle, après tout.

— Où… Où sont-ils ? bégaya finalement Ren.

— Si Bran a visé juste, au royaume de Logres, dans un petit village baptisé Seabird's Song.

— Seabird's Song…

— C'est là-bas que Lord William est enterré.

*

— Un homme ? Quel genre d'homme ? demanda le Prince en repoussant le dossier qu'il consultait.

Le garde, un genou à terre et les yeux baissés devant son futur souverain, hésita un instant avant de répondre.

— Il a l'air d'un journalier, Votre Altesse Royale.

— Va chercher Ryûzaki et ne fais entrer cet individu que lorsque le colonel sera à mes côtés.

— Bien, Votre Altesse Royale.

Louis-Philippe soupira. Il ne pensait pas vraiment que le visiteur demandant audience à cette heure matinale fût un tueur. L'homme s'était fait annoncer comme porteur de la seule information pouvant le faire admettre devant lui : des nouvelles de la princesse Yuri. C'était pour juger de leur crédibilité que le Dauphin souhaitait la présence du colonel. Même si, en cas de tentative d'assassinat, le Japonais et son aide de camp hybride pouvaient apporter un appréciable renfort aux gardes du corps du Prince, érigés de part et d'autre de son bureau.

Flanqué de son inséparable expérience génétique, l'officier se présenta moins de cinq minutes plus tard et s'inclina devant Louis-Philippe, qui lui fit signe de se redresser.

— Colonel, un homme prétend avoir des informations sur le lieu de détention de ma fiancée.

Si son cœur fit un triple saut périlleux, la seule réaction visible de Ryûzaki fut un bref hochement de tête. HA-17 resta impassible.

Louis-Philippe claqua des doigts.

Le domestique ouvrit la porte de l'antichambre de la roture, destinée à faire attendre les rares gens du peuple qui obtenaient une audience. Elle possédait la particularité d'être très richement décorée et pourtant meublée de simples bancs de bois laqués, faciles à désinfecter.

Un homme entra. Il n'avait pas trente ans, châtain, assez joli garçon, moyen de carrure et de taille. Il était vêtu pauvrement mais de façon correcte, avec un bandeau sur l'œil droit. Il se prosterna devant le bureau de Louis-Philippe et attendit qu'on l'autorisât à parler.

— Ton nom ? demanda le Dauphin.

— Frédéric, Votre Altesse Royale.

*

Sir Edward et son fils sentirent la musique les emplir jusqu'à l'implosion, comme si leurs corps se fondaient en elle, et puis… Et puis ils furent là. L'air avait changé. Sous leurs pieds, la bruyère violette et le thym sauvage embaumaient ; un vent vif s'engouffrait dans leurs cheveux. Alors, et alors seulement, le Chevalier de Logres osa ouvrir les yeux.

La colline surplombait la mer. À deux ou trois jets de pierres, un petit village de granit et de chaume, aux cheminées fumantes, se réveillait paisiblement. Au-dessus de leurs trois têtes, l'immensité du ciel, hésitant entre aube et nuit, pâlissait et scintillait à la fois. Le lent ressac de la marée descendante les enveloppait d'une senteur iodée.

Jack Longway exhala un long soupir heureux. Il étreignit son père, un bras autour de ses épaules, et les sentit trembler doucement. Sur le visage de Sir Edward, des larmes coulaient sans retenue. Soudain, l'Univers avait retrouvé sa taille normale : l'infini.

Le murmure chatoyant de l'eau qui dégouline les tira de leur contemplation. La petite Selkie avait relâché l'énergie qui modelait sa harpe de glace, et l'instrument se liquéfiait entre ses doigts. Un peu plus pâle que de coutume, elle haletait. Elle avait l'habitude de voyager seule dans l'espace, mais la charge de deux autres corps avait rendu l'exercice bien plus fatigant. Le Chevalier l'embrassa sur le front. Elle ouvrit la bouche pour dire quelque chose, mais il l'arrêta.

— *Hush, cubling. Just let me thank you. You did it well. So well...*

Elle se lova contre lui en guise de réponse, acceptant en bloc louange et remerciement. Le Chevalier enlaça Douze d'un côté, Bran de l'autre et laissa à son tour fuser un profond soupir de bien-être. Il était de retour chez lui après vingt ans d'exil.

— *Welcome home, Dad*, murmura Jack.

*

Dans le sas, Samuel enfilait ses chaussures lorsqu'il fut rejoint par Emmanuel et Haruko.

— Vous sortez ?

— Oui. Nous… nous allons faire une promenade en amoureux.

Le responsable des interventions à l'extérieur sourit. Bien qu'il ne s'autorisât pas à juger de quoi que ce soit, il était heureux de voir qu'enfin son meilleur ami semblait avoir trouvé chaussure à son pied, et Haruko était à ses yeux exactement le genre de femme qu'il lui fallait.

— Je vois. Vous montez par chez Marie ?

— Oui. Tu allais rendre visite à ta mère, toi…

Samuel hocha la tête. S'il avait pris l'habitude de dire « chez Marie », la vieille tenancière de la quincaillerie n'en demeurait pas moins sa maman adorée, dont le seul défaut connu était de reprocher à son fils, chaque fois qu'elle en avait l'occasion, d'avoir choisi la carrière d'égoutier et non celle de quincaillier. Au reste, elle appréciait la plupart des Gens, se contentant de craindre encore les fées : comme elle-même ne descendait jamais, Marie ne les fréquentait pas assez pour désapprendre la peur et la méfiance qu'inspiraient ces créatures.

— Ouais. Je peux vous accompagner, ou j'attends que vous soyez passés ?

— Ne sois pas bête ! s'amusa Haruko. L'amour ne vole rien à l'amitié.

C'est donc ensemble qu'ils se préparèrent à monter vers la surface. Une fois équipé, chacun alluma sa lampe avant d'ouvrir le sas, et ils s'engagèrent dans les tunnels en discutant.

— Vous comptez aller loin ?

— Jusqu'au quartier des négociants.

— Acheter quoi ?

— De l'or. Mes économies de ces dernières années ont finalement trouvé une utilité. Ambre est d'accord pour nous les forger…

Samuel se fendit d'un sourire immense.

— Alors c'est décidé ?

— Ouais. Depuis le bal, en fait. On sait juste pas encore si on le fait à la japonaise, à la française ou à la keltienne. Tu seras mon témoin ?

— Bien sûr ! Et toi, Haruko, tu as choisi qui ?

— Je ne sais pas encore… Je n'ai pas d'amie vraiment proche, mais… peut-être Lilas.

— Tu n'oses pas demander à la princesse ? Vous vous entendez bien, non ?

— Oh, tout de même… c'est une princesse.

— C'est une Rate, commenta Samuel. Elle a une lampe, maintenant.

— Elle n'en reste pas moins une princesse. Les Égouts ne sont pas coupés du monde extérieur… Nous aurions tort de l'oublier.

— Bah, tu choisis bien qui tu veux. Tant que vous êtes heureux, après tout !

Haruko sourit et prit la main d'Emmanuel. Leur amour avait été lent à naître et à fleurir, retenu par les doutes, le poids du passé. À quarante ans passés, comment croire à un renouveau ? L'un comme l'autre avait pensé que les sentiments appartenaient à sa lointaine adolescence, et pourtant le temps avait fait son œuvre : en adultes mûrs et réfléchis, ils avaient fait le même choix que des jeunes gens sous le coup de la passion.

Le trajet vers la surface fut assez bref, car ils avaient pris au plus court vers la quincaillerie de Marie. Ils sortirent des égouts par la trappe donnant dans l'arrière-boutique et convinrent de se retrouver au même endroit avant la tombée du jour. Samuel monta l'escalier qui menait à la porte du petit deux-pièces où il avait grandi avec ses parents, et que sa mère habitait encore. Les deux autres quittèrent la quincaillerie par l'entrée de service, et glissèrent la clef sous la porte avant de s'en aller, main dans la main, vers la Seine et le quartier des négociants.

Ce jour-là, un soleil glacé brillait sur Paris.

*

Aliénor poussa doucement le battant de la chambre de la Reine, se faufila à l'intérieur et referma avec autant de précautions. Elle n'aimait guère ce qu'elle allait faire, mais elle devait obéir aux ordres. La veille au soir, le Roi avait encore maltraité son épouse et celle-ci, épuisée, aurait eu grand besoin d'une nuit plus longue, mais sa demoiselle d'honneur craignait de perdre sa confiance si elle faisait fi de ses instructions. Elle se glissa donc près du lit et posa une main douce sur le bras de la souveraine.

— Votre Majesté ?

— Humm ? Aliénor ? Qu'y a-t-il ?

— Vous m'aviez dit de vous faire parvenir de toute urgence la moindre information qui concernerait les recherches de la princesse Yuri…

— Oui ?

— Un roturier est en ce moment même dans le bureau du prince héritier. Il… il prétend savoir où elle se trouve.

— Fais-moi apprêter une voiture et envoie un message à l'Ambassadeur Blanc. Je vais lui rendre visite.

— Avec tout le respect que j'ai pour vous, Votre Majesté, n'est-il point un peu tôt ?

Gabrielle sourit, et Aliénor obéit sans insister. Dès que la jeune duchesse-héritière eut disparu, elle sonna ses servantes pour leur ordonner de préparer une tenue de sortie facile à revêtir. Lorsqu'elles se retirèrent, la Reine sut qu'elle disposait d'une minute et demie pour pleurer. Elle détourna le visage : la caméra ne devait pas pouvoir surprendre le nom qu'elle allait prononcer.

— Edward…, murmura la Reine.

D'un revers des doigts, elle s'essuya les yeux.

*

Un genou à terre, puis l'autre, une main, deux sur le granit glacé. Un long silence.

Une larme éclata comme une petite étoile sur la pierre grise.

C'était la première fois qu'il la voyait.

— *Will... Beloved...*, murmura Sir Edward.

En vingt ans, la mousse et le lichen avaient envahi le petit menhir qui marquait le lieu où reposaient les cendres de son époux. Une main attentionnée avait régulièrement dégagé l'inscription qui y était gravée :

Lord William Owen Longway
29th April 1679 – 17th October 1718

En dessous, le roc était poli, mais vierge. Il y avait de la place pour un deuxième nom, une deuxième paire de dates. Et puis ces quelques mots :

It matters not how strait the gate.

Du bout de ses doigts tremblants, le Chevalier de Logres effleura ces mots. Les mots de William. *It matters not how strait the gate.* « Qu'importe combien la porte est étroite. » Tant qu'il y en a une, c'est qu'on peut l'ouvrir, argumentait-il toujours. C'était ce à quoi il s'était employé toute sa vie. Il avait rêvé d'un monde en paix, il avait œuvré à le construire… et il en était mort. Ou peut-être était-ce son fait à lui, Edward, qui avait provoqué leur chute pour n'avoir pas su discerner la jalousie d'un homme. Qui n'avait pas compris que, sous d'autres latitudes régies par d'autres lois, un comportement innocent pouvait être vu comme un crime…

Derrière lui, immobiles, silencieux, se tenaient Jack et Bran. La petite Selkie avait croisé les bras sur sa poitrine et regardait au loin ; le machiniste, mains dans les poches, relisait sans discontinuer les inscriptions sur la pierre levée. Il se souvenait, lui aussi, de son père défunt. De son sourire, de la manière qu'il avait de lever le doigt pour reprendre son fils, de celle, affectueuse, avec laquelle il lui caressait l'épaule pour le féliciter… William avait été un homme doux mais passionné, cachant sous sa sérénité une fougue qui lui avait permis de déplacer des montagnes, et un réalisme sans concessions ni naïveté qui l'avaient rendu clairvoyant quand tant d'autres se trompaient.

Edward appuya son front sur le granit.

— *I'm sorry, Will, I'm so sorry…*

*

— Longway ? Que sais-tu de Longway ? demanda Louis-Philippe, détournant son regard de sa tasse de café pour toiser l'homme toujours à genoux devant lui.

— Qu'il a autrefois défié l'autorité de votre père et mis en doute votre légitimité au trône… Qu'il est Keltien, qu'il est le chef des renégats des égouts et qu'il est redoutable une épée à la main.

— Sa fameuse willowsword, hein ? Tu es bien renseigné sur ton sujet, à tout le moins. Mais est-ce suffisant pour prouver tout ce que tu nous as raconté… cela, c'est à moi d'en juger. Dis-moi, de quelle couleur sont ses yeux ?

— Gris, Votre Altesse Royale.

— Bien, bien… Donne-moi un autre signe distinctif.

— Il porte une lavallière écarlate avec une épingle d'acier sertie d'une pierre de lune, Votre Altesse. Il m'arrive à peu près aux yeux, il a les cheveux bruns longs jusqu'en dessous des épaules et il commence souvent ses phrases par *well*.

— J'en ai assez entendu.

Désormais, le Dauphin était certain que ce pouilleux avait bel et bien rencontré Longway. Bien des racontars couraient sur le rebelle des égouts dans Paris, mais aucun d'assez précis pour mentionner des yeux gris et une lavallière écarlate. Pour cela, il fallait avoir eu accès à la photographie de l'Ambassadeur de Keltia et de son entourage que le Roi conservait sous clef – le seul document restant, croyait-il, où l'on pouvait voir le visage de Longway. Longway… L'homme à qui son père devait ce sobriquet de roi jaloux, l'homme à cause de qui il avait dû, bébé, passer une batterie de tests génétiques pour prouver qu'il était bien le descendant légitime de Louis le Vingtième et non le bâtard d'un rebelle keltien. L'homme à qui sa mère pensait plus souvent qu'à lui, son fils aîné.

Edward Longway.

Il aurait dû s'en douter. Seul Edward Longway, ce rat d'égout rampant, pouvait avoir eu l'idée abjecte d'enlever sa fiancée dans le seul but de tourmenter sa famille. Il avait passé en revue tous les nobles de la Triade pendant un mois, trouvé au moins cinq ou six mobiles à chacun d'entre eux, mais il avait oublié que demeurait sous ses pieds le plus vil et le plus fourbe des ennemis.

— J'accepte de te croire, dit-il enfin d'une voix maîtrisée. Tu auras la récompense promise si tu m'expliques en détail comment trouver le repaire des rebelles et le prendre d'assaut. Pour vérifier la véracité de tes dires, tu nous y accompagneras.

— Ce sera pour moi un honneur immense, Votre Altesse Royale.

*

Bran creva la surface de l'eau dans une belle gerbe d'écume et exécuta un double saut périlleux avant de replonger. Sa large nageoire caudale miroita au soleil glacé d'hiver, puis disparut. Assis sur les rochers à quelques mètres de là, Sir Edward et Jack la regardaient s'amuser. Le fils avait sorti sa pipe et en tirait de longues bouffées qui embaumaient. Le père lui avait préféré sa flasque de whisky.

— Tu ne descendras pas, hein ?

— Non. Mais tu peux y aller, si tu veux. Ta grand-mère serait contente de te voir.

— Elle serait contente de te voir aussi.

— Je ne serai pas capable de la regarder en face, Jack. Si tu n'es pour rien dans la mort de son fils unique, ce n'est pas mon cas.

— *Daddy* n'est pas mort par ta faute.

— *Thanks, Jackie.*

Un silence alourdi de souvenirs tomba entre eux. Le fantôme de Lord William Longway était plus présent que jamais. Waterlily, elle, continuait de jouer dans les vagues, et comme chaque fois qu'elle retrouvait la mer, tout son corps exprimait une joie confinant à l'extase. Ses longs cheveux trop bleus l'entouraient comme une auréole. En cet instant, ses grands yeux noirs avaient perdu leur air hanté.

— *They're cute*, constata le machiniste. Ça fait longtemps ?

— Sept ans, bientôt huit. Elle n'avait pas encore treize ans. *My little starling...*

— Parce qu'elle en a vingt ? Elle les fait pas. Suie et charbon ! Vingt ans et… et trois éveillés…

— Comment est-ce arrivé, pour toi ?

— Ah. Tu le sens ?

— Well, you're my son and I'm a Dragondreamer, Jack. Of course I feel it.

Douze hocha la tête. Bien sûr. Son père ne pouvait pas manquer de remarquer le changement le plus important qui s'était opéré en lui. Si le reste n'était que surface, ce truc-là travaillait plutôt en profondeur.

— C'était en Inde. J'me planquais… Dans un temple, dans les montagnes. Avec les Yôgis. Je pensais juste me mettre un peu au vert, histoire de me faire oublier. Ça me plaisait, leurs exercices, leur façon de caresser le Dragon pendant la transe, saluer le soleil, tout ça. Puis bien sûr, tu connais les Japonais : ça leur fout les j'tons, ils envoient les troupes. Le monastère a été rasé, on s'est tous enfuis, ils m'ont rattrapé, acculé, je me suis vu mourir, P'pa, j'te jure, alors j'ai… j'ai récité un mantra et il s'est réveillé.

— Et tu t'en es tiré.

— Ouais. On dira ça comme ça.

— Vous venez ? héla Bran depuis les vagues. Elle est délicieuse !

— Délicieuse pour une Selkie, ça veut dire glaciale à quel point pour un humain ? demanda Douze en fronçant le nez.

— Vraiment glaciale, répondit Sir Edward, mais ça fait si longtemps que je n'ai pas pris un bain de mer que je crois que je vais céder à la tentation, et peu importe qu'elle soit froide !

Il ôta sa lavallière, sa veste, sa chemise et son pantalon pour aller se jeter en boxer dans des vagues qui le glacèrent jusqu'aux os.

Lorsqu'il ressortit de l'eau une demi-heure plus tard, accompagné de Bran, Jack avait allumé un feu et enlevé ses lunettes à sangle.

*

— Gabrielle.

Lorsqu'il vit son visage défait et ses yeux rougis, Nekohaima Kenzô ne sembla pas s'en émouvoir. Son visage resta aussi impassible que de coutume, et personne n'aurait su dire ce qui se passait derrière ce masque sans expression. Toutefois, il descendit les marches du perron à la rencontre de la Reine et lui offrit son bras ainsi que son manteau. Elle avait quitté le Louvre dans une telle précipitation qu'elle n'avait pas pris le temps de passer le sien. D'un geste, il intima à toute la maisonnée de s'éclipser, et à un gardien de faire éteindre la caméra de surveillance de son bureau. L'homme eut une moue étonnée : avec un roi aussi jaloux de sa femme que Louis le Vingtième, il était téméraire de passer un moment en tête à tête avec la souveraine de France sans être en mesure de prouver qu'on ne l'avait pas touchée plus que ne l'exigeait le protocole. Mais son maître semblant n'en avoir cure, il s'exécuta sans broncher. Désobéir à l'Ambassadeur Blanc était l'idée la plus insensée qui pût venir à l'esprit d'un serviteur de l'ambassade.

Kenzô entraîna Gabrielle dans son cabinet de travail et ferma lui-même la porte, sans toutefois la verrouiller. Il l'aida à s'asseoir dans son propre fauteuil, lui couvrit les épaules avec un plaid et alla lui-même au parleur donner ordre aux cuisines de faire monter du thé.

Enfin, il tira un autre siège près d'elle, mais ne la toucha pas.

Longuement, ils se dévisagèrent. Puis :

— Nedo ?

— Il va le tuer, Kenzô. Il va le tuer…

L'Ambassadeur ne cilla même pas.

— Tu le savais, Gabrielle. Tu as voulu croire que tu avais le choix, qu'elle avait le choix, mais aucun d'entre nous n'a jamais eu le choix de quoi que ce soit. Et c'est encore une fois Nedo qui paie le prix de tes rêves et de tes illusions. Bravo, Votre Majesté. Beau fiasco.

— Kenzô…

— Ai-je tort, Gabrielle ? Regarde-moi en face et dis-moi que j'ai tort, si tu en es capable.

Il ficha son regard dans le sien comme un dard, une lance noire dans ses iris d'azur, et elle n'osa pas se détourner. Il resta de marbre tandis que les beaux traits de la Reine se décomposaient.

— Cette fois, je ne peux pas te pardonner. Je t'ai pardonné pour Wiru. Je ne te pardonnerai pas pour Nedo.

Il marqua une pause. Une soubrette se faufila dans la pièce, déposa sans bruit le plateau à thé sur un guéridon, servit deux tasses et s'éclipsa.

— En vingt ans tu avais cent fois le temps d'enterrer tes chimères et d'en faire le deuil. Tu pouvais te résigner, tu pouvais t'évader dans n'importe quelle drogue, que ce soit le haschisch, l'alcool, l'opium ou l'amour maternel. Et même si tu n'avais pas réussi, même si ces mirages avaient tué Nedo comme ils ont tué Wiru, j'aurais encore pu te pardonner, mais…

— Mais ?

— Tu as mis *ma fille* en danger, Gabrielle.

*

— Qu'en as-tu pensé, Colonel ?

— Je doute que cet individu soit assez intelligent pour avoir inventé seul cette histoire de lampe, Votre Altesse Royale. Il ne sait probablement même pas à quel phénomène physique se réfère le terme de « polarisation de la lumière ». Et enfin, il n'aurait aucun intérêt à mentir.

— Certes. Cependant, jamais nous n'avions réussi à attraper l'un de ces renégats. Étrange qu'il s'en présente un à la porte du Louvre... Il pourrait s'agir d'un piège.

— Il les hait, si je puis me permettre, Votre Altesse Royale, intervint HA-17 en s'inclinant, car son rang et son sexe ne lui donnaient pas le droit de parler en présence du Dauphin sans y avoir été invitée.

Elle attendit que, d'un geste, il lui accorde le droit de poursuivre :

— J'ai vu à plusieurs reprises sur son visage des tics laissant à penser qu'il éprouvait de la rancœur, froncements de nez, bouche pincée. J'envisage l'hypothèse qu'il ait été banni, ou se soit enfui du refuge rebelle. Il dit qu'il est venu volontairement, mais il nous a bien précisé qu'il n'avait lui-même plus de lampe.

Louis-Philippe haussa un sourcil comme s'il voyait le lieutenant pour la première fois, alors qu'elle avait passé ces trois dernières semaines, comme toute sa vie depuis sept ans, à moins de deux mètres de Ryûzaki. Mais elle avait l'habitude de n'exister pour personne.

— Je me demandais aussi pourquoi tu avais choisi une femme comme aide de camp, Colonel. J'oublie parfois qu'être sensible aux autres peut être utile.

Si Levana n'avait pas été le lieutenant HA-17 des armées impériales au service de Nekohaima Kenzô, elle aurait peut-être expliqué à Louis-Philippe, Dauphin de France, que le cursus militaire, spécialité garde du corps, impliquait entre autres de longues études psychologiques et comportementales. Tout officier devait être capable de deviner les intentions d'un individu afin d'évaluer les facteurs de risque représentés par chacun. Le fait qu'elle fût une femme n'entrait pas en jeu dans ses capacités de déduction. En revanche, qu'elle fût à demi Aeling y avait contribué, car elle était les yeux de Ryûzaki. Il avait écouté la voix de Frédéric ; elle, elle avait regardé son visage.

— La vengeance serait donc le motif de la trahison…, reprit le Dauphin. C'est bien dans le genre du vulgaire. Reste que nous ne disposons pas de cette fameuse lampe qui nous permettrait de trouver leur repaire, et il a précisé qu'il était incapable d'en fabriquer une.

— Dans ce cas, Votre Altesse Royale, il suffirait de mettre la main sur l'un des rebelles. On sait qu'ils montent parfois à la surface : il doit savoir où, et être en mesure de reconnaître leurs membres. À partir de là, nous…

Le Japonais fut interrompu par trois coups contre la porte. À l'invitation du Prince, un garde entra.

— Votre Altesse Royale, je vous prie de m'excuser, mais il y a là un négociant qui dit devoir parler de toute urgence au colonel Ryûzaki.

— Décidément, c'est la journée des visites ! Recevez-le ici, Colonel.

— Si tel est votre souhait, Votre Altesse Royale, s'inclina le Japonais, se doutant déjà de qui il s'agissait.

Il n'aimait pas l'idée que le Prince obtiendrait des informations en même temps que lui ; il aurait voulu faire d'abord son rapport à son maître. Mais l'Ambassadeur Blanc n'était pas au Louvre, et Louis-Philippe n'accepterait pas d'attendre que l'on eût été le quérir. Il avait beaucoup de qualités pour son jeune âge, mais la patience faisait encore exception.

Le bijoutier qui avait revendu la perle de Yuri pénétra dans la pièce et se jeta presque à genoux devant les deux hommes.

— Votre Altesse Royale ! C'est… je…

— Parle, marchand, ordonna le Dauphin.

— Bien sûr, Votre Altesse Royale. C'est un honneur, Votre Altesse Royale… Je suis venu dès que j'ai pu, Votre Altesse Royale, Monsieur le Colonel. Il a d'abord fallu que je m'assure qu'ils ne partiraient pas, vous comprenez, alors je…

— Tu as repéré l'homme qui t'a vendu la perle, énonça froidement Ryûzaki.

— Oui, Monsieur le Colonel, oui, c'est ça, il est passé dans la rue avec une femme, une asiatique, alors je les ai fait entrer sous prétexte de leur vendre quelque chose et votre soldat les a assommés tous les deux et nous les avons enfermés dans l'arrière-boutique et il est resté les surveiller et je suis venu tout aussitôt vous prévenir mais comme vous n'étiez pas à l'ambassade du Japon j'ai mis plus de temps que prévu mais je sais que votre homme ne les aura pas laissés échapper d'ailleurs nous les avons attachés pour éviter ça et j'espère que j'ai bien fait tout comme vous vouliez, Monsieur le Colonel.

Levana se demanda où le bijoutier avait trouvé la capacité pulmonaire nécessaire à débiter d'une traite un tel monologue. La peur donnait à l'être humain des ressources insoupçonnées…

Ryûzaki, lui, était contrarié. Il ne pouvait mentir au Dauphin, mais il devait prévenir l'Ambassadeur au plus vite.

— Intéressant charabia, conclut le Prince. Traduction, Colonel ?

— Un rebelle avait revendu à cet homme une perle appartenant à Yuri-hime, Votre Altesse Royale. J'ai fait surveiller sa boutique au cas où il y reviendrait.

— Bonne initiative, Colonel. Il est décevant que tu ne m'en aies pas parlé.

— Je n'avais pas assez d'informations à vous communiquer à cet égard pour que la piste requière votre attention, Votre Altesse Royale.

— Je suis seul juge de ce qui requiert mon attention, Colonel. Tu es pardonné pour cette fois. Va me chercher ces rebelles. S'ils ont des lampes, je veux deux mille fantassins et une unité d'artillerie prêts avant le couvre-feu. Nous attaquerons la nuit, pour être bien certains que tous les rats soient dans leur trou… Je ne veux pas en laisser un seul vivre après ce qu'ils ont fait.

— Bien, Votre Altesse Royale.

Ryûzaki salua, fit signe à Levana de le suivre et sortit, non sans empoigner le négociant par le col.

*

Jack éclata de rire lorsque Bran s'ébroua, triplant le volume déjà impressionnant de ses cheveux.

— Dans l'éducation de mes enfants, je dois avoir négligé la partie concernant la coiffure, s'amusa Sir Edward alors que la petite Selkie s'asseyait en lotus devant lui.

Il tira un peigne de sa poche et entreprit de démêler patiemment la sauvage chevelure bleue.

— Et toi, dit-il à Douze, méfie-toi qu'il ne me prenne pas l'envie de faire pareil avec tes dreadlocks.

— Tu jetterais l'éponge avant moi, Dad.

Au bord du feu, sur une pierre plate, il avait mis des châtaignes à rôtir, qu'il retournait de temps en temps avec un bâton. De sa main libre, il tirait sur sa pipe. Dès qu'une châtaigne lui semblait cuite à point, Douze la poussait loin des flammes pour la laisser refroidir, l'épluchait en la roulant dans ses paumes et la mangeait ou la tendait à l'un de ses compagnons, en alternant scrupuleusement la répartition. Chacun d'entre eux avait déjà dégusté une douzaine de châtaignes, et les cheveux de la petite Selkie étaient presque entièrement démêlés, lorsqu'il finit par annoncer :

— Je ne descendrai pas, Dad. J'aurais pas le courage d'y aller sans toi. Grand'ma… je crois que ça me ferait trop mal qu'elle me reconnaisse pas. Et puis comment je lui dirais, hein, que t'es là mais…

— *Skàm* ! Vous vous compliquez la vie ! intervint Bran sans diplomatie. Vous devriez y aller tous les deux, et voilà.

— Et toi ?

— Moi ? Pourquoi je viendrais ?

Le Chevalier et le machiniste la regardèrent d'un air consterné.

— *You ice-skulled little Selkie*, la taquina Sir Edward en lui collant une petite taloche derrière la tête.

*

— Emmanuel ?

— Haruko ? Tu vas bien ? grogna l'égoutier en se redressant comme il pouvait.

— Oui, à peu près. J'ai mal à la tête, mais rien de cassé… et toi ?

— Pareil. On est où ?

— Dans un genre d'entrepôt, je crois.

Les deux Rats étudièrent rapidement la pièce dans laquelle ils étaient enfermés. Elle était petite, encombrée de caisses, avec une porte pour seul accès ; ni lucarne, ni soupirail. Au reste, un autre détail compliquait les choses :

— Ils n'ont pas trop serré, j'espère ?

— Trop en tout cas pour que je puisse me libérer. Je n'arrive même pas à bouger les mains ou les chevilles !

— Merde ! J'avais espéré qu'ils te laissent du jeu, quelque chose sur la fragilité féminine ou je ne sais quoi…

— Hélas, Emmanuel… Je sais que tu n'as pas eu le temps de voir celui qui nous a assommés, mais il portait l'uniforme des armées impériales.

— Oh putain… Là, on est vraiment mal.

Haruko hocha péniblement la tête. Elle parvint cependant à ramper vers lui, et ils se blottirent l'un contre l'autre.

— Pardon, ma chérie…, lui dit-il. Comme futur mari protecteur, je ne vaux pas grand-chose, on dirait.

— Pierre m'a appris à me défendre, tu sais. Mais là, je ne vois pas ce que nous aurions pu faire. Emmanuel, il faut… Il faut que nous trouvions un moyen de casser nos lampes.

— Quoi ? Mais si on fait ça, on pourra plus rentrer ! Je veux dire, si on arrive à s'enfuir, on devra attendre chez Marie que quelqu'un monte, et d'ici là, ils pourront nous retrouver !

— Comment veux-tu que nous nous échappions d'ici ? Il n'y a qu'une seule issue, nous sommes pieds et poings liés, et même si nous réussissions à nous détacher, ce serait pour nous jeter dans les bras de soldats des armées impériales ! Tu n'es pas Japonais, mon amour, sinon tu saurais… Non, il ne faut pas qu'ils puissent nous fouiller. S'ils nous torturent, nous ne pouvons pas être certains de ce que nous avouerons ou non, et s'ils apprennent que nous sommes des Rats… s'ils apprennent à quoi servent nos lampes… Emmanuel, ce sont tous les Rats qui pourraient en pâtir.

— Je suppose qu'il vaut mieux ne pas prendre de risques ?

— Si Samuel et les autres parviennent à nous tirer d'ici... alors, Flamme et Ambre nous en fabriqueront d'autres.

— D'acc'.

Aussitôt, l'obiko se contorsionna pour tâter la manche de son kimono à la recherche de sa lampe, et l'égoutier fit de même avec sa veste.

— Oh merde...

Emmanuel écarquilla les yeux : jamais il n'avait entendu Haruko jurer. Mais au même instant, il comprit pourquoi elle venait de le faire.

Ils avaient déjà été fouillés. Leurs lampes avaient disparu.

*

Sans le fredonnement perpétuel de Bran, les Égouts semblaient à Yuri anormalement silencieux. Depuis que son amie était partie, la princesse avait raccompagné Ren, dont elle appréciait la compagnie, jusqu'au sas où un certain Julien avait pris le Spectral en charge pour lui faire regagner la gare. Puis elle s'était promenée au bord du lac, mais là encore, sans la petite Selkie pour jouer les acrobates aquatiques, bavarder ou jouer de la harpe, les lieux, s'ils n'avaient rien perdu de leur beauté, avaient perdu de leur attrait. Assise dans la mousse, la princesse s'était interrogée quelque temps sur la signification du départ de l'élève de Taliesìn avec Sir Edward et son fils. Comme il était vain de chercher une réponse sans avoir les éléments nécessaires, elle s'était ensuite réfugiée dans la bibliothèque, où Léon l'Occitan l'avait accueillie d'un regard approbateur. Il aimait que les jeunes s'intéressent aux livres, et pour lui, était jeune qui était plus jeune que lui, soit le plus gros de la population de la Communauté. Seules Aloïse et Lady Lore pouvaient prétendre dépasser en âge ce vieil homme chenu, cheveux et moustache blancs, sourcils broussailleux et air sévère digne d'un ancien précepteur de maison noble. Yuri avait entendu dire qu'il avait enseigné le français et l'Histoire à la cour, mais que ses opinions politiques dérangeantes l'avaient mis en danger. Comme tant d'autres, il était descendu se réfugier dans le labyrinthe salvateur des égouts. Parfois, la princesse avait eu avec lui de longues discussions sur la gouvernance ; il avait un point de vue aussi personnel qu'intéressant.

Ce jour-là, cependant, l'intention de Yuri n'était pas de bavarder. À défaut d'avoir Bran avec elle, elle savait pouvoir consulter un livre sur les Bardes, l'un de ces ouvrages interdits dans la Triade que Taliesìn apportait de Keltia.

Elle mit dix bonnes minutes à le trouver. C'était un bel ouvrage in-octavo relié de cuir repoussé bleu, orné d'un dragon noir et d'une harpe argentée sur la couverture.

*

Les heures avaient passé et Samuel était inquiet. Le soir tombait vite en ce cinquième jour de novembre, or Emmanuel et Haruko n'étaient pas encore là. D'habitude, l'obiko était toujours en avance ; son ami, lui aussi, était plutôt ponctuel.

— Quelque chose ne va pas, poussin ?

— Non, M'man, c'est rien, c'est juste que… Manu et Haruko sont en retard.

— Bah, ce n'est pas parce qu'on a quarante ans que l'amour ne peut pas faire perdre un peu la notion du temps.

— Mouais, j'sais pas trop… À d'autres, peut-être, mais c'est pas du tout leur genre. J'ai quand même envie d'aller jeter un œil dans les environs. J'en ai pour, quoi ? Cinq, dix minutes max. S'ils arrivent, tu leur dis de m'attendre.

— D'accord, mais ne traîne pas. Tu sais qu'ils ont avancé le couvre-feu…

— J'ai dit cinq dix minutes, M'man, pas une heure, s'attendrit l'égoutier.

Marie avait toujours été d'un naturel inquiet et son fils unique n'avait pas vraiment choisi une carrière propre à la rassurer. Il l'embrassa sur la joue et sortit. Une rafale de vent glacial fouetta son visage, mais il n'alla pas loin : Timothée, un trentenaire qui travaillait comme docker à la gare, et Manon, qui était simplement sortie prendre l'air après quinze jours sans mettre le nez dehors, lui tombèrent dessus presque aussitôt.

— Demi-tour, gars, dit le docker en attrapant au passage la manche de Samuel. Les fleuris viennent par ici.

— Oh merde ! Vous avez vu Manu et Haruko ? Ils devaient être dans le coin…

— Je… J'suis désolée, Samuel. Tout à l'heure, je traînais au bord du quartier des négociants… J'ai vu un détachement les emmener. Le plus zarb', c'est qu'ils étaient menés par un Jap' qui portait un uniforme impérial. Je sais qu'Emmanuel et toi, vous…

— Non, me dis pas ça… Putain, Manon, me dis pas ça ! Faut que j'aille les chercher !

— Fais pas le con, ils ratissent déjà le coin. Bouge-toi, on se rentre.

Timothée entraîna de force Samuel à l'intérieur. Il n'était pas docker pour rien et l'égoutier n'était pas en mesure de résister. Manon verrouilla la porte derrière eux.

— Qu'est-ce qui se passe ? demanda Marie en voyant son fils rentrer, livide, moins d'une minute après être sorti.

— Ils ont eu Manu…, grogna le responsable des interventions à l'extérieur. Bordel de putain de merde, ils ont eu mon pote…

*

— *Stars are coming soon tonight*…

— C'est bientôt l'hiver, Dad. À Paris, ce n'est pas encore le couvre-feu, mais nous sommes beaucoup plus au nord, donc il fait nuit plus tôt. C'est normal qu'on voie les étoiles à cette heure-ci.

— *Well, you're right, son.* J'avais presque oublié.

Il passa un bras autour des épaules de son fils, l'autre autour des épaules de Bran, et ils s'allongèrent tous les trois dans l'herbe pour contempler le ciel. Ils souriaient. La peur, l'inquiétude, la haine semblaient si loin qu'elles en devenaient irréelles. À leurs pieds, le feu déjà n'était plus que braises, les châtaignes un agréable souvenir qui réchauffait l'estomac, et même les interminables cheveux de la petite Selkie, qui ne s'était pas privée de se baigner à plusieurs reprises, étaient secs. Pour la première fois en vingt ans, Sir Edward Longway se sentit simplement heureux. Même la sensation de vide laissée par l'absence de William s'atténua un peu, comme si la proximité de sa tombe et du lieu où était né leur amour, bercé de doux souvenirs, passait du baume sur les vieilles blessures de son cœur.

Combien de temps demeurèrent-ils là, tous trois, perdus dans les rêves d'une vie qu'ils ne vivraient jamais ?

Ils n'auraient su le dire, mais ce fut Jack qui, le premier, frissonna lorsque l'humidité et le vent eurent raison de sa kurta et de sa veste, plus adaptées aux machineries étouffantes de la Rame Cinq qu'à une nuit à la frontière écossaise. Ce frémissement les ramena tous les trois à la réalité : la nuit avançait et il faisait froid, même pour une Selkie.

— *Well*, il va falloir songer à rentrer, on dirait !

— Sir Edward…

— En famille, tu pourrais m'appeler autrement, tu sais…

— *Please, don't come back to the Sewers.*

— Je dois rentrer, cubling. Mon devoir est dans les égouts, et on ne négocie pas avec le devoir lorsque l'on est Chevalier.

— *Skàm* ! Oui, je sais, mais j'ai un mauvais pressentiment… Une sensation de danger.

Douze et le Chevalier considérèrent un instant la jeune fée. Elle n'avait pas pour habitude de s'inquiéter sans raison et les pressentiments d'une Barde, même apprentie, n'étaient pas choses à négliger.

— *Okay. We're leaving. Bring us back, Bran.*

Elle ouvrit de grands yeux. Rentrer ? Les ramener ? C'était exactement le contraire de ce qu'elle souhaitait, et elle se fustigea de sa naïveté : bien sûr, Sir Edward était un homme de devoir, et à présent qu'elle avait dit… Sa propre franchise se retournait souvent contre elle. Mais elle obéirait. Elle aimait et respectait trop son père adoptif pour aller contre sa volonté.

— Et si j'ai vu juste ?

— Je serai là où je dois être.

Elle fit la moue. Jack se taisait.

Elle descendit jusqu'au rivage et en revint avec une harpe de glace. Ils posèrent chacun une main sur l'une de ses épaules.

Un accord résonna dans la nuit, une note de poitrine profonde, unique, qui fit taire jusqu'au vent.

Et puis, sur la colline, il n'y eut plus rien.

En bas, dans le village, une vieille femme sortit sur son perron une lanterne à la main, un châle sur les épaules et une larme au coin de l'œil, certaine d'avoir entendu et senti quelque chose… quelque chose qui lui avait rappelé son fils. Mais la nuit, à nouveau, n'était emplie que d'étoiles et du crissement léger des vagues et du vent.

*

Ryûzaki s'inclina devant Nekohaima Kenzô. Il allait lancer l'assaut dans les égouts. Les deux lampes prises aux rebelles capturés avaient permis aux techniciens du Louvre d'adapter des verres produisant le même effet de polarisation sur toutes les lampes de service des deux mille hommes qui participeraient à l'opération. Ce travail avait été effectué en un temps record, Louis-Philippe ayant promis pis que pendre s'il n'obtenait pas le matériel toutes affaires cessantes. Le colonel avait cependant trouvé là l'occasion de venir enfin faire son rapport à son maître.

— Tu descends ? demanda simplement l'Ambassadeur Blanc lorsqu'il eut fini.

— Oui, Nekohaima-sama.

— As-tu l'une de ces lampes sur toi ?

— Oui.

— Donne-la-moi. Tu t'en trouveras une autre ou tu partageras la tienne avec HA-17.

Bien que surpris, le colonel obéit.

— Tu peux disposer. Veille à ce que Yuri ne soit ni blessée, ni humiliée pendant l'opération. Je t'en tiendrai responsable.

— Bien, Nekohaima-sama.

L'officier s'apprêtait à sortir d'un pas pressé après avoir laissé sa torche sur le bureau, lorsque la voix de son maître l'arrêta à nouveau.

— Ryûzaki-kun.

— Nekohaima-sama ?

— Veille aussi à ce que ce Frédéric ne quitte pas les égouts. Ne le tue pas ; enchaîne-le quelque part.

— À vos ordres, Nekohaima-sama.

Et il referma derrière lui. Gabrielle sortit de derrière un paravent.

— Tu as tout entendu ?

— Oui.

— Nedo est mort.

— Il pourrait encore fuir.

— Cet imbécile est chevaleresque. Il ne fuira pas.

Ils restèrent à fixer la porte. Elle savait qu'il avait raison.

*

Sir Edward n'était pas rentré depuis dix minutes, et il venait à peine d'envoyer une jeune Rate ramener Douze à la gare lorsque Samuel, Timothée et Manon déboulèrent dans son bureau, où il était en train d'exposer à Taliesìn et Lady Lore les pressentiments de Bran. Presque aussitôt arrivée, la petite Selkie était partie retrouver Yuri.

— Sir Edward, on a un problème.

— Et voilà, comme quoi… Balance, Samuel !

— Manu et Haruko se sont fait choper et on a les Fleurs-de-lys qui se préparent à descendre.

— Qu'ils descendent. Ils se perdront, de toute façon.

— Ben, justement, j'ai peur que non. On est restés aussi longtemps qu'on a pu, et je crois… je crois qu'ils ont capté, pour les lampes.

— Quoi ? Comment…

— On a vu Frédéric avec eux, lâcha Manon comme un glas.

Sir Edward aspira entre ses dents. Taliesìn croisa les bras sur sa poitrine et Lady Lore fronça les sourcils.

— Okay. Combien sont-ils ?

— Des infos qu'on a eues, à peu près deux mille. Menés par le Dauphin en personne.

— Qu'en est-il de l'Ambassadeur Blanc ?

— Pas entendu causer.

— Combien de temps ?

— Deux heures, trois max. Ils ont déjà commencé à pénétrer dans les tunnels, et ils vont vite.

— Samuel, Timothée, vous allez vérifier le matériel des barricades. Manon, à la salle d'armes ; vois avec Pierre pour mettre les réserves de cartouches à disposition. Soyez aussi discrets que possible. Rendez-vous au Centre quand je déclencherai l'alarme. Lady Lore…

La vieille Spectrale opina du chef. Elle savait déjà ce qu'elle avait à faire. Bientôt ne restèrent dans la pièce que Taliesìn et Sir Edward. Soudain vidé, le coordinateur se laissa choir sur sa chaise et servit deux whiskies.

— Combien d'entre nous pourrais-tu sortir d'ici, Taliesìn ?

— Trente. Quarante, si je ne reviens pas. Cinquante, si ce ne sont que des enfants. Et cinquante-cinq avec l'aide de Bran.

— *My Godess* ! Tu ne pourrais même pas emmener tous les enfants… Et en ouvrant un portail ?

— Pas davantage. Je ne peux pas maintenir un passage très longtemps, ici. Les villes, et plus encore les égouts, limitent mon champ d'action. Le bruit stagne, les choses mortes restent au lieu de passer… C'est comme diriger un orchestre amateur d'aveugles à moitié sourds en essayant de ne pas faire de bruit.

— Hélas… Enfin. Peux-tu changer le cours de cette bataille ?

— Non. Je les sens déjà, ils sont trop nombreux. Je pourrais vous gagner peut-être une demi-heure. Trois quarts d'heure au plus. Je suis désolé.

— *Well*… Tu donnes si souvent l'impression d'être omnipotent.

— Je suis un homme, Ned. Pennbarzh peut-être, mais homme, pas dieu.

— Tant pis. Quoi qu'il arrive, aucun enfant ne mourra. Et concernant Haruko et Emmanuel ? Tu pourrais les retrouver ?

— Oui.

— Alors, s'il te plaît, fais-le.

Le Barde posa sur le Chevalier un long regard couleur mer d'Iroise. Le regard d'un homme qui voit son frère monter sur l'échafaud.

— Si je pars, nous ne nous reverrons pas dans cette vie. Je ne peux pas trouver Haruko et Emmanuel aussi facilement que je vous trouverais, toi ou Bran. Je ne reviendrai pas à temps. Ni pour toi, ni pour personne.

— Je sais, Taliesìn… je sais. Je crois que je savais déjà lorsqu'elle est arrivée ici. Peut-être, quelque part, est-ce un soulagement.

— Tu as déjà fait ton choix.

Ce n'était pas une question ni un jugement, seulement un constat teinté de tristesse.

— Pardonne-moi, blondin. Mais pour moi, il est temps. J'ai revu mon fils aîné, mon deuxième enfant n'a plus vraiment besoin de moi…

— Elle n'est pas aussi forte qu'elle s'en donne l'air.

— C'est vrai. Mais elle n'est pas aussi faible qu'elle le pense. Elle essaie seulement de rassurer ceux qu'elle aime, comme je l'ai fait durant tant d'années. Je ne peux plus, Taliesìn. Je ne peux plus, je… je suis tellement fatigué. Will… En vingt ans, il n'y a pas une nuit où je n'ai pas rêvé de lui. Ce combat-là est le combat de trop. Je ne veux pas survivre encore.

Le Barde hocha la tête, attarda une main réconfortante sur l'épaule de son ami. Lui sourit, comme on sourit à quelqu'un qui part pour un long voyage. Sir Edward poussa un profond soupir.

— Tu veilleras sur elle, *won't you ?*

— Tant qu'elle en aura besoin. Tu vas me manquer, Ned.

— Tu as l'habitude…

— Ça n'a jamais rendu les choses moins douloureuses. Mais je te comprends. Si c'est ton choix, alors c'est le bon.

— Je reviendrai. Avec Will, cette fois.

— C'est vrai. Et vous m'aurez tous les deux oublié.

— Mais toi, tu n'oublies pas.

— Non. Le Cercle Bleu est la mémoire de ce monde. Et je suis le Pennbarzh, le Centre du Cercle. Je suis celui qui ne permettra pas que le nom et l'histoire de Sir Edward Willowsword Longway soient oubliés.

— *Damn it, blondie !* ironisa le Chevalier. Tu comptes faire une chanson de ma vie de rat d'égout ? *What a terrible idea !*

— J'ai déjà fait des chansons sur des sujets moins intéressants que ta vie. Edward, je…

Taliesìn soupira et serra tout simplement son ami contre lui. C'étaient là des manières de Selkie, et ce n'était pas plus mal ainsi. Ils savaient tous les deux que le temps du Chevalier de Logres était achevé. En cet instant, il avait l'air vieux et las. Las d'une vie d'inquiétudes et de combats.

— Merci pour tout, Taliesìn. Pour tout ce que tu as fait et ce que tu vas encore faire. Merci pour Skàe. Merci pour cette journée que tu m'as offerte. Merci…

— Nous sommes amis, Ned.

— Tu sais que tu parles comme une Selkie ?

— Hey ! À force de les fréquenter… Et puis, moi aussi, j'ai choisi l'Awekà.

Ils desserrèrent leur étreinte. Sir Edward sourit au seigneur des Bardes. Il était bien conscient du privilège de leur amitié. Se lier à quelqu'un, pour un Barde, était quelque chose de rare et de douloureux. L'Éveil avait un prix : celui de demeurer lorsque les autres partent. Un jour, songea le Chevalier, Bran aurait également à le payer. Elle avait même déjà commencé. Une fraction de seconde, il sentit la profondeur de la blessure qu'il s'apprêtait à infliger à ses enfants. Pourtant, il n'hésita pas. Il savait que lui aussi, par son choix, agissait dans le Kà, le courant d'harmonie de l'Univers. C'était une conviction simple et évidente, aussi tangible que la couleur du mur devant lui ou l'odeur de l'air qu'il respirait.

— Viendras-tu à ma rencontre ? demanda-t-il.

Taliesìn se contenta d'un regard éloquent.

— *Is it a farewell, blondie ?*

— *Not even a goodbye.*

Non, ce n'était pas un adieu. À peine un au revoir. Ils échangèrent un regard, un sourire. Se saisirent mutuellement les avant-bras, glissèrent leurs paumes l'une dans l'autre, coudes vers le bas, pouces vers le haut. Leurs mains s'unirent, s'élevèrent jusque devant leurs visages et ils pressèrent leur front contre le dos de la main de l'autre. Le salut des proches, en Keltia. Un geste familier, rassurant et intime.

— *See you later, Edward.*

— *Well... See you later, Taliesìn.*

Alors le Barde disparut en silence, comme s'il n'avait jamais été là. Le Chevalier serra les paupières pour retenir une larme. Et pressa le bouton d'alarme.

*

Lentement, l'Air de la troisième suite pour orchestre en *ré* majeur, deuxième mouvement, de Johann Sebastian Bach, se répandit dans les couloirs de la Communauté. Partout, les oreilles se dressèrent, les yeux se levèrent, les visages se fermèrent. Et la musique était là qui planait, ni joyeuse ni triste, simplement sereine, simplement présente…

— Non, murmura Ashe en se serrant contre sa mère. Non, Maman… Non…

Sans répondre, Ambre prit son fils dans ses bras et se tourna vers Flamme.

— Occupe-toi de Pyro, mon amour. Je te retrouve devant l'étal des fleurs.

Le Feu-follet approuva, embrassa sa compagne et partit à la recherche de leur aîné.

*

Yuri et Bran cessèrent leur bavardage au bord du lac. Les traits de la Selkie s'étaient figés en une expression d'angoisse qui glaça le sang de la princesse. Elle reconnut sans mal le coup d'archet de Sir Edward dans la bande qui passait, et aurait pu citer les noms des autres musiciens, qui avaient tous joué pour le bal de Samain, si elle était parvenue à les retenir en une seule fois.

— Qu'est-ce que c'est que cette musique ?

— L'alarme. Les Égouts sont attaqués.

Elle se leva, aussitôt imitée par son amie. Avec un dernier regard pour le lac aux nymphéas, elles s'engagèrent dans l'escalier.

*

Cinq minutes plus tard, les deux cent cinquante Rats étaient rassemblés au Centre. La dernière note de la mélodie laissa place à un silence à peine troublé par les sanglots de quelques enfants assez grands pour comprendre ce qu'il se passait, et trop jeunes pour se contenir. Ashe, Guillaume et Lucie étaient de ceux-là.

Sir Edward monta les marches de la tribune d'un pas plus pesant que de coutume. Résigné, songea Yuri avec un serrement de cœur, sans trop démêler ce qu'elle venait de comprendre, de ressentir. Tous les Gens de l'Égout avaient les yeux rivés sur le coordinateur, bien qu'ils sachent ce que signifiait la musique à laquelle ils avaient répondu. Ils savaient ce qui allait suivre. Ils savaient pourquoi ils étaient là. Ils savaient, mais ils voulaient l'entendre.

Une attention recueillie tendait ces deux cent cinquante visages tournés vers un seul homme. Yuri serrait son éventail si fort que ses jointures blanchirent. Bran, froide comme glace mais avec dans l'œil une flamme ardente, semblait prête à pleurer. Pyro les rejoignit et s'accrocha au bras de la Selkie, qui ne réagit pas. Lilas demeurait aussi immobile qu'un arbre un jour sans vent, mais deux filets humides striaient ses pommettes brunes. Sa main s'était glissée dans celle d'Oak.

Le coordinateur posa les mains sur la rambarde devant lui, paisiblement, les yeux baissés, sans chercher à lisser derrière ses oreilles les mèches évadées de son catogan. Puis il prit une grande inspiration.

— Pendant vingt ans, j'ai prié pour que ce jour n'arrive jamais. J'aurais, plus que tout, désiré vivre avec vous jusqu'à ce que nous puissions regagner la surface, tous ensemble… Ce ne sera pas le cas, et je vous en demande pardon, car vous m'avez honoré de votre confiance et je n'ai pas réussi à vous protéger. Les estimations de Samuel, Timothée et Manon nous donnent à cent contre un dans le meilleur des cas. Taliesìn ne pouvait, à lui seul, évacuer les enfants. Il est parti sauver Haruko et Emmanuel qui, sans cela, mourront lentement sous la torture. Nous sommes le cinquième jour du mois noir, de l'année dix-sept cent trente-neuf après l'union de Keltia. Que ceux qui survivront n'oublient jamais ceux qui tomberont aujourd'hui, car ce soir, les Égouts ne seront plus. Chacun de nous sait où est sa place. Tout ce que nous pouvons faire, c'est sauver nos enfants. Faites vos adieux, prenez vos armes et rejoignez vos postes. Vous avez une demi-heure. Adieu. Et pardonnez-moi.

Il n'y eut pas un bruit tandis que Sir Edward Longway s'écartait de la rambarde et se dirigeait vers l'escalier. Il posa la main sur le pilier du haut. Alors, la voix éclatante d'Ashe, l'enfant Feu-follet, déchira le silence :

« Nous sommes la lie
De l'Humanité ! »

Surpris, le coordinateur s'immobilisa comme il s'apprêtait à descendre la première marche, sa main reposant toujours sur le pilier, le talon décollé du sol.

« De la Faerie,
De la Fomoiré », reprirent tous les Gens en chœur, faisant trembler la tribune.

Comme au ralenti, le Chevalier de Logres tourna la tête vers eux, eux tous à qui il avait consacré une partie de sa vie pour les voir mourir en une nuit. À son œil gris perla une larme qui s'évada le long de son nez, glissa sur la commissure de ses lèvres et tomba de son menton sur son pied nu, où elle éclata, petit soleil humide et salé.

« Nous sommes liés
Par le sang et par la boue,
Nous sommes les Gens de l'Égout !

Nous avons renoncé au Soleil

Pour prix de notre liberté.
En nos cœurs peu à peu se réveille
La conscience d'une dignité.

Nous sommes la lie
De l'Humanité,
De la Faerie
De la Fomoiré,
Nous sommes liés
Par le sang et par la boue,
NOUS SOMMES LES GENS DE L'ÉGOUT ! »

CHAPITRE XII
DÉRATISATION

TANDIS QUE DEUX CENT CINQUANTE VOIX s'éteignaient une à une, Sir Edward descendit l'escalier. Lady Lore l'attendait en bas. Longtemps, ils avaient cheminé côte à côte, tissé une amitié pudique et respectueuse, faite de plus de silences que de mots. Ils se dévisagèrent un instant. Puis, oubliant leur retenue, ils se tombèrent dans les bras et donnèrent ainsi le signal des adieux.

Yuri avait assisté à bien des scènes tragiques dans sa jeune vie, mais jamais aucune ne l'avait si profondément touchée que celle qui se déroula devant ses yeux. Alors que rien n'annonçait encore les combats, les parents serrèrent leurs enfants contre eux, les couples s'enlacèrent en échangeant mille baisers désespérés, les amis s'étreignirent, les larmes coulèrent, les sanglots résonnèrent sous la voûte du Centre, au milieu du murmure confus des au-revoirs.

Samuel remplaça la Spectrale auprès du coordinateur.

— Merci…

— De quoi ?

— C'est toi qui as dit au seigneur Taliesìn d'aller chercher Manu.

— S'il doit mourir, Samuel, il mourra comme nous tous : en homme libre. Et Haruko aussi.

Ils se sourirent. Se donnèrent une petite claque sur l'épaule. Et ce fut tout : se dire adieu était trop dur.

Léon l'Occitan prit quelques instants pour recommander ses livres à Lady Lore, qui lui promit de veiller à ce qu'ils lui survivent. Pierre Drauf pressa Manon contre son cœur. Lilas et Oak semblaient ne plus jamais pouvoir se détacher l'un de l'autre.

Pyro se jeta au cou de Bran, qui lui ébouriffa les cheveux. Il avait beau être presque aussi grand qu'elle, il paraissait perdu et fragile lorsqu'il enfouit son nez dans l'épaisse tignasse bleue de son amie.

— J'veux pas, j'veux pas ! J'veux rester avec les adultes, j'veux rester avec toi, j'veux m'battre ! J'suis assez courageux, Bran, j'fuirai pas, laisse-moi rester…

— Je sais bien que tu es courageux, ma Luciole. C'est pour ça que tu dois y aller. Les petits ont besoin d'un grand pour leur montrer l'exemple.

— Mais pourquoi toi tu vas te battre, alors ? T'es plus courageuse que moi, tu leur montrerais mieux ! Et puis t'es même pas majeure !

— Pyro, regarde-moi. Tu vas bientôt avoir seize ans, et tu n'as jamais vu le ciel, parce que tu es né ici. Moi, je suis née sous un ciel infini, dans un océan si immense que tu ne peux même pas l'imaginer. J'en ai profité durant bien des années, et il y a un mois encore je dansais sous des étoiles que tu n'as connues qu'en rêve. Voilà pourquoi tu dois aller avec Lady Lore et les enfants. Pour voir les étoiles, le ciel et la mer. Tu ne dois pas mourir avant de les avoir vus, les avoir vus pour de vrai, pas seulement un morceau de ciel et trois étoiles blafardes perdues entre deux immeubles…

— Mais pourquoi ?

— Tu comprendras lorsque tu les verras.

Avec douceur, elle obligea Pyro à s'écarter d'elle. Puis elle lui désigna Ambre, Flamme et Ashe qui l'attendaient en silence. Les yeux d'Ashe débordaient de peur et de détresse.

— Va dire adieu à tes parents, ma Luciole, murmura Bran. Prends soin de ton petit frère. Et ne considère aucun de nous comme mort, avant que tu n'aies vu son cadavre.

L'adolescent hocha la tête, sécha ses larmes. Il bondit vers sa famille, avec laquelle il forma bientôt une masse compacte de corps blottis les uns contre les autres.

*

— Les gaz doivent servir le moins possible, c'est clair ? répéta Ryûzaki aux chefs de division. Uniquement sur l'objectif numéro un. Pour les autres, vous y allez à la mitrailleuse et au fusil. Notre indic était incapable de nous dire comment fonctionne leur ventilation, et nous ne devons prendre aucun risque de blesser la princesse. La ramener saine et sauve est notre priorité absolue. Pour la même raison, n'utilisez que le strict nécessaire d'explosifs pour faire sauter les sas.

— Bien, mon Colonel ! répondirent les sous-officiers d'une seule voix.

La plupart d'entre eux, il ne l'ignorait pas, voyaient d'un mauvais œil de devoir obéir à un Asiatique. Mais il s'était vu conférer le commandement jusqu'au retour de Louis-Philippe, parti enfiler son beau costume de général, et tant que la fiancée bien-aimée ne serait pas retrouvée, il aurait visiblement l'oreille du Prince. Ryûzaki fit rompre les rangs et chacun alla relayer les ordres à ses troupes.

Seule demeura HA-17, restée silencieuse un pas derrière lui, comme toujours. Il n'avait même pas besoin de la voir pour la sentir. Et elle n'avait pas besoin de l'entendre poser la question pour y répondre.

— Nous avons mis toutes les chances de notre côté, mon Colonel. S'il est déjà trop tard, ce n'est pas de notre ressort.

— Mais c'est de notre faute. Je n'aurais jamais dû la quitter des yeux une seconde dans un lieu inconnu.

— Vous aurez tout le temps de vous fustiger demain, mon Colonel. Pour le moment, puis-je vous suggérer de vérifier vos armes ? Je les ai préparées comme à votre habitude.

— Alors, je n'ai rien à vérifier. Viens, allons retrouver notre groupe d'assaut. Le Prince ne va plus tarder.

*

Lilas s'approcha de Yuri.

— Je suis heureuse et honorée qu'il m'ait été donné, une fois dans ma vie, de rencontrer une princesse qui méritait le titre qu'elle portait.

— Je ne suis pas certaine de le mériter, mais je ne te remercierai jamais assez de ce que tu m'as donné. Grâce à toi, je sais que rien ne peut tuer l'espoir. Dis-moi, Lilas, où est ton poste ?

— Dans la bibliothèque, avec les enfants. Je n'ai jamais été douée pour le combat, mais je sais tranquilliser les plus jeunes et je suis assez forte pour déblayer un éventuel éboulement à moi seule, s'il le faut.

— Tu vivras donc ?

— Si Ana le désire. Mais vous, Yuri-hime, vous vivrez à coup sûr. Ils viennent pour vous, ils ne vous tueront pas. Alors, s'il vous plaît, lorsque vous reverrez le ciel, ne nous oubliez pas. N'oubliez pas les jours passés parmi nous, n'oubliez pas… que nous vous avons donné une lampe.

— Je serais bien incapable d'oublier les jours les plus heureux de ma vie, Lilas. Même si loin du soleil, je doute qu'ils cessent un seul instant de briller dans mon cœur. Je te demande pardon. C'est ma présence ici qui…

— Vous êtes une des nôtres. C'est le devoir de chacun de se battre pour vous. Adieu, Yuri-hime.

La Sylfe lui sourit, appesantissant sa main sur son poignet, puis s'écarta. La princesse ne bougeait pas. Elle se sentait terriblement coupable. Si elle n'était pas restée dans les Égouts, si elle avait accepté son destin de Reine de France, aucun d'eux n'aurait eu à mourir…

Pierre Drauf, le maître d'armes, se planta devant elle une willowsword à la main, exécuta un splendide salut d'escrime et s'en fut en silence. Elle ne comprenait pas pourquoi ils venaient lui dire adieu, ces gens avec lesquels elle n'avait parfois échangé que quelques mots, et qui allaient mourir parce qu'ils lui avaient donné refuge ; ni pourquoi ces enfants qui, dans une poignée d'heures, seraient tous orphelins par sa faute, venaient la serrer dans leurs bras. Ce fut finalement une femme d'une trentaine d'années, une brune prénommée Tiphaine, qui la tira de sa torpeur en se plantant devant elle, mains sur les hanches.

— On aurait jamais dû vous laisser descendre, dit-elle d'une voix amère, lourde de colère contenue. On aurait *jamais* dû vous accepter parmi nous.

— Je sais, répondit Yuri en détournant les yeux.

— *Bordel, mais non, vous savez pas !* rugit Tiphaine, *et vous saurez jamais !* Vous êtes pas comme nous, merde, vous croyez quoi, à la fin ? J'voudrais pouvoir vous livrer à eux et qu'ils nous foutent la paix !

— Pourquoi ne le faites-vous pas, alors ? Il est peut-être encore temps.

— Trop tard. Il était trop tard depuis le jour où on a tous voté « oui » comme des cons. Je vous déteste. Je vous hais, je…

Elle leva la main pour amorcer une gifle, s'arrêta, jura et s'éloigna subitement, comme si sa seule vue lui était insupportable. La princesse pinça les lèvres, mais à ses yeux, Tiphaine était la seule à avoir une réaction sensée.

— Dites, Yuri-hime, demanda Lucie en la tirant par la manche, vous, vous n'allez pas mourir, hein ? Maman a dit qu'ils voulaient vous enlever…

— C'est vrai, Lucie. C'est à cause de moi qu'ils attaquent.

— Alors, les grands vont vous défendre ! Personne a le droit de vous enlever si vous voulez pas ! Ils ont pas le droit, parce que vous êtes une princesse !

— Toi aussi, Lucie, tu es une princesse. Va rejoindre ta mère. Embrasse-la, serre-la contre toi, et ne la lâche que quand tu ne pourras plus faire autrement. C'est tellement précieux, une mère… Tu seras belle, Lucie. Tu seras magnifique.

Et elle renvoya l'enfant à ses parents. Elle ne pleurait pas. Toute son éducation de princesse japonaise lui servait, en cet instant, à retenir son émotion derrière un visage neutre.

Manon vint vers elle.

— Je ne vous ai jamais remerciée, Yuri-hime, pour m'avoir aidée et soutenue quand Frédéric m'a agressée. Comme je sais me battre, je vais aller en première ligne, alors… je ne voulais pas mourir sans vous avoir dit : adieu, Yuri-hime, et merci encore.

Elle se détourna pour rejoindre deux jeunes femmes de son âge – ses amies, à en juger d'après la façon dont elles s'embrassèrent. Le cœur de la princesse se déchira. Elle venait de réaliser que Bran ferait partie des combattants.

— Au revoir, princesse, dit une voix paisible dans son dos.

Elle fit volte-face. Lady Lore lui souriait, aussi sereine que de coutume.

— J'accompagne les enfants au refuge, dans la bibliothèque, poursuivit-elle sur le ton d'une conversation légère. Je ne serais pas utile au milieu des combats. Je ne saurais me défendre moi-même, c'est dire !

— Lady Lore, il y a une chose que j'ai toujours voulu vous demander… Qu'est-ce qu'on ressent quand on sauve une vie ?

— Vous l'expérimenterez un jour par vous-même, Yuri-hime. Je ne saurais vous répondre avec des mots. Le seigneur Taliesìn y parviendrait peut-être, ou Bran. Mais le seul moyen de le savoir vraiment, c'est de l'expérimenter… Je dois aller réunir les enfants. Le temps nous fait défaut. Au revoir.

Yuri saisit la main nue de la Spectrale pour la serrer avec chaleur. Surprise, la guérisseuse la dévisagea.

— Eh bien, vous n'êtes pas morte, plaisanta-t-elle, et un sourire malicieux écarta comme des rideaux les rides de son visage.

— On dirait bien que non, fit la princesse. Au revoir, Lady Lore.

La Keltienne s'inclina légèrement et s'en alla à son tour. Samuel lui succéda, pressa le bras de Yuri et repartit, incapable de s'exprimer davantage. La jeune femme empoigna alors tout son courage et s'avança vers Sir Edward, entouré d'une nuée d'enfants qui lui déposaient chacun un baiser sur la joue et recevaient en échange un mot et un geste gentils avant de s'éloigner. La plupart d'entre eux pleuraient. Même le digne Chevalier de Logres, s'il gardait contenance, était visiblement bouleversé. La princesse attendit son tour. Puis, tandis que les petits s'éloignaient les uns derrière les autres, elle se trouva face à lui. Il lui sourit, de ce sourire doux et bienveillant qu'il lui avait adressé lors de leur première rencontre. Puis il mit un genou à terre et lui baisa la main. Elle voulait parler, mais les mots ne parvenaient pas à franchir sa gorge.

— Merci, Yuri-hime. Grâce à vous, le soleil est descendu jusque dans les Égouts.

— Sir Edward… Je vous demande pardon… C'est moi qui suis la cause de tout ça…

— Oh ! sourit-il comme à une plaisanterie, n'ayez pas cette prétention. C'est ce monde qui en est la cause, pas vous.

— Mais vous allez mourir !

— Oui, et alors ? Ce n'est qu'une étape de plus dans la vie, un passage plus ou moins agréable. La plupart d'entre nous, ici, adhérons d'une façon ou d'une autre à l'ancienne religion ; nous ne craignons donc pas la mort. Nous mourrons ici en protégeant notre foyer, comme chacun d'entre nous a vécu depuis le jour où il est devenu des nôtres : dignes, et libres. Dignes et libres comme des rats d'égout, c'est vrai. Mais c'est bien mieux que rien. Et nos enfants vivront : ils sont l'avenir. Vous aussi, vous vivrez : vous êtes l'espoir.

— L'espoir ? Je suis celle qui a provoqué ce drame en refusant de devenir Reine de France !

— Justement. Vous avez refusé. Vous avez dit « non ». Comme la Capitaine Trente-Chênes. Comme Taliesìn. Comme Bran. Comme tous ceux qui sont ici. La grande différence entre vous et nous, c'est que votre « non » va ébranler la Triade jusque dans ses fondations. La chute des Égouts… car nous tomberons, nous n'avons ni les armes ni le nombre nécessaires pour résister… La chute des Égouts est la première bataille d'une guerre qui sera vôtre, Yuri-hime.

— Pas « hime ». Plus jamais. Je ne suis pas une princesse ! Je n'ai rien fait qui mérite que je sois une princesse !

— Oh que si. Mais vous vous en rendrez compte bien assez tôt. À présent, je vais devoir gagner mon poste. Tenez, ceci est pour vous. Vous en aurez sans doute besoin un jour.

Il tira son six-coups de sa gaine et le lui tendit.

— Mais c'est votre arme !

— C'est la vôtre depuis que vous avez gagné le concours de tir. J'en ai une de rechange, elle me suffira bien.

— N'auriez vous pas préféré la léguer à votre fils ?

— Comme mon autre enfant, il déteste les armes à feu.

— Je… Merci, Sir Edward.

Elle hésita, se demanda qui était cet autre enfant dont elle n'avait jamais entendu parler : combien en avait-il adopté ? Puis elle se reprit :

— Où est mon poste ?

— Ici, au Centre. Bran vous montrera. *Well, and*… si ce n'est pas abuser… au cas où un jour ou l'autre vous prendriez le train…

— Je transmettrai vos adieux à Jack Longway.

— Merci. Surtout, dites-lui que je l'aime. Je suis honoré, Yuri-hime, d'avoir pu compter parmi vos amis, même pour un temps si bref.

Elle franchit l'espace qui les séparait et l'étreignit. Comme Lady Lore, il en fut surpris : elle venait d'envoyer valser toute son éducation de noble japonaise froide et distante. Yuri était surprise, elle aussi, mais pas tant que cela : ce geste allait de soi… Il le lui rendit avec chaleur, puis la repoussa doucement.

— L'honneur était pour moi, Sir Edward, dit-elle en s'écartant, la gorge nouée.

Bran avait assisté à la scène, immobile et discrète, à une distance respectueuse. Mais déjà le Chevalier de Logres s'était tourné vers elle.

— Waterlily, murmura-t-il, et elle se jeta dans ses bras.

Il la serra contre lui, passant une main frémissante dans son épaisse chevelure bleue tandis qu'elle enfouissait son visage contre son torse. Yuri s'aperçut que Bran sanglotait en silence, oubliant sa pudeur de Selkie, et que Sir Edward, malgré sa retenue habituelle, avait craqué lui aussi. La princesse, qui soupçonnait depuis longtemps entre ces deux-là un lien bien plus fort qu'ils ne le laissaient voir, en avait sous les yeux une confirmation flagrante.

L'émotion était si forte que le coordinateur ne parvenait plus à parler français, et dut revenir à son logrien natal.

— *Oh, Waterlily ! My little Waterlily... My Star-flower in the darkness... My little shiny starling... I'm sorry, I'm still the crybaby I was at your age...*

— *Whatever, I'm a crybaby too...*, murmura Bran : après tout, ce n'était pas la première fois qu'elle le voyait pleurer. *Please... please go with them ! Go with Lady Lore and the cubs... Or let me bring ya to Seabird's Song or anywhere, I don't care, I can do it ! But if ya stay, they're gonna kill you. I beg ya, Sir Edward... Father... Ya're ma only kin !*

Plus elle parlait, plus sa supplique lui semblait vaine. Elle savait que Sir Edward ne fuirait pas, quoi qu'elle pût dire. Quoi qu'elle pût faire.

— *I know, Skàe, I know. Seems to be my destiny to fall today*, répondit-il avec douceur, confirmant ses craintes. *I'm sorry. I won't run away and let the others die. He wants me as much as her and you know it. If he doesn't find me, he will continue... and, maybe, find the cubs. There's no way to escape this time.*

— *But ya say ya wanna see the sun again !* tenta-t-elle une dernière fois.

Revoir le soleil... Si cet argument-là ne le touchait pas, aucun ne l'atteindrait plus.

— That's done, cub. The sun shines in the sewer. You are the one who brought it here, and it shines at your side now.

Il avait raison, si douloureuse que soit cette vérité-là. Le soleil était descendu dans les égouts. C'était elle, Bran Irwazh, qui l'y avait amené.

— She is hope, but you are courage, reprit-il. *And when you were here, I never missed the stars. You made me proud every day since the day we met, starling. Now, promise me you won't die.*

Il lui sourit, et pour une fois, ce n'était pas un sourire crâne, mais un sourire fier. Sincèrement et profondément fier. D'elle. De sa petite Waterlily. Celle qui devait lui survivre. Celle qui devait promettre de survivre…

— I… I promise.

C'était une promesse difficile. Elle voulut dire autre chose, mais sa voix se brisa sur un nouveau sanglot. Elle s'agrippait à la chemise blanche du Chevalier de Logres avec une force telle que le tissu semblait sur le point de se déchirer. Et la main de Sir Edward, crispée sur son dos, lui blanchissait la peau.

— You're always so brave, my Waterlily…

— I have two excellent role models, Sir Edward James Willowsword Longway. May I say the words with you ?

— I'll be honoured, Bran Skàe Irwazh, The Sewer's Waterlily, pupil of Taliesìn the Blue… my child and pride.

Ils se séparèrent, et leurs larmes se tarirent. Le Chevalier de Logres déposa un baiser sur le front de la jeune fée. Ils étaient redevenus graves, d'une gravité que Yuri ne connaissait pas même à Bran. Sir Edward posa la main gauche sur l'épaule de la Selkie, la droite sur son cœur, le pouce et l'auriculaire repliés au fond de la paume, et face à lui, Waterlily l'imita. Ils se plongèrent dans le regard de l'autre, et soudain la princesse eut l'impression très nette de voir un père et son enfant. Alors elle comprit.

« Out of the night that covers me,
Black as the pit from pole to pole,
I thank whatever gods may be
For my unconquerable soul. »

Ils récitaient d'un même ton égal, lent et recueilli. Le timbre mélodieux de Bran trouvait dans le sobre baryton de Sir Edward un contrepoint très singulier.

« In the fell clutch of circumstance
I have not winced nor cried aloud.
Under the bludgeonings of chance
My head is bloody, but unbowed.

Beyond this place of wrath and tears
Looms but the Horror of the shade,
And yet the menace of the years
Finds and shall find me unafraid. »

Yuri ne comprenait pas un traître mot de ce qu'ils récitaient, mais elle avait l'impression qu'ils priaient. Ce ne fut que lorsqu'ils parvinrent au tout dernier quatrain qu'elle reconnut les mots que Bran avait prononcés le soir où elle l'avait secourue. Ce n'était que quelques semaines plus tôt, et ces semaines paraissaient désormais des siècles.

« It matters not how strait the gate,
How charged with punishments the scroll,
I am the master of my fate :
I am the captain of my soul. »

Ils marquèrent une courte pause, puis, comme un hommage, un point final, Sir Edward ajouta :

— *Thank you so much, Lord Henley.*

Samuel, en haut du Saule, sonna la trompe. La demi-heure était écoulée. Immédiatement, les enfants se rassemblèrent en silence autour de Lady Lore, Lilas et quelques adultes qui les accompagneraient. Les plus âgés, comme Pyro, traînaient les pieds. Plus d'un avait émis le désir de rester se battre, et se l'était vu refuser. Les adultes, au contraire, se dispersèrent, chacun gagnant son poste. Sir Edward ceignit sa willowsword, s'équipa de son second six-coups puis se dirigea vers le quartier du jardin d'herbes, où était sa place. Manon, Samuel, Foehn et bien d'autres avaient déjà disparu dans les couloirs. Tout se déroulait en silence, et même le martèlement feutré de cent soixante-dix paires de pieds nus ne parvenait pas à alléger de ce silence oppressant au creux duquel on croyait pourtant encore entendre résonner la musique qui s'était tue depuis longtemps.

Seules, Yuri et Bran ne bougèrent pas. Le visage caché sous le dais impénétrable de ses cheveux de nuit, la Selkie demeura immobile, la main droite encore plaquée sur son cœur, trois doigts figés dans ce symbole devenu si familier à la princesse. Elle pleurait, et Yuri se sentait terriblement désemparée face à ces larmes.

Waterlily renifla un grand coup, aspira de l'air entre ses dents, ôta ses cheveux de sa figure d'un geste rageur et se tourna vers la jeune aristocrate.

— Bran Skàe Irwazh, dit-elle d'un ton décidé.

— Pardon ? s'étonna Yuri.

— Mon nom est Bran Skàe Irwazh.

La princesse resta interdite. La Selkie avait parlé comme si elle lui révélait quelque chose de crucial. Mais à part que c'était un nom complexe et impossible à prononcer correctement pour une personne d'origine japonaise, elle ne comprenait pas ce qu'il y avait là de si exceptionnel. Elle décida toutefois de rester dans le ton donné par Bran, pour ne pas la désappointer.

— Eh bien, c'est un honneur, Bran Skaé Iruazh.

— L'honneur est et fut partagé, Nekohaima Yuri-hime. À présent, je dois vous expliquer votre rôle : il consiste à rester en vie. Les Égouts vont tomber, mais ils ont planté en vous une graine qui commence tout juste à germer. Portez-la jusqu'à la lumière, Yuri-hime. S'il vous plaît. Ce qu'aucun d'entre eux n'a pu faire, vous, vous le pourrez. Vous pouvez cesser de subir et agir.

— Je le ferai, Bran. Je te le jure, je le ferai. Mais… comment puis-je être sûre de rester en vie ? Personne ici ne semble en douter…

— Les combats n'atteindront pas le Centre, tous les Rats y veilleront. Nous mourrons loin d'ici plutôt que de risquer qu'ils vous blessent, vous, ou qu'ils découvrent la cachette des enfants. Elle est scellée et invisible, mais plus ils passeront de temps ici, plus ils risquent de les trouver malgré tout, il suffit qu'un gamin fasse du bruit ou quoi… C'est pour ça que nous allons blesser un maximum d'entre eux. Un blessé qui crie et qui supplie, ça donne plus envie de l'évacuer qu'un mort. Tout ce qu'il reste à faire, c'est de vous rendre crédible.

— Crédible ?

— Le Dauphin a lancé ses troupes contre nous parce qu'il se figure que nous vous avons enlevée. Il voue à Sir Edward une haine pas possible. Et il est persuadé que c'est réciproque, donc, que nous vous avons lâchement kidnappée pour vous torturer dans le seul but de le faire souffrir.

— Quoi ? Mais il est…

— C'est un noble, c'est tout. Et je dirais même, plus intelligent que la moyenne, pour avoir réussi à arriver jusqu'ici. Ou chanceux comme un cocu. Ou les deux, pour ce que ça change ! L'important, c'est qu'il vous croit prisonnière ; sinon, il penserait que vous êtes passée dans le camp de son ennemi. Et probablement, que vous vous êtes donnée à lui, ou tous ces trucs que s'imaginent les nobles, vous connaissez ça mieux que moi. En tout cas, il vous tuerait sur-le-champ. Sauf que… quelle que soit votre destinée, Yuri-hime, elle n'est pas de mourir ici et aujourd'hui. Faut que je fasse de vous ce qu'il attend : une héroïne. Vous aurez l'air d'avoir farouchement résisté aux sauvages qui vous avaient enlevée, malgré vos faibles moyens de femme… c'est-à-dire de créature par nature soumise, fragile et empotée, il paraît.

— Je vois. Une vraie partie de plaisir…

— Je suis désolée. Normalement, si ça arrivait, c'est Haruko qui aurait dû vous dire tout ça : nous avions pensé qu'expliquée par elle, cette mascarade vous gênerait moins. Mais elle n'est pas là, et Lilas devait partir avec les enfants, alors…

— Je préfère que ce soit toi, Br… Bran Skaé Iruaz.

C'était sincère. Yuri avait confiance en Bran, plus qu'en Haruko ou en Lilas. Parce que Bran l'avait déjà protégée, défendue, parce que Bran exprimait ses sentiments avec des actes et non des mots, parce que Bran, enfin, lui était inexplicablement familière. Comme si elles se connaissaient depuis longtemps. Et Bran, tout simplement, était son amie. La Selkie sourit.

— N'en usez pas non plus à l'excès. Un nom est une chose précieuse. À présent, si vous voulez bien, allons-y.

Elle suivit Bran jusqu'au bassin. La Selkie tira la passerelle rangée sous la tribune pour la caler entre le rebord et les racines du Saule. Après s'être assurée que cette planche ne branlait pas, elle fit signe à Yuri de l'emprunter.

La jeune Selkie agit ainsi que la princesse l'avait déjà vue faire : avec méthode et en silence. Il ne lui fallut guère plus d'une minute pour attacher solidement les poignets de sa « prisonnière » à une corde passée autour du tronc de l'arbre. Après quoi elle tira un couteau de sa ceinture et lacéra le kimono, veillant à laisser le tissu intact là où il le fallait pour ménager la pudeur de la princesse.

— On jurerait que tu as passé ta vie à trucider des kimonos, nota la princesse, et sa voix croassa sous la voûte désormais vide de murmures.

Bran sourit d'un seul côté, comme si une partie d'elle-même se forçait à chercher du réconfort dans cette plaisanterie amère. Une seconde, l'image de Sir Edward se superposa à celle de son enfant dans l'esprit de Yuri.

— J'espère que ça suffira. J'ai juré de vous protéger s'ils vous faisaient du mal, mais je préférerais que vous ne risquiez rien du tout.

— Bran, je peux te poser une question idiote ?

La jeune fée pencha la tête de côté, surprise. Puis haussa les épaules et acquiesça.

— Sommes-nous amies ?

Le teint de la Selkie vira d'outremer à lilas. Elle venait de piquer un fard.

— Vous autres humains êtes vraiment sourds pour avoir besoin de dire des trucs pareils, grogna-t-elle, mais… oui, je crois que oui, même si j'ai aucune expérience en la matière. C'est… ce n'est pas le genre de choses que les Selkies disent.

— *Gomenasai.*

— Si l'on m'avait dit il y a deux mois qu'un jour, je recevrais des excuses de la part d'une aristo, j'y aurais jamais cru !

— Et moi, je n'aurais jamais cru que j'en présenterai un jour à une fée… Comme quoi, tout arrive !

— Yep. Tout arrive.

La Selkie et l'humaine se dévisagèrent, l'œil violet de Yuri dans celui, noir, de Bran. Elles demeurèrent silencieuses un instant, puis la jeune fée s'inclina légèrement. Soudain, ployant les jambes, elle exécuta un double saut périlleux arrière, retomba sur ses pieds de l'autre côté du bassin et asséna sur le bord de la passerelle un violent coup de talon qui fit voltiger la planche jusque dans ses mains.

— Puisque vous aimiez bien mes acrobaties…

— C'est vrai. Merci, Bran…

— *Man ebet, Yuri-hime.* Je dois rejoindre mon poste, à présent. Je ne reviendrai que lorsqu'ils envahiront les couloirs. Tout ira bien pour vous.

— Pour moi, oui. Mais pour toi ? Pour Sir Edward ?

— Sir Edward a décidé d'aller rejoindre Lord William.

Bran rangea la passerelle et tourna les talons. Elle fit quelques pas, s'arrêta, se retourna. Ses yeux brillaient un peu trop fort.

— Moi, je suis l'élève de Taliesìn le Bleu.

Sur ces paroles énigmatiques, elle s'en fut. Ligotée au Saule, Yuri laissa aller sa tête contre le tronc, brusquement vidée de toute énergie. Cette fois, elle était seule. Et encore une fois, l'action n'était pas pour elle. Quoi qu'en eût dit Bran, toute sa vie elle n'avait fait qu'être ballottée de-ci, de-là au gré des événements, sans jamais rien choisir, sans jamais pouvoir agir. Elle n'avait fait que subir.

*

Ryûzaki et Levana avaient rejoint le bataillon princier. Frédéric les accompagnait en qualité de guide. Il devrait indiquer, lorsque les troupes parviendraient à proximité des rebelles, la zone la moins bien défendue. C'était là que le Prince dirigerait l'assaut ; ainsi, il courrait le moins de risque possible. Le Dauphin exigeait la présence des deux soldats impériaux à ses côtés, afin que le Japon ne pût retirer aucun crédit de cette opération ; et bien entendu, le colonel et son aide de camp avaient interdiction de voler la vedette à Louis-Philippe.

— Où en sont les préparatifs ? demanda Ryûzaki à HA-17.

— Quatre compagnies sont déjà en route, mon Colonel. La stratégie a été déterminée grâce aux informations du traître. Voici le plan de répartition une fois à l'intérieur…

*

Pyro portait Ashe dans ses bras lorsqu'il entra dans la bibliothèque avec les autres enfants. Les plus grands s'occupaient chacun d'un ou deux petits, qu'il s'agît ou non de leurs frères et sœurs. Lucie, lovée dans les jupes d'une gentille Élise de seize ans, serrait contre elle son lapin de chiffon. Guillaume s'agrippait à sa grande sœur, Bertille, qui du haut de ses dix ans prenait très à cœur son rôle de protectrice.

Ils étaient là, soixante-dix enfants de trois à vingt et un ans, silencieux, défilant entre les interminables rayonnages pour aller s'asseoir tout au fond, sur les chaises et les coussins qui les avaient si souvent accueillis pour écouter des contes et des gestes. Lady Lore les accompagnait, ainsi que les cinq Rats qui n'avaient jamais réussi à apprendre à se battre : Eugène et Renée, deux guérisseurs qui avaient été ses élèves pendant de longues années, Guillemot, Irène et Léopoldine. Lorsque tous les enfants furent entrés, les Sylfes s'apprêtèrent à refermer la porte où attendait Lilas.

— Promets-moi que tu ne m'oublieras pas, lui demanda Oak.

— Même si je le voulais je ne pourrais pas. Oak… tu n'es pas obligé d'y aller.

— Je sais, mais je veux protéger la Sylfe que j'aime. Pardon, Lilas. On est déjà pas assez nombreux… Si je n'y vais pas, si on ne les affaiblit pas assez… j'ai peur de ce qu'ils pourraient faire. De ce qu'ils pourraient te faire. On n'a plus le temps. Je t'aime.

Elle l'embrassa une dernière fois, une petite fois, juste de quoi garder le goût de ses lèvres sur les siennes. Puis les Sylfes scellèrent l'entrée du Refuge. Quelques instants plus tard, la porte de la bibliothèque, désormais indécelable dans le mur de l'Égout, n'était plus qu'un souvenir. De l'autre côté, Lilas pleurait en silence.

Oak et ses camarades gagnèrent leur poste sans échanger un mot.

*

Louis-Philippe hocha la tête lorsque les éclaireurs lui rapportèrent que toutes les unités d'intervention étaient en place. Il tira son épée d'une main et son revolver de l'autre, bien qu'il sût qu'il ne ferait usage ni de l'un ni de l'autre avant la fin des combats. Mais, posté non loin de lui, le photographe royal allait immortaliser l'instant où il ordonnerait l'assaut. Le cliché se devait d'être parfait, car il finirait encadré dans la Galerie des Batailles.

Louis-Philippe se campa devant ses hommes en présentant son meilleur profil à l'appareil. Hormis Ryûzaki et HA-17, ces soldats appartenaient tous à son escadron d'élite personnel. Il les toisa un instant, puis s'écria d'une voix vibrante :

— SOLDATS ! Vous êtes ici pour livrer une bataille qui n'est pas seulement mienne. C'est d'abord votre bataille, c'est votre combat ! Oui, les rebelles de Longway ont enlevé ma fiancée, oui, je donnerais mes deux yeux pour qu'elle me soit rendue dans l'instant, et oui, c'est pour elle que je suis descendu dans les égouts. Mais pas vous.

Il marqua une pause, prit la mesure de son effet. Baissa légèrement la voix, d'un ton de semi-confidence.

— À vos yeux, elle n'est encore qu'une princesse étrangère dont beaucoup ne connaissent pas même le visage, et pourtant… vous êtes descendus.

Il haussa à nouveau la voix.

— Vous êtes descendus par devoir, par fidélité, par conviction que l'on ne peut pas vivre sous la menace. Vous êtes descendus parce que vos familles, là-haut, espèrent un monde où elles n'auraient plus à craindre les fées et la racaille keltienne !

Il se dressa, le poing brandi, pour lancer son ultime harangue d'un ton conquérant et comme déjà vainqueur :

— Non, vous ne vous battez pas pour moi ! C'est pour vous que vous êtes descendus, chacun d'entre vous, vous êtes descendus parce que, contrairement à ces rats lâches et veules qui se terrent derrière ces portes, vous êtes des hommes ! *Des hommes !* DES HOMMES !!!

Il leva les deux bras en lançant le dernier mot, l'épée brandie vers le sas du repaire des Rats. Une ovation martiale jaillit des rangs. Louis-Philippe avait passé des années à peaufiner son art de la rhétorique, le seul dans lequel il se trouvât meilleur qu'à l'escrime, et ces soldats étaient son fer de lance. Il travaillait à modeler chacun d'eux avec soin depuis qu'il avait créé cette troupe d'élite des années auparavant. Il allait enfin la voir en action. Les égouts étaient un excellent début, un test de premier choix. Le Dauphin était inquiet pour Yuri, mais se délectait à l'idée d'abattre son pire ennemi.

— Artificiers, à vos postes ! commanda-t-il. Soldats, en position dans la zone de protection ! Sergent artilleur ?

— Charges en place, Votre Altesse Royale. Amorce du compte à rebours. Cinq ! Quatre ! Trois ! *Deux ! Un !* FEU !!!

Avec une détonation assourdissante, la porte du sas explosa.

*

— Tu as fait vite.

— Tant que je peux passer du temps avec vous, *Father*…

Edward sourit à son enfant et lui caressa les cheveux. Sitôt Yuri prête pour son rôle de prisonnière, Bran s'était précipitée à son poste : dans le couloir qui menait à la quincaillerie de Marie, dont l'arrière-boutique servait de comptoir aux contrebandiers. Toutes les entrées des Égouts, y compris celles qui, bien que murées, pouvaient être forcées, étaient à présent tenues par une équipe de sept à huit adultes majeurs. À vingt ans, la petite Selkie était mineure ; elle aurait dû partir avec les enfants, mais elle possédait au sein des Rats un statut très à part. Elle était l'élève de Taliesìn le Bleu, et au combat, personne ne négligeait l'aide d'un apprenti-Barde.

Dans le couloir où Bran avait rejoint le Chevalier, se trouvaient également Oak, Aloïse et un couple qui n'avait pas encore trente ans, Claire et Julien. Frédéric aurait dû être à leurs côtés, mais la vie en avait décidé autrement. Seuls Claire et Sir Edward, bons tireurs, possédaient des armes à feu ; les autres se contentaient d'arcs ou de frondes. Se conformant à la règle de son peuple, Bran ne disposait pour sa part que des pierres échappées des sacs avec lesquels le Sylfe achevait de monter une barricade sommaire. Ce serait suffisant ; elle se rattraperait au corps-à-corps.

Pour l'heure, elle savourait les derniers instants de paix auprès de son père adoptif.

— Au fait, avant que ça ne commence…

— Yeh ?

— Pour ce petit Spectral, Ren… Tu as ma bénédiction, et plutôt deux fois qu'une.

La Selkie piqua un fard, mais elle lui rendit son sourire.

Il l'embrassa sur le front, une fois de plus, peut-être la dernière. Il aurait voulu lui dire encore qu'elle et Jack étaient sa fierté, sa plus belle victoire, sa seule réussite. Il aurait voulu la serrer contre lui, comme pendant son enfance, lorsque les cauchemars de son passé la rattrapaient au cœur de la nuit et la laissaient tremblante et glacée dans ses bras. Il aurait voulu boire un dernier verre avec son fils, partager avec lui une pipe de chanvre indien. Il aurait voulu que Will soit là, qu'il l'enlace, qu'il l'embrasse, qu'il lui fasse l'amour, longuement, lentement, tendrement, comme autrefois… Mais vouloir ne suffirait pas pour pouvoir. Certains de ses désirs étaient à jamais impossibles, et les autres le seraient dans un instant. Il n'y avait plus rien à vouloir, plus rien à souhaiter, plus rien à désirer.

Cette fois, il ne servirait à rien de fuir pour espérer sauver quelque chose.

Cette fois, il faudrait se battre.

Au moment précis où Edward s'écartait de son enfant, une déflagration secoua le tunnel.

— Ils sont entrés, dit Oak.

Sir Edward fronça les sourcils. Aloïse pinça les lèvres. Bran aspira entre ses dents.

— Le tunnel de Samuel, je crois, dit-elle.

Son ouïe perçante avait localisé l'assaut.

Samuel était le responsable de l'un des principaux couloirs d'accès. Et l'un des moins bien défendus, puisque ni Emmanuel, ni Haruko n'avaient rejoint leur poste.

— Ils vont morfler.

*

— C'est pour nous, ça pue que c'est pour nous, grommelait Samuel en lissant le chien de son fusil d'un pouce moite.

Ce n'était pas une bonne arme, loin de là : trop lourde, longue à charger, avec un recul à vous broyer l'épaule. Mais c'était celle d'Emmanuel, et à cette heure où son ami n'était pas à ses côtés, étreindre son fusil lui donnait le sentiment de n'être pas tout à fait seul. En réalité, il ne l'était pas : ils étaient six. Lorsqu'ils virent le sas voler en éclat, cinq paires de mains préparèrent leurs armes comme il préparait la sienne.

Mais aux côtés de Samuel, l'absence d'Emmanuel demeurait comme un vide.

Il épaula et cria :

— Blessez tant que vous pouvez, ne tuez que par erreur ou par obligation ! Plus on en blesse, plus vite ils doivent évacuer, moins ils ont de chance de trouver les gosses !

Une volée de grenades de gaz paralysant atterrit derrière la barricade. Un gros nuage grisâtre et puant envahit le tunnel.

— Reculez ! hurla Samuel entre deux quintes de toux. Dans les conduits arrière, tous ! Ne respirez pas !

Les autres obéirent tandis qu'il s'emparait des grenades pour les rejeter de l'autre côté de la barricade. Il eut le temps d'en renvoyer quatre, mais lorsqu'il saisit la cinquième, ses jambes se figèrent. Il tomba. Essaya de ramper. Son corps répondait de moins en moins. Ses poumons souffraient le martyre.

Soudain, il vit le nuage de gaz refluer autour de lui ; un vent frais balayait son visage.

— Foehn ?

— Sais pas c'que j'vais t'nir, avoua l'Aeling sans baisser les yeux vers lui.

Debout à côté de lui, elle tenait ses bras tendus devant elle et tout autour de sa haute silhouette mince tournoyait une brise qui repoussait l'assaut du gaz.

— Tu peux encore bouger ? demanda-t-elle.

— Non.

— Pas grave. Moi non p…

Un tir au jugé lui traversa le torse et elle valdingua trois mètres en arrière.

Elle ouvrit de grands yeux surpris. Plusieurs autres coups de feu fusèrent. Elle entendit un cri vite étouffé : l'un des autres avait été touché.

La nuée de gaz enveloppa Samuel. Foehn leva à nouveau le bras. Le courant d'air ainsi créé était faible, tout juste suffisant pour dégager son ami.

— Me laisse pas toute seule, murmura-t-elle, et c'était presque une supplique.

Il était trop tard. Autour de la bouche de Samuel grandissait une tache très rouge.

La dernière chose que vit Foehn fut un soldat portant un masque et un fusil qui surgissait du nuage gris, lâchant un déluge de balles.

*

Quatre-vingts paires d'yeux fixaient sur Lady Lore un unique regard lourd d'angoisse. Paupières closes, main posée sur la paroi du Refuge dont la lumière tamisée donnait à sa longue natte blanche de curieux reflets roses, la vieille Spectrale attendait le premier signe du combat. Une infime vibration fit frémir ses doigts.

— Ça a commencé, murmura-t-elle.

Ashe se blottit dans les bras de Pyro. Son grand frère gardait un visage fermé, d'une gravité qui ne lui était pas coutumière.

— Pyro… Tu crois que Papa et Maman vont mourir ?

L'adolescent ne répondit pas. Il resserra seulement son étreinte et, dans les cheveux de son petit frère, huma les derniers effluves du parfum de leur mère. Soudain, il sentit contre sa peau déjà brûlante une humidité tiède. Ashe sanglotait, cramponné au vêtement de son aîné comme à une bouée de sauvetage.

— Pleure tant que tu veux, Poussin, lui dit-il, en l'appelant du petit nom d'amour que lui donnait leur père, mais pleure en silence. Il y a des petits, ici, qui n'ont pas encore compris.

Il flaira l'air autour de lui, tâchant de sentir à quel point la tristesse s'était mêlée à l'anxiété. Il savait que ses parents vivaient encore. Ils étaient sur le même poste que Manon, dans l'un des couloirs sud. Si les armées royales étaient entrées par la boutique de Marie, elles mettraient un certain temps à les atteindre. Oui, ils vivaient encore.

Mais pour combien de temps ?

*

Kenzô alluma et éteignit la lampe-torche à plusieurs reprises. Assise un peu plus loin, une tasse de thé dans les mains, Gabrielle regardait sans le voir le liquide brun qui refroidissait entre ses doigts.

— Tu crois que ça a commencé ?

— Oui. Ryûzaki est quelqu'un d'efficace. Ils seront finis avant minuit.

— Tu es sarcastique, Kenzô.

— C'est toujours mieux qu'être lamentable.

La Reine tenta d'ignorer le sarcasme, mais elle connaissait l'Ambassadeur. Il avait décidé d'adopter ce ton méprisant qu'il servait parfois à ceux qui lui déplaisaient, à la cour. Et il n'en changerait pas.

— Tu ne lui as pas ordonné d'épargner Edward.

— Non.

Le cœur de Gabrielle manqua un battement. Edward avait été son ami ! Elle leva vers Kenzô un regard outré, les poings fermés.

— Tu aurais pu lui…

— Sers-toi de ta tête, pour changer. Il faudrait être idiot pour croire que ton fils laissera à qui que ce soit le droit de tuer Nedo. Il tient tellement à le faire lui-même, après tout ! Si tu voulais sauver ce crétin de Keltien, tu n'avais qu'à y penser avant. Enfin… Je suppose que tu n'es pas davantage prête à assumer tes responsabilités à cinquante-cinq ans qu'à vingt-cinq. Il n'y a qu'à voir ce que tes garçons sont devenus.

— Tais-toi, Kenzô.

— Qu'est-ce que tu vas faire, si je continue ? Pleurer en regardant le jardin ? Broder un mouchoir ? Secouer ton éventail ? Je ne suis pas Nedo, je ne suis ni gentil, ni stupidement chevaleresque.

— Mais tu n'arriveras jamais à la cheville de Willi…

— Je n'ai que faire du jugement d'une femme aussi faible que toi, la coupa-t-il.

— Pourquoi…

— Oh, ce n'est que l'une des nombreuses choses que tu as ratées dans ta vie, Gabrielle, trancha Kenzô avec un cynisme qui tenailla la Reine au fond des tripes. Avec, voyons un peu : ton mariage, l'éducation de tes enfants, ton rôle en tant que Reine de France… toute ton existence, en fait. Toute ton existence n'est qu'un long et misérable échec. Alors, que cherches-tu à sauver ? Ta loyauté ? Elle ne va ni à ton époux, que tu n'aimes pas, ni à ton royaume, que tu délaisses. Ta dignité ? Tu n'en as plus depuis longtemps. Ta vertu ? Si seulement tu en avais possédé une un jour… Ta conscience ? En envoyant ma fille au fond d'un égout rempli de renégats et de fées ?

— Je n'ai jamais voulu ça !

— Oh, vraiment ? C'était bien imité.

— Kenzô !

— Tu es pitoyable. Dommage, la pitié n'a jamais été mon point fort.

— Tais-toi, articula péniblement Gabrielle. Je t'en supplie, tais-toi.

— Ce n'est pas à moi qu'il fallait adresser tes suppliques.

La Reine ferma les yeux, cherchant une faille, une faiblesse dans le raisonnement du Japonais. Et pourtant… Son mariage n'avait abouti qu'à une haine réciproque et à deux garçons qu'elle n'avait guère eu le droit de fréquenter. Elle n'avait jamais assumé ses devoirs de Reine, dont Louis l'avait déchargée au profit d'une Grande Intendante à sa botte. Toute sa vie dépendait d'un homme qui lui adressait moins souvent la parole qu'il ne la frappait, et ses fils suivaient le même chemin. À présent, en voulant libérer la fille de sa meilleure amie, elle avait tué Edward… Edward, qu'elle n'avait jamais pu revoir et qu'elle ne reverrait jamais, pour un mot qu'elle n'avait pas dit, pour un baiser qu'elle n'avait pas donné… Non, il n'y avait pas de faille, pas de faiblesse. L'Ambassadeur Blanc avait raison. Point par point, il avait raison.

— Tu ne crains pas la fureur de Louis, à rester si longtemps chez moi ? Ou bien c'est pour pouvoir te victimiser un peu plus quand il débouclera son ceinturon ?

— Arrête. Je ne crains plus rien, Kenzô. Ni lui ni rien d'autre.

Le Japonais posa la torche sur son sous-main et commença à arpenter son bureau du pas lent et calme de quelqu'un qui veut seulement faire passer le temps.

— Une insensée, voilà ce que tu es. Naïve, sentimentale, incapable de faire face à la réalité de ce monde, toujours à fuir, toujours à se cacher. C'est tellement plus facile... Que croyais-tu, exactement ? Que ton fils se laisserait faire ? Tu n'avais qu'à l'élever dans un autre culte que celui de lui-même. Tu ne vaux pas mieux que Nedo. Vous êtes faibles. Faibles l'un comme l'autre.

— Tais-toi, Kenzô. Mona...

— Je ne t'ai pas donné le droit de prononcer son nom.

Il s'éloigna, marcha jusqu'à la fenêtre, observa les étoiles dont la lueur se frayait un chemin entre les éclairages des jardins de l'ambassade du Japon. Il ne semblait pas entendre les sanglots de Gabrielle. En réalité, il ne semblait même plus conscient de sa présence.

— Te souvient-il à quel point elle aimait les étoiles ? se murmura-t-il à lui-même. Elle savait se repérer grâce à elles, elle aurait pu aller n'importe où en ce monde sans jamais se perdre, rien qu'en levant les yeux au ciel... Un jour que je lui demandais d'où elle tenait ce savoir en astronomie, elle m'expliqua que sur l'île où elle était née, les Selkies laissaient les enfants humains écouter les leçons qu'elles prodiguaient à leur propre progéniture, sur les rochers.

Il se tut un long moment.

— Je n'ai jamais su si elle avait dit ça parce que c'était vrai, ou parce qu'elle me taquinait.

*

Manon fit signe à Flamme et Ambre de se préparer. Elle savait que son poste avait un avantage non négligeable : deux Feux-follets entraînés qui avaient des enfants à protéger. Quoi qu'il pût arriver par le sas, cela ne passerait pas. Du moins, pas du premier coup.

— Ils vont entrer…

Les deux fées achevaient de se déshabiller.

— Putain, ils entrent !

Ambre fut la première sur la barricade, suivie de près par son époux ; deux grands jets de flammes balayèrent les assaillants, firent fondre le plastique des protections à même leur peau, exploser les ceintures de grenades et de cartouches, et, aidés par l'aspiration des conduits, ravagèrent le tunnel sur vingt bons mètres. Puis tout s'éteignit d'un seul coup. Éric et Madeleine se précipitèrent pour recueillir dans leurs bras les deux Feux-follets qui s'écroulaient, à peine conscients. Le temps que les soldats se remettent de ce qui venait de se passer et entreprennent de trier les morts des blessés pour évaluer les pertes, Manon en avait blessé cinq autres avec ses couteaux à lancer. Mais ils se replièrent trop vite pour lui laisser une chance de faire plus de dégâts.

— Ça va ? demanda Éric à Flamme en lui passant une flasque d'eau-de-vie.

— Crevé, grogna la fée, et il avala une gorgée d'alcool. Ambre ?

— Pareil. Résultat ?

— Bah… ils vont mettre un peu de temps à encaisser, j'crois, dit Madeleine après un prudent coup d'œil au-dessus des sacs de terre et des bancs.

— Ça pue… le plastique…

— Vous devriez reculer encore, suggéra Manon. Ça servira à rien si le plastoc vous dézingue avant les soldats.

— T'as pas tort, approuva Germain. Vu leur état, on tiendra facile la barricade à quatre jusqu'à ce que vous reveniez, Éric, Madeleine…

— Okay. On y va.

Ils n'eurent aucun mal à soulever les Feux-follets pour les porter à l'écart : comme tous les membres de leur espèce, ils ne dépassaient ni le mètre soixante, ni les quarante kilos.

La lanceuse de couteaux, elle, reporta son attention sur ce qui se passait de l'autre côté.

— Woh, le carnage…, murmura-t-elle face aux rangées de morts et de mourants, brûlés par le plastique fondu et déchiquetés par l'explosion de leurs propres armes. Dommage qu'on ait pas plus de Feux-follets !

— Moi, je trouve ça carrément flippant ! fit Germain. C'est le genre de moment où je me rappelle pourquoi au-dessus ils ont peur des fées…

— On s'en fout, elles sont avec nous !

— Ouais, c'est bien ce que je dis…

*

— Emmanuel… J'ai peur.

— Je sais, Haruko.

— Tu crois qu'ils vont nous torturer ? Ils avaient l'air de savoir que les lampes…

— Mais non, on n'est pas assez importants pour ça…

Il mentait et il le savait, mais il ne pouvait se résoudre à lui avouer la vérité. Elle n'avait pas beaucoup fréquenté les autorités françaises, qui passaient pour plus laxistes que les forces japonaises dont les méthodes faisaient froid dans le dos. Malheureusement, lui-même ne savait que trop bien qu'il ne s'agissait que d'une façade et qu'une fois sur le chevalet, que le bourreau soit français ou japonais n'avait plus d'incidence.

— Mais s'ils savent, pour les lampes…, grogna-t-il alors que la compréhension se faisait soudain jour dans son esprit, s'ils savent…

— J'espère qu'ils auront le temps de cacher les enfants, murmura Haruko en se serrant contre lui.

*

Yuri ne sentit ni n'entendit rien, mais elle vit l'eau du bassin se troubler en frémissant, et il ne lui en fallut pas davantage. Elle comprit.

L'assaut avait commencé.

Elle se demanda si l'un des Rats y avait déjà succombé, et si c'était le cas, si elle aurait pu mettre un nom sur son visage, si elle lui avait déjà parlé, si elle avait joué avec lui aux fêtes de Samain. Elle aurait voulu être capable de les citer tous, ces noms, et de reconnaître leurs visages sans erreur. Mais il était trop tard. Beaucoup trop tard. Sur ses poignets, elle sentait peser ses manches. Dedans était rangé le livre sur les Bardes, le six-coups de Sir Edward, son carnet de croquis et sa lampe-torche de Rate. Elle se souvint de ce que criaient les enfants lorsqu'elle lui avait été remise.

Yuri-hime du Soleil.

D'où leur était venue cette idée étrange ?

Ici, ils étaient si loin du soleil…

*

Pierre Drauf évalua pour la vingtième fois leurs chances de survie, mais elles n'avaient pas augmenté dans les trente secondes qui séparaient les deux calculs. Or, elles étaient un peu trop proches de zéro à son goût.

Le maître d'armes n'avait pas peur : il avait été soldat, il avait côtoyé la mort durant de longues années et n'en avait pas perdu l'habitude. Mais il avait des regrets, et ce sentiment était nouveau pour lui. Il songeait à tous ceux dont il n'avait pas achevé la formation, à tous ceux dont il l'avait à peine commencée, à ceux encore plus nombreux auxquels il n'apprendrait jamais rien. Il avait soixante-cinq ans, et jamais, jusqu'alors, il ne s'était posé la question de ce qu'il avait fait de sa vie ni de ce qu'il laisserait derrière lui. Esprit pratique et cartésien, il avait vécu au jour le jour, repoussant l'idée de la mort dans un avenir flou dont il ne se souciait guère. Et voilà qu'à présent elle était là, devant lui, spectre noir au goût de néant. Il pensa à Manon et Pyro, indubitablement ses deux meilleurs élèves. Ceux qu'il avait menés de presque rien à un niveau redoutable… Ceux dont il était fier. Et cette pensée-là le rassura. Oh, ils allaient mourir, bien sûr. Faire s'affronter deux mille soldats de métier bien armés et cent cinquante hommes et femmes certes déterminés, mais qui n'avaient pour la plupart rien de guerriers ou de guerrières, équipés avec les moyens du bord, était simplement du suicide. S'ils avaient été dans une Geste, leur résistance héroïque et acharnée aurait porté ses fruits au bout de longues heures de combat épique…

— … mais nous ne sommes pas dans une Geste, grogna-t-il.

Et il rechargea son arme pour tirer dans la jambe de l'assaillant le plus proche.

*

Oak plaqua les mains au sol et ferma les yeux. De l'autre côté de la barricade, le béton trembla sous les pieds des soldats, puis soudain se disloqua, se rompit et s'ouvrit sur le conduit d'en dessous avant de se refermer d'un seul coup, broyant les pieds et les jambes qui s'y trouvèrent pris par malchance. Des hurlements de douleur vrillèrent les tympans. Les Sylfes étaient pacifistes et faisaient de piètres combattants… tant que l'on ne touchait pas à leur foyer.

À peine essoufflé, Oak se releva. Il préférait s'économiser. Pour le moment, les armes de distance feraient aussi l'affaire et il ne voulait pas arriver au corps-à-corps trop fatigué, car il savait que ce serait alors qu'il serait le plus efficace : sa peau résistait à la plupart des lames et d'un coup de poing, il pouvait briser un crâne casqué.

— Joli petit tremblement de terre, le complimenta Claire, occupée à recharger.

Il sourit. Elle bascula le chien de son arme et tira.

*

— Tu devrais rentrer, Gabrielle. Tu es ici depuis ce matin, et il sera bientôt minuit. Il ne sert à rien d'attendre, sinon à attiser la jalousie de ton époux. Même le masochisme a des limites.

— Depuis combien de temps se battent-ils, à ton avis ?

— Trois heures, quatre peut-être. Qu'importe ?

La Reine soupira, se leva et alla à la fenêtre. À Paris, il y avait trop de lumières parasites pour bien voir les étoiles. Elle ouvrit la bouche pour parler, hésita, la referma, se retourna lentement.

Alors ses yeux tombèrent sur les deux cadres à photo à demi dissimulés derrière les liasses de papier soigneusement entassées sur le bureau de l'Ambassadeur. L'une des photographies représentait Yuri. L'autre…

Gabrielle porta la main à son corset, où était cachée la sienne.

Kenzô comprit qu'elle avait vu, mais ne releva pas.

— Si je ne t'importune pas, je préfère rester ici encore un moment.

L'Ambassadeur Blanc hocha la tête sans changer d'expression.

*

Sur le front de Manon et des Feux-follets, Madeleine était tombée, une balle dans la gorge. Sur celui de Samuel, où le choc avait été le plus violent, il ne restait déjà plus que deux défenseurs debout. Ils menaient derrière les herses de secours un dangereux jeu de chat et de souris. La barricade de Pierre résistait assez bien, grâce à leur meneur avisé, mais il était le seul avec Sir Edward à ne pas encore déplorer de morts.

Le combat faisait rage depuis quatre heures dans les sous-sols, mais les forces royales, malgré leurs lourdes pertes, gagnaient peu à peu du terrain. Toutes les fées, à l'exception de Bran, avaient déjà usé au moins une fois de leurs capacités élémentaires, mais elles étaient désormais trop fatiguées pour le refaire. Un seul couloir n'avait pas encore été pris d'assaut, celui tenu par Léon l'Occitan et les fomoires, car il était vieux, désaffecté et difficile d'accès, mais lui non plus ne tarderait pas à affronter les soldats et il ne tiendrait sans doute guère. Un vieil homme et deux batraciens ne formaient pas un rempart très solide.

Personne ne savait ce qui se passait d'un couloir à l'autre, mais chacun se doutait que tous les Rats résistaient de leur mieux.

Cependant ils avaient besoin de répit.

— Fais-le, Bran ! demanda Claire en tirant une balle qui ricocha sur un bouclier mais blessa le soldat voisin.

— Pas encore, grogna la Selkie de sa voix profonde.

Assise en lotus deux pas derrière la barricade, les yeux clos, elle attendait. Elle savait qu'elle n'aurait droit qu'à un seul essai, et elle veillerait à l'employer le mieux possible. Son apprentissage de Barde avait peut-être considérablement augmenté ses capacités élémentaires et leur maîtrise, mais elle n'arrivait pas encore à la cheville de son maître et connaissait d'autant mieux ses limites qu'elle les repoussait un peu plus loin chaque jour.

Et ce jour-ci n'y ferait pas exception.

Elle s'obligeait à attendre le meilleur moment. Et le signal, audible d'elle seule, qui le lui apprendrait.

— Bran ! cria Oak, qui lança un banc sur les assaillants les plus proches.

— Pas encore.

— Mais bordel, on va se faire submerger !

— Pas encore, répéta-t-elle d'un ton égal.

Julien tomba à ses pieds, le bras en sang. Elle le tira à l'écart et banda sommairement sa blessure, toujours à l'écoute.

— Bran ! hurla Aloïse, déjà presque au corps-à-corps avec les premiers soldats.

Ce fut l'instant où le six-coups de Sir Edward cliqueta au lieu de tirer. Il était à court de munitions.

*

— Merde ! C'est pas le moment ! pesta Pierre Drauf lorsqu'un ridicule déclic lui signala que son arme était vide.

*

Manon porta la main à sa ceinture pour y déloger un nouveau couteau de lancer. Sa main rencontra le vide.

Elle pâlit.

*

Levana abattit le dernier défenseur du couloir sur lequel avait porté le premier assaut, une Sylfe, et Ryûzaki, menant un petit groupe d'hommes dont un Frédéric réjoui, franchit la herse.

*

Le tunnel où Léon l'Occitan se trouvait en poste était un vieil accès muré depuis longtemps, seulement parcouru par quelques canalisations. Le seul que les soldats n'avaient pas encore détruit.

Il y eut une détonation. Et le mur s'écroula.

*

Bran ouvrit les yeux et bondit debout sur la barricade. Les canons des armes se pointèrent vers elle, mais aucun n'eut le temps de faire feu.

Elle avait pris une grande inspiration.

« HEYAAAAAAAAAAAAAAAAAAAAAAAAAAAAAAAAAAAAAAAAAH !»

C'était un hurlement chanté, un hybride d'incantation et de kiai, d'une force sauvage, brutale.

Les soldats les plus proches furent projetés cinq mètres plus loin par le choc. Au même moment, tous les lavabos de sas et canalisations des Égouts volèrent en éclat derrière les barricades et projetèrent sous pression des centaines de pics de glace tranchants, longs d'une main humaine.

En quelques secondes, une muraille de glace rouge de sang, épaisse d'une coudée, obstruait tous les couloirs d'accès entre les Rats et leurs assaillants. Derrière, on entendait des gémissements de douleur et des cris de surprise. Çà et là dépassaient une jambe, un bras, piégés ou tranchés nets par l'eau gelée. Dans tous les conduits proches où se tenaient les lignes arrière, les bottes étaient prises dans une gangue de gel.

À travers tout l'Égout, il y eut un soupir de soulagement.

En haut de la barricade, Bran oscilla d'avant en arrière, et puis ses jambes cédèrent sous elle et elle s'effondra à demi inconsciente dans les bras de Sir Edward.

CHAPITRE XIII
SEE YOU LATER

L'INTERVENTION DE BRAN avait provoqué une accalmie bienvenue pour les défenseurs épuisés. Sir Edward porta son enfant un peu en retrait de la barricade. Elle était pâle et sonnée par l'effort, mais elle avait réussi à mettre hors de combat au moins une centaine de soldats et à offrir aux Rats quelques minutes de répit. Il l'adossa contre le mur à côté d'Aloïse, lui passa la main dans les cheveux ; elle frissonnait. Elle avait lâché pendant quelques instants toute la puissance de son Dragon de l'Eau et devait se hâter de le retenir avant qu'il n'entraîne les autres à sa suite. Les Brumes et le Feu ruaient dans son cœur et dans son ventre, eux qui avaient participé à l'effort et n'aspiraient qu'à se libérer davantage. Elle sentait l'Air qui achevait de se réveiller en elle et si la sensation était agréable, elle était également dangereuse. Elle ne devait pas céder. Pas tout de suite.

— *Are you okay, Waterlily ?*

Elle hocha la tête. Sir Edward lui tendit une gourde d'eau, qu'elle sécha en deux gorgées. Puis il s'assit près d'elle et entreprit de recharger consciencieusement son arme pendant qu'elle retrouvait ses esprits. Oak, Claire et Julien lui jetaient un coup d'œil à la dérobée. Ils savaient qu'elle avait considérablement développé ses capacités auprès de Taliesìn, mais ils n'auraient jamais imaginé à quel point. Elle surprit aussi le regard curieux de la naine, et fronça les sourcils en une muette question.

— Rien, répondit la vieille, c'était seulement… surprenant.

— Tu t'attendais à quoi ? À ce que je tranche le sol avec la main en hurlant « Excalibur » ?

Elles pouffèrent. Le Chevalier passa un bras autour des épaules de son enfant et l'embrassa sur le front une fois de plus. Il n'avait jamais été aussi démonstratif en public, mais à présent, qu'importaient la pudeur et la réserve ? Il allait mourir et il le savait. Chaque baiser qu'il offrait à Bran était peut-être le dernier, et il n'aurait jamais plus le loisir d'en donner un à Jack.

Il rabattit le barillet de son six-coups et tira le chien.

Une rafale de mitraillette commença à entamer la glace.

— Déjà ? s'étonna Bran.

— Tu croyais qu'ils allaient attendre que tu la fasses fondre ?

Le constat de Oak ne fit plaisir à personne. Aloïse était visiblement épuisée, et ne tenait que par un effort continu sur elle-même. Elle allait sur ses quatre-vingts ans et accusait son âge pour la première fois de sa vie. Le Sylfe, beaucoup plus résistant, était le seul à ne ressentir qu'un début de fatigue, mais Claire et Julien étaient exténués et Sir Edward, bien qu'il parvînt encore à le cacher, restait opérationnel à la seule force de la volonté.

— Plus qu'à leur préparer une petite réception…, grogna-t-il en se levant.

*

Ryûzaki cligna plusieurs fois des yeux pour se convaincre de ce qu'il venait de voir. Derrière lui, alors qu'il venait à peine de pénétrer avec Levana et les premières lignes au-delà de la barricade où agonisait l'équipe de Samuel, les canalisations avaient soudain explosé et littéralement fauché son arrière-garde dans une gerbe de projectiles de glace, pour se figer un instant après en un mur rouge et opaque.

— Qu'est-ce que…

— Une Selkie, répondit HA-17 au moment où la compréhension se faisait également jour dans l'esprit du colonel. Il y a ici une Selkie…

— Foutue bestiole de merde ! Elle en a au moins buté une demi-douzaine !

— Et sans doute beaucoup plus, parce qu'elle n'est pas là.

Le colonel fronça les sourcils. Ce n'était pas bon signe du tout. La puissance d'une fée était déterminée, entre autres, par son rayon d'action élémentaire et celui-ci dépassait rarement la douzaine de mètres. Certes, dans un labyrinthe pareil elle pouvait être de l'autre côté du mur, mais dans ce cas elle était d'une précision redoutable… Il nota mentalement de la neutraliser dès qu'elle serait repérée.

— Faites-moi sauter ça, ordonna-t-il aux soldats les plus proches en désignant le mur de glace. Et vite, que nous puissions repartir. Quant à toi, ajouta-t-il à Frédéric, montre-nous le chemin.

*

Yuri ouvrit des yeux ronds lorsque l'écho d'un cri fit geler l'eau tout autour du Saule. Elle avait reconnu sans mal la voix de Bran, mais ignorait qu'elle pouvait utiliser ses capacités élémentaires sur une distance aussi grande. À dire vrai, elle n'avait jamais entendu parler d'une fée capable de geler de l'eau à plusieurs dizaines de mètres d'elle, et se doutait que ce qui se passait sous ses pieds n'était que l'effet d'une action autrement plus offensive.

Et une question lui vint, une autre, s'ajoutant au flot continu qui agitait son esprit.

Que signifiait exactement « je suis l'élève de Taliesìn le Bleu » ?

— Tu le sauras mieux que personne, dit quelqu'un derrière son épaule.

Mais derrière son épaule, il n'y avait que le tronc du Saule.

*

Manon recula d'un bon mètre lorsque les pics de glace jaillirent des canalisations. Germain se plaqua contre le mur et n'en bougea que lorsqu'il fut bien certain que tout était fini.

— Sans blague ? demanda-t-il à la cantonade.

— J'ai jamais autant aimé Bran que là, maintenant, de suite, répondit Éric en se laissant glisser contre la paroi. On va avoir trois minutes pour souffler…

La jeune femme acquiesça et saisit sa gourde. Trois minutes seraient bien tout. Déjà, les mitraillettes s'attaquaient au fragile rempart de glace. Elle but une brève gorgée.

— J'reviens, prévint-elle, et elle sauta par-dessus la barricade.

— Bordel, c'pas un plan, ton truc !

La voix inquiète d'Éric lui parvint de l'autre côté.

— Ça va, l'entendit-il répondre, j'récupère juste un peu de matos…

Elle extirpa sans ménagement l'un de ses couteaux de lancer de la cuisse d'un soldat vivant, mais plaqué au sol par la muraille d'eau. La jambe frémit, rua. Une rafale de mitraillette heurta la rouge muraille qui la protégeait. Elle rit.

— Manon, sérieux, reviens ! grogna Germain, pas plus à l'aise qu'Éric quant à cette petite expédition.

— J'arrive, j'arrive, une seconde !

Elle entreprit de dépouiller de leurs armes et de leurs munitions deux cadavres et un blessé inconscient. Flamme et Ambre, les deux Feux-follets, franchirent à leur tour la barricade pour faire la chaîne et remonter son butin. Une nouvelle rafale entama sérieusement le mur de glace.

— Remontez, merde !

— Ouais, ouais, de suite…

Manon jeta un coup d'œil en arrière pour évaluer la situation et haussa les épaules, estimant qu'elle disposait encore de quelques instants. Elle reprit ses fouilles et trouva une flasque de cognac sur le blessé.

— Pour la soif, dit-elle en la mettant dans sa poche.

Enfin satisfaite, elle lissa sa jupe et se redressa.

— On remonte.

Ambre hocha la tête en se ceignant d'une dernière ceinture de cartouches tandis que Flamme se hissait de l'autre côté de leur rempart de bric et de broc. Éric et Germain poussèrent un soupir de soulagement. Depuis la balle qui avait fauché Madeleine un peu plus tôt, ils étaient devenus d'une prudence à toute épreuve. Une nouvelle rafale fit bondir la Feu-follette à l'abri. Deux ou trois balles touchèrent leur digue. La glace cédait à la mitraille.

— Manon !

— Je monte !

Elle joignit le geste à la parole et mit le pied entre deux sacs de gravats pour grimper, mais en prenant son élan, elle glissa et se tordit la cheville.

— Et merde !

— *Manon !*

— Ça va, je monte, j'me suis niqué le pied !

Elle se releva, ignorant superbement la douleur, et grimpa en saisissant la main qu'Éric lui tendait pour l'aider à aller plus vite. Son moignon suffisait à assurer son équilibre.

La rafale suivante fit exploser la paroi de glace, et la mitraille ricocha sur la barricade. La main de Manon tressauta plusieurs fois dans celle de son ami.

— MANON !

Le poids au bout du bras d'Éric avait augmenté d'un coup, et il se retrouva plaqué contre le barrage. De l'autre côté, le corps de la jeune lanceuse de couteaux avait été déchiqueté par les balles.

— Manon !

— Lâche-la ! cria Flamme, qui sentait se dissiper l'odeur de la chaleur, de la vie.

Mais Éric, en état de choc, rivait toujours sur le cadavre de la jeune femme un regard incrédule.

Ambre le gifla à la volée et Germain et Flamme le tirèrent en arrière, l'obligeant à lâcher la dépouille qui retomba mollement sur les autres cadavres.

— Manon… merde… Madeleine, et maintenant Manon…, bredouilla-t-il tandis qu'une nouvelle rafale cinglait leur abri.

— Ouais, grogna Flamme. Et nous aussi. Bientôt. Fait chier.

Le regard que lui décocha sa chère et tendre lui donna envie de rentrer sous terre. Les autres comptaient trop sur l'habituel optimisme des deux Feux-follets pour ne pas perdre complètement pied. Germain, lui, prit l'un des fusils des soldats et tira comme un forcené au-dessus de la barricade.

— *Bouffez ça, bande d'enfoirés !*

Chance ou inspiration ? L'une des balles atteignit la bande de cartouches de la mitrailleuse qui avait fauché Manon. L'engin explosa, soufflant du même coup soldats, bris de glace et points faibles de leur barrage.

À moitié enseveli sous des gravats et des débris de tables, Éric leva un pouce victorieux vers son acolyte.

— Pour Manon des Égouts, grogna-t-il d'une voix enrouée, et ses larmes tracèrent sur ses joues maculées deux longues coulures claires.

— Pour Manon des Égouts, murmurèrent ensemble ses camarades.

*

Sur l'un des toits de la Bastille, Taliesìn était assis. Ses doigts dansaient sur sa harpe, en tirant une mélodie étrange aux accords lents, mais son esprit avait depuis longtemps quitté ses mains et son corps tout entier. Il était devenu musique. Plus encore, il était devenu la Musique, le Chant originel de l'Univers. Et il cherchait.

Mais Emmanuel et Haruko n'étaient pas faciles à trouver. D'abord parce que le Barde ne disposait pas de lien direct avec eux. Il les connaissait, certes, mais pas assez pour les retrouver facilement… Pour Taliesìn, l'Univers était un chant constitué de milliards de milliards de voix. Pour en isoler deux parmi ce chœur innombrable, il devait trouver qui chantait près d'elles dont il connût déjà la voix. Il avait deux solutions : Edward, dont l'amitié pour Samuel créait un contrepoint solide, et de là, l'amitié de Samuel pour Emmanuel. Ou il pouvait utiliser le chemin que traçaient Bran, puis Yuri, et enfin Haruko.

Seulement le chant d'Edward parlait de sang, parlait d'assauts, parlait d'inquiétude… Et puis, si : une harmonique, pas même une note entière, parlait de Samuel. Taliesìn bondit sur ce lien comme un funambule sur un fil, retint auprès de lui cette harmonique, s'y engagea, et au bout…

Le silence.

La voix de Samuel s'était tue.

Dans le ventre de Taliesìn, l'impétueux Dragon de Feu rua, se révolta. La Brume l'enveloppa. L'apaisa. Il cessa de hurler et se remit à chanter.

Tout n'était pas encore perdu. Il restait Bran. Il restait Yuri. Il restait un espoir.

Le Barde étira un coin de lèvre en un sourire d'une infinie tristesse, car cet espoir était une étrange ironie du destin.

Il n'avait pas besoin de chercher la voix de son élève. Elle résonnait toujours dans sa tête et dans son cœur, elle était là depuis longtemps, très longtemps, et en cet instant elle vibrait et dansait, terriblement vivante, intense, martiale et pourtant triste, si triste… De chacun de ceux qui tombaient, elle était seule dans les Égouts à entendre le cri à travers l'Univers. Et elle pleurait pour eux. Proche de sa voix, très proche, presque fondu en elle, Ren chantait. Il ignorait que ce que, dans son sommeil, il prenait pour un cauchemar recelait une terrifiante part de réalité… Et, accordée à leurs deux voix comme un contrepoint, Nekohaima Yuri. Le lien était solide. Très solide. Profond. C'était bien. Taliesìn chanta avec Yuri. Il ne lui restait qu'à trouver la voix de Haruko.

Mais celle-ci était plus lointaine, plus fragile, étranglée par une gangue de peur qui l'empêchait de vibrer. Le lien était dangereux. Le fil était ténu. Un funambule l'eût rompu en y posant rien que le pied. Seule une plume pouvait prétendre le toucher sans le briser, et encore, car à tout moment le lien menaçait de céder, et la voix de Haruko, de partir au loin chanter une autre mélodie qu'il ne pourrait pas atteindre avant plusieurs jours de recherche minutieuse. Plusieurs jours, surtout, dont il ne disposait pas.

Alors, plus léger que la plus légère des plumes, il posa un pied sur le fil.

*

Pierre Drauf était désormais seul sur sa barricade. Un à un, les autres étaient tombés, fauchés par les balles, tués par malchance, par maladresse, par ces dix mille riens absurdes qui font que l'on meurt au combat.

Mais lui était encore debout, et tenait sa position. Pour le moment.

Un revolver dans une main, un fusil à répétition dans l'autre, les jambes couvertes du sang des sept cadavres autour de lui, il avait à nouveau l'air de ce qu'il n'avait jamais cessé d'être : un soldat. Ce que les autres n'étaient pas. Ils étaient quincaillier, docker, couturière ou boulanger, institutrice, jardinière... pas soldats. Lui l'était. Et il tiendrait.

Seul.

Il ne pensait plus à rien ni personne. Les balles qui ricochaient autour de lui, les mouvements des ennemis à cinq ou six mètres de la barricade, là se limitait son univers. Ils ne pouvaient avancer davantage. S'ils essayaient, il les fauchait. Déjà, un monceau d'uniformes fleurdelisés couvrait le sol devant eux. Ils savaient. Ils savaient que tant qu'il lui resterait une balle à tirer, ils n'avanceraient pas. Ils essayaient de lui faire cracher ses cartouches en feintant, car aucun n'avait l'intention de s'aller sacrifier, mais il analysait. Il ne tirerait pas sans nécessité. Et il ne tuait pas. Il n'avait encore tué personne. C'était peut-être le plus effrayant. Mais dans ce couloir où ne pouvait guère avancer que trois personnes de front, Pierre Drauf ne céderait pas sous le nombre tant qu'il lui resterait une arme à feu utilisable dans les mains.

Posté derrière une meurtrière improvisée, assez étroite et solide pour être efficace, il guettait. Chaque fois qu'un soldat avançait, il tirait et revenait en place avant la riposte. Il les entendait, de l'autre côté du no man's land, débattre de la marche à suivre en murmures anxieux. Par chance, il était tombé sur un groupe mené par un sous-officier inexpérimenté ou froussard – ce qui arrivait souvent avec les énièmes fils de nobles dont leurs pères ne savaient que faire – apparemment à court d'idées pour le déloger de là. Hélas, les munitions n'étaient pas inépuisables.

« Ouais... Dans les Gestes, c'est à peu près à ce moment-là qu'un truc arrive qui sauve le héros en mauvaise posture, genre des renforts inespérés, une rébellion dans les rangs ennemis, je sais pas moi... la Morrigan en personne, tant qu'on y est ? Après tout... »

Un remue-ménage venu de son côté du couloir lui fit tourner la tête. Une petite troupe se dirigeait vers lui. Dix ou quinze personnes, au moins. Et aucune barricade entre eux et lui.

« Oh merde... ça, c'est pas des renforts... »

Il attendit patiemment qu'ils parviennent dans sa ligne de mire. Il n'avait pas le choix. Il arma le revolver et le fusil.

« Reviens sur terre, Pierre ! On n'est pas dans une Geste... On est dans une foutue réalité de merde et tu vas crever, alors fais-le bien ! T'as pas raté ta vie. T'as intérêt à pas rater ta mort, parce qu'il y aura pas de deuxième essai ! »

À l'instant où les soldats passaient le coin du couloir, il bondit en haut de la barricade et arrosa des deux côtés. Les balles fusèrent autour de lui. Il vit des hommes tomber de part et d'autre. Il visait à hauteur de jambes.

Et puis un choc l'ébranla. Il sentit une brûlure pénétrer son torse entre deux côtes. Une douleur foudroyante lui transperça le poumon. Il se sentait anormalement détaché de son propre corps. Il souffrait à vouloir en mourir, et pourtant son esprit était d'une clarté limpide. Il laissa tomber le fusil, dégaina son sabre d'officier et se jeta à bas de la barricade, du côté où les assaillants étaient les plus proches.

Était-ce vers les couloirs obscurs des égouts ou vers ceux, encore lumineux, de ce qui avait été son foyer ? Il n'était plus capable d'en juger. Restait la douleur aiguë et ce goût de sang dans la bouche.

« Dans les Gestes, les guerres sont belles. Dans la réalité, elles sont moches. T'as combattu la moitié de ta vie et t'as pas encore pigé ça, Pierrot ? » se morigéna-t-il en se mettant en garde avec une grimace de rage et de souffrance.

Il bondit, hurlant un cri de guerre indistinct, trancha un membre presque net.

En un instant, ils l'encerclèrent. Il se savait seul et sans aucune chance.

« En mettre hors de combat le plus possible avant de tomber..., s'ordonna-t-il. *Pour qu'ils touchent pas aux gamins. Pour qu'ils touchent pas à Pyro. Bordel, celui-là, encore deux ou trois ans et... et merde ! »*

Il sentit la froide lame d'une baïonnette ressortir de son ventre. La glace perça à travers le feu dans une fulgurance de douleur. Par réflexe, il pivota et son sabre trancha à moitié les deux bras du soldat qui l'avait blessé. Autour de lui, ils étaient peut-être une demi-douzaine à battre en retraite alors que déjà dix autres prenaient leur place.

Il ne tiendrait pas. Et il le savait.

Il perdit le compte de ses assaillants et de ses coups. De ses blessures aussi.

Comme un château de sable sous les assauts des marées, il tomba.

Dans ses yeux dansa un instant le visage de Pyro. Dans ses oreilles résonna son rire.

Puis il mourut.

*

— Gluuk ! Côôôg !

L'avertissement prit Léon l'Occitan de court. Il n'eut même pas le temps de se retourner avant de recevoir une rafale entre les omoplates.

— Guro ! Guro ! geignit le Fomoire qui essayait de le relever alors que son camarade s'emparait de l'arc du vieillard et, incapable de l'utiliser avec ses pattes de grenouille, le lançait vers leurs assaillants.

Aucun d'eux n'avait été capable de prévoir qu'ils arriveraient sur leurs arrières.

Déjà, il était trop tard. Les deux fomoires furent abattus sur le cadavre du bibliothécaire, qu'ils ne voulaient pas abandonner. Leur peau visqueuse de batracien émit une odeur putride lorsque la vie quitta leur corps.

*

Bran dressa l'oreille d'un seul coup, tendue comme un arc.

— Derrière ! Ils arrivent derrière !

— On s'en occupe, réagit Julien en s'écartant de la barricade.

Avec Claire, il gagna le coin de leur couloir, à trois ou quatre mètres de là, prêts à tirer sur les premiers qui approcheraient. La flèche encochée, le fusil armé, ils s'immobilisèrent.

— Combien tu crois qu'on peut s'en faire ? demanda le jeune homme.

— À nous deux ? Des armées entières, mon amour !

Ils échangèrent un sourire lourd de détresse. À la suite de la Selkie, ils entendaient à présent les lourdes bottes des soldats qui approchaient.

— Droite, siffla Claire, et ils se plaquèrent contre la paroi.

Elle attendit encore une seconde, pour être sûre de réussir son tir.

D'un seul coup elle se découvrit, tira trois balles, battit en retraite. Dans le même temps, Julien avait décoché sa flèche. Les cris qu'ils perçurent leur assurèrent qu'ils avaient fait mouche au moins trois fois. Mais la marche des soldats continuait, implacable. Les amoureux savaient qu'il était inutile d'appeler les autres en renfort : ils ne pouvaient se permettre de dégarnir davantage la barricade. Ils n'étaient déjà plus assez nombreux.

Julien prépara trois flèches entre ses doigts. Il jeta un coup d'œil à sa compagne.

Elle hocha la tête.

Ils lancèrent une nouvelle salve.

Mais cette fois, ils n'avaient plus l'avantage de la surprise. Une riposte blessa le jeune homme, qui ne s'était pas rabattu à temps derrière le mur. Il gémit, s'écroula, ne dut son salut qu'à Claire qui le tira à l'abri avant la seconde rafale.

— Julien ! Mon amour !

— C'est bon… ça va le faire. Je crois. Vas-y.

Elle le laissa à contrecœur, sachant bien qu'à tout le moins il était désormais hors-jeu : la balle avait touché le bras, et tirer à l'arc avec une seule main était à peu près impossible… Elle envisagea une seconde de lui abandonner son fusil à répétition avant de se souvenir qu'il ne savait pas s'en servir. Leurs ennemis étaient trop près. Beaucoup trop près.

— Retourne derrière. Je ne resterai plus très longtemps ici.

Il obéit et l'entendit lâcher deux ou trois autres salves alors qu'il rejoignait les autres. Oak lui jeta un œil.

— Grave ?

— Non. Claire est restée encore un peu. Mais ça se présente mal.

— Sans blague ? ricana le Sylfe avant de plaquer sa main au sol pour faire exploser le béton sous les pieds de ceux qui escaladaient la barricade.

— Retraite ! hurla la voix de la jeune femme derrière eux. Je bats en retraite !

Julien fit volte-face et vit arriver son amante vers lui. Et vit aussi ce qui se préparait derrière elle.

— *Claire !*

Mais seul le crépitement d'une mitrailleuse lui répondit. Sa fiancée fut projetée en avant, coupée en deux par la rafale.

— CLAIRE !

Soudain, il n'éprouva plus aucune douleur au bras. Il courut vers elle, l'arc à la main, tira une fois, deux, trois, reçut en plein ventre la seconde rafale. Son corps déchiqueté s'éparpilla dans le couloir. Il venait de faire gagner aux autres un tout dernier sursis.

La troisième salve se préparait.

— À TERRE ! cria Aloïse en se plaquant au sol.

Sir Edward et Bran obéirent aussitôt, mais Oak accusa un temps de retard. La volée de balles le faucha en pleine poitrine. Il valsa contre la barricade. Surpris, le Sylfe porta la main à son torse et découvrit que ses propres poumons se répandaient hors de son corps dans une gerbe de sang.

Il ouvrit la bouche. Ne dit rien.

S'effondra lentement.

Même sa chute ne fit pas de bruit.

Le gémissement vint d'ailleurs. Le Chevalier avait reçu un éclat de mur dans l'épaule. La petite Selkie, à ses côtés, l'arracha promptement et lécha la plaie. Elle n'avait pas le temps de faire plus.

L'écho de la mitraille s'éteignit dans le couloir. Les assaillants attendaient que la fumée se dissipe. Soudain, Aloïse comprit. C'était leur dernière chance d'engager un corps-à-corps. Ils n'avaient aucun abri et se trouvaient acculés, d'un côté ou de l'autre de ce qui avait été leur rempart, et constituait toujours la seule et unique raison pour laquelle ils respiraient encore. Elle échangea un regard avec Sir Edward et son enfant. Ils hochèrent la tête. Le Chevalier dégaina sa longue willowsword. Une lueur bleutée auréola les mains de Bran. Aloïse, elle, se munit d'une hachette et ils s'alignèrent, le coordinateur au milieu, la Selkie à sa gauche, la naine à sa droite.

De sa main libre, Sir Edward serra celle de Bran et sentit ses longs ongles lui entailler la peau. Cette douleur lui fit du bien.

— *You'd better go now, starling. Go with Taliesìn, where you belong.*

— *I may call him master, but I call ya father and I'll stay at yar side 'til everything is o'er.*

Sir Edward soupira. Son enfant était plus têtue que lui, et il le savait. Si elle avait décidé de rester, rien ne la ferait partir. Et pour être totalement sincère avec lui-même, il ne savait pas s'il la préférait déjà en sécurité aux côtés de Taliesìn, ou près de lui pour quelques instants encore…

— Tu as un cri de guerre, Aloïse ?

— Je ne m'étais jamais posé la question.

— *Well*… Tu ferais bien de trouver une réponse tout de suite !

Bran lâcha la main de son père, fit un pas en avant.

— HEYAH !

L'onde de choc balaya les quatre premiers rangs de soldats et le servant de la mitrailleuse, sonné, tomba au sol avec les autres.

Les derniers Rats n'auraient pas d'autre brèche.

— KELTIAAAAAAAAAAA ! hurla Sir Edward en se ruant sur les assaillants.

Il sauta par-dessus les hommes à terre et engagea la mêlée, suivi de près par Bran puis Aloïse. Ils n'avaient plus qu'un seul but : faire le plus de blessés possible autour d'eux pour empêcher Louis-Philippe de trouver le refuge des enfants. Rien d'autre ne comptait.

Bientôt, ils furent encerclés. Le Chevalier et son enfant, dos à dos, perpétraient un massacre de bras et de jambes brisés, coupés ou percés jusqu'aux artères, alors qu'Aloïse, qui retenait moins l'attention, poignardait les jambes des imprudents.

— Arrête la Selkie, ordonna Ryûzaki à son aide de camp.

Elle hocha la tête, épaula son fusil et dégagea le cran de sûreté.

Aussitôt, Bran tourna la tête vers elle, ses jambes se bandèrent et elle bondit.

« Elle m'a entendue ?! » eut juste le temps de penser Levana avant que son arme ne vole dans les airs, arrachée par un ciseau de jambes qui plia le canon en deux.

La Selkie pivota sur les mains et acheva sa rondade face à son adversaire.

Levana tiqua.

En guise de réponse, l'autre porta deux doigts à sa tempe et les ôta d'un moulinet maniéré, comme si elle saluait avec un chapeau invisible. HA-17 dégagea de sa ceinture l'une de ses armes de corps-à-corps : un long fouet de plastique tressé. Bran grogna, fronça le nez. Elle leva l'index et lui fit avec insolence signe d'oser venir à elle.

Ryûzaki avait profité de la diversion offerte par Levana pour dégainer son katana et faire face à Sir Edward.

— Ce sera un honneur, Colonel, sourit le Chevalier, et ils croisèrent le fer.

Les autres soldats, écartés d'une part par le combat virtuose de l'hybride et de la Selkie, et de l'autre par la danse des deux épées, refluèrent dans le couloir et se contentèrent d'observer. Ils n'osaient utiliser leurs armes, car ils craignaient de toucher le colonel ou le lieutenant. Louis-Philippe s'approcha pour profiter du spectacle, mais en gardant assez de distance et d'hommes entre lui et ses ennemis.

Bran passait son temps à esquiver les coups rapides et précis de Levana. Elle savait qu'elle ne devait pas se laisser toucher par la redoutable lanière de plastique, mais dans un couloir aussi étroit, ce n'était pas une mince affaire et l'adversaire était coriace. Elles étaient toutes deux conscientes que le premier contact serait peut-être déterminant. La Selkie ne pourrait pas tout éviter, mais elle devait trouver une faille… que l'hybride se gardait bien de lui montrer. On eût dit le curieux combat d'un faucon et d'un chat : l'une tout en précision, l'autre tout en souplesse, rivalisaient dans l'art de s'embrouiller mutuellement et de surprendre l'autre.

Sir Edward, face à Ryûzaki, souriait nerveusement. Il était fatigué, blessé, affaibli par la perte de sang et ne pouvait utiliser son bras droit pour s'équilibrer, mais il avait pour lui l'expérience et il le savait. Le colonel était un excellent combattant, endurant, précis et mortel. Pourtant…

« Il est meilleur que moi, réalisa le japonais avec un frisson d'horreur, *ce type est meilleur guerrier que moi… »*

D'un revers de lame souple, le Chevalier dévia, enveloppa et écarta le sabre de son adversaire. Ryûzaki rompit, évitant de justesse la vive contre-attaque du Keltien. Il recula de plusieurs pas et écarta un flot de mèches noires de son front.

— *Well*… plutôt bon, commenta son ennemi sans se départir de son sourire bravache. Mais encore un peu vert, si je puis me permettre.

Le colonel ne répondit pas et se fendit d'un nouvel assaut. Avec le moins de mouvements possible, le Chevalier bloqua et détourna la force du coup jusque dans le bras du japonais. Aloïse, qui s'était elle aussi repliée, sans oser intervenir, derrière la barrière formée par Bran et son père, porta la main à sa bouche.

— La Danse des Dragons…

Sans avoir à regarder, la Selkie savait aussi. Jamais il n'avait atteint aussi vite un tel stade d'harmonie avec lui-même. Hélas, elle ne devinait que trop à quel point la fatigue et la blessure y avaient contribué, balayant en un rien de temps les barrières de son mental. Contrairement à Taliesìn, Sir Edward n'était pas capable de rester longtemps dans la Danse. Une troisième fois, il écarta de lui le colonel avec une aisance presque aérienne, évidente. Redoutable.

Et d'un coup ils furent l'un sur l'autre.

Les lames volaient, se croisaient, rougissaient sous la chaleur du contact, se défaisaient une seconde pour se jeter l'une contre l'autre avec deux fois plus d'ardeur. La taille contre l'estoc, le tranchant et la pointe, ils pivotaient si vite que parfois c'était à douter qu'ils n'eussent que deux pieds. Cette fois, Ryûzaki avait en main son arme favorite et Louis-Philippe, connaisseur, appréciait le spectacle tout en se félicitant par-devers lui de n'être pas allé provoquer lui-même Sir Edward. Il n'était pas homme à sous-estimer ses ennemis, et il savait que l'on ne gagnait pas le surnom de « Willowsword » sans une excellente raison.

Le colonel était à la fois inquiet et excité. Jamais il n'avait affronté semblable adversaire. Il s'était cru avantagé par son katana, mais contrairement à ce qu'il pensait, les épées de saule n'étaient pas uniquement des armes d'estoc. Les tailles du Logrien étaient dangereuses. Déjà, une estafilade au bras gauche rappelait au Japonais qu'il ne devait en aucun cas faire fi de la prudence. Et puis il y avait chez son adversaire quelque chose de particulier. Non seulement il ne faisait qu'un avec sa lame, mais de même semblait-il ne faire qu'un avec ce couloir jonché de cadavres dans lequel ils évoluaient, avec la Selkie dont la féroce résistance face à Levana se poursuivait à quelques mètres d'eux, avec l'armée silencieuse qui, de part et d'autre de leur zone de combat et de la barricade, les regardait sans comprendre… et finalement avec lui-même, Ryûzaki.

Et quelque chose changeait en lui. Depuis longtemps il n'était plus qu'un avec son sabre, mais il sentait soudain sa perception s'élargir, englober tout autour de lui une sphère de plus en plus grande et de plus en plus riche, jusqu'à ce qu'elle ne fasse qu'un avec celle qui entourait Sir Edward lui-même.

Feinte, leurre, attaque. Esquive. Parade. Riposte. *Recule.* D'un pas, deux, *reviens.*

Au fond du ventre du colonel, une chaleur l'envahissait, une conscience aiguë de son être et de son entourage, comme un nœud se défait, comme un chat s'éveille et se déroule…

Pas un chat, non.

Un Dragon.

Un rire clair trilla à son oreille. La Selkie elle aussi venait d'entrer dans la sphère, ouvrant par là même la porte à Levana.

Et cette petite fée la maîtrisait mieux que lui : elle paraissait à l'aise dans cet état curieux à mi-chemin entre la transe et l'hyper-conscience. Il grogna, et d'un coup de fourreau arrêta l'arme de Sir Edward. Plusieurs fois il essaya de prendre en étau entre le sabre et le fourreau la fine lame souple comme un saule, mais toujours il avait un temps de retard. Il n'était pas celui qui menait la danse. La mèche du fouet de son lieutenant claqua tout près de sa main, ratant d'un millimètre une main bleue. Un tibia outremer la frappa à la tête, mais l'esquive amorcée atténua le choc et elle se releva avant que Bran ait pu amorcer un second coup.

— *Skàm !* râla la Selkie en bondissant en arrière.

Un instant suspendu, le temps de trois expirations.

D'un côté, Ryûzaki et Levana, l'uniforme enfin froissé et maculé, de l'autre Sir Edward Longway, dont la lavallière ne tenait encore que par quelque insolent petit miracle, et son enfant.

Tous les quatre souriaient, concentrés, excités et incandescents, certains d'être encore, encore un peu, seuls au monde.

— Vous sentez ça, mon Colonel ? glissa l'hybride.

— Et comment…

Ce fut le signal. Ils s'élancèrent.

Le fouet claqua.

Les lames crissèrent en glissant l'une contre l'autre dans une gerbe d'étincelles. Les gardes se heurtèrent avec un claquement sec et Sir Edward sourit.

— Pas mal, petit, ironisa-t-il en fichant ses yeux dans ceux du colonel.

Refusant de jouer le jeu et de se laisser déconcentrer, Ryûzaki détourna la tête et présenta son profil droit à son adversaire.

Le Chevalier se figea. La sphère éclata.

— *What the... ?!* murmura-t-il.

Cette microseconde d'inattention suffit à changer la donne. L'officier retourna son sabre et amorça un grand coup de pommeau vers l'épaule blessée de Sir Edward. D'instinct, celui-ci pivota, esquiva et hurla : au dernier moment, Ryûzaki avait détourné son coup et décrivait un U qui passa sous la garde affaiblie du Chevalier pour frapper droit sur la plaie.

— *Father* ! appela Bran alors que son père s'affaissait sur un genou, étourdi.

HA-17 ne laissa pas passer l'occasion. La lanière du fouet se déroula dans un sifflement. La Selkie bondit de côté. Une jambe esquiva le coup. Pas l'autre. La mèche s'enroula sèchement autour de la mince cheville de la jeune fée, déchira la peau trop fine et l'envoya bouler contre la paroi du tunnel. Aloïse se précipita vers son ami.

— Sir Edward !

Il la dévisagea comme s'il peinait à reprendre ses esprits. Déjà, ils sentaient tous deux sur leur nuque les canons des fusils ennemis.

— *Puckernuts* ! grogna le coordinateur.

Bran s'était débattue comme une furie, mais Levana l'avait calmée de deux coups de crosse dans les tempes et elle peinait à se relever.

— Vos ordres, Votre Altesse Royale ? demanda Ryûzaki en rengainant son katana, pour essayer de calmer l'énergie qui bouillonnait en lui.

— Lui, dit Louis-Philippe en désignant le Chevalier, et la Selkie. En pièces détachées, elle intéressera mes scientifiques. Effacez le reste.

Edward croisa le regard d'Aloïse. Qui ne cilla pas, ne pleura pas, ne supplia pas. Un soldat lui trancha la gorge. Oak, les boyaux hors du ventre, agonisait encore contre la barricade. Un homme s'assura que la blessure était fatale, puis le laissa, jugeant sans doute inutile de gaspiller une balle pour une fée. Julien et Claire gisaient déjà enlacés, morts. Une longue trace de sang rappelait que la jeune femme avait rampé sur trois bons mètres pour aller s'éteindre dans les bras de son amour.

Les deux survivants furent plaqués sans ménagement contre le sol et Sir Edward gémit lorsque l'un des soldats lui retourna le bras dans le dos pour lui lier les poignets avec un lacet de cuir. Sa blessure à l'épaule le faisait souffrir. Il lutta pour rester conscient.

— *Father* ! murmura Bran à côté de lui, *ya okay ?*

— *More or less, yeah.*

Il s'efforça de lui sourire pour cacher un rictus de douleur. Elle n'était pas dupe, il le savait, mais… que pouvait-il faire d'autre ?

Leurs assaillants étaient prévoyants : si les liens d'Edward étaient de cuir, ceux de son enfant étaient de plastique cranté, inamovibles sinon en les coupant. Elle grimaça lorsqu'ils mordirent cruellement sa fine peau de Selkie, car ils meurtrissaient sa nature féerique par leur seul contact et entravaient aussi bien ses mouvements que ses capacités élémentaires. Le Chevalier en eut mal pour elle, mais elle serra les dents tandis qu'une odeur de soufre et d'asphalte chaud se mêlait à celle du sang. Puis ceux qui les avaient attachés les relevèrent, l'un par la chemise, l'autre par les cheveux, et les poussèrent devant le Dauphin.

— Où est-elle ? demanda Louis-Philippe en soutenant le regard gris du Logrien.

— Au Centre.

— Montre-moi le chemin.

— Pour quoi faire, Votre Altesse ? Ne savez-vous pas lire ?

Avec un sourire ironique, Sir Edward désignait d'un coup de menton les panneaux indicateurs de l'intersection où ils se trouvaient. Le Prince lorgna les indications, fronça les sourcils. Et frappa le Chevalier au visage d'un puissant crochet du droit. Le coordinateur s'écroula.

— Sir Edward ! murmura Bran, se laissant choir à genoux à ses côtés.

Avec les mains attachées dans le dos, elle était bien en peine de l'aider ; mais elle voulait qu'il sente sa présence, qu'il sache qu'il n'était pas seul. Il replia ses jambes sous lui pour se redresser, laissant une trace de sang là où son épaule blessée avait heurté le sol.

— *I'm all right, cubling,* mentit-il pour rassurer sa petite.

Louis-Philippe désigna la willowsword tombée à terre.

— Ramasse-moi ça, ordonna-t-il à Ryûzaki.

Celui-ci s'exécuta. Louis-Philippe sourit cruellement au Chevalier à genoux, prit l'arme, la brisa sur sa cuisse et lui jeta les morceaux à la figure. Le tranchant entailla la gorge du coordinateur, mais il ne broncha pas.

— *You've had your fun, young man.* Maintenant, si vous pouviez arrêter de jouer…

Le Prince tenta de l'ignorer, sans toutefois pouvoir réprimer une grimace.

— Emmenez-le avec nous. Je veux que ma fiancée voie comment je vais la venger.

— Et la Selkie, Votre Altesse Royale ?

— On ne laisse pas traîner ses affaires, Colonel.

Ryûzaki hocha la tête et fit signe d'emmener les deux prisonniers avec eux. À nouveau, Sir Edward et Bran furent relevés sans douceur et fermement maintenus alors que les soldats les entraînaient à la suite du Dauphin.

— *Father*…, chuchota la petite Selkie, mais elle fut entendue et écopa d'un coup de crosse dans le dos qui lui coupa le souffle.

Sir Edward se rapprocha d'elle d'autorité, et lorsqu'un homme tenta de l'en empêcher il lui décocha un tel regard que l'autre recula et le laissa faire, tout en vérifiant que le Prince et le colonel s'occupaient désormais d'autre chose.

— Nos pertes ? demandait le Dauphin.

— Faibles en ce qui concerne les morts, Votre Altesse Royale : deux ou trois cents. Mais lourdes pour ce qui est des blessés. Cinq mille cinq cent à cinq mille six cent, dont beaucoup de cas assez graves pour devoir être traités rapidement.

— J'ai dû mal entendre.

— Non, Votre Altesse Royale. Il ne reste pas deux cents hommes debout capables de tenir une arme. L'évacuation va être lente et compliquée.

— Tu es en train de me dire que cette vermine a réussi à faucher les neuf dixièmes de mes forces ?

— Oui, Votre Altesse Royale. Ils avaient l'avantage du terrain, ce qui annulait en grande partie notre supériorité numérique ; et leurs éléments féeriques ont fait un carnage. J'ai reçu le rapport d'une unité qui a affronté des Feux-follets… à deux, ils ont littéralement brûlé aux deuxième et troisième degré un régiment entier. Sans parler de la Selkie.

— Saloperies de fées ! On a pu en récupérer une ou deux autres en vie, à part la Selkie ?

— Aucune, Votre Altesse Royale.

Louis-Philippe fronça les sourcils, contrarié. Il avait espéré un bien meilleur résultat. Ses troupes de choc n'étaient pas encore au point.

— Les rats d'égout sont des animaux coriaces, conclut Ryûzaki.

*

Le silence. Tout à coup la rumeur des combats s'était tue, puis autre chose l'avait remplacée. Une autre rumeur. Celle d'une marche. C'était fini.

Les Égouts étaient tombés.

Yuri sentit son estomac se nouer.

*

La tête sur les genoux d'Emmanuel, Haruko s'était endormie. L'obiko était une femme courageuse et plus dure au mal que ce que son aspect laissait croire, mais les deux prisonniers commençaient déjà à perdre la notion du temps dans le cachot où ils avaient été enfermés et, peut-être, déjà oubliés. Personne ne s'était soucié de leur donner à boire, à manger ou même une simple couverture. À cette heure, le Rat enviait son amante d'avoir réussi à s'endormir par un froid pareil. Lui-même, grelottant dans sa veste en bleu de Gênes, n'y parvenait pas : il n'avait ni la capacité d'abstraction, ni les couches de vêtements surnuméraires qui lui auraient permis de se glisser dans les limbes à son tour. Il déposa un baiser sur le visage d'Haruko. Il le distinguait à peine, dans l'obscurité presque complète de leur prison, et le devinait souillé par la sueur, les larmes et la poussière. Il aurait voulu l'essuyer, le nettoyer doucement… Mais même s'il avait eu les mains libres, les gardiens lui avaient pris jusqu'à son mouchoir pour qu'il n'essaie pas de s'étouffer avec.

Il ferma les yeux. Il se souvenait sans mal du grand bal de Samain. Qu'elle était belle, dans sa robe bleu pâle ! Elle rayonnait, cette nuit-là, elle…

— Emmanuel ?

Il sursauta et essaya de reculer malgré le mur. Haruko grogna et se redressa, à moitié réveillée.

— Qu-qui êtes-vous ? bégaya l'égoutier. N'approchez pas !

— Je me disais aussi… un tel écran de peur n'a pas été facile à franchir !

— Seigneur Taliesìn ?

L'obiko, incrédule, plissa les yeux par réflexe, bien qu'elle n'eût aucune chance de le voir dans l'ombre. Soupirant du soulagement de les trouver sains et saufs, le Barde murmura quelque chose ; son front s'éclaira d'une douce lueur blanche qui baigna son visage, puis son corps tout entier et enfin le cachot et ses occupants. Emmanuel et Haruko se sentirent réconfortés, comme bercés par cette aura lumineuse d'un bleu argenté. Ils avaient l'impression de côtoyer une étoile. Le regard azuréen de Taliesìn les sonda l'un après l'autre, lentement, à mesure qu'ils retrouvaient courage et sérénité.

— Quittez votre peur jusqu'au bout, leur dit-il en s'agenouillant auprès d'eux. Je ne suis pas une illusion, mais si vous n'avez pas pleine confiance en moi, j'aurai beaucoup de mal à vous emmener. Le poids de la haine et de la mort est plus puissant que moi, ici.

— Vous voulez nous… téléporter ?

— Vous pouvez appeler ça comme ça, oui. À moins que vous ne teniez à rester ici, ce dont je doute, nous partons.

— Pour où ? demanda anxieusement Emmanuel, bien conscient de ce qu'impliquerait la réponse.

— Keltia. La côte Sud du royaume de Logres. C'est l'endroit le plus proche où je suis certain que vous serez en sécurité.

— Les autres sont-ils déjà... ?

Taliesìn savait à qui, en particulier, se référait cette question. Il hésita. S'il répondait maintenant, il transporterait de la tristesse, et non du doute. La tristesse était pesante, mais le doute était un frein, un obstacle.

— Samuel est mort, oui.

Le visage d'Emmanuel se ferma. Il ne dit rien, ne pleura pas, ne chercha pas de réconfort. Il hocha simplement la tête et mit la main sur l'épaule du Barde. Haruko l'imita.

Taliesìn vérifia la sangle de sa harpe.

Et le chant de l'Univers résonna, vivant, dans les couloirs de la Mort.

*

Frédéric avait patiemment attendu derrière les rangs des soldats. Mieux que tout autre, il savait de quoi Bran était capable, et il n'avait pas l'intention de se piéger lui-même en lui offrant une cible trop facile. Mais lorsqu'il fut certain qu'elle ne pourrait plus s'en prendre à lui, il s'approcha de Louis-Philippe, tout en conservant ses distances vis-à-vis des deux rescapés.

— Votre Altesse Royale…

— Qu'y a-t-il ?

— Puis-je quémander une faveur ?

— Tu peux essayer.

— Votre Altesse Royale m'a promis une récompense pour mes services.

— Et ?

— C'est à cette Selkie que je dois ceci, conclut-il en indiquant son orbite vide.

Le Dauphin toisa rapidement son guide.

— Nous verrons, mais je n'oublierai pas.

— Merci, Votre Altesse Royale.

HA-17 pesta intérieurement. Elle n'aimait guère l'idée qu'une combattante de cette valeur finisse en greffons et en steaks de luxe, mais l'animal était trop vieux pour être dressé pour l'arène. Alors que pendant de longues années elle n'avait eu que mépris pour ceux qu'elle vainquait, Ryûzaki lui avait appris à respecter ses adversaires. Surtout si ceux-ci lui étaient, malgré leur défaite, supérieurs. Et cette Selkie avait quelque chose dont elle-même était dénuée. Cette faculté à créer autour d'eux une sphère… à tout rendre si… harmonieux…

Le lieutenant secoua la tête pour s'interdire cette pensée. C'était une Selkie. Au mieux un animal sauvage et dangereux. Une louve qui n'avait pas sa place au milieu des chiens.

« Et moi, songea-t-elle, *je suis un chien-loup de compétition... »*

Pourtant, elle ne parvenait pas davantage à mépriser la jeune fée qu'à respecter leur informateur.

— L'heure n'est pas à philosopher, Lieutenant, la brusqua son colonel. Charge-toi des prisonniers, je reste près du Prince. Aucun traître ne pourrait m'inspirer confiance.

Elle acquiesça et fit signe aux hommes de troupe de se mettre en marche. Ils ne se privèrent pas de rudoyer leurs captifs, mais Sir Edward semblait avoir abandonné l'idée de riposter. Ils s'amusaient bien davantage des réactions explosives de Bran, qui écopa de plusieurs coups de crosse dans les côtes jusqu'à ce que l'un des soldats la frappe en plein visage.

L'instant d'après, il était plié en deux et se tenait l'entrejambe en pleurant.

— Touche-la encore une fois et je te jure que je te tue, articula le Chevalier de Logres d'une voix glaciale. Je n'ai pas besoin de mes mains pour ce faire.

— Oh, toi, le rebelle, tu vas v…

— Il suffit, intervint HA-17 avant que les choses ne dégénèrent. Laissez-les tranquilles, ou ne vous étonnez pas qu'ils se défendent. Et avancez. Le Prince attend.

Elle ne dégageait pas autant d'autorité que Ryûzaki ou Trente-Chênes, mais les galons sur ses épaules et le combat qu'elle avait mené un peu plus tôt étaient plus que suffisants pour les mater, et ils obéirent en rechignant.

*

Kenzô raccompagna Gabrielle jusqu'à sa voiture et l'y installa, puis, debout devant l'ambassade avec un serviteur qui tenait son parapluie en grelottant de plus en plus, il attendit plusieurs longues minutes dehors dans la nuit pluvieuse. Jusqu'à ce qu'il fût certain qu'elle ne reviendrait pas. Alors, il rentra et se fit porter ses armes et sa pierre à aiguiser.

Trop effrayés par l'attitude étrange de leur maître pour poser la moindre question, les domestiques obéirent également lorsqu'il fit couper toutes les caméras de sécurité de toute l'ambassade. Et encore une fois lorsqu'il les congédia tous et s'enferma à double tour dans son bureau. Seule une petite servante, qui revint sur ses pas pour chercher le ruban qu'elle avait perdu, perçut avec effroi le raclement lent et régulier d'une lame de katana que l'on affûte avec une détermination implacable.

*

Yuri les entendit avant de les voir. De tous les couloirs lui parvenait le piétinement sourd des troupes en marche, de lourdes bottes ferrées qui résonnaient contre le béton. La corde, autour de ses poignets, lui sciait la peau à présent : bien que son amie eût serré le moins possible, l'étreinte s'était faite plus étroite à mesure qu'elle tirait dessus inconsciemment.

La princesse sut que, comme pour réduire à néant tous ses espoirs de liberté, on allait lui donner à voir ce qu'elle redoutait par-dessus tout : Louis-Philippe victorieux et Sir Edward mort ou humilié.

Elle se jura mentalement une bonne douzaine de fois de ne pas oublier ce qu'elle avait appris dans la Communauté. De ramener à la lumière ce que l'ombre lui avait enseigné.

Lorsqu'ils arrivèrent, elle se croyait prête.

Les premiers à entrer furent les éclaireurs, venus d'abord des couloirs est et sud, puis du nord et enfin de l'ouest, qui sécurisèrent le Centre sans un regard pour elle. S'il demeurait encore un seul Rat en vie, il devait être dans un trou bien profond… Soudain, une odeur de soufre et de pétrole lui retourna l'estomac.

L'instant d'après, triomphant, Louis-Philippe pénétra dans la large salle circulaire.

Un pas derrière lui marchait Ryûzaki. Quelques semaines plus tôt, sa présence aurait immédiatement réconforté Yuri. Aujourd'hui, elle se sentait trahie par son garde du corps. Frédéric n'était pas très loin non plus, à bonne distance, de quoi rester dans le champ de vision du Dauphin sans paraître trop s'imposer, essayant d'esquiver le regard agacé du colonel japonais. HA-17 suivait, et après elle Sir Edward et Bran.

Yuri pinça les lèvres. Le père comme l'enfant étaient dans un état lamentable, et pourtant elle ne parvenait pas à les prendre en pitié. C'eût été les insulter. En revanche, elle se surprit à en éprouver pour Louis-Philippe, qui, ménageant son effet dramatique, se pavanait devant le bassin pendant que ses troupes se mettaient en rang.

« Il chante faux », se dit-elle, non sans se demander d'où lui venait cette idée saugrenue.

Mais à présent le Dauphin se dressait devant elle, de l'autre côté de l'eau, tandis que deux soldats ramassaient la passerelle pour permettre le passage de leur maître.

— Princesse Yuri, ma bien-aimée ! Me voici à votre secours !

D'un pas altier, le Prince traversa le bassin pour la rejoindre. Il était à présent si près de sa fiancée que l'odeur de son eau de toilette au musc, mêlée de sueur et de sang, lui agressait les narines. Elle cherchait des yeux Bran et son père, et ces coups d'œil éperdus donnèrent à Louis-Philippe l'illusion qu'elle s'alarmait encore de la présence de son ennemi.

— Vous n'avez plus rien à craindre, très chère.

Il prit son menton entre ses doigts pour lui relever le visage. Elle ne résista pas.

— Vous ont-ils… ?

Elle secoua la tête, incapable d'ouvrir la bouche, aux prises avec une furieuse envie de vomir. Il tira un couteau de sa ceinture et l'instant d'après elle sentit la corde qui la retenait relâcher d'un coup son étreinte. Surprise, elle bascula en avant – dans les bras de son fiancé, qui l'y accueillit avec un sourire de vainqueur recevant son lot. Il défit les nœuds qui enserraient ses poignets, la souleva dans ses bras et la ramena de l'autre côté, où il la remit sur ses pieds et lui prit la main avec effusion.

— Je vais à présent vous venger, reprit le Prince en baisant sa peau meurtrie par la corde, et laver les offenses qui vous ont été faites !

Il se tourna vers Levana et les hommes qu'elle commandait.

— Amenez-moi le prisonnier.

Deux soldats empoignèrent Sir Edward par les bras, indifférents à son bref grognement de douleur lorsqu'ils malmenèrent l'épaule blessée, et, le séparant de Bran, le jetèrent aux pieds de

Louis-Philippe, à quelques pas de Yuri. La princesse rassembla toute sa maîtrise d'elle-même pour ne pas s'élancer vers lui pour l'aider, le relever, le soutenir… Il ne fallait pas, elle ne devait pas. Un seul faux pas et tout aurait été vain. Les cordes invisibles qui l'enserraient désormais l'étouffaient bien davantage que celles qui gisaient au bord de l'eau.

Louis-Philippe savourait cet instant. L'homme dont la seule existence l'avait tant humilié gisait devant lui, blessé et vaincu. Il se sentait comme un chien de meute à la curée d'un cerf. Il allait enfin se venger de tout ce que ce maudit Keltien lui avait fait subir, en faisant mettre en doute son ascendance, en détournant de lui les pensées de sa mère et surtout, surtout, en lui ravissant sa fiancée adorée.

Il dégaina son pistolet.

— Je ne t'offrirai pas les honneurs d'une épée, Longway. Une balle dans la tête, à genoux, comme le rat que tu es…

— Vous oubliez un détail, Votre Altesse, dit paisiblement Sir Edward en se relevant tant bien que mal.

— Vraiment ? ironisa le Dauphin avec un regard mauvais. Tu m'en diras tant !

— *Well*, je suis noble, que vous le vouliez ou non, et j'exige donc les égards dus à mon rang.

— Le seul égard que tu mérites, c'est d'être tué assez vite pour que nous soyons tous débarrassés de tes maudits bavardages, Longway.

— Dites cela à vos soldats. Un jour, au sortir d'un bar où il aura été noyer sa misère ou dans les bras d'une putain où il aura voulu oublier sa solitude, l'un d'eux racontera à quelqu'un, n'importe qui, presque personne, que le Dauphin de France n'a pas reconnu les droits d'un noble. Comment, alors, respecterait-il ceux du peuple ?

S'il ne sait pas écouter un aristocrate, que fera-t-il de la misère du vulgaire ? Et la rumeur naîtra. Mieux que quiconque, vous connaissez le pouvoir des rumeurs et des murmures. Après tant d'efforts pour vous acheter la bienveillance des petites gens en dépit de l'attitude de votre père, ce serait tellement dommage…

— Il suffit ! Parle, et dépêche-toi !

Sir Edward sourit, de ce sourire espiègle et charmeur que Yuri connaissait désormais si bien. Bran ouvrait de grands yeux brillants de larmes, par trop consciente de ce qui allait suivre, mais elle gardait la tête aussi droite que possible malgré ses liens et les soldats qui la maintenaient. Louis-Philippe foudroyait son prisonnier du regard. Ils se faisaient face au bord du bassin du Saule, le futur roi de France, ce beau jeune homme aux cheveux blonds et courts, aux traits virils et aux épaules musclées, le bras tendu, l'arme au poing, tout en puissance et en nervosité, et le Chevalier keltien, plus vieux, plus petit, plus mince, son catogan brun à moitié défait sur son épaule ensanglantée, son visage pâle de fatigue et sali par les combats, le port calme et fier malgré ses pieds nus, avec un sourire pour seul bouclier.

Entre eux, il y avait un mètre, un gouffre. Le gouffre qui sépare l'homme de pouvoir de l'homme de devoir. Un prisonnier inconscient de l'être, face à un homme libre. Yuri, qui les contemplait, savait désormais que la liberté ne se mesurait pas à l'aune des chaînes et des entraves.

— Tout d'abord, en tant qu'aristocrate, j'ai le droit de mourir debout, les mains libres.

Le Prince grimaça, mais fit signe à Ryûzaki de couper les lacets de cuir qui liaient les poignets du prisonnier. Le colonel s'exécuta.

— Ensuite, ajouta Sir Edward en plongeant ses yeux gris dans ceux, si bleus, du Dauphin, j'ai droit à une dernière volonté.

— Si tu comptes me demander ta grâce ou même ton enterrement, tu rêves, cracha le jeune homme, qui détourna la tête.

Mais le Chevalier, d'un coup de menton, désigna Bran.

— La Selkie.

— Quoi, la Selkie ?

— Défais ses liens.

— Tu aurais dû choisir un vœu plus utile, se gaussa le Prince. Elle ne pourra pas aller bien loin.

Il claqua des doigts et les cinq hommes qui retenaient Bran tranchèrent ses liens de plastique et la laissèrent se relever. Elle s'écarta d'eux comme une bête acculée, manqua de choir dans le bassin et se rattrapa de justesse. Mais très vite elle se releva, rejeta ses cheveux en arrière et redressa la tête, dans cette attitude tout à la fois altière et sauvage qui n'appartenait qu'à elle. Alors la petite Selkie et son père adoptif échangèrent un regard parfumé de mots silencieux. Elle aurait voulu le rejoindre, mais il le lui interdit sans un geste ni un mot. Elle se crispa, obéissant à contrecœur. Il lui offrit un dernier clin d'œil, comme une main passée dans sa tignasse trop bleue. Sur le visage de Sir Edward, strié de sang et de mèches brunes évadées, il y avait de la sérénité, beaucoup de tristesse, aucune peur. Il rajusta sa lavallière et fit face à Louis-Philippe.

— Enfin, j'ai droit à mes derniers mots.

Impatient de tirer cette balle qui le démangeait, le Prince arma son pistolet et le braqua sur son prisonnier. Le Chevalier de Logres souriait toujours. Il regarda Yuri, puis Bran, une larme brilla au coin de son œil gris. Roula sur sa joue sale. Et tomba sur sa main.

— *Well, Whitelily, Waterlily... see you later.*

Finale
Sun in the Sewer

Trois coups partirent. Les projectiles percutèrent l'œil droit, l'arcade sourcilière et le front du Chevalier. Arrachèrent une partie du visage. Ressortirent par l'occiput dans une gerbe de sang. Projetée en arrière par l'impact, la mince silhouette de Sir Edward Longway s'écrasa sur le sol. Un flot écarlate se répandit lentement, épais et luisant, si bien que le Chevalier semblait reposer sur un miroir où se reflétait sa lavallière, fleurissant sous sa tête comme un dernier hommage.

En reprenant leur souffle de concert, Yuri et Bran réalisèrent qu'elles avaient hurlé.

Mais si la princesse avait détourné le regard, les yeux écarquillés de la Selkie restaient obstinément rivés à ce cadavre qui gisait, défiguré, un dernier sourire sur sa lèvre déjà blanche.

— Sir Edward…, murmura-t-elle comme si elle attendait une réponse. *Father…*

Un silence ténébreux plana un moment sur la scène. Louis-Philippe avait encore le bras tendu. Le canon de son arme fumait encore. Tout semblait pétrifié, comme si les trois balles du Dauphin avaient aussi assassiné le Temps. Seule la flaque de sang dans laquelle reposait le Chevalier s'étalait lentement de part et d'autre.

Yuri attendait. Elle attendait une note. Celle qui ranimerait soudain l'air immobile et emmènerait Bran loin, très loin des égouts, saine et sauve, seule combattante rescapée du massacre. Elle n'avait qu'à ouvrir la bouche, et tout serait fini.

Mais ce ne fut pas elle qui brisa le silence.

— Rattrapez la Selkie, ordonna le Prince d'une voix plate, et six fusils d'assaut se braquèrent vers l'endroit où se trouvait Bran une fraction de seconde plus tôt.

Avec un bruit mat, deux soldats s'effondrèrent dans un bruit de craquement. Leurs nez venaient de rencontrer les talons de Waterlily. Avant d'avoir compris ce qui se passait, une quinzaine d'hommes tombèrent, percés par de longs pics de glace jaillis du bassin du Saule. Dans l'espace ainsi dégagé, Bran fonçait sur Louis-Philippe, avec dans les yeux une lueur sauvage que Yuri avait déjà vue un certain soir, très longtemps auparavant.

La princesse retint son souffle. Une demi-douzaine de foulées séparait la jeune fée de sa cible. Elle en fit trois avant que Ryûzaki ne s'interpose, sabre au clair. Puis un coup de feu fusa. Il bloqua la Selkie en plein élan et la fit retomber sur ses pieds à mi-chemin entre le Dauphin et le bassin du Saule. HA-17 réarmait son fusil. Bran fit la moue, semblant plus contrariée par ce nouvel obstacle que par son bras droit qui pendait, inerte. Elle n'avait pas émis un son. Pas même un gémissement.

— Chante, la supplia intérieurement Yuri. Chante, ou ils vont te tuer. Ce n'est pas le moment de crâner, Bran… Chante, et pars…

Elle aurait voulu la supplier, l'invectiver, la serrer dans ses bras et pleurer avec elle, lui hurler de disparaître avant qu'il ne soit trop tard. L'obliger à chanter. Mais Bran ne chantait pas ; sa bouche restait obstinément close. Et Yuri n'avait pas le droit de rendre vain le sacrifice des Rats. Elle scella ses lèvres et son visage, espérant que la déferlante qui ravageait son cœur parviendrait à atteindre son amie.

— Cette créature est dangereuse, abattez-la, ordonna le Prince. Frédéric, je te trouverai une autre récompense.

Ryûzaki hocha la tête et dégaina le revolver qu'il avait braqué sur la tempe de Ren un mois et demi plus tôt. Levana épaula son arme. Bran sauta, esquiva un tir, deux, rebondit sur le sol et se catapulta à nouveau dans les airs, haut, très haut, avec l'objectif évident de passer par-dessus le colonel…

À nouveau un tir l'arrêta, déviant sa course, fauchant son envol.

Puis deux, quatre, six.

Bran retomba sur le sol à plat dos sur la margelle du bassin, inerte, sept impacts dégoulinants trouant son torse mince et ses membres striés de cicatrices. Ses grands yeux noirs se voilèrent, sa poitrine cessa de se soulever ; sa main se crispa une seconde, puis s'immobilisa. Le sang quitta son visage d'ange. Puis son corps si souple roula dans le bassin du Saule, où il coula au milieu d'une nuée de bulles argentées. Autour de l'arbre, l'eau rougissait peu à peu. Yuri sentit ses larmes couler une à une sur ses joues.

Pas Bran. Ce n'était pas possible. Bran ne pouvait pas être morte. Pas Bran, pas Waterlily, pas *elle*…

*

— *Skàe !*

Ren s'était redressé sur son lit en sursaut, haletant, ruisselant d'une sueur glacée, la main crispée sur le ventre et le corps entier déchiré par une douleur fulgurante. Le sentiment soudain de détresse et d'urgence qui avait étreint son cœur, la terrible certitude de ce qui venait d'arriver, dans sa bouche le goût d'un sang qui n'était pas le sien, le manque, à même la peau, d'un contact, d'une caresse, et l'absence, l'absence, l'absence…

Le vide.

Le néant.

Ses mains tremblaient. Ses mains si sûres, ces mains de médecin qui avaient sauvé tant de vies par leur sang-froid et leur dextérité, tremblaient.

Skàe.

La moitié de son âme, la moitié de son être.

Il avait mal. Il ne souffrait pas que dans son âme, il avait physiquement mal, au bras, au torse, au ventre… Des pleurs incontrôlés coulaient de ses yeux sans qu'il pût rien faire pour les endiguer.

— Keskya ? grommela Alcyone en tirant d'un bras fatigué les rideaux de leurs deux couchettes. Oh merde ! Ren, p'tit frère… Ça va ?

— *Bran.*

— Ouais bah quoi, Bran ? Elle doit être en train de pioncer au fond de son lac, c'est rien, va, t'as juste fait un putain de cauchemar et…

— Le lac. Les Égouts. *Skàm ! Al !*

Se moquant soudain éperdument d'être en boxer, il se jeta sur le parleur et composa le numéro de la Capitaine.

— Ouaaaaais ? grogna la voix de Trente-Chênes.

— Capitaine, articula le Spectral le plus calmement qu'il put, *Capitaine, les Égouts sont tombés.*

— Quoi ?!

Incrédulité, surprise et douleur se mêlèrent dans ce rugissement qui martyrisa les oreilles mal réveillées d'Alcyone. L'Aeling avait peur de n'avoir que trop bien compris.

— Rendez-vous sur le quai dans cinq minutes. Pas un mot à Douze tant qu'on n'en sait pas plus, conclut l'officier en coupant la communication.

Le Spectral enfilait déjà à la hâte son pantalon gris de Fourmi et l'une de ses chemises vertes.

— Suie et charbon ! Mais qu'est-ce qui se passe, à la fin ? s'énerva son frère, dont la patience n'était toujours pas la plus grande qualité.

— Les Égouts sont tombés, Al. Je ne sais pas comment. Je ne sais pas pourquoi, même si j'ai bien une ou deux hypothèses. Je ne sais pas. J'y vais. Je dois.

— Putain, dit comme ça, bro, t'as l'art de pas laisser le choix…

Il était presque habillé avant d'avoir fini sa phrase. Les deux frères saisirent l'un sa sacoche de médecin, l'autre son fusil de patrouilleur, et ils sortirent dans le couloir, laissant béante la porte de leur cabine.

*

Taliesìn tomba à genoux et porta la main à son cœur. Il était blanc comme un linge. Emmanuel esquissa un mouvement pour l'aider, mais Haruko le retint. Elle ne pouvait l'expliquer, mais elle sentait qu'ils ne devaient pas intervenir.

Lentement, le Pennbarzh passa sa paume sur son visage, laissa tomber ses bras le long de son torse, sans force, comme sans vie.

Puis il rejeta la tête en arrière et un long hurlement monta de sa gorge pour éclater dans le ciel criblé d'étoiles, un chant qui tenait à la fois du loup et du vent, des vagues et du feu, si puissant qu'il fit trembler le sol autour de lui, sauvage et douloureux, et c'était à la fois une plainte et un appel, un adieu et un salut, plus vieux que le temps et plus jeune que les rêves, pur et effrayant. Ancien. Solitaire.

C'était un peu du chant de l'Univers.

Longtemps il dura, comme s'il ne devait jamais cesser, comme s'il n'avait jamais commencé.

Et puis il se mêla au mugissement du vent qui se levait et s'y fondit jusqu'à disparaître.

Le Barde glissa sur le côté. Il haletait, mais il ne tremblait pas.

— Seigneur Taliesìn ? hasarda Haruko en faisant un pas vers lui.

D'un geste, il lui signifia de ne pas approcher, et se releva. Mais deux fils d'argent striaient sa joue gauche. Ses yeux d'azur scintillaient d'un éclat anormalement humain. Alors l'étoile qui brillait à son front se voila, son aura se contracta, l'enveloppant comme un linceul, et il ne fut plus qu'un homme qui pleurait.

— C'est fait, dit-il, et sa voix se brisa.

Emmanuel baissa les yeux, serrant les poings.

— Samuel… Merde, Samuel… Oak, Aloïse… Les autres…

Haruko lui prit la main. Taliesìn ajusta les sangles de sa harpe.

— J'y vais.

— Mais…

— Marchez le long de la grève. Il y a un village de pêcheurs à quelques minutes à peine. Je ne peux pas rester.

Haruko voulut dire quelque chose, mais il avait déjà disparu.

*

La main de Lady Lore s'écarta de la paroi de la bibliothèque. Son visage à la peau de cendre s'était fermé, et ses longs cils de neige scellaient ses yeux.

— C'est terminé, dit-elle, juste assez fort pour être entendue dans le silence.

Pendant quelques secondes, ses mots parurent dénués de sens, de réalité. La première à pleurer fut Lilas. Ses jambes se dérobèrent sous elle et elle se laissa glisser contre le mur. Elle avait voulu croire et espérer encore, mais il n'y avait plus rien ni personne en qui croire ou espérer. Oak ne reviendrait pas. Personne ne reviendrait.

C'est terminé.

Dans les couloirs de ce qui avait été leur foyer, il n'y aurait plus ni chants, ni rires, ni rumeur familière des machines à laver. Pas même le tonnerre des armes. Le mess demeurerait silencieux, vide de ces mille parfums rassurants qui imprégnaient leurs vies, et le Saule n'abriterait plus de jeux dans ses branches.

C'est terminé.

Ashe éclata en sanglots dans l'épaule de son grand frère, aussitôt imité par la plupart des plus jeunes. Seuls quelques-uns des aînés parvinrent à contenir leurs sanglots. Pyro n'en fit pas partie.

— Reprenez-vous, ordonna Lady Lore d'une voix brève, presque étrangère. Reprenez-vous, mes enfants, car le danger n'est pas encore passé. Ils sont encore là.

— Je veux y aller ! bondit Pyro. Je veux sortir ! Je veux les tuer ! *Tous !* TOUS !!!

La vieille Spectrale imposa sur le front de l'adolescent son doigt nimbé d'une lueur blanche.

Le petit Feu-follet se calma aussitôt, vidé de sa rage. Il ne restait plus que les traces de ses larmes sur ses joues.

— Est-ce ce que vous ont enseigné vos parents ? demanda Lady Lore à la cantonade. Tuer ? Haïr ? Aller mourir bêtement en essayant d'affronter une armée à mains nues pour une vengeance absurde ? Je croyais que vous étiez des filles et des fils de Rats, assez courageux pour accepter et survivre au lieu de céder à la colère et au désespoir. Me serais-je trompée ?

Un long silence plana dans la bibliothèque. Ashe s'agrippa au bras de son grand frère.

— Non, dit enfin Pyro. Non, pardon. Je… Mais ils sont… Papa… Maman… Bran… et tous les autres… C'est… pourquoi ? Pourquoi ? *Pourquoi ?*

Il se détourna et se remit à sangloter, mais Lady Lore le prit contre elle.

— Parce que tes parents sont des héros, ma Luciole, comme vos parents à tous, ajouta-t-elle, promenant sur eux son regard empli, non de pitié, mais de fierté. Ils se sont battus en héros pour vous sauver, parce que *vous* êtes l'avenir… À présent, je suis là pour toi, Pyro, je serai là pour vous tous ; vous n'êtes pas seuls. Et je ne laisserai aucun d'entre vous, fée ou humain, se détourner du Kà en ruminant des idées de vengeance. Vos parents ont vécu et sont morts avec honneur. Ils ne sont plus là, mais je vous aiderai à devenir dignes d'eux.

*

Sans un regard pour le corps de la Selkie gisant au fond de l'eau, Louis-Philippe serra sa fiancée dans ses bras d'un mouvement chaste et élégant qui aurait fait les délices de la gazette de la cour. Yuri le laissa faire, regardant fixement par-dessous son bras consolateur. Elle ne ressentait plus rien. Ne demeurait en elle qu'un abîme qu'elle n'aspirait qu'à embrasser, un gouffre de ténèbres dans lequel elle aurait voulu se laisser choir.

Les Égouts étaient tombés. Les Rats étaient morts. Sir Edward Longway était mort.

Et Bran.

Elle voyait la longue chevelure bleue ondoyer doucement dans les eaux du bassin qui rougissaient peu à peu, et cette danse lente avait quelque chose d'hypnotique. D'immortel.

Pourquoi son amie avait-elle choisi le silence et la mort ? Pourquoi n'avait-elle pas chanté ?

Pourquoi l'avait-elle laissée seule ?

Soudain, elle devint consciente de la main de Louis-Philippe sur sa taille, de ses doigts caressant sa joue, essuyant ses larmes. Au choc s'ajouta la nausée.

— C'est terminé, lui dit-il d'un ton rassurant.

Des mots qui achevèrent Yuri. Mieux valait cesser d'entendre, de sentir, de voir. De penser… La princesse abandonna toute résistance et se laissa soulever de terre, emporter comme une coquille vide.

Levana avait franchi d'un bond les eaux du bassin pour aller récupérer le couteau du Prince ; elle le donna à Ryûzaki, qui la remercia d'un hochement de tête. Il le rendrait au Dauphin à un moment plus approprié.

Pendant que celui-ci monopolisait l'attention, le colonel mit la main sur Frédéric.

— Qu'est-ce que vous me voulez ? couina celui-ci en se débattant.

Mais l'autre ne répondit pas. Il l'estourbit d'un direct foudroyant et le traîna au pied du Saule, où il l'enchaîna avec ses menottes de service. Personne, à l'exception de son lieutenant, n'avait remarqué son geste.

Sous les vivats de ses soldats, le prince héritier Louis-Philippe traversa les rangs, portant dans ses bras la fiancée retrouvée.

Et se méprenant cruellement quant aux larmes qui ruisselaient sur ses joues.

TABLE DES MATIÈRES

Wild Mountain Thyme
Composé en 1957 par M. McPeake

Oh, the summer time is coming,
And the trees are sweetly blooming,
And the wild mountain thyme
Grows around the purple heather.

Will ye go, lassie, go ?
And we'll all go together,
To pluck wild mountain thyme
All around the purple heather,
Will ye go, lassie, go ?

I will build my love a bower,
Near yon pure 'nd cristal fountain,
Yeah on it I will lay
All the flowers o'er the mountain.

Will ye go, lassie, go ?
And we'll all go together,
To pluck wild mountain thyme
All around the purple heather,
Will ye go, lassie, go ?

I will range through the wilds,
And the deep glen sae dreamy
And return wi' their spoils
Tae the bower o' my dearie.

Will ye go, lassie, go ?
And we'll all go together,
To pluck wild mountain thyme
All around the purple heather,
Will ye go, lassie, go ?

If my true love she'll not come,
Then I'll surely find another,
Where wild mountain thyme
Grows around the purple heather.

Will ye go, lassie, go ?
And we'll all go together,
To pluck wild mountain thyme
All around the purple heather,
Will ye go, lassie, go ?

Out of the night that covers me,
Black as the pit from pole to pole,
I thank whatever gods may be
For my unconquerable soul.

In the fell clutch of circumstance
I have not winced nor cried aloud.
Under the bludgeonings of chance
My head is bloody, but unbow'd.

Beyond this place of wrath and tears
Looms but the Horror of the shade,
And yet the menace of the years
Finds and shall find me unafraid.

It matters not how strait the gate,
How charged with punishments the scroll,
I am the master of my fate :
I am the captain of my soul.

Par William Ernest Henley, 1875.

Remerciements

Et voici donc où nous en sommes… *Si loin du Soleil* est devenu *Dans l'ombre de Paris*, et moi, je suis devenue une autrice hybride (comme Levana, mais en autrice.)

L'heure est donc aux remerciements, et ils sont sept, parce que c'est le nombre des éléments dans l'univers de la Dernière Geste.

Le premier merci ira à celle qui a changé la donne, celle qui a fait pencher la balance, en me donnant un jour une adresse email et l'ordre d'envoyer mon manuscrit là-bas : Ameylia Saad-Wu, tu es non seulement une artiste exceptionnelle, une magicienne de la musique et une sirène des temps modernes, mais aussi une amie en or.

Le deuxième merci est donc logiquement pour Audrey Alwett, qui, non content de faire un magnifique travail éditorial, l'a fait en ménageant mon estime de moi défaillante. Merci aussi d'avoir cru en cette histoire jusqu'au bout, merci de m'avoir montré comment la sublimer. Maintenant qu'elle est commencée, il va bien falloir la terminer...

Le troisième merci va à toute l'équipe de l'auto-édition originale, car je n'oublie pas que c'est par là que La Dernière Geste a commencé : Elen Brig Koridwen, qui malgré nos différents ultérieurs m'a poussée et aidée à publier quand je n'osais pas, mon équipe de bêta-lecture, Haru-chan, Grégory, Nurcirithiel et Johanna, qui ont été les premiers à pleurer et à hurler en lisant le chapitre 12, ma correctrice anglophone, Jordan, qui a veillé à préserver l'accent de Bran, et ne peut ironiquement pas lire ce livre puisqu'elle ne parle pas français, Laurent Miny, l'auteur de la première couverture de *Si loin du Soleil*, si belle et désormais collector ! Et bien sûr à toutes les lectrices et à tous les lecteurs de la première heure, aux chroniqueurs et chroniqueuses qui lui on fait une petite place dans leurs cœurs, leurs bibliothèques et leurs blogs, et qui, j'espère, ont pris autant de plaisir à lire *Dans l'ombre de Paris* qu'ils en avaient eu à leur première lecture de *Si loin du Soleil.*

Le quatrième merci est bien sûr pour Jérôme Vincent, qui donne désormais sa chance à *La Dernière Geste*, Samantha Chauderon et Gaëlle Giroulet, qui ont supporté mes majuscules fantasques, ainsi que toute l'équipe d'ActuSF, et bien pour Zariel, qui lui a offert cette magnifique couverture aux couleurs de Pyro et de Sir Edward Longway.

Le cinquième merci va à mes mécènes de Patreon, Utip et Tipeee, et tout particulièrement à Aliciane Art, qui en plus de mécéner mon travail a réalisé de splendides portraits des personnages de *La Dernière Geste.*

Le sixième merci est pour MrMcPeake, que je n'ai point l'honneur de connaître, mais à qui le monde doit « Wild Mountain Thyme » ; cette chanson m'a toujours apporté un incroyable réconfort, allez savoir pourquoi.

Et, bien sûr, le dernier merci est pour Reya, qui fut de cette Geste à la fois muse, conseillère et bien davantage.

N'oubliez pas que nous vous avons donné une lampe…

Et retrouvez Yuri et ses compagnons dans le deuxième chant de La Dernière Geste :

L'Héritage du Rail

*

Frédéric frissonnait de peur. Les rats n'avaient pas encore osé pénétrer jusqu'au Centre, mais il savait que son temps était compté. Dans le bassin rougi, le corps inerte de Bran flottait dans une nuée de cheveux bleus. De l'autre côté de l'eau, le cadavre de Sir Edward gisait dans une flaque répugnante, et l'odeur du sang frais aurait tôt fait d'attirer les rongeurs. Mais ce n'était pas ce qu'il craignait le plus. Il savait que les enfants, Lady Lore et quelques autres s'étaient réfugiés quelque part, et la peur lui nouait le ventre à l'idée de les affronter. Aucun d'eux n'était un guerrier, mais... l'aîné des petits Feux-follets, au moins, serait capable de le tuer. Seul dans l'obscurité, il s'était efforcé de se détacher, en vain. Les menottes refusaient obstinément de céder.

Soudain, il aperçut dans un couloir la lumière dansante d'une torche. Était-ce un soldat qui revenait le chercher ? Sans doute le Prince avait-il voulu lui faire peur, ou...

— Ohé ! Je suis toujours là !

Quelques instants plus tard, le faisceau de la lampe l'éblouissait. Des pas se rapprochèrent de lui, retentirent sur la passerelle.

— C'est toi, Frédéric ? demanda tout près de lui une voix de basse au léger accent japonais.

Il crut que c'était le colonel en noir et rose qui jouait avec ses nerfs.

— Bien sûr que c'est moi ! Détachez-moi...

— Tu n'es pas en droit de me donner des ordres.

— Hein ? Heu, ouais, j'sais bien, désolé, j'suis juste un peu stress, là, v'voyez...

— Oh, mais tu fais bien. Dis-moi, Frédéric, tu étais un Rat, n'est-ce pas ?

— J'vous l'ai d'jà dit, j'les ai quittés, j'les ai trahis, j'suis plus un Rat !

— Tu n'es plus un Rat, en effet. Sais-tu qui je suis ?

— Hé ?

Frédéric venait de comprendre qu'il ne parlait pas à un colonel de l'armée impériale. Son interlocuteur tendit la lampe à bout de bras pour s'éclairer lui-même. L'ancien Rat avait beau ne l'avoir jamais vu, il n'était pas assez idiot pour ne pas l'identifier au premier coup d'œil.

— L'Ambassadeur Blanc ? Vous êtes l'Ambassadeur Blanc !

— Ainsi tu sauras qui t'a tué.

— Mais pourquoi ? Ils avaient enlevé votre fille ! Longway et les autres ! Je vous jure, j'étais là ! J'ai tout vu !

— *Washi ha kisama no shinigami da,* murmura Kenzô en se penchant à son oreille. Pour toi, je suis l'ange de la Mort.

Il tira son katana du fourreau. C'était mieux que ce que méritait un traître, mais il ne voulait pas venger Edward avec un simple tantô.

— Attendez ! piaula Frédéric en se tassant contre le Saule. Attendez ! Dites-moi au moins pourquoi ? Pourquoi ?

— Parce que tu as trahi l'un de mes meilleurs amis, répondit calmement l'Ambassadeur.

Et il lui ouvrit le ventre. Un flot noirâtre de sang et de bile rougit son hakama blanc, sans qu'aucun muscle de son visage ne frémît. Il essuya son katana sur les vêtements du traître, rengaina et retraversa la passerelle. Ignorant les râles d'agonie de Frédéric et le corps criblé de balles de la Selkie dans le bassin, Kenzô alla s'agenouiller auprès du cadavre de Sir Edward. Après une hésitation, il lui prit la main, observant sans les voir les poignets meurtris par les liens. Puis du bout des doigts, il ferma doucement l'œil intact.

— *Nedo... Nedo, baka...*

Et il se mit à pleurer.

AVEC LE SOUTIEN DE

La Région
Auvergne-Rhône-Alpes

Achevé d'imprimer en décembre 2021
par CPI – Imprimé en France
N° d'impression : 167641

Dépôt légal : septembre 2019